桃李集：

西方文学艺术研究

史忠义　主编

中国纺织出版社有限公司

内 容 提 要

这里收集的32篇论文关涉法国文学、德国文学、中世纪的阿拉伯文学、希伯来和古希腊文化基质和部分中国文学作品，时间和空间跨度大，涉及面广，体现了当今青年学者和笔者本人的刻苦探索，具有一定的学术价值和启示作用。

图书在版编目（CIP）数据

桃李集：西方文学艺术研究 / 史忠义主编 . -- 北京：中国纺织出版社有限公司 , 2022.11
ISBN 978-7-5180-8257-5

Ⅰ . ①桃… Ⅱ . ①史… Ⅲ . ①世界文学—文学评论—文集②西方艺术—文集 Ⅳ . ① I106-53

中国版本图书馆 CIP 数据核字 (2020) 第 240725 号

责任编辑：闫 星   责任校对：寇晨晨
责任设计：大春传媒   责任印制：储志伟

中国纺织出版社有限公司出版发行
地址：北京市朝阳区百子湾东里 A407 号楼 邮政编码：100124
销售电话：010—67004422 传真：010—87155801
http://www.c-textilep.com
中国纺织出版社天猫旗舰店
官方微博 http://weibo.com/2119887771
广东虎彩云印刷有限公司印刷 各地新华书店经销
2022 年 11 月第 1 版第 1 次印刷
开本：710×1000 1/16 印张：26.25
字数：411 千字 定价：198.00 元

写在前边的话

 这里汇集的是我2014年年底至2019年为厦门大学、西安外国语大学、西安交通大学和浙江越秀外国语学院、河南大学一些青年教师包括个别中年教师修改的大多数论文(个别论文是在此前几个月修改的)。另外,个别论文我提出了修改意见,让作者本人去修改,但大部分都是我逐句逐段给予修改的。最初我还帮助联系发表的期刊,后来就放手让年轻人自己去闯一闯。这些论文大多数都在核心期刊或一般期刊上发表了,有些作者没有要求一定要发在核心期刊上,也有若干篇发表在以书代刊上。其中有三篇论文修改发表后,有三位青年教师就达到了评审副教授的条件,并很快评上了副教授。

 这是一段美好的记忆,一方面,说明自己在扶持青年学者方面做了一定的工作,另一方面,我也从青年人那里学到了他们的朝气。

 自2019年起,我和法国著名学者、国际比较文学教授让·贝西埃先生在法国正式注册了一份杂志《中西新人文》(法英文杂志,每期刊登一篇中文稿件),每年出版两期;在国内每年也出版两期《人文新视野》。在这4本刊物中,我都要给予初步的修改或提出修改意见,法英文论文我们都请外国专家逐句逐段修改,保证达到国外的发表水平。这样,像这里收集的论文那样详细修改,我个人可能就很难做到了,因为工作太多,另外还有自己的课题和译著需要去做。谨向相关学者知会一声,同时表示歉意。

史忠义
2022年9月

CONTENTS 目录

1

语言学和语用学

其他

法语文学

迷宫与罪恶的城市

——试论布托尔《时间表》的叙事空间 ❶

翁冰莹

厦门大学外文学院

摘要： 19世纪以来西方文化思想范式的"空间转向"构建起文学空间的阐释学，为重新审视文学的空间形式和空间象征的人文意义提供了新的批评维度。法国新小说家布托尔的代表作《时间表》以布勒斯顿这一城市为对象，借助希腊神话的迷宫故事，将之描述为充满迷惑性与冒险性的空间；借助《圣经》"该隐诛弟"的故事，把它描述为充斥血与火的谋杀空间。这部小说的"互文性"叙事技巧，迷宫式的城市空间，罪恶的城市意象，都市陌生人的形象塑造，最直接地反映了布托尔的历史意识、文学意象和审美观念。

关键词：《时间表》；迷宫；罪恶；叙事空间

Abstract: The "space turn" of the western cultural idea paradigm since the 19th century helps to create literary space hermeneutics, which provides a new critical dimension for reexamining the humanistic significance of the space form and space symbolism of literature. Michel Butor, the French New Novel writer, based his magnum opus *Passing Time* on a city called Bleston. While referring to the labyrinth in Greek mythology, he depicted it as a space filled with confusion and adventure. While referring to the story of Cain killing Abel in the *Bible*, he depicted it as a space filled with blood and fire. The novel's intertextual narrative technique, together with its labyrinthine urban space, evil city imagery and city strangers image-building, reveals most directly Butor's historical consciousness, literary imagery and aesthetic sense.

Key words: *Passing Time*, labyrinth, evil, narrative space

---

❶ 原载《外语教学》2015年7月，第4期。

基金项目：本论文为厦门大学繁荣哲学社会科学专项资助（课题编号：0650—Y07200）的阶段性成果，并获得中国社科院史忠义研究员的热忱指导，在此谨以致谢。

一、引言

19 世纪以来，西方学术界文化思想范式发生了重要转向，即"空间转向"。这一转向为研究政治、经济、文化、社会等生活领域提供了新的维度，同时也为人文科学的发展，尤其是现代文艺理论的重建提供了新角度。在这一过程中，空间定义亦出现了重大转变，一方面从空间的认识论转向空间生产论、空间权力论，从静观空间的视野转变为空间自身的动观视野；另一方面，空间不再是毫无思想情趣的纯粹客体对象，而是思想观念、情感体验的文化对象。这一转向为我们探索现代文学的城市空间提供了新的理念和方法。

《时间表》❶是法国新小说派作家米歇尔·布托尔（Michel Butor, 1926 —）的代表性小说之一。该小说以布勒斯顿这一城市——原型为英国北部工业城市曼彻斯特——为对象展开，整部作品由五个章节构成，且各章节的叙述时间与故事时间巧妙地按照音乐的五声部赋格曲谱写而成，犹如一部浩大复调的时间经书或时间交响乐。中国学术界就它的时间风貌已经有所研究（冯寿农 2001：317-321），但几乎不曾探讨它的空间景观。事实上，布托尔的《时间表》把神话、宗教、历史、考古、侦探、爱情融合在布勒斯顿这一空间，将古典文明和现代性、广博知识和文化内涵编织在复杂的虚构情节之中，构建起独特而丰富的文学空间。具体而言，《时间表》借助两个神话故事：一个是希腊神话英雄忒修斯的故事；另一个是《圣经》该隐杀死亚伯的故事，从而赋予布勒斯顿这一城市以"迷宫"与"罪恶"的空间特性，描绘出人与人、人与空间迷幻纠结与杀机蛰伏的气息，再现了这一文学空间的多重性审美观念和价值倾向。

二、空间转向与文学理论

19 世纪以来，西方思想界秉承的历史决定论和历史叙事的思想传统开始出现了"空间转向"。马克思以实践哲学的思维方式开启了西方哲学界的革命性变革，指出人通过改造自然的实践活动创造出人化的空间，任何空间皆是

---

❶ 译者曾根据内容将小说题目意译为《曾几何时》（漓江出版社，1991），本文则认为选择直译《时间表》更为准确。

人类实践的产物，空间因此被赋予实践、社会、历史、关系的本质。胡塞尔的"先验意识"现象学"面向生活世界"，悖论性地使哲学回归到感性直观的生活世界层面，且通过现象来挖掘先验世界，形成了"空间转向"的表象。海德格尔的存在主义以"此在"为出发点来探讨形而上的存在，指出"此在"只是形而上存在的表象，后期则转向荷尔德林的诗意，继续寻找形而上的真实存在，从而引导更多的人关注存在的表象和诗意的存在空间。就这样，在马克思主义、现象学、存在主义的影响下，空间的内涵不再是单纯的物理性的地理空间，也不再是感性的感觉空间，而成为基于人类实践的，具有社会性、历史性的人的存在关系空间。（谢纳 2010：70–79）

就当代空间论而言，法国马克思主义思想家列斐伏尔（Henri Lefebvre，1901—1991）可谓其代表性人物之一。以马克思的实践论为基础，列斐伏尔提出了著名的"空间的生产"理论，指出"空间的生产……主要是表现在具有一定历史性的城市急速扩张，社会的普遍城市化，以及空间性组织的问题等各方面。今日，对生产的分析显示我们已经由空间中事物的生产转向空间本身的生产。"（列斐伏尔 2003：47）"在列斐伏尔看来，空间是产品又是生产资料，是上层建筑又是物质基础。"（吴宁 2007：382）换言之，社会空间在实践的历史过程中被生产出来，也进行着自身的生产，并随着历史发展而呈现相应的转变。

后现代地理学家索亚（Edward W. Soja）继承列斐伏尔的空间生产理论，提出了"第三空间"的概念，指出第三空间认识论基于社会实践的生产基础，将抽象与具体、主观与客观、真实与构想、精神与肉体、可知与不可知、意识与无意识等汇集在一起，重点探讨空间内外的关系性、开放性和辩证性。而且，索亚还认为后现代空间论对于历史叙事的"解放"，即对于文学创作具有深刻的理论意义，这一研究范式"试图解构和重构刻板的历史叙事，从时间的语言牢房中解脱出来，摆脱传统批判理论类似于监狱似的历史决定论的羁绊，借此给阐释性人文地理学的深刻思想留下空间。"（索亚 2004：2）也就是一方面否定历史决定论、历史叙事和时间牢笼的束缚；另一方面倡议建构动态性的、蕴涵人文意义的空间阐释学。

索亚的这一理论得到《文化地理学》（*Cultural Geography*，1998）的撰写者麦克·克朗（Mike Crang）的呼应："过去20多年里地理学家开始日益关注各式各样的文学作品，视之为探讨景观意义的不同模式。文学……展示它们如何理解和阐述空间现象。……任何一部小说都可以呈现一块地理知识领域，展示不同的甚至互为冲突的地理知识形式，从对地点的感性认识，直到地域和国家的专业观念。"（朱立元 2005：498）而且，克朗还指出："文学与空间理论的关系不复是再现后者，文学自身不可能置身局外、指点江山，反之文本必然投身空间之中，本身成为多元开放的空间经验的一个有机部分。……它们都是文本铸造的社会空间的生产和再生产。"（朱立元 2005：502）

在此，文艺理论开始自时间性的历史叙事更多地转向空间性的探讨，特别是转向艺术空间、文本空间、语言空间本身的探讨，文艺理论与空间理论相互渗透、彼此诠释，促进了文学空间理论的建构与形成。这一理论注重探讨如何凭借语言符码来再现、生产对象空间，强调运用想象、象征、隐喻等手段来建构文化的表征内涵，重点描述空间的动态性格、人文内涵、象征寓意，突出文学存在的审美价值与想象空间，为我们探索法国新小说家的文学创作提供了线索。

3. 迷宫的隐喻

"文学所参与的表征性空间建构作为文化表征性空间的重要组成部分，是指文学以语言文字符号为媒介，现实景观世界为对象，思想情感为内容，运用再现、表现、想象、虚构、隐喻、象征等手段，生产出的符号化的表征空间。"（谢纳 2010：91）在《时间表》这部小说中，布托尔正是以高超的语言叙事技巧，以希腊神话的迷宫故事为隐迹纸本，通过再现、想象、隐喻的手法描述了布勒斯顿这一迷宫式的空间。

首先，布托尔采用互文性（Intertexuality）手法再现了希腊神话故事。雷维尔在写于 6 月 4 日的日记中描述布勒斯顿美术馆第五展厅摆设的第十一幅挂毯壁画："一个牛首人身的怪物被一位王子割喉刺杀了，这怪物被关在一个墙面错综复杂的地下堡垒里……一位年轻的姑娘……她左手拇指和中指握着一个纺锤，用右手拉纺锤上的线，线蜿蜒于曲折回旋的堡垒走道里，粗得像一条充血的动脉，线快要连到王子刺杀怪物的匕首上，王子将匕首刺进了怪物的牛头与人胸之间的喉咙里。"（Michel Butor 1956：70–71）这一故事来自希腊的迷宫神话：克里特岛国王弥诺斯因儿子被杀害于雅典阿提喀山地而与雅典结仇。雅典人通过敬献贡物——童男童女来平息国王的愤怒。国王将贡物交给迷宫怪物弥诺陶洛斯。第三次敬献之际，雅典王子忒修斯借助公主阿里阿德涅之线勇闯迷宫，杀死了怪物。（施瓦布 2008：244–247）布托尔运用互文性的手法，在忒修斯探索迷宫这一隐迹纸本上再现了雷维尔探索布勒斯顿，乃至其与阿妮、罗丝的爱情纠葛，也预示着雷维尔必将在迷宫之城展开冒险。

其次，作为"再现的空间"，小说刻意渲染了迷宫的迷惑性与冒险性。布城的路线犹如迷宫一般，"就像一团杂乱的细绳，包含了城市里所有的分岔口，各个十字路口，在每条路段上还一个挨一个地标上各种号码。"（Michel Butor 1956：40-41）这样杂乱的线条和符号纵横交错，形成了充满迷惑性的空间，增强了探路人的冒险性。不仅如此，布勒斯顿的迷宫性亦体现在该城不少的雷同性建筑乃至重复性的身份、事件或者情节之中。例如，城市的两座教堂、三家影院、三家中国餐馆、诸多的公园等；小说提到的两位姐妹：安妮与罗丝；两位母亲：贝莉夫人和詹金夫人；两个法国人：雷维尔和吕西安；两个未婚夫：吕西安和詹姆斯；两个布城的敌人：霍勒斯和乔治；两位作家：乔治和雷维尔；两个侦探：巴纳比和雷维尔。这一系列重复性的要素构筑起迷宫里错综复杂的城墙，使整个故事更具迷惑性、冒险性。承前所述，布勒斯顿是以英国城市曼彻斯特为原型塑造起来的，布托尔旅居英国之际就曾深切体会到这一城市多雾多雨、晦暗阴沉、空气混浊、污染严重的巨大问题，并留下了消极暗淡的最初印象。在此，这一印象应该说与具有迷惑性、冒险性的迷宫构成了重叠。

再次，作为人物塑造，小说突出了自诩为英雄人物忒修斯的主人公雷维尔，但并非意在展现主人公的英雄事迹，而是为了突显现代人的无奈与困惑。事实上，雷维尔一踏上布城的土地就迷失了方向，在陌生的暗夜、陌生的语言环境下，他试图寻找旅馆、公寓、客栈这样的停留处，但却徒劳无功；尝试退回到原出发点——汉密尔顿火车站，结果却误入布勒斯顿新站。经历了系列冒险之后，雷维尔感到无比疲惫："好像不仅又回到原地，而且还回到原来的瞬间——这一刻似乎无限延续……疲劳和孤独感，就像从冰冷的瓮里爬出来的条条长蛇缠绕着我的胸脯。"（Michel Butor 1956：35）他试图摆脱布城的束缚，寻找片刻的绿意安宁，结果却是一场梦幻。迷宫之城也不欢迎这位异乡人，向他施展了迷魂性的魔力。

最后，布勒斯顿博物馆悬挂着十八条挂毯，描绘了希腊神话英雄忒修斯的故事，构成了整部小说的缩影：布勒斯顿就是"一座迷宫"，主人公是王子"忒修斯"，作家布托尔则是造城者"代达罗斯"。那么，作为重要线索的阿里阿德涅之线究竟在哪里？雷维尔无力抵制迷宫之城阴森恐怖的魔力，试图凭借"阿里阿德涅之线"冲出迷宫。其"阿里阿德涅之线"，就是他所编织的日记。在7月28日的日记中，他写道："长长的句子犹如细绳一样绕在这个墩上，又把我连在 5 月 1 日这个日子上；那天我开始编织这条细绳，这条句子细绳是一条阿里阿德涅的线，因为我处在迷宫中，埋头写回忆录，于是重新处在迷宫里，所有这些线都是我给已识别的路线标的路标，我在布勒斯顿的迷宫比起克里特岛的迷宫要复杂得多，因为我越往前走，迷宫越扩大；我越想探索它，它越是变形。"（Michel Butor 1956：187）雷维尔编织的阿里阿德涅之线或许基本无效，但他正是通过自身的追述来反抗布城，亦为后来者提供了线索。

迷宫的故事是西方文学的常见题材之一。不过，不管是博尔赫斯的《交叉小径的花园》的迷宫故事，还是阿兰·罗伯 – 格里耶《在迷宫里》营造的时空和人物的迷宫，抑或是布托尔呈现的布城的迷宫空间，迷宫意象皆显示人类对于生存环境所感受到的陌生、迷惑的状态，对不确定性的无法预知与难以把握。雷维尔难以把握布勒斯顿，难以控制自己何去何从，只是依靠回忆搜寻往昔经历，却发现记忆也是一座迷宫，时间也幻化成一个迷宫。正是这样的未知与迷惑，促使人类在一个有限与无限、真实与虚幻、自我和他者的游戏空间中去冒险、去探索。

4.城市的本相

布勒斯顿不仅具有迷宫性，诱导着探索者去认识它，觉悟自我，同时还是一个罪恶之城，一个充满谋杀的罪恶空间。布托尔援引《圣经》"该隐诛弟"的故事，提示了"罪恶"的本源问题（《创世纪》1998：3-4），并通过旧教堂的彩绘玻璃这一空间展示出来。雷维尔在 11 月 4 日下午，第一次参观旧教堂的彩绘玻璃。"该隐穿着护胸甲，用饰带紧裹腹部……左脚踏在地上的对手的胸脯上，那人仰着头，裸着身子，遍体鳞伤。"（Michel Butor 1956：72）而且，"在这幅该隐诛弟圆玻璃下方的大彩画中，我想象得出该隐……的手心处有红点，溅上了他兄弟的血迹。亚伯流出的血好像阵雨一样在彩画的天空中倾洒。"（Michel Butor 1956：74）布托尔描绘出一个手足残杀的血性空间，向读者传递这样一种文化蕴涵，即人类的基因早已种下了罪恶的根源。雷维尔对旧教堂彩画玻璃的认识，是通过布城一位化名为 J.-C. 汉密尔顿的侦探小说家乔治·伯顿的小说《布勒斯顿的谋杀》而获取的。该小说一开始就叙述道："布勒斯顿的旧教堂以其彩绘大玻璃窗而闻名，即描绘该隐诛弟故事的那块彩画大玻璃。"（Michel Butor 1956：57）此处运用"镶嵌"的立体空间表现手法，把一个谋杀故事嵌入另一个谋杀故事之中。事实上，这一标题带有双重歧义：

它可以指发生在布勒斯顿的谋杀，也可以指布勒斯顿进行的谋杀，隐喻一个双重的谋杀空间。

　　然而，《时间表》可以说蕴含着三重的谋杀空间。第一重讲述了布勒斯顿城里一个板球运动员约翰尼·温被亲兄弟杀害的故事，即《布勒斯顿的谋杀》小说标题的第一层含义；第二重谋杀则是呼应雷维尔对布勒斯顿这位幕后杀手的控诉，他揭露布城的罪恶之声在小说文本的空间层层回荡，步步深化；第三，《布勒斯顿的谋杀》对布城及其代表——新教堂展开控诉，引起了布城护卫者詹金的仇恨，因而他企图开车撞死小说作者伯顿，这样就构成了第三重的谋杀空间。这次谋杀表面上是源自詹金对于小说作者的仇恨，但是操纵罪恶行径的依旧是布勒斯顿，而且使雷维尔卷入了这场谋杀，"我没有料到我会深深地卷入一次企图谋杀乔治·伯顿的阴谋中去"（Michel Butor 1956：188）。正是因为"我"在两次关键时刻泄漏了伯顿的真名，才成为詹金戕害伯顿的导火索。

　　在这样的三重谋杀空间中，我们可以提炼出作者笔下的"城市的本相"。

　　首先，布勒斯顿可谓"战争之城"。雷维尔在大学地下陈列室看到了公元二世纪的古城模型，知悉"在旧教堂的祭坛位置上曾建过一座战争圣殿"（Michel Butor 1956：244）。布勒斯顿古时候被称为"贝利斯达或贝利西维达"，"中世纪早期遗留下来的一些文献曾有过 Bellista 的字样，有人推测它的词根是 Belli Civitas（战争之城）"（Michel Butor 1956：81）。即使在城市的守护者詹金眼里，它也是一个遍布陷阱、隐藏杀机的恐怖空间，"在此背景中，没有什么别的事会真正发生，只有那些肮脏卑鄙的罪行……其他的一切都不过是遮掩罪行的帷幕罢了。"（Michel Butor 1956：92）不仅如此，雷维尔经历的城市杀人的噩梦（Michel Butor 1956：277–278）亦与《布勒斯顿的谋杀》中板球运动员的遇害处境完全相同、彼此呼应。一言蔽之，作为"战争之城"，布勒斯顿意味着人类之间的冲突与杀戮，是一个真正的血腥空间。

　　其次，布勒斯顿可谓"扩张之城"，即不断地自我延伸，向外扩张。雷维尔曾想到布城的乡村走一走，而后才得知布勒斯顿没有真正的乡村。"城与城之间只是一片荒芜的土地"（Michel Butor 1956：34），城市的空间在无限延伸，无形的大手把乡村的空间揽入自己怀中，不容乡村空间的存在。雷维尔觉悟到："布勒斯顿不是以堡垒或林荫道为分界线，而是在一片农田中崛起的城市，它却像雾中的灯，四周有光晕，它散射出的光线与其他城市的光线交融一起。"（Michel Butor 1956：36）布勒斯顿这一空间其实就是英国"圈地运动"

的一个缩影，是资本主义发展过程中侵占与破坏自然、破坏生态的"劣迹"。

再次，布勒斯顿可谓"反抗之城"。布托尔用"镶嵌"的立体表征方式，隐喻、象征、互文等手法，意在传递一种寓意：城市与人是对立的，城市扼杀人的性命。因此，布勒斯顿的居住者从骨子里厌恶它、憎恨它，希望它死去。"火"的空间意象，就象征着世人对城市的愤恨与反抗。"布勒斯顿总是发生火灾"（Michel Butor 1956：124），全书记载了十几处殃及诸多区域的火灾，且大多是在重大事件之后燃起的抗议之火。"火灾，布勒斯顿的灾难"（Michel Butor 1956：143），雷维尔采用这样嘲弄、复仇的方式来表达胸中的仇恨，并从中体验到一种解恨的快感；他还叙述自身看过的一场电影《罗马的红色夜晚》，这是一部反映火烧古城的影片，象征着雷维尔、作者和现代人内心的仇恨之火；布勒斯顿的另一个敌人霍勒斯·巴克（黑人）亦用"火"来表达心中的不满。

雷维尔与布勒斯顿之间、现代人与城市之间的斗争，自他踏上这片土地就已开始。他从迷失、沮丧到举笔书写，力图以"这部探索性的回忆录"（Michel Butor 1956：264）为武器进行抗议。在这一斗争中，雷维尔自诩忒修斯，将布城比拟为怪兽弥诺陶洛斯，希望赢得最终的胜利。但是，布城无比强大，压抑、打垮、摧毁了巴克、伯顿等几乎所有与之抗衡的人。势单力薄的雷维尔也败下阵来，与布勒斯顿签订了一个协约，犹如浮士德为了认识生活的意义，不惜与魔鬼订立协约一样。（Michel Butor 1956：261）他期望以此赢得时间和机会，以弄清布城的本相。就雷维尔而言，斗争远未结束。

5.结语

"现代都市带给人一种与前现代社会完全不同的充满着矛盾、偶然、短暂、流变和分裂的现代生活。现代人在对都市景观的沉迷中，丧失了自我，成了异化的、无根的、漂泊的都市陌生人。"（谢纳 2010：88）透过贯穿《时间表》小说文本的两个空间题材——迷宫与罪恶，布托尔揭示了城市与人的异化关系：作为一个主体化的空间，布勒斯顿再现了现代化历程中城市占领农村，占领自然的过程；再现了作为城市缔造者的人类是如何沦为城市异化者的过程；再现了现代都市人的困惑、孤独、挣扎和无奈，最后不得不走向斗争与抵抗的过程。

作为法国新小说作家的代表之一，布托尔的《时间表》借助希腊神话的迷宫故事，将之描述为一个充满迷惑性、可能性与冒险性的空间；借助《圣经》"该隐诛弟"的故事，把它描述为一个充斥血与火的谋杀空间。通过这一"互文性"的手法，布托尔突显了自己依托原初的人类历史、再现人类永恒命运的文学创作主题，表达了自身深邃而直接的历史取向；通过构筑迷宫式的城市空间、罪恶的城市意象、都市陌生人的形象，布托尔亦展现出其作为新小说家丰富的文学意象和审美观念。

正如浮士德为了认识生活的意义而不惜与魔鬼订立协约一样，雷维尔为了认识城市的"罪恶"而不惜与布勒斯顿签署协约，选择了沉默式的抵抗。面对现代性的巨大冲击，人类亦不得不与之斗争。就在这样的交织、抵抗、斗争中人类书写着自身的历史与命运。

参考文献

[1] BUTOR M.*L'Emploi du Temps*[M].les Editions de Minuit,1956.

[2] 冯寿农.文本·语言·主题——寻找批评的途径 [M].厦门：厦门大学出版社，2001.

[3] 古斯塔夫·施瓦布.希腊古典神话》[M].南京：译林出版社，2008.

[4] 列斐伏尔.空间：社会产物与使用价值 [M].包亚明，编.现代性与空间的生产 [C].上海：上海教育出版社，2003.

[5] 圣经创世纪 [M].南京：中国基督教协会，1998.

[6] 索亚.后现代地理学——重申批判社会理论中的空间 [M].王文斌，译.北京：商务印书馆，2004.

[7] 吴宁.日常生活批判——列斐伏尔哲学思想研究 [M].北京：人民出版社，2007.

[8] 谢纳.空间生产与文化表征：空间转向与当代文艺理论建构 [A].王宁主编.文学理论前沿第七辑 [C].北京：北京大学出版社，2010.

[9] 朱立元.当代西方文艺理论 [M].上海：华东师范大学出版社，2005.

作者简介：翁冰莹，厦门大学外文学院法语系副教授，文艺学博士，研究方向：文艺学。

从"互文"到"叩问"

——论杜拉斯《情人》中主体间性的构建

张　婷

陕西省榆林学院外国语学院

摘要： 论文介绍了杜拉斯的"最难归类"，概括了杜拉斯创作、杜拉斯批评的多元性，对《情人》在我国的译介与研究进行了综述。论文从狭义"互文性"的角度对《情人》进行了解读，不赞同《情人》研究中"深度的丧失""主体的零散""历史的死亡"等观点，不赞同用"后现代"来鉴定《情人》。研究从巴赫金、拉康的主体观角度，分析了《情人》中主体间性的构建和杜拉斯的"叩问"，论述了用"文本"代替"作品"，用"文本间性"代替"主体间性"的不当之处。

关键词： 文本间性；主体间性；叩问；杜拉斯；《情人》

一、最难归类的杜拉斯与她的小说《情人》

玛格丽特·杜拉斯，法国小说家、戏剧家、电影编导，20世纪最负盛名的女作家之一。

杜拉斯生于1914年，卒于1996年，她生命的历史跨过那样漫长又巨变的时代，殖民主义、第二次世界大战为她的作品添上浓墨重彩的一笔，这种沉重也让她的作品更加充满力量。爱情、毁灭、等待、荒诞，她一次次扪心自问又叩问人性。她听从回忆和写作本身的召唤，不断尝试，疯狂探索，大多数作品或晦涩、或朦胧，充满歧义。杜拉斯的写作是实验的过程，每一个阶段都需要用专业的眼光去研读，每一种探索都带来新的东西，都成为不同类型作品的代表。她的作品延伸在半个世纪的时光里。文学写作带她来到戏剧的领域，电影的"新浪潮"让她思索"电影化"写作方法，并最终让她成了电影编导。她所处的时代给了她机会去建立杜拉斯多样的作品高塔。杜拉斯是多元的，在解读杜拉斯的理论中，我们可以阅读到 20 世纪西方文艺批评理论的方方面面，涉及符号学、叙事学、精神分析批评、存在主义批评、女性主义批评、后殖民主义批评等多个领域，在对杜拉斯小说、戏剧、电影的多样解读中，在此起彼伏的形式研究与内容研究的浪潮推动下，杜拉斯研究逐渐形成"跨世纪、跨地域、跨文化、跨学科"的态势。（范荣 2012：129）正是杜拉斯的多元成全了她的"最难归类" ❶。

《情人》是杜拉斯颇具代表性的一部作品，如果说《抵挡太平洋的堤坝》让杜拉斯在文学界声名鹊起，《劳尔·维·斯坦茵的迷狂》为她吸引诸多精神分析学家、文学批评家的目光，那么《情人》则让她走向全世界。《情人》的出版与杜拉斯的离世曾经掀起了世界范围内的杜拉斯研究热潮，杜拉斯在中国的译介研究情况也与这一浪潮的脉络相符合。范荣将国际学界杜拉斯研究情况分为三个阶段，一是小说《情人》发表前，二是《情人》发表后到 1996 年杜拉斯逝世，最后是 1997 年至今，由此可见《情人》在杜拉斯写作历程中的特殊地位。1984 年杜拉斯的《情人》出版，仅在 1985—1986 年，中国就出现了《情人》的六个译本。中国作家王小波非常肯定杜拉斯对他的影响，《情人》的叙事手法和篇幅都受到王小波的推崇，"叙事没有按照时空的顺序展开，但另有一种逻辑作为线索，这种逻辑我把它叫作艺术——这种写法本身就是无与伦比的创造"。（王小波 2008：276–277）他对王道乾的译本赞赏有加，他曾说过："我读到了王道乾先生译的《情人》，又知道了小说可以达到什么样的文字境界。"（王小波 2008：1）1985 年《外国文艺》第五期发表了王道乾先生的译本，1989 年这个版本的《情人》由作家出版社收录在"作家参考丛书"的《痛苦·情人》中，上海译文出版社于 2009 年出版了王道乾翻译的《情人》《乌发碧眼》合集，因销量持续增长，2012 年又得到重印。2014 年，上海译文出版社又出版了《杜拉斯百年诞辰作品系列》，其中也包括这部著名的《情人》。

杜拉斯译介与研究的第一次高潮由《情人》而起，这一时期围绕杜拉斯的研究以一些评介文章的形式出现，比如《情人》的译者戴明沛、王道乾、王东亮等为译本撰写的前言与后记等，对杜拉斯的研究也主要集中在小说《情人》的分析上，如刘自强于 1985 年在《当代外国文学》发表《玛格丽特·杜拉丝和她的小说〈情人〉》，文章从"史"的主题、文字的游戏和爱的故事三

---

❶ 在《盖棺难以定论的杜拉斯》一文中，王东亮援引《世界报》《费加罗报》《新观察家》《巴黎竞赛报》（杜拉斯专号）等报纸，列出批评界对杜拉斯的一系列评价："神谕的力量""文学的巫女""文字的女魔术师""异乎寻常的人物""无法归类的造物"。

方面入手，通过分析《情人》来探讨文学的本质与可能，将对单一作品的分析上升了一个高度；江伙生于1988年在《武汉大学学报》发表了《玛·杜拉丝和她的〈情人〉》一文，文章梳理和介绍了杜拉斯的生命历史、创作历程、出版的作品、《情人》的内容并进行了简要评述；木子于1994年在《外国文学评论》上发表了《"新小说"派观念与玛格丽特·杜拉斯的〈情人〉》，从人称、人物、结构、深度四方面尝试将杜拉斯归类于"新小说"一派；杜拉斯去世后，王东亮于1996年9月在《世界文学》上发表《盖棺难以定论的杜拉斯》，分阶段论述杜拉斯创作中的探索，从现实主义的书写，到存在主义的荒诞，再到"新小说"创作的先锋，最后是《情人》，他对杜拉斯的创作进行了不同阶段与类型的划分，在阐释《情人》时，论述了杜拉斯的"自传体"书写、"自恋式"叙事。这四篇文章中，第一篇最具概括性与问题性，第四篇的介绍最丰富，涉及的杜拉斯生平与创作历史范围最广，同时文章依据杜拉斯的创作风格演变进行分期、分类，撕下了第二、第三篇文章中作者给杜拉斯贴上的"新小说"标签，动态地看待杜拉斯的创作，因而更客观。事实上杜拉斯也从不愿承认她属于"新小说"派，并在《琴声如诉》这部被认为最具新小说特色的作品出版三十年后公开说新小说的坏话，她骄傲地宣称"根本不懂新小说都写了点什么……我就是我，玛格丽特不属于任何人，不想和任何人相提并论。"（阿德莱尔2000：338）除有些轻率地将《情人》也归类于"新小说"之外，第三篇文章的作者还提出了《情人》中"人物的消解"和"深度的丧失"等观点，笔者将在下文中对这些观点进行进一步探讨。

21世纪以来，杜拉斯研究打破了对《情人》单一文本的钟爱，形式研究与内容研究齐头并进，研究对象则由小说进一步发展为戏剧、电影领域❶。单就《情人》来说，也出现了多角度的分析，可以概括为以下九个方面：①后殖民主义视角（如周淑茹的《后殖民主义视角下的〈情人〉》、向红的《杜拉斯〈情人〉的形象学分析》）；②女性主义角度（张卫中的《女权主义·另类生活·青春赞歌——杜拉斯〈情人〉主题内涵阐释》、周薇的《〈情人〉：女性的伸张与压抑》）；③结构与叙事研究（潘琴的《远逝的歌声——论杜拉斯〈情

---

❶ 杜拉斯研究在这一时期的中国呈现出百花齐放的态势。比较有代表性、系统性的研究如下：户思社关注杜拉斯创作中东西方文化的冲突与碰撞，又以互文性理论分析杜拉斯不同时期的作品；黄荭挖掘杜拉斯写作背后的"东方"印记，通过对杜拉斯文本的分析与个人经历的追溯，尝试揭示杜拉斯复杂的"东方立场"；范荣着眼于杜拉斯写作的韵律与音乐性，通过文本分析阐述"音乐性"如何在杜拉斯的写作中实现美感创造与叙事功能的结合。当然对杜拉斯的研究还涉及符号学、叙事学、后殖民主义理论、女性主义理论、主题研究、文学电影改编、影视艺术欣赏、戏剧文学等多个方面。

人〉的音乐结构》、徐苏的《看似寻常最奇崛成如容易却艰辛——论〈情人〉的纪实叙事与虚构叙事》）；④杜拉斯的电影化写作（孔岩的《光与影中的时空延异——论杜拉斯〈情人〉中的影像书写》、张卫中的《心灵底片的显影：杜拉斯〈情人〉艺术形式阐释》）；⑤杜拉斯的生命历史与《情人》的书写（郭潇《〈情人〉：流浪者或她的写作——玛格丽特·杜拉斯一生的印记》、王璇的《情人杜拉斯及其情人——浅谈杜拉斯的"另类道德观"》）；⑥精神分析学角度（王姣的《杜拉斯〈情人〉中主人公"我"的恋父情结》、李霞的《〈情人〉中显露的精神分析意识》）；⑦对电影《情人》的研究（师璞的《论杜拉斯〈情人〉电影改编中的凝望建构》、张婷的《简论杜拉斯作品〈情人〉的视像改编》）；⑧《情人》在中国的接受研究（宋学智、许钧的《〈情人〉的中国情结：杜拉斯与中国当代女作家》、王玮琪的《从叙事视角看〈情人〉对王小波的影响》）；⑨后现代主义角度（全群艳的《〈情人〉的后现代解读》、鄢子为的《玛格丽特·杜拉斯电影中的后现代主义元素——以〈广岛之恋〉和〈情人〉为例》）。笔者的分类也许还有遗漏，有的批评文章涉及的不仅仅是某一个方面的阐释，不置可否的是有关杜拉斯、《情人》的研究充实了小说的内涵，丰富了杜拉斯的文学形象，呼应着杜拉斯研究的多元化发展，并间接推动了杜拉斯在中国的接受度，同时，我们看到误读存在，个别表述、观点也确然有失偏颇，但这也从另一个角度印证着杜拉斯的难以把握和难以归类。

即便面对如此多元、难以把握的杜拉斯，我们仍愿意阅读，因为无法抗拒杜拉斯的"不可读"带来的绝对诱惑。但如何阅读这位文学批评界的宠儿呢？如何在她的"新"、她的探索实验、她多样的文本形式中窥探杜拉斯的秘密——写作的秘密？在杜拉斯批评的诸多理论中，怎样用一种宏观的角度对其多样的作品进行较为全面的观察？这些都是我们努力在思考和回答的问题。要寻找切入点，就需要找到杜拉斯最鲜明的特点。杜拉斯不断在尝试、创新，她长于复调，乐于多声，敢于晦涩，但她身上也有挥不去的影子——东方，她生命的历史，她的童年，是她取之不尽的源泉。她对童年秘密进行"挖井"一般的写作，她重织往昔以构筑现在，所有文本联结成一张大网，如户思社教授所说："这种构成互文特点的循环小说赋予了杜拉斯有别于其他作家的特点。"（户思社 2007：85）《情人》是她互文式再写下的代表性作品，是关键的一环。

二、"互文性"视角下的《情人》

"互文性"理论源于巴赫金的"对话主义"，由朱丽娅·克里斯特瓦提出，罗兰·巴特进一步阐释，后逐渐发展为解构主义与诗学两个方向，耶鲁学派将解构主义代表人物德里达的理论应用在文学批评领域，掀起了解构的浪潮，诗学方向研究"互文性"理论的代表人物是热奈特。

热奈特将跨文本关系分为五种类型，第一种就是克里斯特瓦所提出的"互文性"（intertextualité），克里斯特瓦将整个社会历史作为文本观察，织入文本的大网中，相较于克里斯特瓦，可以说热奈特给"互文性"赋予了一个较为"狭隘"的定义，"即两个或若干个文本之间的互现关系……一文本在另一文本中……以引语、秘而不宣的借鉴或寓意形式为表现。"（热奈特 2008：57）他将"文本间性"也就是"互文性"看作文学阅读的特有机制，与诗学方向"互文性"理论的另一代表里法泰尔相似，他们都将"互文性"紧密地与文学活动、文学阅读以至于文学性相联系，实际上使"互文性"的研究范围更加封闭和狭小，但也更具体、更精确。热奈特指出的"文本间性"也就是"互文性"中文本互现关系的表现有三种：第一种是传统的"引语"实践；第二种是热奈特笔下不太经典、不太明显秘而不宣的借鉴；第三种是寓意形式。热奈特指出"寓意形式的全部智慧在于发现自身与另一文本的关系，自身的这种或那种变化必然影射到另一文本，否则便无法理解。"（热奈特 2008：57）我们尝试以《情人》为例，将热奈特的"互文性"概念运用于文学批评中。就杜拉斯的互文式再写❶ 来说，作家通过阅读自己的生命历史写出了作品，我们暂且称其为甲文本，作家通过重读、重写，在写作中修正了逻辑或转换了视角后又出现了乙文本，甲文本与乙文本同时出现在乙文本中，甲文本与乙文本之间本身存在寓意形式的互相指涉的互文关系，阅读者如果不能掌握两种文本的关系、映射，就无法理解作品。我们以杜拉斯的《情人》为例，《情人》的叙事线条打破了传统叙事连贯的时间，如记忆的线索、画面拼贴而成，电影化的写作手法（蒙太奇）让小说中各种故事和人物形象穿插出现。在杜拉斯讲述她和中国情人的"不洁"爱情受到母亲及中国情人的父亲等多方面绞杀

---

❶ 杜拉斯的文学作品中充满了她对自己生命历史的写与重写。越南殖民地的童年与青少年时期成了她一生创作灵感的源泉。家庭、爱情、异域风光，杜拉斯的作品中营造出一个专属于她的东方世界。不论是经典的东方系列《副领事》《爱》《劳尔·维·斯坦茵的迷狂》，还是令她名声大噪的《情人》《来自中国北方的情人》，互文的形象、互文的情节、互文的再写都为她的作品带来了新的生命力和神秘的吸引力。

时，她描写了这样一个场景：

> 这条大街每到黄昏很是荒凉，不见人迹。这天晚上，几乎和任何一天的晚上一样，发电厂又停电，事情就从这里开始。我刚刚走上大街，大门在后面就关上了，接着，灯光突然灭了。我拔脚就逃。我要逃走，因为我怕黑。我越跑越快。猛可之间，我相信我听到身后也有人在跑……是本地区那个疯人，永隆的女疯子。(杜拉斯2009：84)

为什么女疯子的形象和描述要出现在对自己绝望爱情的书写中呢？读者如果没有读过《副领事》，就很难明白这样的安排。发疯的恒河女子因为"不贞洁"的行为，被母亲赶了出来，在无边无际的大河边游荡，被饥饿吞噬，被肚子里的孩子吞噬，被殖民主义吞噬，被女性仅有的沉默地位吞噬。杜拉斯的母亲也如这疯女人的母亲一般被强烈的恐惧攫取。

> 她母亲的生活中，一种恐怖感突然出现。她的女儿遭到极大的危险，将要嫁不出去，不能为社会所容，从社会上被剥夺一切，毁了，完了，将成为孤苦伶仃一个人……她哭叫着，说不把她赶出家门，不许她把许多地方都搞得污秽恶臭，她说，不把她赶走那又怎么行。(杜拉斯2009：59-60)

女疯子和杜拉斯笔下的"自己"——白人小女孩一样，未婚就失去了贞洁，为社会所不容，面临着同样的处境。对于绝望的母亲来说"贞洁之于她早已习惯成自然了"(杜拉斯2009：85)，而那位大富翁，中国人的父亲"也不会认为这是体面事，决不允许他的儿子同这样的女子有什么瓜葛"。(杜拉斯2009：88)家庭与社会都将她排除在外，白人小女孩与发疯的恒河女子一起在边缘与痛苦中流浪。

娓娓道来的爱情故事中，杜拉斯的写作是多声的，"在堤岸声名狼藉的地区这类事每晚都有发生。每天夜晚，这个放荡的小丫头都跑来让一个中国下流富翁玩弄。"(杜拉斯2009：89)在这段文字出现之前，杜拉斯穿插了一位夫人的片段，她没有提到这位夫人的名字，只说到她做下风流韵事，一位青年为她而死的传言，实际上这里的文本取自杜拉斯笔下曾描写过的"安娜·玛丽·斯特雷泰尔"的故事，她是加尔各答风情万种的女人，是令男人们着迷的欲望所在，是劳尔记忆里令人迷狂的出场。她的风流传闻在殖民地沸沸扬扬，尽人皆知，而如今，这十五岁半的孩子和中国情人间没有廉耻的事，也成了大家茶余饭后的谈资，如今"她"也成了那位"有地位的夫人"一样的人了吗？

这位夫人和这个戴平顶帽的少女都以同样的差异同当地的人划然分开。

这两个人同样都在望着沿河的长街，她们是同一类人。她们两个人都是被隔离出来的，孤立的……她们两人都因自身肉体所赋有的本性而身败名裂。她们的肉体经由情人爱抚，让他们的口唇吻过，也曾委身于如她们所说可以为之一死的极大欢乐，这无比的欢乐就是耻辱，可以为之而死的死也就是那种没有爱情的情人的神秘不可知的死。（杜拉斯 2009：90）

安娜·玛丽·斯特雷泰尔是隐喻，是欲望的象征，恒河女子是符号，是涌动的痛苦。这样的形象长入了杜拉斯的生命，是她童年的懵懂与创伤。热奈特在《隐迹稿本》中阐发互文性理论时曾举过一个例子：

我已万事俱备，只等着为你叙述，

宛若看见顽石蜂拥而至聆听我妙语成章。

热奈特指出，如果不了解俄耳普斯和安菲翁斯传奇故事的人，蜂拥而至和聚精会神的顽石大概有点荒诞不经。（热奈特 2008：57）

如果缺少对杜拉斯所处时代背景的认知，没有对她生命历史的回顾，没有对杜拉斯作品的互文性观照，我们就很难理解这样的《情人》，可能正因为如此，在杜拉斯的"标签"中，存在着"不可交流性（incommunicabilité）"一词，也因为《情人》的似幻似真，有批评者将这种不可解释性归结于"深度的丧失"从而推论只需感受形式自身的魅力，也有批评者指出《情人》中存在"主体的零散""历史的死亡""意义的丧失"。"互文"的阅读不再带来丰富感、整体性，不再拨开迷雾，反而导致主体的雾化和意义的颠覆，直至溢满后现代主义的色彩，对此笔者很难赞同。与这种文本消解主体的观点相反，笔者分析《情人》时看到的，恰恰是主体的构建。

三、主体间性的构建：叩问《情人》

克里斯特瓦在《符号学——符义分析研究》专著中给出了对"互文性"的描述：

互文性：排挤互主体性；取自其他文本的陈述相互交错；先前的或同时期的陈述被转置到交流言语中；多声部文本；处在相互否定关系中的多重代码；对文本的抽取唤醒和摧毁先前的话语结构。（秦海鹰 2004：2）

巴赫金意识到的是主体的二重性，主体性因此将让位于互主体性，也就是主体间性，克里斯特瓦则将他的理论进一步阐释为主体的"分裂"，这同巴特"互文性"理论中主体的"死亡"还有一定的距离。巴赫金并不否定作者的地位，他只反对单一主体的权威性。克里斯特瓦虽然保留了主体的概念，但主体却在文本意义的无限增值中雾化了。克里斯特瓦将文本看作是超语言学的，并把文本比喻成机器（apparatus），文本不停地机器生产，不停被抽取、交汇、消解。"任何一篇文本的写成都如同一幅语录彩图的拼成，任何一篇文本都吸收和转换了别的文本。"（萨莫瓦约 2002：4）从中我们可以归纳出文本的引文性特征。"任何文本都像是引文的拼接，任何文本都是对另一个文本的吸收和转换。互文性概念取代主体间性概念。诗性语言至少是二重的。"（秦海鹰 2006：17）"互文性"理论的提出突破了形式主义、结构主义的静态、封闭系统，强调文本动态生成与社会历史的互涉关系，应和着多种话语、多元文化共生的呼声，带着强大的阐释能量昂首向前，主体间性退缩其后，变成文本的参与者。为了进一步完善"互文性"理论，学识渊博、思维敏捷的克里斯特瓦受弗洛依德、拉康的启发又引入精神分析批评，为她的研究开辟了新天地。

在精神分析学中，弗洛伊德提出主体拥"本我、自我、超我"三重人格，而拉康洞悉了主体与他者、个体与外在世界之间的复杂联系，根据镜像阶段和俄狄浦斯阶段的主体形态和性质，将主体的建构过程分为三个层面："想象界、象征界、实在界"。"主体"的能动性有限，它是以"他者"作为参照，从"他者"中获得内容来完成自我验证和建构的过程。从这个角度来说，"他者"对"主体"的反映和补充功能与巴赫金提出的"视域剩余"概念互相契合。人类每个个体都在现实世界中有其不可替代的独特感性体验，这种体验被巴赫金称为"视域剩余"，这"保证了主体的外在性，也使价值的交换，视域的互补成为可能和必要，因而保障了主体的建构。"（刘康 2011：55）综合以上观点，笔者认为主体的建构需要三方面的要素，他者、外在世界（社会、历史共时性与历时性的交织）、通过叩问进行的自我验证。笔者也将从这三个方面分析《情人》这部自传体小说中主体间性的构建。

《情人》中白人女孩的形象需要通过以下三个角度来看待。一是多声部的话语。二是来自东方的他者：情人。三是社会历史大网中的主体对自我、世界的叩问。

首先，杜拉斯通过多种声音来书写完整的"我"。《情人》在叙事上存在第一、第三人称的转换，无所不知的叙事者和"我"的自我认知相交替，多种声音共存、交流、互动。第一人称表示叙述者也是事件的参与者，具有一定的主观性与局限性。第三人称的使用，是叙述人称和叙述视角上的双重变化，第三人称俯视一切，洞悉一切，在情节描述与心理分析方面增加了叙事的客观性和真实性。两种人称的穿插使用，赋予叙述更大的自由空间，读者在多角度的视角下，延长了对作品审视、欣赏的时间和距离，产生了奇妙的"间离效果"。杜拉斯巧妙地创造了作品与读者间的适度心理距离，让读者在虚实间不断探索，追寻事件和情感的真相。杜拉斯作为作者，开篇就以"观察者"的身份，讲述"自己的"故事："我已经老了，有一天，在一处公共场所的大厅里……"。（杜拉斯2009：5）这个"我"是十五岁半渡河的小姑娘的形象吗？是中国情人父亲口中的"白人小娼妇"？是从未饿肚子，还拥有仆人的殖民者？是被殖民地当局欺骗与压榨的痛苦家庭中的一员？我是"我"，是"她"，是"放荡的小丫头"，是"这样一个戴呢帽的小姑娘"，"我"是母亲的孩子，是"情人"的他者。

其次，杜拉斯的三部小说作品《抵挡太平洋的堤坝》《情人》《来自中国北方的情人》中出现了"情人"形象的嬗变。《抵挡太平洋的堤坝》中，作者将"情人"称作"若先生"，若先生身材中下，相貌平平，看起来有二十五岁，身穿米灰色柞丝绸西服，唯一能吸引苏珊的只是他昂贵的身价和硕大的钻石戒指。《情人》中渡船上的相遇忧郁而唯美："在那部利穆新轿车里，一个风度翩翩的男人正在看我。他不是白人。他的衣着是欧洲式的，穿一身西贡银行界人士穿的那种浅色柞绸西装。"（杜拉斯2009：21）在《来自中国北方的情人》中，中国情人的形象更强壮，胆子更大些，更英俊。《抵挡太平洋的堤坝》中，若先生只是苏珊为了获得金钱的玩物；《情人》中种族、世俗的桎梏撕扯着不可能的爱；《来自中国北方的情人》处处播撒爱的美妙。杜拉斯以"自我"塑造"他者"，又以"他者"关照"自我"。"情人"形象的嬗变背后还蕴涵更深层次的原因。

再次，杜拉斯的叩问。户思社从"互文性"角度分析过杜拉斯的四部作品，又用《东西方文化视觉中的杜拉斯》一文，论证杜拉斯身上的文化悬空、文化冲突、自我认同的困难与追寻，二者是相互印证的。文化霸权主义使被殖民者在自我羞辱和灵魂自责中苦苦挣扎，产生了巨大的精神危机，杜拉斯对自身的难以认同也是这种精神危机的同类。经历了《法兰西帝国》的粉饰，《厚颜无耻的人》《平静的生活》中对东方故乡的逃避，到《抵挡太平洋的堤坝》、"印度系列"的撕开疮疤，再到《情人》的叩问、《来自中国北方的情人》时从文化锁链中的决然解放，杜拉斯完成了异国生活与法语语言的磨合以及对自我文化身份的认同。

文学作品中的白人小女孩，小说中的"我"无法等同于杜拉斯，却也是杜拉斯反思生活与生存之后对"自我"的整合与重建。通过对自我之外他者立场的观察，对自我生活的深入体验，对无法摆脱社会历史性的个人生命历史的反思与叩问，杜拉斯不论是在自我构建还是审美的历程中，都更加完整、全面地把握了自己。

《情人》不是作家生命的真实，不是小说的真实，不是历史的真实，而是三者兼有，它是让人洞察历史、认识人生和人的问题的所在，是杜拉斯的怀疑对人类、世界、存在提出的一系列问题：战争、殖民主义、家庭悲剧、教育、爱、恨、暴力、疯癫、欲望与死亡的问题。"怀疑就是写作。因此也是作家。所有的人与作家一同写。"（杜拉斯 2000：16）她自己也没有找到答案，因而将自我封闭在孤独中，写下这一系列问题，并以不同于巴特"作者死亡"概念的杜拉斯式"死亡"，将这些问题向读者敞开。"她着重写的是一个故事的可能情况，但故事却永远不会发生；万一发生了，就暴露了世界上存在的奥秘"。（莱蒙 1995：342）因此她不愿写尽这奥秘，也无法写尽。大音无声，大象无形。作为西方人的杜拉斯在《情人》的写作中却具有东方人"言有尽而意无穷"的特点，"于是她只讲述发生的一点点事情，再添上心里所想的一点点事情，就这样她成功地创造了一种令人心碎的悲怆气氛：这种悲怆气氛和人的存在非常逼近……"。（莱蒙 1995：343）海潮声中永恒的哀伤叹息着信仰的衰微，我思故我在揭开了理性崛起的大幕，狂热的尼采宣布"上帝已死"，但人类却没能等来理性的救赎，在杜拉斯眼中，殖民主义和战争踏过的大地上满目疮痍，人性如恒河女子般游荡在虚无的荒原，苦苦寻找也寻不到归处。从英国诗人阿诺德的《多佛海滩》，到艾略特的《荒原》，再到杜拉斯的《情人》，处处激荡着人对现代性危机的思考。在《情人》中，文本的互涉反映的是主体间性的构建，叙事对时间的打破，人物、画面的交替不是为了在碎片化、零散化中凸显创作的技巧，也不为解构一切，推翻一切，情人的最高价值在于它的"问题性"，在于杜拉斯的叩问，所以笔者不赞同用"后现代"来鉴定《情人》。

最后，笔者在研究杜拉斯的过程中对"互文性"还有一些思考。用"最难界定"的"互文性"来研究"最难归类"的杜拉斯。起初在笔者看来是十分适合的，因为互文性可以宏观、动态地呈现杜拉斯作品形式及国际学界杜拉斯研究的多元。但在研究过程中就会发现克里斯特瓦的"互文性"理论用"文本观"代替"作品观"，用"文本间性"代替"主体间性"的缺陷。史忠义老师在《符号学的得与失——从文本理论谈起》一文中，从五大方面肯定了这一理论的功绩。文本理论提出了"互文性"概念，趋向于消除文类间和艺术间的分野，提升了读者阅读的地位，扩展了书写的概念，从而给了文学艺术批评、不同艺术形式间的改编更大的自由空间。但史忠义也指出了文本观代替作品观的弊端，文本的碎片化、主体的虚无化进一步加剧了符号的游戏化，"其实，意义的生产，成义过程，是在历史长河的生活中发生的，各种意义都是人类在漫长的历史中的生产实践、生活实践和社会实践留下的痕迹。意义不是空穴来风的。离开了主体们，离开了绚丽多姿的生活，文本生产就变成了单纯物质性的符号游戏。"（史忠义 2014：1）意义消失，价值崩解，从而可能导向一种虚无与混乱。

艾布拉姆斯在《镜与灯》中提出了著名的文学四要素理论，即艺术家、作品、世界、欣赏者构成的框架。（艾布拉姆斯 2004：6）在这四大要素中，始终占据中心地位的是作品，艾布拉姆斯也以此与解构主义的元批评方法进行论战。梅耶关于性情、逻各斯和感情三位一体的修辞观及关于问题学哲学、新修辞学思想和历史性视野三位一体的思想也是对文本理论的一种批判，值得我们进一步思考。

作者简介：张婷，女，陕西省榆林学院外国语学院教师，西安外国语大学文学博士。

他有几个灵魂？

——《红与黑》中于连的人格意象分解

郭兰芳

厦门大学外文学院

摘要：本文用心理学的人格意象分解方法对《红与黑》中于连的人格进行了深层剖析，进而分析其人格特征的成因、探索其悲惨命运的根源。

关键词：《红与黑》；于连；人格意象分解

《红与黑》作为一部经典的现实主义作品，引来了评论界的诸多关注。小说中出色的心理描写一向是大家津津乐道的话题。《红与黑》的中文译者赵瑞蕻曾明确指出："《红与黑》艺术风格的基本特征是长于心理分析。"（许钧1996：77-79）丹麦著名的思想家、评论家勃兰兑斯则认为司汤达"是心理学家，而且只是心理学家"。（勃兰兑斯1984：250）司汤达所塑造的于连也成为文学史上非常经典的人物形象，其矛盾激荡的内心世界让读者回味无穷。既然是一部心理韵味十足的作品，我们为何不试用心理学的理论来解读于连这样一个复杂的灵魂！

一、人格意象分解理论

关于潜意识的机制，学术界比较熟悉的是弗洛伊德关于"压抑作用"的学说。不同于弗洛伊德，法国心理学家、变态心理学界的泰斗耶勒（Pierre Janet）则更注重"分裂作用"（désagrégation）。在其著作《心理的无意识行为》（*L'automatisme psychologique*）中，耶勒研究了梦游症、迷逃症、双重人格等几种癔症，并通过分裂作用来解释这些症状的形成。耶勒认为，在完整人格状态下，自我是一个枢纽，把凌乱的心理事实通过综合作用统一到一起。而一些心理疾病患者由于综合作用无法正常运作，部分心理事实由于分裂作用进入潜意识，因而人格分裂为二重或多重："Nous sommes disposés à

considérer l'anesthésie systématisée ou même générale comme une lésion, un af-
faiblissement, non de la sensation, mais de la faculté de synthétiser les sensations
en perception personnelle, qui amène une véritable désagrégation des phénomènes
psychologiques."（Janet 1889：67）（我们相信，系统性的或者全身性的感觉缺
失，并非源自感觉的削弱，而是将感觉变成个人知觉的综合作用被削弱，而
综合作用的削弱会导致各种心理现象的分裂。）健全人所有的观念都由自我这
个枢纽来统摄，而分裂后的意识则好比被瓜分的财产，意识范围被瓜分成好
几块，由不同的人格来控制。在多重人格中，某一人格上台，其他人格则要
退避。

美国《变态与社会心理学杂志》的创始人、波士顿塔夫兹医学院神经病
学教授普林斯继承了耶勒"分裂作用"的思想，并把这个概念应用于多重人
格的研究。他于1906年发表了著作《人格的分裂》（The dissociation of a per-
sonality）。这部作品其实是一个多重人格者的传记，而该案例一向被认为是20
世纪美国精神医学史上最著名、社会影响最大的多重人格案例之一。书中的
主人公比彻姆小姐身上有三个不同的人格：圣人、女人和孩子。这三重人格
在她身上交替出现，使主人公在不同的情境下表现出截然不同的性格特征。

荣格在谈及梦、象征和原型的理论时，也探讨了多重人格问题："在一些
原始部落中，人们认为一个人有着数个灵魂。这种信仰表现了一些原始部落
的人们那种每一个人都是由数个互相联系而又互相区别的部分构成的感情。
这意味着个人的心灵远远没有稳定地综合为一体，相反，在未受遏制感情的
猛烈冲击下，心灵很容易被撕成碎片。"（霍尔，诺德拜 1987：202-203）他同
时指出，"虽然我们是从人类学家们的研究中熟悉这种情境的，但这种情境并
不像它看上去那样和我们自身高度的文明毫不相干。我们同样亦能变得精神
分裂，失去我们的统一性。"（霍尔，诺德拜 1987：203）即使在当今所谓的文
明社会中，人的意识依然不是一个统一体，依然是脆弱的、易于破碎的。而
这种现象在某种程度上其实跟原始人几个灵魂的观点是一致的。换言之，对
于正常人而言，意识的分裂状态其实是个常态，而并非只有精神病人身上才
会出现这样那样分裂的状况。

国内著名的心理学家、意象对话心理疗法的发明者朱建军在耶勒、普林
斯和荣格的理论基础上，结合自己多年的临床经验，提出了自己的理论，发
明了人格意象分解技术。朱建军认为，并非只有心理疾病患者的人格才分裂，
正常人的人格也是可以分解的，也正因此，我们常常会觉得有几个不同的

"我"，他们经常会有冲突、矛盾，他们之间的关系也正是我们内心世界的一种形象化体现。在作品《你有几个灵魂》中，朱建军详细地介绍了人格意象分解技术：通过一些专业的放松技术、接受一定的引导，子人格会一一出现在我们的脑海里。这些子人格有可能是人，也有可能是动物，如果是人，那么他会以很具体的方式呈现在我们脑海里：衣着、年龄、神情、性格，甚至姓名等。每个子人格其实都代表我们身上的一个特质，简单地说，这些子人格是我们特质的一种形象或者意象反映。正如大家所知，潜意识的语言，比如梦境，是形象化的、象征性的，它往往以某种意象的方式呈现在我们脑海中。人格意象也是同样的道理。朱建军通过长期的临床实践发现，每个人的子人格数量在 15～40。这些子人格也构成了一个小小的社会，子人格之间的关系也如同人际关系，他们也会彼此喜欢或厌恶，他们之间的矛盾，实际上就是我们内心的冲突和矛盾。如果子人格之间的关系和谐，我们的心态也会趋于平和；反之，我们的内心则会有较大的冲突，心态也会比较浮躁、混乱。（朱建军 2008）朱建军的意象对话疗法由于可操作性强、适用范围广，在国内临床界应用甚广。他的人格意象分解技术可操作性同样非常强，是深入了解人格特质的一种非常有效的方法。这种方法其实是把抽象的内心世界转化成一个具体可见的、由人（或动物）构成的小社会，如同把原本纷繁芜杂的内心世界变成了一幅生动形象的画。当我们看清了这幅画，在很大程度上也就看清了自己。改变的第一步，便是对自己合理的感知与认识。认清自我之后，我们可以通过对子人格之间关系的调节，有效地对人格进行整合。

熟悉于连的读者应该都看得出，于连内心的冲突十分强烈。他身上明显有好几个截然不同的子人格在进行着激烈的斗争。在他不同的人生阶段，主导他性格的子人格也在不断发生变化。下面我们就将走进于连的内心世界，一起来认识他的诸位子人格，来看看在他人生的不同阶段，这些子人格之间的"权力斗争"是如何上演的。

二、初出茅庐

来到市长家里当家庭教师之前，于连在父亲老索雷尔的锯木厂里工作。他的两个哥哥都如巨人一般，干起锯木厂的活得心应手。而瘦弱的于连晚上跟随本堂神父学习神学，白天在锯木厂也抱着书本不放，他因此经常遭到父亲毒打。这一时期，"书生"是于连的主导子人格中至关重要的一员。他非常努力，而且记忆力惊人，能够熟背《圣经》，此事后来轰动了全城，这都得益于"书生"这一子人格。

与"书生"并行的，还有一个年轻姑娘的子人格，我们且以"女孩儿"来称呼她。这一时期的于连表面给人的感觉是柔弱的。在他初见德·雷纳尔夫人的时候，主导他行为的，正是"女孩儿"这一子人格："这个乡下青年皮肤那么白皙，眼睛那么温柔，使富有几分浪漫精神的德·雷纳尔夫人首先想到他可能是一个女扮男装的姑娘，来向市长乞求某件恩典的。"（司汤达 2003：19）这个子人格美丽、温柔、腼腆而胆怯，让充满母爱的德·雷纳尔夫人见而生怜。应当说，德·雷纳尔夫人对于连最初的情感正是源于她的母性，源于她保护于连"女孩儿"这一子人格的欲望。

心理学一般认为，我们每个人的内心都包含所有的心理元素，都"具有一切积极和消极的特质"（福特 2009：31），因而子人格往往都是成对存在的。如果某人身上有"懒人"这个子人格，他身上往往也会有"工作狂"这个子人格，而这些对立子人格之间的冲突往往也会成为我们内心冲突的根源。那么于连身上是否也存在着跟"书生"或者"女孩儿"对立的子人格呢？事实上，"女孩儿"代表的是于连身上胆怯、顺从的一面，有这样的子人格存在，他身上就必定会有另外一个偏向愤怒的子人格，因为这种顺从、压抑、委曲求全的行为，必然会导致怨气集聚、导致愤怒和不满。（一方面，它们是冲突的；另一方面，这些相互对立的子人格才能造成总体上的人格平衡。而单一人格，或者更准确地说，单方面的子人格一定会导致当事人的畸形人格或病态人格）。表面上看，此时的于连主要受到"书生"和"女孩儿"这两个子人格的支配，但我们稍加留心，就会发现"复仇者"这个子人格会时不时地跳出来发泄。且看看于连遭到父亲毒打之后的反应："一双黑黑的大眼睛，平静的时候，闪烁着深思和热情的光芒，而在这时则露出最凶恶、仇恨的表情。"（司汤达 2003：13）如果我们给他做人格意象分解的话，这个子人格有可能会是一只愤怒的狮子或者老虎的形象。于连自小受到家人的鄙视，他的父亲总觉得他活不了多久，认为他会成为家里的包袱。不仅父亲、哥哥欺负他，他跟同伴们玩的时候也总是挨揍。他是个弱者，人人歧视他。可以想象，这样的环境下成长起来的于连，内心深处是充满仇恨的。这些成长经历使得于连本质上对人与人之间的关系是不信任，甚至是敌视的。但年幼的他太弱小，只能选择服从，而他内心反抗的一面被他压抑到潜意识中去了。但他表面上越顺从，仇恨就愈被压抑，复仇的动机则越强。而这样的心理能量一旦爆发，就会造成非常严重的后果。

于连早年的不幸经验使得他内心充满不安全感和自卑感。从精神分析角度来看，家庭环境对孩子安全感和自信的建立非常重要。男孩儿一方面需要母亲的爱，另一方面需要通过对父亲角色的认同来建立良好的自信，克服自卑心理。《红与黑》中自始至终没有提到于连的母亲，我们可以想象母亲的角色在他生命中是缺失的（其实于连与德·雷纳尔夫人的关系很大程度上是他缺失母爱的一种补偿）。而作品中所描述的于连父亲更是一个粗俗不堪、精于算计、对自己的孩子毫无怜爱之情可言的恶毒老头，这样的父亲如何能让敏感、心思细腻的于连有角色认同感！加之那个等级依旧森严的复辟时代，出生在一个穷木匠家里，他身上的自卑感是深入骨髓的。"女孩儿"这个子人格其实很大程度上是由"自卑者"产生的。因为自卑，所以显得怯懦，战战兢兢，处处小心翼翼。而与"自卑者"相对立的"自尊者"，也是于连身上非常典型的一个子人格。内心极度自卑的人外在的表现往往是高度的自尊，这样的自尊事实上是人寻求平衡的一种心理防御机制。当他得知市长要聘请他去当家庭教师的时候，他在心里暗想："宁可什么也不要，也不能降低身份与仆人们一起吃饭。"（司汤达 2003：14）比起工钱，他更在乎自己在市长家的地位。于连初见德·雷纳尔夫人时，看到夫人如此美丽温柔，又听到这样一位贵妇人一本正经地称他为先生，胆怯的"女孩儿"子人格正感到受宠若惊，夫人的一句"您懂拉丁文，先生，是真的吗？"（司汤达 2003：14），刺痛了"自卑者"，于是"自尊者"跳出来，开始了自我防卫：他摆出了一副严肃的样子，脸上不快的神情让德·雷纳尔夫人望而却步。

同时，"自卑者"这个子人格还催生出了另一子人格——"野心家"。根据荣格关于补偿的理论，有意识活动是无意识定势的平衡。他说："我特别使用'补偿'这个词，而没有使用'对立的'这个词，因为意识和无意识不是处于必然反对的立场，而是互为补充的，以便构成一个整体，这就是自我本身。"（雷宾 1988：82）潜意识里强烈的自卑感使得于连不断地寻找意识层面的途径来平衡这样的不安全感和焦虑感。而他找到的途径就是对权力的追逐：他心里"隐藏着宁可死上一千次，也要发迹的不可动摇的决心"（司汤达 2003：17）。因而，他一开始崇拜拿破仑，希望通过建立战功来改变自己的地位。而后，他意识到时代已经变了，对于平民出身的他而言，只有走教士的道路才有翻身的机会，于是转而投身宗教，尽管他根本不信上帝。由此可见，于连走上这样的道路是必然的，"野心家"这个子人格是他成长经历及社会环境的必然产物。但是，在这个阶段，由于客观环境的限制，于连把自己的野心藏得严严实实，大部分时候，我们只能感受到他文弱书生的一面，而感觉不到他的野心和气焰。因而，我们可以说"书生"这个子人格其实是"野心家"的对立面，在特定的环境下，"书生"这张人格面具很好地保护了于连，使他不至于因为其不恰当的野心而给自己带来不必要的麻烦。

通过上面的分析，我们看到，在进入上流社会之前及接触上流社会之初，于连内心有两个主要的关系圈：一个由"书生""女孩儿"和"自卑者"组成，另一个由"野心家""复仇者""自尊者"组成。两个关系圈对立而又统一，前一个关系圈主导了这一时期于连人格的表象：弱势的子人格"书生""女孩儿""自卑者"占了上风，因而初出茅庐的于连多数时候显得楚楚可怜，鲜有人能发现他的勃勃野心。

三、名利场上的浮沉

进入市长家事实上是于连社会生活的开端。他经历了与德·雷纳尔夫人的恋情，后因为两人恋情败露而不得不离开小城维里埃，来到神学院。随后由皮拉尔神父的引荐，于连来到德·拉莫尔侯爵府，与府上的千金马蒂尔德相恋，并凭借这段恋情走上人生的巅峰，成为轻骑兵中尉。然而他还未细细品尝成为人上人的滋味，一封来自德·雷纳尔夫人的告发信把他从云端打入地狱。怒不可遏的于连朝他的情人开了一枪，把自己送进了监狱。在这个阶段，于连的子人格群体又发生了怎样的变化？

上文我们提到，"女孩儿"与"复仇者"是一组对立的子人格，他们之间的关系是此消彼长的。之前，仇恨被过度压抑，与此同时，它也在默默地积蓄力量。而此时，"女孩儿"子人格退缩至幕后，这也意味着"复仇者"终于成了这一组关系里的主导力量。而这股仇恨的力量除了有内在的心理原因，外在的社会环境也起了重要的推波助澜作用。于连虽然出身贫贱，但是他头脑机敏、情感丰富、才华横溢，这样的人如果换一个时代，甚至是在此前的拿破仑时代，一定可以出人头地。假使他可以出人头地，他的光环、荣耀可以在很大程度上弥补他的自卑，从而平息他的愤怒。但不幸的是，他生活在大革命之后的复辟时期。那个时代，人一旦出生，命运就被写好了，底层人民无论如何挣扎都无法摆脱自己贫贱的命运。也正因此，进入上流社会之后，于连内心的仇恨有增无减，他不断寻找机会发泄。不管于连意识层面是否承认，我们应当意识到，于连追求两位贵族女性的初衷都不是出于爱意，而是潜意识里对上流社会的报复动机。

与此同时,"自卑者"与"自尊者"这一对子人格也在相互激发中不断成长壮大。在上流社会夹缝里求生存的于连,周边的人要么出身贵族,要么家财万贯,这对于贫民出身的他而言无疑是致命的打击。他饱受自卑情绪的煎熬。别人一个异样的眼神、一个异常的动作他都可能感知为是对自己的鄙视,这样的例子在书中比比皆是。于连对德·雷纳尔夫人的追求最初也源于这样的自卑心理:一个盛夏的夜晚,他不小心在花园里碰到了夫人的手,夫人很快把手缩了回去,这个小细节触动了他的自卑情结,于是他下定决心要让这只手被他碰到时不缩回去,他认为做不到的话,自己会成为笑料。当他终于实现这一目标的时候,他的幸福感完全不来自他对夫人的爱,而是对自己自尊心的满足。深深了解于连的皮拉尔神父在把他引荐给侯爵的时候,也特地交代了侯爵大人:"这个年轻人虽然出生在一个下层家庭,志向却很高,如果伤害了他的自尊心,他不会有任何用处。"(司汤达 2003:137)这些高度自尊的行为方式其实都是他自卑心理的一种外在体现。他像只刺猬,用浑身的刺来保护自己脆弱的内心。

如果说进入上流社会之前,由于条件不允许,于连只好把"野心家"子人格压抑到内心最深的角落,而派文弱的"书生"上场,进入上流社会之后,这个子人格算是扬眉吐气而成为他的主导子人格。他的两段爱情,尤其是与马蒂尔德的情感其实都是在野心家的导演下实现的。虽然这两段感情在一定程度上都基于于连对二位贵妇人美貌的赞赏,但是这样的追求背后还有更深层的原因:对荣誉和利益的追逐。他与德·雷纳尔夫人交往时,作者就明确地指出:"他的爱情仍然可以说是野心;爱情对于他来说,是一种占有的喜悦。"(司汤达 2003:59)而他只有在忘记野心的时候,才能真正享受爱情给他带来的欢乐和愉悦。在他和马蒂尔德的关系中更是如此:当这位对所有人不屑一顾的贵小姐对他表示出好感时,他觉得自己打败了那些平常称他为"仆人"的贵公子,自尊心得到了大大的满足。当他最终征服了马蒂尔德,同时在她父亲的帮助下成为轻骑兵中尉的时候,他欣喜若狂:"我的故事已经结束了,这一切功劳归功于我自己,我知道如何让这个傲慢的恶魔爱上我,他父亲没有她活不下去,她没有我活不下去。"(司汤达 2003:291)从这段简短的内心独白中,我们读到了他对马蒂尔德的蔑视、甚至仇恨,更读到了他的勃勃野心。

如果让读者来描述于连的性格,相信大部分读者的描述里都会出现"纠结"一词。除了上述的种种矛盾对立,我们还发现,他一方面想方设法往上爬，一方面又常常陷入可怕的自责之中：他常常觉得自己是一个"伪善者"，是一个"疯子"，也时常觉得"做个诚实的人是多么愉快"（司汤达 2003：59）。其实，这都是因为于连内心还活着一个充满正性能量的子人格——"正义者"。这个子人格真诚善良，同时也颇具英雄主义色彩。乌烟瘴气的社会让他选择了戴着伪善的面具生活以自保，但内心深处他对这样的面具是鄙视的、不认同的。可以说，于连内心最大的痛苦正来自"正义者"与"伪善者"这一对子人格之间的冲突。表面上看，"伪善者"稳稳地占了上风，但是在这样一组对立的子人格关系中，"伪善者"越占上风，"正义者"则被压抑得越厉害，而被压抑的"正义者"也不会放过任何可能的机会来对"伪善者"进行攻击。

上流社会的艰难生活让于连的内心一片混乱：自卑的加强带来了野心、欲望的增长，野心的实现受阻带来了更多的仇恨；野心、仇恨、伪善又使他遭到了内心正义的严厉谴责，谴责的结果则再次加剧他内心的仇恨，由此造成了一个恶性循环的怪圈。从这个角度看，射杀德·雷纳尔夫人是他内心冲突发展的必然结果，而这，恰恰又是他心理、人生的重要转折点。

四、回归自我

在狱中，于连的内心世界发生了巨大变化：他开始感到愧疚、悔恨，他发现原来自己疯狂地爱着德·雷纳尔夫人，他细细地回忆着在维里埃度过的平静而美好的岁月，而关于巴黎的一切，他原先不惜一切代价追求的成功却使他觉得厌烦。德·雷纳尔夫人的原谅更是让他感到幸福不已。此时，两位贵族女性在监狱外面积极活动，试图帮他摆脱罪名，但是作为当事人，于连却没有太大的求生欲望，庭审时他对上流社会的一番控诉及对自己所谓"罪行"本质的揭露，彻底将他送上了死亡之路。

应当说，在监狱的这段日子，是于连的人格整合期。有人这样评论于连在此之前的状态："他经常痛苦地徘徊在自由与禁锢、禁欲与放纵、自尊与自卑、虚伪与正直、反抗与妥协、雄心与野心等相互纠葛、相互冲突而又相互转化、难辨真伪的道德情感怪圈之中。"（郭建辉 2003：53–55）这确实是于连心理的真实写照。经历了名利场上的浮浮沉沉，经历了真爱的失而复得，于连看透了上流社会，也看清了自己，他终于找到了真实的自我，找到了内心的平静，他与自己和解了。

于连与自己和解，事实上是他的子人格之间的和解。他痛苦的根源在于其内心"自卑者""复仇者""野心家"这几个负性子人格能量过于强大，几乎没有给"正义者"等正性子人格留下生存空间。而在这几个危险的负性子人格中，"野心家"和"复仇者"归根到底都是自卑的产物，根源在于早年对爱的缺失。若想化解这样的自卑情结，唯一的办法就是给他充足的爱。功成名就也许能缓解他一时的自卑，但终归无法从根本上化解。如果说维里埃时期由于野心，于连没能够充分认识、享受德·雷纳尔夫人给他的爱，此时的于连，在射杀情人未遂而又得到她谅解之后（射杀德·雷纳尔夫人的行为又使得他内心的负性能量得到了极大释放），他终于深刻体会到夫人对他无私的、不求回报的爱，也只有在这时，他能够抛弃一切欲望与杂念，尽情地享受爱情给他带来的全身心的愉悦。他的自卑感、孤独感也在这样伟大的爱情里消融了，"复仇者""野心家"也随之消亡，他彻底卸下了人格面具，回归真实的自我。

何谓"回归真实的自我"呢？ 20世纪美国著名人本主义心理学家、哲学家罗杰斯（Carl Rogers）提出了"价值条件化"的概念，认为人其实先天有一套自己的有机体评价过程，但是在成长的过程中，由于受到身边的重要他人和社会规范的影响，我们的行为不再受有机体评价过程的指导，而是受内化了的别人的价值规范指导，这就是价值条件化的过程（郭念峰 2012：107）。然而这些被我们内化的别人的规范往往与我们自己原来的真实经验不一致，在这种情况下，我们就会形成一套"符合别人需要、适应环境的生活方式、思想、行动和体验方式，使我们生活得越来越不像自己，仿佛戴着面具生活"（郭念峰 2012：108）。这些在于连身上体现得淋漓尽致：他根本不相信上帝，却要伪装成一个教士；《圣经》对于他而言不过是谎言，他却要为了生存把它背得滚瓜烂熟；他厌恶上流社会的种种，自己却要想方设法挤入这个他内心深处极其鄙视的圈子……所有这些，都并非出于他的本意，他的苦苦追求其实就是一种价值条件化的表现。罗杰斯认为，这样的行为模式发展下去必定导致他自我概念与经验之间的不协调，从而引起心理失调。要摆脱这样的困境，只能去掉价值的条件化作用，充分利用有机体的评价过程，才能使他接近自己的真实经验和体验，活得真实，成为真正的自己。

然而这样的去价值条件化对于当时的于连来说是否可能呢？试想，假使于连接受马蒂尔德的帮助，他出狱后会过着怎样的生活？

首先，既然德·雷纳尔夫人的爱是治愈于连的关键因素，他出狱之后这个关键因素能否继续发挥作用呢？在那样一个等级森严的时代，一个木匠家庭出生的穷小子胆敢高攀市长夫人，这样的丑闻怎能为社会所容忍？！他们的关系在那样的社会里必定是要夭折的。他的这个第一治愈要素将会无法发挥作用，他也不可能被治愈。

其次，他也许因为感激而接受马蒂尔德，接受自己是某个贵族私生子的谎言而成为骑兵中尉，这样的社会荣誉能在一定程度上帮助他恢复。但这个前提本身就需要他戴上一重面具、以虚假的身份示人。此外，要在上流社会生存，他必然要接受那里的游戏规则，继续扮演伪君子，继续扭曲自己的灵魂。由此可见，于连的悲剧其实是这个社会造成的：这个等级森严、虚伪腐朽的社会不给他生存空间，更不可能让他以自己的真实面目存活。于连曲曲折折的人生路其实是他以一己力量来对抗整个社会的过程，其结果是把自己摔得遍体鳞伤。他很清楚，自己真正的罪行并非射杀情人，而是出身下层阶级却"大胆混迹于富人称为上流社会的社会之中"（司汤达 2003：314）。从这个角度讲，对于连的审判多少有《局外人》里对默尔索审判的荒谬之感。由此，我们看到这样的腐朽体制走向灭亡的必然结果，而于连事实上是千千万万抗争腐朽体制志士的精神先驱。司汤达在写下这部作品的时候，就曾经预言，人们要到五十年后才能认识到这部小说的价值。事实确实如此，在小说发表后的五十年，即 1880 年，在千千万万的于连的努力下，法国人民摆脱了君主专制，迎来共和国，此时人们才意识到司汤达的前瞻性，这部小说才开始畅销，成为经典名著。

既然这个腐败的、令人窒息的社会不允许于连以自己的真实面目存活，摆在他面前的只有两条路：要么继续戴着面具苟延残喘，要么安然地带着自我走向死亡。于连选择了后者。此时的他，成了一个真正自由的、大写的"人"。行刑那天，"阳光明媚，大自然生机盎然，于连浑身充满勇气。在露天行走对他有一种甜美的感觉，像一个人在海上航行了很久后，到陆地上散步似的。"这样的环境描写也是于连的心理写照，他在上流社会这片暗潮汹涌的海里航行了很久，渐渐迷失了自己，而现在，他终于如同迷路的旅人回到了自己的故乡，感到自在踏实。"这个脑袋从来没有像要落地时这样富有诗意。"（司汤达 2003：314）这样的诗意是自我给他的礼物。而这个结局，对于于连而言，或许是一个新的开始！

五、总结

近距离审视于连的子人格群体之后，我们不妨用一个表格来整理这些子人格之间的关系（表 1）：

表 1 于连的子人格间的关系

子人格	女孩	复仇者
	书生	野心家
	自卑者	自尊者
	伪善者	正义者
外在表现	阴柔	阳刚
	韬光养晦，虚情假意	锋芒毕露，咄咄逼人
选择道路	"黑"（教士之路）	"红"（军官之路）

于连身上存在着横向的四组对立子人格：女孩儿—复仇者、书生—野心家、自卑者—自尊者、伪善者—正义者。从纵向来看，女孩儿、书生、自卑者、伪善者构成了于连身上阴柔的一面，当这些子人格占上风的时候，他会采取韬光养晦、虚情假意的处世原则；而复仇者、野心家、自尊者、正义者则构成他身上阳刚的一面，在这些子人格的影响下，他则会表现得锋芒毕露、咄咄逼人。阳刚的一面让他希望自己能像拿破仑一样立下赫赫军功，但当他意识到时代已经变了，自己并非身处拿破仑帝国时期，而处于复辟王朝之时，阴柔的一面又指引他走上了教士之路。于连的一生便是他身上阴柔与阳刚、"黑"与"红"博弈的一生。然而不幸的是，他身上的"阴"与"阳"、"黑"与"红"绝大多数时候处于失衡状态。这其实是于连人格不健全的最重要、最本质的原因。我们自古有"叩其两端而执中"的古训；《易经》古老的智慧也告诉我们，阴阳平衡才能让万物趋于和谐，这样的平衡理论同样适用于西方的心理学：对于个人而言，要保持心态健康，这些对立的子人格之间必须处于一种动态平衡的状态。应当说，狱中的于连已经实现了动态平衡，只是那个黑暗的社会无法容纳这样一个真实的自我、不允许普通人以"大写的人"的状态存在！着实可悲可叹！然而这也正是悲剧的魅力所在，不是吗？！

参考文献

[1] 司汤达. 红与黑 [M]. 王士元，译. 福州：海峡文艺出版社，2003.

[2] 朱建军. 你有几个灵魂 [M]. 北京：中国城市出版社，2008.

[3] 黛比·福特. 接纳不完美的自己 [M]. 严冬冬，译. 长春：吉林文史出版社，2009.

[4] 卡尔文·霍尔，沃农·诺德拜. 荣格心理学纲要 [M]. 张月，译. 郑州：黄河文艺出版社，1987.

[5] B.M. 雷宾 . 精神分析和新弗洛伊德主义 [M]. 李今山，吴健飞，译 . 北京：社科文献出版社，1988.

[6] 郭念峰 . 心理咨询师（二级）[M]. 北京：民族出版社，2012.

[7] 勃兰兑斯 . 十九世纪文学主流（第五分册）[M]. 北京：人民文学出版社，1984.

[8] 林双泉 . 奴役与自由——对《红与黑》主人公于连人格的精神分析 [J]. 福建师范大学学报，1999(3) .

[9] 许钧 .《红与黑》风格的鉴识和再现 [J]. 四川外语学院学报，1996（1）77–79.

[10] 郭建辉 . 人的生存困境的呈现——《红与黑》中于连形象的现代意味 [J]. 怀化学院学报，2003(1)：53–55.

[11] Pierre Janet. L'automatisme psychologique：deuxième partie（《心理的无意识行为：第二部分》）魁北克大学整理的电子版，1889.

作者简介：郭兰芳，女，厦门大学外文学院法语系助理教授，研究方向为法国文学。

狄德罗"正剧"概念考辨

龙　佳

厦门大学

内容提要："正剧"是戏剧理论话语体系的重要概念。然而，国内学界对"正剧"概念的理解观点纷呈，且普遍将正剧之功归于狄德罗。本文试图追根溯源，从厘清严肃剧、严肃喜剧、市民悲剧等相关概念入手，探究狄德罗对18世纪"正剧"概念的影响，进而明确"正剧"的实质内涵，为当下国内戏剧界关于"正剧"的热烈讨论提供些许参照。毕竟，任何争辩都无法回避的一个根本问题是：什么是"正剧"？

关键词：狄德罗；正剧；严肃剧；严肃喜剧；市民悲剧

基金项目："中央高校基本科研业务费专项资金资助"（Supported by the Fundamental Research Funds for the Central Universities），编号：20720171050。

一、问题的提出

"正剧"作为戏剧学理论体系中的重要概念，早已被国内学术界普遍而广泛地接受使用。国内学界一般认为狄德罗是正剧理论的开山鼻祖。如中国大陆首部完整阐释世界各国自远古到现代文化发展和戏剧思想的史论著作《戏剧理论史稿》中写道："'严肃喜剧'是狄德罗……建立起来的一种戏剧体裁，也就是后来占领世界剧坛的'正剧'的前身。"（余秋雨 1983：339）国内首部完整译介狄德罗戏剧理论的著作《狄德罗美学论文选》译本序中也提道："狄德罗在戏剧领域的贡献，主要是创立了以现实生活为题材的'市民剧'（狄德罗本人称之为严肃剧或正剧）……"。（狄德罗 1984：17）❶ 这就是说，市民剧、严肃剧和正剧所指一致，严肃喜剧是正剧的雏形。况且，国内学术界对狄德罗提出的"正剧"概念的边界似乎并没有达成一致："在一般情况下，我们并不把这两种类型的戏剧（该文作者指"严肃喜剧"和"家庭悲剧"这两种戏剧）

---

❶ 序言为人民文学出版社资深编辑艾珉所写。

都称为正剧，而只把没有悲惨结尾的严肃喜剧命名为正剧。……我把狄德罗提出的中间形态的严肃剧统称为正剧。"（陈军 2008：13）这就是说，正剧包括家庭悲剧和某些严肃喜剧。但我们又看到："这个中心地带，狄德罗用一种接近家常的现实生活的戏剧将它填满，这是传统的悲剧与喜剧概念之外的第三种戏……狄德罗将其称为'严肃戏剧'或'家庭悲剧'。"（张伟航 2003：39）在这里，严肃戏剧又与家庭悲剧画上了等号。如果前面关于严肃剧与正剧所指一致的结论成立，正剧岂不仅仅指家庭悲剧？狄德罗提出的戏剧新类型严肃剧、严肃喜剧、家庭悲剧之间到底有什么关系？中译"正剧"又指什么？对于如上概念混淆的问题，学界并非没有意识。诚如陈军教授所言，这里面"有翻译的问题，也有对这些戏剧本质认识的问题"。（陈军 2008：13）"正剧"，作为一个不属于中文传统语汇、从法语中翻译过来的新词，其真正内涵也许需要到法语原文中一探究竟。本文试图追根溯源，在仔细对比研读法文原本与中译本™ ❶ 的基础上，对狄德罗提出的严肃剧、严肃喜剧、市民悲剧、家庭悲剧等重要相关概念进行廓清与梳理，探究"正剧"的原初本义，进而明确"正剧"的实质内涵。

二、狄德罗的"严肃剧"

狄德罗在"关于《私生子》的第三次谈话"中对戏剧系统进行内部划分：将喜剧与悲剧看作对立的两极，首次正式界定了一个介乎二者之间的新剧种："le genre sérieux"，译为"严肃剧"。在严肃剧的基础上，他提出存在"两种未经探讨而正有待研究的戏剧"。第一种是"les comédies dans le genre sérieux"，译为"严肃剧性质的喜剧"。在其稍后的论述中，我们可见到如下提法："le comique sérieux"或"la comédie sérieuse"，分别对译为"严肃喜剧"或"严肃的喜剧"。无论类比法文还是中文，以上三种提法所指是一致的，即狄德罗所言介于严肃戏剧和喜剧之间，有喜剧色彩的戏剧。是为译名"严肃喜剧"，简洁明了。第二种戏剧指"les tragédies domestiques"，译为"家庭悲剧"。同样，还可见如下命名"le tragique domestique et bourgeois"，译为"市民家庭悲剧"

---

❶ 法文版依据: Ecrits sur le théâtre, 1. Le drame, Diderot, Edition établie et présentée par Alain Ménil, 1995. 该书包括狄德罗阐述其戏剧理论的两个重要文本："关于《私生子》的三次谈话"和"论戏剧诗"。中文版依据：《狄德罗美学论文选》，狄德罗著，张冠尧，桂裕芳译，人民文学出版社，1984年。由于该译本在国内流传范围广、历程长，成为国内了解狄德罗戏剧理论的权威版本，故选之。下述法文概念的名称及对应中译名引用，如未另作说明，皆分别出自此二版本。

或拆译为"家庭悲剧""市民悲剧";"la tragédie bourgeois",译为"小市民悲剧"。尽管中法文能指皆各异,但狄德罗的所指非常清楚,即介于严肃戏剧与悲剧之间,有点悲剧味道的戏剧。此外,我们知道,狄德罗之所以提出严肃剧这一崭新的戏剧体裁,就是为了反映18世纪法国社会日益崛起的资产阶级的情感诉求、道德面貌及生活状态,以有别于代表王公贵族的悲剧和嘲笑第三等级的喜剧。因为"喜剧和悲剧在任何等级里都会产生",喜剧可以"描写人的美德和责任",因此可以是"严肃的";而悲剧也可以"家庭的不幸事件为对象",故有"家庭悲剧"或"市民悲剧"之名。这里的"市民"即指"资产阶级"。

在"关于《私生子》的谈话"发表次年,狄德罗又发表了系统论述其戏剧理论的长篇论文"论戏剧诗"。其中,专辟章节讨论了"严肃喜剧"。在题为"严肃的喜剧"的第二篇,他首先明确指出严肃喜剧以表现"人的美德和责任为对象"。如果我们对"关于《私生子》的第三次谈话"还有印象,就该记得狄德罗对于"严肃剧"题材提出过同样的要求。为什么由"严肃喜剧"开始,却转回去重谈"严肃剧"了呢?在第二部分"狄德罗的'严肃剧'"中,第一段论述的是:狄德罗提出了三个剧种名称并分别进行了大致的界定:严肃剧、严肃喜剧和家庭悲剧。第二段意图论述的是:狄德罗对以上三个剧种概念的关系界定。这里从"严肃喜剧"开始,然后进一步谈"严肃剧",是因为:狄德罗对于严肃剧的理论论述集中于依次写就的两篇文章中:"关于《私生子》的第三次谈话"(1757)和"论戏剧诗"(1758)。如果说第一篇是狄德罗借"我"与剧本人物多华尔探讨剧本《私生子》之机,首次提出了新剧种严肃剧;第二篇则是除去了虚构色彩,完全以理论口吻写就的、系统性的论文。因此,第二篇论文能够提供关于区分严肃剧、严肃喜剧和家庭悲剧三者的详细依据。这是行文转向"论戏剧诗"的原因。其次,"论戏剧诗"的第二篇题为"严肃的喜剧"。实际上,狄德罗并没有限于讨论"严肃的喜剧",他在该篇对戏剧系统进行了最后一次划分,同时对该系统中多次出现的不同概念进行整合、界分,如图1所示。

轻松的喜剧——严肃的喜剧——以家庭的不幸事件为对象的悲剧——悲剧

图1 狄德罗戏剧概念的系统划分

可见,在这个系统划分中,严肃剧的提法没有了。而狄德罗先前在先后讨论"严肃喜剧"和"严肃剧"这两个概念的时候,曾用过同样的表述,即以表现"人的美德和责任为对象"。这样一来,问题就出来了:狄德罗笔下的严肃喜剧与严肃剧究竟有无区别，有什么区别？这是本文行文从"严肃喜剧"再转到"严肃剧"的原因。实际上，本段论述严肃剧、严肃喜剧与家庭悲剧的关系，要解决的主要问题就在于：严肃剧与严肃喜剧的关系、严肃剧与家庭悲剧的关系。在早前出版的"三次谈话"末尾，狄德罗曾提议建设严肃剧的两个分支：严肃喜剧和市民悲剧。随着他理论思考的深入，在这一篇里终于把设想转化为戏剧系统划分的新形式：摒弃了笼统模糊的严肃剧称法，将严肃喜剧和家庭悲剧作为两个新剧种确定下来。在随后的行文中，狄德罗用了一个新提法：les pièces honnêtes et sérieuses，译为"正派的严肃剧"。认为这类戏剧应该展现普通人的道德和责任。这里的道德教化问题仍然是第三次谈话中关于严肃剧的旧话重提。如果我们直译原文，应为："正派的和严肃的剧本"，与译文"正派的严肃剧"的区别在于：后者强调从戏剧体裁的角度进行规定性指称，所指范围严格；前者可囊括的戏剧体裁种类更多。毕竟，无论体裁悲喜，剧本的性质总是可以另作评判的。如此一来，关于"严肃喜剧"的论述便可以合理地囊括入"正派的和严肃的剧本"的讨论中。严肃喜剧与严肃剧到底关系如何？当我们仍纠结于应该把严肃喜剧和市民悲剧看作与"喜剧——严肃剧——悲剧"同级的戏剧范畴（图2），还是严肃剧旗下的两个分支的时候（图3）。

喜剧——严肃喜剧——严肃剧——家庭悲剧／市民悲剧——悲剧

图2　与严肃剧平级的结构

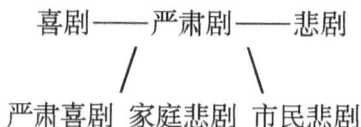

喜剧——严肃剧——悲剧

严肃喜剧　家庭悲剧 市民悲剧

图3　视为严肃剧分支的结构

狄德罗似乎给出了答案：既然严肃剧包含严肃喜剧，严肃喜剧就既具有严肃剧的所有特点，也具有它自身的个性特点。由此我们就不难理解第二节中，当狄德罗重提对严肃剧的要求时，实际上谈的正是严肃喜剧应该具备的共性特点。毫无疑问，狄德罗的用意是第二种，即将严肃喜剧与市民悲剧看作严肃剧体裁的两个分支。至于"正派的和严肃的剧本"代指的正是译文"正派的严肃剧"，即"严肃剧"。

三、狄德罗的"正剧"

狄德罗在为"正派的严肃剧"积极辩护后，仍意犹未尽，提出从主题、人物性格、激情、风格等方面进行全面考察。译名"正剧"第一次也是唯一一次在狄德罗阐述戏剧理论的两篇重要论文"关于《私生子》的谈话"和"论戏剧诗"出现：

> 让我们考察一部正剧的各个部分，看是怎么回事。评定一部正剧是不是应该根据它的主题呢？在正派严肃的戏剧里，主题并非不如在轻松愉快的喜剧里重要，而且还应该用更真实的方法去处理它。是不是应该根据人物性格来评定呢？在正剧里，人物性格仍然可能是多种多样、新颖独特的，而且作者还应该更有力地去刻画他们。是不是应该根据激情来评定呢？在正剧里，激情表现得越强烈，剧本的趣味就越浓。是不是应该根据风格来评定呢？在正剧里，风格应是更有利、庄严、高尚、激烈、更赋予我们叫作感情的东西。没有感情这个因素，任何风格都不可能打动人心……

> Parcourons les parties d'un drame, et voyons. Est-ce par le sujet qu'il en faut juger ? Dans le genre honnête et sérieux, le sujet n'est pas moins important que dans la comédie gaie, et il y est traité d'une manière plus vrai. Est-ce par les caractères ? Ils y peuvent être aussi divers et aussi originaux, et le poète est contraint de les dessiner encore plus fortement. Est-ce par les passions ? Elles s'y montreront d'autant plus énergiques, que l'intérêt sera plus grand. Est-ce par le style ? Il y sera plus nerveux, plus grave, plus élevé, plus violent, plus susceptible de ce que nous appelons le sentiment, qualité sans laquelle aucun style ne parle au cœur.

我们看到，中文选段的论述围绕"正剧"进行，而法文则围绕"Dans le genre honnête et sérieux"，译为"在正派严肃的戏剧里"，而且根据法语语言特点，为避免重复，在后文中均用"y"代替。这就产生一个问题："正剧"与"正派严肃的戏剧"所指一致吗？前者是后者的简称吗？如果结论成立，就意味着"正剧"指的就是狄德罗的"严肃剧"。

但是我们又看到，"正剧"对应的"drame"一词在"论戏剧诗"接下来的篇目中开始频频出现，含义分为两类：第一类指普遍意义上的戏剧艺术。指"一种囊括所有戏剧作品的文学体裁"，与小说、诗歌等体裁相对。如第三、第四、第五篇的标题："D'une sorte de drame morale"，"D'une sorte de drame philosophique"，"Des drames simples et des drames composés"，分别译为"道德剧""哲理剧""简单的和复杂的戏剧"。又如：

> 最令人厌恶的东西莫过于滑稽而又缺乏热情的戏剧了。

> La chose la plus maussade, ce serait un drame burlesque et froid.

这里"drame"后面的法语形容词并不界定某种戏剧体裁，只表明该戏剧的特点。第二类指剧本。如：

一场美妙的戏所包含的思想比整个剧本所能提供的情节还要多……

Une belle scène contient plus d'idées que tout un drame ne peut offrir d'incidents …

在任何一个剧本里，剧情的纽结总是观众所知道的；它是在观众面前构成的。

Dans quelque drame que ce soit, le nœud est connu ; il se forme en présence du spectateur.

此外，狄德罗在"论戏剧诗"的后续篇章中，对严肃剧、严肃喜剧、市民悲剧/家庭悲剧的指称正如前文所述，是非常清楚的，并没有用"drame"一词笼统代指上述任何一种戏剧体裁。但凡用该词来指称戏剧艺术，都与相应的形容词搭配使用以明确所指。

实际上，狄德罗通篇紧紧围绕主题"严肃喜剧"，既指明了其个性宗旨即以表现人的美德和责任为对象，又点明其与严肃剧体裁的所属关系，完整全面地界定了严肃喜剧的个性与共性特点；更进一步阐明了戏剧系统的内部划分，廓清了概念边界；观点鲜明，逻辑严密，为其后积极捍卫严肃剧的一系列声辩打下了基础。狄德罗在"论戏剧诗"第二篇"严肃的喜剧"中所言"drame"，并非"正剧"，也非"正派的严肃剧"。狄德罗意图从剧作法的角度列举评定戏剧好坏的标准，并用这些标准来考察"严肃剧"，这里的"drame"指剧本。看来，严肃剧、严肃喜剧、家庭悲剧/市民悲剧才是狄德罗的"亲生子"，狄德罗并没有有意识地使用"drame"一词指称一种新的戏剧体裁。那么"正剧"就与狄德罗毫无关联吗？

四、狄德罗与"正剧"

翻开国内通行的任何一本法汉字典，都能在"drame"词条下看到"正剧"的释义。两词互指已约定俗成，毋庸置疑。据《小罗贝尔法语字典》，"drame"一词来自希腊语，意为"行动"，本为文学领域的专业用语。到了18世纪，含义缩小，通行意义为"一种戏剧体裁，用韵文或散文写就，剧情通常是悲剧性的、感人的，带有现实主义，家常的，喜剧性的成分。"《利特尔法语字典》补充了"介于悲剧和喜剧之间的混合类型"的含义，更指出"drame"一词于1762年才被收录入法兰西学院编撰的权威字典，指"喜剧性或悲剧性情节的戏剧诗"。在法国学界，该词的含义也并非没有引发争议。如帕斯卡尔·汉多（Pascal Riendeau）认为该词指"非悲剧性的严肃剧"。皮埃尔·弗兰茨（Pierre Frantz）则认为"或者指一种既非悲剧也非喜剧，多少带有些否定意义的中性体裁；或者指介于悲剧与喜剧中间的混合体裁"（Michel Jarrety 2001：142）。狄德罗对严肃剧的描述可归纳为如下：介于悲剧与喜剧中间，包括严肃喜剧与家庭悲剧的戏剧体裁。题材重要；格调严肃认真；剧情简单、带有家庭性质并接近于现实生活；具有普遍的道德教化作用；社会处境应该代替性格，成为主要展现对象；场景具有静态的画面感。我们看到，无论哪一种释义，都无法将 18 世纪的"drame"与狄德罗的严肃剧完全对应起来：上述两处引文释义或有缩减或有指向其他戏剧体裁之趋向。如"悲剧与喜剧之间的混合类型"含义模糊，既可指介于悲剧与喜剧中间，排斥悲喜融合的严肃剧，也可指提倡悲喜交融和延伸的悲喜剧。这至少说明，法国学界并不认为正剧与狄德罗的严肃剧能够完全对应。这是其一。其二，"drame"的含义随历史进程与戏剧艺术的发展而逐渐改变，18 世纪开始意义逐渐明晰化但有争议。

阿兰·库普立（Alain Couprie）认为，"drame"一词自从 1762 年被法兰西学院收录入字典后，被广泛使用。它常与某个形容词搭配，以明确内容与时期。（Alain Couprie 1995：103-105）笔者认同这个说法。我们发现，各种形容词的使用表明该词意图打破传统的戏剧类型分界，建立一种新的囊括生活中所有方面的，无所不包的戏剧类型。如 18 世纪的 le drame sérieux, le drame bourgeois, 19 世纪的 le drame historique（历史剧），le drame romantique（浪漫主义戏剧），le drame symboliste（象征主义戏剧），le drame naturaliste（自然主义戏剧）等。"drame"一词的含义在 19 世纪后的发展演变并非本文讨论的主题，此处不再赘述，笔者将另文专论。但它在 18 世纪的使用范围则引起我们的关注。博马舍于 1767 年发表的那篇著名的"论严肃戏剧"一文中，为严肃剧的合理性做了有力辩护。该文多次用"un drame sérieux"指严肃剧。据弗兰茨，18 世纪后半期有人把狄德罗称为家庭悲剧或严肃喜剧的那种戏剧叫作"drame"或"drame bourgeois"（Michel Jarrety 2001：142）。汉多则认为，"drame"一词的正式内涵在狄德罗的剧作《私生子》与论文"关于《私生子》的谈话"中得到了说明（Paul Aron 2002：204）。狄德罗将新的戏剧体裁命名为"严肃剧"，但不久后就被人称为"drame bourgeois"。帕特里斯·帕维斯（Patrice Pavis）的论断则更加果断干脆：法文"drame"在 18 世纪特指"drame bourgeois"，可归入狄德罗提出的"严肃剧"体裁中。可视为一种类型的"严肃剧"（Patrice Pavis2002：109）。三位教授所言都将"drame"指向"drame bourgeois"，尽管表述与理解有异，我们仍可得出某些共性结论：首先再次确认了狄德罗本人并未将严肃剧指称为"正剧"，因而严肃剧等同于"正剧"的说法就有待思考。其次，在18世纪，"正剧"与"drame bourgeois"即"资产阶级戏剧"（更通行的译名是"市民剧"）意义对等。"市民剧"这一称谓蕴含着时人对"严肃剧"的理解与概括。18世纪的"drame"是否与狄德罗的严肃剧完全对等？弗兰茨和汉多赞同，帕维斯教授似乎持有某种保留态度：后者比前者涵盖的范围更广。国内第一位完整译介博马舍喜剧作品的吴达元先生认为，博马舍是第一个采用"drame"这一称谓的法国剧作家（博马舍1962：4），指1767年，博马舍将第一部剧作《欧仁妮》题为"drame"。这一判断是符合史实的。因此，我们至少可以说，狄德罗与博马舍是"drame"体裁的共同奠基人。前者提出了一种崭新的戏剧体裁并界定内涵，后者不仅继承了该戏剧理论，而且首次正式赋予其"drame"的名称，同时大胆进行戏剧实践，开拓了"drame"理论的新维度。

　　本文仅仅从称谓形式上厘清了戏剧学领域与正剧相关的几个重要概念。在狄德罗提出的对严肃剧的理解上，认为严肃喜剧与家庭悲剧是下属于严肃剧的两个同级剧种。这个结论对于正确解读狄德罗的戏剧理论体系至关重要。从后人的评论可见，18世纪的"drame"与严肃剧之间存在相当大程度上的趋同性，狄德罗对流行于戏剧舞台至今的"drame"奠定了重要的理论基础。我们虽然厘清了狄德罗那里"正派的和严肃的剧作"与"drame"并不完全对等，但承认并肯定"drame"与严肃剧之间存在相当大程度上的趋同性，从与西方古希腊以降传统戏剧即"théâtre"所含古典悲剧和古典喜剧不同的意义上，承认把狄德罗心目中的严肃剧基本上理解为"drame"并翻译成"正剧"有其合理性，但帕维斯教授的担心并非不无道理，稍后流行于世的历史剧、情节剧，雨果大力倡导的浪漫主义戏剧，马拉美主张的抒情诗剧等似乎都有严肃剧的影子。在当下中国，我们探讨的又是怎样的一种"正剧"呢？

参考文献

[1] 博马舍 . 博马舍戏剧二种 [M]. 吴达元，译 . 北京：人民文学出版社，1962.

[2] 余秋雨 . 戏剧理论史稿 [M]. 上海：上海文艺出版社，1983.

[3] 狄德罗 . 狄德罗美学论文选 [M]. 张冠尧，桂裕芳，等译 . 北京：人民文学出版社，1984.

[4] 陈军 . 狄德罗正剧理论批判 [J]. 戏剧文学，2008（10）：13.

[5] 张伟航 . 社会问题剧探源 [J]. 内蒙古大学学报（社会科学版），2003(5)：39.

[6] Alain Couprie.*Le Théâtre, Texte, Dramaturgie, Histoire*, Paris ：Nathan Université, 1995.

[7] Patrice Pavis.*Dictionnaire du théâtre*[M]. Paris：Armand Colin, 2002.

[8] Michel Jarrety.*Lexique des termes littéraires*[M]. Paris：Gallimard, 2001.

[9] Paul Aron, Denis Saint-Jacques, Alain Viala. *Le dictionnaire du littérai-re*[M]. Paris：Presses universitaires de France, 2002.

[10] Josette Rey-Debove, Alain Rey. *Le Petit Robert*[M].Paris ：Dictionnaires Le Robert, 1996.

[11] *Littré, Tome 3*[M].Paris：Gallimard Hachette, 1963.

作者简介：龙佳，厦门大学外文学院法语系副教授。

论《追忆逝水年华》的诗意美

何红梅

西安外国语大学西方语言文化学院

内容提要：马塞尔·普鲁斯特是 20 世纪饮誉世界的小说家，但他本质上是一位诗人。《追忆逝水年华》违背了当时流行的小说体裁规则，提供了小说的诗性范例。本文从诗性角度审视普鲁斯特的创作，着重思考普鲁斯特的审美现代性，从语言、隐喻等方面探讨这部作品诗意的体现，并认为这种诗意美源自印象主义和象征主义诗人的启发。中国当代作家品味普鲁斯特的诗意之美时，独特感受颇多，将之奉为一种写作楷模。这种现象表明，普鲁斯特的诗性精神与当代文化之间存在某种联系，学术界有必要重新认识普鲁斯特在我国的接受度。

关键词：普鲁斯特；诗意美；印象主义；体裁创新；文学影响

基金项目：西安外国语大学校级一般项目，"普鲁斯特作品诗性特征研究"（项目编号：10XWB03）。

一、引言

马塞尔·普鲁斯特（Marcel Proust）作为 20 世纪闻名世界的小说家，在"小说家"的光环下却隐藏着"诗人"的体验与自觉。他自中学起就自称诗人，曾经写过大量诗歌作品，也是优秀的诗歌评论家。对普鲁斯特而言，他很早就在上流社会的沙龙生活中朗诵他创作的诗歌，诗似乎曾经是社交界获得荣誉的首选之道。在第一部作品随笔集《欢乐与时日》（*Les plaisirs et les jours*, 1896）中，普鲁斯特在"画家、音乐家之肖像"（*Portraits de peintres et de musiciens*）栏目下收录八首诗，描绘八位艺术家，分别是画家阿尔培特·凯普（Albert Cuyp）、保卢斯·波特（Paulus Potter）、安托万·华托（Antoine Watteau）、安东尼·凡·戴克（Antoine Van Dyck），音乐家肖邦（Chopin）、格鲁克（Gluck）、舒曼（Schumann）和莫扎特（Mozart）。此时年轻的普鲁斯特，在用语言对视觉艺术、听觉艺术进行描摹和转述，他的诗作具有古典的结构，注重词语音节的整齐工整，注重韵脚对仗、旋律规则，是古希腊修辞学术语"ekphrasis"（形象化描述）在亚历山大体的生动体现，当然他的刻画是细腻而优美的，诗的篇幅也相对短小。虽然初期的诗作烙上了上流社会的印迹，虽然普鲁斯特很快放弃了诗这条文学之路，但他从未放弃写诗，他把对诗的深刻理解融入长篇的散文体叙事作品中，散文诗便成为他关注、偏爱的形式。散文诗是种独特的文体，它形式自由，从节奏、音节、画面形成诗意的表达，也可与描写、叙事融为一体，使得他未完成的长篇小说《让·桑德伊》(*Jean Santeuil*, 1952) 具有"诗意小说"的美誉。然而，《让·桑德伊》在普鲁斯特写了一千多页文字后最终不得不被他舍弃，虽然很大原因归于叙事的困难，但一定程度上难道不是诗的失败吗？那无数诗意的瞬间印象，那些受到恩赐的时刻，要在《追忆逝水年华》(*A la recherche du temps perdu*, 1913—1927) 里才能得到仔细梳理，诗意才能荡漾在整部作品中，使《追忆逝水年华》（以下简称《追忆》）具有浓厚的诗性特征。普鲁斯特放弃《让·桑德伊》的另一个原因，在于他当时决定翻译英国美学家约翰·拉斯金（John Ruskin）的两部作品《亚眠的圣经》(*La Bible d'Amiens*) 和《芝麻与百合》(*Sésame et les Lys*)。翻译与写作相比，这种行为是种断裂，可以让译者深刻意识到母语与感性间存在的古老而神秘的相似性，翻译一门外语的同时也在翻译一个感性的世界，二者的相似性如同隐藏的音乐，唯有诗人才能无与伦比地、温柔地使其在我们身上回荡，进而使译者在行动上实现任何真正创作需要的转变，使他重回内心被遗忘的国度。一旦涉及行动、创造、制作，我们会想到希腊语词汇"poiesis"，它也使我们最终想到诗。

在《追忆》中，普鲁斯特没有塑造诗人的形象，但诗意的弥漫使这部小说呈现出跨界性质，刷新了小说体裁的风貌。事实上，普鲁斯特与同时代作家保罗·克洛岱尔（Paul Claudel）、瓦莱里·拉尔博（Valéry Larbaud）、于勒·罗曼（Jules Romains）、圣-琼·佩斯（Saint-John Perse）、保罗·瓦莱里（Paul Valéry）都在努力消除诗歌与小说间的距离，普鲁斯特是其中最成功的代表作家。在小说语境下讲述诗意体验，小说呈现出自信与高贵的气质，使世界本身变成了感觉的编织物。

二、诗意的体现

何为诗？何为小说中的诗？一些评论家给出了回答，例如，法国现代著名诗人让·福兰（Jean Foollain）首先把诗歌确定为"对语言的偏离"（布伊格2004：76）；在著作《普鲁斯特：生活、作品与时代》（1986）里，法国普鲁斯特研究专家安娜·亨利（Anne Henry）指出小说这一体裁的诗意体现为两种形式：第一种，"最明显的（诗意）来自作品，来自这种富有想象力的散文体，它将一些传统诗歌固有的风格效果据为己用：修饰语的过渡堆砌，在色彩、节奏，当然还有隐喻表达上的寻觅"（Henry Anne 1986：210）第二种，"最独创的小说诗意最终不受写作这种镶嵌艺术的束缚"❶。

安娜·亨利的论述第一层意义主要从语言上指出诗意的体现。普鲁斯特对语言的创新不仅体现在语词上，还体现在句法方面。象征派诗人斯特凡·马拉美（Stéphane Mallarmé）的名句"诗人不用思想作诗，而用语词"，指出诗人在创作过程中，采用陌生化的技巧，对语词加以改造和偏离，一些普通的语词经过诗人的创新创造性地实现从普通语言到文学语言的审美变异。

普鲁斯特创造一些不常见的新词或短语，如"摆弄卡特利兰"（faire cat-leya）来描写男主人公斯万与奥黛特的调情场面；或者用旧词来表达新意，赋予一些名词（专有名词、普通名词）独特的诗意，语词不再围于自身音节、元音和辅音的窠臼，一下子与宇宙整体联系起来，向众多的应和现象敞开，使得它栩栩如生得令人愕然。例如，当普鲁斯特在《追忆逝水年华》中描写意大利城市巴马（Parme）时，他写道："我读了《巴马修道院》以后，巴马就成了我最想去的城市之一，它的名字在我心目中是紧致、光滑、柔美的，而且是浅紫色的，要是有谁对我讲起巴马城里某座将要接纳我的房屋，他就会引得我满心欢喜地想象一座光滑、紧致、浅紫色的柔美的住所，它跟意大利任何一座城市里的住所都不相干，因为我只是借助于巴马这个发音低沉、密不透风的名字，借助于我赋予它的斯当达尔情调和紫罗兰色泽而把它想象出来的。"（马塞尔·普鲁斯特2004：430-431）可以看出，普鲁斯特的词语是"沉甸甸的"，饱含各种累积的意义，融入了他丰富的情感、思想、真理、经验等；配上瑰奇的联想词语是"崭新的"，成功体现无限与有限的奇妙融合，使专有名词具有妙不可言的含义。

在用词上，普鲁斯特喜欢将多个名词、形容词、动词、代词并列使用，这种并列会产生一种节奏美，符合细致观察和表达内心活动的需要，有利于传达印象的神秘、丰富与浩瀚无边，也具有了诗语的韵味，因为"当我们谈诗的时候，数字、节奏和形象概念就浮现于脑际。不过它们也是散文的优势。

❶ Henry Anhe,1986:211.

诗语主要体现在语词的使用和并置方面"（让·福兰 2004：67）。普鲁斯特在第一卷《去斯万家那边》描写"气息和味道"可以支撑起回忆的大厦，与对昔日时光的记忆已经全然解体、形消影散的"视觉"相比，气息和味道才是永恒的。他写道："即使物毁人亡，即使往日的岁月了无痕迹，气息和味道（唯有它们）却在，它们更柔弱，却更有生气，更形而上，更恒久，更忠诚，它们就像那些灵魂，有待我们在残存的废墟上去想念，去等候，去盼望，以它们那不可触知的氤氲，不折不挠地支撑起记忆的巨厦。"（马塞尔·普鲁斯特 2004：52）普鲁斯特的独特文采在此表现为点缀主干的茂盛枝叶，五个比较级形容词（plus）"更柔弱，却更有生气，更形而上，更恒久，更忠诚"，三个动词不定式"去想念，去等候，去盼望"，两个地点状语（sur）"在残存的废墟上""以它们那不可触知的氤氲"，拖曳出一片绿意盎然的词汇。普鲁斯特以形容词为基，动词为墙，介词短语为瓦，最后托起一个由名词短语构成的记忆大厦，无形中形成一股排比气势。而且这个句子中间的转折词"却"（mais）完成的不仅是音调节奏上的转变，更是意义上的转变，"却"之前是实、是悲，是"物毁人亡""了无踪迹"的凄凉，而"却"之后是生、是虚，是"形而上""恒久"，是精神，从而形成"悲"与"喜"的强烈对照，由哀伤而喜悦，音调上也朗朗上口。

在句法方面，普鲁斯特打破语句的常规使句子的结构发生变化，主要表现为大量复杂重叠的长句和丰富多彩的句型。这些长句或并列，或交错，或连绵，形成了一种容纳多个复合句的立体句法结构，由各种从句（关系从句、状语从句等）、插入句或者标点符号来延长句子，使句子长、容量大，有助于表达细腻、曲折、复杂的情感。小说第一卷的《贡布雷》部分有个句子原文长达五十一行（Marcel Proust1987：7-8），当时叙述者躺在床上回想他曾住过的那些房间：冬天的那些房间、夏天的那些房间、属于路易十六风格的那个房间和天花板高得出奇的房间。这个著名的长句依靠关系代词 où、que、qui 和分号、冒号、破折号等标点符号逐层递进，向纵深发展，描写了"我"对这些房间方方面面的感受。除了长句，《追忆》中还具有丰富多彩的句型。大量平淡朴实的短句，与华丽多彩的长句相互衬托。普鲁斯特还常常改变句子中正常的词序，将关键的单词置于意想不到的地方，使整个句子具有了与众不同的语言效果。例如，当他描写下雨时，他写道："窗玻璃上轻轻一声，好像有什么东西碰了一下，接着是一阵簌簌落落的声响，仿佛有人在上面的窗口往下撒沙子，然后这声响弥散开来，渐渐形成一种节奏，流畅、洪亮而富有乐感，无穷无尽，无所不在：这是雨声。"（马塞尔·普鲁斯特 2004：114）整句话的中心词"雨声"（la pluie）被放置在句子的末尾，成为全句的"字眼"，一下子照亮了整个句子，而一系列形象的形容词，如流畅（fluide）、洪亮（sonore）、富有乐感（musicale）、无穷无尽（innombrable）、无所不在（universelle）展现了雨从远及近，从小到大弥漫开来的景象，描写了"未见雨点而先闻其声"的过程，使得对这雨声的描写意味隽永。

　　《追忆》的诗意，在很大程度上还要取决于隐喻。不要忘记，隐喻一直是诗歌写作偏爱的修辞手法。普鲁斯特赋予"隐喻"这个词非常宽泛的意义，不仅包括比喻，而且如热拉尔·热奈特（Gérard Genette）在《辞格三》（Figures Ⅲ，1972）中所述还包括借喻。雅各布森将隐喻与借喻和语言学的两个术语联系，隐喻被他定义为相似，是纵聚合（paradigmatique）关系；借喻被定义为相近，是横组合（syntagmatique）关系。雅各布森甚至还说，"诗歌之特征就是把聚合关系映射在组合关系上。相似涵盖音、形、义三个方面，相近包括时间距离的相近和（句法）结构上的相近"（吴泓缈 2008：93）。普鲁斯特的作品回应了隐喻的现代定义，将传统的隐喻与借喻统统命名为"隐喻"，而且"普鲁斯特笔下的相似性都生自思维和感官上的相近性，是时间和空间上过渡衔接、各种感觉相通转换的产物，即所谓'相似者相聚'，或反之，'相聚者相似'"（吴泓缈 2008：97），隐喻成为"认知"的工具。在《追忆》中，隐喻体现在词语的组合上。遥远的本体、喻体常常无比和谐地并列在一起。例如，当他形容气味时，是"闲适的、甜甜的气味"；描写铃响时，是"腼腆的、椭圆的和金色的铃响"；描写海边的空气时，是"纯净、天蓝色、带盐味的空气"，用词大胆而又让人觉得合情合理；在时态的使用上，普鲁斯特笔下从直陈式未完成过去时（l'imparfait）直接过渡到直陈式现在时（le présent），过渡造成的空白、断裂产生了时间流逝的强烈审美效果。我们跟随着叙述者回忆往事，他带领我们欣赏神奇、诗意地从一杯茶中涌现的贡布雷。而作为不由自主回忆象征的小玛德莱娜，因为"突然转折的方式"使我们"突然"从一个空间过渡到另一个空间，从一个时间过渡到另一个时间：从成年回归童年，从沉思回归亲近的生活，从抽象的思维回归生动的感官。进入一个新的世界，使我们感受到的是生命与世界的神秘，似乎日子的每分每秒都连接着一串回忆，一个时刻唤起隐藏的另外一个时刻，经验的碎片、零碎的感受因为隐喻而上升到普遍的层次。我们以小说中圣拉扎尔火车站的描写为例，主人公"我"在此乘坐火车出发去巴尔贝克度假，因为旅行会离开母亲，情感上的离别使"车站上空凝聚起充满悲剧色彩的森严气氛，就像蒙泰尼亚或委罗内塞画中某些几乎成了巴黎现代特色的天空"（普鲁斯特 2010：241），从平庸日常的一个火车站过渡到意大利经典大师蒙泰尼亚或委罗内塞的画作。然后，普鲁斯特写道："置身在这样的天空下，人们所能做出的，惟有乘火车出行或竖立十字架之类的可怕壮举了"（普鲁斯特 2010：214），此处暗含悲壮情感的"十字架"使我们想起意大利圣柴诺圣殿表现"耶稣受难"的祭坛画，想起收藏在卢浮宫中委罗内塞的作品《耶稣受难像》，而且法国画家克劳德·莫奈（Claude Monet）因他以圣拉扎尔火车站为背景创作的一组印象派画作似乎也隐藏在蒙泰尼亚身后。短短的文字，使得普鲁斯特的喻体（comparant）具有更深邃、更丰富的诗意性、艺术性。

在法语语言的使用上，普鲁斯特的确是一位反习俗的作家，他指出语言应当随着每位作家的使用变得活跃，其价值不在于它的固定性，而在于语言的适应能力。而"唯有抨击法兰西语言的人们，才是在捍卫法兰西语言"（莫洛亚 1998：260）。不过，普鲁斯特虽然背离语言，却并不使语言的变异过了头，也没有伤害语言的形式本身。在他一生中，"独创性"与"明晰的表达"都是他最注重的两个原则。他希望自己的作品，他所发现的独特真理能够与读者分享，强调文艺创作应该使用众所周知的语言，而不愿意写作晦涩难懂的作品。1896 年 7 月 15 日，年轻的普鲁斯特在《白色杂志》（*Revue blanche*）发表文章《反晦涩》（*Contre l'obscurité*），反对象征主义过度主观、对神秘性过度彰显的风格，这体现的便是一种完全古典的态度。

三、诗意的来源

《追忆》中，普鲁斯特革新了传统小说对故事的重视，曲折的情节发展不再是小说的本质与特征，取而代之的是突出人物的感觉与主观印象，将小说的虚构建立在人物的日常生活和他诗意地看待世界的眼光中，力图从诗意、印象去把握普遍的真理，这与普鲁斯特美学中的印象主义有极大的关系。

普鲁斯特笔下，在文本前行的过程中，印象突然而至，时光似乎然静止。一草一木、一树一花，总能唤起"我"心中各种各样诗意的感受。主人公马塞尔并不满足于表面的相象和差异，对他来说，一景一物都隐藏着无限的奥秘，期待艺术家去发现、解密，去参透各种感觉印象的含义，因而他"尝试着从周围的事物中去发现诗意""想方设法从以前没留意的地方，从最常见的物件，从静物的深沉生命中探寻美的真谛"（马塞尔·普鲁斯特 2010：440–441）。

可以看出，普鲁斯特的美学观使他的写作蕴含神秘的意味，在自然与诗人的关系上，自然属于神秘与内在，诗人试图将一闪而过的真实还原，对宇宙极其细微的表现产生一种极大的敏感性。长期以来这种看法本质上是诗人的自觉，例如，法国现代诗人让·福兰就说过："我常常认为诗人的目标是表达存在本身被感觉时无法表达的东西……不仅是诗人自身的存在，而且是整个万物，万物众生的存在"（埃洛迪·布伊格 2004：75）。这是对自我的超越，是对时间与空间神秘事物的体现。我们将在后文论述，普鲁斯特这个观点深受德国哲学家弗里德里希·谢林（Friedrich Schelling）的影响。

当然，普鲁斯特之所以认为日常生活的细微之处散发出诗意，是因为"真实"并不存在于要表现的材料本身，它是否引人注目，是否独具魅力都不重要，唯一重要的是它在我们身上产生的诗意印象。唯有这种独特感受、特殊印象呈现的主观的、内在的真实，才是最基本的、"唯一真实"的、永恒的。说到底，普鲁斯特具有的是现象学的思维方式，即通过直观直接把握到事物的本质，世界只是现象，通过我们的知性范畴才存在，精神决定了现实，内心决定了现实。由于真实最终取决于艺术家的视野，即他观察世界、刻画世界的方式，这决定了普鲁斯特对艺术独创性的强调，认为文学作品的独创性在于艺术家独特的印象。

这种印象主义的观点至少流露出下面三方面的涵义：

首先，反映印象，发现真实，要摆脱"习惯"的困扰，因为习惯性的视野将使艺术作品失去它所有的价值。第一卷《在斯万家那边》里，贡布雷的神父谈论圣伊莱尔教堂的一番话充满了实用性的评判：破落的大殿、肮脏的门廊、以斯贴的立经壁毯、透不进阳光的彩绘玻璃窗、高低不平的石板，在神父习惯性的眼中成了教堂应该翻修的理由。以一种非习惯性的眼光，能重新发现事物的别致之处，就如神父谈道他从钟楼顶上俯视四周的意外发现，可以看见贡布雷周围纵横的运河全貌，如神父所说"别有一番滋味"。

对艺术家而言，从习惯中解脱出来，艺术家虽关注平凡无比的事物却拥有独特的发现："像梵·高用一把草垫椅子，德加或马奈用一个丑女人做题材画出杰作一样，普鲁斯特的题材可以是一个老厨娘，一股霉味，一间外省的寝室或者一丛山楂树。他对我们说：'好好看：世界的全部秘密都藏在这些简单的形式下面了。'"（莫洛亚 1989：12）这种在事物表象下被掩藏的真实，普鲁斯特将之命名为事物的本质。这种本质向艺术家敞开，以神秘的法则被表现出来，将在艺术作品中得以体现。事物的本质到底是什么呢？笔者认为，它便是生命本身，这种本质现象学称为"存在"。事物是现象，也是本质，艺术家"诗意地栖居在大地之上"，他通过事物显现自身看到的外部世界，是主客交融一体的产物，是现象本质的融合，他的作品便是对生命本身的体悟，是对功利认识的超越。

其次，普鲁斯特之所以崇尚感觉与印象，是因为只有原初的感觉与印象才独具个性，产生于我们同世界直接接触的瞬间，不曾受到智力的改造，能够呈现个体内心无意识的世界，体现了艺术家深层的自我。这个世界排除了强加于社会生活中的理性和逻辑结构，能够发掘个体身上丰富的、但有可能被智力忽视的部分。不过，智力尽管低于直觉，但作家需要付出精神的努力才能表达自身对世界的印象，就是说艺术家的感受、印象必须经过精神的升华，这是艺术作品产生的一个基本条件。

最后，普鲁斯特美的印象是在"关系"中产生，"关系"世界是一个审美的世界。小说中，画家埃尔斯蒂尔用色彩与形式之间崭新的关系构建了一个独特的世界，音乐家凡特伊也是运用音符建立了崭新的关系。这种关系体现的正是艺术家个人独特的视野，反映了他对个人与世界关系的独到理解。寻找关系就成为审美者的首要任务，而找到美妙的关系则令他体会到极致的愉悦。强调关系，这是因为对普鲁斯特来说，孤立的事件、想法不具有价值，为了欣赏、理解它们就必须建立关系，关系体现的正是事物的"普遍性"。尤其是通过偶然的感觉印象相似时，得到的真实是最珍贵的，这是瞬间的永恒，是寻回时间的喜悦，也是"内心之书"通过现实向我们传达的证明。说到底，艺术家应该找到这种关系，"应该将两种不同的物体永远固定在句子中，将他们的关系……封闭在一个美丽风格的必要光环中"，即用艺术作品表达这种关系。

普鲁斯特的印象主义美学观使他赋予事物以诗意，此外，普鲁斯特出生于1871年，生活在一个"象征主义时代"。象征主义者，如波德莱尔、兰波、魏尔兰、马拉美都成功地在诗歌中更新了世界、精神、语言之间的复杂关系。他们表现出一种新的感知方式，一种在物质的现实中洞察精神真实的新方式，把看得见的世界当作是一个看不见的世界的表现，并在这两个世界之间建立某种应和。从象征诗人身上，普鲁斯特继承了这种诗意的眼光，它号召诗人在对世界的创造中扮演中介角色，发掘掩藏的美与奥秘。不过，虽然普鲁斯特继承了象征主义的诗歌观，但他却更靠近波德莱尔的美学，而不是马拉美的。年轻时，他很崇拜波德莱尔这位象征主义运动的先驱。而波德莱尔的影响已经渗透在他青年时期的创作中，从他描写风景的技巧，到他对某些主题的选择，都能一窥波德莱尔的印迹，例如，1886 年写作的《云》(*Les Nuages*)，"失意、悲伤、流亡、'安慰'的回归标志着青春期易于感伤的特征，以及 1885 年年轻的象征主义者身上存在的虚构主题：苦闷、梦幻、泛神论"(Tadié, Jean-Yves 1996：124)，甚至在题为《诗歌》(*Poésie*) 的小诗中，"这首情诗的语调是波德莱尔式的"(Tadié, Jean-Yes1996：218)。在散文及评论集《驳圣伯夫》(*Contre Sainte-Beuve*, 1954) 中，《圣伯夫与波德莱尔》(*Sainte-Beuve et Baudelaire*) 批判了圣伯夫错误的批评方法，普鲁斯特细致地分析了波德莱尔诗歌中的形式，发现其创作在于感性隶属于真实和表达，并指出这是天才的标志，是顶级艺术的力量。在他去世前，普鲁斯特还为《新法兰西杂志》(*La Nouvelle Revue Française*) 写下了最后一篇文章，纪念波德莱尔这位十九世纪最伟大的诗人诞辰一百周年。波德莱尔诗歌中芳香、颜色、声音、回忆之间的应和，在《追忆》的不由自主回忆中被彻底地、系统地挖掘，通过在不同环境中重新寻回的味道、气味的重合，遥远过去在现在偶然浮现。刹那间，尘封在岁月深处的那些时光的玉瓶金樽，往昔充盈的芳香气味、悦耳声音、雨雪阴晴、明艳颜色、柔和光线，都溢出瓶口，四处弥漫，光彩照人，使"我"喜形于色，沉醉在回忆带来的愉悦中。于是实现了自我经验同时完整存在的可能性，消除了不同时空中自我间存在的障碍。在这种突然的苏醒中，自我所有的经验在同一时间被感受、占有，这种同步性不仅能完全重新体会过去的圆满，更否定了物理时间流逝的残酷与无情，那个体味着往昔与今日共同感受的生命，成为一个超越时间的生命。也正是在这种与过去生活深刻的交流中，在这种"心灵的间歇"中，我们才能体会生活的真谛、存在的真谛，不再惧怕死亡，不再为时间的流逝而哀伤。于是，回忆成为诗意的、审美的手段，成为寻回失去的时间的原则，成为构建《追忆》这座中世纪教堂全部结构的基石。

四、品诗意之美

《追忆》散发的诗意，令中国当代一些作家推崇备至。他们甚至将普鲁斯特这种看待世界的眼光接受为一种写作的法则，这对他们的写作必然产生影响。

在诗人于坚的文字中，多次强调写作应该关注"在场的、现在的"生活，也就是日常生活中"无意义"的事物。在中国文学从单一朝多元化转型的过程中，于坚的发现具有重要意义，因为他认为不仅生活是诗意的，而且生活的日常性也是诗意的。如果我们采用诗人的术语，"诗歌的翅膀应该从天上回归大地"，"天上"意味着虚幻、形而上学与抽象，而"回归大地"则指的是发现隐藏在平凡事物中的诗意，"从一只茶杯或者一张糖纸上看出永恒，看出一切，世间一切皆诗"（于坚 1996：143）。而《追忆》被诗人视为"日常生活的史诗"（于坚 2004：188）。在这部"史诗"中，于坚受到启发的主要有两点：

第一，一种观察世界诗意的眼光，这种眼光建立在诗人瞬间的印象上，通过瞬间的印象去发现表象下掩盖的真实。

第二，于坚认为，普鲁斯特的作品展示了个体的私人记忆。于坚从方法论上领悟到创作应该表达这种私人记忆，关注日常生活中微不足道的体验，而不是表达集体记忆。因为集体记忆的后果非常严重，它仅仅是一些耀眼瞬间的阐释，当它指导作家们的创作时，作家们就变成了一些没有保留真正记忆的人，如于坚承认的："我的记忆从不指向那些存在于时间中的具体的事物，光线、气候、家具的色泽、食物、器皿、一只猫在十点十分越过电视机和紫色的法国花瓶之间的空处的瞬间……我看见了，但它们不作为有意义的生活进入我的储存库。我视而不见，我的记忆就建立在这对大量日常琐事的视而不见之上。因此，我回忆某个日子的时候，它如果不是正当我生活的不寻常时刻，我的记忆就是一片空白。"（于坚 2004：52）这种没有私人细节的记忆只能带来遗忘。与集体记忆相反，个人记忆是唯有自己才能回忆和述说过去的独特一面，源自我们与事物本身真实接触的感觉印象，它是没有经过集体认知方式过滤的原始状态经验。这种由最自然、最真切的感官感受积累而成的记忆才是我们构建"自我"观念的根基，才能形成真正的自我主体。于坚认为，为了表达这种私人记忆，必须"拒绝隐喻"，采用"清晰"的语言，远离文化、意识形态长期以来积淀下来的固定符号和象征。在人称代词的使用上，用"我"代替"我们"，因为"我们是一个没有上下文限制的，无所不在的，具有巨大的力量然而无所指的人称代词"（于坚 2004：32）。可以看出，普鲁斯特的影响是美学范畴上的影响，与创作过程密切联系，影响作品的题材及表达内容的形式（语言）。于坚的例子展示出对普鲁斯特的阅读如何与作家自身对写作的思考相吻合，普鲁斯特的作品作为文本上的支持，似乎加强了于坚本人的写作信心。难能可贵的是，受普鲁斯特的启发，于坚领悟到感性在创作中的重要地位，领悟到艺术的真实不在于揭示因果关系，而在于恢复体验的真实。对于坚或者"第三代"的其他诗人而言，诗歌成功地"回归"到了自身，诗人的功能是教我们去观看、去发掘隐藏的美与秘密。

　　除了这种日常生活审美化具有的诗意，《追忆》在文学类型上表现出的创新同样受到许多小说家的关注。格非将《追忆逝水年华》和废名的诗化小说《桥》相提并论，认为两部作品给人的感觉相似，如他指出的："我在读废名的《桥》时，常常会想起《红楼梦》和普鲁斯特的《追忆逝水年华》。《红楼梦》自不必说，废名对它一直很推崇，而且《桥》《莫须有先生传》等作品中也曾多次引用，但对于《追忆逝水年华》这样的鸿篇巨制，没有什么资料显示废名曾读过并受到影响（事实上这部作品的中译本直到二十世纪九十年代初才问世）。但《桥》与《追忆逝水年华》在文体上的确有许多相似之处。法国文学专家、三十年代即活跃于文坛的李健吾先生也曾表达过类似的意思"（格非2001：271）。

　　在废名营造的小说世界中，1925年出版的《桥》展现了一个诗意的世界。在这个传统文化笼罩下的乌托邦，生活着小林、琴子和细竹三位主人公。叙述者"我"远离人物们的故事，以回溯的方式讲述他们日常但却诗意的生活，讲述"一个个充满诗意的风景片段、记忆瞬间与人生感遇"（格非2004：228）。小说拒绝故事的因果关系，通过叙事的空白、速度的缓慢实现了叙事时间的创新，从"中国的古典散文和诗词中汲取了自由铺陈、意象跳跃等手法"（格非2001：271），还引用一些诗句为景色描写、印象描写、人物的情感描写创造气氛，所有的这一切都邀请读者阅读、再次阅读文本，希望能更好地理解它。《桥》这种"反小说"的现代性已经受到废名同时代批评家的关注。例如，美学家朱光潜先生察觉到《桥》与《追忆》的相似之处，指出《桥》"丢开一切浮面的事态与粗浅的逻辑而直没入心灵深处，颇类似普鲁斯特与伍而夫夫人"（吴晓东2001：140）。当朱光潜先生将废名与普鲁斯特联系在一起，指出《桥》"直没入心灵深处"时，他更多的是强调废名笔下对人物主观印象赋予的重要性，突出人物在几乎凝滞不动的现实时间背景中尽可能地铺展感觉和玄想的瞬间，并非《桥》中具有普鲁斯特小说中对意识、潜意识、人物心理深刻的分析。

　　笔者认为，《桥》的诗意在于，与《追忆》一样，其消解了小说传统的"故事"特征，将小说的小说性建立在人物的日常生活和他们诗意地看待世界的眼光中。作品中，人物的生活是一种欣赏的生活，带有诗的情调，诗是生活的指点，在刹那间完成。竹园、小桥、流水都承载着人物的情感，人物带着敏感的、抒情的视野观察外界事物，通过这些被精神化的事物表现出心灵的颤动。因而，自然与人物并不是独立的实体，世界与诗人主观的眼光融合在一起，形成一种抒情的和谐、贯通。世界之美是一种召唤，在等待人类述说，而人这个会语言的生灵则是用整个灵魂去回应，美的产生便来自这种存在的美与攫取这种美的诗意眼光之间的相互应和。当废名将这种属于传统诗歌的方式引入小说创作，诗歌就渗透进小说，溶化在作品中。

主体"我"与世界之间的这种关系，与普鲁斯特美学观具有某些相通之处。整部《追忆》完全笼罩在"我"的视野中，使得人物描绘与空间描写具有浓郁的主观性。外界的事物，不再是外部的，而是被内在世界重新创造，被精神化了。关于感觉的主体与被感觉的客体之间的关系，乔治·普莱（Georges Poulet）是这样指出的，"在感觉的主体与被感觉的客体之间存在着某种自发的一致性：主体的欲望赋予在坚固的客体上，外部世界就是我们希望它成为的样子"（Poulet 1952：411）。这去除了传统美学主客分离的错误观念，"我"与事物紧密联系，"我"能够赋予事物主体拥有的独特性，事物也具有了灵性，它见证"我"生命的一个个瞬间，它保存着"我"特有的本质。正是在这种相互愉悦中，审美意味得以充盈饱满，为"美"的产生提供坚强的支点。在普鲁斯特笔下，个人与世界的关系通过隐喻表现出来，隐喻突出了世界上各种事物间相互、持续性的沟通与应和。这种沟通又被普鲁斯特视作艺术家的任务，是"真正艺术的顶点"，因为若没有"'艺术家与物的接近'，就没有距离的消除，就没有内在与外在的接近"（Poulet 1964：318）。在内在与外在的沟通与交流中，真正的艺术产生了。

普鲁斯特珍视的这种观点，是一种在整体中寻求事物的沟通，寻求"我"与世界应和的观点。在法国文学研究者涂卫群看来，这种观点与中国人看待世界的方式相同："他以独特的文笔再造一种整体化的眼光，与中国传统的看世界的方式相一致。这种整体观点，首先在于'肯定天地万物是一个整体'，同时也意味着'会通'——世间万事万物在一种普遍的感应中互相联系、贯通。"（涂卫群 2006：116）涂卫群指出了普鲁斯特美学与中国文化的共通之处，中国文化崇尚人与世界之间的整体、和谐，崇尚沟通与交流，追求"我"与自然在宇宙中完美的契合，所有的生灵都在一个变换、共生、巨大、无限的网络中存在，事物与人相互依存，"我"与世界相互作用，形成共鸣关系。

中国文化、普鲁斯特美学都希望达到一种崇高的目的，达到人与世界的和谐。普鲁斯特受谁的启发呢？在《小说家普鲁斯特：埃及金字塔》（1983）中，安娜·亨利认为，《追忆》受德国浪漫主义，尤其是艺术哲学的启发。这种哲学重视谢林称为"同一性"（Identité）的东西，是"精神和物质世界分离的消除，它们在艺术中得到和解，有必要将形而上学的明显性固定在艺术作品中，赋予它持久的、具体的形式"（Ricoeur1984：249）。在艺术作品、小说创作中，实现了世界被自我重新占有，这也是当代哲学家皮埃尔·冈皮翁（Pierre Campion）解读普鲁斯特作品时强调的。"唯有在艺术中，我有能力'使自己拥有（占有）现实的全部'。写作的我拥有主观性的强大力量；通过他，整个外部世界变成了自我的一部分，自我将事物、时间、地点纳入想象中。简而言之，一切都被主体内心化，并体现在主体上，这使之成为绝对的主体：'他的权力和他的统治延伸到人类生活的全部时间与地点'"（Schulte Nordholt Annelise 2002：46）。

确实，普鲁斯特的创作深受谢林的影响，谢林始终坚信艺术高于哲学，认为只有"诗的语言"即艺术比哲学更适合把握"绝对"，指出直观和想象力高于概念和逻辑，而"艺术的使命就是解读'神圣的自然'这本大书"。谢林的观点完善了普鲁斯特接受的康德以感性、知性认识现象世界的哲学思想。普鲁斯特深刻认同谢林的观点，自然界这部写在神奇奥妙、严加封存、无人知晓的书卷里的诗，唯有借助艺术才能揭开它的秘密，才能去掉那层看不见的、把现实世界和理想世界分隔开的隔膜，才能让那个若明若暗的理想世界完全袒露出来。普鲁斯特坚守的艺术创作，便必然是审美直觉、是神秘的不可抗拒的冲动，是无法习得的、难以捉摸的无意识活动。在谢林的影响下，他认为艺术不仅是一种艺术形式，还是一种把握世界的审美思维方式，而且艺术对人生具有一种和谐的建构力量，是超越世俗生活、现实世界的一个理想世界，这个理想世界是诗意的、神奇的、美妙的、令人沉醉的。出于这个原因，普鲁斯特指出艺术家存在"两个我"，正因为艺术具有对人生诗化、理想化功能，作品中那个"我"是经过艺术诗化的自我，这个"我"才是艺术家真正的自我。因此，普鲁斯特将艺术作品置于价值的顶端，认为只有艺术作品"才能给予他终生都在寻找的三重喜悦：能够战胜时间流逝的喜悦，认知真理带来的喜悦，最终，艺术家在表达深刻自我的印象并将其嵌在漂亮形式中感受到的喜悦"（Megay, Joyce 1976：147）。

五、结语

本文从三个方面探讨《追忆逝水年华》的诗性精神，呈现了语言的抒情性、隐喻的象征性等"陌生化"诗性特征。不过，普鲁斯特作品的诗意具有自身独有的特征，不是如《红楼梦》中诗歌入小说，在故事中穿插诗词韵语，以此构造诗的意蕴，也不是杜拉斯作品中诗意的空白，语言上更不具有通过重复等手段表现出的音乐性与节奏感。相反，普鲁斯特是一位在阅读上具有难度的作家，他的长句就像一根根的丝线，绵绵悠长，蜿蜒起伏，诗歌语言的"含蓄精炼"并不存在，在一定程度上与中国传统的诗歌技巧，那种言尽而意无穷的韵味相悖。不过，对普鲁斯特来说，句子看似"冗长"却完全必要，这种必要性是心理的、美学的，有利于表达思想的连续性，表达错综复杂、极为微妙的关系和因由。这种选择，由普鲁斯特受到的文化熏陶、个人的美学素养决定，依循某种特定的审美目的，是作家对语言因素及其组构方式的独特选择，这决定了作品在文学类型上的混杂性质，也是普鲁斯特对小说这一文学体裁的创新。

必须承认，《追忆》具有诗的特质和真正的诗意美，读者能从中得到诗一样的审美愉悦。小说中，诗与小说的这种融合是内在的，普鲁斯特本质上是以诗人的眼光看待世界。这种美学观是西方文学浸透的产物。西方的叙事文学与生命同构，以整个生命去换取一个意义的形式。普鲁斯特希望借助文学去拯救，通过"马塞尔怎样成为作家"这个文学使命的故事，他探讨自我与世界、生命与艺术之间的和谐关系，表现出对人性的普遍关怀和生命本质的终极追求。作品中，他刻画日常生活中的人与物，描写自身在喧嚣尘世中的感悟与体验，他面带微笑调侃般地把罪恶、丑陋、残酷主观地过滤、净化、纯化，使得我们感受到生命本真的美好。这种与生俱来就具有审美性的认知方式，使得《追忆》"第一次把法国小说的主要部分置于过去属于诗歌和宗教的领域：寻找关于世界的主要真理，并通过奥义般的传授来进行学习"（米伊2005：24）。

参考文献

[1] PROUST M. *Les plaisirs et les jours*[M].Paris：Gallimard, 1924.

[2] PROUST M. *Contre Sainte-Beuve*[M].Paris：Gallimard, Folio, 1954.

[3] PROUST M. *A la recherche du temps perdu*[M].Paris: Gallimard, Folio,1987.

[4] PROUST M. *Ecrits sur l'art*[M].Paris：GF Flammarion, 1999.

[5] PROUST M. *Jean Santeuil*[M].Préface de Jean-Yves Tadié, édition établie par Pierre Clarac et Yves Sandre avec des compléments de Jean-Yves Tadié,Paris: Gallimard, Quarto, 2001.

[6] HENRY A. *Proust romancier Le tombeau égyptien*[M].Paris：Flammar-ion, 1983.

[7] HENRY A. *Proust Une vie, Une oeuvre, Une époque*[M].Paris：Editions Balland, 1986.

[8] MEGAY J N. *Bergson et Proust Essai de mise au point de la question de l'influence de Bergson sur Proust*[M]. Paris：Librairie Philosophique J. Vrin, 1976.

[9] POVLET G.*Etudes sur le temps humain I*[M].Paris：Librairie Plon,1952.

[10] POVLET G. *Etudes sur le temps humain 4 Mesure de l'instant*[M].Paris：Librairie Plon, 1964.

[11] RICOEVR P.*Temps et récit 2 La configuration dans le récit de fiction*[M].Paris：Seuil, 1984.

[12] NORDHOLT S. Annelise, *Le moi créateur dans A la recherche du temps perdu*[M].Paris：L'Harmattan, 2002.

[13] JEAN-YVES T. *Marcel Proust I Biographie*[M]. Paris：Gallimard, 1996.

[14] 马塞尔·普鲁斯特.追寻逝去的时光（第一卷）[M].周克希，译.上海：上海译文出版社，2004.

[15] 马塞尔·普鲁斯特.追寻逝去的时光（第二卷）[M].周克希，译.北京：人民文学出版社，2010.

[16] 埃洛迪·布伊格.让·福兰的'鸡蛋'及其对诗歌语言的思考.蒋梓华，李璐，译.人文新视野（第一辑）诗学新探[M].天津：百花文艺出版社，2004.

[17] 安德烈·莫洛亚.普鲁斯特传[M].徐和谨，译.杭州：浙江文艺出版社，1998.

[18] 安德烈·莫洛亚.〈追忆似水年华〉序.出自马塞尔·普鲁斯特[M].李恒基，徐继曾，译.南京：译林出版社，1989.

[19] 让·福兰.诗语.王长明，何红梅，译.载《人文新视野》第一辑《诗学新探》[M].天津：百花文艺出版社，2004.

[20] 格非.塞壬的歌声[M].上海：上海文艺出版社，2001.

[21] 格非.卡夫卡的钟摆[M].上海：华东师范大学出版社，2004.

[22] 于坚.拒绝隐喻[M].昆明：云南人民出版社，2004.

[23] 涂卫群.中国艺术"插曲"对普鲁斯特美学的揭示作用[J].外国文学

评论，2006(4)：112—119.

[24] 吴泓缈 . "相似" 和 "相近"——雅各布森的隐喻与借喻 [J]. 长江学术，
     2008(2)：93.

[25] 吴晓东 . 记忆的神话 [M]. 北京：新世界出版社，2001.

作者简介：何红梅，西安外国语大学西方语言文化学院讲师，法国艾克斯 – 马赛第一大学博士毕业，研究方向为法国文学。

论米歇尔·图尼埃的结构主义人学观

——从鲁滨孙神话的现代重构观照

项颐倩

厦门大学外文学院

内容提要：米歇尔·图尼埃在《礼拜五：太平洋上的灵薄狱》一书中重述鲁滨孙的当代神话，通过对其在荒岛生存状态的叙述，剖析和诠释人类与自然之间的关系。本文从图尼埃与结构主义人类学的渊源入手，将神话体裁和"性与食"作为主要依据，揭示作家本人的结构主义人学观。

关键词：米歇尔·图尼埃；神话；结构主义人学观

2016年1月19日法国当代作家米歇尔·图尼埃（Michel Tournier）的辞世，使这位在中国被誉为"新寓言派"代表的大师及其作品重新走入了中国读者的视野。图尼埃一生著作甚丰，代表作有《礼拜五：太平洋上的灵薄狱》《桤木王》及《流星》等。这些作品充满哲思和寓意，以独特的方式关注当代人的生存处境。

《礼拜五：太平洋上的灵薄狱》（以下简称《礼拜五》）发表于1967年，是图尼埃的第一部小说。该书戏仿17世纪英国作家丹尼尔·笛福的名著《鲁滨孙漂流记》的题材，在主题上却反其道而行之。其故事梗概是，鲁滨孙乘坐的船只在太平洋遭遇海难，他流落至一个不知名的荒岛。最初他按照西方文明社会的模式将岛屿治理得井井有条。随后，野蛮人礼拜五来到了荒岛，非但没有被驯化为鲁滨孙的奴隶，反而以其自然的天性将鲁滨孙辛苦积累起来的文明成果毁坏殆尽。礼拜五此举慢慢地影响和启发了鲁滨孙，使他逐步抛弃了原有的文化传统，变成与大自然融为一体的"元素人"。一条名为"白鸟号"的轮船偶然光临荒岛，鲁滨孙终于有机会离开此地，但是出于对所谓西方文明的厌恶和对天人合一的荒岛生活的留恋，他最终自愿留在荒岛，拒绝返回文明社会，而礼拜五却悄然随着"白鸟号"奔赴繁华的欧洲。

　　国内对于《礼拜五》一书的研究评论不在少数。首先，研究者们认为《礼拜五》是对《鲁滨孙漂流记》的重写，该作品的互文性研究因而成为一个焦点。另一些研究集中在该作品中呈现的"他者"问题上，借以讨论图尼埃的哲学理论渊源。笔者以为，这两类研究都忽视了一个重要问题，即法国著名结构主义人类学家克劳德·列维－斯特劳斯（Claude Lévi-Strauss）的人类学理论对图尼埃文学创作的重大影响。事实上，结构主义人类学是图尼埃文学创作道路的起点，《礼拜五》这部小说是图尼埃把结构主义人类学的理论应用于文学创作的结晶，这一运用具体体现在图尼埃对鲁滨孙与荒岛关系的处理方面。

　　图尼埃与结构主义人类学之间的渊源始于他在巴黎的求学经历。1949 至 1950 年间，列维－斯特劳斯任法国人类博物馆代理馆长并开设人种学课程。图尼埃在他的指导下开始接触结构主义人类学的相关内容。图尼埃之前曾着迷于斯宾诺莎、现象学及弗洛伊德的精神分析，然而在人类博物馆的学习为他开启了一个新世界，将他引上一条不同以往的研究路径。此后，结构主义人类学对图尼埃的影响没有因时间流逝而减弱，他开始萌生出将其理论运用于文学创作中的想法。1967 年《礼拜五》的问世可以说是图尼埃向结构主义人类学的献礼。1973 年 5 月列维-斯特劳斯当选法兰西学院院士，图尼埃随即在《费加罗报》发表《我的老师克劳德·列维－斯特劳斯》[1]一文，向这位伟大的人类学家所取得的巨大成就表示祝贺和敬意。

　　图尼埃不止一次在访谈和回忆录中提到他在《礼拜五》中所讲述的鲁滨孙的故事正是借助列维－斯特劳斯关于原始社会的理论而完成的。（Michel Tournier1983：400）在这个故事当中，荒岛被摆在与鲁滨孙同等重要的位置上进行研究，展现出图尼埃对人类处境的独特理解。

　　列维－斯特劳斯奠定的结构主义人类学理论，其最大的意义在于扭转了一直以来占据统治地位的西方种族中心主义观念，开启了以结构为中心的新人类学研究方向。他认为要研究人类社会，需从其原始形态入手。列维－斯特劳斯通过大量的田野调查得出结论，即人类社会的结构"从根本上来说，乃是人类精神的创作模式和基本方法，是一种心理运作的本能意向和无意识基础。"（高宣扬 2004：55）这意味着，尽管人类社会经过了数千年的演变发展，在各个阶段呈现出不同的面貌，然而其最基础的结构模式始终是原始社会的形态。图尼埃在《礼拜五》一书中把握了该理论的精髓，标新立异地将所有

[1] 该文刊载在 1973 年 5 月 26 日的《费加罗报》文学版。

结构关系消解，如与他人的关系，以及依赖性和食而存在的亲缘关系。他试图借此探究人类在更深层次面对的问题，而实现这一目标的方法就是以神话为载体重新讲述鲁滨孙的荒岛经历。

一、鲁滨孙神话的重构

《礼拜五》一书的结构主义人类学特征首先体现在对结构主义神话理论的运用。从文学体裁的角度看，《礼拜五》是一部小说。鉴于该书故事情节的虚构性及与笛福原著之间的关系，《礼拜五》一直以来也被称作一部当代神话。

法国哲学家兼人类学家吉尔贝·杜朗（Gilbert Durand）在其著作《意象的人类学结构》（*Les structures anthropologiques de l'imaginaire*, Bordas, 8 édition, 1981）中指出，神话既是原始人类认知的方式，同时也是他们与世界进行对话以及他们之间进行对话的形式。因此可以说，神话是故事（conte，包括童话故事和一般故事，童话故事的神话色彩很浓）的前身，而故事发展成为小说之后依然保留着神话的某些特征。也正是基于这个理由，不论是笛福的《鲁滨孙漂流记》还是图尼埃的《礼拜五》都被认为是神话或传说。

列维 – 斯特劳斯认为，现代人类社会经过长期的发展之后，其结构形式已经非常复杂，研究者已经很难从中找出人类文化最初的面目。因此他选择亚马逊河流域印第安人的原始部落作为研究对象，尝试从人类社会的原始阶段找出人类文化的原型。其中对原始部落的神话文本研究则是他的基础研究方法之一。当代法国哲学家樊尚·德孔布（Vincent Descombes）指出，列维 - 斯特劳斯的工作方法是从看似千变万化的神话文本中找出普遍存在的共性。在列维 - 斯特劳斯看来，"即使神话本身是作为一种荒诞的叙事而存在，但是表面的荒诞之下掩盖着某种共通的规则。"（Claude Lévi-strauss1971：614）

列维 – 斯特劳斯认为神话具有深刻含义，因为神话中包含着人类文化的原型。他收集分析了上千个神话文本，从而得出了"同一个神话"的结论。即这些神话都是同一个神话结构的变种，"它们至少都是环绕着同一个基本主题，即从自然到文化的过渡。"（Claude Lévi-Strauss1988：190）人与世界的交流是神话的普遍主题。这一观点对图尼埃的启示是相当大的，他对神话一直保持着浓厚的兴趣。不论是《礼拜五》《桤木王》，还是《金滴》《流星》和《四博士》，或深或浅都具有神话题材的痕迹。图尼埃在 1981 年发表的随笔集《飞行的吸血鬼》（*Le vol du vampire,* Paris, Gallimard, 1983）中重申了神话在文学创作中的重要作用，因为唯有神话才可以恰如其分地表现他在结构主义人类

学方面的思考。(Michel Tournier1983：34-35)

列维-斯特劳斯认为，任何神话都包含着双重结构，即历史和非历史的两种结构。"神话总是与发生在创世之前或者历史早期的事件相关联，但是神话固有的本质是因为这些事件本身拥有恒定的结构，这个结构同时关系到过去、现在和未来。"(Claude Lévi-strauss 1958：231)列维-斯特劳斯认为神话结构具有相对的稳定性，可以作为我们挖掘人类文明发展的参照范本。图尼埃从这种论述中找到了自己创作的根基。他在《圣灵之风》(Le vent Para-clet)一书中谈道，"……鲁滨孙本身就是构成西方人类思想的基本要素之一"(Michel Tournier 1977：221)，笛福的《鲁滨孙漂流记》是一个基础文本，他为后来的文学创作提供了无限可能。

图尼埃仅借用了笛福原著中的少量情节，如鲁滨孙遭遇海难流落荒岛，以及搭救并试图教化星期五。除此之外，《礼拜五》几乎是一个全新的故事。法国后结构主义精神分析学家吉尔·德勒兹（Gilles Deleuze）也谈到，笛福作品与图尼埃作品的最大区别就在于，笛福的鲁滨孙通过对荒岛的整饬再现了人类文明的历史进程。图尼埃的鲁滨孙则反其道而行之，是以一条对人类文明的逆溯之路，借以探讨当下人类的生存困境。图尼埃采用这样的叙事策略，是因为"问题不在事件的肇源起始，不在于开端，而正好相反，在于结果，在于最后的目的，这一切都是种种蜕变过程的显现。"(吉尔·德勒兹 1994：252)图尼埃正是通过逆向的重构，更深层次探讨鲁滨孙的生存问题。另外，故事怎么讲取决于时代背景。笛福笔下的鲁滨孙是资本主义拓荒人的典型代表，他代表着英国启蒙运动时期资产阶级的崛起。而这一形象是否适应今天的西方世界？在图尼埃看来，在经历过殖民运动、资本垄断以及历次战争浩劫的当代西方文明语境下，鲁滨孙首先是一个与孤独对抗的英雄，"他被抛在一个荒岛之上，是被整个人类遗弃的孤儿。"(Michel Tournier 1977：221)

二、与他人关系的改造

礼拜五未出现之前，鲁滨孙对荒岛进行了颇具规模的管理和开发。在他拥有了稳定的生存来源之后，他需要对抗的敌人转为内在的心理问题：失落、癫狂的情绪及自杀的欲望。所有的负面情绪都源于日益扩大的孤独感。图尼埃认为，现代西方社会给人类带来的一个巨大心理问题正是这种孤独感，这种孤独感伴随着人们对自由和财富的无节制拥有而产生。"自由，财富和孤独正是现代生存处境的三个层面。"(Michel Tournier 1977：222)从这一层意义上讲，鲁滨孙的孤儿形象正是当代西方人的原型。

图尼埃利用荒岛——这一独特的生存环境，对人类社会结构关系进行消解，其目的就是从根本上显现人与自然、其他物种之间的关系。他通过将鲁滨孙置于极端的矛盾之中进而达到这一目的，这一矛盾即是人性与兽性的对抗。列维-斯特劳斯指出，神话本身就是人与动物尚未严格区分时期的历史故事，因而神话最能够体现最初人类在世界的生存状态。鲁滨孙初到荒岛时，这个荒岛在他眼中显现为天地未开的混沌状态。岛上的一切景致都处于一种敌对的、毫无生机的状态。森林里到处荆棘密布，枯枝烂叶发出腐败的气息，到处回响着令人恐惧的声音。此时荒岛的根本特征就是"没有他人存在的气息"，没有了人际关系的干扰，鲁滨孙直接面对内心人性与兽性的较量。

鲁滨孙试图摆脱因"无他人存在"产生的强烈孤独感。他开始打造一条轮船逃出这个蛮荒世界。造船任务遇挫后他沮丧万分，于是开始自暴自弃，赤裸着身体任由日光暴晒，像动物那样爬行，和野猪一起埋在烂泥塘中自我糟践。此时，兽性在鲁滨孙身上居于上风。然而童年的回忆不时在他脑海中涌现，提醒他身为人的往昔。直至海上出现的一艘轮船抓住了他的眼球，他从泥塘中一跃而起。文明人的强烈主观意识战胜了鲁滨孙继续沉沦的欲念，他开始对荒岛进行改造与治理。鲁滨孙为自己定下规则，"任何生产都是创造，因此生产是好的。食用消费就是毁坏，所以，是不好的。"（图尼埃 1994：57）他制作沙漏用来计时，勘探岛屿的面积与地形，了解岛上的所有动植物。他希望把这个昏暗、捉摸不透的岛屿变成一个抽象、晶莹剔透、清晰彻骨的建筑。他希望自己的每一个行动都符合经济法则和协调规律。这些描述恰恰是人类文明进程中施加于自然的种种行为的缩影。

礼拜五的到来看似改变了"无他人世界"，然而图尼埃并没有赋予礼拜五以真正的他人特征。礼拜五是推动鲁滨孙发生改变的催化剂，他的到来加速了鲁滨孙向大自然靠拢的进程。虽然在故事的结尾，礼拜五随大船的离去引起了鲁滨孙的一阵慌张，但他终于能够鼓起勇气正视孤独。最重要的是，鲁滨孙意识到自己成了一个与自然同步、依靠采纳阳光生活的"元素人"。图尼埃巧妙地回避了人性与兽性孰优孰劣，或曰人类与其他物种之间孰优孰劣的问题，这与结构主义人类学的观点相一致。列维-斯特劳斯在《野性的思维》一书中就曾指出，"物种"这一概念具有灵活性和多样性。他通过对神话和图腾崇拜的研究证明，原始人类对每一种动物都注入了特有的情感和理解。图尼埃与列维-斯特劳斯共同提出了一种可能性，即"人类与其他生命形态具

有亲密的关系，他们一起构成了整个世界……"（渡边公三 2002：195）

三、"性与食"的主导

鲁滨孙与荒岛之间对话的展开集中在他的自然属性上，即食物的获取和性的满足。也只有在这里，才能将人的存在方式还原为最基础的模式。性与食这两个中介元素是列维－斯特劳斯进行神话研究时的重大发现。列维-斯特劳斯注意到，在原始部族的神话中始终存在着相互关联的成对元素，如天与地，生与死，男与女，自然与社会。而所有成对元素之间的中介就是烹调活动和女人的交换。前者是个体生命赖以存活的必需条件，后者则是群体生命得以健康繁衍的必须条件。二者共同促成了以亲缘关系为基础的人类社会基本结构。

最初鲁滨孙对食物的获取是简单而直接的，任何随手弄到的"生"的食物都可以吃。当他开始治理荒岛时，便把残存的谷物种植下去，此举的出发点正是他对熟食的强烈渴望。熟食对鲁宾逊来说已经不限于果腹，更多地提示着人类的文明。烹饪和熟食乃是文明世界隔开野蛮生活的那条界限。因此当第一只面包出炉之后，鲁滨孙甚至觉得应该为这个面包举行一个仪式。虽然鲁滨孙在故事的前半段依然挣扎于人类与动物之间，然而人类文明在鲁滨孙身上刻下的烙印如此深重，以至于他无时无刻不想着要回归。直到礼拜五引发的一场大爆炸，几乎毁掉了鲁滨孙在岛上的所有成就，他关于熟食的偏执才画上了句号。

"性"作为二元关系的另一个中介物，也是图尼埃在《礼拜五》一书中讨论的重点。列维－斯特劳斯认为，原始社会人际关系的出发点就是男女两性关系，因为由人类繁殖所产生的血缘关系是最自然最稳固的人际关系。血缘关系正是亲属关系的由来。

图尼埃的故事在列维－斯特劳斯的基本理论上更进一步，他借神话的名义为鲁滨孙找到了另一条出路，即与鲁滨孙产生关系的伙伴是非人的对象。礼拜五到来之前，荒岛上除鲁滨孙之外别无他人，因此杜绝了繁衍后代的可能，亲缘关系被消解了。在这种情况下，岛屿本身成了他探索的对象。首先，岛屿成为母体。鲁滨孙偶然找到一处狭小的岩洞，当他钻进去并蜷缩起来的时候沉浸在"幸福欣喜的永恒之中"（图尼埃 1994：101），他感觉自己犹若小岛这颗果实的果仁，就像安然沉睡在母体子宫里的胎儿。鲁滨孙在这里尝试与荒岛模拟一种亲缘关系，母子关系。亲缘关系的来源是血缘关系，这就是岛屿的进一步拟人转变，成为妻子。当鲁滨孙的自然欲望觉醒的时候，大地对他做出了回应，一处散发着浓郁植物香气的小溪谷成了他交媾的对象。在他的眼里，小溪谷就像是女子的腰部，它丰腴柔美，有着起伏波动的曲线，具有鲜明的女性特征。从此鲁滨孙认为自己是娶大地为妻的人。神奇的是，这种模拟两性关系的行为产生了一种被鲁滨孙称为曼德拉草的植物，这种植物的根茎呈现少女双腿的形状。鲁滨孙认为曼德拉草就是他与荒岛的女儿。到这里，模仿的血缘关系也得以呈现。鲁滨孙与荒岛从形式到内涵完成了合二为一的进程。待到礼拜五出现时，虽然鲁滨孙数次萌发出同性交合的想法，然而他与岛屿的亲密关系已经占据了绝对优势地位，因为他的欲望"已经变成自然本原式的，已经转向希望岛"。(图尼埃 1994：223)

这一关于性的故事情节看似荒诞不经，实则具有极大的合理性。

首先，图尼埃通过这个情节探讨了笛福的故事未曾涉及的层面。笛福文本的意图在于宣扬人类文明的力量，忽略了人作为自然生命体的生物学需求。吉尔·德勒兹也认为把一个无性的鲁滨孙放置在以当代经济世界为原型的环境中是不合理的。而图尼埃没有回避这一问题，他用了相当多的篇幅来讨论鲁滨孙的性需求，并借以揭示人与自然之间的亲密关系。

其次，鲁滨孙对于性和食物的态度从本源上对人的"原初人性"进行了复原。这种做法与列维-斯特劳斯的神话研究是一致的。根据列维–斯特劳斯的人类学理论，原始人始终以自然为榜样，在自己的行动、思想和语言使用中，模拟着自然界的二元对立结构，如天与地、生与死、生与熟等。随着社会文明程度的进一步发展，二元对立模式也呈现出越来越复杂的模式。因此，对人类文明最初状态的研究，才能帮助我们寻找到真相。图尼埃将文明人鲁滨孙放置在混沌初开的荒岛上，从他与自然的关系、对性与食物的态度等层面来考察结构主义人类学的合理性。

四、结语

图尼埃认为他从列维–斯特劳斯的神话研究里得到的最大启示就是，"没有所谓的野蛮人，只是他人所属的文化与我们不同罢了，而我们理应更多地研究和了解他者的文化"。(Michel Tournier1977：227) 真正的人类应该放弃一切始于自身的观念，将生命置于人类之上，把世界建立在生命的基础上，在爱自己之前先要对其他的存在表示尊重。图尼埃通过对鲁滨孙神话的重构，用他独特的方式思索从古至今哲学家们一直在探究的问题，即人的生存意义何在。这个叩问更是被放置在充满了各种动荡和变革的 20 世纪的社会背景之下，尤其具有了更深刻的意义。

参考文献

[1] Claude Lévi-Strauss. *L'anthropologie structurale*[M]. Paris: Plon, 1958.

[2] Claude Lévi-Strauss.*L'Homme nu*[M]. Paris: Plon, 1971.

[3] Claude Lévi-Strauss. Didier Eribon. *De près et de loin*[M].Paris:Odile Jacob,1988.

[4] Michel Tournier. *Le vol du vampire*[M].Paris:Gallimard, 1983.

[5] Michel Tournier. *Le Vent Paraclet*[M]. Paris:Gallimard, 1977.

[6] 高宣扬 . 当代法国哲学导论（下）[M]. 上海：同济大学出版社，2004.

[7] 图尼埃 . 礼拜五，太平洋上的灵薄狱 [M]. 王道乾，译 . 上海：上海译文出版社，1994.

[8] 渡边公三 . 列维－斯特劳斯：结构 [M]. 周维宏，等，译 . 石家庄：河北教育出版社，2002.

作者简介：项颐倩，女，厦门大学外文学院讲师、文学博士。主要研究方向：法国文学和翻译。

存在主义精神分析中的"他者"问题钩沉

项颐倩

厦门大学外文学院

内容提要:"他者"观与存在主义精神分析法是萨特存在主义理论体系的重要组成部分,"他者"问题也是研究萨特存在主义精神分析必须深入讨论的重点。萨特进行存在主义精神分析实践的四部传记作品分别体现了其以身体为中介的早期"他者"观,以及以"集团"为特征的后期"他者"观。在存在主义精神分析的视阈下关照"他者"问题有助于深刻理解萨特以个体命运为研究对象的理论建构。

关键词:萨特;存在主义精神分析法;他者

萨特剧作《禁闭》中的名言"他人即是地狱"一直以来为中国读者所熟悉,这句话经常被用来描述现代人在生存中面对他人时遭遇的孤独感和敌对情绪。这种解读显然具有片面性,这是因为"他人"或"他者"(les Autres, autrui)在萨特的理论体系中具有更丰富的内涵。萨特在法国当代哲学领域最早提出了"他人"这一概念(17世纪英国哲学家霍布斯也有这种概念),这一概念在其存在主义思想体系中贯穿始终,进而发展成为萨特独有的"他者"理论,也成为存在主义精神分析法❶的核心概念。

萨特以人的三种存在为起点展开对"他者"的分析,即"自在的存在""自为的存在"及"为他的存在"。其中,"自为的存在"因其超越性代表着自由本身,而在向着自由努力的过程中必然会遭遇"为他的存在"的中间状态。因此,萨特对"为他的存在"的讨论集中体现了他对"他者"的理解。同时,萨特在对"为他的存在"的论述当中提出存在主义精神分析法,意在说明"他

---

❶ 该概念的法文原文为"psychanalyse existentielle",字面意为"存在的精神分析"。《存在与虚无》的中译本译为"存在的精神分析法"。其他有关著述和论文采用过"存在精神分析法""存在的精神分析法"和"存在主义精神分析法"等译法。本文采用"存在主义精神分析法"出于两种考虑:凸显精神分析法与萨特存在主义的必然联系;借鉴拉康"结构主义精神分析批评"的中文译法。

者"问题是理解人的存在的重要环节，而存在主义精神分析法是理解人的存在的基本方法，所以二者之间具有非常密切的联系。关于萨特的"他者"问题，学界已经有不少相关研究，但是对于存在主义精神分析法与"他者"之间的关联性，一直属于被忽视的问题。本文将从存在主义精神分析法的角度对萨特的"他者"问题加以梳理和分析。

一、存在主义精神分析法

存在主义精神分析法的目标是对人进行整体化理解，该方法的起点是存在主义哲学观的核心理念——"存在先于本质"。萨特认为人首先存在，然后塑造自己的本质。基于这种观念，萨特在《存在与虚无》中将"存在主义精神分析法"作为个体命运的研究方法提了出来。存在主义精神分析法与弗洛伊德的精神分析理论及马克思主义理论有着千丝万缕的联系。萨特部分继承了弗洛伊德经验的精神分析法，如重视童年经验，但是他对弗氏理论把性本能和各种情结普遍化的观点表示反对。另外，萨特赞同马克思主义理论中关于"阶级斗争"的理论能够准确定义不同人类群体的性质，但是他认为"阶级"概念对于研究个体命运尚嫌不足。萨特希望找到一条不同于上述二者的研究方法，能够合理解释个人的人生轨迹和命运，这就是存在主义精神分析法。

决定论者认为任何人类活动都有意向性，具有特定的动机（motif）。萨特认为"动机—意向—活动—目的"的结构模式并不能从根本上对行为做出解释，必须要考虑动机的深层原因，即"一个动机（或一个动力）何以能成为动机。"（萨特 2007：531）萨特指出，无数看似偶然甚至不同的动机背后常常隐藏着同一个"原始谋划"（projet originel），"原始谋划"才是理解人的各种行为乃至命运的钥匙。

因此，存在主义精神分析法的第一目标就是探寻人的"原始谋划"。萨特在撰写《存在与虚无》时首次提出"谋划"这一术语。该术语从海德格尔提出的现象学术语"筹划"（entwurf）衍生而来。海德格尔在《存在与时间》中谈及人的此在（Dashen, étant）时提到筹划的概念。海德格尔指出，此在就是它在其原在（或"本在"，外文分别是 Shen, être）中尚不是的东西，筹划伴随着此在，只要此在存在，就无法回避筹划，筹划关系到在世的整个展开状态。此在通过原在的领会及筹划得以建构，最终"成为你所是的！"（马丁·海德格尔1987：178）此在的超越性一目了然。萨特提出的"谋划"概念部分继承了海德格尔的"筹划"含义，即承认筹划的意义。他们的分歧在于，海德格尔的

"筹划"指向的依然是具体谋划，类似于动机。而萨特认为具体"谋划"具有可变性与多样性。发掘各种谋划背后的共性必须遵循一个原则，即"只有在不可还原性面前才停止下来"。（萨特 2007：684）这是指在对主体行为动机的分析过程中，逐层分解再还原，直至不可还原时所遇到的那个谋划就是"原始谋划"。

学界指出，萨特这一理论在完善马克思人学理论方面有着重要意义，因为他在肯定马克思关于社会规定性论述的同时，强调这种普遍规定性是由各种谋划支持并内在化的。"这是一种关键性的逻辑化解：普遍存在于特殊之中，类实在于个别之中。没有后者，前者则是一种知识化抽象，所以处于现实历史之中的个人谋划必然有两个基本特点：它在任何情况下不能由概念来规定；但作为人的谋划，它却是永远可以理解的。"（张一兵 2003：14-21）

萨特建构了存在主义精神分析法的理论体系，并亲身将这套理论运用到文学批评实践中来，因此我们在他诸多哲学、小说、戏剧作品和评论之中，能够看到这样几部重要的作品：《波德莱尔》（1947 年），《圣热内，喜剧演员和殉难者》（1952 年）（以下简称《圣热内》），《词语》（1964 年，又译作《文字生涯》），以及《家中的低能儿：1821—1857 年的居斯塔夫·福楼拜》（1971—1972 年）（以下简称《低能儿》）。

二、以身体为中介的"他者"观

"他者"问题之所以是存在主义精神分析法考察的重点，这是因为"他人"是对人的整体化理解过程中无法回避的环节。他在《存在主义是一种人道主义》中反复强调"他人"的重要性："我们从我思中发现的并不仅仅是我自己，也发现了别人。与笛卡尔的哲学相反，也与康德的哲学相反，当我们说'我思'时，我们是当着别人找到我们自己的，所以我们对于别人和对我们自己同样肯定。因此，那个直接从我思中找到自己的人，也发现所有别的人，并且发现他们是自己存在的条件。"（萨特 1988：22）这意味着他人的存在向我揭示我的存在，"他人"是自我认知的必要途径，而且这种关系可逆。

研究"他者"问题的意义还在于，我和他人互相负有责任，我与他人的自由互相依存、互相限制。在处境当中，人的自我选择直接或间接地影响了群体中的他人。"当我们说人自己做选择时，我们的确指我们每一个人必须亲自做出选择；但是我们这样也意味着，人在为自己做出选择时，也为所有的人做出选择。"（萨特 1988：9）因此，个人的选择对所有其他人负责。从对自由的考察出发，任何个人的自由依赖于别人的自由。萨特认为，这种情况尤其是针对群体中的个体而言，因为"我不能把自由当作我的目的，除非我把别人的自由同样当作自己的目的"。(萨特 1988：27) 我们在追求个人自由的时候发现我们的自由完全离不开别人的自由，同样的，别人的自由也离不开我的自由。

萨特的"他者"理论发展根据其特征大体分为两个阶段：《存在与虚无》时期代表早期阶段，《辩证理性批判》代表后期阶段。从理论渊源来看，萨特早期批判性地继承了康德、黑格尔、胡塞尔和海德格尔的某些"他者"理论。这一时期萨特的"他者"观可以概括为"他人即是地狱"，"他人"特指与自我相冲突的他人。此后萨特从理论和实践两方面向马克思主义靠拢。在这一阶段，萨特开始用辩证法完善"他者"概念，并进一步证明主体的谋划是个人他者和集团他者综合影响下的产物。在存在主义精神分析法的实践方面，《波德莱尔》和《圣热内》更能体现第一阶段的"他者"观，《词语》与《低能儿》则对应第二阶段。

萨特在其"他者"观的形成之初，考察了意识问题。"萨特重新回到意识，并不意味着萨特对意识的看法与笛卡尔、胡塞尔如出一辙。因为他不是从反思的'我思'出发来进行存在的本体论证明，而是立足于'反思前的反思'的存在来揭示意识的本质、变化与存在的联系。更为重要的是：清理'我思'是为了反抗唯我论，来说明他人的存在，说明他人与我的存在的存在关系。"❶ 萨特从现象学的角度批评了实在论者关于意识的立场。实在论者认为，世界是思想实体即主体直接的中介，一切主体之间的思想交流都必须依靠所谓的独立于心灵（esprit）的物质世界。萨特则认为身体才是必要的中介物，一个主体与另一个主体之间的精神交流过程中隔着两个身体：首先是我的心灵和我的身体，其次是我的身体和他人的身体，最后是他人的身体和他人的心灵。这一观点与梅洛-庞蒂（Merleau-Ponty）的身体功能说颇为相似。梅洛-庞蒂认为，意识起源于原初感觉和知觉，意识依靠身体对他人、它物进行感知，因此身体是连接外部世界自然物体和内部世界的中介，同时也是在时间和空间的维度上构成精神世界的最基础材料。萨特则强调心灵具有不在场的特性。由于身体作为实在物无法被跨越，因此心灵之间的交流必须经由身体感觉的交流来完成；此外，身体之间的区别导致心灵之间的差异性，这种差异性也是交流障碍乃至敌对的重要因素之一。

❶ 王振林.《萨特的他者理论研究》,《陕西师范大学学报》(哲学社会科学版), 2016年2月.

　　萨特在讨论身体的中介作用时指出，"注视"即"他人的注视"是最为常见的方式。他人的注视显现我与他人之间的原始关系，向我揭示我当下的存在。他人的注视引发的"我"的各种情绪中，"羞耻"则是最能够体现我的"为他的存在"的一种情绪，"我"想要否定这个存在，这就是自欺的根源。自欺是自我否定，其本质是"我是我所不是"，或者"我不是我所是"。"我"通过自欺来掩盖或者逃避自己的羞耻感。

　　基于这个原理，萨特对"他人的注视"的描述贯穿每一部传记作品。比如，在《波德莱尔》中，波德莱尔为了应对"他人"的注视为自己制作了女性化的浪荡子外壳；《圣热内》中的童年热内因为一次盗窃行为被养父母的目光判定为"小偷"，并引发"原始危机"；在《低能儿》中，父母及兄妹冷漠的注视是福楼拜的"原始危机"爆发的催化剂；《词语》中的小普鲁在身边成年人热切的注视下，尝试取悦他们，以及成为他们眼中应有的样子。

　　19世纪晚期和20世纪上半叶的批评界习惯于把波德莱尔定义为浪荡公子哥，然而萨特指出波德莱尔的衣着打扮与当时法国崇尚阳刚气的浪荡子标准形象相去甚远。波德莱尔经过染色的卷发，修剪整齐的指甲及玫瑰红的手套具有强烈的女性阴柔美。萨特认为这正是波德莱尔用于对付他人目光的一个伎俩。上文我们已分析了波德莱尔与他的审判者之间的关系。与那几个选定的审判者在一起，他感到安全自在。但是处于陌生人注视之下的波德莱尔则无法玩起他所熟悉的把戏。在街头陌生人对他的随意一瞥足以让他感到愤怒和不自在，因为目光的主人可以不动声色地对他进行归类和猜想，而他对这样的主观判断毫无反抗之力。波德莱尔没有屈服于这样的局面，他以他特有的方式对抗无处不在的陌生目光。他用具有女性气息、同性恋特征的衣着将自己打扮起来，首先，如同为自己披上了厚厚的盔甲，在其庇护之下，他再次找到了安全感。其次，另类的穿着如同他自己的目光去迎视他人，充满了挑衅和嘲讽的意味。

　　"他者的注视"还以主体面对镜子的形式加以实现。萨特在《存在与虚无》中讨论个人与"他人"之间的关系时，明确指出他人的功能就是镜子。他认为主体不能单纯显现为他人的对象，或者他人不能仅仅是主体的对象，这是因为"也许我把握到作为对象的别人通过意向和活动与我联系着，但是仅仅由于他是对象，他人这面镜子就变模糊并且不再反映什么了"。（萨特2007：307）他人的存在在主体意识的形成当中起着镜子的作用。镜子中的影像是主体获得自我认知的直接途径。照镜子的人从来都不是放松的，面对镜子的时候人们刻意或者不自觉地摆出各种不同的姿势和表情，因此萨特认为镜子里的影像和照镜子的人从来都不是一个人，由此获得的认知也从来都是不准确的。

萨特从身体感知出发得出照镜子引发"双重感觉"（double sensation）的结论，就像"自己的拇指和食指相碰，而这两根手指不能成为彼此真正意义上的对象，因为它们同时作为触摸者和被触摸者、感知者和被感知者，主动的和被动的"。（J.P. SARTRE 1988：680）当我们面对镜子做出各种表情时，我们会参照镜子里自己的影像对面部肌肉及五官位置进行自我修正。因此人与镜中影像是彼此黏着（adhésion）和疏离（estrangement）并存的关系。

萨特在《圣热内》中描写了童年热内与镜子之间的游戏。小热内的偷窃行为被窥破之后被喊做"小偷"，"他不断重复着这个神奇的字眼：'小偷！我是小偷！'然后站在镜子前面打量自己，对着里面的人自言自语：'你是小偷。'"（J.P. SARTRE 2006：53）童年时代的热内喜欢面对着镜子龇牙咧嘴，他开始写作以后习惯以自己作品中人物的身份来到镜子前喃喃自语。这一举动始终包含着自我否定的意义，即"镜子里的那个人不是我"，他人所说的"小偷"或者"坏人"不是我而是镜子里的人，即我并不像我向他显现的自己那样。

以身体为载体、注视为途径是"我"与"他人"的基本相处模式，"他人的存在"通过其目光使我物化，并使我产生包括羞耻心在内的各种情绪体验，这是导致"我"与"他人"冲突的最初根源。因此这一时期萨特的"他者"观可以用"他人即地狱"来概括。这一时期不仅使《波德莱尔》和《圣热内》具有这样的特征，包括《禁闭》和《恶心》在内的小说和剧作也着重反映了这一理论特征。

三、以"集团"为特征的"他者"观

萨特从"二战"结束后开始接触马克思主义。萨特学习马克思的《1844年经济学—哲学手稿》之后把"异化"问题纳入研究范畴，并将之与存在主义理论研究结合起来。之后萨特逐渐修正早期关于"他者"的个人主义和主观主义架构，学习用辩证观点看待人类生存状况，从人类实践和社会历史的层面解读我与他人之间的关系。这一时期，他提出人与人之间的相处模式除了冲突还有合作关系这一观点。标志着萨特的"他者"问题从最初的"注视说"转向了"行动说"。1960年《辩证理性批判》的问世标志着存在主义与马克思主义的融合基本完成，该书集中体现了萨特这一时期的思想成果。其中，萨特在"异化"研究中最重要的发现就是"匮乏"问题。同时，萨特提出了两种不同的共在模式，即"集合体"和"群体"，这是他对"他人"问题的拓展。

萨特认为人类始终在同匮乏做艰难的斗争。他将"匮乏"作为人类历史的一种基本关系来看待，并指出匮乏是人类历史可能性的基础，因此也决定了人与人之间的关系。匮乏具有偶然性（contingence），萨特将之解释为本体论意义上的偶然，即无处不在却无理可依，恰如人在世的存在。萨特在这个问题上与马克思主义产生了本质分歧，因为马克思主义主张历史的必然性，强调历史和社会发展的内在规律性与不可抗性。而萨特认为，匮乏是个体与环境的关系。在原始社会，环境更多的是指向自然环境；在其他社会结构里，环境更多指向由人构成的社会环境。萨特重点考察的是后一种情况。他认为，"在匮乏的环境里，即使个体之间毫不意识到对方的存在，即使社会的各个层面和阶级的各个结构完全切断了相互性，特殊的社会场域里的每一个人仍然存在，并且在其他每一个人在场的情况下活动。"（萨特1998：267）这一段话点出了萨特关于匮乏下人际关系的两个基本点，其一是人类群体性存在的必然性；其二是他人的在场是现时或潜在的威胁。这成为后来他论证"匮乏导致异化"的基础。

对于集体匮乏如何产生，萨特试图通过分析生产力和生产关系之间的原始关系寻找答案。他分析了两种可能的生产关系：第一种情况是个人生产的生活资料数量总和略高于集体的生活需要，如果这个集体由一个不从事生产、且人数较少的群体来管理，就不会出现匮乏的现象；第二种情况是个人生产的生活资料数量总和总是略少于集体需要，匮乏便会产生，不从事管理的群体出于生存需要会选择并清除群体中的多余人口。在这种情况下群体内就会产生冲突，并成为个人与他人关系的主要表现形式。

冲突中的人是以"非人"（homme inhumain），即被异化之人的面貌出现的。"个体的存在被集体内部的其他人置于怀疑中，个人自己的活动也会通过社会环境转而反对他，并作为他人回到他的面前。"（萨特1998：269）在群体内部发生匮乏的时候，每一个人的存在都有可能给其余的每一个人造成威胁。而且这种威胁是多向可逆的，也就是他人威胁着我的存在，我也威胁了他人的存在。异化作为具有延伸意义的社会现象，是指人的物质生产与精神生产及相关产品变成了消极力量，反过来控制人。如果说早期的异化与生产资料私有制紧密关联的话，现代社会的异化就是由社会分工固定化引起的。

现代社会被异化的人的典型生存方式就是群体或集团式"共在"。萨特受马克思主义的影响开始关注阶级的形成及其特性。在《存在与虚无》中萨特分析人的"共在"状况时已经产生了阶级意识，至《辩证理性批判》时期萨特对于人的群体形式已经形成了自己的独特认识，并架构起了相应的体系说明，同时也研究了人类群体与人类历史之间的必然联系。萨特的研究范畴是集团或群体，但是其研究的出发点及落脚点依然是个体的人，这是一个鲜明的特征，也能够证明萨特的理论自《存在与虚无》以来坚持人本主义的思想一直未曾改变。

萨特按照聚合方式和群体的特质对人类群体做了分类，并用不同术语加以定义，如集合体（collectif），聚集（groupement），集合（rassemblement），阶级（classe），群体或集团（groupe），融合中的群体（groupe en fusion），有组织的群体（groupe organisé），组织（organisation），机构（institution），惰性实践整体（ensemble pratico-inerte），战斗群体（groupe de combat），机构化的群体（groupe institutionnalisé）。群体性的"他者"对个人命运的影响，最早体现在群体决定个体性格的形成乃至命运走向。萨特在《方法问题》中强调人所属的群体对人性格的影响。这个群体主要是指童年时期的家庭，而其更深层次是指家庭或家族的社会阶级属性，因为"家庭是在历史的总体运动中、并通过这种运动而构成的。"（沈志明2005：55）萨特将波德莱尔和福楼拜做了对比，他用群体——阶级的概念来解释这两人之间的差别。他指出波德莱尔的性格更多来自母亲，首先因为他的父亲在他幼年时就去世了，其次波德莱尔的家庭属于类似穿袍贵族的资深资产阶级，这样的资产阶级长久住在城市里，女性身上有较多独立自主的气质。波德莱尔与时代格格不入的审美观念，以及阴柔的特质正是受其母亲的熏陶。

福楼拜的性格更多受其父亲的影响，但这种影响更多来自父子之间的对抗。萨特指出，按照马克思主义者的观点，特定阶级的成员必定会具有这个阶级的思维模式，福楼拜应过这个阶级的生活，写他应该写的东西。（萨特1998：52）但是萨特指出福楼拜家庭的特殊性。这种特殊性是每个家庭和每个个体都具备的。身为外科医生的福楼拜之父作为城市小资产阶级的一分子，受医学、科学及法国大革命的影响，保持着资产阶级的思维模式：反王权和不信教。福楼拜家族所属的新兴资产阶级由农民转变来，这部分资产者保留着鲜明的父权特征。福楼拜与他的父兄不同，其思想呈现出两面性：一面是早期被动接受家族常规的教育模式，另一面是极端的反叛。他不接受其父对他前途的安排，以癫痫发作的形式为自己谋得了豁免权；他渴望君主制度复苏并对宗教抱有热情，这些可以从他的部分书信和文学作品中得到证实，如《圣安东尼的诱惑》等。"福楼拜'固著'在他父亲身上，是一种群体结构的表现，是他对资产者的憎恨。"（沈志明 2005：56）因此这种"固著"是福楼拜与其父对抗所导致的矛盾心理，这也能够解释福楼拜的作品中既有深刻剖析城市小资产者生存状况的《包法利夫人》，也有与其宗教信念紧密联系的《圣安东尼的诱惑》。

萨特在自传小说《词语》中更为自觉地通过群体结构和特殊经历的双重影响对自我进行剖析。萨特幼年失怙，母亲带他一直生活在外祖父家中。他形容自己来到这世上纯属偶然，像英国历史上的无地之王约翰（Jean sans terre）❶，寓其不受任何约束。事实上，除了隐而不见的"父权"，萨特自然无从逃脱环境和他人的影响。对萨特童年影响至深的首先是他外祖父的小资产阶级家庭。萨特的外祖父夏尔是一个不信教的德语教师，在夏尔的书房里萨特完成了他的文字启蒙。外祖父慈爱的目光充满期待，酷爱与外孙在众人面前上演共享天伦的桥段，因此童年萨特的行为举止显得比同龄人成熟。萨特很早就开始写作，然而他认为那也是孩子的表演和"自欺"："我的写作不过是装腔作势，是一种仪式，假充大人。"（萨特 1985：100）没有宗教信仰的家庭没有帮助他形成最初的世界观，他将之称为"混沌"。然而文学取代了宗教的位置，成了萨特的信仰。他这样描述他与写作之间的关系："作家是我成为基督徒之后的代用品，其唯一的使命即是获得拯救……"（萨特 1988：178）

另外，当时法国和整个欧洲的大环境也潜移默化地影响着童年的萨特，"这个环境是危机、战争、革命、浪漫、消沉、悲观、无政府主义、混乱、创造、前进、陷入幻想之中、美的追求、恶的猖獗、生命的活力及死亡的挣扎等复杂因素交织在一起而又相互影响的时代"（高宣扬 1983：6）。十岁的萨特在当时那个充满各种可能性的时代，以偶然的方式来到了一个开明的小资产阶级家庭，以一种表面上既无父母、也无童年的方式成长起来（萨特 1988：171）。

四、对萨特"他者"理论的反思

萨特"他者"观的形成与发展显现了对人之存在的独特理解。他试图打破决定论的一般规律说，并在存在主义精神分析实践中从"他者"的角度对

❶ 即英国历史上的理查一世的弟弟无地王约翰（1166—1216），他之所以被称为无地王，是因为他父王把在法国的领地全部授予了几位兄长，而已经没有领地可以封给他。

个人命运进行了深度解读。萨特对存在主义与马克思主义的融合称不上真正的有机融合，但是萨特的研究在客观上是对马克思主义的补充。马克思主义对国家和阶级的论述揭示了宏观历史下人类社会基本的发展规律，而萨特探索研究个体的方法。萨特所提供的大量实例分析和总结为我们展示了冲突的多元化表现，这也是一直以来马克思主义研究所急需补充的，这是因为社会和历史本身就是多元性的冲突和合作的复杂产物。因此，虽然萨特希望通过研究人类个体及群体进而对历史进行整体化研究的努力并不成功，但是他的研究并非全然没有意义。

萨特的"他者"研究尤其是后期对群体的研究，对于理解个体命运有积极意义。个体从来都不是孤独地活着的，他必定存在于人群之内。个体所处的群体类型及其内部组织形式都对个体命运产生影响。其中萨特提出的"第三者"概念为研究个体身份的不确定性提供了新思路。萨特将个体意识和群体观念结合起来用于存在主义精神分析批评，在客观上最大限度地保证了个体的特殊性和差异性。这一点也是他曾经批判经验精神分析和马克思主义精神分析的原因，因为弗洛伊德的经验主义精神分析用潜意识和原始性冲动来解释人，而马克思主义精神分析特别把人置于阶级斗争之中。从这个层面来看，萨特的群体研究依然是人本主义性质的。

不可否认的是，在萨特的创见之中存在某些显而易见的缺陷。首先，萨特从现象学的角度强调"他人的注视"所引发的包括羞耻感在内的各种"体验"。虽然萨特后期对马克思主义理论进行了一定吸收，但显然是不彻底的。国内学界有观点认为萨特的"匮乏"理论否认了匮乏面前的阶级差别，否认私有制才是匮乏的根本原因，也是造成人与人之间总体敌对冲突的根本原因，间接为资本主义辩护。笔者认为萨特对"匮乏"成因的解释确实存在漏洞。

萨特曾质疑马克思在《资本论》中提出的剩余价值是阶级斗争之根源的说法，他认为这一论断不具有普遍意义，至少不能解释原始社会的匮乏现象。他这样说："马克思很少以一种可以理解的形式来描述史前图式、古代图式、中世纪图式和前资本主义图式。"（萨特1998：282）此外，《共产党宣言》中的这句话成了他批判的对象："迄今为止的一切社会历史都是阶级斗争的历史。"他坚决反对把一切社会现象归结为阶级斗争的说法，即使后来恩格斯补充说明这里所说的历史是指一切有文字记载的历史。萨特在对生产资料的数量与人口数量的关系描述中，仅使用了"略高"和"略低"等字眼来界定，缺乏科学数据的支撑。另一方面他又强调这个关系具有决定意义，"人同自然实体之间、人同工具之间、人同人类的产品之间的准确关系——这类关系严格地界定了匮乏"。(萨特1998：267)萨特提出"匮乏"概念的真实目的是力图构架一个普遍适用的逻辑公式，即"匮乏"导致消极共在甚至冲突。如上所述，他认为"匮乏"具有偶然性，同时将匮乏视为实践的先决条件，提出没有匮乏就不可能产生实践活动的观点。萨特为了证明"匮乏"公式的适用性，做了大量考证和举例。如一个现代社会中被围困的意大利城市，如何来解决有限的粮食分配问题；又如，某些国家为了解决人口过剩问题而采取控制出生率的方式。萨特的结论是"匮乏"的概念可以用来解释一切社会形式下的一切问题，然而他对其理论普适性的期待显然值得怀疑。虽然萨特也举出了资本主义生产方式下，工人通过机器实现的劳动具有典型的惰性特质，以及机器生产对工人的异化，但是"匮乏"决定劳动的观点并不能解释一切劳动活动。事实上，萨特所指出的匮乏只是一种表象，匮乏是异化产生的表面原因，而引起匮乏的生产关系依然是根源所在。笔者认为萨特并没有透彻地理解马克思主义关于生产关系的论述，因此也无法客观表述生产关系与匮乏之间的逻辑联系。

虽然萨特的"匮乏"和"异化"理论中有着明显的泛化企图，但是其积极的一面不应被否认。马克思主义政治经济学和历史辩证法对人类社会和历史发展的大规律做出了总体性的客观总结，然而我们无法忽视对个体和特例的关注，即宏观趋势下仍然存在着看似不符合公认规律的存在。这一部分存在，虽然在数量上不占优势，并且随时会被历史的洪流挟裹而去不留踪迹，但是在以客观规律为主轴，同时具有多样性的人类社会发展史上，这样的少数存在不应被抹杀。萨特所做的研究在客观上正是为特例、少数的存在呼请，为它们谋取存在的价值和意义。从这个层面上来说，萨特的"匮乏"和"异化"观点显现出了深刻的人文关怀。

此外，萨特关于群体理论的逻辑论证缺乏严谨性，原因与他对"匮乏"和"异化"的论述相同。对于萨特这个问题，列维－斯特劳斯有比较客观的评价，他说："萨特成了'我思'的俘虏，笛卡尔的'我思'能够达到普遍性，但始终以保持心理性和个人性为条件。萨特只不过通过把'我思'社会化，用一座牢狱替代了另一座牢狱。此后，每一个主体的集团和时代取代了无时间的意识。此外，萨特关于众人和人的观点具有封闭社会传统上所固有的那种狭隘性。他借助没有根据的对比，执意在原始与文明之间寻找差异，这种态度以并非更巧妙的方式反映了他假定的在自我和他者之间存在的根本对

立。"（列维 – 斯特劳斯 1997：286）

国内学界也有一种主流认识，那就是萨特的群体理论体现的是悲观主义的历史观，认为"在他的眼里，历史的可理解性，不过是一种消极的相互对抗的历史……"（张一兵 2003：25-30）这个说法有一定根据，因为在萨特的群体理论中，我们看到的依然是个体与他者之间的对抗和冲突，而且人群聚合的原因是来自对匮乏的恐惧；在集团内部，维持结构稳定的最有效方式是恐怖手段，而恐怖手段的本质就是将个体与绝大多数区分开来。萨特自己也说过，"人类关系唯一的可理解性是辩证的，这种可理解性，在其真实基础是匮乏的具体历史中，只能作为一种对抗的相互性表现出来。"（萨特 1998：1000）这个表述中我们可以看到，萨特在《辩证理性批判》中所持的观点依然是《存在与虚无》中延续。尽管他所观察到的群体对抗性是真实存在，但他对群体对抗性的解释流于表面，如列维 - 斯特劳斯所说，更多的是他个人的主观反思，并没有达到整体化的目的。萨特的方法对于个体的研究可以说是成功的，但是对于研究宏观历史条件下人类群体的生存状况则会遭遇无法自圆其说的窘境。

五、结语

"他者"始终是萨特理论体系中的一个重要命题，也是理解其存在主义精神分析法时必然要厘清的概念。萨特认为他人是我们存在的条件，强调人是自由的。人的自由通过自由选择得以实现，但是我的自由完全依赖于他人的自由，他人的自由也依赖于我的自由。在对自由的诉求当中，必须对主体"我"与他人之间的关系进行考察。如果说在《存在与虚无》一书中的"处境"尚且是抽象概念和偶然事件的结合，那么在《辩证理性批判》中萨特开始用历时性的辩证方法考察不同群体形式中我与他人的关系。在深受马克思主义影响的萨特看来，人类的历史是伴随着机构、国家的出现和阶级斗争发展起来的，我与"他者"的关系始终表现为紧张的抵抗异化的对抗状态。萨特的"他者"概念始终受限于主体性的规定和他本人的个人主义，即使他意识到了"我"与"他人"之间存在主体间性，但是他没能从理解、对话、同情的层面去解决主体困境，这不能不说是一个遗憾。但是在 20 世纪法国层出不穷的思潮中，萨特通过对"他者"的解读进而对个体命运进行探索，这为现代语境下研究人类命运提供了新的思路和视角，这一贡献应当予以肯定。

参考文献

[1] SARTER J P. *L'Idiot de la famille, Gustave Flaubert de 1821à 1857*[M]. Paris:Gallimard, 1988.

[2] SARTER J P. *Saint Genet, comédien et martyr*[M].Paris: Gallimard, 2006.

[3] 高宣扬 . 萨特传 [M]. 北京：生活·读书·新知三联书店，1983.

[4] 马丁·海德格尔 . 存在与时间 [M]. 陈嘉映，等译 . 北京：商务印书馆，1987.

[5] 列维 – 斯特劳斯 . 野性的思维 [M]. 李幼蒸，译 . 北京：商务印书馆，1997.

[6] 萨特 . 词语 [M]. 潘培庆，译 . 北京：生活·读书·新知三联书店，1988.

[7] 萨特 . 辩证理性批判 [M]. 林骧华，等译 . 合肥：安徽文艺出版社，1998.

[8] 萨特 . 存在与虚无 [M]. 陈宣良，等译 . 北京：生活·读书·新知三联书店，2007.

[9] 沈志明 . 萨特文集 (第 7 卷) [M]. 北京：人民文学出版社，2005.

[10] 王振林 . 萨特的他者理论研究 [J]. 陕西师范大学学报 (哲学社会科学版)，2016(2)20–26.

[11] 张一兵 . 扭曲的共在：群和集团——萨特《辩证理性批判》解读 [J]. 理论探讨，2003(4)：25–30.

[12] 张一兵 . 历史总体化的人学辩证法——萨特《辩证理性批判》解读 [J]. 学术月刊，2003：14–21，66.

作者简介：项颐倩，女，厦门大学外文学院讲师，文学博士。主要研究方向是法国文学和翻译。

小说化的戏剧

——论"费加罗三部曲"的现代性

龙　佳　史忠义

厦门大学中国社科院外文所

摘要： 从剧作法（dramaturgie）❶的角度考察18世纪法国剧作家博马舍的"费加罗三部曲"，意味着探究古典主义衰落之际戏剧文体的变革。在文体渊源和原则上与戏剧相悖的小说，通过舞台说明与戏剧画面两种叙事性手段侵入三部曲戏剧文本：舞台说明对细节的关注营造出纷繁具体的舞台景象，画面描述则进一步使舞台说明汇零为整，构成静态的戏剧画面，形成画面叙事与戏剧行动并存的文本态势。这一变革的实质为：戏剧文体在探寻自身有效性的过程中不断突破自我边界，走出古典主义，趋向现当代戏剧写作。"费加罗三部曲"由此展现出戏剧小说化的现代性本质。

关键词： 戏剧小说化；"费加罗三部曲"；舞台说明；戏剧画面

基金项目： 中央高校基本科研业务费专项资金资助（Supported by the Fundamental Research Funds for the Central Universities），编号：20720171050。

巴赫金在《小说理论》一书中把现代小说自由无拘的特点视作与其他文体区分开来的依据，指出：由于小说没有任何标准的灵活性质，"小说化意味着将这些文体从规则、僵化、夸张、停顿中解放出来，从一切阻碍它们发展、正将其变成过时形式的桎梏中解放出来。"（Bakhtine Mikhaïl 1978：472）由此首创"小说化"一词，用来指历史上小说体裁对其他文体的挽救。对于把规则内化为文体定义的戏剧体裁而言，小说化意味着摆脱僵化的古典主义；而在古典主义戏剧日渐衰落的18世纪法国，戏剧文体的小说化则演变成一个探

---

❶ 关于欧语词"dramaturgie"的翻译，目前业界尚未统一，可见"戏剧构作""剧作艺术""编剧理论"等中文译名。在本文中，该词义为博马舍写作戏剧文本"费加罗三部曲"的方法，故采用其在18世纪的含义，译为"剧作法"。

寻戏剧形式有效性的本体论问题和实践问题。

关于"现代性"，安托瓦纳·贡巴尼翁（Antoine Compagnon）在《现代性的五个悖论》中有一个大致的框定，即"现代的东西的特征"。所谓"现代的"意味着与传统决裂，"传统的"意味着拒绝被现代化。"从词源学上讲，传统是对一种模式或一种信仰的世代传承"。（安托瓦纳·贡巴尼翁2005：7）因此，古典主义能够与传统共在，因为它试图维持传统。而现代性，则意味着对传统的背叛。从这个意义上说，18世纪法国剧作家博马舍创作的"费加罗三部曲"（包括三个剧本《塞维勒的理发师》《费加罗的婚礼》和《有罪的母亲》）❶对于古典主义戏剧法则的背叛，以及对后来狄德罗建立的严肃戏剧规则的背离，构成了戏剧文体自身发展过程中的超越，可谓现代性特征之一；另外，三部曲的剧作法跨越两个世纪之后与现当代戏剧写作发展潮流暗合，则表明了其绝对意义上的现代性。

经典戏剧"费加罗三部曲"历来因三个剧本内容上的相互关联而得名。然而，在法国现当代戏剧写作发展趋向的视域下，内容上的联结远非"费加罗三部曲"经典性的完全展现，小说化的剧作方式形成了戏剧诗模式与史诗模式（即戏剧模式与叙述模式）在文本内部的对话与碰撞：叙事性元素舞台说明侵入戏剧文本，构成与剧情突变并存的舞台画面，戏剧文体因此在探寻戏剧形式边界的过程中走出古典主义，趋向叙事，推动自身的裂变式发展。"费加罗三部曲"由此展现出戏剧小说化的现代性本质。

一、舞台说明：叙事元素侵入戏剧文本

自亚里士多德建立戏剧模式与叙述模式相互对立的两极文体系统，动作模仿的纯粹性成为戏剧文体自身的应有之义。于是，作为叙事性元素的舞台说明自然而然地被驱逐出戏剧诗的领域。舞台说明的希腊语词源（didascalia）意为"戏剧诗人为演员所作的指示"（Françoise Rullier-Theuret2003：7），即为舞台表演提供的技术性注释。在弱化非话语文本信息的强制要求下，舞台说明是纯粹的边缘文本，其说明性的特征消融了一切文体效果，使自身沦为对话的附属。然而，当舞台说明将读者变为剧作者的同谋，为读者最大程度地愉悦而存在时，它就要求读者的想象，而不再是对无法表现之事的近似再现。于是，舞台说明进入了人物静默的内心世界，具有了描述内在情感、解释行

---

❶ 为避免重复，在下文中如无特别说明，三个剧本分别简称为《塞》《费》和《罪》。不适宜使用简称的情况则用全称。

为动机、暗示、象征事件等功能，参与戏剧情节的建构。是为表达性舞台说明。❶由于人物的内心无法具象化于舞台，剧作者只能通过小说而非戏剧手段，引导读者走进人物的内心世界。由此，舞台说明获得了某种文学性，其附属性地位逐渐弱化，倾向于成为一个通过阅读而进入的小说式独立文本。

三部曲中舞台说明数量之多已是显在的事实，而每个剧本中表达性舞台说明所占比例都近半。博马舍用"阿勒玛维华家庭的整个小说"（Beaumarchais 1988：600）来指称整个三部曲。皮埃尔·弗朗茨教授（Pierre Frantz）则明确地指出了剧作家的良苦用心：舞台说明填补的是"叙事或小说"的位置，"博马舍将三部曲设定为小说模式并非偶然"（Pierre Frantz2007：159）。

在《塞》剧中，扮成学士阿隆佐的伯爵成功地使霸尔多洛相信自己由巴斯勒派来给罗丝娜上音乐课；然而巴斯勒出人意料地到来让伯爵、罗丝娜和费加罗大惊失色（Ⅲ，11）。于是，三人通过"旁白"与"低声"结成同盟，形成密不透风的交流场，排斥并剥夺了巴斯勒意图说明的话语权，及时打消了霸尔多洛的疑虑。作为舞台说明的旁白形成了某种具有优先性的对话，建立了排斥第三者参与的交流空间。这个被娜塔莉·弗尔尼（Nathalie Fournier）称为"旁白旋风"（Nathalie Fournier1991：227）的场次有效地展现了人物行动背后的内心想法，构成了剧本中特殊的复调，在一定程度上铺设或呼应了情节片段，是剧作家构建曲萦绕复杂情节的有效手段。

在《罪》剧中反复出现的"双层首饰匣"则像一个巨大的秘密之源，在情节突变中发挥了至关重要的作用，引导着剧情的走向。一边是伯爵夫人在首饰匣夹层里精心保存着她与薛侣班之间的通信。这些书信既是伯爵夫人痛苦和愧疚的来源，也记录着她的心灵和情感旅程。在某种意义上，这些书信成了她的圣物。另一边则是一直对夫人与薛侣班之间的暧昧关系心存疑虑的伯爵对伯爵夫人进行试探：他把夫人手镯上自己的肖像换成了"薛侣班的肖像"，重新打造了一个一模一样的手镯偷偷放入首饰匣。而在贝雅尔的设计下，替换手镯的行为引出了伯爵确认夫人与薛侣班偷情的证据：藏在夹层里的书信。如果把以上场次里的对话去掉，我们会看到余下的舞台说明已经构成了一份小说提纲：

伯爵从口袋里掏出镶钻的手镯。

他用手遮住眼睛。

❶ 弗朗索瓦兹·辉里耶-特莱在《戏剧文本》一书中将剧本中的舞台说明分为内部舞台说明与外部舞台说明，内部舞台说明指对话里对舞台的提示；外部舞台说明指外在于对话文本的舞台说明，包括表达性舞台说明，用于对舞台表演做出指示。

贝雅尔拿着首饰匣。

伯爵拿出首饰匣里的手镯

伯爵替换成新打造的手镯。贝雅尔佯装阻止。两人各执首饰匣一边争抢；贝雅尔巧妙地使匣子内层打开，用愠怒的语气说道（：“啊！匣子弄坏了！”）

伯爵看着（内层打开的匣子）。

贝雅尔作反驳状。

伯爵迫不及待。他拾起跌落的纸张。

贝雅尔作情绪激动状。他站到一边。伯爵拿着信，读了起来。贝雅尔偷偷地望伯爵，内心窃喜。

伯爵狂怒。

伯爵作高傲状。

贝雅尔作卑躬屈膝状。

伯爵瘫坐在扶手椅里。（Ⅰ，8）

表达性舞台说明来自人物角色，与对话相伴，参与剧本情节发展的进程，要求读者自行阐释剧本，形成了小说式的阅读。表达性舞台说明与戏剧对话之间形成的张力，足以构成一种对话的叙事化，催生着新型的审美形式，使剧本摆脱古典主义戏剧的美学观而具有新型的现实氛围。如果说舞台说明的零星散布构成了萦绕整个对话文本的永恒画外音，那么它以聚合形式出现而达到的饱满状态则使自身从内部对话的硬性要求中脱离，构成了明确而具有真实感的舞台画面。戏剧文本中舞台说明的发展在画面审美形式里达到了顶峰状态，戏剧文本的小说化倾向得到进一步深化。

二、戏剧画面：画面中包含行动的进展

1719年，杜波斯神父在《对于诗和绘画的批判性思考》一书中宣称戏剧演出与绘画艺术的评判标准一致（Abbé Dubos1740：396），贺拉斯的名言“诗就像画”（Horace1967：268）再次进入戏剧批评界的视野。1757年，“画面”（tableau）❶一词被狄德罗作为严肃剧理论的基石正式用于戏剧领域。作为来

❶ 本文中关于狄德罗美学观点的直接引用均出自：《狄德罗美学论文选》，狄德罗著，张冠尧、桂裕芳译，人民文学出版社，2008年。在不同语境中，“tableau”一词又译为“场面”“画面”“图画”等。笔者将客观上作为美学概念的“tableau”译为“画面”，力图传达狄德罗将该词引入戏剧领域的用意：“画”点出戏剧与绘画艺术的联系，“面”取自戏剧艺术领域的常见术语“场面”，表现戏剧舞台上人物相对静止的状态，与剧情突变的动感节奏相对。

自修辞学领域的专有名词，"tableau"本义为"通过绘画而形象化"。（Pierre Frantz 1998：4）狄德罗以传统戏剧技巧"剧情突变"为对照，对"tableau"做出如下定义："一个表现为行动，而且突然改变人物状况的意外事件，是剧情突变。剧中人在舞台上或坐或立，情态如此自然、真实，如被画家忠实地描绘出来，在画布上也会使我喜欢的，这就是戏剧性场面（les tableaux sur la scène）。"（狄德罗 2008：46）"戏剧画面"（tableau dramatique）一词的诞生使戏剧与绘画艺术重新缔结真正的联系，回应了当时戏剧观众对发展舞台美术的诉求。从此，"画面"作为新的戏剧美学概念进入西方戏剧理论史，反映了18世纪下半期戏剧理论与实践领域的深刻变动。

以亚里士多德的《诗学》为基础，深受笛卡尔主义影响的法兰西古典主义诗学传统将人从感觉中抽离，通过诉诸智性理解来达到戏剧之美。这种建立在人与其本质永远相符的人性概念之上的戏剧美学，到了18世纪，被经验论和感觉主义所动摇。语言的世界不再是人的神力表现，而深深植根于感官世界。《论聋哑人书简》里堵耳看戏的经验远非无聊的泛泛之谈，它以实证性的方式验证了感官理解的强大功能；同时表明了在可视的舞台演出中语言功能的次要地位。没有话语，眼之所见的舞台呈现仍然有效；加上话语，舞台表现则强化文本效果。所见不能代替所读，但所见可以激发、推进文本的印象。于是，剧本语言让位于演员与观众的感官，可视的演出超越了语言的修辞。戏剧逐渐离开了智性理解，借由个体感觉来评价。舞台画面胜于笔头文本及口头语言："对动作的描绘使作品增添魅力……你看对动作的描绘给台词以何等的力量，何等的意义，还有何等的感染力！无论人物在说话还是沉默不语，我总觉得他就在我眼前；而他的动作比他的语言更打动我的心。"（狄德罗 2008：198）画面效果激发并强化感觉、情感。幻觉来自感觉，幻觉的实现要求整个舞台演出与观众的全身心投入，于是，戏剧情感和个体经验的总和构成了戏剧幻觉。在这个视角下，幻觉是凝聚着巨大情感爆发力的能量，戏剧画面因而成为具有真实性能量的概念，而非真实的概念：正如摹仿从来不是消极的反映，画面也不意味着所呈现之物的客体性。由此，传统的摹仿概念被颠覆，画面成了舞台幻觉的新概念。戏剧画面组织了一种全新的幻觉氛围，这一幻觉体验建立在一个悖论之上：它尽可能地将观众排除于表演之外，却是为了打动观众的内心深处，深刻地感动观众，强烈激发其想象力进而俘获观众。

从表面上看，戏剧画面并无意取代古典主义诗学里的任何领域，它只是对既有规则的附加。然而，无论在理论还是实践层面，它的出现都打破了古典主义系统的和谐。这就需要剧作者走出旧有戏剧的写作框架，尝试建立新的动态平衡。令人遗憾的是，严肃剧作者往往把画面置于行动尚未开始的幕、场开头，将画面与行动完全隔离开来，因为画面不可避免地意味着减缓、甚至悬置行动，与古典主义戏剧对渐进式发展的行动要求相背离。

博马舍不满足于在古典主义的戏剧构作框架下修补、增添，他对狄德罗提出的戏剧画面美学进行了大胆探索和创新改造，由此形成了"19、20世纪整个喜剧的剧作模式"（Pierre Frantz 2004：96）。安娜·于贝斯菲尔德（Anne Ubersfeld）高度评价博马舍对于戏剧画面的应用：博马舍开创了一场视觉革命，而这恰恰是那些思想正统的评论家对19世纪戏剧横加指责之处：他们顽固地用经典古典主义作家的"思想之作"来反对"视觉之作"（Jacqueline De Jomaron 1992：386–388）。

《费》剧中"西班牙谈话"的场面是夏尔·凡·路（Charles André Van Loo）的油画"西班牙谈话"的立体呈现。人物相对静止的状态让戏剧画面的图像感更加清晰可辨。

伯爵夫人坐着，看着曲谱听他唱。苏珊娜站在沙发后面，从主妇头上看曲谱，开始试弹。小侍从武士站在伯爵夫人面前，两眼下垂。这个场景就是依照方璐的画刻成的木刻'西班牙会话'。（Ⅱ，4）

然而，表面的静态只是假象。在这里，以情色表现为特点的洛可可画面凝聚着饱满的情感张力，强烈预示了伯爵夫人与薛侣班之间不伦关系的展开，蕴藏着戏剧行动的向前推进。薛侣班饱含深情的咏唱强化了其柔弱、忧伤的气质，软化了伯爵夫人的道德防备心，两人情感发展的暗线由此肇始。如果说这幅浪漫忧伤的画面弱化了伯爵夫人和薛侣班偷情和乱伦的不道德性，两人得以在精神上互通而靠近，那么接下来的画面进一步呈现了暧昧的状态，推进了行动的进程：苏珊娜坐在伯爵夫人旁边，为薛侣班"把帽子戴上""整理领子"，伯爵夫人"卷起薛侣班的袖口"并"解开丝带"。在这幅赤裸裸的情色画面中，人物已不需要动作；情感的能量积聚至顶点状态，几欲迸发，只能用相对的静默维持原态。至此，博马舍实现了狄德罗心心念之的戏剧画面效果："对动作的描绘使作品增添魅力……你看对动作的描绘给台词以何等的力量，何等的意义，还有何等的感染力！"（狄德罗 2008：198）

在博马舍笔下，戏剧画面摆脱了只能被置于幕场开头的刻板处境，开始走出严肃剧构作的框架。无声画面与对白相交替的复杂画面丰富了画面的形式，进一步打破了僵硬、刻板的二维静态画面形象，为整体画面赋予了动感。这个大胆革新的观念后来被尤奈斯库（Eugène Ionesco）、让·热内（Jean Genet）和阿达莫夫（Arthur Adamov）再次运用。通过戏剧画面来助力行动，推动情节，博马舍为19世纪末兴起的导演艺术开启了各种可能性的大门。

与被冠以喜剧之名的《塞维勒的理发师》和《费加罗的婚礼》两部剧作取得的成功形成对照，博马舍曾坦言：两部喜剧的创作只是为最后一部正剧《有罪的母亲》做出铺垫（Beaumarchais1988：600）。他把《罪》剧视为"描绘内心痛苦的画面，这些痛苦割裂了无数家庭"，而他要从中"描绘、突出那种在所有人的精神状态中都有的东西"（Beaumarchais1988：601）。对于绘画的参照及小说文体的借鉴，在剧作家的戏剧理念里产生了互相交融的效果，令他再次想到狄德罗的创见："狄德罗把理查逊的作品与所有被我们称为'历史'的小说相比，他为这位公正深刻的作家欣喜若狂，高喊道：'人类心灵的画师啊！只有你才从来不说假话。'多么崇高的赞美！我也还在尝试成为人类心灵的画师；但是岁月和风霜已让我的画板枯涸。《有罪的母亲》的读者应该感受得到！"（Beaumarchais1988：602-603）

《罪》剧中伯爵夫人应儿子雷昂要求准备向伯爵求情。她"独自，单膝跪在扶手椅上"祈祷，等待伯爵到来。布尔乔亚家庭生活物件"扶手椅"带来俗世生活的气息，"单膝"则进一步割裂了宗教仪式的完整感。因此，伯爵夫人的基督教祈祷形式下是解决家庭冲突的世俗要求，既面向上帝，更面向伯爵。然而，默然等待的静态画面就像暴风雨来临前的平静，自我强迫性的祈祷也难以控制强烈的情绪涌动。应约前来的伯爵焦虑、烦躁，心理痛苦呈渐强趋势：一开始他"缓慢地踱步"，然后"步调加快，沉默""更加躁动"。神经紧张的伯爵夫人"慌了神""不知所措"。随着伯爵如洪水般滔滔不绝的控诉，伯爵夫人"抬起胳膊""陷入了绝望，想要站起来"，完全被情绪所控，失去理智的伯爵暴力地把夫人"按在椅子上"，伯爵夫人"筋疲力尽""神志不清地发出断断续续的乱语""十指紧扣开始祈祷"，伯爵继续"读信"，夫人"紧闭双眼，惊慌不安"，想通过"不断地祈祷"来躲避心灵的责罚。随着伯爵逐渐揭开伯爵夫人与薛侣班偷情并诞下雷昂的真相，伯爵夫人终于无法自持，心理情绪状态几近癫狂："痉挛""昏厥""颤抖""拜倒""谵语""窒息"❶。戏剧对话与画面动作的完美融合渲染出激情饱满的能量画面，将情节推向高潮。这一戏剧性场面，

---

❶ 本段中的舞台说明皆出自《罪》剧第四幕第十二场。

正是伯爵夫人畏惧的双重"末日审判"❶：等待上帝及伯爵对她的判决和赦免。至此，戏剧与绘画艺术的效果完全交融，形成了全新的戏剧画面美学符号。

无论是"西班牙谈话"的静态，还是"家庭矛盾爆发"的喧闹，抑或各种大大小小或忧伤或欢乐的气氛的塑造，三部曲中话语与动作的交叠营造出了静态画面与动感行动融合的新型美学形式。一方面，确保了行动的持续，剧情的进展；另一方面，充分发挥了戏剧画面营造饱满情绪和氛围的优势。两方面相辅相成，构成了和谐统一的灵动画面。由此，"费加罗三部曲"的戏剧画面摆脱了刻板、二维的静止印象，博马舍实现了对狄德罗笔下严肃剧式画面的超越，成功地实践了狄德罗对于理想画面的论述。

三、结论

博马舍在戏剧的形式框架内扩大叙事元素的含量，撰写大量以演员的表演和舞台的呈现为目的的舞台说明，就剧作法层面而言，直接体现了戏剧文体对以叙事为主导的小说文体的借鉴。大量舞台说明对细节的关注营造出了纷繁具体的舞台景象，使舞台说明汇零为整，构成了一个个静态的戏剧画面。完整的戏剧行动被画面的介入割裂，呈现出"行动—画面"交替的局面。戏剧画面与戏剧行动的并存、交织在扩大剧本呈现容量的同时，改变了传统的以对话为主导的戏剧文本态势，叙事体成了"费加罗三部曲"中的新常态。

"费加罗三部曲"不是小说，而是小说化的戏剧。戏剧文体的小说化，在三部曲中体现为：以摆脱古典主义为起点，通过借鉴并有效运用小说文体的叙事性元素，使之与戏剧文体的动作性结合，不断突破自身的文体形式边界。小说化的"费加罗三部曲"从根本上摆脱了古典主义诗学的重重束缚，推动了戏剧文体自身的裂变式发展，动摇了绝对戏剧的存在之基，成功地重塑了戏剧文体自身。另外，舞台说明与戏剧画面的出现，在客观上推动了文本性落实为剧场性。在导演艺术尚未诞生的18世纪，剧作家博马舍兼顾文本与舞台及其互动关系的戏剧理念，体现了一种导演自觉。他对法国古典主义剧作法的超越，揭开近代戏剧的新篇章，无疑具有划时代的革命性和现代性。

戏剧文体的边界何在？尼采把柏拉图视作戏剧文体的掘墓人，批评柏拉图试图在哲学对话的掩盖下，用平庸的叙事诗来代替戏剧（Nietzsche1977：283）。然而，追求纯粹戏剧形式的哲学家尼采有所不知，现当代戏剧写作的

---

❶ 语出《新约圣经》中的"启示录"。指世界终结之前，上帝对世人进行的审判。凡信仰上帝和耶稣基督并行善的人皆可升入天堂，不得救赎者则被丢入硫磺火湖中永远灭亡。

常态，恰正是戏剧文体的叙事化及各种言说手段的不断融合，呈现出史诗、戏剧诗、抒情诗的交叠、越界与相互渗透的基本面貌。正如法国文学史专家米歇尔·里乌尔（Michel Lioure）所言："从18世纪至今，正剧逐渐吸取了戏剧体裁的所有种类和所有基调"。无疑，"费加罗三部曲"小说化的戏剧构作方式，暗合了现当代戏剧写作发展潮流。历史证明，戏剧叙事化写作方式的出现，为恢复戏剧的诗性维度，阐释人的真实世界开辟了条道路。

参考文献

[1] 安托瓦纳·贡巴尼翁，著.现代性的五个悖论.许钧，译.商务印书馆，2005.

[2] 狄德罗，著.狄德罗美学论文选.张冠尧，桂裕芳，译.人民文学出版社，2008.

[3] Beaumarchais, Pierre-Auguste Caron de.*Oeuvres*[M].édition établie par Pierre Larthomas avec la collaboration de Jacqueline Larthomas.Paris: Gallimard, 1988.

[4] Abbé Dubos.*Réflexions critiques sur la poésie et sur la peinture*, t.1[M]. Paris:Pierre-Jean Mariette, 1740.

[5] Nathalie Fournier. *L'Aparté dans le théâtre français du XVII siècle au XX siècle*[M].Leuven:Peeters, 1991.

[6] Pierre Frantz. *L'Esthétique du Tableau dans le théâtre du XVII siècle*[M]. Paris:PUF, 1998.

[7] Pierre Frantz.Naissance de la didascalie , in *Le texte didascalique à l'épreuve de la lecture et de la représentation*, textes réunis par Frédéric Calas, Romdhane Elouri, Saïd Hamzaoui et Tijane Salaaoui[M]. Paris:-PUB, 2007.

[8] Pierre Frantz & Florence Balique. *Beaumarchais : Le Barbier de Séville, Le Mariage de Figaro et La Mère coupable*[M]. Paris:Atlande, 2004.

[9] Horace.*Œuvres*[M]. Paris:GF Flammarion, 1967.

[10] Bakhtine Mikhaïl.*Esthétique et théorie du roman*[M]. Paris:Gallimard, 1978.

[11] Nietzsche, Friedrich. *La Naissance de la tragédie*.Trans.Michel Haar, Philippe Lacoue-Labarthe and Jean-Luc Nancy[M]. Paris:Gallimard, 1977.

[12] Françoise Rullier-Theuret. *Le texte de théâtre*[M]. Paris: Hachette supérieur, 2003.

[13] Anne Ubersfeld.*Beaumarchais : une révolution dramaturgique*, in *Le Théâtre en France*, sous la direction de Jacqueline de Jomaron[M]. Paris: Armand Colin, 1992.

作者简介：

龙佳，女，文学博士，厦门大学外文学院副教授。

史忠义，男，陕西渭南人，厦门大学讲座教授，中国社会科学院外国文学研究所研究员，博士生导师，主要从事中西比较诗学研究。

试论博马舍对狄德罗戏剧理论的承继与超越

龙 佳

厦门大学外文学院

摘要：国内学界一直把博马舍视为狄德罗严肃剧理论的直接继承人，认为剧作家博马舍的理论贡献不出狄德罗其右。法国学界谈论狄德罗时却必谈博马舍。在当代戏剧美学的视域下考察博马舍的戏剧理论思考，我们将看到：从剧种融合到文体融合再到观演融合，博马舍关于戏剧文体形式的"融合说"以其前瞻性、独创性和有效性，实现了对狄德罗戏剧理论的承继和超越。我们需要在戏剧理论史上对博马舍重新定位。

关键词：严肃剧；博马舍；剧种融合；文体融合；观演融合

作为第一个、也是迄今为止唯一对博马舍戏剧理论作出评价的国内著作，《戏剧理论史稿》一书中写道："博马舍……论述的面不如狄德罗广，理论水平和思想境界也不如狄德罗高，但在论及的这个新的戏剧样式问题的范围内，他言词凌厉，语势浩荡，几为狄德罗所不及。"（余秋雨 1982：371）狄德罗作为严肃剧理论创始人无可替代的地位及影响早已是国内外学界的共识。然而，提到博马舍，人们往往只想到他创作的"费加罗三部曲"系列剧作的巨大光环，即《塞维勒的理发师》《费加罗的婚礼》和《有罪的母亲》，而对博马舍在戏剧理论史上的贡献认识不足。如果说狄德罗与博马舍之间的紧密关联只是因为博马舍"比较直接地继承了狄德罗的戏剧理论"（余秋雨 1982：370），如果两人之间的区别仅仅在于博马舍语言表述上的优势，那即是说，在理论内容上狄德罗足以囊括博马舍。然而，法国戏剧理论界谈论狄德罗时却必谈博马舍对前者的超越。

一、狄德罗：作为道德工具的严肃剧

狄德罗集中阐述严肃剧理论的两篇论文"关于《私生子》的三次谈话"（1757）和"论戏剧诗"（1758）无疑展现了他的理想戏剧图景。他要求在传统悲剧和喜剧两大剧种之外建立第三个剧种严肃剧，严肃剧是介于纯粹悲剧和纯粹喜剧之间一切可能组合的总和，是一个可以无限移动的平衡点。因此，严肃剧这一特别开放的剧种也是一块可以试验与探索的领域："我试图在《私生子》中给一种介乎喜剧和悲剧之间的戏剧一个概念。我早先应承要写，由于没完没了的杂务而迟迟未能完成的《家长》，就是介乎《私生子》这样的严肃戏剧和喜剧之间的剧本。假使我有余暇和勇气，我还希望能写一部介乎严肃戏剧和悲剧之间的剧本。"（狄德罗2008：121）狄德罗的写作计划表明，最初单纯的严肃剧概念有了分化。对"严肃事件"的处理，正如日常生活行为的表现，存在着无限的多样性：可以从严肃的喜剧到严肃的悲剧。因此，他提出了"两种未经探讨而正有待研究的戏剧"："严肃剧性质的喜剧"（又称"严肃喜剧"）和"市民家庭悲剧"（又称"家庭悲剧"或"市民悲剧"）。如果说狄德罗对严肃剧基本特点的说明是明确而清楚的，那么，他对严肃喜剧和家庭悲剧二者的界定则是模糊而有限的。因此，他的"严肃剧"时而被理解为新的"中间"剧作法的总称，时而又仅仅对应于某种唯一的剧作法。对此，狄德罗并没有从戏剧美学的层面给出清晰的解释。尽管这种理论指导上的模糊性为其后的严肃剧创作埋下了隐患，但是与哲学家狄德罗的宏大愿景相比，戏剧美学上的命名和界定就变得次要了一些。

在哲学家狄德罗眼里，戏剧艺术的意识形态功能大于美学功能。卢梭出于对歪曲社会风俗可能性的担心而否定剧场，提议用节日期间民众欢聚的纯粹形式来代替戏剧的娱乐形式，因为节日的欢聚不需要进行任何刻意的表现："在节日里人们要呈现什么呢？什么也不呈现，如果人们有此意愿的话……"（Jean-Jacques Rousseau 1758：225）狄德罗则不同，他不把剧场视为对社会风俗产生负面影响的腐蚀性机构，而是看作有利于移风易俗的工具："任何一个民族都需要适合于他们的戏剧。假使政府在准备修改某项法律或者取缔某项习俗的时候善于利用戏剧，那将是多么有效的移风易俗的手段啊！"（狄德罗2008：186）因此，狄德罗建立严肃剧理论的根本动机出于身为哲学家的本分，旨在将戏剧变成世俗的共和式道德的传播媒介。在这点上，狄德罗完全是亚里士多德的继承人：他认为戏剧演出形式可以具有正当的道德性，其内容能够匡正风俗，传播美德。因此，"寓于作品中的教训必须强有力而带有普遍性"（狄德罗2008：86）。"正派"是狄德罗严肃剧中的基本因素，而"正派"体现为对美德的呈现。在狄德罗看来，道德真正的基础是幸福与正义。他说："只有一种责任：就是幸福；只有一种美德：就是正义。"（Alain Ménil

1995：166）如果说英格兰哲学家沙夫茨伯里为理性理解道德提供了宗教式的功利主义框架，狄德罗的严肃剧对于美德的召唤就是世俗化功利主义的体现（Anthony Ashley Cooper 1995：371）社会不再是教堂宣教中的存在，而是戏剧舞台上真实的再现。狄德罗的戏剧理论是工具性质的。

　　"关于《私生子》的三次谈话"和"论戏剧诗"两篇理论叙述内部的协调一致表明，狄德罗的理想戏剧图景不仅属于美学范畴，它更具有道德性、政治性和社会性。狄德罗的目的不仅仅在乎一场戏剧改革，更是对人、甚至整个社会的重新塑造。他创造严肃剧理论并不追求在戏剧领域里达成某种妥协，他要以这个新型剧种为媒介，掀起一系列对当时社会、政治、道德、情感现实的反思和论战，推动社会现实的进步。因此，严肃剧堪称理想社会的范本。这正是狄德罗戏剧理想的本质。

　　然而，戏剧的艺术本性内在地要求某种审美的感受与体验。在这点上，狄德罗的两部严肃剧《私生子》和《一家之主》的演出却没有获得观众的青睐，不得不宣告失败。纵然剧作家狄德罗试图以情动人，进而在感动的氛围里进行道德教化，但是，人物占据道德制高点的念白及描绘人物心理的舞台说明只是突出了人物自身的强烈情感，泪水涟涟的面孔是一副没有情感厚度却打着"感人"标签的美丽外壳。在这种没有渲染出饱满情感氛围的状态下，舞台与观众只能是一热一冷两世界，显在的隔绝而非融合使戏剧行动只能给人以拖沓的印象，无法有效地进行延宕；观众因而无法在人物身上产生有效的自我投射来体认自身，积极地进行主体审美，产生情感的认同，也就无法被触动、被感动。因此，多华尔❶既退出爱情又赠予钱财的行为因不合情理而无法具有真实感，他的"高尚美德"也就无法打动观众，更不能产生狄德罗期望的使观众"坐卧不安"（狄德罗 2008：121）的效果。作为哲学家的狄德罗始终不明白，人物台词和舞台说明（即剧本内容）用抒情和眼泪填满了延宕的空间，于戏剧行动无益，只能一而再、再而三地延缓情节发展的有效进程。《一家之主》第三幕第六场中热尔梅耶当场出示国王封印的许可信，骑士当即明白热尔梅耶没有按他的指令将苏菲囚禁，而在场的圣达尔班竟然不知道热尔梅耶这一举动意味着他并非骑士的帮凶。于是，表现圣达尔班在误会的情况下对热尔梅耶憎恨以及家人对圣达尔班劝阻的剧情就一直延续到了第四幕。其实，这一点小小的误会实在不值得延宕：它只能让观众毫无热情和耐心地端看圣达尔班的狂怒和暴躁，而剧作者并没有承诺在这些无聊无用的场次之

――――――――――――
❶ 剧本《私生子》里的人物。

后给予观众心灵以满足和愉悦。也许狄德罗是想给予的，但是正如他在《私生子》中将美德作为爱情发生的缘由，在这里他又把道德的实现作为心灵愉悦的原因。然而观众并不领情。

不得不承认，哲学家狄德罗的理想高于现实。《私生子》和《家长》都毫无悬念地令人失望。无论如何，狄德罗开创的严肃剧的辉煌是短暂的：仅仅存在于1757年《私生子》出版到1771年该剧在法兰西喜剧院上演失败期间。

二、博马舍：作为文艺形态的严肃剧

博马舍在其首部严肃剧本《欧仁妮》（Eugénie, 1767）序言"论严肃戏剧"一文中，详细地阐述了对严肃剧体裁的独到见解，既有对新剧种严肃剧的积极辩护，更不乏具有戏剧美学理论价值的创新点。与余秋雨对博马舍的评述不同，也许我们这样来理解狄德罗与博马舍的关系和区别更恰当一些：哲学家狄德罗的严肃剧理论因其哲学性、政治性、道德性和美学性而面面俱到，而戏剧家博马舍在美学领域对严肃剧的论述精辟深刻，独树一帜。

博马舍一针见血地抓住了狄德罗严肃剧理论中"感动"与"教化"两个关键词，首先指出严肃剧的双重目的在于在读者与观众身上激发两种明确的反映："触动"和"警醒"。从剧作法角度而言，即感染力和道德性。紧接着分别对这两个概念做出界定："什么是触动？触动就是不自觉地使我们对剧中人物的痛苦感同身受的感情"。"什么是警醒？警醒就是我们对某个事件思考之后所采取的个人行动和有效结果。"（Beaumarchais1998：126）"触动"是一种不自觉的感情，"警醒"则属于伦理道德的范畴，是一种自觉的意识。在博马舍的戏剧理念里，"触动"先于"警醒"，观众只有在被触动的情况下，才能调动道德的神经，产生警醒的效果。

如果博马舍对感动与教化的阐述到此为止，那么他仍然只是在重复狄德罗。但是博马舍在此基础上提出了一个问题：道德性原则作为使观众反观自身的一种方式，是否独立于使观众对舞台人物产生认同作用的移情原则？在狄德罗那里，感动是进行道德训诫的媒介和手段，感动是教化的前提，教化随着感动的发生自然而然地被激发。博马舍则认为，感染力与道德性可以彼此独立，而情绪感染产生的戏剧幻觉比道德力更容易起作用。文本和舞台将读者和观众深深地带入虚构人物的情感世界，结果就使受众陷入人物的情感体验中难以自拔，暂时忘记了所有的道德性考量。尤其在剧场中，庞大观众群的集体体验构成了一股力量强大的情感巨流，所有个体都自觉组成或不自觉地被卷入这一情感磁场中。在强大的戏剧幻觉效果中，道德感的出现只是可能。博马舍认为，在这种情况下，严肃剧要发挥作用，必须"提供一个……更加直接、更能引起共鸣的兴趣"。唯其如此，它产生的道德作用才"更为适用""更加深刻"（周靖波 2003：401）。

博马舍与狄德罗在"感动"与"教化"关系问题上的不同看法反映了两种迥然相异的真实观，并引申出不同的审美旨趣。博马舍要求的激发道德性产生的条件促使他关注并承认普遍意义上真实生活的混杂性、多样性与模糊性。于是，戏剧美学意义上的"融合"，无法回避地成为博马舍戏剧诗学里的关键词。而对于以反驳古典主义的"逼真"而建立"真实"原则的狄德罗而言，遵从不可信却真实的现实，即真实的自然（Nature vraie），已然是一条美学原则。然而，这里的"现实"并不兼济天下，它只是狄德罗从布尔乔亚生活里提取的优秀道德典范，为着传达共和式的意识形态，来取代古典主义悲剧背后的贵族精英式审美。对布尔乔亚式美德的内在追求使狄德罗在戏剧美学外在形式上必然会选择以简洁、集中、规律为特征的古典主义戏剧理想范式。悖论的是，狄德罗以论证古典主义创作原则的过时和无效开端，最后却以捍卫同样的原则而告终。博马舍则巧妙地超越了狄德罗复杂的剧种分界，提出一种"用大胆的笔触将情节与感染力"融合的正剧。正如后来雨果在《克伦威尔》序言里对正剧定义的肯定：生活百态的完全呈现，史诗与颂歌的伟大融合，对过往的诗意再现，有意与悲剧和滑稽相对（Victor Hugo1897：312-313）。"融合"的理念，是严谨的哲学诗人狄德罗无法接受的，却恰恰是戏剧诗人博马舍戏剧理念发展的重要转捩点。

实际上，博马舍不遗余力地为每个剧本写下序言的行为本身具有强烈的元戏剧性，而这并非偶然为之。这些序言阐述了博马舍结构严密、有机统一的戏剧艺术诗学观。

三、超越：融合说

1. 剧种融合

严肃剧理论以反古典主义的姿态立论。反对古典主义戏剧规则，首先意味着打破古典主义的悲喜分界。狄德罗提出建立第三个剧种严肃剧，将古典主义戏剧系统撕开了缺口。但他仍然坚持各个剧种的严格分界，主张在界限之内进行创作，不得越界。因为，"如果一部作品同时借用喜剧和悲剧的不同色调那是很危险的"(狄德罗 2008：86)。实际上，狄德罗排斥喜剧性。在狄德罗骨子里，喜剧体裁永远是轻浮、浅薄的代名词，他无法通过喜剧来达到严肃、正派的道德训诫目的。《私生子》和《家长》之所以被他冠以"喜剧"之名，是因为这里的喜剧指的是严肃喜剧。在他严肃剧的范畴里，严肃喜剧之所以与家庭悲剧相区别，则在于严肃喜剧以人的美德和责任为对象。启蒙派不满足于通过喜剧的嘲讽来实现道德教化。

而在博马舍看来，道德训诫只有被卷入"持续不断的欢乐波涛中"(Beaumarchais1998：375)，只有被并入令人欢乐的故事中，才能被观众接受，"赤裸裸的教训让人厌烦：故事需与训诫并行"(Jean de La Fontaine1929：191)。这既是博马舍从拉封丹和莫里哀那里得到的借鉴，也是他从多年的滑稽剧创作经历中得到的美学收获。将喜剧性纳入正剧领域是博马舍对狄德罗严肃剧理论重要的开创之举。博马舍反对"一本正经的戏剧"，如同"拘谨的女人""摧毁了爽朗的快活，而这种欢笑正是我们民族的喜剧区别于其他民族的东西"(Beaumarchais2000：269，274)。他要把这种真正的喜剧性引入自己的戏剧："好好研究自己快活的性格，我从此试图把古老、爽朗的快活带进《塞维勒的理发师》，并用我们时代轻快的玩笑加以修饰"(Beaumarchais2000：358)。

博马舍没有狄德罗宏大的意识形态愿景，他评判戏剧好坏的标准简单而切实，即是否能够吸引读者和观众。相对于狄德罗"情境决定性格论"的单一绝对根据，他提出从情境与性格两方面来塑造人物，即创造"社会关系错位"的情境来放置人物，作为制造喜剧性的具体手段。这就意味着，要求所有人物的处境永远与其欲望和性格处于对立状态中，由此形成人在各种各样状态下煎熬的局面。他说："我曾经认为，现在也认为，如果剧本故事里没有社会关系错位的强烈处境，那么观众既不会受到强烈的感动，也不会有深刻的道德教训，也没有好的、真正的喜剧性。"(Beaumarchais2000：355)可见，在博马舍的戏剧理念里，喜剧性与严肃剧着力强调的道德性并不冲突。这也就意味着，戏剧的不同情调可以混合："往往在一场令人愉快的戏剧中，一点点迷人的感情就引起了许多即刻流出的眼泪，其中却又交错着优美的微笑，从而给观众的脸上带来了感动和快乐"(Beaumarchais2000：127)。博马舍这样来解释剧作家的责任："以让人看见自己本来样子的方式去纠正他……让他要么在纵声大笑中省悟，要么在省悟中流泪。就像德谟克利特嘲笑人类的愚蠢，而赫拉克利特为人类的愚蠢而苦恼……"(Beaumarchais 2000：127)

与狄德罗对拉辛式"简单情节"的追求不同，博马舍主张正剧元素与喜剧元素融合的复杂情节，即"融合在正剧感伤氛围中的喜剧性情节"（Beau-marchais2000：601）。一种流传甚广却未被详细考证的观点认为，作为费加罗三部曲终结篇的情节正剧《有罪的母亲》是一种衰退，既是作者才思的衰退也是正剧剧种的衰退。这个观点产生的基础是以一种恒定不变的眼光来考察狄德罗对严肃剧的定义和说明。人们往往被正剧在林荫道舞台上的变异所吸引，将情节剧的诞生与正剧关联，却忽视了严肃剧的继承者对狄德罗严肃剧理论的发展与变革。实际上，博马舍的所有剧本都是一种混合剧型❶。

2. 文体融合

博马舍"融合"的戏剧理念不仅体现在对戏剧文体进行内部整合的剧种融合上，还表现为使戏剧文体突破自身的形式边界，走出自身而与小说文体融合，即文体融合。这种文体融合主要表现为大量叙事性元素侵入戏剧文本。

在狄德罗的观念里，正如不同剧种之间的高下有别，不同文体之间也存在等级差别。尽管意识到了具有自身优越性的新文体小说可能对濒于危机的戏剧文体产生有利助力，但他仍然出于对严肃剧界限的坚守而无法汲取小说文体的特点有效运用于戏剧文体："哦我的朋友，谁能把这些放到舞台上？谁能把这部小说进行分幕？谁又能丰富人物性格，把舞台填满？我做不到。头脑一时的冲动、发热造就了这样的计划"（Denis Diderot, Oeuvres1997：116）。带有小说色彩的戏剧是否能够存在？当博马舍开始其戏剧创作生涯的时候，碰到的正是上述问题。他将严肃剧与小说进行了比较："如果严肃剧或者剧本这个词不是指人类行动的忠实图景，那又是指什么呢？他应该读一下理查逊的小说，那是真正的戏剧，就像严肃剧是一部小说最精彩的高潮结局"（Beaumarchais1998：123）。这表明，在博马舍的严肃剧概念里，戏剧与小说的界限已然模糊。

其实，狄德罗一方面宣告了自己努力的失败，另一方面却无意间指出了叙事性元素介入戏剧文本的可能途径："舞台动作是戏剧的一部分；戏剧作者应该认真地考虑；……舞台动作应该更多地代替舞台话语"（Denis Diderot1997：1337）。于是，博马舍创造了戏剧文体的"次文本"，即在戏剧的形式框架内扩大叙事元素的含量，撰写了大量以演员表演和舞台呈现为目的的舞台说明。历经文艺复兴和古典主义时期的沉寂，舞台说明话语再次以理论先行的方式登上了戏剧舞台，并在博马舍笔下得到了有效落实。而以叙事性、

---

❶ 滑稽戏除外。

描述性、渲染性为特征的舞台说明对细节的关注营造出了纷繁具体的舞台景象，构成了一个个静态的戏剧画面，构成了戏剧叙事化的文体进程。

博马舍戏剧画面的创新之处就在于，将动态的行动引入静态的画面。一方面确保了行动的持续，剧情的进展；另一方面充分发挥了戏剧画面营造饱满情绪和氛围的优势。从而使戏剧画面脱离了刻板、二维的静止印象，实现了对狄德罗笔下正剧式画面的超越。

戏剧画面与戏剧行动的并存、交织在扩大剧本呈现容量的同时，改变了传统的以对话为主导的戏剧文本态势，叙事体成了博马舍笔下的新常态。

3. 观演融合

戏剧艺术需要通过演出来实现自身的完整呈现。因此，如何处理文本与读者、舞台与观众之间的观演关系是剧作家不可回避的问题。对此，狄德罗提出了著名的"第四堵墙"理念："无论你写作还是表演，不要去想到观众，只当他们不存在好了。只当在舞台的边缘有一堵墙把你和池座的观众隔开，表演吧，只当幕布并没有拉开"（狄德罗 2008：47）。

然而，这段让狄德罗的舞台成为完全封闭空间的距离却常常被博马舍视为隐形。对于博马舍而言，戏剧改革的关键在于深刻地动摇法兰西戏剧剧种系统，而这个系统恰恰建立在把观众与舞台分隔的悲剧性或喜剧性距离之上。博马舍戏剧诗学改革的本质是对隐藏在宫廷戏剧形式背后的意识形态提出彻底批判，而不是像狄德罗那样用另一种意识形态取而代之。

这种本质在戏剧美学方面表现为建立一种与"第四堵墙"迥然相异的新型观演关系，即通过揭示戏剧的假定性来使戏剧幻觉破灭。他随时准备打破"第四堵墙"，也不满足于传统剧场舞台与后台的完全割裂。他要求场上人物与场外人物展开对话。在这种情况下，戏剧的功能不再是象征性地表现真实，而是质疑整个戏剧表演系统，现实由此从戏剧系统的自我暴露中诞生，而将整个戏剧幻觉置于被暴露的危险中，博马舍实际上已经动摇了戏剧机器本身。

博马舍的目的在于通过对公众进行美学、文学、政治、社会等方面的影射，在话语层面达到某种默契与自由。于是，剧作者化身为剧本故事背后的叙事者，通过讲述自身遭遇与时代变化而缔结了与观众心照不宣的共谋关系；通过揭露戏剧的形式机器而将自我封闭的戏剧时空撕开了缺口，推翻了狄德罗精心建造的"第四堵墙"。剧本的虚幻时间与剧场的真实时间对接了，戏剧文体突破了自身的边界，重新审视自身，呈现自身的假定性，完成了一场对自身存在性的拷问。从此，戏剧文体以更加开放的姿态来面对自身的蜕变。博马舍对戏剧时空的颠覆似乎已经让人隐约看到了皮兰德娄式的"戏中戏"。

然而，从《六个寻找作者的剧中人》罗马首演后皮兰德娄仓皇逃离的历史，我们也许能更好地理解博马舍的谨慎与明智：他选择了另一种与观众对话的方式，更为隐秘却更为有效。这就是元戏剧话语。毕竟，博马舍时代的戏剧观众还没有成熟到能够接受元戏剧呈现的双重世界。博马舍笔下元戏剧话语的双重性使剧本犹如点彩画一般，每一个触点都富含意义。

元戏剧话语是博马舍缔结新型观演关系的具体方式，它实现了舞台与观众、文本与读者的融合，即观演融合。一方面，戏剧走出自身的封闭性，走向观众；另一方面，这种自我出走提醒了观众戏剧舞台的假定性，舞台之于观众就不再是不可触碰、无法触碰的自给自足的时空存在。观众与舞台亲近起来，从而走近了舞台。悖论的是，观众恰恰是在认识到舞台是一个假定的、与自己所处的现实世界平行、不交融的时空，即自己也不能进入这个假定时空的时候，反而从心理上亲近了舞台，与舞台相融。

从剧种融合到文体融合再到元戏剧话语，对博马舍戏剧融合理念的理解需要被置于戏剧文体通过拯救自身来进行发展突破的视域之下。在这个视域下，三者之间既是逐层递进，又是相互交融的。它们是戏剧文体在自我蜕变过程中的必然表现，也是戏剧文体内部的逻辑发展过程，即戏剧文体从自我改革到向外寻求最后再回头反观自身。它以摆脱僵化的"古典主义"为起点，在探寻戏剧形式有效性的过程中突破自身边界，趋向叙事，呈现出小说化的特点。

四、结论

作为严肃剧理论的创始人，狄德罗是博马舍剧作理论建构的导师。然而，显而易见的是，两人迥然不同的旨趣从一开始就决定了各自的理论边界。狄德罗保留了古典主义简洁、集中、规律的理想戏剧范式。他承接亚里士多德、奥比涅克神甫的戏剧观，偏向理想范式的明晰，而不是真实生活的模糊性。因此，建立古典戏剧式的国民悲剧是狄德罗终其一生的追求目标。而这恰恰是博马舍戏剧革命的突破起点。博马舍的戏剧"融合"理念，既是他与狄德罗有歧见的起点，也是他独立戏剧理论之路的关键词。如果说狄德罗偏于从理论到实践的演绎，博马舍则更注重从实践到理论的归纳。方法论上的区别使博马舍与狄德罗在戏剧理论探索道路上无声地划清了界线。哲学家狄德罗是戏剧文体的改革者，而戏剧诗人博马舍则成了戏剧文体的革命家。

参考文献

[1] 余秋雨. 戏剧理论史稿 [M]. 上海：上海文艺出版社，1982.

[2] 狄德罗. 狄德罗美学论文选 [M]. 张冠尧，桂裕芳，译. 北京：人民文学出版社，2008.

[3] 周靖波. 西方剧论选（上卷）[M]. 北京：北京广播学院出版社，2003.

[4] Jean-Jacques Rousseau, *Contrat social ou principes de droit politique*[M].Paris: Garnier Frère, 1758.

[5] Alain Ménil, *Diderot, Ecrits sur le théâtre, Le drame*[M]. New York Pocket, 1995.

[6] *Beaumarchais Oeuvres*, édition établie par Pierre Larthomas avec la collaboration de Jacqueline Larthomas. Paris: Gallimard, 1998.

[7] Victor Hugo, *La Préface de Cromwell*[M]. présentée par Maurice Souriau.Paris: Société Française d'imprimerie et de Librairie, 1897.

[8] Jean de La Fontaine, *Fables, Livre VI*[M].Paris: Hachette, 1929.

[9] *Oeuvres complètes de Beaumarchais*, précédées d'une notice sur sa vie et ses ouvrages par Saint-Marc de Girardin. Paris: Gallimard, 2000.

[10] Denis Diderot. *Oeuvres*, t. V, *Correspondance*[M]. Edition par Laurent Versini, Robert Laffont. Paris: Gallimard, 1997.

[11] Denis Diderot.*Oeuvres*, t, IV[M].Edition par Laurent Versini, Robert Laffont. Paris: Gallimard, 1997.

作者简介：龙佳，女，厦门大学外文学院副教授，主要研究方向：法国戏剧。

蒂泽构建阿多尼斯神话原型功能的方法及其他

张 鸿

西安外国语大学西方语言文化学院

内容提要：本文是对蒂泽阿多尼斯神话意象研究的进一步认识，旨在说明蒂泽文学神话学研究的方法和意义。以原型的内涵和外延概念说明阿多尼斯神话意象具备原型的实质，说明蒂泽的研究构建了阿多尼斯的原型功能，尤其揭示了原型的后天持续生成性。从阿多尼斯故事重述者与其时代的关系及一系列阿多尼斯作品的分类两个角度总结该神话的演化过程，同时映射文学创作的某种发展规律，即从神话到现实主义又转向神话的大致趋势，并以此表明在文学文本中研究神话的必要性。

关键词：蒂泽；阿多尼斯神话；原型；文学神话学

Abstract: This essay's object is to understand further Tuzet's research about Adonis myth image and to illustrate the methods and significance of her literary mythology research. The connotation and extension of archetype explain that Adonis myth image has an archetypal essence, and that Tuzet's research constructed archetypal function of Adonis myth, especially revealed the acquisitus and continuous generation of archetype. The evolution of Adonis myth can be summarized by the relationship between authors and their ages and by the classification of a series of Adonis works. This evolution reflects a law of literary creation development: from myth to realism which returns to myth. All the analysis show that research of myths in literary texts is necessary.

Key Words: Tuzet;Adonis myth; archetype; literary mythology

《阿多尼斯的死亡与复活：一则神话的发展史研究》(*Mort et Résurrection d'Adonis: Étude de l'Évolution d'un Myth*, 1987, 以下简称《阿多尼斯研究》)是法国现代诗学家埃莱娜·蒂泽 (Hélène Tuzet) 的文学神话学研究著作。蒂泽以阿多尼斯神话为线索，罗列并分析了两类阿多尼斯作品：古今欧洲14位学者对该神话的研究成果及将近 20 位诗人或作家的相关作品，以此研究阿多尼斯神话在神话学和文学两个范围内的演变史。进一步研究这部著作有利于深入认识蒂泽的诗学思想。而深入认识其思想是必要的，这种必要性产生于蒂泽文论的重要地位以及国内相关研究的不足。蒂泽比巴什拉尔（Gaston Bachelard）"视野更广阔"（塔迪 2009：105）。从突破狭隘的纯粹文学批评观念，从文学与整体人类学的关系及各种不同学科相互作用的角度上说，她的研究"实为扛鼎之作"（塔迪埃 2009：108）。但蒂泽的研究方法未能引起国内学界的重视。此外国内对法国 20 世纪文学神话学的研究几乎也是空白。20 世纪 60 至 80 年代欧洲学术界涌现了一批文学神话学研究者。在法国除了蒂泽，还有阿尔布依（Pierre Albouy）、杜朗（Gilbert Durand）及米盖 - 奥拉尼耶（Marie Miguet-Ollagnier）等学者。研究他们的批评方法可以填补国内在法国诗学思想研究方面的一个空白。为逐步解决上述问题，进一步认识蒂泽的《阿多尼斯研究》及其诗学思想，本文将从三个方面揭示蒂泽阿多尼斯神话意象研究的方法及意义：概括《阿多尼斯研究》的内容；从原型的内涵和外延说明蒂泽的研究对构建或揭示该神话原型功能的作用；总结文学文本内该神话的发展规律，并说明文学创作的某种发展趋势。

一、《阿多尼斯研究》内容概要

笔者已在拙文《蒂泽阿多尼斯神话意象研究的若干问题》中对蒂泽所论系列学者的阿多尼斯研究做了总结。下文将概括该书所涉及的文学领域阿多尼斯的主要作品，以说明蒂泽研究的思路，如下表所示：

《阿多尼斯研究》涉及阿多尼斯的主要文学作品

阿多尼斯神话发展时期	诗人或作家及相关作品	蒂泽的分析要点：相关作品及各时期阿多尼斯神话的特点
公元前 2 ~ 3 世纪的古希腊	忒奥克里托斯（Théocrite）：《牧歌》、拜翁（Bion）：《阿多尼斯的碑铭》、莫朔斯（Moschos）：《拜翁的碑铭》	注重对阿多尼斯祭仪场景的重述；阿多尼斯是半神，是年轻仁慈的保护神，或复活或作为冥后的囚徒永远死在地狱的深渊；一种传统的形成：诗人与阿多尼斯混同并取得牧人、猎人、歌者的多重身份

阿多尼斯神话发展时期	诗人或作家及相关作品	蒂泽的分析要点: 相关作品及各时期阿多尼斯神话的特点
古罗马	奥维德:《变形记》（1世纪）	从心理和人性意义出发描写其母的不伦恋情；阿多尼斯是成年男子、雌雄同体、面色苍白、无神性；死于凶猛的野猪杀害，入冥界未复活；二女神之争斗未出现；其与伊阿宋相类，然后者更以其俊美和早夭象征春天的植物和再生（基于奥维德之影响，后世诗人将伊阿宋之品质移植于阿多尼斯）；维纳斯形象更具人性
文艺复兴	龙沙（法国）:《阿多尼斯》（1567）	叠句和亚历山大体；重点是维纳斯哀悼阿多尼斯；阿多尼斯获得前所未有的象征意义：绿色、新鲜、清晨、更新、春天，以及多重身份：乡下孩子、牧人、猎人、诗人；然其未复活、未成神；维纳斯是自私、自恋和自怨的女猎手和牧羊女，没有发挥神力；诸神因嫉妒和复仇而介入；野猪象征冬天；阿多尼斯园圃是真花园而不是古代的瓦罐
黄金时代	维加（Lope de Vega,西班牙）:《阿多尼斯与维纳斯》（1597—1603）	戏剧式诗体；语言自然清新；对话触发性强，阿多尼斯是轻信、草率、爱吹嘘自己勇猛的年轻凡人；憎恶女人、恐惧诸神和爱情，丧失了植物精灵、宇宙生命的古代含义，却代表新生和纯洁；更多女神和女人爱上阿多尼斯；更多神窥视人类的力量；现代神话特征显著
16～17世纪的英国	斯宾塞:《仙后》（1590）	受新柏拉图哲学思潮影响而多用哲学词汇；阿多尼斯是太阳、小麦、形式之父，死后成花，进入天堂却未成神；维纳斯是生命之母，表现永恒循环的宇宙生命
	莎士比亚:《维纳斯与阿多尼斯》（1593）	表现爱情失败和"美"的毁灭及两性间的混乱、嘲弄和厌恶；阿多尼斯无神性、集合两性之美、无生育力、早夭；"美"的敌人是诸神的嫉妒、维纳斯的淫欲和贪婪及时间的流逝；死后成花；维纳斯无女神品质；诸神大多未出现；借其他神话人物丰富阿多尼斯形象，如纳卡索斯；野猪是肥胖的猎物；无阿多尼斯的出生、二女神的争斗及人间—地狱的对比等情节
	弥尔顿:《科莫斯》（1634）	用叠句，描写更基督教化；阿多尼斯园圃成为伊甸园；阿多尼斯完美而早夭，是牧人和诗人；进天堂而成神；自然界哀悼之

续表

阿多尼斯神话发展时期	诗人或作家及相关作品	蒂泽的分析要点：相关作品及各时期阿多尼斯神话的特点
19世纪的英国	济慈：《恩底弥翁阿多尼斯的睡与醒》（1818）	充斥感官的快乐和永久的安全性；阿多尼斯象征"美"，却不代表春天的植物，不赐予万物生命，不带来丰收，过着双重生活；漠视爱情；最终受到女神爱情的感染；未去往冥后处，沉睡于爱神木森林，象征"美"的永恒性；维纳斯令万物复苏，唤醒生命和爱情
	雪莱《阿多尼斯》（1821）	阿多尼斯神话发展的顶峰；明—暗、睡—醒的对比强烈；济慈和阿多尼斯混同，是牧人、诗人、受害者和仁慈的拯救者，也是"太一"和形式之父，参与上帝造物；挑战洞穴巨龙，死于野兽（蒙昧主义势力）攻击，死后成花，永受冥界囚禁，获得神性，却未复活；死亡是宇宙根本法则；阿克特翁是阿多尼斯的变形，是亚当之子，也是基督，从反抗者变为牺牲者，获得救赎；维纳斯是诗人之母；诗人是战士和最终的胜利者，影响人类精神和思想的进程
巴洛克时期	马里诺（Gianbattista Marino，意大利）：《阿多尼斯》（1623）	颂歌和叠句的写作形式，充满音乐性，色彩浓烈，画面感强，极尽夸张，善用韵律，内容丰富混杂，集骑士、色情、科学启蒙、魔法和宇宙之游于一体；按季节规划阿多尼斯故事；明确叙述阿多尼斯的身世：母亲的不伦和从没药树中出生；大量描写爱情：阿多尼斯从粗野的丛林男孩成为温柔忠诚的理想情人，非神，在战斗中光荣死去；死后成花，回归没药树；未复活，栖息于至福之地；众多神介入；维纳斯的两面性：任性轻佻以及道德精神的典范，"美""爱"和生命之母，带来宇宙和谐，创立"阿多尼斯"节日，使阿多尼斯河每年定期变红；野猪是地狱使者，对阿多尼斯有情欲，象征"美"作用于"丑"，产生迷狂；作者的星相命运观
古典时期	拉封丹（法国）：《阿多尼斯》（1658—1669）	"英雄诗"文体；运用前人的典范作品；整个故事"去神圣化"，注重适宜性、品味、分寸、真实性；情节曲折突变；阿多尼斯没有阴柔美，其身世被忽略，未复活，未成花，死亡时刻显示了"阳光""鲜花"的传统品质；猎犬和狩猎被重点描写；维纳斯只是岛国的女王，保持了王室的尊严；维纳斯与阿多尼斯之爱代表"美"与"美"产生"爱"；野猪代表野性的力量，被阿多尼斯的智慧和勇气战胜；"短暂性"主题：光明、青春、美、爱情、欢乐

阿多尼斯神话发展时期	诗人或作家及相关作品	蒂泽的分析要点: 相关作品及各时期阿多尼斯神话的特点
衰落时期	奈瓦尔 (法国):《东方之旅》 (1851)、《火的女儿·伊西斯》(1854)	奥西里斯、阿多尼斯和阿蒂斯三神的同一性:代表自然、植物、激情和痛苦中的太阳、变形的种子、仁慈的河流、冬季的受害者;与三神相关的女神时而是月亮神,时而是大地神;阿多尼斯神话被包裹在"大女神"神话中;阿多尼斯与基督混同,受祭拜并复活;祭仪在岩洞中进行,反映"夜里的酒神节"传统
	福楼拜(法国):《圣·安托万的诱惑》(1875)	寒冷和死亡气氛浓重;描写阿多尼斯祭仪的舞蹈和哭灵女人;异教和基督教祭仪的统一性;阿多尼斯和神女之爱象征太阳与地球的结合,神婚中迸射出宇宙生命;阿多尼斯死后未返回人间;野猪象征衰落
	邓南遮(意大利):《圣·塞巴斯蒂安的受难》(1911)	适度和朴实的写作原则,排斥曲折晦涩的文风;故事的地点在衰落中的罗马帝国;渲染浓重的宗教和死亡气氛;细腻描写阿多尼斯葬礼场面;阿多尼斯之死等同于圣人受难;象征太阳、太阳神、种子、春天和朝气,具有双性别,带来生育,不断死亡和重生;与基督混同
	巴雷斯(法国):《东方考察》(1923)	渲染死亡带来的愉悦气氛;重构阿多尼斯祭仪;阿多尼斯河水的自然力唤醒了作者的想象力和感知力

此表反映了蒂泽的研究过程,也隐含了阿多尼斯原型群及这个原型的内涵和外延。我们将借助以上内容说明蒂泽如何构建阿多尼斯神话的原型功能。

二、作为原型的阿多尼斯神话

蒂泽在书中并未过多提及"原型"概念,但阿多尼斯神话具有明显的原型性质。文学原型就是反复出现在文学作品中的"可识别的叙事策略、行为模式、人物类型、主题和意象","死而复生"是"原型中的原型,它以季节的转换和人生命的有机轮回为依据;这种原型被认为是发生在每年帝王献身的原始仪式中……以及众多的各类文学作品中……"(艾布拉姆斯 2009:25-27)。阿多尼斯是反复出现的人物类型,他的故事是反复出现的意象,他的名字是"死而复生"的代名词。以下从原型群、原型的内涵与外延及原型的文学传统功能和开放性三方面说明两个问题:该神话意象具有原型的功能;蒂泽的研究实则构建了这一功能。

第一，阿多尼斯神话不仅是原型，更是原型群。阿多尼斯人物和情节广泛出现在欧洲各时代、各国家和各种文学体裁的作品中，两千年来诗人和作家不断丰富阿多尼斯故事，使其成为一个原型群。从人物类型看，阿多尼斯和维纳斯代表儿童原型和女神原型；从情节看，原型更加丰富：出生、人神恋、神婚、死亡、地狱行、复生等。单个意象构成的原型有树、花和猛兽等。阿多尼斯神话的原型群特征提供了多种再创作的可能性。以上各原型代表了人类生活的各方面，涉及人与自身、与自然及神的关系。比如，植物象征地球生命的普遍特征：阿多尼斯生于没药树，死后化作银莲花，说明物质不灭，生命不息，生命以不同形式不断存在，形式的变化意味着生命力的创新。这个过程是用具体可感的方式表达原始思维对生死的基本见解：生和死并不表示存在和非存在，"而是作为同一存在物的两个相似、同质的部分"，在原始思维中"根本没有确切的、被清楚地界定的瞬间，在这一瞬间生变成死，死变成生"，生是一种回复，死是一种生存（卡西尔1992：42）。再如野猪象征人类的生存境遇，它是人类所面临的众多困难的缩影。死亡是永恒的现实。这则神话描述了一种悲惨的死亡形式：早夭。再如人神恋、神婚表达人类希望永生不死的愿望，达到愿望的方法就是与不朽的存在物发生密切的联系。阿多尼斯的地狱行表达的是人类想象自己死后所进入的世界。阿多尼斯神话能够在各时代、各文化领域不断重现，原因在于其核心是生与死这个基本且永恒的问题，因此该神话显示出精神性的遗传特征。

第二，程金城先生对荣格的原型概念进行了阐释，认为原型有内涵和外延两个层次：内涵是说原型包含"原"与"型"两个概念，而外延指其具有三个维度：生理、心理和文化。这三个维度说明了原型的人类共同的生物本能基础、原型反映相似心理现象的本质以及原型的重现方式（程金城2008：186–203）。分析原型的内涵和外延可以理解蒂泽的研究对构建阿多尼斯神话原型功能的作用。

阿多尼斯故事的本原与阿多尼斯故事各种异文之间的关系对应于"原"和"型"的关系。"原"与"型"两个概念的区分体现了原型概念的潜在意义。"原"表示"原始"和"开端"，在神话领域则表示原始人群的某些精神特征。"型"是"类型""范式"和"结构"的意思。范式能够被反复使用，可以被填充或重现。"原"是本原，包含一则神话最基本的元素。而"型"则因其新内容而不断变化。"原"很单薄，仅对神话最初的发生有意义。对于后世人类，神话所提供的范式价值体现于其中填充的新意识经验材料。"原"与"型"的关系在于"原"决定"型"的基本走向，而"型"使"原"能持续存在于人类的精神中。阿多尼斯神话被置于一系列文本中从而实现其原型的价值和功能。蒂泽叙述阿多尼斯故事最古老的内容和形式是"正源"，是确立这个故事所反映的早期人类文化形态。而梳理各时代的相关作品说明了"型"如何被填充。创作者增减内容、置换变形使原始的阿多尼斯神话的短暂性和单一性上升至持久、多元的"型"的态势，获得了"范式"的牢固性。笼统说阿多尼斯神话是一个原型，却并未在数量众多的作品中研究其流变，这样的判定是空洞的。蒂泽的研究明确了阿多尼斯神话的"原"与"型"，帮助读者认定了阿多尼斯神话的原型功能，将人们对阿多尼神话的认识从一个普通神话的层次上升到了"原始意象""普遍意象""原始范型""普遍范型"的高度，将一个简单的故事构建成一个可供文学创作者使用的叙事模式。蒂泽的研究不仅再现了基本的文学创作事实，也是对阿多尼斯神话的系统性创新，即将一则故事变成一个类型，使阿多尼斯神话有可能进一步发挥置换变形的作用。换言之，将一个偶然性的事实变成了显著、有目共睹的事实。阿多尼斯神话的原型特征和功能需要神话与文学双重历史性的研究才能明确构建。另外，原与型的紧密连接不仅需要不断填充，还需要一个不变的内核。这个内核在蒂泽的研究中表现为"原"与"型"或者说本原与异文之间隐含的一致性。如上文所述，阿多尼斯故事表现的是人类对生死问题的见解。它从短暂的个人偶然经历体现整个人类命运的走向。阿多尼斯神话中凝结着人类的普遍生存经验，表现出广泛意义上的人类精神生活。其中的欢乐与悲伤以约定俗成的方式呈现。面对生死而产生的生理经验导致了某些固有的感受：惊奇、喜悦、恐惧、悲伤、迷惑、惋惜、希冀等，这些感受固化为心理现象。阿多尼斯作品虽然多变，但通过蒂泽的研究，读者获得了古今人类面对生死在情感和心理方面表现出的一致性：生是欢乐，爱和美值得赞赏和追求，死亡带来恐惧、悲哀和一丝希望。该故事的各种元素都在变化，唯独英年早逝这一点始终留存。归根结底这是人类对生命现象某种显著的观察结果。生与死的强烈对比所产生的震撼是这个神话经久不衰的原因。然而持续始终的一致性是隐藏的，需要某种恰当的研究予以昭示。从表面上看，蒂泽的研究对象只是文学中神话故事的演变和创作者的想象心理，但从深层看，这一研究说明的是人类某种精神现象的源与流。源流关系是揭示上述一致性的方法。而源与流的另一种称谓就是"原"与"型"。

阿多尼斯各文本在生理、心理和文化三个方面各有侧重。从生理的角度或神话的起源角度看，蒂泽列出了四位研究阿多尼斯的学者：尼禄时期哲学家克鲁图斯（Corrutus）、3 世纪哲学家波尔菲尔（Porphyre）、4 世纪拉丁历史学家马尔斯林（Marcelin）及新柏拉图学派的哲学家马克罗布（Macrobe）等。他们的研究表明该神话产生于原始人类目睹植物的死亡而获得的经验：阿多尼斯的死亡是种子在地下的死亡以及镰刀割下麦穗的死亡，这种死亡导致发芽和生长，引起农人的喜悦（Tuzet1987：45–51）。学者们（如弗雷泽）从生理层面迅速过渡到心理层面，将阿多尼斯神话的起源归结为初民将个人的生死与植物的生死结合，并将自然现象与人的情感——悲伤、恐惧结合（Tuze1987：60–68）。从心理维度来看，阿多尼斯各文本之间的关联源自原型在不同历史时期产生的相似心理：死亡引起悲痛忧伤。例如，拜翁和邓南遮的阿多尼斯作品：无论是公元前 3 世纪还是 20 世纪，阿多尼斯的死亡永远使其信众痛苦、哭号。再如拜翁与马里诺作品：因为阿多尼斯象征生命或太阳，所以自然界所有神仙齐聚一堂哀悼死亡的阿多尼斯。

文化维度反映原型的再现方式，即原型的传播方式，以及传播的广泛性。蒂泽汇集的各类学者和诗人的文本说明阿多尼斯神话除了进入文学文本，还成为其他人文社会科学的研究对象；阿多尼斯神话最主要的传播方式是文字，涉及的文化领域首先是文学，然后在神话学、哲学、宗教神学、天文学、考古学、文献学、比较人类学等领域流传。当然这样的流传是文人学者创作和研究的结果。原型具有文化维度，成为贯穿人类思想史的一种"文化类情结"。"情结"最初是个人或群体的生理和心理体验。阿多尼斯众多作品表明：凌乱且模糊的个人或群体生理和心理体验通过某种文化方式得到外化。从文学的角度看，神话进入文学即得到外化。包含在神话中的人类体验变得容易把握而且有趣味，同时神话本身也获得具体可感、可传递的性质。蒂泽的研究说明每当阿多尼斯进入文学创作或学术研究，其文化影响力就得到增强。人们阅读阿多尼斯作品，对早期人类的体验产生共鸣。即使是在文明高度发展的现代社会，人类对生死问题的迷惑和恐惧依然如故。个体和集体的经验只有借助某些文化形式才能得到具体表达，并为后来的人们所感知。神话的本质就是人类对自身生存及生存环境问题的具体见解。神话不是纯粹的虚构，它具有强烈的主观真实性（卡西尔 1992：5–7）。"正是在文学中，人类具体的见解才得到其表达"（洛夫乔伊 2015：22）。

第三，阿多尼斯神话具有大多数原型的性质，即成为一种文学传统并具有开放性特征。一首诗如何模仿或摒弃前代相同题材诗作的元素，这是蒂泽最直接的研究思路。《阿多尼斯研究》所呈现的其实是一个以阿多尼斯为名的文学系统。各阿多尼斯作品之间的交际产生于创作者对阿多尼斯神话传统的因袭。所以阿多尼斯神话对于蒂泽来说既是研究对象，又是发现文学传统并建立研究体系的切入点。阿多尼斯神话的原型性质在众多作品中得到扩展。这些作品互相关联，并促使蒂泽整合相关文学现象。神话提供内容，文学提供形式，《阿多尼斯研究》反映的是人类如何通过文学这种文化方式模仿某种传统，使古老的作品和当代作品之间产生交流，从而帮助学者发现古今人类心理和社会文化的一贯特征。明确阿多尼斯神话原型的文学传统价值有赖于蒂泽的研究。蒂泽选取的文本或明确叙述阿多尼斯故事或将其隐匿在其他内容之中。如上文所述，蒂泽的研究使隐匿的阿多尼斯传统变成明显的事实。读者阅读《阿多尼斯研究》会觉得继承传统是平常之事，但其实正是因为作者密集高效的整理读者才明确了发展线索，阿多尼斯神话的文学传统价值才得到彰显。阿多尼斯神话的各种变化也反映了原型的开放性特征。该神话不是封闭的事实，而是一个反复发生的、向着所有文学创作者开放的原型预设。阿多尼斯原型群为转换提供启示。创作者将阿多尼斯神话溶解在个人的意识中。这个过程一方面带来了神话本身的变异，另一方面表达的是个人的见解。每一部阿多尼斯作品都是阿多尼斯传统的再造及创作者个人的独创。这样的作品必然是独特的并包含传统的。这几乎就是所有文学作品共同的创作原则。作者的个性永远得到表现，而传统则无时无刻不以或隐或显的方式保留在新作品中。传统永远是变异的传统。这体现了人类思维的连续性及文化的前后关联性。

蒂泽整合了零散的文本，实质上是融合了原型外延的三维。阿多尼斯神话具有原型群的丰富性、不断生成性和开放性以及作为文学传统对于揭示文学创作基本原则的意义。

三、阿多尼斯神话的演变规律及该神话的演变所映射的文学发展趋势

上表中的内容细节众多，读者并不易把握创作者演绎阿多尼斯神话所遵循的规律。下文从创作者与时代的关系及作品分类两个角度对此进行说明，并推导出文学发展的某种趋势。

第一，后世创作者从多大程度上尊重阿多尼斯神话传统取决于作者的主观性与时代风尚的结合。从个人和所处时代的关系来看，阿多尼斯神话的变

形"应遵循每一个时代特有的真善美标准"，只有这样"才能使一则神话显得真实可信，在艺术上和谐，在道德上为人普遍接受"（叶舒宪 2012：14）。古代风尚以古希腊诗人为例，"仪式感"以及现实人物和神话人物身份的混同是那个时代诗歌创作的某些特点。比如忒奥克里托斯注重陈述阿多尼斯祭仪，描写仪式所用贡品、器物、场地的装饰以及信众的情感。这个特点反映的是阿多尼斯神话最初是一种祭祀仪式，经由亚述、叙利亚、阿拉伯半岛和塞浦路斯传至古希腊。公元前 7 世纪阿多尼斯祭仪被充分希腊化了。在古希腊社会阿多尼斯祭仪也是节日，受到皇后阿丽西诺艾（Arsinoé）为首的皇室的奉行。诗人为了彰显阿多尼斯节日的仪式感，将这则神话作了相应的变形。比如原版神话中阿多尼斯将一年时间分给了阿芙洛迪特和珀尔赛福涅。但在忒奥克里托斯笔下，阿多尼斯只用一天时间就分属于两女神。诗作突出描写的是年轻的半神阿多尼斯和他的女信众之间亲密、激情澎湃的关系。"全诗渲染爱和欢乐以及对阿多尼斯所受苦难的哀悼，没有任何面对死亡的恐惧感"（Tuzet1987：87）。另一位古希腊诗人莫朔斯的作品《拜翁的碑铭》混同了诗人拜翁和阿多尼斯的身份，他们是牧人、猎人、歌者及诗人（Tuzet1987：91–92）。近代作品以维加的《阿多尼斯与维纳斯》为例：阿多尼斯是丛林之子，这是近代田园文学的典型形象（Tuzet1987：106–112）；恶意的诸神窥视人类的纯洁力量，用诡计杀死阿多尼斯：质朴、自负的人类少年。一般情况下仇恨并妖魔化诸神不是古代诗人的做法。

第二，根据上表内容，笔者将蒂泽所列文本分为四类。第一类完全重述阿多尼斯神话，指明该神话原有的主要人物形象、情节和背景。在此基础上增加或删除某些次要人物，使情节更复杂，背景多变。这一类作品基本上因袭传统，因袭与变形之间界限明显。第二类作品的部分篇幅叙述该神话，另一部分叙述创作者所处的时代。这类作品的创作意图在当代，该神话提供当代叙事的参照和评注。在这类作品中作者仍很明显地叙述阿多尼斯神话。第三类作品从表面上看以叙述当代世界为主，但暗含了阿多尼斯神话，此时该神话是一种暗中隐藏的参照体系。第四类作品中，阿多尼斯神话已不像前三类那样贯串全篇，而只是部分地出现，并且出现的只是该神话的某个人物或事件。此时阿多尼斯神话虽然也有参照功能，但已不再占据统摄全篇的地位，其参照功能仅对某个叙述片段起作用。

因此，古代作品以及更加接近古代的作品中的阿多尼斯神话的本原更加完整，而且得到了丰富。后来的创作者对该神话进行变形的目的不是丰富这个神话本身，而是反映当时的社会。现代作品中该神话的本来面貌逐渐不可辨认。在这个过程中阿多尼斯神话传统不断破碎，现代创作者只是利用其中的某些片段。为什么会产生这样的趋势？原因并不复杂：一味重述阿多尼斯神话的传统样式不能引起读者的兴趣。该神话虽包含丰富联想，但读者若事先掌握了其中的大多数意义，创作者则被迫另辟蹊径，发现或重构其新的象征功能。此时起决定作用的不是阿多尼斯神话本身，而是其与当代社会的关系。这种关联越出乎意料越能引起读者的兴趣。阿多尼斯神话在文学文本内不断重现的过程其实就是创作者不断创造新关联的过程。其间该神话的表现形式经历了从明显到隐晦的变化过程。

第三，弗莱（Northrop Frye）认为文学发展有两极，即从神话必然发展至现实主义。在神话和现实主义之间是传奇。神话通过隐喻手法用神的超人性表现人类的欲望，但理性思维的逐渐高涨迫使"神话逐渐消失，并变形为文学而继续存在"。"从神话到现实主义的整个文学"是"从虚构过渡到写实的整个文学过程""神被置换成了人"。（叶舒宪 2012：13）。我们应该在弗莱的看法上更进一步。笔者认为《阿多尼斯研究》显示阿多尼斯神话的文学书写经历了从神话、传奇到现实主义又转向神话的过程。以下分两个阶段来研究这个问题。

在第一个阶段，文学创作者对该神话的重述经历了从纯粹神话到现实主义的演变过程。重演阿多尼斯神话的每部典型作品都能推陈出新，并如上文所言，创作者在运用自己的风格时不得不符合时代的审美标准和道德风尚。因此阿多尼斯神话必须经过变形，才能迎合当时读者的趣味。在这个过程中，原始欲望遭到压制，理性思维逐渐突出。所以，阿多尼斯人物的神性逐渐变弱，写实色彩渐浓。创作者的主观性总是要从某种程度上与外部世界的变化相和谐，阿多尼斯故事的历史是个人想象的历史与人类社会和文化的演变过程的融合。融合的结果导致了文学的发展，即从神话、传奇到现实主义。笔者认为在阿多尼斯故事的发展过程中，表现这则神话神性消失最典型的例证是莎士比亚的《维纳斯与阿多尼斯》。该作品人物与古代阿多尼斯神话有相当距离：阿多尼斯是英国式的可爱男孩，内向、喜爱运动和狩猎；维纳斯不知羞耻、懦弱，无休止地想要征服阿多尼斯。阿多尼斯是她的猎物，她自己是情欲的猎物。诸人物神性消失，世俗性占主要位置，神已被置换成了人。另外，作者还删除了阿多尼斯从没药树中出生、在二女神之间分割时间以及人间地狱对比等神话性质的情节。甚至之前象征邪恶、作为地狱使者的野猪都变成了一只肥胖的猎物，更没有受到诸神的煽动。更本质的一点：阿多尼斯没有复活。这首戏剧诗表现的是那个时代的某种宿命论观念和对于爱情的悲观情绪（Tuzet 1987：145–151）。至此阿多尼斯故事获得了最具有现实主义色彩的叙述方式。弗莱认为在神话和现实主义之间还有传奇这个阶段。纯粹的阿多尼斯传奇并未出现。只有马里诺和拉封丹作品中有传奇的成分。马里诺作品是一种神话、田园诗、传奇的混杂体。拉封丹的古典诗体《阿多尼斯》传奇色彩更鲜明：其"英雄诗"文体是为了突出阿多尼斯高贵勇敢的形象。

在第二个阶段，笔者发现阿多尼斯故事的发展并没有止于现实主义的写作风格，而是又还原了神话色彩。这说明文学的历史不是单向或线性的发展。上表所列"衰落时期"的阿多尼斯作品说明了这一特点。阿多尼斯如何重拾神性？我们从蒂泽研究的细节中进行概括。

这一时期阿多尼斯作品有以下特点。①由于德国考古学家和文献学家克鲁泽（Frédéric Creuzer）的影响，作家们将阿多尼斯描写为太阳和种子。阿多尼斯成为多神教的核心人物；②"神婚"受到普遍关注；大女神兼具母亲、情人、保护者的身份；③阿多尼斯有两种结局，或死亡并重生，成为战胜死亡的神；或死后不再返回人间，反映的是原始人对太阳死亡的焦虑；④阿多尼斯或明或暗地与基督身份混同，作者以此捍卫基督教的纯洁性、统一性及与其他宗教的斗争，颂扬基督教会的智慧以及基督教会规范来自神秘现象的盲目力量的能力，从而推动人们热爱古老的基督教会；⑤作者们继承古希腊作品中阿多尼斯神话的仪式感——大量描写灵柩台、墓穴、合唱队、鲜花和香料令人窒息的气味、葬礼的混乱、妇女的眼泪和悲切嗓音；或重构阿多尼斯祭仪，比如奈瓦尔参照了"圣星期五"的庆祝仪式，阿多尼斯出生时表现为受到庆贺的"圣子"形象，信众到礼拜地点向阿多尼斯——基督的伤口致敬。又如福楼拜描写阿多尼斯祭仪和基督教祭仪的相似性。再如巴雷斯描写的狂热的宗教气氛，其中的自我鞭笞情景是从基督教的实践活动中搬移过来的；⑥野猪从肥胖的猎物变成了天相。

以上总结说明阿多尼斯作品中人物和情节的神性很大程度上源于作者对经典的阅读及自身的宗教体验和情感。这些作品一定程度地反映了现代欧洲文坛某些新的手法、观念和风尚。文学所谓的两极难以概括个人的自由创作及文学现象的复杂。现实主义这种单一的文学创作样式已被超越，象征主义、超现实主义、魔幻现实主义应运而生。文本中的神话始终受到文学本身发展的裹挟，受到创作者审美趣味和时代潮流的驱使。所以说神话的发展映射了文学本身的发展。

四、结语

以上分析的目的在于阐明蒂泽的研究所呈现的体系性效果。原型源于荣格，但只有经过文论家的转换，属于心理分析的概念才能成为文学研究的方法。阿多尼斯神话具有原型的特征和实质，即先在性与后天不断生成性。阿多尼斯故事的变化充满偶然性和矛盾，蒂泽将神话－文学的历史研究设想为一种不会断裂的因果过程，这是客体意象批评的特色。历史学家面对庞杂的事实始终相信可以透过表象抓住隐藏的普遍逻辑。这种普遍逻辑在《阿多尼斯研究》中就是旧要素的新排列及删除和添加。有学者认为"文学专业本位"的惯性思想导致人们的神话观一直以来太过于文学性，因此神话研究应与文学保持距离，要关注仪式和社会形态，走实证主义路线。那么对神话进行文学研究是否还有意义？《阿多尼斯研究》充分说明：创作者的想象使阿多尼斯神话成为一个意义丰富的原型群，神话通过文学创作得到发展，神话的传承有赖于文学；文学作品通过神话而获得叙述的对象、模式或参照系统；如上文所示，阿多尼斯神话研究还是发现普遍文学规律的契机；阿多尼斯这样的典型神话人物成为贯通神话学、原始思维、心理学、文学创作等领域的复合文化概念，通过典型神话研究系列作品能够说明文学的哲学背景及各时代人对待某些问题的观念。

参考文献

[1] Albouy, Pierre. *Mythes et Mythologies dans la Littérature Française*[M]. Paris: Armand Colin, 1969.

[2] Durand, Gilbert. *Figures Mythiques et Visages de l'œuvre*[M]. Paris: Berg International, 1979.

[3] Miguet-Ollagnier, Marie. *La Mythologie de Marcel Proust*[M].Paris: Les Belles-Lettres, 1982.

[4] Trousson, Raymond. *Le Thème de Prométhée dans la Littérature Européenne*[M]. Génève: Droz,1964.

[5] Tuzet, Hélène. *Mort et Résurrection d'Adonis: Études de l'Évolution d'un Myth* [M].Paris: Librairie José Corti, 1987.

[6] 艾布拉姆斯 . 文学术语词典 [M]. 吴松江等，译 . 北京：北京大学出版社，2009.

[7] 程金城 . 原型批判与重释 [M]. 兰州：甘肃人民美术出版社，2008.

[8] 卡西尔 . 神话思维 [M]. 黄龙保等，译 . 北京：中国社会科学出版社，1992.

[9] 洛夫乔伊 . 存在巨链 [M]. 张传有等，译 . 北京：商务印书馆，2015.

[10] 塔迪埃 .20 世纪的文学批评 [M]. 史忠义，译 . 开封：河南大学出版社，2009.

[11] 叶舒宪 . 神话——原型批评 [M]. 西安：陕西师范大学出版社，2012.

作者简介：张鸿，女，西安外国语大学西方语言文化学院副教授，主要研究方向：法国文学和中法比较文学。

蒂泽阿多尼斯神话意象研究的若干问题

张　鸿

西安外国语大学西方语言文化学院

摘要：本文研究了法国现代文论家埃莱娜·蒂泽著作《阿多尼斯的死亡与复活——一则神话发展史的研究》的若干问题，以阐明蒂泽神话研究的特点，并对蒂泽意象批评方法进行总体把握。蒂泽以较长的时间跨度及神话和文学交叉的方式对阿多尼斯神话进行了文学神话学研究。其研究使用了分期、分类的方法，体现了整体性的文学观念，也说明了意象批评继物质性意象研究之后发展出了神话研究这个分支。

关键词：蒂泽；阿多尼斯神话；意象

法国现代文论家埃莱娜·蒂泽 1987 年发表了著作《阿多尼斯的死亡与复活——一则神话的发展史研究》（以下简称《阿多尼斯研究》）。该书是蒂泽为数不多的神话研究成果之一，也是作者继其文论巨著《宇宙与意象》之后另一部比较重要的文学批评著作。由于目前国内外学界对蒂泽的研究仍处在起步阶段，研究这本著作有利于深化对蒂泽学术思想的认识。本论文从三个方面阐明蒂泽研究阿多尼斯神话使用的方法：《阿多尼斯研究》的基本情况及蒂泽神话研究的特点，该书与《宇宙与意象》研究方法的比较，进一步总结蒂泽的意象研究方法。

一、《阿多尼斯研究》的基本情况及蒂泽神话研究的特点

迄今为止国内学界没有出现在西方历代文学文本范围内研究阿多尼斯神话演变史的文章或著作。蒂泽之前，国外已经有学者专题研究过阿多尼斯神话，最重要的著作是夏尔·维雷的《古代东方的阿多尼斯－塔姆兹崇拜与节日》、弗雷泽的《东方宗教史中的阿多尼斯、阿蒂斯、奥锡利斯研究》、瓦西比·阿塔拉的《古希腊文学和艺术中的阿多尼斯》、马塞尔·戴田的《阿多尼

斯园圃——古希腊世界的香料神话》。❶其中弗雷泽是英国学者，其他三位均为法国学者。这4部作品分别涉及阿多尼斯故事的宗教学、人类学、文学艺术和神话学研究。4位作者选取的时间范围大致都在古希腊罗马时代。与之前的研究相比，蒂泽在本书中的研究主体为文学文本范围内的阿多尼斯故事。她的研究时间跨度很大：从公元前3世纪的古希腊诗人拜翁（Bion）直到20世纪初的法国作家莫里斯·巴雷斯（Maurice Barrès）。蒂泽以阿多尼斯神话题材作为研究核心，其实质就是对各个时期诗人作家相关作品中的同一题材进行宏观研究。阿多尼斯故事首先是一则神话，但蒂泽的做法不是纯粹的神话学或比较神话学研究。她更关注古代之后即文艺复兴和近现代欧洲文学史上的系列作品。从文学史的角度看，这是一种更完整的类型研究。

　　根据目前掌握的信息，这本书应当是蒂泽的最后一部著作，是对作者前期阿多尼斯神话相关研究的总结。蒂泽的前期研究中曾著有五篇相关论文。其中直接研究阿多尼斯神话的是《作为文学"常数"的阿多尼斯神话及其功能》（1977）和《英国诗人与作为文学"常数"的阿多尼斯神话——理性与超理性》（1978）。另外三篇涉及《阿多尼斯研究》的两位意大利诗人：马里诺（Gianbattista Marino, 1569—1625）和邓南遮（Gabriele d'Annunzio, 1883—1938），分别研究马里诺抒情短诗中的巴洛克结构与色彩，邓南遮的神话主题创作及巴什拉尔与邓南遮的交往❷。蒂泽在《阿多尼斯研究》中共分析了20多位古今诗人作家的阿多尼斯作品，每部作品都得到了比较详细的研究，马里诺和邓南遮也不例外。因此，以上3篇论文虽然不直接关涉阿多尼斯神话，但对于《阿多尼斯研究》形成有至关重要的作用。比如马里诺的巴洛克风格研究导致蒂泽在《阿多尼斯研究》一书中将第三部分第四章直接题为"巴洛克式的阿多

---

❶ 以上4本著作为：Charles Velley: *Le Culte et les fêtes d'Adonis Thammouz dans l'Orient antique*（Paris, 1904）; Frazer: *Adonis, Attis, Osiris, Studies in the history of oriental religion*（1914, 法文译本于1921年在巴黎出版）; Wahib Atallah: *Adonis dans la littérature et l'art grecs*（Paris, Klicksieck, 1966）; Marcel Detienne: *Les Jardins d'Adonis-La Mythologie des aromates dans le monde grec*（Paris, 1972）.

❷ 以上五篇论文为：*Essai pour dégager les constantes et la fonction d'un mythe: Adonis—Trames, Mythes, Images, Représentations*（Actes du Congrès de Littérature générale et comparée, Limoges, 1977）; *Les Poètes anglais aux prises avec les constantes d'un mythe: Adonis—Raison et sur-raison*（Actes du Congrès de la société des anglicistes de l'enseignement supérieur, Limoges, 1978）; *Structure et couleur baroques de la «canzonne» chez Gianbattista Marino*（Actes des Journées internationales d'étude du Baroque, Montauban, 1968）; *Emilio Mariano I Miti di Gabriele D'Annunzio* in: *D'Annunzio nel suo tempo*（Revue des Etudes italiennes, avril-décembre 1980）; *Rencontre de Bachelard avec Gabriele d'Annunzio*（Revue de Littérature comparée, 1984）.

尼斯"，其内容即为马里诺 1623 年诗作《阿多尼斯》研究，凸显了巴洛克风格对阿多尼斯神话发展在某一阶段的作用。

文学文本研究固然是本书的主体，但在文学研究之前蒂泽还是用了一定的篇幅研究了阿多尼斯神话本身。作者选取了四个角度：历代阿多尼斯神话研究的类型、主要研究者的观点、原始版本的阿多尼斯神话及该神话的传播历史、阿多尼斯神话与其他同类希腊罗马神话之间的关系以及由这种关系构成的阿多尼斯家族。这部分研究以高度的涵盖性勾勒出了阿多尼斯神话研究历史。以下从四个方面陈述蒂泽在神话学范围内研究阿多尼斯方法的主要特点。

第一，蒂泽认为阿多尼斯神话研究有两个历史分期，即古代至 19 世纪及 20 世纪。前一时期的研究方法有三个类别：历史与社会性分析、自然主义分析、道德与哲学性分析。后一时期有两个类别，即心理——原型式阐释及结构主义阐释。这种分类以较强的概括性对各类研究的性质及相互关系进行了把握，对于其他单个神话或神话体系研究具有指导作用。今后的阿多尼斯神话或其他神话研究若继承传统则大体属于以上五个类型，若想超越现有模式，则要发掘新类型或做其中某几种类型的综合研究。

第二，蒂泽在列举 18 至 20 世纪关于阿多尼斯的各种神话学阐释时，站在更高的层面陈述历史。笔者认为蒂泽的主要目的在于指明各时期研究者之间的继承和变异关系，并对他们的研究给予客观评价。在这两个方面我们无法进入细节，仅以弗雷泽和列维·施特劳斯为例。国内对弗雷泽的阿多尼斯研究比较熟悉，20 世纪二三十年代，弗雷泽的《金枝》使国内外学界发现了研究阿多尼斯神话的重要性。弗雷泽将阿多尼斯、阿蒂斯和奥锡利斯三位神话人物合并研究。神话学者由此得到启示，从而开始了各类型神话跨地域、跨民族、跨历史、跨文化等多角度的比较研究。蒂泽认为弗雷泽并非研究阿多尼斯的第一人，而是继承了前代学者的阿多尼斯研究成果。她指出德国考古学家和文献学家弗雷德里希·克鲁泽（Frédéric Creuzer 1771—1858）的阿多尼斯研究对欧洲学界影响深远，开阿多尼斯神话多义性研究之先河。其后的法国作家、文献学家、哲学家及历史学家厄内斯特·勒南（Ernest Renan 1823—1892）对阿多尼斯祭仪遗迹的描写明显表现出美文性质，在感官上令人愉悦。弗雷泽的阿多尼斯研究则是人类学和比较神话学性质的，他对与阿多尼斯故事或形象相联系的原始观念做出了心理学阐释。而与前代神话学家夏尔·维雷忽略维纳斯的做法相比，弗雷泽更重视女神的作用，并反对像维雷以及之前某些神话学家那样将阿多尼斯阐释为太阳神。蒂泽认为弗雷泽的独特之处在于将阿多尼斯依附于维纳斯，正如阿蒂斯之于大母神及奥锡利斯对女神伊西斯的从属关系，进而总结出这些相似关系是某种原始母系氏族社会的印记。（Tuzet1987：60-68）关于对神话学家的评价，比如蒂泽明确指出神话的结构主义研究的不足。这种研究模式的代表是列维·施特劳斯。在肯定其功绩的同时，蒂泽认为结构主义神话学的缺陷在于：用数学模型这种严谨的结构研究人类思维，遮蔽了人类思维历程的复杂性、瞬息万变性、极强的可塑性和难以把握性。（Tuzet1987：25）笔者认为"结构"这种既定模式其实在某种程度上反映的并非人类精神本身，因为它将各种事实进行了有针对性的取舍与重构，尤其对某些重要事实采取无视的态度，其所谓关于真相的判定是比较可疑的。

第三，蒂泽建立了阿多尼斯神话家族。笔者认为这种做法模仿了弗雷泽。但与弗雷泽相比，蒂泽建立的家族更复杂，其中不仅有阿蒂斯和奥锡利斯，还有其他神话人物。蒂泽认为与阿多尼斯相似的人物有男有女。她梳理了数量众多的人物之间的关系。其方法的本质在于区分"类型"。具体地说有两个类型，其一为"异常英俊或美丽的孩子"类型。其二则是"遭遇怪兽的英雄"类型。蒂泽在第一类型中陈述了8位神话人物，其中比较著名的有伊阿宋和纳喀索斯。在第二类型中有3个神话人物，最有名的是赫拉克勒斯。蒂泽的分类以阿多尼斯人物和故事的两大特征为核心，其他神话人物的相貌和遭遇因包含上述特征而进入该体系。但蒂泽只是建立了一个小范围的阿多尼斯家族，并未展开论述。笔者认为蒂泽的方法不仅与弗雷泽有关，还跟米尔恰·伊利亚德的宗教类型学有关 ❶。而且蒂泽的分类法是国内外神话研究界经常使用的方法。中国在这方面的研究以丁山的《中国古代宗教与神话考》为杰出代表。这部著作所分类型自然不同于蒂泽或伊利亚德，更适合中国神话的实际。中国神话体系内包含汉族和各少数民族神话，若能够以适当的角度分出若干类型，则零散、相互独立的人物之间就会形成具有启发性的关联，有利于横向研究各民族神话世界之间的关系，从而建立汉族和其他少数民族神话的共有体系。这似可称为中国神话的类型学研究。

第四，蒂泽在正文伊始就提出了后世诗人作家对阿多尼斯神话进行各种变形的学理依据，这也是作者为本书的主体即文学文本研究埋下的伏笔。所

❶ 关于蒂泽与伊利亚德学术思想的关系，参见拙作《〈宇宙与意象〉的四个理论来源》，载《当代法国美学与诗学研究》，北京，知识产权出版社，2014年，第183-185页。

提依据并非由蒂泽开创。这个依据是皮埃尔·阿尔布依（Pierre Albouy）著作《法国文学中的神话与神话学》（*Mythes et mythologies dans la littérature française*, 1969）中的观点："个体创作者有权自由运用各种神话""文学神话就是作家对传统材料或某种原型性质的材料进行加工，并运用自己独特的风格，赋予神话形象丰富的含义"（Tuzet 1987：15）。阿尔布依的观点回答了一个非常关键的问题：文学创作者对一则神话的变形是复兴了这则神话还是最终扼杀了它？蒂泽找到阿尔布依作同盟，随后就用整本书对这个问题进行了肯定回答。笔者认为蒂泽的回答有两层含义：其一，阿多尼斯神话具有自身的逻辑性，它的活力是内在的、具有启示性的，其顽强的生命力导致阿多尼斯成为欧洲各国文学创作中的"常数"；其二，除了神话自身的活力，创作者对一则神话的延续也功不可没，他们非但没有扼杀神话，而且不断复兴神话，在文学发展的各个时期为神话增加新元素，使阿多尼斯神话发生丰富的变化。历代文学作品中不仅有这则神话最原始状态的蛛丝马迹，更有创作者个人想象力的作用和当时社会的独特组织方式和习俗。

二、《宇宙与意象》与《阿多尼斯研究》的比较

为了对蒂泽神话意象批评进行总体把握，我们需要对《宇宙与意象》与《阿多尼斯研究》进行比较，这有利于认识蒂泽学术思想的历程。《阿多尼斯研究》在《宇宙与意象》之后 20 余年发表。虽然相距较远，但作者的文学研究方法表现出一贯性。笔者认为可以从三方面理解两者的异同。

第一，蒂泽在两书中运用的方法核心一致，即学科会通。《宇宙与意象》会通的是文学和宇宙学，具体指哲学、天文学、星相学、地理学和生物学等领域的宇宙学。《阿多尼斯研究》会通的是文学和神话学。但无论所会通的学科多么相异，两本著作都以文学研究为根本。前一本书的基本题材是文学中的宇宙意象，后一本书则是文学中的（阿多尼斯）神话意象。因为要会通学科，所以要求研究者具有尽可能广博的知识。在这方面蒂泽为我们树立了优秀的典范。不仅是蒂泽，她所属的客体意象批评派的各位代表学者都是博学家，犹如巴士拉尔本人。在第一个相同点中也存在不同。文学与宇宙学距离较远，而文学与神话学距离较近。所以相对于《宇宙与意象》，从学科交际角度看，《阿多尼斯研究》属于相对较容易进行的研究。文字阅读与口头传承是神话传播的两种基本方式。两者相较，文字是更主要的，也是最有利于学者研究的方式。所以在文学文本范围内研究一则神话可操作性更强。当然应该

明确，对于一则神话的研究，文学文本只是一个方面，要想构建一则神话的立体系统应当从宗教学、考古学、人类学、心理学、文艺学、美学和哲学等多方面进行。而各个学科内的研究可以有文本也可以没有，田野调查、口传状况的考察都应成为神话研究的出发点。所以说蒂泽的神话研究范围相对狭窄，但也很明确，始终不偏离文学批评的宗旨。

第二，两本书都是用同一题材网罗古今诗人作家。《宇宙与意象》涉及的诗人、作家和学者370人。其中出现频率在5次以上的有129人。蒂泽按照宇宙意象的三大类型将诗人作家分散在书中各处。《阿多尼斯研究》共列举诗人或作家21人，直接研究阿多尼斯神话的神话学者12人。虽然人数下降了，但所有人依然被统摄在一个题材下。人数下降的原因在于：宇宙是客观世界中最大的观察对象，对宇宙的思考和想象必然会发生在古今中外所有普通人和知识分子头脑中。而阿多尼斯神话却并不具有宇宙那样宏大的包容性。毕竟并非所有人都知道阿多尼斯神话。阿多尼斯与宇宙相比是一个涵盖较小的题材。因此，阿多尼斯神话的文学研究所涉及的诗人、作家和学者必然可以很快穷尽。但从研究的开放性上来说两本书却是一致的：后来的研究者可以不断增加其他的创作者，分出新类型，因为诗人、作家和学者是层出不穷的。

在第二个相同点上有以下两个变化。首先诗人的排列方式发生了较大变化。例如，诗人雨果可以同时出现在《宇宙与意象》的三大类型中。而在《阿多尼斯研究》中某一位法国诗人仅出现在一个时期，或者说某一章、某一节中。原因在于《阿多尼斯研究》所分类型总是与文学历史的时期相合。例如，"文艺复兴全盛时期的阿多尼斯"一章仅分析了当时法国最著名的诗人龙沙，龙沙属于法国的文艺复兴时期，他的相关作品也必然属于文艺复兴时的阿多尼斯神话类型。龙沙必然不会进入巴洛克式的阿多尼斯类型中，因为龙沙不在巴洛克时代，至少没有明确表现出巴洛克风格。所以在《阿多尼斯研究》中某一位诗人会在某一个与他的时代相对应的阿多尼斯类型中，不会同时出现于另一个或几个类型中。简而言之，前一本书中类型和时代关系松散，诗人的位置灵活；而后一本书中类型与时代重合，诗人位置固定。其次，诗人或作家的国别标志在后一本书中更明显。在《宇宙与意象》中一位诗人也许会进入全部类型，所以每一个类型都是欧洲各国和美国许多相关个人的大汇集。而在《阿多尼斯研究》中有明确的国家区分。例如，书中第三部分的第三章就是专写英国诗人笔下的阿多尼斯。所研究的英国诗人共5位，时间从16世纪到19世纪。而英国诗人并不出现在其他章节或类型中。因此可以说前一本书中蒂泽使用的是意象的形态分类法，而后一本书中作者使用的是意象的时期或文艺思潮分类法。

第三，在原型、历史和对待诗人的策略这三个层面上，这两本书是一致的。蒂泽独特的批评方法在于既提出反复出现的意象——宇宙和阿多尼斯神话，又构成一部宇宙观或神话发展的历史。因此蒂泽对待诗人的基本原则就是取舍。古今诗人因使用同一类题材或意象被置于时间的坐标之上。诗人的创作特点通过所处类型的研究得到彰显，同时诗人因进入某个意象的历史，他的个性在一定程度上又削弱了。蒂泽认识到了这个问题，在《阿多尼斯研究》中为凸显诗人个性增加了对诗人自身情况的陈述，使读者不仅认识到诗人如何想象阿多尼斯神话，还在一定程度上认识到诗人的写作风格。这是后一本书相对于前一本书的变化。例如，在分析法国诗人拉封丹时，蒂泽虽然将这一章题为"古典的阿多尼斯"，但通过对拉封丹重新演绎阿多尼斯神话手法的陈述与分析，蒂泽同时达到了两个目的，即阿多尼斯神话发展的新样式及在文学史上对拉封丹的定位。这种做法兼顾了两个方面：意象批评所坚持的类型研究法及文学史惯用的流派和思潮研究法。如上文所述，蒂泽能够达到双重目标的原因在于她使用了意象的时期或文艺思潮分类法，使意象与文学史结合起来。同时我们应当明白，虽然对牺牲诗人个性蒂泽有所顾忌，并在具体做法上有所折中，但这折中是有限的。例如，虽然读者了解了拉封丹与阿多尼斯神话的关系，读者对拉封丹个人的认识远谈不上全面。笔者认为蒂泽给了我们启示和研究空间。我们是否可以在蒂泽研究的基础上继续加深对某些诗人的研究，这个问题需要进一步思考。比如拉封丹这位中国读者熟知的诗人，我们不仅研究他的动物寓言诗，还应该研究诗人神话题材的诗歌创作，以期获得全面认识。

以上比较不仅在于认识前后两部著作的关系，更为蒂泽学术思想定位提供了基础。

三、对蒂泽神话意象研究的定位

可以肯定，蒂泽的阿多尼斯神话研究依然是整体性的意象研究。其研究结论是对这则神话的发展史做出概括。具体地说，蒂泽在书中第二、第三部分提出两个时间段：古代和文艺复兴以后。蒂泽对古代的阿多尼斯诗人及作品并未分出类型，而是以四位古希腊罗马诗人各自的创作为类型。当然这种以诗人为标志的类型不是很严格的。但是在文艺复兴以后蒂泽明确分出了阿多尼斯神话在文学中的六个类型：文艺复兴全盛时期的阿多尼斯、"黄金时代"的阿多尼斯、英国诗人笔下的阿多尼斯、巴洛克式的阿多尼斯、古典的阿多尼斯及"颓废"时期的阿多尼斯。诗人和作家以范例的身份出现在这些类型中，个体文学创作者服从于作为整体的阿多尼斯神话意象。那么书中数量不少的神话学者在蒂泽研究中是否具有相似地位？如上文所述，一方面众多学者处在阿多尼斯神话研究类型下，即蒂泽分出了五个类型，并用这些学者来填充自己的类型。另一方面蒂泽列举了古代直到公元5世纪众多哲学家对阿多尼斯神话的阐释，如毕达哥拉斯、柏拉图、斯葛多学派、新柏拉图学派，也较详细地陈述了18至20世纪主要的7位神话学者对该神话的阐释。蒂泽的意图并非研究这些学者的思想，而在于从神话学角度再现阿多尼斯神话研究的整体性。所以作者的目的始终是用类型和历史两种整体性研究来涵盖个体研究。因此，无论是本书第一部分的神话学研究，还是第二、第三部分的文学文本研究，都是用某种整体性统摄个体性。

远观蒂泽的文学神话研究，我们充分体会到"读者"在文学研究中的主体地位。巴什拉尔的四元素意象批评引领了客体意象批评风潮，蒂泽与诺斯罗普·弗莱为其后继者。这一派文学研究的一大特色就是消解创作者的地位，而彰显作为读者的批评家的地位。《阿多尼斯研究》的内容虽然是众多诗人作家及其作品，但对他们进行自由组合的是批评家本人。可以推想，同是在文学文本中研究阿多尼斯神话，不同研究者关注的创作者群体是有差别的。这些差别可能来自地域、时代、语言、文学体裁等。根本原因在于一则神话作为意象可以分散在若干作品或语言以及数个时代。当然神话也出现在文学以外的其他文化形式中，如宗教及各种门类的艺术中。蒂泽关注阿多尼斯神话，原因在于这则神话出现的频率很高，而且引发创作者想象的功能强大。从以上所说的地域、时代、语言、文学体裁上看，蒂泽的阿多尼斯研究选择的是欧洲几个主要国家：古代的希腊罗马及文艺复兴以来的法国、意大利、西班牙、英国。时代是公元前3世纪到20世纪。语言则是这几个国家的民族语言，而体裁则以诗歌为主。言下之意，批评家的主体地位使神话类意象研究成为开放性研究，不受制于创作者和作品。对其进行自由组合虽然从一定程度上牺牲了创作者的个性，但这种研究却具有包容性，后来的学者可仿效蒂泽，不断增加诗人作家及其相关作品，更加细致地研究阿多尼斯神话的发展脉络。为此，蒂泽在参考书目中特列举了以上4个欧洲国家的其他7位诗人或作家的阿多尼斯作品，为后来的研究者指明了方向。

阿多尼斯神话是本书的核心，众多诗人都选择重新演绎这则神话，其演变固然可以被看成蒂泽的研究基础，但这只是一种事实性的基础。另外还应该有一个基本前提，这个前提促使蒂泽的研究成立，这就是文本互涉或文本间性这个概念。学界对文本间性或对话原则的研究有很多。把握这类概念就能同时把握蒂泽神话研究的另一学理依据。只有诗人们的相关文本在对待同一则神话时表现出紧密的联系或者相反——表现出极大的差异，一则神话的文学文本研究才能显示出上文所说的整体性。从这个角度看，笔者认为我们通过蒂泽的阿多尼斯研究可以得到多重认识。第一，蒂泽的研究使读者细致且系统地了解古代直到现代神话学家研究阿多尼斯神话的始末。他们的研究从继承和变异两个方面体现了神话学研究文本之间的互涉关系。第二，读者能够从蒂泽所分析的文学作品中了解创作者针对阿多尼斯神话所进行的文学想象。他们的想象前后差别很大，继承性不断降低，变异性不断增大。最初阿多尼斯诗人普遍表现的是对一个英俊少年的哀悼、对美的事物夭折的无限惋惜以及阿多尼斯植物性象征意义和季节轮转的对应关系。这些是对阿多尼斯神话的基本阐释，也是对原始版本的阿多尼斯神话最直接的理解。后来经过各种复杂的中间环节，在《阿多尼斯研究》最后一章，19～20世纪的诗人从阿多尼斯形象中看到了基督的影子，并逐渐建立起二者之间的联系。蒂泽以清晰的笔触表达出这一复杂曲折的过程，使读者明确了古今文本之间的关系：两个或多个文本并非仅因为相似才具有文本间性，它们之间鲜明的对照也构成关涉。从普遍关涉的意义上说，相同、相似和相反是可以统一的。达到这种统一的前提是诗人们重新演绎了同一则神话。虽然角度不同，所撷取的阿多尼斯神话元素不同，得到的风貌也大相径庭，但诗人的想象力都有同一个灵感来源。这就是阿多尼斯神话巨大的整合功能，也是所有文学意象共同的功能。第三个认识应当是一种暗示：阿多尼斯神话的生命力不仅促成文学文本范围的研究。如果继续在多个领域研究阿多尼斯神话，比如神话学、宗教学、艺术学、心理学、人类学、考古学等领域，我们将获得对阿多尼斯神话的多维认识。所得到的结论就不仅仅是文本间性，而是借助阿多尼斯神话从某种程度上还原了人类思想史的一个侧面。宗教学、神话人类学这两个领域的阿多尼斯研究已初具规模。蒂泽这种时代跨度更大的文学神话学研究就属于另一维。由此我们认识到蒂泽的阿多尼斯研究与其他领域该神话研究之间的关系。如果说文本间性是前提，那么"超越历史"才是蒂泽学术研究的旨归，也是这一派研究者的终极目标。"超越历史"是英国文论家伊格尔顿提出的，但他未加详解，仅以"严格封闭"性来提示读者产生超越的原因（特雷伊格尔顿 2007：89）。历史是如何被意象批评超越的？笔者认为，实际的历史是无限多事实的叠加，这些事实包括为人所知和不为人所知的，历史永远处于被填充状态。由于填充历史的新发现事物使人们对于历史的认识永远处于流动状态，使得历史变得可疑。然而经由某个意象所建立起来的历史是一种统摄性更强的体系，虽然以某个意象为轴心的各种范例可以不断增多，但这些由诗人及其作品构成的范例却无法逃出预先设定的类型。或者说类型也许可以增加，但由类型及其例证构成的关系却处于相对稳定的状态。仿佛一张网，网的面积可以延伸，但网的形态始终如一。从这个意义上说，在意象的基础上建立的某种文学理论体系比历史更稳固。我们回到了亚里士多德的论断：诗高于历史。亚里士多德是从可然性与必然性的比较中得出这个结论的。我们得到了一个启发：文学的意象研究建立的是一种虚构的历史。真正意义上的历史虽然不断叠加真实，却不能改变历史必然性的宿命。虚构性或偶然性为何优于真实性？那是因为人性在梦幻中才能达到最大的自由。

法国文论家让–伊夫·塔迪埃对客体意象批评的发展历程作过一个论断，他认为这个派别有两个发展方向：一个是"物质性意象"的研究思路，另一个是神话批评，其代表就是上文提到的阿尔布依。其后有文学批评家、比较文学研究者玛丽·米盖（Marie Miguet）、特鲁松（Trousson）和布吕奈尔（Pierre Brunel）同类型的研究。他们使客体意象研究逐渐摆脱了物质性意象的某些束缚，而更注重题材的搜集（让-伊夫·塔迪埃 2009：109–110）。研究他们与蒂泽的关系可知，蒂泽对阿多尼斯神话的研究得益于两位学者的指导，首先是法国希腊学、奈瓦尔研究专家弗朗索瓦·贡斯当（François Constant），另一位就是布吕奈尔。蒂泽在《阿多尼斯研究》的致谢页明确写出了这一信息。并称布吕奈尔引导她了解了现代文学中古代神话的再现，并对此种现象进行系列研究。如上文所述，蒂泽称引阿尔布依论神话和文学的关系，由此我们明白了蒂泽学术研究的发展路径。如果说前期著作《宇宙与意象》主要得益于巴什拉尔物质性意象的启示，那么《阿多尼斯研究》则主要运用了上述几位学者的文学神话学批评理念。这个分支上的学者对蒂泽的影响决定了蒂泽学术研究的转型。宇宙首先是物质性的，宇宙意象开端于物质世界，神话却是人类的精神现象。蒂泽及其他文学神话学批评家无疑拓展了意象的研究范围，对客体意象批评派的理念进行了突破。客体意象所谓"客体"比较适用于巴什拉尔——此派的名称主要源于巴什拉尔的四元素研究。而后期的发展已经超出了客体的范畴。宇宙固然比四元素宏大，但这个最大的客体并不能摆脱其物质性。意象的种类需要从客观世界进入人类的精神世界，同时发掘物质和非物质两个领域的意象，是客体意象批评发展的某种结果。在神话批评的文本数量和影响力达到一定程度的时候，我们似乎应当使用"意象批评"来为这个派别命名。

四、结语

经过以上研究，笔者得到以下结论，用以从总体上把握蒂泽的学术思想。阿多尼斯神话统摄众多诗人作家的现象体现了创作者的想象力对神话多义性的形成所起的作用。这也是《阿多尼斯的死亡与复活》标题中"复活"的真正含义。作为文学文本范围内的阿多尼斯神话研究，蒂泽的研究以其较长的时间跨度深化了前人的同类研究，并启发后来的文学神话学研究者以自己的方式关注各种创作者——尤其是不知名的诗人作家，丰富各类型神话主题研究。时期与类型角度的概括方法及阿多尼斯神话家族的建立为以后的研究提供了具体思路，指导研究者在各民族的神话体系内探索典型神话元素，从各种角度理解先民的神话思维。因为神话本身的特性，蒂泽用文学发展史标志神话意象的类型，从而异于之前意象的形态分类法，这表明意象研究并无一定之规，研究者应结合某意象的特征制定相应的策略。由此也可知蒂泽的学术研究在后期发生了方向性变化，这也是意象批评的趋势：物质性意象研究的创新性一旦匮乏，研究者就需要发掘意象的其他类型，从而拓宽思路；任何一种批评方法都需要革新，这是文学理论发展的必然过程。研究阿多尼斯神话不仅有助于认识神话及文学的历史，更重要的是认识人类精神活动在某个领域的历史，这表明了意象批评理念和亚里士多德诗学思想的关系。而批评者的主体性其实是人类自由思想的某种体现。《阿多尼斯研究》一书体量虽小，但却精致稳妥，能够说明很多问题，进一步研究它有助于清晰把握蒂泽的研究方法。另外我们可以做一点展望。蒂泽在《阿多尼斯研究》一书中虽未提到诺斯罗普·弗莱和荣格的神话原型研究的某些观点，但因为阿多尼斯是一个反复出现的意象，故可借助弗莱等一批学者所倡导的原型概念来理解蒂泽文学神话学研究方法。

参考文献

[1] Hélène Tuzet.*Mort et résurrection d'Adonis：étude de l'évolution d'un*

mythe[M]. Paris: Librairie José Corti, 1987.

[2] 让 – 伊夫·塔迪埃 .20 世纪的文学批评 [M]. 史忠义，译 . 开封：河南大学出版社，2009.

[3] 特雷·伊格尔顿 . 二十世纪西方文学理论 [M]. 伍晓明，译 . 北京：北京大学出版社，2007.

[4] J. G. 弗雷泽 . 金枝 [M]. 汪培基等，译 . 北京：商务印书馆，2015.

[5] 罗伯特·A. 西格尔 . 神话理论 [M]. 刘象愚，译 . 北京：外语教学与研究出版社，2008.

[6] 邱运华 . 文学批评方法与案例 [M]. 北京：北京大学出版社，2005.

作者简介：张鸿，女，1977 年生，西安外国语大学西方语言文化学院副教授，比较文学与世界文学博士。

论拉辛名剧《安德洛玛克》的三种解读

沈　澍　史忠义

内容提要： 从精神分析角度用无意识理论解读悲剧、用结构主义符号学解读悲剧和从问题学兼修辞学角度解读悲剧是20世纪50年代以来西方解读悲剧的三种代表性方式。它们各有自己合理的理由。但问题学兼修辞学解读把悲剧的原因社会化，更贴近社会发展的现实，可以解释当代的许多社会现象，也可以使我们更合理地解释中西悲剧的差异。

关键词：《安德洛玛克》；精神分析批评；结构主义符号学批评；问题学兼修辞学解读；夏尔·莫隆；罗兰·巴特；米歇尔·梅耶；中西悲剧社会性质的一致性

西方古典主义戏剧理论的核心有二：一是摹仿说，二是三一律。亚里士多德用摹仿说解释悲剧时，强调悲剧的主人公必须既非很好，也非很坏，而且他的命运必须是过错所致，而非邪恶所决定（亚里士多德2017：97）。谈到悲剧的性质兼结构时，亚里士多德的著名论述是：悲剧是对一个严肃、完整、有一定长度的行动的摹仿（亚里士多德2017：63）……这一点后来被意大利文艺复兴时期的钦提奥和卡斯特尔维屈罗总结为时间一律、地点一律和情节一律的三一律。法国古典主义戏剧理论家布瓦洛进一步把它解释为"要用一地、一天内完成的一个故事从开头直到末尾维持着舞台的充实"（波瓦洛1959：33）。马克思曾经指出："路易十四时期的法国剧作家从理论上构思的那种三一律，是建立在对希腊戏剧（及其解释者亚里士多德）的曲解上的。但是，另一方面，同样毫无疑问，他们正是依照他们自己艺术的需要来理解希腊人的"（马克思1975：608）。我们发现，古希腊时期的悲剧并非都遵循了三一律。莎士比亚以降，人们也一般认为，悲剧的主人公既可以很好，也可以很坏，他必须具有鲜明而又强烈的性格，自身包含有可能引发最强烈冲突、因而也就使得最高度之和谐整一成为可能的矛盾。浪漫主义激烈地反对三一律。

拉辛是法国17世纪古典主义戏剧结构规则最严格的代表作家，《安德洛玛克》是他成熟时期的杰作。这样《安德洛玛克》一方面是人们了解法国古典主义戏剧精粹的一把钥匙（郑克鲁 2000：99–105），另一方面又成为浪漫主义攻击的靶子，20 世纪 50 年代也成为旧批评与新批评争论的焦点。新批评的一些学者吕西安·戈德曼、夏尔·莫隆、罗兰·巴特等人都借《安德洛玛克》阐发过自己的理论主张（郭宏安 1983：57–77）。问题学哲学的创始人、比利时新修辞学当代的集大成者、布鲁塞尔自由大学教授米歇尔·梅耶 21 世纪以来也在两部著作中讨论悲剧和喜剧问题，以一种新途径对《安德洛玛克》做出解读。

本文按照时间顺序，分析 20 世纪 50 年代以来具有代表意义的夏尔·莫隆、罗兰·巴特和米歇尔·梅耶对《安德洛玛克》的解读，以期寻找三位理论家对悲剧产生原因的新解释，借此丰富《安德洛玛克》中悲剧人物的形象意义，同时探索新方法论的可能性。

一、夏尔·莫隆的精神分析解读

弗洛伊德认为，人的基本性格形成于对某些童年经历（诸如焦虑或负罪感）的无意识排斥，非理性的性欲在人的性格形成、行为和认知中发挥着决定性作用。弗洛伊德首先把人的心理结构区分为无意识（inconscient）、意识（conscient）和前意识（préconscient），又在《自我与本我》（1923）一书中进一步把人格结构区分为本我（ça）、自我（moi）和超我（surmoi）❶。

学术界一般认为，在艺术创作中，作者把自己的主观意识物化和客观化，并有意识地赋予作品一定的结构。继承了弗洛伊德衣钵的夏尔·莫隆认为，还存在一种更深层的无意识影响着作者的作品，有必要把这种隐性引导和影响作品的东西挖掘出来：它或许是戈德曼所谓的某种世界观或者"隐蔽的上帝"，抑或作者个人的某种人生体验。莫隆相信，借助弗洛伊德的精神分析学说，深埋于作者内心的无意识也许能够重见天日。莫隆从拉辛作品中寻找这种无意识的蛛丝马迹，相信这些蛛丝马迹与作者童年的个人经历有关，并在他此后一生的真实生活中不断被重温。

新索邦大学的让－伊夫·塔迪埃教授把莫隆的精神分析方法概括为：首

---

❶ "本我"由与生俱来的本能冲动组成，是人格中最难接近的原始部分，包括人类本能的性的内驱力和被压抑的倾向，本能冲动不懂什么逻辑、道德，只受"快乐原则"的支配。"自我"是人格中的意识部分，是"本我"中历经外部世界影响而形成的知觉系统。"自我"负责与现实接触，是"本我"与"超我"的仲裁者，既监督"本我"，又努力满足"超我"。"超我"是道德化的自我，是人格中最后形成的最文明的部分，它反映着儿童从中生长起来那个社会的道德要求和行为标准，它是从"自我"中分化出来的能够进行自我批判和道德控制的部分，与"本我"处在直接而尖锐的冲突中。

先"比较若干作品，找出组合网络，把顽固型和下意识性意向聚合在一起。然后通过作品追踪或者勾画这些形象，或者交代情景结构的变化情况，以期分离出'个人的神话'。个人神话与作家的无意识个性有关，与一段内在的悲剧形式有关，虽然外部因素不断地改变着这一形势，然而它总是顽强地存在着，总是可以辨认的。最后寻找与作家生平的相似点"（让－伊夫·塔迪埃2009：123-124）。

莫隆在《拉辛作品及其生平中的无意识》（1957）一书中，关心的并不是作者在创作人物时对自身或他人的有意识观察和挖掘，而是作者的内心活动如何悄悄地潜入他所构想的人物中，使他们鲜活起来。

首先，通过对作品的重叠比较，莫隆发现，《安德洛玛克》与《布里塔尼居斯》《贝蕾妮丝》和《巴雅泽》具有相同的无意识图式（schéma inconscient），即中心人物A（皮修斯）被人物B（安德洛玛克）吸引并排斥C（赫耳弥俄涅）。在这四部戏剧中，威胁来自好斗的女人，例如，对于《安德洛玛克》中的皮修斯，唯一的威胁来自赫耳弥俄涅和支持她的俄瑞斯忒斯及希腊人。

其次，莫隆还发现，在拉辛戏剧的"无意识图式"中，有一个代表"自我"的核心人物，不管他强大还是弱小，都标志着整个悲剧结构的重心。通常情况下，他是唯一与剧中其他人物有直接联系的角色，是剧作家提出问题和解决方法的目标，是争论的场域。《安德洛玛克》中的皮修斯就是这种"自我"的体现："自我"在"超我"的苛责与"本我"的冲动之间摇摆不定。"超我"的代表是与赫耳弥俄涅的婚约、皮修斯的英雄气概和以前的丰功伟绩及他的父亲阿格琉斯的威名；而"本我"的代表则是强烈的爱欲。在国家利益与个人情欲两种价值之间，哪种选择更为重要？整个悲剧的行动都与皮修斯内心的挣扎息息相关。

再次，莫隆认为围绕在中心人物周围的其他人物代表着过去或者未来，代表过去的人物具有痴迷的特点。在《安德洛玛克》中，赫耳弥俄涅和俄瑞斯忒斯分别是凶险和单纯的痴迷代表：赫耳弥俄涅被梅内拉斯许诺给皮修斯做妻子，她惧怕皮修斯与安德洛玛克的结合，希望皮修斯回心转意；在挽回皮修斯未果的情况下，赫耳弥俄涅转而希望杀死皮修斯以阻止皮修斯与安德洛玛克即将到来的婚礼。唯独钟情于赫耳弥俄涅的俄瑞斯忒斯则代表了无法控制忧伤情绪的"自我"，他是一个毫无主见、完全依附和听从于他自年轻时就一直喜爱着的赫耳弥俄涅的工具和复制品。安德洛玛克则代表着未来，她在剧中第四幕第一场与赛菲则的对话中呈现出贞洁忠实的慈母形象。这种忠贞妻子和完美母亲的人物设定把她与其他人区分开来，成了皮浪斯对幸福的梦想。忠贞妻子、完美母亲和幸福梦想是"超我"的要素，然而这种梦想"既被禁止又遥不可及"（Charles Mauron1986：34）。

综合上述三点，莫隆从中心人物（如皮浪斯）躲避"一位具有强烈占有欲、嫉妒而粗犷的女性"（如赫耳弥俄涅）而希望"获得一位忠贞、易于驾驭的弱女子"（让－伊夫·塔迪埃 2009：126）（如安德洛玛克）这一拉辛悲剧的普遍图式 ❶ 中总结出了隐藏在作者内心的一种幻觉，即由爱情激起的欲望（本我）是悲剧产生的原因并将受到惩罚。

不仅如此，莫隆还在《安德洛玛克》中找到了弗洛伊德"俄狄浦斯情结"的痕迹。在 1676 年的版本中，安德洛玛克"纯洁母亲和寡妇"的形象被披上了一层冉森主义的宗教面纱，使皮浪斯对安德洛玛克的激情变成了一种亵渎行为。俄狄浦斯杀了父亲拉伊奥斯并娶了自己的母亲为妻。同样，阿格琉斯杀死了海克托尔，作为海克托尔儿子皮浪斯的形象在悲剧中一再与海克托尔的死和特洛伊的陷落联系在一起。因此，当皮浪斯抛弃过去的束缚，运用自由选择的权利迎娶海克托尔的遗孀为妻的时候，安德洛玛克就成了一位即将被亵渎的母亲。

最后，莫隆认为拉辛的全部作品都以某种无意识图式反映了作者的心灵。透过古老的神话题材，拉辛孤儿身份的"自我"和他童年先后被姑母、祖母和修道院抚养的经历被无意识地反映出来。正因如此，才有了《安德洛玛克》中不断出现的海克托尔的幼子阿斯加纳和排斥占有欲强烈且拥有权力女性（赫耳弥俄涅）之"超我"的皮浪斯。

通过对上述解读的分析，我们可以看到，莫隆的工作是建立在严格遵守弗洛伊德理论基础之上的。精神分析批评的方法是通过对作品中无意识模式即"个人的神话"以及其中各要素的搜寻与分析找出悲剧的意义，并在作家的生平或童年时代所受到的某种压抑中寻找这种意义产生的根源。

二、罗兰·巴特的结构主义解读

罗兰·巴特 1963 年出版了《论拉辛》（Sur Racine）一书，抨击了围绕作者生平所展开的"旧批评"，反对将作者传记作为解读作者作品钥匙的方法。在《拉辛的事业》（1956）一书中以研究拉辛生命中重大事件所产生的物质和

---

❶ 这一模式同时适用于上面提到过的《安德洛玛克》《布里塔尼居斯》《贝蕾妮丝》和《巴雅泽》四部悲剧。

社会效果为目的的索邦大学教授雷蒙·皮卡尔（Raymond Picard）对巴特的解读进行了强烈攻击，将所谓的"新批评"斥为"新骗局"，从而引发了20世纪60年代法国批评界的大论战。巴特在《论拉辛》一书中究竟做了些什么，竟遭到传统批评家如此猛烈的攻击呢？

巴特在《论拉辛》的前言中，一上来就宣布夏尔·莫隆的精神分析批评对他产生了影响及他与"旧批评"的不同之处。"这里的分析和拉辛没有任何关系，仅关心拉辛笔下的英雄人物：这种分析避免从作品推论作者，以及从作者推论作品"（Roland Barthes2002：7）。这是一次刻意"封闭的"分析，它将拉辛与现实世界的一切联系隔绝开来，在拉辛的悲剧世界中分析其中的"拉辛人"（*Homo racinianus*），重新勾画出一种结构性和分析性的"拉辛人类学"（anthropologie racinienne）。

通过整理人物类型和考察戏剧情节，巴特对拉辛戏剧进行了结构上的分析。他认为拉辛的悲剧是一个由角色人物及其功能构成的完整而封闭的系统。作者以该系统作为创作的共同结构，对其进行扩展或调整，但不同的情节和人物设定都具有某种相同的功能。巴特先把拉辛的11部悲剧抽象为一部基本的悲剧，并将其比喻成一支原始部落。11部悲剧中的人物和行为都能从这个原始部落中的人物身上找到影子。在这个部落中，有手握子女命运的父亲形象，有总是被觊觎却经常无法得到的女性形象，有为了争夺父亲遗产而反目成仇的兄弟形象，有挣扎在对恐惧父亲与毁灭父亲之间的儿子形象等。而乱伦、兄弟阋墙、弑父构成了拉辛戏剧人物的基本行为。

与莫隆认为《安德洛玛克》中父亲形象已经死亡的观点不同，巴特认为通过誓言而神圣化的忠诚是悲剧中父亲形象的主要代表。巴特的"父亲"形象的定义很广："（父亲）并不一定是由血缘或性别构成的，也不一定是由权力构成的；他因他的先时性（antériorité）而存在。父亲代表过去，那些在他之后到来或他的子嗣不可避免地介入某种忠诚的问题之中"（Roland Barthes2002：31）。安德洛玛克宣誓忠于海克托尔、皮修斯和赫耳弥俄涅之间神圣的婚约都是巴特"父亲"形象的体现。与"父亲"形象相对应的是"儿子"形象：赫耳弥俄涅是紧紧团结在"父亲"周围、被"父亲"罩着的"儿子"，她是"过去"和"旧秩序"的代表并极具攻击性。安德洛玛克是一个尽管抱怨自己痛苦人生却无条件忠诚"父亲"的"儿子"。皮修斯感受到"父亲"带给他的压力和"不忠诚"带来的令人窒息的恐惧，他希望与"父亲"和过去决裂。深知"儿子"在成熟过程中所必须经历的痛苦，他选择拒绝的勇气使他最终成为拉辛笔下的英雄。巴特认为皮修斯是那些摆脱束缚把命运和自由攥在自己手中的英雄的杰出代表，尽管作为悲剧人物，他们在作者的笔下注定失败，但是他们至少为争取自由付出过努力。

在确定了拉辛的悲剧人物形象和功能之后，巴特认为"对立是悲剧世界的基本结构，甚至是悲剧的特征符号与特权"（Roland Barthes2002：36）。他把拉辛悲剧的对立结构总结为两个基本公式，即"A 对 B 有完全的权力；A 爱 B，但 B 不爱 A"。安德洛玛克是皮修斯的俘虏，后者对前者拥有完全的权力；皮修斯爱安德洛玛克，以至于为了得到她宁愿为保护安德洛玛克的儿子而反悔与赫耳弥俄涅的婚约并与全希腊人为敌。但是，安德洛玛克却不爱皮修斯，以至于用死拒绝皮修斯的爱。在权力上，安德洛玛克（B）被皮修斯（A）制约，但在情感上，皮修斯（B）却被安德洛玛克（A）制约。巴特进而认为"父亲／君王"（père/tyran）与"儿子／臣民"（fils/sujet）的对立才是拉辛悲剧的最基本结构，是拉氏所有悲剧冲突都需要的一种形式要素。"父亲／君王"是悲剧主角的局限和障碍，是后者实现自我超越、突破困境的必要条件。《安德洛玛克》也不例外：一方面，"君王"与"臣民"的对立关系在皮修斯对安德洛玛克的爱和安德洛玛克对皮修斯的恨之间制造出强烈的戏剧冲突；另一方面，皮修斯因爱而生的激情打破代表"过去"的誓言(婚约)与皮修斯之间"父亲"对"儿子"的稳定制约关系，将二者对立起来。对于因为欲望而破坏"旧秩序"的人，他只有两种选择，或杀死"父亲"，或被"父亲"杀死。不仅皮修斯，拉辛悲剧的主角都处于这种两难境地，最后都不可避免地走向死亡。

除了解读拉辛悲剧的人物角色和功能以及悲剧的基本结构，巴特还分析了推动悲剧情节发展的因素：两种不同类型的"厄洛斯"，即"姐妹的厄洛斯"（Éros sororal）和"厄洛斯 – 事件"（Éros-Événement）。"姐妹的厄洛斯"产生于幼年时代，成熟过程漫长且不易察觉。赫耳弥俄涅对皮修斯的爱、俄瑞斯忒斯对赫耳弥俄涅的爱，都是"姐妹的厄洛斯"驱动的。赫耳弥俄涅对皮修斯的爱由来已久："这王子，我过去是多么快乐地叫人张扬他的战功，在这不祥的婚约未定以前，我就暗地里把我的心许给他了，我越过多少海洋，多少国家，从那么远的地方到这里来，难道只是来要他的命吗"❶？俄瑞斯忒斯的"姐妹的厄洛斯"诞生于不经意之间："你（俄瑞斯忒斯）的爱情与我两眼的美眉曾同时生长。是你的爱情让它们头一次懂得了它们的魅力"❷。而"厄洛斯 –

❶《安德洛玛克》，第五幕，第一场。
❷《安德洛玛克》，第二幕，第二场。

事件"则是突发性的，事前没有任何征兆，它使皮修斯产生了对安德洛玛克爱的激情。在巴特的眼中，"姐妹的厄洛斯"代表着合法性和被"父亲"准许的欲望；而"厄洛斯－事件"则代表着劫持性和一瞬间的激情。皮修斯一直希望用"姐妹的厄洛斯"替换自己对安德洛玛克瞬间的激情。他认为朝夕相处是产生"姐妹的厄洛斯"的途径，因此"每天都在想方设法，以感动或吓倒他的女俘。他把她的儿子藏起来，以要杀他的头来恐吓她，逼得她痛哭流涕，而又立刻劝止她"❶，用这样的方法创造朝夕相处的效果，期待安德洛玛克最终爱上他。悲剧主人公试图从一种"厄洛斯"过渡到另一种"厄洛斯"中，推动故事情节的发展；而两种"厄洛斯"的不可调和性同样成就了拉辛人物的悲剧性。巴特最后得出的结论是：厄洛斯是拉辛悲剧表面的驱动力。悲剧人物表面上是一方对另一方的垂涎关系（relation de convoitise），但实质上却是一方对另一方的权威关系（relation d'autorité）。这种权力上的竞争导致了从爱到恨的转化，它反映的其实是原始部落中"父亲"对财产的占有欲和对权力的支配欲，以及"儿子"对"父亲"强权的嫉妒和抗争。

结构主义分析的特点是模式化和抽象化，作为法国结构主义批评的代表，前期的罗兰·巴特借鉴了莫隆在精神分析批评中重叠比较的方法，将作品抽象为作者所给出的形式，即符号的整体。他的分析不考虑文本的来源和作者的动机，而仅仅将目光封闭于作品的结构，分析其中符号所蕴含的形象和功能，并指出它们之间的互动关系。

三、米歇尔·梅耶的问题学兼修辞学解读

修辞学历经两千多年发展，多次历经辉煌时代，但在 19 世纪末跌入衰落期。1956 年比利时布鲁塞尔自由大学的修辞学家夏伊姆·佩雷尔曼（Chaïm Perelman）创立了修辞学的论据化学派，被称作新修辞学。加上法国热奈特对修辞学的研究及在修辞学名义下对叙事学的总结，修辞学在欧洲获得了新生。佩雷尔曼的学生米歇尔·梅耶为修辞学注入了问题学哲学的根基，用问题学哲学解读修辞学三要素性情（ethos）、逻各斯（logos）和情感（pathos）之间的互动关系，把修辞学带入问题学时代❷，使这门学科超越 20 世纪 60 年代的语

❶《安德洛玛克》，第一幕，第一场。
❷ 参阅米歇尔·梅耶：《布鲁塞尔修辞学派：从新修辞学到问题学》，史忠义，译，赵国军，校，《当代修辞学》，2013 年第 4 期，第 29-45 页。原文题为 The Brussels School of Rhetoric: From the New Rhetoric to Problematology，载 Philosophy and Rhetoric 第 43 卷，2010 年第 4 期第 403-429 页，Pennsylvania State University Press 出版。

言学，重新上升为领导学科。

梅耶认为修辞学其实是对问题性的表达，因为方案式一劳永逸的答案会随着历史的不断加速前进而消失，新的问题会不断被提出，人们将重新回到问题中。他们思考并在与他者的谈话中向后者（也向自己）提出问题以期得到回答，而回答又会产生新问题，历史就处于这种问题—回答—新问题的承继之中。当历史发生大变动时，原来忠实于某种"真谛"的回答、表述开始发生变化（这种"真谛"、同一性或身份被视为针对先前一个问题的回答），差异和距离出现，深入隐喻的回答便越来越具有问题性。当问题与回答的边界被混淆、出现无差异化现象时，历史加速运行中的隐喻呼唤新的回答。这是梅耶从三个不同视角对问题与回答关系的表述。

这三重关系与戏剧和《安德洛玛克》有什么联系呢？梅耶认为："无论是悲剧还是喜剧，戏剧是见证历史加速运行、各种标记变得模糊的那些时代所产生的结果。戏剧使人安心并提醒人们注意，它通过笑制造距离并通过惩罚平息焦虑……戏剧的存在是为了让人们看到因为问题与回答的混淆所引起的各种激情所产生的后果，它们既造成了幻觉和盲目，又让人能够欺骗其他人。于是，喜剧性和悲剧性共存，其目标是将这些无差异化的时刻搬上舞台并一再引起人们的警惕"❶。作为古典主义戏剧的代表，《安德洛玛克》彰显了这一时代戏剧性的结构以及其中的问题性。

梅耶首先指出，"古典主义以一种其实是当时社会和政治隐喻的秩序为特征。每个人在社会、各种关系中的位置都是很确定的，上述关系中的对称性犹如我们心灵花园所描绘的凡尔赛宫花园那样"（Michel Meyer2014：63）。《安德洛玛克》的结构符合这种对称的要求，即：

对称 1：

关系 a：皮修斯与安德洛玛克的关系 = 爱慕 / 拒绝；

关系 b：俄瑞斯忒斯与赫尔弥俄涅的关系 = 爱慕 / 拒绝。

对称 2：

关系 a：皮修斯与赫尔弥俄涅的关系 = 拒绝 / 爱慕；

关系 b：赫尔弥俄涅与俄瑞斯忒斯的关系 = 拒绝 / 爱慕。

❶ Michel Meyer, *Le comique et le tragique*, Paris：PUF, 2005, p. 10-11：*Le théâtre, comique ou tragique, est le fruit de ces époques qui voient l'Histoire s'accélérer et les repères s'effacer. Il rassure et met en garde, il crée la distance par le rire et apaise l'angoisse par le châtiment. ... Le théâtre est là pour révéler, faire voir ce qui se produit quand la confusion, l'amalgame du problématique et des réponses suscitent les passions qui causent illusion .*

对称 3：

关系 a：皮修斯与安德洛玛克的关系 = 爱慕；

关系 b：安德洛玛克与海克托尔的关系 = 爱慕。

对称 4：

关系 a：俄瑞斯忒斯与赫尔弥俄涅的关系 = 爱慕 / 拒绝；

关系 b：赫尔弥俄涅与皮修斯的关系 = 爱慕 / 拒绝。

这种由关系的隐喻性所编织而成的对称结构就成了古典主义戏剧中的基本秩序。

梅耶接着指出，尽管上面每组对称结构中的关系 a 和关系 b 看似相同，但是这种表面的相似性其实只是一种充满了问题性的类比，而类比仅仅是一种修辞手法，"从来都不是对真实同一性的一种回答方式"（Michel Meyer2005：214），其背后隐藏着真实的身份差异。早在悲剧发生之前，每个人在社会秩序中的位置都已经由其亲缘关系所决定：安德洛玛克是海克托尔的妻子，海克托尔在希腊人围攻特洛伊时被阿格琉斯杀死；皮修斯是阿格琉斯的儿子，阿格硫斯是杀死海克托尔的凶手；俄瑞斯忒斯是阿伽门农的儿子，阿伽门农是进攻特洛伊的希腊人首领，曾与阿格琉斯发生过激烈争吵；赫耳弥俄涅是海伦的女儿，海伦被特洛伊王子帕里斯抢走，从而引发了特洛伊之战。正如皮修斯所说："她（安德洛玛克）是海克托尔的寡妇，而我是阿格琉斯的儿子。深仇大恨分离着安德洛玛克与皮修斯"[1]。然而随着历史的发展，这种亲缘关系被弱化成一种隐喻，拉辛的悲剧主人公成了某个"他者"弱势的、不忠实的存在：凶手的儿子爱上了被杀之人的妻子，原本相互对立、界限分明的身份有发生去差异化的危险。

随着历史的加速发展，去差异化所带来的危险越来越明确，旧身份的隐喻也越来越呼唤一种新的回答。俄瑞斯忒斯和希腊人的到来引起了基本秩序的变化：一方面，皮修斯需要竭尽全力战胜命运，并通过去差异化制造的激情肯定自己的自由和力量。因爱而生的激情促使他罔顾身份差异带给他的束缚及打破这种束缚所要承担的后果："我知道我为你（安德洛玛克）割断的会是哪些盟誓的约束，我知道我将怎样把怨恨引爆到我身上"[2]。他决心听从他那颗"始终自主的心"要求安德洛玛克与他结婚，不再作为"他者"的影子而做

---

[1]《安德洛玛克》，第二幕，第五场。
[2]《安德洛玛克》，第三幕，第七场。

"一个不受诺言束缚的英雄（un héros qui n'est point esclave de sa foi）" ❶。另一方面，感觉被羞辱的赫耳弥俄涅，也在仇恨和嫉妒的刺激下，利用俄瑞斯忒斯对她的爱杀死了反复无常、背信弃义的皮修斯。悲剧人物为了实现自己的目的，用激情打破了对称结构中的各种关系。

尽管在盲目的激情驱使下悲剧主角挑战身份的差异和其隐喻性的行为在基础秩序内部产生了混乱，但是差异的实际效果却无法回避。因为差异和秩序都形成于历史的进程之中，它们同历史一样不可逆转和无法跨越。当单一方向的爱情没有得到另一方向回应的时候，激情试图打破对称秩序中各种关系的努力就是徒劳的 ❷，阻碍这种爱情相互性的恰恰是先前已经存在的差异和秩序。当悲剧人物拒绝其他人对他们的爱慕时，隐喻性就在激情面前分崩离析，悲剧由此诞生，差异和距离通过生离死别的方式被重新建立。因此，皮修斯和赫耳弥俄涅在剧末消失，只剩下安德洛玛克和她的儿子，最终一切又回到了秩序之中。

在对《安德洛玛克》的分析中，梅耶从问题学的角度阐释了悲剧产生的原因。简言之，随着历史的发展，一些主要的、根本的差异被隐喻化；人们对不断弱化的同一性产生了质疑，激情制造出被隐喻化的差异不再发挥作用的假象，于是去差异产生，导致了悲剧性的结局。在悲剧的功能方面，梅耶的观点与亚里士多德的陶冶理论相似，他认为悲剧的目的是将这种有害的去差异化搬上舞台，一方面向观众阐明去差异化所造成的可怕损失；另一方面则警示观众，像悲剧主角那样试图打破隐喻并违反差异的行为是悲剧性的，以便让他们在生活中远离不切实际的去差异化。

对《安德洛玛克》这三种解读方式的分析，可以让我们在更丰富的意义上理解作者拉辛和他的悲剧。夏尔·莫隆依托文本内容从精神分析角度用无意识理论解读悲剧，指出作者童年的阴影和俄狄浦斯情结是悲剧产生的原因。他通过重叠比较发现的"无意识模式"启发罗兰·巴特从形式方面考察拉辛悲剧中的符号元素与结构体系。在巴特封闭的"原始部落"体系中，"父亲／儿子、权力／欲望"的对立导致了悲剧的发生。米歇尔·梅耶的问题学兼修辞学解读为我们开辟了一条新道路，对称性和身份的隐喻体现了古典主义时代的社会特征，历史加速运行造成新的问题性并呼唤新的回答；悲剧主人公用激情强行打破关

---

❶《安德洛玛克》，第四幕，第五场。
❷ 这种单向的爱情不仅出现在《安德洛玛克》之中，也出现在《费德拉》和《布里塔尼居斯》之中。

系之对称性和追求不切实际的去差异化则是悲剧产生的原因。三种解释都有自己合理的理由，但梅耶把悲剧的原因社会化更切近社会发展的现实，可以解释当代的许多社会现象，也可以使我们更合理地解释中西悲剧的差异。学术界有一种强烈的观点：中国没有西方那样的悲剧，只有苦戏。这个问题悬而未决。今天我们可以说，中国确实没有西方古希腊阐释、精神分析阐释、结构主义符号学阐释意义上的悲剧，但我们的苦戏也是悲剧，它是社会意义上的悲剧，从社会视野的角度观之，它与西方悲剧的性质又是一致的。

参考文献

[1] 亚里士多德 . 诗学 [M]. 陈中梅，译，北京：商务印书馆，2017.

[2] 波瓦洛 . 诗的艺术 [M]. 任典，译，北京：人民文学出版社，1959.

[3] 马克思 . 致斐·拉萨尔 . 马克思恩格斯全集（第三十卷）[M]. 北京：人民出版社，1975.

[4] 郑克鲁 . 古典主义悲剧思想艺术的新高度——拉辛悲剧论 [J]. 上海师范大学学报（哲学社会科学版），2000(3).

[5] 郭宏安 . 拉辛与法国当代文学批评 [J]. 国外文学，1983(2).

[6] 让 – 伊夫·塔迪埃 .20 世纪的文学批评 [M]. 史忠义，译 . 开封：河南大学出版社，2009.

[7] 米歇尔·梅耶 . 布鲁塞尔修辞学派：从新修辞学到问题学 [J]. 史忠义，译 . 赵国军，校 . 当代修辞学，2013(4).

[8] 拉辛戏剧选 . 齐放，张廷爵，华辰，等译 . 上海：上海译文出版社，1985.

[9] Charles Mauron. *L'inconscient dans l'œuvre et la vie de Racine*[M]. Paris-Genève : Champion-Slatkine, 1986.

[10] Roland Barthes. *Sur Racine*[M].Paris, Éditions du Seuil, 2002.

[11] Michel Meyer. *Le comique et le tragique*[M].Paris: PUF, 2005.

[12] Michel Meyer.*Qu'est-ce que le théâtre*[M]. Paris: Vrin, 2014.

作者简介：沈澍，男，文学博士，厦门大学外文学院助理教授，主要研究方向：古希腊与法语文学的比较研究。

史忠义，男，陕西渭南人，厦门大学讲座教授，中国社会科学院外国文学研究所研究员，博士生导师，主要从事中西比较诗学研究。

论萨特传记作品的特殊范式

——《圣热内，喜剧演员和殉道者》的存在主义精神分析检视

项颐倩

厦门大学外文学院

内容提要：萨特撰写《存在与虚无》时即开始勾勒一种有别于弗洛伊德之精神分析的存在主义精神分析法 ❶，他运用这种方法创作了《圣热内，喜剧演员和殉道者》等4部传记作品。萨特通过对人物生平的存在主义精神分析传达一种基本的人生观：生命不是随波逐流，命运永远由个人的主动选择造就。存在主义精神分析法为传记作品的创作提供了新思路，也构成一种新的文学批评方法。

关键词：萨特；存在主义精神分析；传记

Abstract: In writing Being and Nothingness, Jean-Paul Sartre has explained the existential psychoanalysis, a different theory from Freudian psychoanalysis. With this method, Sartre finished four biographical works including *Saint Genet, Actor and Martyr*. Through psychoanalysis of the characters' lives, he concluded that fate is not inevitable. Destiny is exactly a personal choice. The existential psychoanalysis is not only a new approach for creating biographical works, but also an original way for literary criticism.

Key words: Sartre;existential psychoanalysis;biography

萨特存在主义的出现是20世纪上半叶欧洲乃至整个西方思想界的重要事件。国内对萨特存在主义精神分析法的研究比较薄弱，涉及萨特对传记文学

---

❶ 法文原文为 "psychanalyse existentielle"，字面意为 "存在的精神分析"。《存在与虚无》的中译本译为 "存在的精神分析法"。其他有关著述和论文采用过 "存在精神分析法""存在的精神分析法" 和 "存在主义精神分析法" 等译法。本文采用 "存在主义精神分析法" 出于两种考虑：凸显精神分析法与萨特存在主义的必然联系；借鉴拉康 "结构主义精神分析批评" 的中文译法。

贡献的研究更少。

萨特在小说《恶心》中已经开始表达他对传记创作的一些想法。小说主人公罗冈丹欲为罗尔邦侯爵作传，百般努力之后发觉概括某人一生实属难事。造成困境的原因并非缺乏资料，恰恰是他所掌握的资料过于丰富。但是这些按照年代构筑起来的生平资料并不能帮助他再现罗尔邦侯爵的一生。罗冈丹最终决定用虚构想象的方式来写一部关于罗尔邦的小说。萨特借罗冈丹之笔拷问传统传记作品，质疑堆砌史料的方法，酝酿以存在主义理论为出发点另辟蹊径。

萨特一生创作了4部传记作品。除了他的自传体小说《词语》(又译作《文字生涯》)，还有《波德莱尔》《圣热内，喜剧演员和殉道者》(以下简称《圣热内》，研究法国现代作家让·热内)、《家庭的白痴》(以福楼拜为研究对象)，其中后两部尚无中文译本。这几部作品的描述对象都是作家，均使用了存在主义精神分析法，这一点可从法国自传研究专家菲利浦·勒热纳(Philippe Leje-une)的《自传契约》中找到佐证(菲利浦·勒热纳 2013：93)。上述4部作品在当时肯定具有创新意义，当时每一部的出版都引发了热烈的讨论。

存在主义精神分析法是伴随萨特存在主义理论体系发展起来的一种研究人的方法。萨特最早在《存在与虚无》一书中提出存在主义精神分析法，《方法问题》和《辩证理性批判》则深入讨论并完善了该理论。理解这一方法的前提是理解萨特提出"存在先于本质"的著名论断，他在《存在主义是一种人道主义》一文中对此做了解释："我们说存在先于本质的意思是指什么呢？意思就是说首先有人，人碰上自己，在世界上涌现出来——然后才给自己下定义。如果人在存在主义眼中是不能下定义的，那是因为在一开头人是什么是说不上的。他所以说得上是往后的事，那时候他就会是他认为的那种人了"(萨特 1988：8)。这段话是萨特存在主义哲学观的核心理念，同时也是理解存在主义精神分析法的起点。其核心思想是：人的存在先于他在实践中逐渐形成的精神本质。萨特以存在主义精神分析法为工具，努力向世人证明"人对他自己所做的自由选择，与所谓的命运绝对等同"(萨特 2006：19)。所谓命运实则是人的自我造就。《圣热内》向人们展示了热内是如何从小偷转变为作家的。萨特鄙夷将所有的写作动机都归结于"崇高的雄心和不可遏制的力量"(萨特 2007：676)的观点，他以自己的方式揭开命运的真相。

一、原则、目标与方法

萨特在《存在与虚无》中提出，存在主义精神分析法的原则是整体地理解人的存在。他这样说："这种精神分析法的原则是，人是一个整体而不是一个集合；因此，他在他的行为最没有意义和最表面的东西中都完整地表现出来——换言之，没有任何一种人的爱好、习癖和活动是不具有揭示性的"（萨特 2007：688）。萨特认为，作为自为存在的自由是人类行动的首要条件，从整体的视角把握人的存在就必须把理解人的自由作为起点。

存在主义精神分析法的目标是探寻人的"原始谋划"。萨特认为，找到主体的"原始谋划"才是对之进行整体理解的关键。这时，主体各种看似荒诞不经的行为都可以得到合理解释。这里的"原始"是指不可还原的最初选择，即人的一生中有无数选择和谋划，最初那个决定其命运走向的谋划才是"原始谋划"。《圣热内》一书就是要找到促使热内走上写作之路的"原始谋划"。

存在主义精神分析的具体操作方法是"渐进—逆退"法。萨特在《存在与虚无》第四卷第一章陈述"自由是行动的首要条件"时，首次提出用"溯逆"❶ 方法还原人的原始谋划的设想："这种溯逆的辩证法被许多人本能地实践，人们甚至可以指出，在认识自身或他人时，一种自发的领会是由阐明的层次中给出的"（萨特 2007：556）。萨特进一步提出，"理解是在两种相反的方向上形成的：人们借助一种溯逆型心理分析，从所考察的行为，一直上溯到我最终可能做的程度——再通过一种综合渐进，从这种最终的可能性，一直回到正在考察的行为，并在整体形式下把握它的整合作用"（萨特 2007：559）。只有在"溯逆"基础上进行综合分析才能完成整体化的最终目标。

让·热内（Jean Genet，1910—1986）是 20 世纪法国著名作家、诗人和戏剧家。他身上打着若干惊世骇俗的烙印：小偷、同性恋和男妓。热内前半生声名狼藉，直至 1943 年其第一部小说《鲜花圣母》问世，他的文学天分展现在世人面前，其命运才得到转机。法国诗人和小说家让·科克多（Jean Cocteau）最先发现这个文坛奇才，热内曾在他的庇护之下少受一次囹圄之苦；萨特作为热内的另一位伯乐，则为他文学生涯的延伸提供了不少机遇。

萨特为热内作传并非事出偶然。两人多次深谈后，1952 年萨特决定为热

---

❶《存在与虚无》中译本把"regressive"一词译为"溯逆"，本文对"méthode progressive-régressive"这一术语统一采用林骧华等翻译的《辩证理性批判》中的译法，即"渐进—逆退法"。

内的作品全集作序。此序言就是最后以单行本出版的《圣热内》。这部近七百页的著作不但是一部对热内进行萨特式精神分析的代表作，同时也是对传统道德观的反思和拷问。萨特像做一场复杂的戏剧赏析，他用渐进—逆退法按照时间顺序回顾热内的人生进程，并把几次身份转变作为研究的几个节点，通过细致解读热内本人及其作品，最后向大家揭晓谜底，"热内是如何成为诗人的，即便他所经历的一切都指向小偷这样一个身份"（J.P. Sartre1976：101-102）。

　　萨特出于驳斥环境决定论的需要，决定选择热内作为他的分析对象。他要找到一个活生生的人，和同时代其他人一样经历了历史大事件考验的人。这个人，"他被历史的洪流挟裹着身不由己，但他依然保留说不的权利，唯有如此，才能够像一个完全入世的人一般去面对战后的各种复杂状况，有足够的决心能够重新接受处境并将之承担起来"（J.P. Sartre1976：101-102）。热内十分符合萨特的这一标准。

　　萨特在书中指出，这部作品是为了"证明经验主义精神分析和马克思主义精神分析的局限性，只有自由观才能从总体上解释一个人。个人即使受尽宿命的折磨，依然会因为对自由的向往咬紧牙关把痛苦自我消化掉，与命运抗争。我要证明所谓天赋并非上天赐予的，而是在各种逆境中自我创造出来的。我要在他的写作题材和文字风格里，乃至他的个人形象和特殊爱好里寻找蛛丝马迹，重塑他为自己选择的人生道路和价值观，以及他选择要做的那个自己。我要再现这样一个自我解放的过程。这就是我想做的，读者会证明我是否做到了"（J.P. Sartre2006：65）。萨特断定《圣热内》是他所有作品中对自由观阐述最为充分的。

二、羞耻引发的"原始谋划"

　　萨特认为每个人的生命中都有一个"原始危机"，原始危机是原始谋划的导火索。热内人生的原始危机是他的第一次偷窃行为被养父母发现时产生的。热内是私生子，出生才七个月就被母亲抛弃，继而由当地一对农民夫妇收养。热内人生中第一次偷盗行为发生在七岁 ❶，此事恰好被其养父母撞见。萨特确定这一事件就是热内人生当中的"原始危机"。萨特认为，儿童原始危机的发生很大程度上取决于父母的态度。在儿童的认知体系中，成年人尤其是父母具有至高无上的地位，父母的言谈如同神谕。萨特在《波德莱尔》中表述过

---

❶ 也有说是十岁，这里采用萨特在《圣热内，喜剧演员和殉道者》中所提供的数字。

这个观点，他这样写道："孩子视父母若神明。父母的行为和判断都是绝对正确的；他们体现普遍理性，法，世界的意义和目的"（萨特 2006：32）。

原始危机很大程度上是由"羞耻"引发的。萨特在《存在与虚无》当中论述"为他的存在"时分析了羞耻这一情绪的产生。羞耻"是对某物的羞耻的领会，而这个某物就是我。我对我所是的东西感到羞耻。因此，羞耻实现了我与我的一种内在关系：我通过羞耻发现了我存在的一个方式"（萨特 2007：282）。羞耻的原始结构是在某人面前的羞耻，某人在场的目光令我感到羞耻，即在他人面前我对自身感到羞耻。他人的在场是至关重要的，他人所引发的羞耻心是促使主体产生原始谋划的最直接诱因。

热内的养父母作为具有至高无上话语权的"他人"，导致了热内极大的羞耻感，并促成了他人生中的第一次"物化"❶。他被赋予了他所不是的身份——小偷。他没有丝毫能力去反抗这个逻辑推理：偷东西的人就是小偷。养父母鄙夷的目光将他打入地狱，小热内当时已经预感到"小偷"这一可怕的称谓将伴他终生。

萨特随即分析，热内虽然痛苦绝望但也极力维护自由，即面对他人施加在他身上的行为有所行动。小热内面对巨大的内心冲突却毫无反抗能力，他只能接受"小偷"身份，或者说主动选择了这一身份。此后的人生当中，热内却始终坚持这个选择。萨特认为，热内选择做小偷是为了摆脱小偷身份给他带来的耻辱感。这个观点看似荒谬，萨特将之解释为"自欺"，这一点我们后面详述。因此萨特认定，选择做小偷正是热内的"原始谋划"。

对于热内来说，仅仅为自己打上坏人的烙印还不足以帮助他自我解脱，写作最后为他打开了一条真正可行的救赎之路。热内跟萨特谈起过促使他写作的契机。一次他被抓进监狱，同牢房的几个年轻人是城里人打扮❷，而热内却被强制换上了囚服，他因此受到众人耻笑。其中一名嫌犯大声朗诵自己的一首诗作，那些诗句分明庸俗又愚蠢，却倍受狱中其他人赞赏。热内鼓足勇气朗读了他的诗作，然而此举使他成为众人的笑柄。热内在哄笑声中坚持读完了自己的诗作，因为他对嘲笑和负面的评价早已习以为常。

热内的文字生涯始终坎坷，他所遭受的非议从牢房里一直延伸到监狱外。人们指责他文笔粗俗拖沓、字里行间充满谎言，而实际上指责的原因只有一个，那就是有罪的人无权说话。法国当代作家莫里亚克（François Mauriac）甚

---

❶ 萨特将"物化"解释为"企图让自己在其他人眼中和他自己的眼中成为物"。
❷ 嫌犯在候审羁押期间可保留自己原来衣着。

至认为热内应该永久保持沉默。而萨特为之辩护，他认为热内恰恰因为其独特的语言才应该被称为诗人，作家或诗人雕琢自己的文字从来都不应该只为取悦读者。他说"这就是诗人热内。人们应该清楚这一点，他的诗歌并不是什么艺术品，这是他的自我救赎，他的生存方式"（J.P. Sarter 2006：312）。

萨特考察热内所有作品之后指出，热内创作的动力是自我感动，他的作品不需要读者，因为他没有与他人交流的意愿。热内早期作品主要是诗歌，之后开始创作小说和随笔。他的小说如《鲜花圣母》和《小偷日记》带有典型的自传特征，同时也具有相当多的虚构成分。随笔是表达观点、坦露心迹及与读者交流的理想载体，而热内的随笔作品中依然充斥着虚构的情节和虚假的情绪。萨特认为，热内作品中很多大段单调的咏叹，更多是针对他想象中的听众。他与语言文字的关系恰如瘾君子与毒品的关系，他的文字创作仅仅只为了体会一种私密的喜悦和满足。因此萨特这样解释热内的创作动机："他说话是为了听到自己与自己交谈，像和别人那样；而他写作，是为了能够阅读自己写下的东西"（J.P. Sarter 2006：474）。

萨特研究热内作品中的主题后证实了其原始危机的存在。在"流浪""贫穷""母亲""爱"与"死亡"等主题中，"死亡"出现得相当频密。在热内作品中，死亡的体现可以是葬礼，如在《鲜花圣母》和《盛大的葬礼》中；也可以是死刑，如《玫瑰奇迹》中囚犯们的死刑行刑。萨特认为，热内笔下的死亡始终跟他生命的原始危机联系在一起。热内把死亡视为一种象征，象征着他的孩提时代，宁愿在命运的利刃将他斩杀之前就死于孩提时代。热内偏爱用葬礼的形式来庆祝诞辰，这里面的寓意不言而喻：将过往全部埋葬，一切重新开始。热内在《玫瑰奇迹》中这样描写梅塔耶的死刑："梅塔耶被执行死刑那天就像过节，那气氛与献祭后的纵情狂欢一般无二。我深觉周围少年们的欢悦心情仿佛醉酒之后的忘乎所以，近乎残忍。"（Jear Genet 1946：305）在热内的笔下，死刑丧失了恐怖的气息，少年犯们用狂欢的方式将之演化为献祭后的重生。

三、作恶与自欺

身上打着"窃贼"与"同性恋者"烙印的热内是万夫所指的坏人，然而在这个坏人身上恶与美发生了不可思议的关联。萨特在他早期的著作《想象心理学》中从现象学的视角阐明了他对美的观点。他指出，"我所称为美的，正是那些非现实对象的具体化"（萨特 1988：287）。萨特否认自然美和社会美，他认为美是想象的产物。而想象的世界也是对现实的逃避。梅洛－庞蒂对想象或者幻想也有类似的定义，"当主体处在这种存在的绝境中时，与其承认失败或走回头路，还不如砸碎阻碍他前进的客观世界，在幻觉活动中寻找一种象征性满足"（莫里斯·梅洛－庞蒂著2005：121）。萨特认为审美活动本身就是超越和虚无化。

热内在虚拟的舞台上实现了审美。萨特将热内定义为喜剧演员，因为热内始终尽职尽责地扮演窃贼的角色。他依靠戏剧的强大力量进行想象和"自欺"，想象出来的舞台世界帮他逃避了他人的目光。在表演的过程中，热内生平第一次与美相遇。恶与美之间唯一的桥梁正是想象。审美是虚无化的过程，可以偏离正常的伦理道德标准，是热内实现自由的途径。"他的目的很简单，那就是将现实世界和他本人压缩成为一个想象中的游戏。他会隐藏他的真实意图，声称自己是美的爱好者：想要愿望得到满足自然要会甜言蜜语。但是审美主义从来都不是来自对美的无节制的热爱，而是源于怨恨。那些被社会抛弃和边缘化的人，青少年、妇女和男同性恋者，他们会试图否定这个否定他们的世界。他们之所以会承认价值观至上，那是因为价值观摧毁一切存在"（J.P.Sartre 2006：15–16）。

萨特指出，波德莱尔与热内的相似之处就在于他们的审美观都是对恶的审美。萨特这样写道："热内不但遭受痛苦，而且成为折磨自己的行刑者，他这么做是为了让那些好人们感到耻辱；正如波德莱尔自我虐待目的是为了让奥比克夫人 ❶ 羞愧"（J.P.Sartre 2006：180）。波德莱尔与热内对于恶的爱好都是一种对自为存在的要求，努力成为别人眼中的样子可以为他们带来超越自身的快感。热内对"恶"的皈依是自欺行为的一种具体显现。自欺的目的是逃避现实中不能逃避的困境，逃避他人指认的身份。这就是"自欺"中"我是我所不是"和"我不是我所是"的逻辑。热内的作恶行为也具有自欺属性，它是由身体来执行指向意识的撒谎行为。自欺的人通过做坏事来欺骗自己，通过意识的自我否定来告诉自己：我不是一个坏人，我只是为了当坏人才作恶。

热内的自欺行为从第一次偷窃行为被发现就开始了，他承认自己是窃贼的身份，并暗自承诺将终身做窃贼；后来的男妓、同性恋及叛徒的身份标签，他一概接纳下来，并且勤勉地履行这些身份属性所要求的行为模式。萨特笔下的热内终其一生都在与所谓的"善"作对。偷窃、同性恋，甚至是文学创作，在热内看来都是他同社会约束以及传统价值观抗争的武器。唯有如此他

---

❶ 波德莱尔的母亲，1828年改嫁奥比克将军，从夫姓。

才能够从童年所经受的物化中脱身出来，才能找到属于他自己的尊严。既然别人认定他是坏人，他的对策就是，他必须做尽坏事以符合别人眼中他的形象。然而他在内心深处将自己判定为圣徒、殉道者，他因此体会到不为他人所知的私密的喜悦。他对恶的追寻是一种病态的执着，与波德莱尔的黑色审美相似，近乎是对恶的苦修。

笔者以为，这种对恶的审美事实上依然是相对于传统审美和传统价值观而言的。这种审美爱好是热内对他所遭受的那种原始危机的回应。用萨特的话说，热内偷盗是为了做一个合格的小偷，他做坏事是为了当一个合格的恶人，而他的一切举动都是为了证明自己的属性。萨特这样解释，"为了证明自己是谁而做出的行为，就不再是一种行为，而是一个动作。确切地说，坏人是为了想作恶而作恶，对他们来说作恶是不需要条件的。而热内是为了当坏人而作恶。那么作恶就不是他的终极目标。作恶只是他用来昭告他坏人身份的手段。他若是不作恶就不能称得上坏人：他只是在做一个坏人"（J.P.Sartre 2006：87-88）。热内自己在《犯罪的孩子》一书中大声为他的童年和同类辩护，同时无比自豪地宣告他选择与罪恶站在一起。

萨特对热内的善恶观进行了解读。萨特认为世界像一座博物馆，而我们每一个人都是博物馆的管理员，只有收藏、维护、修缮和复原才是合理的、被允许的行为。现存的制度总是比那未曾存在的制度要完善。现存的才是善的标准。凡是特立独行的注定与善无关，不按照既定标准行事的人注定不是好人。

萨特将善恶解释为差异性，他人与我之间的差异性是善恶有别的根源。"因此，坏人就是他人。恶是非主流、边缘化、鬼鬼祟祟的，只有用眼角的余光在他人身上才能捕捉到。在战争期间最容易感知到恶的存在：与我们立场不同的人就是敌人；我们是用自己的想法去揣度敌人的；我们按照自己的猜测为敌人布下陷阱；敌人是我们的双胞胎兄弟；是我们在镜子里的影子。我们的某些行为被称作善举，然而一模一样的行为若是敌人做出的，在我们看来却无比可憎。所谓的坏人就是这样的。在战争期间，好人越发立场坚定；也正是在战争期间，才不会出现那么多疯子。不幸的是人们没法天天打仗，和平也是必要的调剂。在和平的日子里，人们只能发挥聪明智慧制造出一些职业坏蛋。对于好人来说，这些'坏人'有其存在的必要，正如烟花女子之于良家妇女的意义"（J.P.Sartre 2006：163）。对于热内来说，善的同义词就是趋同，是相似。恶就是差异，就是"他人"，而热内恰恰是好人们眼里的"他人"。萨特的这些话并非都是普遍真理，有许多话在他的逻辑推理中才是有道理的，我们不能把它们绝对化，重要的是理解他的思路。

四、传记的新思路

笔者研究热内及其作品后注意到，热内与命运相对抗的方式的确是反常规的。他从童年第一次偷窃之后走上所谓"歧路"，后来偶然被写作吸引，进而回归"正途"。写作帮助他宣泄内心隐晦的情绪，同时促使他找到自己的社会位置并实现个人价值。对于普罗大众而言，他是奇迹和无解的谜。最终萨特作为真相披露者出现在他面前。热内曾表示《圣热内》一书扒开了他坚硬的铠甲，他为此感到惊慌失措。他在给科克多的绝交信中这样写道："你和萨特给我定了性，但我并非你们说的那样。我必须要说些什么"（A.DICHy：20）。热内对善与善意始终保持距离，即使背上"忘恩负义"●的恶名也在所不惜。可见对热内而言，"歧路"与"正途"并不能根据普世的道德标准来定义，他的所作所为仅仅是为自己负责。1860 至 1940 年，热内待过的社会救济院接纳过 25 万个孩子，这些孩子当中只有热内成了作家，且是具有世界知名度的作家。

从表面上看，圣热内似乎死要面子，一直硬到底并没有表示自己要痛改前非决心向善了，萨特也只是揭示了他的人生秘密，并没有对他和年轻一代循循善诱。这是一种肤浅的看法。从圣热内的角度视之，他通过终日写作确实走上了正途，学术界从有关他的传记研究材料中再没有发现他有盗窃等恶行的记录。虽然他不愿公开承认自己从何时开始浪子回头、向善实践，但宣泄内心隐晦情绪实乃一种告别过去的方式。面对萨特的《圣热内》一书他感到惊慌失措的态度说明他"内心荏苒"的底线开始崩溃了。当他表示自己与科克多两清了，实际上也表示他与自己的过去、与人们心目中那些恶的形象两清了。社会救济院 25 万个孩子中只有他成为著名作家是他后来悔改、和向善实践的成果。而萨特写这部长 700 多页的奇特著作并非要给年轻一代树立一个恶的榜样，他给圣热内上了一道紧箍咒，把他从此置于全国人民的监督下，也向青年人指出了一条寓意丰富的向善途径。

萨特发现了这个文坛奇才并被他深深吸引，他断定所有的人生奇迹均非偶然，并力图用他的方法来揭示偶然中包含的必然。他从探寻热内的童年经

● 在这封绝交信中，他对科克多说："您可能会觉得我忘恩负义。我曾经欠您很多，现在我什么都不欠您了。"

历入手，发现了热内人生的原始危机跟他第一次盗窃行为密切相关，并通过逐步深入的分析最终综合归纳出热内的原始谋划就是要做他人眼中的自己，即一个与"恶"为伍的人。而写作对于热内来说与偷窃具有同一性质，是自我救赎和宣泄的途径。至此，热内离经叛道的人生经历与他天才的写作能力之间形成的巨大反差终于得到了合理解释。笔者认为，萨特开辟的这条特殊的传记创作之路具有不同寻常的意义，在方法上既是继承也是颠覆。

在西方文学史上，"传记"这一体裁最早可以追溯到古希腊。在希腊语中，"传记"一词意为"书写人生"。史学家和作家为哲学家与政客们撰写人生记录。如著名传记作家普鲁塔克的《希腊罗马名人传》，罗马帝国时期的历史学家苏埃托尼乌斯（Gaius Suetonius Tranquillus）所著的《罗马十二帝王传》。

中世纪欧洲出现了大量的圣徒传，其中较为出名的是意大利热那亚第八代总主教雅各·德·佛拉金（Jacobus de Voragine）所著的殉教者列传《黄金传说》，这类圣徒传记为宣扬和传播基督教起到了不可忽视的作用。文艺复兴时期的传记延续普鲁塔克的风格，记录的对象依然是著名的政客、圣徒、艺术家和学者。这些作品是对名人的礼赞，同时具有教化作用。

从18世纪开始，启蒙运动支持人们寻找在世的幸福，因此真实的世俗人群开始成为传记书写的对象。苏格兰作家詹姆斯·鲍斯威尔（James Boswell）写出了英语传记的巅峰之作《约翰逊传》。在法国，作家们尝试描写一些非主流的异类或小人物的生存状态，如夏多布里昂所著的《朗塞传》描绘了一位尝试进行宗教改革的神父。法国宗教史学家勒南（Joseph Ernest Renan）撰写的《耶稣传》则把耶稣描绘成一个人而非一位神。到了18世纪下半叶，自传作为传记的一个分支类型在大部分欧洲国家同时出现（菲利浦·勒热纳2013：55）。19世纪在现实主义和浪漫主义的共同影响下，法国的传记文学呈现出更为丰富多彩的面貌，巴尔扎克的《人间喜剧》另辟蹊径，在呈现世间百态的同时描画典型人物形象的一生。19世纪传记创作的另一个特征就是向批评化转向。法国著名文艺理论家圣伯夫主张通过复述作家人生进而解释和理解其作品。普鲁斯特对圣伯夫的驳斥一度使法国乃至欧洲文坛对传记创作兴趣大减。

20世纪的传记创作显现出新的特征，即精神分析与心理学首次与传记文学结合起来，以1910年弗洛伊德发表的《达·芬奇对童年的回忆》为代表。这种新的表现形式极大地拓宽了传记文学的研究范围与深度。弗洛伊德的继承者为数众多，其中法国精神分析学者拉福格（René Laforgue）著有《波德莱尔的失败》，但是该著作因其过于侧重病理分析在当时评论界饱受批判；奥地利作家茨威格（Stefan Zweig）作为弗洛伊德的友人，深受其心理学理论的影响，先后创作了《玛丽·安托瓦奈特》及《玛丽·斯图亚特》等具有浓厚精神分析色彩的传记作品。20世纪50至70年代，精神分析类型的传记创作进入了黄金时期。心理学家和文艺批评家纷纷加入进来。英国心理学家欧内斯特·琼斯（Ernest Jones）撰写了第一部弗洛伊德的传记；美国精神分析学家埃里克·埃里克森（Erik Erikson）著有《少年路德：精神分析和历史的研究》；英国作家派因特尔（George D. Painter）运用精神分析法写出了普鲁斯特、安德烈·纪德和夏多布里昂等人的传记；加拿大传记学家利昂·埃德尔（LeonEdel）的经典之作《亨利·詹姆斯传》也是运用弗洛伊德精神分析的成果。

显而易见，弗洛伊德精神分析理论对现当代传记创作产生了非常深远的影响。萨特曾学习过弗洛伊德的经验式精神分析法，他首先承认该理论的合理性，特别是肯定童年经历对人生的重大影响。但是他对这套理论体系的批判也是毫不留情的，认为弗洛伊德精神分析最主要的弊端在于性驱动力即性本能的理论使得一切人类情感都有了统一的解释。他指责道："经验心理学，在以人的欲望来定义人时，仍然是实体幻觉的牺牲品。他以为欲望是作为人的意识的'内容'在人之中，并且相信欲望的意义固有地在欲望本身之中。于是它避免了一切可能引起一个超越性的观念的东西"（萨特2007：676）。萨特认为这种重视性本能和无意识的机械解释学理论并没有达到普遍解释的目的，反而扼杀了人与人之间的差异性。萨特希望找到一条不同的研究之路，对人的行为及所谓命运做出合理的解释，这就是存在主义精神分析法。

人们对内容真实性的质疑不单针对自传作品，所有类型的传记都需要面对有关真实性的诘问。在萨特看来，各种史料与数据堆砌出来的人生不等同于真相，那些根据表象所做的主观臆想更不靠谱。有些传记的作者发掘人物的各种珍闻轶事，人物因此被塑造得生动逼真，然而这样的传记非但不能披露真相，反而有混淆视听的嫌疑。真相究竟何在，萨特认为需要有切实可行并且科学的方法，弗洛伊德的方法也被他摒弃，他要创作的是叫作"真实小说"的传记作品。对于如何填补人生中不曾被记录的时间空白，萨特认为虚构不失为一种恰当的方式。评论家或者传记作家可以通过想象重新构造人物的一生，尝试探究人物秘而不宣的灵魂世界。而这一点恰恰弥补了一般传记所缺乏的"真实性"。由于虚构是小说创作的基本手法，所以萨特将他的传记作品称作"真实小说"。

1971年萨特接受访谈时第一次提到"真实小说"这一概念。他说："我愿意人们把我的研究著作当成一部小说来读，因为它的确讲了一个人的修业故事，他的学业导致他终生的失败。同时我希望人们在读它的时候想到这些都是真的，这是部真实的小说"（沈志明2005：353）。萨特在《圣热内》以及其他3部传记作品中，通过存在主义精神分析法解释作家们的人生及他们与写作的关系。萨特最终得出的结论是，是童年时代经历的原始危机引发了原始选择，即终其一生寻找挣出樊笼的途径。最终他们与写作相遇，通过写作与世界重新建立联系，并因此获得他们想要的自由。

五、结语

萨特的"真实小说"并非完美，包括《圣热内》在内的4部传记作品从问世就饱受非议。人们质疑书中使用的各种文献资料的真实程度，并对其中不计其数的谬误及萨特杜撰出来的情节表示愤慨，甚至认为作品缺乏严肃性。萨特为自己辩护的同时坚持认为，人不是日常事件堆砌而成的集合体，每一个细小事件或者人生细节都隐约折射出个人命运的走向，只有运用"渐进—逆退"的方法才能够实现对所谓命运的整体化理解。因此他认定，这几部作品的主人公包括他自己在内，都是通过自我选择才走上写作之路的。

存在主义精神分析法不但可以作为传记创作的新方法，同时也是一种有效的文学批评方法。传统精神分析法已经广泛应用于文本和作家批评，如弗洛伊德本人所著《创造性作家与白日梦》《〈俄狄浦斯王〉与〈哈姆雷特〉》、《米开朗基罗的摩西》《陀思妥耶夫斯基与弑父》等文学评论；琼斯运用俄狄浦斯情结分析《哈姆雷特》，发表了《俄狄浦斯情结：对哈姆雷特秘密的解释》一文。弗洛伊德的友人玛丽·波拿巴（Marie Bonaparte）对艾伦·坡（Edgar Allan Poe）的研究，她通过文本分析来挖掘作家童年经历所造成的心理影响如何投射到作品里。20世纪30年代开始出现新精神分析派，其代表人物法国精神分析学家拉康（Jacques Lacan）、美籍德裔哲学家埃里希·弗罗姆（Erich-Fromm）和美国文学评论家霍兰德（Norman Holland）先后向传统精神分析发起挑战。传统精神分析强调无意识的作用，而新精神分析批评与语言学、哲学、社会学理论相结合。在国外的精神分析研究领域，存在主义精神分析法因其与萨特哲学体系的联系被称为萨特的精神分析法，从未被纳入新精神分析流派，然而不可否认的是，从方法特征方面看，存在主义确实是一种新的精神分析方法。

此外，笔者认为了解作家与其作品是一个双向互动的过程。在研究作家的时候可以把作品纳入材料范围，而作家的人生轨迹又可以体现在作品中。在对热内的研究上，一些学者通过考察作家本人及其作品，认为热内对于"恶"的爱好源于其对社会规范的抗争，但是浪子如何由犯罪者蜕变为著名作家，上述研究却没能揭开其中的心理根源。萨特将作家的原始危机与其后来的人生轨迹联系在一起，进行了丝丝入扣的分析解释，帮助读者既理解其人亦明白其文。从这个层面来说，萨特的存在主义精神分析法也为文学批评提供了新途径。

参考文献

[1] DICHY A. Chronologie dans *Le Magazine littéraire*, N⑤ 313, Paris.

[2] GENET[J]. *Miracle de la rose*[M]. Paris, Gallimard, folio, 1946.

[3] GENET[J]. *L'Enfant Criminel*[M]. Paris, Gallimard, 2014.

[4] SARTRE J.P. *Saint Genet, comédien et martyr*[M]. Gallimard, 2006.

[5] 菲利浦·勒热纳. 自传契约 [M]. 杨国政，译. 北京：北京大学出版社，2013.

[6] 莫里斯·梅洛 – 庞蒂. 知觉现象学 [M]. 姜志辉，译. 北京：商务印书馆，2005.

[7] 萨特. 存在主义是一种人道主义 [M]. 周煦良，唐永宽，译. 上海：上海译文出版社，1988.

[8] 萨特. 想象心理学 [M]. 褚塑维，译. 北京：光明日报出版社，1988.

[9] 萨特. 波德莱尔 [M]. 施康强，译. 北京：北京燕山出版社，2006.

[10] 萨特. 存在与虚无 [M]. 陈宣良，等，译. 北京：生活·读书·新知三联书店，2007.

[11] 沈志明. 萨特文集 (第 7 卷) [M]. 北京：人民文学出版社，2005.

作者简介：项颐倩，女，文学博士，厦门大学外文学院讲师，主要研究方向：法国文学与中法比较文学。

德语文学

多重女性形象丽丝珀的呐喊和抗争意义

刘　莎　史忠义

浙江越秀外国语学院

摘要：本文以海因里希·冯·克莱斯特的中篇小说《米夏埃尔·科尔哈斯》主人公的妻子丽丝珀为对象，分析其女性形象之多重、矛盾、突兀性格在小说情节发展和社会现实中所发挥的呐喊和抗争作用，肯定作家及其作品反映18世纪中期德国政治制度、社会阶级、法律体系与社会现实之间突出矛盾的文学意识和技巧。

关键词：克莱斯特；米夏埃尔·科尔哈斯；丽丝珀；女性形象

基金项目：2017年浙江省教育厅科研项目"克莱斯特和鲁迅笔下女性形象的比较研究"，项目号：Y201635878。

一、引言

《米夏埃尔·科尔哈斯》是德国18世纪著名剧作家、中短篇小说家海因里希·冯·克莱斯特最长的中篇小说，讲述了马贩子科尔哈斯受到不公正待遇、寻求法律解决无门、遂采取极端叛逆行为的故事。克莱斯特的写作风格独树一帜，不仅带有浪漫主义神秘色彩的特点，同时又有强烈的现实主义意指或寓意。作者突出日耳曼民族优越的国粹意识，作品内容大多取材于古希腊、罗马和古日耳曼的历史，侧重人物心理刻画。他的中短篇小说情节曲折离奇，悬念迭起，结尾往往出人意料而又合乎情理，人物个性形象鲜明，女性形象更是处于众星捧月的地位。丽丝珀就是这样一个女性形象。

二、女主人公的性格特征

在小说《米夏埃尔·科尔哈斯》中，虽然克莱斯特对科尔哈斯的妻子丽丝珀用笔不多，但用心精到，随使后者的形象鲜明、多重、矛盾、突兀。她把对丈夫和孩子的爱及家人的安全放在首位，却又本能地赞同丈夫的主张寻求公正，依然挺身而出、替丈夫递交请愿书，为此牺牲了自己年轻的性命。这个形象融合了五种不同的身份及其转折。

1. 中间人

马贩子米夏埃尔·科尔哈斯在通往萨克森邦的路上被一个温策尔·封·土伦卡城堡的大地主拦住，后者声称，他必须出示一张护照才能通过关卡，而科尔哈斯之前从未听说过这个要求。经过协商，科尔哈斯不得不留下他的马和马夫作为通过关卡的质押。然而他离开不久，马夫就遭受暴打，当然马也被赶去田里干活。科尔哈斯决定为他的马夫和马讨回公道。他把自己的打算告诉了妻子丽丝珀，得到了她的全力支持：她说，总还有一些其他的旅客，或者不像他这样能忍耐的，也会经过那座堡塞；像这样非法的行为，上帝应该出来阻止才是；他为打官司所需的费用，她总会筹出来的。科尔哈斯称她是他能干而主持正义的妻子，当天和第二天，他同她和他们的孩子们过得十分快活；他的事务一容他分身的时候，他便动身到德累斯顿城去，向法院提起诉讼。❶

在这段文字中，克莱斯特不只刻画了一个并非隐忍、而是支持丈夫的女性形象，她还敢于表达自己的观点。她的支持不仅基于对丈夫伸张正义的理解，还有她对上帝的信念，相信上帝一定会站在她丈夫这一边，支持他的计划。

但是在后面的几段文字中，丽丝珀好像发生了变化，不那么确信丈夫的计划："为什么你要把你的房产卖掉呢？……最亲爱的丽丝珀，因为我不情愿在一个这样的国家里住下去，它不想保护我的权利。……我绝对相信，我的妻子在这点上是和我的想法一样的。……所以我希望，如果能够做得到，你便离开我一些时候，带着孩子们到施威林城去，到你姑母那里去……。"❷其实，这是在评估伸张行为和处理方式上的差异和分歧，丽丝珀还没有把形势估计得那么严重，她觉得丈夫的想法很突然，于是不再服从丈夫的请求。截至这时，她还没有直接站出来，处于一个中间人的角色，直接的当事人是丈夫和城堡的大地主以及即将面临的司法机关。

2. 恐慌者

丽丝珀明确知道，她丈夫非常具有正义感，她听完丈夫计划之后的反应

---

❶ 杨武能：《克莱斯特作品精选》，赵登荣译，译林出版社，2007，第14-15页。
❷ 同上，第22页。

就像克莱斯特作品中女性在极端情况下通常会做出的反应一样：面红耳赤，绝望并且哭泣。"她的话被恐怖窒息了……'噢！我懂得你的意思了！'她叫着。'你现在除武器和马匹外，别的什么都用不着了；所有其他的东西，谁想要，都可以拿去！'……'最亲爱的丽丝珀呀，你这是干什么？上帝把妻子儿女和产业赏赐给了我，难道是叫我今天初次希望改变这种现状吗？'——他和颜悦色地坐到她的身边来，丽丝珀听见这番话，面红耳赤地勾着他的脖子。"❶丽丝珀的这种态度看似是一种突转，其实却在情理之中。当丈夫让自己带着孩子去姑母家常住，敏感的女人多会过度联想。"面红耳赤"一词在这里是多义的，丽丝珀第一次面红耳赤时，是出于误解、气愤和失望；听过丈夫和颜悦色解释之后的面红耳赤尚不明确，羞涩、爱呢和依然不明白兼而有之。笔者以为，这种状态或可称作"间歇"状态。

德国学者赫尔米尼欧·施密特（Herminio Schmid）写过一本名为《海因里希·冯·克莱斯特：自然科学作为文学创作的准则》（*Heinrich von Kleist: Naturwissenschaft als Dichtungsprinzip*）的书，对克莱斯特的作品做出以下解释："克莱斯特诗一般的作品受到了从18世纪开始的自然科学发展的启发。"18世纪伊始，人们开始研究电学，并确定了三个概念：电压、守恒和间歇。间歇意指持续变化的对立性中形成的短暂的静止时刻。根据施密特的说法，"克莱斯特笔下的人物在这一时刻被描绘成身处精神完全崩溃的境地，这时她根本无法摆脱当时的情形去做出正确的决定。"❷

丽丝珀得知丈夫想把自己送去亲戚家，还可能卖掉房产，精神几乎快要失常时，就是这种状态。当科尔哈斯拥抱着妻子，试图让她平静下来时，这种状态依然在持续。施密特谈到，人正是在这种间歇情况下才会做出错误的决定。当时，丽丝珀突然产生了一个念头："丽丝珀说，'她有一个主意了！'她站起身来，擦去眼泪，问靠着写字台坐了下来的科尔哈斯，是否愿意把请愿书交给她，让她替他到柏林去呈递给选帝侯。"❸

后边这种冲动依然是间歇状态。科尔哈斯没有识破这种间歇的真面目，反而被它所感染，他接受了妻子的意见。接下来的突转再次出乎读者的意料：当她亲自去递交请愿书，为丈夫的马和马夫伸张正义，站在选帝侯面前时，被一个守卫用一根长矛打倒在地。这里引出的巨大联想空间和寓意是：为什

❶ 杨武能：《克莱斯特作品精选》，赵登荣译，译林出版社，2007，第24页。
❷ Vgl. Herminio Schmid, Heinrich von Kleist: Naturwissenschaft als Dichtungsprinzip, Stuttgart: Paul Haupt Berne, 1978, p.118.
❸ 同注释❶，第22页。

么？这是什么样的法律体系？选帝侯是一种什么人物形象？又是什么体制的象征？当时的德国何以会有这样的产物？这种状态难道不是广义的"制度间歇""社会间歇"和"人性间歇"吗？

3. 基督教信徒

当丽丝珀生命垂危时，她拿着《圣经》，指着其中一个句子给坐在她床边的科尔哈斯看："饶恕你的敌人；而对于仇恨你的人们，你也要这样做。"——她用一种充满热情的目光望着他，握着他的手，便去世了。❶丽丝珀希望在世间最后一次充当调解人，把她丈夫和孩子的生活以及获得的正当权利交到上帝手中。丽丝珀"饶恕敌人"的愿望几近一厢情愿，自欺欺人，然而这种愿望与希望把丈夫和孩子的生活交到上帝手中的想法之间却没有信仰的"间歇"，是《圣经》的普遍说教和天真的信徒们的普遍行为。但是科尔哈斯似乎更聪明、也更执着，他心里想：上帝永远不会这样饶恕我的，像我饶恕大地主那样！他不完全相信上帝，他想要为他的妻子、马夫和马匹报仇的愿望依然强烈。从对比的角度讲，这对夫妻在信仰方面出现了"间歇"。

4. "公爵夫人"的地位

德克·格拉特霍夫（Dirk Grathoff）在他的文章里分析《米夏埃尔·科尔哈斯》时谈到："1800 年前后，马匹、马夫和妻子在当时特定的社会视角看来不再是客体。与此相反，科尔哈斯不仅将他的马匹、马夫，还有他的妻子都视作主体，但是，这个主体地位由于不可抗力被降格为客体。"❷从中可以看出，克莱斯特对法国大革命的失望。我们知道，克莱斯特、荷尔德林、海涅等人都曾赋诗赞扬大革命。在法国大革命中，人们被许诺能够获得主体地位。但是大革命并没有获得这样的实际结果，尤其没有传播到德国。克莱斯特在生活和事业上屡屡不能如愿而绝望，1811 年与女友亨丽特·福格尔一起自杀于柏林郊外，留下了一部最奇特的浪漫主义悲剧《彭特西勒亚》(*Penthésilée*, 1808) 和剧作家最动人心魄的剧作《洪堡王子弗里特里希》(*Prinz von Homburg*, 1810)。克莱斯特在写《米夏埃尔·科尔哈斯》时布尔乔亚式的主体地位更殷切，表现得更极端，他不仅炫耀他的马匹、马夫和妻子的主体地位，而

---

❶ 杨武能：《克莱斯特作品精选》，赵登荣译，译林出版社，2007，第 24 页。
❷ Vgl. Dik Gralthoff, *Michael Kohlhaas* , In Kleist: Geschichte, Politik, Sprache. Aufsätze zu Leben und Werk Heinrich von Kleists, 2008, p.62.

且加倍实施他的计划："他为妻子料理后事，葬礼之隆重好似替一位公爵夫人办的，橡木的棺材，包着厚厚的金属，丝绸做的枕头，有金银线的穗子，一个八尺深的墓穴，用石块和石灰铺垫起来。"❶ 这段话借用小说主人公对妻子的态度，彰显作者对大革命理想效果的期盼和对布尔乔亚生活的憧憬，也是对妇女社会地位低下之社会现实的批判。顺带对马匹的炫耀或张扬有点"泛神论"的意味。然而，如上所述，期盼愈切，伤害也愈深。

5. 转世的吉普赛女人

丽丝珀去世后以一名为人占卜的吉普赛妇女的形象再次出现。当时科尔哈斯正在从勃兰登堡被移交柏林，在柏林将对他进行一场貌似公正的审判。途中，一位吉普赛妇女将一个铅匣暗中塞给他，铅匣里的小纸条上写着德累斯顿世族丢失王位的时间和原因，它可以带给科尔哈斯力量，来对付可恨的萨克森选帝侯。科尔哈斯发觉这位吉普赛妇女很像他死去的妻子丽丝珀："不仅她的外貌，她那一双手，而且她那枯槁的风姿，特别是她说话时的习惯，这一切都使他想起丽丝珀来；他看见她的脖颈上也有一颗黑痣，同他妻子的黑痣一样。"❷

科尔哈斯以为，妻子认为她在世时没能帮助到家庭，死后以吉普赛女郎的形象现身，试图再次解救她的家庭。虽然她无法阻止丈夫死亡的命运，却可以避免他失去自尊心。于是在科尔哈斯被砍头前，"他将挂在胸口前的匣子解下来，猛地一步迈到萨克森选帝侯面前，使他身旁的卫兵都大为惊异；只见他把字条取出来，启了封，从头到尾看过一遍，眼睛注视着帽子上插着蓝色和白色翎毛的人，那人现出喜不自胜的神情，他却把字条放进嘴里，一口吞下肚去。"❸ 这样，德累斯顿世族也就无法得知它的未来，而科尔哈斯却带着吞下字条所获得的复仇成功的喜悦而辞世。

德国学术界对吉普赛女郎现身的情节看法不一，有的认为这个形象纯属多余，可以放弃。但如伯恩哈德·里格尔❹则从吉普赛妇女身上看到了男性的性格特征，如与金钱打交道、通过预言来表现力量等，这些特征对抒写她在解救家庭时的荣誉感是有帮助的。

---

❶ 杨武能:《克莱斯特作品精选》，赵登荣译，译林出版社，2007，第24页。
❷ 同上，第81页。
❸ 同上，第87页。
❹ Bernhard Rieger, Geschlechterrollen und Familienstrukturen in den Er zählungen Heinrich von Kleists, Frankfurt am Main, 1985, p.111.

　　笔者以为，吉普赛女郎也是一个多义的形象。作为新教教徒的丽丝珀垂危之际曾经给丈夫看圣经里"人应该宽恕敌人"的句子，却没有换来敌人的慈悲。她可能有点醒悟，有点悔过。给丈夫暗赠铅盒、透露德累斯顿世族丢失王位之时间和原因的举止既给丈夫以力量，也表达一种对恶的愤怒，形成一种人神同愤的气场。基督教的悔过精神与爱、复仇、英勇等人类的优秀品格，和谐地呈现在丽丝珀与其丈夫的身上。

三、结语

　　克莱斯特的小说和戏剧对人类社会的结构、观念、情感经验和人与人关系的描写非常细腻、精确、寓意深远。其人物形象不是单一、直观、表层的，而是多义的，他们的性格往往是矛盾的，有时变化很突兀，细想之下又在情理之中，需要我们细心地去体味和领悟。《米夏埃尔·科尔哈斯》向我们呈现了18世纪中期德意志公国的社会制度、法律观念、正义观、社会组织结构、民众的意识形态和社会现实的种种矛盾。然而，它并不是历史小说，而是文学性很强的作品。克莱斯特总是让他的小说人物处于戏剧化的对峙和张力中，反映了上升中的资产阶级和普通民众的正义诉求与权力恶行的尖锐冲突，塑造了1800年前后在法国大革命深刻影响下的德国男性和女性形象，其中的女性形象为了争取自己的正当权利，在父权社会、宗教教会及种族斗争的多重矛盾下，不断抗争和呐喊。

参考文献

[1] 杨武能 . 克莱斯特作品精选 [M]. 赵登荣，译 . 南京：译林出版社，2007.

[2] Vgl. Herminio Schmid, *Heinrich von Kleist: Naturwissenschaft als Dichtungsprinzip*[M].Stuttgart: Paul Haupt Berne, 1978.

[3] Vgl. Dirk Grathoff, *Michael Kohlhaas*.In: *Kleist: Geschichte, Politik, Sprache. Aufsätze zu Leben und Werk Heinrich von Kleists*, Wiesbaden vs Verlag Für Sozialwissenschaften, 2008.

[4] Bernhard Rieger. *Geschlechterrollen und Familienstrukturen in den Erzählungen Heinrich von Kleists*, Frankfurt am Main, 1985.

作者简介：刘莎，女，浙江越秀外国语学院西方语言学院讲师，研究方向为德语语言文学。

　　史忠义，男，陕西渭南人，厦门大学讲座教授，中国社会科学院外国文学研究所研究员，博士生导师，主要从事中西比较诗学研究。

论克莱斯特的悖论叙述艺术

——以《侯爵夫人封·O》为例

刘　莎　史忠义

浙江越秀外国语学院

提要： 论文以海因里希·冯·克莱斯特的小说《侯爵夫人封·O》为例，论述作者的悖论叙述艺术。这种叙述艺术在人物的性格刻画、小说情节的发展、18世纪德国社会男权和父权制社会体制的反映、女性形象自我觉醒意识的揭示和现代性的整体挖掘方面，都发挥了重要作用。

关键词： 克莱斯特；侯爵夫人封·O；悖论叙述艺术；德国社会；男权和父权体制；女性的自我意识；现代性

基金项目： 2017年浙江省教育厅科研项目"克莱斯特和鲁迅笔下女性形象的比较研究"，项目号：Y201635878。

一、引言

德国19世纪著名剧作家和小说家海因里希·冯·克莱斯特（Heinrich von Kleist）的小说《侯爵夫人封·O》（*Die Marquise von O...*）1808年首发于他与友人在德累斯顿共同创办的《太阳神》（*Phöbus*）杂志上。小说由16世纪法国作家蒙田（Michel Eyquem de Montaigne）一篇八行字的轶事作品改写而成，叙述了当时引发社会轰动的一桩上流社会女性未婚先孕的丑闻。小说发表后并未产生即时效应，直到作者去世一百多年后，才引起世人的关注和惊叹，受到文学界的高度评价和赞赏。原因是多方面的，事件本身具有的多重社会警示价值一百多年后才显示出来或更具典型意义，学术界更多地认识了克莱斯特作为浪漫主义剧作家和小说家的深刻性，笔者以为，克莱斯特在这部小说中所表现的小说艺术，尤其是悖论叙述艺术，以及西方学术界对悖论叙述艺术本身的新认识，应该是该作品获得关注的重要原因之一。概言之，克莱斯

159

特娴熟地运用颇具艺术张力、扣人心弦的悖论叙述艺术，成功地把19世纪初德国社会的三个核心问题家庭、侵略和道德熔于一炉，给我们讲述了一个关于性禁忌与爱、战争与和平、个人伪善与社会伪善的曲折故事。这个故事发人深省，使《侯爵夫人封·O》成为克莱斯特最著名的小说之一，在文学界引发了强烈的共鸣。

二、《侯爵夫人封·O》中的悖论叙述艺术

小说创作中的悖论现象由来已久，又涵涉方方面面，如时间悖论、逻辑悖论、性情的悖论、典型性的悖论（人物身上的平凡性构成人物的尊严，或人物的贵族标志构成人物尊严的讽刺）、构成性悖论（如独特性的普遍性，把小说等同于虚构的悖论）等。只是过去的小说理论中，包括19世纪以来西方主要的小说理论家詹姆斯、卢卡奇、巴赫金、奥埃巴赫、热奈特和昆德拉等人，都没有特意关注悖论现象并阐释其概念。法国当代文学理论家、国际比较文学学会荣誉会长让·贝西埃（Jean Bessière）在《叩问小说：超越小说理论的若干途径》一书中挖掘了悖论概念及其他相关概念，如偶然性、性情、二重性、思辨性人学、整体化和整体主义、信念、历史性、叩问、情势等概念。这些概念在社会现象、理论演绎和创作实践上都与悖论概念相关联。(Jean Bessière, 2010) 克莱斯特的小说作品，包括《侯爵夫人封·O》，拥有多重悖论。在这篇论文中，我们主要分析其叙述手法的悖论、人物道德构成和性格构成的悖论，以期更深刻地理解人物及其社会。悖论现象和概念似乎与二重性概念的关系最密切，如身份的差异性与去差异化游戏、规范游戏与反规范游戏、布局游戏与反布局游戏、决定性与反断定性、叙述世界与被叙述世界、故事与主题、再现性美学与反现实性美学、能指与所指、小说的道德性与反道德性、忠实性与隐喻性、人物性格的正面价值与反面价值、人物的独特性与普遍性、独特性与范式性、身份的确定性与不确定性、真实与虚构等二重性。我们似乎也可以把克莱斯特的作品与这些二重性关联起来。但本文仅与其中的道德性与反道德性、性格的正反价值等关联起来，以突出作品和本文的主题。

1. 噱头抑或道德失范

小说《侯爵夫人封·O》以一则刊登在报纸上令人震惊的消息开始。在这则消息中，主人公侯爵夫人宣布，她不知道自己肚里孩子的父亲是谁，希望

中方式找到他："在上意大利的一座重要城市 M，有一位寡居的侯爵夫人（ ），她素来享有行为端正的美名，而且已是一对教养得很好的孩子的母亲，却突然在一些报纸上登出启示说：连她自己也不知道怎么竟一下子有了身孕；她希望，她即将分娩的孩子的父亲能自己站出来；考虑到对家庭的影响，她打定主意和他结婚。"（克莱斯特 2007：78）

这样一则消息的出现在那个时代几乎是无法想象的，同时，克莱斯特也让读者开始时无法确定侯爵夫人的真实情况。作者一方面把她描绘成享有行为端正美名的妇人，同时她又莫名怀孕了，遂使读者对侯爵夫人的美名产生疑问。无独有偶，在他的小说《米夏埃尔·科尔哈斯》(*Michael Kohlhaas*) 中，主人公起初被描绘成一个恪守本分的老实人，但之后又逐渐变成一个可怕的人，这让读者掩卷之后依然产生科尔哈斯到底是好人还是坏人的困惑。许多批评家深入研究和分析了克莱斯特小说人物性格的双面性。其中，克劳斯·米勒·扎尔格特 (Klaus Müller-Salget) 的一篇文章给我们留下了深刻的印象。他觉得，读者没有像某些文学家希望的那样，受作家强迫选择小说中一个更正面或者更负面的人物："克莱斯特的小说内容总是与无法解决的社会遗留问题（如《米夏埃尔·科尔哈斯》中不公平的社会等级制度、《智利地震》中的宗教愚民政策和《圣多明各的婚礼》中的种族歧视问题有关，因而事实并非总是不好不坏，而是根本就没有真实，作者的叙事同时又是矛盾的。对这种叙述原则的误解是克莱斯特小说通常会有相反理解的原因。"(Klaus Müller-Salget 1981：174)

克劳斯·米勒·扎尔格特对克莱斯特小说的评论在我们看来是十分恰当的，因为克莱斯特受康德在《纯粹理性批判》中提到的"人们只能了解事物的表象，无法理解事物的本质"这一哲学思想的影响，进而怀疑每一个明确无误的事实和真相。他的这个理念像一条红线贯穿于他的小说，这可能是他的人物不会拥有明确的或积极或消极的性格、或正面或负面的道德品质，而是拥有多种互相矛盾的性格要素或道德要素的原因。《侯爵夫人封·O》的故事开头即存在这种情况。还有一个明显的悖论之处：侯爵夫人一方面考虑到莫名怀孕对家庭的影响，打算与腹中孩子的父亲结婚似乎虑周，但另一方面又把消息刊登在报纸上公之于众导致个人和家庭声誉受损又是脑洞大开的行为。

在上述双重悖论之上的第三重悖论是，一位女性（颇具社会地位的侯爵夫人）把自己莫名怀孕的事情公之于众这个做法 1800 年前后非常罕见，今天也会引发不小的轰动，另外，作者刻意隐去事件发生的地点和人名，尽量减少丑闻主角及其家族的负面影响。

我们以为，这三重悖论恰恰是作者匠心独具和高超艺术的体现，制造了厚重的悬念；蕴含的寓意非常丰富：这个社会的精英阶层怎么发生这样的事情，其中必有明立牌坊的盗嫖之徒；他们的道德构成和性格构成鱼龙混杂，与贵族称号相去甚远；倘若我们不刻意为之隐瞒，他们的实际情况将暴露更多，也更严重，这说明这个社会本身应该受到广泛质疑。

2. 天使抑或恶魔

侯爵夫人封·O 在有可能遭到俄军士兵强奸时被伯爵 F 救下。到此为止，读者还不知道伯爵已经强奸过侯爵夫人了。小说中是这样描述的："这位听见侯爵夫人惨叫赶来的俄国军官（伯爵 F），对她来说简直就是一个从天而降的天使。他还用剑柄朝那搂住侯爵夫人苗条身躯不放的最后一名兽兵猛揍一番，揍得这小子口冒鲜血，跟跄后退；然后他用法语殷勤地呼唤侯爵夫人，用胳膊挽住她，把她扶进尚未让火引燃的邸宅的另一侧；惊魂未定的侯爵夫人一路上一声未吭，进房后立刻人事不省晕倒在地上。在这儿——当那些吓坏了的女仆们不久也赶来的时候，他便打发人去叫医生，告诉女仆们说夫人一会儿就会好的，边说边戴上他的头盔，重新投入战斗去了。"（克莱斯特2007：79）

小说的开头已经给了读者大量的信息，这些信息所隐藏的真正含义在故事的发展过程中才逐渐被理解。例如，在上面的引文中，"天使"到底代表了什么？"天使"这个概念直到读者看到小说最后一句时才能理解它的真正含义："……伯爵突然问妻子，在那个可怕的 3 号上午，看样子她准备好了接待任何一个罪孽深重的人，为什么却偏偏对他像对恶魔似的避之不及呢？妻子听了一下子扑上去搂着他的脖子回答说：要是他第一次不是像位天使般地出现在她面前的话，那他后来在她眼中也就不会变成一个恶魔了。"（克莱斯特2007：112）

在小说中，伯爵集天使和恶魔于一身：他虽然救下侯爵夫人免于被俄国士兵凌辱，但是随后自己又强奸了她，之后为了再次表现他的正派，他愿意与侯爵夫人结婚并接受他们共同的孩子。沃尔特·米勒·赛德尔（Walter Müller-Seidel）在他的《误解与正视》（*Versehen und Erkennen*）一书中注意到了天使与恶魔之间的关联："侯爵夫人误解了表面是天使、其实是恶魔的本性，她以为'天使'是不会做坏事的"。（Walter Müller-Seidel 1961：127）

笔者以为，正是由于一开始伯爵给侯爵夫人留下了类似"天使"般圣洁的形象，使得她不会想到自己肚里孩子的父亲就是侯爵才让故事继续发展下去，并成为多个冲突中的一个基本支撑点。当侯爵夫人后来知道真相之后，天使般的伯爵在她心中的形象瞬间掉到了地狱，成了一个恶魔，她甚至像躲避瘟疫一样极力躲避他。虽然故事最终讽刺性地以侯爵夫人与伯爵"喜结连理"，并且还"幸福地"生活在一起结束，但表面上"圆满的"结局里透着浓浓的哀伤，让读者陷入深刻的思考。这个结局也可以有悖论性的两种理解：倘若真的是按圆满结局写，那无疑是作品的一大败笔；我们更倾向于结局的寓意，即这个社会是伤天害理者与被伤害端庄女性、恶魔与弱女子的同床异梦，社会的幸福中蕴含着爆炸，哀莫大于心死；这样的社会是需要彻底改造的。

3. 昏厥还是觉醒

在《米夏埃尔·科尔哈斯》中，当丽丝珀得知，她丈夫为了能够一心去追求公正而想把她送到她姑母家时，十分震惊。在侯爵夫人身上，克莱斯特把这种不符合常规的情形描述得更加极端：他让她昏厥了。弗尔德伊（Földényi）的《在话语体系中》（*Im Netz der Wörter*）解释了克莱斯特作品中所有的概念和事件，他对女主人公晕厥的原因分析如下："她的昏厥是一种觉醒。她看起来是由于遭受到惊吓而晕厥了，但事实上，此后，她才开始了自我磨炼。倒地晕厥也是一种自我提升的标志。失去意识所带来的恰恰是意识的觉醒。那些晕厥过的人醒来后都拥有了一个强烈的自我意识。"（Vgl. Lázló F. Földényi 1999：308）

弗尔德伊的观点基本解释了侯爵夫人昏厥的原因。她由于俄军的突袭和俄国士兵的凌辱遭受了双重惊吓，下文中我们还将看到，昏厥中的侯爵夫人又遭到了伯爵的凌辱，这是又一重深度的受害者当时无意识的惊吓。弗尔德伊提到的失去意识又醒来后的人所具有的强烈自我意识也是侯爵夫人的一个核心性格特征。

4. 缺失还是转折

"在这儿——当那些吓坏了的女仆们不久也赶来的时候。"（克莱斯特2007：79）

弗尔德伊把这个破折号看作是最著名的破折号，这一点是毋庸置疑的。因为在这个破折号后面隐藏了这部小说的关键点：在这里，侯爵夫人怀孕了；

在这里，伯爵从天使变成了一个好色之徒；也是在这里，讲述了不可言说之事。

弗尔德伊对这里蕴涵内容的分析也是很有意思的，他注意到，小说在这里也失去了意识。因为叙述者是否从外面看到了伯爵的行为，还是想用内容上的缺失来反映侯爵夫人内心失去意识，文字上看不出来："不知道叙述者是否已经知道了这个答案，或者相反，是否这个破折号记录了侯爵夫人封·O的意识缺失，并由此得出结论，我们通过叙述者的眼睛看到或没有看到事情的发生。"（Lázló F. Földényi 1999：156）

在我们看来，破折号的作用既标志了侯爵夫人的意识缺失，也让强奸成为可能。意识缺失的变相描写说明了一个事实，那就是侯爵夫人在被强奸时确实是失去意识的，因而在这种情况下，她是不可能知晓当时发生的事情的。但是，这个破折号也有可能只隐去了伯爵的兽行，亦即造成侯爵夫人怀孕的原因。这样，伯爵的形象在这儿就发生了隐性转折，这个转折直到故事结尾才让读者恍然大悟。

5. 无助还是自主

当侯爵夫人确认自己怀孕之后，她父亲立刻把她赶出了家门。伯爵试图在她孩子还未出生之前就与她结婚，仍未能改变侯爵夫人之后的命运。侯爵夫人除了离开父母家别无选择。她在确认消息之初是完全绝望并精神错乱的，但是在启程奔赴 V 地时已经清醒并恢复了理智。她清楚自己问心无愧，因此无视父亲要求她留下两个孩子的要求。在这儿，她表现出了弗尔德伊提到的强烈自我意识。

当林务官走进来，说根据城防司令的命令，要求她把两个孩子留下，交给他们教养。"留下孩子？"她边问边站起身。"告诉你那没有人性的老子，让他来一枪把我打死好了，孩子他却休想从我手里夺走！"说完就抱起自己的孩子，带着一个问心无愧者的全部骄傲，上车径直去了；林务官压根儿没敢拦她。这一勇敢的举动终于使她认识了自己，突然之间，她仿佛用自己的手把自己拉出了那命运将她推入的万丈深渊。（克莱斯特 2007：96）

侯爵夫人把所有的礼仪规范放置一边，把自己的命运完全掌握在自己手里，既表现了自己的意志力，也由此了解到自我的另一面。克莱斯特在小说中用"这一勇敢的举动终于使她认识了自己"非常明确地表达了这一点。沃尔特·米勒·赛德尔对此是这样评论的："克莱斯特以一种出乎意料之外、让人感到震惊的方式，把人类的畸形置于其文学艺术的中心……人类在认识和了解真实自然的过程中，从认识场景、事件和事情经过扩展到全面认识自我。"（Walter Müller-Seidel 1961：223）

很明显，当侯爵夫人的父亲想夺走她的孩子时，她的行为已经不符合角色之前端庄贤淑的性格设定了。克莱斯特叙述她说的话时使用了很粗鲁的语词来强调这个角色的性格变化。人们无论如何想象不到会从一个享有行为端正美名的妇人口中听到这样的话语。一开始还很犹疑、绝望和濒临疯狂的侯爵夫人在清楚地意识到自己问心无愧之后转变成了重视自己意愿的强大人格。考虑到1800年前后德国女性在社会中普遍被视为客体的实际情况，侯爵夫人的要求象征着女性在未来生存条件中的愿景：强烈的自我意识和坚强的生存态度。她决定独自抚养自己的孩子，不惜从一个悠闲的贵妇变身艰辛的单亲母亲，迈出寻求解放的第一步。

三、结语

通过对小说《侯爵夫人封·O》中若干悖论现象及叙述手法、若干二重性现象及叙述艺术的分析，如小说开卷时女主人公侯爵夫人在报上刊登惊世骇俗消息引发的三重悖论、故事发展过程中侯爵夫人的昏厥之后又惊醒觉醒的二重现象，以及伯爵身上天使与恶魔形象的二重性的分析，我们可以肯定，克莱斯特对悖论叙述艺术掌握得很好。悖论叙述艺术在他的作品中发挥着辟思、辟文、辟序的作用，不断开拓思维空间、想象空间、审美空间、价值空间，不断开辟新的思想类型、人物类型、价值类型和秩序类型，推进小说结构、人物性格的深化。

从价值角度视之，作者生活的时代是男权和父权主宰的时代，女性属于男性的附属品。因而在侯爵夫人家中，父亲的权威是至高无上的，父亲可以决定一切，甚至决定她的生命。侯爵夫人之前对父亲言听计从，但在这次事件中内心却变得异常强大，有了强烈的自我觉醒意识，努力捍卫自己的清白，主宰自己的命运，向男权和父权制度下的社会发出了挑战和质询。父亲代表旧的价值观，侯爵夫人代表对新价值的向往。她与父亲的关系从前一种形态向后一种形态发生质变。这象征着女性与正统社会所代表的价值观的决裂。克莱斯特这部作品诸多悖论的跌宕起伏所寓意的价值变换是这部作品直到现在依然深受读者喜爱的原因之一。

参考文献

[1] Jean Bessière. *Questionner le roman, quelques voies au-delà des théories du roman*[M].Paris:PUF, 2012.

[2] 让·贝西埃. 叩问小说——超越小说理论的若干途径 [M]. 史忠义，译，知识产权出版社，2017.

[3] 克莱斯特. 克莱斯特作品精选 [M]. 杨武能，译. 南京：译林出版社，2007.

[4] Klaus Müller-Salget.Das Prinzip der Doppeldeutigkeit in Kleists Erzählungen In: *Kleists Aktualität*[M].Darmstadt, wissenschaftliche Buchgesellschaft, 1981.

[5] Walter Müller-Seidel.*Versehen und Erkennen. Eine Studie über Heinrich von Kleist*[M].Köln: Böhlau,1961.

[6] Lázló F. Földényi. *Heinrich von Kleist. Im Netz der Wörter. Aus d. Ungarischen übers. V. Akos Doma.* [M].München: Mathes & Seitz,1999.

作者简介：刘莎，女，浙江越秀外国语学院西方语言学院讲师，研究方向为德语语言文学。

史忠义，男，陕西渭南人，厦门大学讲座教授，中国社会科学院外国文学研究所研究员，博士生导师，主要从事中西比较诗学研究。

比较文学

论贝西埃对西方传统小说理论的叩问与超越

向　征　史忠义

西安外国语大学西语言文化学院

内容提要：让·贝西埃的著作《叩问小说：超越小说理论的若干途径》以问题学哲学为指导，重读并叩问 19 世纪和 20 世纪西方的重大小说理论，提出了至今最宽泛的小说定义和一些新的观念。本文从偶然性、性情、二重性、悖论、思辨性人学、整体化和整体主义、信念、历史性、叩问、情势等方面入手，探讨贝西埃如何重构小说的创作实践和审美实践，超越经典，提出新的小说思想。

关键词：贝西埃；问题学；偶然性；性情；思辨性人学；整体主义；信念；历史性；情势

1. 导语

贝西埃对西方传统小说理论的叩问始于 20 世纪 90 年代，其系列文学理论著作几乎都与问题学相关，以研究当代文学和总结新理论为主，例如，《论文学》(布鲁塞尔，马达伽出版社，1990)、《文学的神秘性——当代虚构作品的解剖》(巴黎，法国大学出版社，1993)、《文学与其修辞学》(PUF，1999)、《文学的定位是什么？》(PUF，2001)、《文学理论的原理》(PUF，2005)、《法国作家怎么啦？从阿兰·罗伯–格里耶到乔纳森·里泰尔》(布鲁塞尔，拉波尔出版社，2006)、《当代小说或世界的问题性》(PUF，2010)、《当代法国文学的非现实性和独特性》(冠军出版社，2014)，以及 2012 年发表的这部《叩问小说：超越小说理论的若干途径》(法国大学出版社) 等。在《叩问小说：超越小说理论的若干途径》这部重要理论著作中，贝西埃力求超越 19 世纪以来的小说理论家詹姆斯、卢卡奇、巴赫金、热奈特和昆德拉等人，叩问西方传统小说理论，提炼出关于小说的一系列新的关键词。这些关键词如下：偶然性、性情、二重性、悖论、思辨性人学、整体化和整体主义、信念、历史性、叩问、情势等。贝西埃的思路是，首先在导论部分概述当代关于小说的三大问题和超越小说的若干步伐，然后从第一节起，回答小说的初始问题和永恒问题，回答小说理论发展过程中，小说理论是怎样逐步接触并思考小说创作实践中的那些重要因素，19世纪和20世纪的重要理论家关于这些问题提出了哪些重要理论，而当代小说理论界是如何提出新的思考的，贝氏本人把这些重要理论、新时代的新思考与创作实践相比对时，产生了哪些新火花。贝西埃关于这一套思想层层深入的论述，提出了至今最宽泛的小说定义，这大概是他相对于传统小说理论的最大创新之处。上面这些关键词所反映的思想与传统小说理论的思想有很大不同。本文将从叩问和超越两个层面入手，对上述术语加以详细梳理，力求将贝西埃新小说理论展示给读者。

2. 叩问西方传统小说理论

法语中的 questions 一词通常表示具体问题，而 problématique 一词则表示哲学意义上的问题属性，指出某领域问题性质的必然性。提问比回答更重要，因为叩问是思想最根本的基础。任何回答都反馈到叩问。一直以来，人们习惯于聚焦思想家、科学家或街头巷尾的各种回答、评判、正确的或错误的命题。人们没有把叩问视为智识活动的基础，而是系统地寻求各种肯定意见，即足以让各种问题销声匿迹的终极性回答。如今我们发现，问题是无法销声匿迹的，正如米歇尔·梅耶指出："叩问构成智识活动不可超越的根基。显然，相对于具有问题属性的东西，人们即使逃避不了这种问题性，还是更喜欢各种肯定意见和回答。由于加速运行的历史甚至把那些最成立的回答也变得问题重重，今天我们就应该把这种问题性理论化，并因而'叩问问题域'❶"。

世界不是一蹴而就的，它在叩问中发展。真正叩问性质的回答是以维持叩问的开放状态为核心。这正是贝西埃叩问西方传统小说理论的出发点，或者说是他重新审视西方传统小说理论的根本手段。为何要叩问基本上已经为人们所熟知的理论呢？原因有三：如今的小说理论大部分是过去的东西，这些理论给出的对小说的描述，它们所描画的范式，已经广泛地被属于许多人文科学领域的研究所修改，重新界定；学术界的这类新思考宛若一部关注小

---

❶ Voir *Le Monde*, Paris, vendredi 14 novembre 2008, 8/rencontre, "Michel Meyer : 'Il nous faut questionner le questionnement'".

说写作和研究的知识、哲学、美学、意识形态设想模糊的百科全书❶；提供了小说体裁综合性言语的研究成果消失了。这是其一。小说如今是"全球性的"体裁。19 世纪以来在西方被接受的小说的那些鉴定点消失了，尤其是小说的发展与民族之间的关联，有些学者据此说明小说的重要性下降了（Jonathan Arac，2002：35–45）。这是其二。罗兰·巴特等人把小说概念泛化，用笼统模糊的"书写"概念取而代之（Rland Barthes，2003：53）。另一种类似的现象把它泛化为"罗曼司"概念❷。这是其三。贝西埃的工作既非系统介绍小说理论，亦非简单的重写，而是从已有的结论向前迈出了若干步，立足于种种小说形式、整体的视点，把这些理论看作问题域，在此基础上初步建立起新的综合言语，激发人们继续思考，延续它们或反对它们，从而保持人们对小说思考的多元开放性。笔者以为，这是其研究工作的意义所在。

如上所述，贝西埃以问题学哲学为指导，把西方小说和非西方小说的现实与历史联系起来，围绕以下三个问题叩问先前的小说理论：第一个问题涉及对小说的兴趣；第二个问题涉及批评语境——虚构理论，叙述学，人类学和其他东西；第三个问题涉及小说理论在国际和民族文化语境中的形势——小说是以跨民族和跨文化的方式来理解的❸。

西方学术界为何会对小说产生浓厚的兴趣或延续对小说的浓厚兴趣？贝西埃认为，关于小说思考的实质是人类对自身人学特征界定方面的巨大反思性游戏。小说是新的人学形象建构的某种准确显示。人学塑形的二重性开辟了人物内心世界与外部世界的划分，开辟了个体精神上独特但形体上与众相同的划分，还开拓了主体与世界之关系多姿多彩的可能性❹。古希腊术语 l'ethos[直译为性情（品性，品行）] 一向指称主体，主体依凭自己的性情行事。小说是写人的，我们不妨说，小说是与性情问题无法分开的人学思辨❺。它经常把众多性情集合于一人之身，或者让同一性情在不同的人物身上和不同语境下有着不同的表现形式并遭遇不同命运。因而人们对小说有着浓厚的兴趣。

❶ 源自设在里昂吉耶别墅的国际小说研究基地的著作显示了这一点。自 2008 年起，每年由 Christian Bourgois 出版社发表一卷。

❷ 这种意见是诺思罗普·弗莱提出的，见：*L'écriture profane. Essai sur la structure du romanesque*, Saulxures, Circé, 1998；Ed. or., *The Secular Scripture：the Structure of Romance*, 1976.

❸ *Questionner le roman. Quelques voies au-dela des theories du roman*, Presses Universitaires de France, 2012, p. 17.

❹ 同❸。

❺ 我们在这里借用了胡安·何塞·萨尔（Juan José Saer，1987 西班牙语文学奖的获得者）的一种表达，参阅：El concepto de ficción, *Punto de vista*, 40, 1991, 3.

笔者以为，当代批评的特殊语境要求叩问西方传统小说理论。小说研究还关涉其他领域的理论或更广泛的文学理论，如虚构理论、叙述学，还有再现理论、交际理论等。根据虚构理论，小说是广泛自足的，它在本体论上与我们的世界是相契合的。叙述学在应用于文学叙事或小说时，趋向于通过其时间游戏（故事与主题的区分❶），展现人物的内在意识和言语❷，承认叙述者的地位，转喻游戏（jeux métaleptiques）等，界定这种叙事的独特性，进而从这些新理论的视角，界定出当代小说的新特征。

国际和跨文化语境也要求叩问西方传统的小说理论。小说的进步与民族进步是分不开的，这一点被小说诞生以来的历史所证明。一个民族的小说可以转移到其他民族，被阅读并产生广泛影响。小说的可读性和迁徙性与小说里性情的表述关系密切，与时间性图式的风貌关系密切。且小说中种种身份的塑造及它们与时间图式的关系，趋向于从独特性向普遍化发展，换言之，小说发展过程中，既追求原创性，又有一个去除个体差异性和文化差异性向着人类共性和全球共性发展的趋势，在全球化时代更是如此。这里提出了一个至关重要的问题，即在全球化语境下，小说有哪些新特点，小说的各种因素能够有何作为，先前的小说理论是否还能有效地解释这些特征？

3. 超越小说理论的若干途径

我们根据贝西埃《叩问小说》一书通篇层层深入的论述，把它们概括为下述关键概念，并对其内涵做简要的解读。

偶然性是现实、历史、时间和现实主义的常态。自古代起，就存在着偶然性的小说传统。其他体裁都向它们所展示的历史确立了某种必然性。小说则相反，凸显自身的偶然性和自身素材的偶然性。爱情是偶然降临的，对象的选择也极具偶然性。行为人，他们的行动，小说的事件，形式本身都具有偶然性。偶然性的再现是小说创作的主要决定因素，优越地位说明了性情的重要性和逻各斯的最小中肯性。不管是小说史还是小说理论，都承认偶然性的重要性。然而这种承认却是独特的，纯粹历史的，例如，讨论古代小说的

---

❶ 我们知道这一组概念归功于维克多·什克洛夫斯基，故事指的是按照时间顺序记叙的事件和行为（叙事的材料）；而主题指的是叙事介绍时间和行为时采纳的顺序（方法）。

❷ 多利特·科恩把这类问题作为界定虚构的一个区分点，参阅：Dorrit Cohn, *La Transparence intérieure, modes de représentation de la vie psychique dans le roman*, Paris, Le Seuil, 1981; Ed. or., *Transparent Minds: Narrative Modes for Presenting Consciousness in Fiction*, 1978.

文学史，讨论古代小说的文学理论；或者局限于一类小说，如奇遇小说。这两种方法限制着对偶然性之塑形的承认。在小说理论的视野里，偶然性应该得到完整方式的阅读。在历史的视野里，它还应该与小说历史的连续性并驾齐驱。最后，它还应该被视为小说时间再现的首要条件。恰当的做法就是把偶然性表述为对逻各斯的某种解构，在叙事中青睐时间错乱的手段，反对任何按照严谨的叙述组织和行动组织定义叙事的做法（我们当然可以单就偶然性一个概念进行更深入更广泛的挖掘，例如，偶然性概念的哲学根基，贝西埃其他著作中对偶然性的论述，小说创作中和作品中人物、情节、行为、人物性格、社会文化语境、事件结局和人物命运的偶然性举隅和分析，进行单一特征的深度论述）。

　　相对于逻各斯，小说青睐性情，性情即主体；人是任性和随意的；性情是体现再现问题和反再现问题的一种主要方式；小说按照这两个问题来表述世界。这种二重性与被认为固定的种种身份的谓项游戏是分不开的，与标示变化的能指游戏是分不开的。它主导着小说的时间图式。小说的时间性是根据固定的身份与其无规则变化的结合来定义的，换言之，根据时间系列及其过渡性质来定义。身份之差异性和去差异化的展现是小说的特性，这种展示打开了向主体—实体提问的大门，主体的人应该与这种主体—实体相统一，自此，他的身份便根据其名讳的明证性，变化的明证性，从属于它的差异和去差异化的游戏。思辨性人学在小说里举足轻重，它关涉人的形象；它通过历史、文化，让人的形象臣服于多种多样的变化，同时赋予它一种隐喻性，使其适用于任何时间的再现及对其表语的任何询问。性情的不同版本可以从小说的历史本身中读出。在古代小说里，人物基本上是根据偶然性写成的，人物的性情与偶然性相关联的去忠实化游戏形成一体，因此人物基本上就是他的探险经历。中世纪小说、骑士小说、英雄小说的性情是独特的；它与赋予人物的行为能力分不开；这种行动能力本身与英雄人物承担风险的资质是分不开的，而这些风险本身是触及共同体风险的塑形；这种承担使行动可能与历险结合在一起。个体性小说的性情与个体性的人学分不开，个体性的人学是一种二重性的人学。性情同时塑造了独特性、与独特性相吻合的偶然性和共性（世界、客观性）。教育小说演示了这种性情，因为它是探索或学习独特性权威下独特性与共性相一致的叙事：我们发现这样的小说同时也是通过探索这种一致而压缩风险的塑形小说。拉伯雷的《第三部》及其英雄人物巴汝奇在促进现代小说的发展中，是个体性、学习客观性（世界）与追求风险压缩（需要结婚吗？）之性情的一部范例。个体性之性情与其世界的悖论是不可压缩的。这就是它被广泛运用以显示个人与其社会、与其共同体之间的距离的原因。例如，新兴国家的小说，从前殖民地国家的小说，通常根据对动物主义的种种温习，把性情与跨个体性或与类同主义关联起来，此类温习或得到专门处理或置于寓意游戏的标签下。跨个体性因而意味着人物的下述界定，即在主体多重化身的方式下，他既是自身又是他者。这意味着与个体性之本体论彻底不同的一种本体论：主体的独特性不反对把该主体认同为其他人物、其他生物的多重性，需要重复动物主义、寓意和表述隐喻，它们是跨个体性和类同主义的显性题材。跨个体性的塑形经常与跨时间性结合在一起，例如，加布里埃尔·加西尔·马尔克斯的《百年孤独》与其人物乌尔苏拉·伊瓜兰所显示的那样。

这些人学鉴定的每一种（偶然性的主体，风险的主体，个体性，跨个体性）都设置了身份的差异性游戏及其去差异化。个体性的人学意味着每个人都属于同一世界。现实主义小说作为个体性的小说，同时提供了个体性本身的客观性，也提供了展示个体性的支撑：个人可以根据他自身的独特性发展；通过这种客观性，他被鲜明地记录在这个世界。反之，批评传统没有这样一种安排，亦没有这方面的系统理论和深刻分析。

与性情和主体塑造相关联的被以不同方式展示的二重性，是小说的决定性材料，决定小说的定位，决定写实性和去现实化，决定虚构，决定情节约束的缺失，决定信念的使用，决定叙述体系（système narratif）和陈述活动（activité d'énonciation）❶，以及意识的各种再现的种种歧义。《叩问小说》使用并考察了一系列二重性：身份的差异性与去差异化游戏，规范游戏与反规范游戏，布局游戏与反布局游戏，决定性与反断定性，叙述世界与被叙述世界，故事与主题，再现性美学与反现实性美学，能指与所指，小说的道德性与非道德性，忠实性与隐喻性，人物的独特性与普遍性，独特性与范式性，世界与被再现世界，身份的确定性与不确定性，真实与虚构等，说明作者始终用辩证性的视野去审视小说和小说关涉的种种问题。

与二重性直接相关的概念是悖论概念。小说涉及的悖论是方方面面的，如时间悖论、逻辑悖论、性情的悖论、典型性的悖论（人物身上的平凡性构成人物的尊严，这一点在 17 世纪的法国尤其突出）、构成性悖论（如独特性的普遍性，把小说等同于虚构的悖论）、审美悖论、现实主义与塑形性的悖论、

❶ 关于叙述与陈述的区别，请参阅相关论著。

认知悖论等。悖论与对立统一的区别是，对立统一的重心是矛盾性和斗争性；悖论的重心是异质多元性的统一。

从各种概念、素材和现象中不断推论出相关问题（叩问）并试图寻求回答，是《叩问小说》的特色。例如，与忠实性缺失相对应的，是关于小说论据歧义的某种询问，这些小说论据有时根据语义的二重性读出，于是便与任何去语境后的言语混为一谈，有时又根据被置于忠实性缺失下的任何陈述系统所刻画的暧昧性而读出。这种情况总体上表述了逻各斯的问题和它较小的重要性。与主体身份和意识之二重性的见解相对应的，乃是对小说主体本身之歧义的询问。这种歧义的表达方式多种多样：与时间相关联的是，时间意识与意识时间的差异性；与主体谓项游戏相关联的，乃是主体身份的差异与去差异化；与主体和个体性之间的平等性相关的，乃是个体性与个体性之他者的歧义。与客观形势问题相对应的，是对现实主义的询问，后者不与小说再现属性的唯一问题相混淆，但是也与客观性的功能问题混淆在一起。小说论据的歧义，对于小说主体本身的询问及现实主义的询问，根据性情的悖论而读出，根据小说信息的不完善而读出，根据性情与现实主义和虚构性的关系而读出。

摹仿说的思想是一种可双重解读的思想，即摹仿说对象的解读和小说的解读。人对现实的参照方式是间接和隐喻性的；世界的阅读性和小说的阅读性，是修辞性质的。历史和小说的历史是一场运动。这种历史在其独特性中被阅读为拥有毋庸置疑的权利，具有普遍性。体裁的变化相当于在历史中肯定被展现之世界的变化，相当于这些肯定内容的变化及由它们本身所设置的主体特征的变化。不管其题材如何，小说都界定为一种过渡形态的叙事，对主体及其世界某些规则之建立的缺失的叙事，对某种建立之偶然图式的叙事，这种缺失与奠定之间的中间时间和中介形势的叙事。这样，小说就明确地展现了性情和问题性。

小说的情节和叙述组织更多地体现了逻各斯。小说是根据它们的性情和逻各斯两极，它们与审美主导的不同构成，身份的差异和去差异化游戏而发展的。小说的创造依据身份差异和它们去差异化的交替运动和组合运动，这一点关涉小说本身，它的鉴定，它的形式、题材、时间、人物。这些看法与小说研究中占主导地位的信念类型相反，可以重构与小说所青睐偶然性相关的见解，具体说明小说中身份—物体和变化这两极游戏的相关概念，重新表述双重阅读性，双重摹仿说。它们还可以重新审视真实、虚构和小说，并由此更进一步昭明小说的功能，回答小说普遍存在及其根据对全球化的参照而进行的当代阅读所引发的叩问。这些见解远非肯定与重大小说理论相关的小说史阅读中占主导地位的种种范式的中肯性，而是吁请读者们把小说系列所形成的历史阅读为身份差异的组合史，小说概念及实践的重构史，种种重构乃是这种组合的后果。

时间和世界两种实体这种未完成性使得情势的图式成为可能，情势事实上是一种多元时代性的图式。历史小说是根据现在时态的一种这类情势的图式。并非历史小说的小说也是这种情势的图式本身。我们应该把情势理解为多种系列事件、行动、时间、多重结构材料的交叉：由于这种交叉，事件、行动和行为人穿越他们自身的鉴定。小说史是小说所塑形的种种情势的历史，它们本身与偶然性是分不开的；情势是根据时间和空间对事件和行动的汇集，而不是根据历史的某种规律；它们与唯名论（即认识和命名活动，唯名论是一个已经约定俗成的术语）也是分不开的；情势是根据它所描绘的汇集的命名活动。小说是对历史的某种命名，这是人们通过任何历史小说都知道的事，正如它是种种时间、事件、行为的某种命名一样；在一部并非历史小说的小说里，它宣称把它们作为自己的客体。

贝西埃对西方传统小说的叩问与超越赋予偶然性特殊地位，这是对偶然性及其蕴含的一种关注。这种关注本身又设置了对时间和变化能力的关注：这种情况改变了身份并修正行动的理由，修正它们的叙事条件和评估条件。对偶然性的关注是对问题性的任何承认的前提。它与任何叙事的上溯性是重合的（回溯与它自身的当下性是相关联的），也与同一叙事的不可能的现在相重叠（完全符合现在的情势，根据过去在现在的塑造建构）。这样，小说展现的任何主体都是多重的，它所展现的任何形势和论证都是切合变化性质的情势的。通过偶然性的图式，小说呈现为某种悖论性的变异性。这种变异性根据人物和行动来解读。偶然性指示任何行动的双价性这一事实展示了主体与他自己的关系，把这种与自身的关系展示为一种歧义的关系和超出自身的关系。这种展示类型是小说的一种常项。

小说的常态就是根据这种过渡性质的时间，允许展示这种时间的各种人学塑形，允许人们承认它是它们的条件，根据对主体形势的询问，这是通过与自身的犹如与自身外的关系（这里蕴含着虚构），处理身份的差异性和去差异化的另一种方式。这种展示和这些塑形承载着某种悖论。它们描绘一段时间、一段情势，把它们与种种信念组合起来，变成沟通交际的稳定材料。它们不抹杀情势的异质多元性，也不限制这种情势中可以组合的材料和时间的数量：材料包括文本、叙事等，文学和小说由此可以由这种图式构成，而不致把这种图式基本上压缩为文学成分。从这种游戏本身不可避免地得出拥有一个世界和一部小说的结论，而不像通常所说的那样，需要设置种种明确的参照系。

4. 结语

如前所述，由于贝西埃对西方传统小说理论的叩问与超越是以问题学哲学和历史性概念为根基的，所以它们体现了新辩证唯物主义思想和新历史唯物主义思想。我们在另一篇论文《简析问题学哲学及梅耶和贝西埃的文艺思想》中，把梅耶的问题学哲学界定为新辩证唯物主义，把他的历史性概念界定为历史唯物主义。我们之所以这样界定，各自提出了五六条论据，请读者们参照我们的另一篇论文。西方学术界一般把问题学哲学界定为新哲学，把它界定为新辩证唯物主义、把历史性界定为新历史唯物主义是我们的学术创新。这样，肯定贝西埃对传统小说的叩问和超越也体现了新辩证唯物主义和新历史唯物主义思想，也是我们的新认识，西方学术界并没有认识到这一点。

参考文献

[1] Michel Meyer, *De la problématologie* (《论问题学》, 1986，中译本, 2014，社科出版社), PUF, *Quadrige*, 2008.

[2] Michel Meyer, *Questionnement et Historicité* (《叩问与历史性》，代表作), PUF, 2000.

[3] Jean Bessière, *Dire le littéraire*, Bruxelles, Mardaga, 1990.《论文学》, 布鲁塞尔，马达伽出版社，1990.

[4] Jean Bessière, *Enigmaticité de la littérature. Pour une anatomie de la fiction contemporaine,* PUF,1993.《文学的文学的神秘性——当代虚构作品的解剖》，法国大学出版社，1993.

[5] Jean Bessière, *La Littérature et sa rhétorique*, PUF, 1999. Translation into Korean.《文学与其修辞学》，法国大学出版社，1999.

[6] Jean Bessière, *Quel statut pour la littérature?* PUF, 2001.《文学的定位是什么?》，法国大学出版社，2001.

[7] Jean Bessière, *Principes de la théorie littéraire*, PUF, 2005. Translation into Chinese.《文学理论的原理》，法国大学出版社，2005.

[8] Jean Bessière, *Qu'est-il arrivé aux écrivains français ? d'Alain Robbe-Grillet à Johnatan Littell*, Bruxelles, Labor, 2006.《法国作家怎么啦？从阿兰·罗伯 - 格里耶到乔纳森·里泰尔》，布鲁塞尔，拉波尔出版社，2006.

[9] Jean Bessière, *Le Roman contemporain ou la problématicité du monde*, Paris, PUF, 2010.《当代小说或世界的问题性》，巴黎，法国大学出版社，2010.

[10] Jean Bessière, *Qu'est-il arrivé aux écrivains français. D'Alain Robbe-Grillet à Jonathan Littell*, édition revue et augmentée pour une traduction chinoise dudit ouvrage, paru à Bruxelles en 2006, titre en chinois, Shangaï, East China Normal University Press, 2011.《法国作家怎么啦？从阿兰·罗伯 - 格里耶到若纳唐·里泰尔》增订本的中译本，华东师大出版社，2011.

[11] Jean Bessière, *Questionner le roman. Quelques voies au-delà des théories du roman,* PUF, 2012. Translation into Chinese.《叩问小说》，法国大学出版社，2017.

[12] Jean Bessière, *Inactualité et originalité de la littérature française contemporaine*, Champion, Unichamp Essentiel. 2014.《当代法国文学的非现实性和独特性》，奥诺雷·尚皮翁出版社，2014.

作者简介：向征，女，陕西西安人，西安外国语大学讲师，博士，主要研究方向：法国现当代文学。

史忠义，男，陕西渭南人，西安外国语大学特聘教授，厦门大学讲座教授，中国社会科学院外国文学研究所研究员。

审美趣味的演绎与变迁

——兼论布尔迪厄对康德美学的反思与超越 ❶

翁冰莹

厦门大学外文学院

摘要：现代西方的美学思想一改古希腊以来的审美传统，引发了美学领域的巨大变革：一方面，"美学"成为独立专门的研究学科；另一方面，思想家们自美的研究转向了针对自身或者群体"审美趣味"的思考。在此背景下，布尔迪厄以康德阐述的"趣味判断"为契机，尤其对其本质主义与普遍主义的观念展开批判，突出了以阶级和阶层为核心的"趣味区隔"、以场域为架构的"主体性趣味"，旨在树立"科学的社会学"。但是，布尔迪厄以社会学理论来阐释审美趣味，把审美等同于意识形态和一般社会文化产品，也留下了把美学视角和审美的超越性排斥在外的问题。

关键词：审美趣味；趣味判断；趣味区隔；主体性趣味

基金项目：厦门大学外文学院繁荣哲学社会科学基金项目（0650-Y07200）。

Deduction and Vicissitudes of the Aesthetic Taste: on Bourdieu's Inheritance and Transcendence of Kant's Aesthetics

WENG Bing-ying

（Department of French, Xiamen University）

Abstract: The transition of modern aesthetic thought has changed the aesthetic tradition since ancient Greece, and has caused great changes in aesthetic field: for one thing, Aesthetics has become a separate subject; for another, thinkers turned the focus from the researches on the beauty itself to the thinking on the aesthetic taste concerning themselves or peer groups. In this context, regarding

---

❶ 收稿日期：2015-01-13，原载《厦门大学学报》，2015年第3期。

the concept of "aesthetic taste", Bourdieu criticizes the basic concepts of Kant's "taste judgment", especially his essentialism and universalism, so as to emphasize "taste distinction" with the essence of classes and "subjectivity's taste" under the framework of field, with the purpose of establishing "the scientific sociology". However, Bourdieu expounds aesthetic taste with sociological theories and equates aesthetics to ideology and general cultural product of society, hence there remains the problem of excluding aesthetic perspective and aesthetic transcendence.

Key words: aesthetic taste, taste judgment, taste distinction, subjectivity's taste

　　哲学家如何看待"美"？"美"究竟是客观事物本身还是事物的属性，是主体自身还是主体的感知，抑或是主体与客体之间的关系？哲学史上围绕美的讨论可谓众说纷纭。古希腊哲学家一般认为美是绝对和永恒的存在，犹如柏拉图所宣扬的永恒的"理式"，站在了本体论的立场上；(凌继光，徐恒醇2005：26) 中世纪基督教亦认为美是绝对永恒的存在，不过却是站在生命的先验属性或者"神"的属性的立场上。(朱光潜 2007：69) 但是，在文艺复兴向古典主义过渡的时期，以物理学的新发现为契机，哲学家们认识到"世界"实际上是一个被"主观化"了的存在，"美"是通过内在感官才得以显现，因而就由过去的形而上、客观性走向主观化，自超验性的存在走向感知经验的存在，这一过程伴随着心理、感觉、意识、主观化的特征。这样一来，作为感受者的人就会对事物进行美的欣赏、评价、判断，于是"审美趣味"就成为一个突出的问题和美学史上的重要概念。

　　换言之，从古希腊到文艺复兴的传统美学思想出现了巨大转变，引发了审美领域的变革：一方面，"美学"成为独立专门的研究学科；另一方面，思想家们自美的研究转向了针对自身或者群体的"审美趣味"的思考。本文即以"审美趣味"这一概念为基础，通过阐述被誉为"德国古典美学开山鼻祖"(朱光潜 2007：37) 的康德视野下的"审美趣味"，进而聚焦法国社会学家布尔迪厄针对康德美学的批判和反思，揭示在这一概念背后所隐藏的美学的时代变迁与布尔迪厄文化社会学的问题意识。

一、何谓"审美趣味"

　　何谓"趣味"？这一概念古希腊文写为"γεῦσις"，是指"味觉、味感"；拉丁文写为"taxare"，则指"敏锐的触觉"。(范玉吉 2006：5) 简言之，自古希腊到文艺复兴，趣味的意义主要是指"味觉、口味、滋味"。现代英语和法语的"taste"和"goût"至今仍然保留着"味觉、味道、滋味"的基本语义，而趣味、审美力、鉴赏力等含义则为其引申义。亚里士多德说："（感觉所得的）这些印象，未必一一都是正确的，唯有审辨机能为之権断了的，才属可信。"（亚里士多德 1999：272）由此可见，较之感觉性的"趣味"，亚里士多德更重视"审辨机能"，且参照亚里士多德后期提出的"理式"概念，"审辨机能"大概也带有先验形而上学的性质。或许正是基于这样的认识，"趣味"一词最初只是感觉的印象，基本上与主观性的审美鉴赏、审美判断没有关系。

然而，到了文艺复兴时期，这一概念却出现了一大转变。文艺复兴之前，神学禁欲主义思想长期禁锢欧洲人，文艺复兴则令欧洲人重新发现自我，肯定人性的价值，开始热衷于展现个性。由此，过去被贬斥的人体感官和感觉得到重新审视，"味觉"虽然还不能与真正意义上的审美鉴赏画上等号，却开始拥有新的含义，包含价值判断的引申义。根据英国学者达布尼·汤森德（Dabney Townsend）的研究，味觉和审美判断产生关联，最早源于 15、16 世纪的文艺复兴时期。意大利人皮科·米兰多拉（Pico della Mirartdola，1463—1494）于 1486 年在为诗歌做注之际，运用"优雅"一词对人体之美进行了最初的鉴赏判断。（Dabney Townsed 1998：356-357）16 世纪中后期，意大利的风格主义作家费德瑞拷·祖卡洛（Fedrico Zuccaro，1541—1609）曾指出："优雅是……一种温柔与甜美的陪伴物，它吸引着目光，包含着品味……；它完全依赖着好的判断和好的趣味 [gusto]。"（Dabney Townsed 1998：356-357）在此，趣味判断引导品味，好的判断和趣味形成优雅的品味，优雅是一种类似于"温柔与甜美"的东西。至此，趣味不仅与人的触觉、味觉等感官感觉直接联系起来，还成为评判人体之美是否优雅的关键词。

关于趣味一词引申义的使用和传播，不少学者将之归功于 17 世纪西班牙宗教作家巴尔塔瑟·格拉西安（Balthaser Gracian，1601—1658）创作的《谨慎艺术的演说教材》（1'Oraculo manual y arte de prudencia）一书，断言正是格拉西安凭借此书首次将趣味一词引入美学。笔者以为，此说拔高了上述教材的作用。这不过是一部类似于道德说教的书籍，旨在于教导贵族们在日常生活中如何谨慎行事才能举止优雅，提示要做到优雅就必须具备"gusto relevante"，即敏锐的趣味。在此，趣味是指一种精神上的审辨能力，是指在所有事物中分辨好的成分的能力。由此可见，趣味不仅是美学意义上的评判标准，更是衡量其他事物行为好坏的准则，规范着人们的道德风尚。与格拉西安同时代的沙夫兹伯里（Anthony Ashley Cooper, 3rd Earl of Shaftesbury, 1671—1713）亦在著作中使用了趣味的引申义，将之等同于天赋、礼貌、礼仪，认为它可以引导人们互相尊重、行为谦让、得当、正派、文雅。由此，我们可以推断，沙夫兹伯里笔下趣味的含义亦在于摈弃野蛮，具有规范道德修养的社会意义。换言之，在17世纪到18世纪初，趣味在一定的程度上是规范人们言行举止的社会准则，也涉及美的形式判断，但是还未真正独立地成为美学领域中的价值判断术语。

　　正因为"趣味"一语本身与主体的感官经验密不可分，因此以哈奇生、霍布斯、洛克、休谟为代表的一批英国经验主义哲学家认为，应该站在经验主义认识论、人性论的基础上来认识审美趣味及其标准。（范玉吉2006：39）与之相反，笛卡尔、布瓦洛、莱布尼茨、莱辛等一批法、德理性主义哲学家则极为推崇理性认识的强大作用，指出只有通过理性才能直接可靠地把握事物本质，感觉经验完全靠不住。就这样，针对趣味的审美判断问题，经验主义与理性主义两大阵营展开长期论争，趣味逐渐成为西方文艺理论与美学的核心议题之一。而且，不少哲学家认识到，美和趣味的问题不是单纯依靠感性经验或理性分析就可以完整解释的，因而试图调和二者的矛盾。但是，只有康德才真正实现了两者的矛盾统一。通过《判断力批判》和《实用人类学》（*Anthropologie in pragmatischer Hinsicht*）的著述，康德首先将美从善、真、愉悦中独立出来，站在统一感性与理性的立场，系统全面地就美和趣味的问题进行了阐述。可以说，正是18世纪哲学家们对于美的思考与研究，最终形成了独立学科——美学。与此同时，在这一学科观念下，"趣味"作为辨识美的内在感官（第六感官）的能力，也成为美学研究的专门术语。

　　简而言之，"趣味"一词最初体现为古希腊以来的"味觉、味道、滋味"这样的范畴，而后随着15、16世纪的文艺复兴才开始与审美判断产生关联，到了17、18世纪初，开始形成规范人们言行举止的社会准则的基础概念，尤其是到了康德那里，趣味、美的问题才真正地被系统性地阐述，美学作为一门独立学科从而得以树立，趣味由此也成为美学领域中的专门术语之一。

二、康德的"趣味判断"及其契机

　　作为美学的集大成者之一，康德究竟如何看待"趣味"？针对趣味，康德曾在《实用人类学》中提道："美仅仅属于趣味的领域。"（康德2008：235）并解释指出："鉴赏，……是一个器官（舌、腭和咽喉）的属性，即在吃喝时受到某些溶解了的物质的特殊刺激。它在自己的应用中要么仅仅被理解为辨别的鉴赏（口味），要么也同时被理解为精鉴赏（例如，某种东西是甜的还是苦的），或者，所品尝的东西（甜的或者苦的东西）是否适意。"（康德 2008：233–234）该处译者采用的"鉴赏"一语，实际上是指一般意义下的趣味、口味。不过，不管是辨别的鉴赏还是精鉴赏，鉴赏判断的德文 geschmacksurteil 内含趣味 geschmack 和判断 urteil，即是作为审美判断的"趣味判断"。❶ 正如康德所强调的，趣味就是"评判美的能力。但是要把一个对象称为美的需要什么，这必须由对趣味（鉴赏）判断的分析来揭示。"❷

不仅如此，康德指出，审美趣味的评价能力依据了一种先验的共通感（gemeinsinn，一种被想象成适用于所有人的既定规则）来判断。康德将这两种趣味（鉴赏）定义为"反射性的趣味"（亦译作："经验性的鉴赏"，gustus reflectens）和"反思性的趣味"（亦译作："玄想性的鉴赏"，gustus reflexus）。反思性趣味依据先天性建立的、必然性的规则。先天性建立的规则，不仅会通过一个对象的观念与快感相关联来进行评判，而且理性也隐性地参与评判活动，呈现为一种理性的趣味（vernunftelnden geschmack）。因此，反思性趣味综合了感性与知性，成为康德论述有关审美判断的先验普遍有效性理论的基础。而后，"在《实用人类学》的后半部分、包括《判断力批判》中，康德便直接用'趣味'代替了'反思性趣味'，趣味原初的味觉感性意义也因此被完全剔除了。"（曹俊峰 1999：94）

就这样，经过一番由味觉感官，到辨识客观味道的辨别的鉴赏，到主观发挥作用的精鉴赏，再到反射性趣味（经验性的鉴赏）与反思性趣味（玄想性鉴赏）的精确划分，康德将论述的重点放在了基于感性与知性综合体的反思性趣味（玄想性鉴赏），其简称——"趣味"则成为审美鉴赏的代名词。换言之，趣味（鉴赏）作为一种感性的评价能力，既具有主观性、个体性，又被赋予客

❶ 围绕康德的这一概念的翻译，中国译本出现多个不同的对应翻译。以郑宝华主编《康德文集》（改革出版社，1997 年，第 573 页）为例，该文集翻译为"鉴赏力"；李秋零版的康德《实用人类学》（中国人民大学出版社，2008 年，第 235 页）翻译为"鉴赏"。但是，不管是"鉴赏力"还是"鉴赏"，皆掩盖了"趣味判断"这一内涵。之所以会如此，大概是出于汉语"鉴赏"一词兼具动词性与名词性的双重性，相较于"趣味判断"而言更为凝练。

❷ 康德：《判断力批判》，邓晓芒译，杨祖陶校，北京：人民出版社，2002 年，第 37 页，注 1。不过，该处译文亦被翻译为："评判美者的能力。但是，要把一个对象称为美的，这需要什么，必须由对鉴赏判断的分析来揭示。"引自康德：《康德著作全集第 5 卷——实践理性判断、判断力批判》，李秋零译，北京：中国人民大学出版社，2010 年，第 210 页，注 1。

观性、普遍性和必然性，这就是康德试图融合感性与理性，实现二者对立统一的独特之处。

康德通过《纯粹理性批判》论述了先验的纯粹知性概念和原理，通过《实践理性批判》论述了先验绝对的道德律。根据德国传统哲学对认识能力的知、情、意的划分，接下来康德势必探讨人之情感的先验概念和原理，这样才能构建完整的哲学体系。康德如何来实现审美鉴赏判断的先验原理的建构？就此而言，康德尤为突出"趣味判断"的四个契机，以此作为建构的基础。所谓"契机，在德文里有'关键'的意思"。（易中天 2006：66）康德指出："为了区分某种东西是不是美的，我们不是通过知性把表象与客体相联系以达成知识，而是通过想象力（也许与知性相结合）把表象与主体及其愉快或者不快的情感相联系。"（康德 2010：210）美的判断不应诉求于客体、不应抽象为逻辑知识；美的鉴赏是在人的想象力与感知力作用下，人自身的主体感受与客体对象相照映、相作用，而后生发的主体快乐的情感。那么，康德在论述审美趣味判断的四个关键角度中，重点探讨了什么内容？

首先，从质的关键角度来讲，审美趣味具有无功利性。康德认为，只有既是感性又是理性的人才享有审美愉快。人的"鉴赏是通过不带任何兴趣的愉悦或者不悦而对一个对象或者一个表象方式作评判的能力。"（康德 2010：218）因此，康德认为，审美趣味的判断不同于逻辑判断，它在于主体自身的理性，在于自身与对象的关系。不过，关涉到欲念、利益兴趣的"快适"和"善"的愉快情绪都是功利的，皆不属于审美的趣味判断范畴。"快适"受制于感性刺激；"善"受制于理性规则，其愉悦之情皆是不自由的。也就是说，唯有主体认识到自身与对象实质上是处于一种无功利性的自由状态，才会构成审美的特殊领域，才能感受到与理性相关的审美愉快。

其次，从量的关键角度来看，审美趣味具有普遍性。康德认为，愉快引起判断，这不过是满足官能、欲望的感觉上的快感而已；判断引起愉快，由此审美才具有普遍性。审美的普遍性，只能来自判断。判断一般是通过逻辑、范畴，也可以说是通过概念来确定的。但是，康德所谓的"审美判断"却是"无须概念而普遍地让人喜欢的东西"。（康德 2010：227）"是对诸心理功能活动的协调情感。"（李泽厚 2003：363）康德试图强调，这样的审美判断要求的不是概念本身，而是一种"共通感"。借助李泽厚的诠释，也就是"想象力与知性（概念）处在一种协调的自由运动中，超越感性而又离不开感性，趋向概念而又无确定的概念"（李泽厚 2003：363-364）的主观普遍性。

再次，从目的关系的关键角度来看，审美趣味具有必然性。具体而言，康德认为，审美判断唤醒的不是以客观对象为目的的行动，而是一种从情感上觉得愉快的主观的合目的性，是对象符合主体"诸心理功能活动的协调的情感"的自由运动，即一种审美的合目的性。康德认为，这样的合目的性正是没有特定、具体的客观目的的"主观合目的性"。换言之，作为审美判断的主观，并不指向特定、具体的客观对象。但是在康德看来，"至少可以依据形式"——"就我们意识到这种形式而言，才构成我们评判为无须概念而普遍可传达的那种愉悦，因而构成鉴赏判断的规定根据。"（康德 2010：237）——来"察觉到一种合目的性"。对于这一范畴，康德提示了"无目的的目的性"这一概念，并突出了"非功利而生愉快""无概念而趋于认识"。（李泽厚 2003：366）

最后一个契机，即"模态"，即审美趣味具有先验性。康德认为，"无须概念而被认识为一种必然的愉悦之对象的东西，就是美的。"（康德 2010：249）所谓"无须概念"，也就是不能依据主观与客观之间的概念性认识或者判断；同时也不能是以客观对象为目的的主观经验论。康德认为，"只有在假定共通感的前提下"，我们才能实现审美判断。（李泽厚 2003：366–367）这样的共通感，就是人共同感觉的"理念"，它不单具有人的自然生理性质，同时还具有社会性的内涵。正如李泽厚所指出的，这样的社会性或者这样的"模态"，既是个体所有的（人的自然性），同时又是一种先验的理念（人的社会性）。（李泽厚 2003：367）这就是康德提出的一个人类先验的主观性原理。

综而述之，正是通过这样的无功利性、普遍性、必然性、先验性四个契机，康德系统阐述了审美活动中"趣味判断"的特质和原理。就康德而言，趣味判断就是鉴赏者无功利地对客观对象的形式产生的情感，无须借助逻辑知识形成的概念，而是通过预设的人类"共通感"，这样的审美判断也就具有普遍性和必然性；趣味判断能力不是先天的禀赋，而是后天的习得；人经过后天性的学校教育陶冶，可以获得趣味判断能力；趣味判断应该注重形式、且无关功利。（马泰·卡琳内斯库 2003：38）康德的这一论断成为后来浪漫主义、象征主义、唯美主义、先锋艺术的理论基础，亦对布尔迪厄的文艺场域理论产生了巨大影响。

三、布尔迪厄围绕康德美学的批判与反思

承前所述，康德的审美理论对后世美学思想产生了巨大影响，一度成为

形式美学遵循的理论典范。尤其是新古典主义者，他们追求"超验与唯一的美的范本的共同信念"，并将之作为"每一个特定艺术家的价值的衡量"标准。但是，在一个犹如约翰·斯图尔特·穆勒（John Stuart Mill）所主张的"没有真正的美，凡是有用的都是丑陋的"（马泰·卡琳内斯库 2003：52）的审美现代性关照下，康德的先验的、形而上的美学理论遭到不少理论家的批判。简言之，康德认为美在形式，过分强调了艺术形式，而忽视了艺术内容的重要性，其理论的出发点并非历史唯物主义；康德指出趣味优于天才，判断力高于想象力，在某种程度上忽视了自然禀赋、想象力在艺术创作中的重要性;（范玉吉 2006：120-122）康德似乎忽略了艺术创作与社会的直接关系，因而其先验的、形而上的理论基调只能将其理论局限于思维、上层建筑的完善构建，而忽略了其与物质基础、社会、历史的互动关系。

或许正因为如此，康德创立的以趣味判断为核心的审美理论也遭到后世学者的批判。站在社会学的视角，德国社会学家、哲学家齐美尔（Georg Simmel，1858—1918）从消费社会时尚的角度对康德趣味理论进行反思，指出货币成了上帝，银行构成现代城市的中心。人的一切感官知觉皆离不开货币，但是人应该保有自己的自由权，在货币之外拓宽视野。这样一来，艺术家不仅仅为钱，更应为自己的精神而创作。站在艺术社会学的角度，西方马克思主义文学理论家、文化批评家伊格尔顿（Terry Eagleton，1943— ）对康德的审美无功利的立场展开了意识形态的反思，尤其在《美学意识形态》（*Ideology: An Introduction*，1991）一书中，伊格尔顿采取意识形态理论剖析现代"美学"，指出整个西方现代美学史就是一部意识形态话语史和政治反应史，现代美学的兴起和发展是资产阶级反对专制主义、建构属于自己的话语体系的结果。站在反思康德美学的立场，意大利文艺批评家克罗齐（Benedetto Croce，1866—1952）突出了"艺术即直觉"、"直觉即表现"，强调要将审美的再创造和审美主体皆纳入审美历程之中，使之成为一个具有生命的动态过程，并由此而承认趣味标准的绝对性。（范玉吉 2006：181-184）站在阶级分析的社会学角度，马克思主义美学家哈拉普（Louis Harap，1904—1989）反对从普遍人性的立场进行纯粹的美学思辨，指出了趣味的社会性、阶级性，提出"趣味是阶级斗争的晴雨表""时尚的本质是上层阶级的趣味竞赛""大众艺术趣味受制于资本家控制的大众媒介"等一系列命题。（范玉吉 2006：148-152）正是基于这样一批后现代的文艺理论家对康德美学趣味理论的反思与批判，西方美学趣味理论进入了一个"后康德"时期。

作为一个思想兼收并蓄、研究包罗万象的社会学家，布尔迪厄并不是真正意义上的美学家。但是，布尔迪厄却对"趣味判断"这一概念尤为关注。在《区隔：趣味判断的社会批判》(la Distinction: critique sociale du jugement) 之中，布尔迪厄系统探讨了文化消费社会领域的趣味问题：一方面，布尔迪厄批判与反思康德美学所谓的无功利、普遍性、必然性、先验性的理论基础；另一方面，将趣味还原为日常生活的实践，并将之与社会阶级区隔、社会空间的场域、惯习、资本、实践等概念结合在一起，赋予趣味以超越于纯形式审美的社会性功能。就这样，布尔迪厄在回顾传统美学领域下趣味探究的基础上，针对康德趣味判断的一系列问题，尤其是趣味判断的本质主义与普遍主义进行了理论反思与重新诠释。

首先，布尔迪厄质疑康德美学的无功利性、先验形而上的本质主义。康德认为，趣味判断乃是一种无功利性的快感，无须确定的智性概念，并将这一判断归因于先验性的综合判断的思维范式。对此，布尔迪厄批判指出：在日常生活中，普通大众的审美判断难道只是通过先天禀赋而得来的综合判断？趣味判断是否需要采取社会化、历史化的维度来加以考量？趣味属于纯粹美学领域，还是与社会中的教育、家庭出身、文化环境等密切相关？康德所谓的"纯粹凝视"是否绝对"纯粹"，是否掩盖了审美主体自身的物质因素和文化因素？站在社会学的立场，布尔迪厄进而指出："假设艺术品存在（即作为一个具有意义和价值的象征对象），确切地说，只有当它被具有所要求的意向和审美能力的欣赏者所把握时，才可以说正是一个审美者的眼光使得某个艺术品得以成为艺术品。"（福柯，哈贝马斯，布尔迪厄 2003：49）在此，布尔迪厄尝试告诉人们，对于文学艺术的审美，即审美趣味不是单纯的先天禀赋的能力或者普遍存在的共通感就可以完整地加以解释的。或者说，趣味不再是主体普遍具有的个体性情感的外显，而应该将其放置在历史建构的社会场域、文艺场域中来加以考察。

其次，康德认为，趣味判断的基础来自人类的共通感，且这样的共通感是一种人类先天普遍具有的综合判断能力的理念、共同感觉的能力。针对这样的审美判断的普遍主义，布尔迪厄指出，人并不是生来就拥有审美趣味。主体的趣味何以产生？不仅要考察美感的潜能，还应着重考察主体所处的社会场域，尤其是主体在其所处场域中的位置、社会轨迹、资源的配置、所拥有的资本状况等一切内容。康德试图跨越时空的范畴，抽象出一种具有普遍性的审美判断。但是，布尔迪厄则质疑一切的普遍主义，因而指出："怎么可能会有这样一种历史活动，比如科学活动，它本身处于历史中，却又能生成既贯穿整个历史又独立于历史的真理，它超脱于一切，却又具备具体的时间地点，并且还永远地、普遍地有效？"（布尔迪厄2006：6）例如，在狼群中长大的狼孩并没有美丑的概念，不懂得音乐、绘画、小说的美妙之处，荒废了自身的审美潜能，没有人类社会的审美趣味。因此，审美趣味需要依凭潜在的美感能力，在具体的社会历史情境中激活，求得进一步的形塑。挖掘隐藏在纯粹目光之后的社会物质、文化继承等条件，就此成为理解"趣味"是什么必不可少的条件。而且，布尔迪厄指出，一个审美者的眼光使一件艺术品成为艺术品，是因为"审美者本身就是长期接触艺术品的产物。"（福柯，哈贝马斯，布尔迪厄2003：49）事实上，走出纯粹思辨的趣味框架，将趣味与个体的日常社会生活联系在一起，与个体所接受的艺术熏陶的环境相联系，就能更清晰、更真实地理解趣味本身。

布尔迪厄曾经宣传自己探究的就是"科学的科学"，且一直在寻找社会学研究的科学化契机。这样的一个追求，令布尔迪厄的社会学研究充满了反思与批评：批判康德美学的本质主义与普遍主义，反对把文艺作品鉴赏行为抽象化、普遍化。在布尔迪厄的眼中，康德美学的上述特征，或许不过是一种充满了知识精英气息的理想化形态而已。布尔迪厄自身所倡导的，应该说就是一种以批判与反思为基调、以文艺场域的"结构的建构主义"（constructivisme structuraliste）为对象的"科学"的社会学。（P. Bourdieu 1987：147）

四、布尔迪厄的"审美趣味"

既然布尔迪厄不赞同康德本体论美学中的纯粹趣味的普遍主义和先验性，质疑审美的无目的、无功利性，那么布氏自身力图建构的"趣味"概念究竟如何？就此而言，围绕这一概念，布尔迪厄通过《区隔：趣味判断的社会批判》（1979年）、《艺术的法则——文学场的生成与结构》（1992年）、《文化生产场》（1993年）三部论著展开了详细论述。《区隔》是国际社会学联合会评定的20世纪最为重要的十部社会学著作之一，《艺术的法则——文学场的生成与结构》《文化生产场》则是当代社会学和美学的必读经典。在这一批论著中，布尔迪厄力图反思康德的纯粹抽象趣味，超越主观主义和客观主义的决定论，批判超越政治经济利益的文艺非功利论断，树立自身的审美趣味理论。

究其要点，首先，布尔迪厄"审美趣味"理论的基本立场，就是必须回归日常生活实践，通过日常文化实践来重新审视趣味的意义。布尔迪厄指出，

"除非日常使用中狭义的、规范意义上的'文化'回归到人类学意义上的'文化',并且人们对于最精美物体的高雅趣味与人们对于食物口味的基本趣味重新联系起来,否则人们便不能充分理解文化实践的意义。"（Pierre Boudieu 1984：1）由此可见,其所指的"狭义的、规范意义上的'文化'",即类似于精英知识分子所定义的文化概念;人类学意义上的'文化'",则是指广义上与普通大众生活密切相关的人类的实践。只有将审美趣味从长期以来只关注精英主义的视野转移到与人们对于日常生活物品的趣味、与大众文化相联系的广泛领域,才能完全理解文化实践的真正内涵。因此,布尔迪厄一方面借助《区隔》一书的调查,强调要回归到法国社会民众的饮食、服饰、装潢、运动、阅读、音乐、电影、绘画等日常生活中来审视普通大众的生活趣味;另一方面强调文艺鉴赏者必须将文艺品放置于具体的生产、流通、消费、分配的社会历史语境中,掌握文艺创作者如何获得、拥有文化资本、社会资本、象征资本,占据自身在文艺场域或者其他场域的位置,树立自身文化权力与塑造审美趣味的问题。

其次,布尔迪厄认为,审美趣味不仅是美学意义上的鉴赏判断,而且还具有社会学意义上阶级分层区隔的作用。在《区隔》之中,布尔迪厄指出:"趣味能分类,也能分类分类者。"（Pierre Boudieu 1984：6）分类即指规划社会阶级阶层,在他看来,对社会分层起关键衡量作用的,就是审美趣味。审美趣味不仅可以对社会群体进行区分,而且亦可以针对以此为对象而进行研究的分类者进行阶层分类。布尔迪厄还认识到,正是因为权力社会中存在着阶级等级的差异,社会主体的生活方式、文化消费也就必然不同,因此他们的审美趣味也会不同。一言以蔽之,审美趣味的不同,恰恰与阶级等级的不同归属相互照映、异质同构。具体而言,一个社会行动者身处怎样的阶级阶层,具有怎样的身份地位,决定了它具有该身份所特有的生活格调和审美趣味。为此,布尔迪厄重点探讨了统治阶级阶层、中产阶级阶层和被统治阶级阶层的趣味,指出各阶级阶层文化消费的操作实践不仅标示出了社会区分,同时也在持续地维持着、不断地再生产着阶级差异。

最后,布尔迪厄利用"审美趣味"来区隔阶级阶层身份,指出统治阶级追求一种衣、食、住、行等各方面、作为自由趣味的"雅趣",且较之功能更为注重形式;中产阶级的文化能力、文化消费、趣味追求皆是有限度的,既不同于被统治阶级,亦与上层社会的自由趣味区隔开来,是一种可称为"文化意愿",具有双重否定性的美学品位,并且是"假设的一种趣味,一种文化客体，一种没有确定性的判断标准"；（朱国华 2004：56）被统治阶级的趣味则是一种"粗俗的趣味"，（Pierre Boudieu 1984：56）一个带有必然性的趣味。究竟是什么造成这样的区隔？布尔迪厄指出，正是资本、教育、习惯、幻觉信念（illusio）等一系列核心要素造就了这样的阶级阶层身份，并且在一定社会关系、阶级群体中的所有行动者皆传承着共同、相似的文化资本。也就是说，布尔迪厄"审美趣味"最终指向的正是"文化资本"这一核心概念。

事实上，布尔迪厄并没有停留在"审美趣味"这一立场，而是进一步深入到"文化资本"这一范畴。在《区隔》一书中，布尔迪厄提示了各个阶级阶层共同具有的文化资本。作为布尔迪厄社会学理论的核心概念，文化资本涵盖审美趣味；审美趣味乃是反映文化资本的价值形态。不过，布尔迪厄亦曾提道："文学场是一个力量场，也是一个斗争场，这些斗争是为了改变或保持已确立的力量关系。每一个行动者都把他从前斗争中获取的力量（资本），交托给那些策略，而这些策略的运作方向取决于行动者在权力斗争中所占的地位，取决于他们所拥有的特殊的资本。"（皮埃尔·布尔迪厄 1997：83）在此，所谓的"特殊的资本"，就是布尔迪厄界定的"文化资本"。按照布尔迪厄的理解，审美趣味在此成为行动者"惯习"的主要体现之一，它引导着行动者的审美实践，同时也可以提高行动者的文化趣味。就在这样的过程中，文艺场域得以不断产生、不断经历着再生产。

围绕"审美趣味"的演绎与变迁，再度审视布尔迪厄针对康德美学的反思与超越，我们可以认识到：

首先，布尔迪厄诠释的"趣味"，不同于古希腊、文艺复兴、康德美学以来的欧洲传统，即并没有将审美的目光停留在纯粹的美学领域，而是转向普通大众的日常生活实践领域，转向日常文化商品消费活动的趣味。这一转向，我们可以解读为自康德美学向社会学的一个转向。布尔迪厄针对康德的批判，基本上是站在一个社会学理论的立场，而不是一个纯粹的美学理论立场。可以说布尔迪厄进一步超越了"审美趣味"的立场，树立了以"文化资本"为核心的阶级阶层学说。不过在此，反过来我们亦不得不指出，布尔迪厄在社会学理论的视野下阐释审美趣味，站在"文化资本"的立场将"审美趣味"与一般社会文化产品，尤其是意识形态、阶级区隔等同起来，这样的一个阐释不仅将美学自身的视角或者立场排斥在理论批评的视野之外，同时亦留下问题：以社会性的阶级阶层划分为直接目标的审美趣味忽略了审美给予人的一种超越性范畴。

其次，布尔迪厄阐释的"审美趣味"，是以"趣味"——可分为"自由趣味"或者"雅趣""文化意愿""必然趣味"或者"粗俗趣味"——为基准，来透视消费者的阶级身份，展开阶级阶层区隔。这样一来，布尔迪厄就使自身的阶级阶层论完全不同于马克思的阶级学说，即不能简单地将之理解为物质上的有产与无产、政治上的剥削压迫与被剥削被压迫的关系，而是具有了突出社会行动者的主体性审美的一大内涵。而且，布尔迪厄通过审美趣味而提示出"文化资本"这一概念，其目的是揭示现代社会中被遮蔽、掩饰了的象征性统治、资源不均等、地位不平等、阶级差异及其对立的内幕。这两点都是合理的拓展。布氏所突出的作为社会行动者的主体性审美，亦可以为我们诠释个体性主体的审美行为提供一条通道：作为社会行动者，一方面不可避免地会接受、形塑社会惯习（按照布尔迪厄的解释，这样的社会惯习与个人习惯"同源同构"、会被生产关系所影响与禁锢），投入文艺场域的社会性、历史性的建构活动中；另一方面，亦可以抱着一种"为艺术而艺术"（与戈蒂耶的"为艺术而艺术"概念不同）的神圣信念，在"幻觉信念"的感召下以个体性主体的方式进入社会场域，把场域"建构成一个充满意义的世界，一个被赋予了感觉和价值，值得你去投入、去尽力的世界"。（布尔迪厄 1998：172）

概而言之，布尔迪厄尝试利用自身重新诠释的文化资本、惯习、幻觉信念等一系列概念，重新标示了作为独立个体的社会行动者，确立其在场域中的地位，由此构建起以主体性为前提的、场域内的主体间性对话。布尔迪厄的审美趣味这一概念的社会学意义，大抵可以归结于此。

[本文获得厦门大学讲座教授、中国社会科学院外国文学研究所史忠义研究员的指导，在此表示衷心感谢！]

参考文献

[1] 凌继尧，徐恒醇. 西方美学史（第一卷）[M]. 北京：中国社会科学出版社，2005.

[2] 朱光潜. 西方美学史（上卷）[M]. 北京：中国长安出版社，2007.

[3] 朱光潜. 西方美学史（下卷）[M]. 北京：中国长安出版社，2007.

[4] 范玉吉. 审美趣味的变迁 [M]. 北京：北京大学出版社，2006.

[5] 亚里士多德. 灵魂论及其他 [M]. 吴寿彭，译. 北京：商务印书馆，1999.

[6] Dabney Townsend. *TASTE: Early History, Encyclopedia of Aesthetics* [M]. London, Oxford University Press, 1998.

[7] 康德.实用人类学 [M].李秋零，译.北京：中国人民大学出版社，2008.

[8] 曹俊峰.康德美学引论 [M].天津：天津教育出版社，1999.

[9] 易中天.破门而入——美学的问题与历史，上海：复旦大学出版社，2006.

[10] 康德.康德著作全集第 5 卷——实践理性判断、判断力批判 [M].李秋零，译.北京：中国人民大学出版社，2010.

[11] 李泽厚.批判哲学的批判：康德述评 [M].天津：天津社会科学院出版社，2003.

[12] 马泰·卡林内斯库.现代性的五副面孔 [M].顾爱彬，译.北京：商务印书馆，2003.

[13] 福柯，哈贝马斯，布尔迪厄.激进的美学锋芒 [M].周宪，译.北京：中国人民大学出版社，2003.

[14] 布尔迪厄.科学之科学与反观性 [M].陈圣生，等译.桂林：广西师范大学出版社，2006.

[15] P. Bourdieu.*Choses dites*[M].Paris, Les Editions de Minuit, 1987.

[16] Pierre Boudieu. *Distinction*：*A Social Critique of the Judgment of Taste*[M].Translated by Richard Nice, first published in Great Britain in 1984, London, Routledge and Kegan Paul.

[17] 朱国华.合法趣味、美学性情和阶级区隔 [J].读书，2004(7)：56.

[18] 皮埃尔·布尔迪厄.文化资本与社会炼金术——布尔迪厄访谈录 [M].包亚明，译，上海：上海人民出版社，1997.

[19] 布尔迪厄.实践与反思 [M].李猛，等译.北京：中央编译出版社，1998.

作者简介：翁冰莹，女，福建省邵武市人，厦门大学外文学院副教授、文艺学博士。

论差异化比较研究法在中国比较文学中的应用

——以中法故事和童话的比较研究为例

华　森　史忠义

浙江越秀外国语学院

内容提要： 瑞士因其独特的地理环境、多元的语言和文化环境使比较文学学科的发展得到了更多的机遇和挑战，它在当代的理论成果可以帮助我们了解当代欧洲比较文学界的研究动态，并借以观照中国的比较文学研究现状。

本文介绍了瑞士洛桑大学海德曼教授的差异化比较研究法，首先总结了该研究方法的理论背景和构建原则，然后在论述该研究方法的四个研究方向"陈述行为方式的研究"（modalités de l'énonciation）、"文类关联网的研究"（inscription générique）、"文本间对话和言语间对话的研究"（dialogisme inter-textuel & interdiscursif）及"文本化方式的研究"（modalités de textualisation）的过程中，以中法故事和童话的比较研究为例展望了中国比较文学研究应用该研究方法的可行性。

关键词： 差异化比较研究法；四个研究方向；中法故事和童话的比较研究可行性

众所周知，瑞士是一个拥有四种官方语言（法语、德语、意大利语、罗曼什语），与德国、法国、意大利、奥地利和列支敦士登接壤的联邦国家。这样特殊的地理环境使瑞士包含多种语言和文化。另外，联邦制国家体制决定了瑞士的教育制度并非全国统一而是各州自治，一般属于州立的大学因其所处州的语境和文化属性不同及德语、法语、意大利语、英语的语言地位不同而拥有迥异的学术传统，这些语言、文化、学术传统的多样性为瑞士的比较文学研究带来了机遇和挑战。当代瑞士比较文学研究领域又以洛桑大学的"欧洲语言和文学比较研究中心"（CLE）的研究成果最瞩目。研究中心的创始人乌特·海德曼（Ute Heidmann）教授提出的"差异化比较研究法"（le comparatisme différentiel）主要应用于欧洲的故事和童话的比较研究中，其系统化的研究方法为研究者们规划出十分清晰明确的研究方向。那么这种差异化比较研究法是否也适用于中国的比较文学研究呢？笔者希望以中法故事和童话的比较研究为例来探讨这个问题。我们首先围绕该研究方法的原则和学术背景，梳理该研究方法的生成经历，然后具体探讨分析该研究方法的四个主要研究方向（"陈述行为方式的研究"/modalités de l'énonciation、"文类关联网的研究"/inscription générique、"文本间对话和言语间对话的研究"/dialogisme intertextuel & interdiscursif 及 "文本化方式的研究"/modalités de textualisation）在中法故事和童话的比较研究中的可行性。最后通过上述研究实例思考该研究方法应用于中国比较文学领域的优势与不足。

一、差异化比较研究法的原则和学术背景

海德曼教授的差异化比较研究法立足于两个原则："差异化"（différenciation）和"多样性"（diversalité），或者更准确地说，多样性即差异化的结果。与"多样性"相对立的是"普遍性"（universalité），从研究学科的角度看，在故事和童话研究领域中，"多样性"与"普遍性"的对立就是差异化比较研究法与民俗学普遍化研究法的对立。换言之，民俗学研究者将所有的故事看作同一个文类（genre）进行研究。说到民俗学家对故事和童话的研究，我们不得不提到阿尔奈 – 汤普森的分类法（Aarne–Thompson Index），这种分类法最早由芬兰民俗学家安蒂·阿尔奈（Antti Aarne）提出，后经美国民俗学家斯蒂·汤普森（Stith Thompson）完善改进，最终形成了阿尔奈 – 汤普森分类法。现在仍有很多研究者参照他们编号的故事类型来分析研究故事或者童话。在海德曼教授看来，这样的研究只会让故事和童话落入大众的思维定式当中，误导我们对故事和童话的认识。她举了一个例子，第 333 个故事类型 "The Glutton（小红帽）"讲述的方式通常如下："狼或者其他猛兽吃掉了一些人，最后被吃掉的人被从猛兽的肚子中活着救了出来"（阿尔奈 – 汤普森 1964：125）。在这样的情节框架下，研究者还列举了一些故事中经常重复出现的素材（motifs）。而研究者在分析故事或者童话时，往往会通过这些罗列出来的题材（thèmes）和素材，判断一个故事（或童话）个体从属于哪一种故事类型。这样的研究方法只考虑某些素材和题材是否出现在故事中，而不考虑这些素材和题材在叙述过程中迥然不同的表现方法。因此，海德曼教授认为用这样的故事类型标

记我们的研究对象只能 "割裂研究对象与它周围的'伴随文本'(co-texte), ❶ 同时罔顾文本个体创作时不同的历史社会环境和语言环境"(Ute Heidmann2010：28)。例如，在夏尔·佩洛（Charles Perrault）的《小红帽》(*Le petit chaperon rouge*, 1697)中，故事以狼吃掉了小女孩作结尾，这往往会使得大众有一种作者删去了小女孩得救情节的错误观念。恰恰相反，小女孩得救这一情节直到 1812 年格林兄弟对这个故事进行再创作时才加入故事的结尾。

1929 年，民俗学研究领域出现了第二部巨著《故事形态学》(*Morphologie du conte*)，俄国的结构主义学者弗拉基米尔·普罗普（Vladimir Propp）在该书中提出了 31 个功能和 7 个行动过程，并且强调了基础素材（又译作"母题"）在神奇故事（conte merveilleux）中的特殊重要性。于是学者们对于故事和童话的比较研究注重从基础素材入手。但是海德曼教授认为这种研究仍然脱离了文本的创作背景，将所有个体文本一概而论。继故事类型（tale type）和神奇故事之后，民间故事（conte populaire）成了学界新的普遍典型，法国的民俗学家保尔·德拉鲁（Paul Delarue）和玛丽·路易斯·特奈兹（Marie-Louise Ténèze）完成了《法国民间故事》(*Le conte populaire français*)一书，他们效仿阿尔奈 – 汤普森分类法，去掉原来的情节框架，代之以一个被称为"民间故事原型"(le conte populaire prototypique)的文本，后面再标注出该文本的来源。"母题"板块也被"故事要素"(éléments du conte)所取代。在"故事要素"中，作者罗列出该故事原型在不同时期的各种不同版本。海德曼教授仍然以"小红帽"为例，指出德拉鲁认为佩洛的《小红帽》源自民间故事，论据是这个故事"保留了通俗的口吻和自然淳朴的特质"。(Ute Heidmann2010：30)法国哲学家马克·索里亚诺（Marc Soriano）在他的《佩洛童话：高雅的文化，通俗的传统》(*Les contes de Perrault. Culture savante et traditions populaires*)一文中，断然肯定佩洛的《小红帽》直接来源于口头文学，只不过是对口头文学的一种"改编"(adaptation)。这样的结论彻底将口头文学与书面文学对立起来。然而口头文学与书面文学息息相关，它们之间的关系错综复杂，我们很难说清楚某一部文本究竟是受到了口语还是笔语的影响。这样建立在民俗学基础上的比较研究表现出一个涉及认识论和方法论的主要问题："我们所比较

---

❶ 伴随文本是背景的一部分，我们通常认为背景（contexte）由伴随文本（co-texte）和非文字类背景（context non verbal）构成。伴随文本可以是几个字词也可以是整个一部文本。在海德曼教授的差异化比较研究法中，伴随文本通常指的是在故事集、诗集等文集中，除了研究对象以外的其他文本。例如佩洛的故事集中，如果我们以《小红帽》为研究对象，那么《睡美人》等其他故事就是它的伴随文本。

的作品都是在历史的长河中经过那些假定的结构（所谓的通用结构）证实过的作品"。❶ 这些"假定的结构"就是故事类型、神奇故事或者民间故事，它们向研究者提供了一些比较的标准，然而这些统一化的标准"不仅没有将文本之间的相异性体现出来，反而削弱了故事个体的复杂性"。❷

因而在此基础上，海德曼教授提出了与"普遍化"相反的"差异化"比较研究法：立足于每个故事的差异性，结合每个故事文本创作的社会历史环境和语言文化背景，进行"差异化的"（différentiel）、"非等级式的"（non-hiérar-chisé）的比较研究。其目的在于打破大众对于故事和童话的传统思维定式，例如，单纯地认为故事和童话是给小孩子看的、仅供娱乐的、没有什么文学价值的东西。海德曼教授始终认为"当我们研究语言、文学和文化现象时，我们可以注意到更多的差异，因为差异化便是它们起源的一个原则。一门语言、一种文学、一类文化的'形成、发展和消失都是在别种语言、文学、文化的交流和碰撞中发生的，没有任何一个个体可以代表一个整体'"。❸

二、差异化比较研究法在中法故事和童话研究中的应用

差异化比较研究法又有哪些研究方向呢？海德曼教授从四个研究方向确立了比较的方法：陈述行为方式的研究（modalités de l'énonciation）、文类关联网的研究（inscription générique）、文本间对话和言语间对话的研究（dialogisme inter-textuel & interdiscursif）及文本化方式的研究（modalités de textualisation）（图 1）。

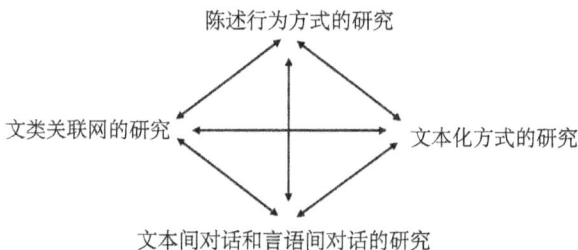

图 1　海德曼差异化比较研究法结构图示

从海德曼教授给出的示意图，我们可以看出这四个比较研究的方向都是相互关联的，甚至有时在研究过程中它们是相互包含的关系，我们有可能很难如楚河汉界般将它们划分得清清楚楚。下面我们具体将这四个研究方法进

---

❶ Ute Heidmann. Enjeux d'une comparaison différentielle et discursive[J]. L'exemple de l'analyse des contes. CLW 2, 2010: 31.
❷ 同上。
❸ 同上，第 27 页。

行详细的描述。

1. 陈述行为方式的研究（Modalités de l'énonciation）

"陈述行为方式"包括"在神话的写作（和改写）中使用特有的陈述机制，话语的'表演'（mise en scène）现象，以及对于文学言语而言复杂且重要的'场景设计'（scénographie）……"（Ute Heidmann 2018：3158）

这个研究方法最早应用于她对神话的改写研究，而我们在应用该研究方法时，自然可以将神话这一研究对象扩展到故事和童话的研究，甚至一切文学文本的研究中。说到"话语的表演现象"和"场景设计"，我们应该先捋清这两个概念的由来。其实，这个对陈述行为方式的研究方法是建立在多米尼克·曼戈诺（Dominique Maingueneau）的话语分析理论基础上的，他在《文学言语。错位和陈述场景》（*Le Discours littéraire. Paratopie et scène d'énonciation*）一书解释道：

作品，通过它在文本中构建的世界，反映出自身陈述活动的环境并使之合理化。因此"陈述场景"（scène d'énonciation）必须起到至关重要的作用，无论是在文本之中，还是在人们可以从外部描述的交际情景（situation de communication）中，"陈述场景"的作用都不会有所削弱。话语机制就是从一个话语移动到另一个话语的过程，其目的是使得作品和它的陈述环境相互支撑。这种相互支撑构成了文学活动的原动力。（Dominique Maingueneau 2004：107）

在曼戈诺看来，所有的文学言语都有内在、外在两个环境，外在的即社会学角度的"交际情景"，而内在的就是陈述活动构成的"陈述场景"。"在文本与背景（contexte）'之间'有陈述行为，在创作空间与文本空间'之间'有陈述场景，这样的'之间'挫败了文本的任何直接外在性（extériorité）"。（Dominique Maingueneau 2004：107）而外在性指的就是研究者只关注文本的非文字背景，也就是我们常说的历史文化背景等，这样的研究完全脱离了文本，使得背景游离于文本之外；相反，内在性指的是研究者只关注文本，而忽略背景的作用。因此我们需要用陈述行为将文本和背景统一起来，也需要用陈述场景将创作空间和文本空间串联起来，只有通过陈述行为和陈述场景，才可以摆脱社会学只从外部来研究文本的谬误。

因此曼戈诺认为任何文本都由三个场景构成：整体场景（scène englobante），文类场景（scène générique）和场景设计（scénographie）。所有陈述内容都有一个整体场景，通过这个整体场景，我们可以了解该陈述内容的类型：宗教、政治、文学等，此外我们还可以知道作者的情况，陈述内容是否为虚构等。而文类场景则让我们了解与陈述内容文类相关的陈述环境，它是否与大众的期待相符，是否与作者的预期相符。"场景设计"则是"由文本构建的叙述场景"。(Dominique Maingueneau2004：192) 陈述人和共同陈述人 ❶的身份只有在"场景设计"中才能成立，同时陈述发生的空间（topographie）和时间（chronographie）也只有在"场景设计"中才有意义。简言之，就是作者在创作之前会预设一个场景，然后他通过陈述活动来实现这个场景。在笔者看来，所有这些"交际情景""陈述场景"和"场景设计"都是"背景"的一部分，都是我们在研究文本时不可忽视的一部分。

综上所述，海德曼教授提出"陈述的行为方式"的研究主要强调的其实就是文本和背景的联系，背景并不是游离于文本之外的，"文本本身就是对于背景的经营"。(Dominique Maingueneau1993：24) 当我们谈论陈述场景时，会发现"文本其实就是被搬上舞台的话语痕迹"。(Dominique Maingueneau2004：191) 换言之，陈述活动就是话语的表演。因此在观察陈述行为的方式时，话语是如何表演的也是我们要研究的一个重点。我们的分析重点不在陈述内容，而在陈述主体的表现方式（façon）。陈述行为和陈述内容处于何种时空？陈述主体的受众是谁？以何种形式表现出来？对于场景设计的差异化比较分析可以让我们发现不同的陈述策略和其表现出的意义效果，如果我们只关注陈述内容，这些策略和效果的不同是难以察觉的。另外值得我们注意的是，这些陈述的行为方式通常体现在"楔子、标题、序言、扉页和框架叙述中，同时这些陈述的行为方式又和文本化的方式紧密相连"。(Ute Heidmann2018：46)

《叶限姑娘》（段成式1937：172–173）是中国最早以文字形式出现的灰姑娘故事，少数民族的很多民间故事与叶限类似。我们可以以《叶限姑娘》与佩洛的《灰姑娘或小玻璃鞋》 ❷（*Cendrillon ou la petite pantoufle de verre*，后文中简称《灰姑娘》）为例，以陈述的行为方式作为切入点，我们所要比较研究的正是这两部作品的陈述场景是怎样的，作者又是如何在作品中营造这样的场景，也就是所谓的"场景设计"。

---

❶ 共同陈述人（co-énonciateur）指陈述内容的接受者，亦即听众或读者。
❷ PERRAULT, Charles, « Cendrillon ou la petite pantoufle de verre », *Contes ou histoires du temps passé. Avec des moralités*, Paris, Claude Barbin, 1697，p. 117-148.

表1 《叶限姑娘》与《灰姑娘》的比较分析

		《叶限姑娘》	《灰姑娘或玻璃鞋》
交际背景 (交际情景，conjoncture de la communication)		唐代(9世纪左右)，中国历史上在各个方面的发展都十分迅速，社会繁荣昌盛。无论是在政治、经济、思想文化还是社会上取得的发展和功绩都很明显	17世纪的法国与唐朝极为相似，是法国历史上的鼎盛时期。尤其是路易十四在位期间，法国的文艺得到了空前发展
陈述场景	整体场景	作者段成式，该文收录于《酉阳杂俎》(续集·卷一·支诺皋上)中，属于文学作品。酉阳杂俎记录了汉唐以来的生活状态、思想状况等，其中《支诺皋》这一卷主要记录的都是奇人异事	作者夏尔·佩洛(Charles Perrault)，该文收录于1697年出版的《过去的故事或虚构的事：附有道德寓意》，属于文学作品。该故事集收录了7个故事或者童话
	文类场景	笔记小说	Conte (故事)
场景设计	时间	秦汉前	很久以前(il était une fois)
	空间	岭南地区(南人相传)	没有明确的地点

　　这张表格只是简略地向大家展示一个比较的例子，实际的分析更具体而复杂 。但是从这张表格我们也可以简单地看出文本与背景之间的联系。立足于这些具体的交际背景、陈述场景及场景设计，我们可以更好地挖掘作者的陈述策略以及在这种策略之下体现出的不同的陈述效果。首先值得注意的是《酉阳杂俎》中的文章都是没有标题的，我们常说的《叶限》或者《叶限姑娘》这个名字是后人加上的。为了行文方便，我们保留了这个后人加上的名字。从后人加上的这个标题可以看到西方童话对于我们的影响，例如，佩洛故事，他的大部分故事都以女主人公的名字命名：《小红帽》《睡美人》《灰姑娘》等，因此中国的读者想给中国的灰姑娘故事加上标题的时候，便很自然地沿用了

这一传统，以《叶限姑娘》作为标题。

让我们回到两个文学文本的交际背景。《叶限姑娘》创作于唐朝，唐朝是中国文学史上的一个巅峰时期。在以纪实为文学传统的中国，《叶限姑娘》这类在正统学者看来难登大雅之堂的志怪小说是如何在唐朝文学界立足的呢？笔者以为这与当时的交际背景有着很大关系，唐朝的社会、人文环境为文学家们提供了一个自由的创作环境，使中国在唐朝取得了辉煌的文学成就。首先最重要的是唐朝时期的中国拥有长期稳定的政治形势，"贞观之治"和"开元盛世"极大地推动了社会经济的发展。在物质文明得到满足的情况下，人们就更多地关注精神文明的发展。此外，唐朝思想开放，并没有很多的金科玉律来约束文艺创作，这也为文学的发展培育了理想的环境。更兼当时儒道释三家的思想一步步渗入中国的文化中去，各家思想的兼容并蓄直接影响了艺术家们的创作。丰富的人文思想解放了作家们的想象，一时间传奇、志怪小说的创作在唐朝掀起了一个高潮。因此《叶限姑娘》的出现并非偶然。而《灰姑娘》及其他佩洛故事在法国取得的成功也绝非偶然。佩洛生活在路易十四当政的时代，那正是法国历史上最重要的鼎盛时代之一，也是法国文艺领域百花齐放的时代。路易十四采取了一系列举措促进法国文艺学科的发展。笔者以为，他之所以大规模推动法国文艺领域的发展，乃是希望法国超越16世纪意大利文艺复兴所取得的辉煌。如果我们注意17世纪法国文学作品的文类，就会发现这个时期出现了众多取得佳绩的文类：拉封丹的寓言，莫里哀的喜剧，拉辛的悲剧，布瓦洛的诗歌，佩洛的故事等。由此可见，只有在更自由、包容、丰富的社会人文环境中，这些看似天马行空的故事或童话才可以得到更自由的发展。此外，17世纪法国的沙龙文化不仅促成了文艺家们之间的直接交流，同时也孕育出了一大批匪夷所思的故事（conte），故事的创作正是在沙龙中掀起了高潮，佩洛、德·奥诺瓦夫人（Marie Catherine D'Aulnoy）、莱利提耶夫人（Marie Jeanne Lhéritier）在同一个沙龙中活动，宛若中国的以文会友，很多法国的故事创作者也是借用故事来达到沟通交流的目的。

我们再来看两篇故事的场景设计。《灰姑娘》通过"很久以前"及没有明确地点的时空设计，直接向读者揭示了这是一个虚构的故事。然而中国的灰姑娘故事发生于唐朝，当时无论是作家还是学者都对"虚构"这个概念没有清楚的认知，因此当时的文学作品还是以纪实为主。因此在中国的灰姑娘故事中，我们有更为明确的时空安排：秦汉前的岭南地区。另外《叶限姑娘》表面上是一个介绍历史遗迹来历的故事："洞人哀之，埋于石坑，命曰'懊女冢'",实则创作之初作者就预设了志怪场景。《叶限姑娘》收录在《酉阳杂俎》的《支诺皋》中,《支诺皋》这个标题已经清楚地向我们预告了这个志怪场景。"诺皋"是一个道教词汇,本指太阴神的名字,后来成为一种与鬼神沟通、招魂辟邪的巫咒之术。显然作者从《支诺皋》这个名字开始就已经为读者预设了一个场景——作者所叙述的都是一些怪力乱神之事。通过更详细的文本分析,我们可以发现作者陈述的过程都暗含了这个预设的场景。由于篇幅有限,这里不再具体展开。

通过上述例证,我们发现"陈述的行为方式"的研究可以广泛地应用于各种文学作品的比较研究。因为无论在何种情况下,我们都不可以将文本与背景割裂开来。

2.文类关联网的研究(Inscription générique)

第二个研究层面其实是对文类的研究。通常,我们会把一部文学作品与一个固定的文类捆绑在一起,例如,《灰姑娘》是一个童话,这是人们在大众传媒的现代社会形成的惯性思维。但是在文学研究中,我们不应该将一部文学作品视为一种恒定不变的文类。海德曼教授的"文类关联网"概念正是让我们动态、发展地看待文学作品的文类问题:我们应该"将陈述内容置于文类的形成过程当中",而文类的构成涉及很多方面,例如,"陈述者的文化和他所处的言语群体",甚至"陈述者熟悉的其他语言和文化"(Ute Heidmann 2018:49)都会影响到陈述者陈述内容的文类归属。因此海德曼教授以为,一部文学作品的文类并不应该有一个固定的唯一结论,当我们在研究一部文学作品的文类时,应该考虑到其文类构建过程中涉及的一切因素,换句话说,对文类的研究其实是对与文类构建相关联的一切因素的研究,我们可以以文类(genre)为中心勾勒出一个网状结构。

海德曼教授将文学文本与以下几个主要因素建立起关联网:作者生成性(généricité auctoriale)、读者生成性(généricité lectoriale)、编辑生成性(généricité éditoriale),以及与翻译者、舞台导演和电影工作者相关的生成性等(généricité propre aux traducteurs, aux metteurs en scène et aux cinéastes etc)。在海德曼教授看来,无论是文学文本的形成还是它的文类形成都与作者、读者、编辑、翻译者、舞台导演和电影工作者等人有关,每一个人都构成了文类关联网的一个环节,我们可以用下述简图来表示(图2):

```
                          作者
                           ↑
                           |
        读者  ←——————  文本  ——————→  编辑
                         ╱   ╲
                        ╱     ╲
                     翻译者    导演、电影工
                             作者，等等
```

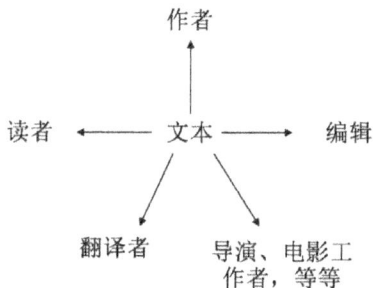

图 2　海德曼文类关联网示意图

　　首先，作者可以直接决定其作品的文类。例如，佩洛在其第一版出版的《过去的故事或虚构的事：附有道德寓意》中，给每一个作品的标题都加上了一个关于文类的副标题（除了《蓝胡子》/*La Barbe bleue*）。例如，《灰姑娘》这个故事的旁边就标有"童话"字样，而《叶限姑娘》的作者并没有类似的文类标注，但是他在自序中这样定义了他所作的《酉阳杂俎》："固役而不耻者，抑志怪小说之书也 ……"❶ 由此可见，《叶限姑娘》也当属于志怪小说。除了作者，读者也会参与到作品的文类形成中。我们仍然以"灰姑娘"的两个中法故事为例，17 世纪末佩洛的灰姑娘问世时，并没有人认为这是一个给小孩子看的童话，而在 9 世纪的中国，《酉阳杂俎》也必然不是给儿童阅读的文集。但是随着时间的推移，佩洛的《灰姑娘》变成了给儿童阅读的童话故事，《叶限姑娘》也经常被读者认为是中国最早的童话故事，周作人先生在《古童话释义》一文中认为"中国童话当以此（叶限姑娘）为最早"（周作人 2011：27）❷。由此可见，一部文学作品的文类问题并不是由作者独自决定的，它的读者也参与其中，不同时代的读者对它有不同的解读。随着出版业的崛起，在文本的生成过程中，编辑对它的影响也越来越大。海德曼教授给出了一个例子，18 世纪初期开始，佩洛的编辑们开始简化他的作品集标题，将原来的《过去的故事或虚构的事：附有道德寓意》改成《佩洛先生的故事：附有道德寓意》（*CONTES de Monsieur PERRAULT. Avec des Moralités*）（1707）。1723 年 7 月 23 日，"蓝色书库"❸ 以"仙女的故事"（contes des fées）为标题将佩洛的故事收录其中。就这样，佩洛这些作品的文类仅从 17 世纪末到 18 世纪初就经历了从"过去的故事或虚构的事"（contes ou histoires du temps passé）到"故事"

---

❶　https: //zh.wikisource.org/wiki/ 酉陽雜俎 / 酉陽雜俎序。

❷　周作人. 中国新文学的源流——儿童文学小论 [M]. 北京：十月文艺出版社，2011，第27 页。

❸　"蓝色书库"（la bibliothèque bleue）是 17 世纪初法国最早的"民间文学"的雏形。

(contes)，再到"仙女的故事"（contes des fées）的变化过程。在中国，《叶限姑娘》并没有经历这么多的波折。1937年，德国学者艾伯华（Wolfram Eberhar）在《中国民间故事类型》（*Folktales of China*）一书中将叶限姑娘这个故事收编在"灰姑娘"这种民间故事类型中，而这个分类也很快被中国的学者们所接受，因为中国在五四运动之后就开始热衷于民间故事的搜集和探究，当时的中国学界渴望西方学术的浇灌。因此之后的一些编辑也会将《叶限姑娘》纳入民间故事的文类中，例如，谢武彰创作三本图画故事书《板桥三娘子》《叶限》《鲤鱼变》，编辑把这三本书收入"谢武彰的民间故事系列"。2017年儿童文学研究学者王泉根主编了一套名为《代代相传的中国童话》丛书，该书共有6册，其中一册就以《叶限姑娘》为名。其实早在此之前，就有很多中国学者提出叶限应该属于童话，例如，我们在上文提到的周作人先生。概略言之，《叶限姑娘》从9世纪的"志怪故事"变身20世纪的"民间故事"和"童话"，以及21世纪确定无疑的"童话"。对于一部文学文本而言，作者、读者和编辑确实构成了三个最主要的环节；但是随着时代的发展，世界各民族之间文化交流的需求和多媒体的产生让我们拥有了更多可以影响文类形成的群体，因此翻译者、舞台导演和电影工作者们等也都进入这个文类关联网，我们就不再在此一一举例论证了。

　　笔者以为，海德曼教授之所以将文类看成变化的、动态的文体，是为了强调文学作品的丰富性、文类自身的丰富性和多样性。我们知道，人们往往根据自己以往的经验将这些作品划归到一个相对固定的文类中，无论是佩洛的"过去的故事或虚构的事"、德·奥诺瓦夫人（Marie Catherine D'Aulnoy）的"仙女的故事"，还是莱利提耶夫人（Marie Jeanne Lhéritier）的短篇小说，人们都会因为思维定式将它们归入到"童话"这个类别中，这样我们就忽略了这些作品文类方面的重要区别。一方面，我们的确不应该把某种文类看成一成不变的文体，另一方面，也不应该否认大众将这些作品归入"童话"是一种宏观把握，这些作品确实有相似的文学特征才会被他们归入同一种文类。我们不能要求读者大众与专业研究人员或批评家对文类的细微差异拥有同样的敏感性和学术评判。

　　海德曼教授谈论文类关联网时，谈到了编辑、翻译者、舞台导演等，但他们也都是读者，所以这个关联网可以简化。笔者以为，我们可以从文学活动的性质出发，把文类关联网划分为"创作（再创作）"[(re) production] 和"接受 – 阐释"（réception-interprétation）两个层面。在文学活动的实践中，几乎所有人都实际从事了两类性质的活动。作者在接受前人素材和创作题材方面，实际进入了"接受－阐释"领域；读者在接受和传播作品的过程中和这一过程本身，也有"创作"活动，也是"创作"行为的具体落实。我们可以用简表表述如表 2 所示。

表 2　文类关系网的两个层面

创作（再创作）	接受－阐释
作者、(读者)、编辑、翻译者、舞台导演、电影编导等	(作者)、读者、编辑、翻译者、舞台导演、电影编导等

参与文类关联网构建的，还有很多人，例如，插图师、报刊评论人员、文学批评者和研究人员、大学师生等，他们的具体活动内容需要视具体情况界定。

3.文本间对话和言语间对话研究（dialogisme intertextual & interdiscursif）

该研究方向依托于托多洛夫（Todorov）提出的"文本间和言语间的对话性"理论，这是托多洛夫对巴赫金对话理论的进一步发挥。在托多洛夫看来：

陈述内容最显著的特点，或者说最容易被忽略的特点，就是它的对话性，也就是说它的文本间维度。从亚当开始就不再有没有名字的物体，也不再有没有用过的字词。有意或者无意地，每个言语都与以前关于相同客体的言语在对话，也与未来的言语在对话，现在的言语是对未来话语的预知和展望。个体的声音只有在融入已经存在的其他声音的和声中才可以被听到。不仅文学言语如此，任何话语皆如此，巴赫金因此勾勒出了对文化的一种新解释：文化是由保留着集体记忆（共性、刻板印象和特殊表达）的言语构成的，每个主体都相对于这些言语而定位。（Tzvetan Todorov1981：8）

海德曼教授以为，文本间对话和言语间对话研究对于营造文学创作的意义效果（effet de sens）有着不可忽视的重要性："文本间对话和言语间对话"比"互文性"（intertextualité）❶更积极。她把这种文本间关系构想成"对于曾经的话语或文本的意义命题的一种回答"，而非"借用（emprunt）、模仿（imitation）或影响（influence）"。（Ute Heidmann2018：53）因为在她看来，"借用、模仿、影响"这些词使文本与互文性文本之间的关系变成了一种等级关系。如果我

---

❶ 互文性是由后结构主义学者克里斯蒂娃提出来的，她的这一理论结合了索绪尔的结构主义符号学和巴赫金的对话性，克里斯蒂娃认为"任何文本都是其他文本的吸收和转化"。

们把两者的关系想象成一种"创造新的、不同的意义效果的对话关系",(Ute Heidmann2018:53) 那么每个文本就是对其互文文本的一种回答。我们仍然以佩洛的故事集为例,其中的《小红帽》《睡美人》及《蓝胡子》与阿普列尤斯(Apulée) 的《金驴记》(*Métamorphose*) 之间正是文本间的对话关系,这三个故事都是对《金驴记》中"普赛克"(Psyché) 故事的一种回答。❶

但是立足于中法故事或童话的比较研究,我们会发现,无论是海德曼所谓的文本间的对话性还是克里斯蒂娃的互文性,都有相当的局限性。首先在笔者看来,文本间的对话性与互文性并没有本质性的区别,前者更注重两者之间的实际关系,后者更泛化一些。而两个文本之间要成为互文关系,首先它们的创作时间必须有明显的先后性,其次文本与互文文本之间必须有直接的关联性,这样才可以称为"互文性"或者"文本间的对话性"。或者更直白地说,文本 A 和文本 a(b, c……)有时间的先后关系,而且我们有论据证明文本 a(b, c……)的作者阅读过文本 A,我们才可以说 A 与 a(b, c……)之间存在着互文关系,否则就不能成立。无论是先后顺序,还是直接的关联关系,都会造成两种可能性,一种是无中生有地过度解读,过度地挖掘文本之间的互文关系;另一种缺陷是极大地限制我们的研究思路。

就创作时间的先后性来谈,如果仅因为不存在先后性就否定了文本间的对话关系,就显得太武断。例如,17 世纪末,除了佩洛的《灰姑娘》(1697),我们发现另有两部疑似可以与之构成对话关系的文本:莱利提耶夫人的《聪明的公主或菲奈特的历险》❷ (*L'Adroite Princesse ou les Aventures de Finette*, 1696) 和奥诺瓦夫人的《菲奈特灰姑娘》(*Finette Cendron*, 1697)。我们很容易看出这三部作品标题之间的相互呼应,但是却无法按照上文中的定义,确定三部文本之间的互文关系,因为它们是同一时期的作品。17 世纪沙龙文化盛行,佩洛与上述两位夫人在同一沙龙活动,所以我们很难界定这些作品究竟哪部在先哪部在后,我们唯一的依据是它们的出版时间,而三者的出版时间差距又不大;此外,我们也很难确定他们是否提前看过对方的作品,因此互文关系并不适用于这三部文学文本。但是,即使无法确定互文关系,我们也不能否认这三者之间的对话关系。我们可以将其构想为一种文类间的对话性(dialogisme intergénérique):两个故事(contes)和一部短篇小说(nouvelle)

---

❶ 具体内容可以参看海德曼教授的论文 *Expérimentation générique et dialogisme intertextuel*: *Perrault, La Fontaine, Apulée, Straparola, Basile*, Féeries (8),2011. 我们这里不再展开。

❷ 这是一篇短篇小说(nouvelle)。

之间的对话。

其次是文本之间的关联性所带来的限制。我们还是以《叶限姑娘》和《灰姑娘》为例，《叶限姑娘》是 9 世纪的作品，而《灰姑娘》是 17 世纪末的作品，两个文本之间的时间先后关系毋庸置疑。另外，两个文本讲述了类似的故事，但是我们并没有证据证明佩洛阅读过段成式的作品。从时空间隔来看，其阅读过的可能性微乎其微，所以这两个文本之间并不存在互文关系，我们既不能使用"互文性"理论，也不能使用"文本间对话和言语间对话"理论。这两个文本之间真的一点联系都没有吗？纵使人类文明的发展进程是相似的，各民族的文学作品很容易产生相同之处，我仍然以为这两个跨越时空文本的相似性是因为它们所受到启发的故事源自同一个源文本，如下述简图 3 所示。

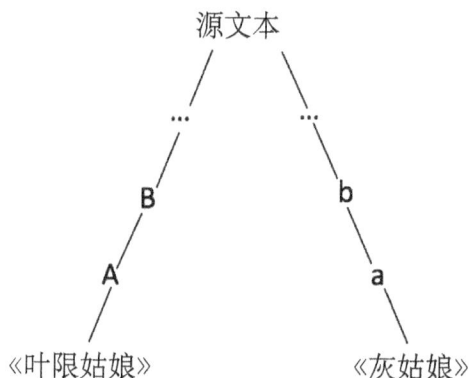

图3 《叶限姑娘》和《灰姑娘》关联性图示

《叶限姑娘》与文本 A 之间，《灰姑娘》与文本 a 之间有着互文关系，而文本 A 和文本 a 则有可能源自同一个源文本，这就很好解释《叶限姑娘》和《灰姑娘》之间的相似性了。因此我们无法完全否认这两个文本之间的联系，虽然它们之间并没有直接的关联，但是仍然有着间接联系。在笔者看来，当我们立足于对话理论时，不应该局限于两个文本之间的互文关系，尤其是在比较地域差距甚大的相似作品时，当两个文本之间无互文关系可循时，可以将它们之间的关系构想成一种文类间的对话或者文化间的对话关系（dialogisme interculturel）。

4.文本化方式的研究（Modalités de textualisation）

最后一个研究层面是对文本化方式的研究。这个研究方向"与一切语言、文本、书籍或者影片等的生成方式相关。文本化蕴含着创作和建构文本的不

同方式，以及在叙事集或诗集中文本独特的排序方式（它们的伴随文本性 /
co-textualité）"。（Ute Heidmann2018：55）具体来说，文本化活动主要涉及副
文本（paratexte）的构成方式，热奈特在《隐迹稿本》（*Palimpsestes*）一书中提
出了"副文本"的概念：

> "副文本如标题、副标题、互联型标题❶；前言、跋、告读者、前边的话
> 等；书页边缘的注释、脚注和尾注；题词；插图；请予刊登类插页、磁带、护
> 封以及其他许多附属标志，包括作者亲笔留下的还是他人留下的标志，它
> 们为文本提供了一种（变化的）氛围，有时甚至提供了一种官方或半官方的
> 评论。"❷

在对副文本的研究中，海德曼教授着重强调了"图像文本"（iconotexte）
研究的重要性，亦即研究"在一本书籍中将图像插入到文本里面或者文本之
间的方式"的重要性。（Ute Heidmann2018：55）这对中法故事和童话的比较研
究来说非常重要，尤其是在以儿童为主要受众后，图像文本大量涌现。当我
们打开一本书时，首先印入我们眼帘不可避免地总是图像，而此时我们对于
图像的解读也许是与文本完全无关的一个故事，因此我们可以认为图像与文
本属于两个彼此独立但是相互关联的系统，有时候图像可能是对文本的补充
说明，有时候可能是独立创作。对于图像文本的比较研究可以帮助我们更好
地了解文学文本。海德曼教授详细研究过佩洛 1697 年第一版的故事集中每个
故事开头插图的意义。我们惊喜地发现，作者对故事顺序的安排有着精心的
设计。第一张图像是《睡美人》的故事插图（参见下文中的插图），一位求爱者
坐在床边的凳子上，拉着睡美人的手。紧接着的第二幅是《小红帽》的插图，
一头狼代替了求爱者的位置，半趴在一个年轻女子的床上，年轻女子头戴着
小红帽，抚摸着狼的嘴巴。第三张插图向我们呈现的是一对夫妻，图中所画
不再是前两幅图中床帏间爱情的诱惑，而是向我们展示了致命的威胁，蓝胡
子正要砍死他的妻子。读者仔细查看这些插图时，就可以明白作者的意图，
他想提醒年轻女性小心身边的求爱者，他们很有可能是伪装的恶狼，随时要
了她们的性命。这恰恰暗合了佩洛附于卷首诗体书简中的内容。在这封书简
中，佩洛将这本故事集题献给一位贵族小姐，我们从史料中得知，这位贵族
小姐正是路易十四的侄女伊丽莎白-夏洛特·德·奥尔良（Élisabeth-Char-

---

❶ 互联型标题指的其实就是分开文章段落的副标题，不同于文章标题的副标题。

❷ 热拉尔·热奈特：《热奈特论文集》，史忠义译，天津：百花文艺出版社，2000，p.
71。下划线部分是笔者补全的漏译的部分，参见热奈特法语原文：GENETTE, Gérard,
Palimpestes. La Littérature au second degré, Paris, Seuil, 1982, p. 10.

lotte D'Orléans），当时她正是适婚的年龄，正在选择未来的丈夫。显然，作者对故事顺序的安排是想告诉这位贵族小姐，要注意爱情关系中的陷阱，小心求爱者的真面目。除了这些精心安排的插图，佩洛还在每个故事后边附上一个或数个道德寓意。但在后来的版本中，有的编辑删去了这些插图，有的编辑删去了故事后边的道德寓意，因为儿童逐渐成了这些故事新的读者群体，编辑们认为这些道德寓意对于孩子们来说太复杂，讽刺意味太强。于是在后来的格林童话版本中，原本戴着小红帽的年轻女子变成了一个真正的小女孩（图4）。

《睡美人》　　　　　　　《小红帽》　　　　　　　《蓝胡子》

图4　小红帽从年轻女子演变为小女孩

而在中国比较文学界，副文本的研究往往仅占辅助地位，图像文本的比较研究就涉及得更少了，学者们普遍更看重文本的作用，这值得引起我们的思考。笔者以为，我们可以借助图像文本理论拓展这方面的研究。

三、差异化比较研究法在中国比较文学领域的应用展望

上文中我们已经提到，差异化比较研究法的原则是"差异化"和"多样性"，海德曼教授将她的差异化比较研究法与民俗学者们将故事"类型化"的"普遍性"完全对立起来。笔者以为海德曼教授将"普遍性"视为"同"，对她而言，"差异化"与"普遍性"的对立其实就是"异"与"同"的对立，她的研究几乎完全摒弃了比较对象之间相似的部分。究其原因，笔者以为她的主要研究对象是欧洲的故事和童话，它们之间的共性毋庸置疑，我们应该把这些文本的共性搁置一边，仅专注于它们的个性和差异性。这与中国比较文学学者们的原则有些不同。当中国学者比较研究两个（或多个）文学文本时，这些文本必须兼有共性和个性。如果两个文本完全相同，比较没有意义；同理，如果两个对象完全不同，毫无共性，我们也无法将它们拿来比较。中法故事和童话之间的"异"明显大于"同"，当它们之间的"异"显而易见时，学者们

除研究它们之间的"异"之外，自然更多地关注它们之间的共性。在比较文学领域，"异"和"同""多样性"和"普遍性"同样重要，我们不应该将它们对立起来，而应该统一起来，这是中国比较文学领域一直在强调和实践的方向。

中国的比较文学研究起步较晚，直至今日谈到具体的研究方法，我们仍然以西方的研究理论为基础。而通过差异化比较研究法，我们可以更好地了解瑞士乃至整个欧洲的比较文学研究动态，"立足本土，兼收并蓄"，结合自己的比较文学理论和实践，构建更适合中国比较研究学者的方法论。中国比较文学学者乐黛云先生在"和而不同"和"交往理性"的原则上建立了"互动认知的跨文化诠释"的方法论。乐黛云认为比较文学研究的是不同文化文学之间的"文学间性"，"讨论'多种文学、多种文学理论、多种文学史'的'文学间'现象"，（乐黛云2003：16）对文学作品的理解过程就是一个跨文化的互动认知过程，"对主体和客体的深入认识必须依靠从'他者'视角的观察和反思"。（乐黛云2004：76）我们完全可以将海德曼教授的"差异化比较研究法"与乐黛云先生的"互动认知的跨文化诠释"结合起来，在互动认知的跨文化诠释基础上，将差异化比较研究法的四个研究方向改造成适合中国比较文学研究者的研究方法。

参考文献

[1] 段成式．酉阳杂俎——附续集三 [M]．上海：商务印书馆，1937．

[2] 乐黛云．继续双边对话——拓展"文学间性"研究 [J]．中国比较文学，2003（1）：15-19．

[3] 乐黛云．比较文学与比较文化十讲 [M]．上海：复旦大学出版社，2004．

[4] 热拉尔·热奈特．热奈特论文集 [M]．史忠义，译．天津：百花文艺出版社，2000．

[5] 周作人．中国新文学的源流——儿童文学小论 [M]．北京：十月文艺出版社，2011．

[6] GENETTE G. *Palimpestes. La Littérature au second degré*[M].Paris, Seuil, 1982.

[7] HEIDMANN U.*Enjeux d'une comparaison différentielle et discursive*[J]. *L'exemple de l'analyse des contes*. CLW 2, 2010：27-40.

[8] HEIDMANN U.« Pour un comparatisme différentiel », *Le Comparatisme comme approche critique. Objets, méthodes et pratiques comparatistes,*

Tome 3, 2018：31-58.

[9] MAINGUENEAU D. *Le contexte de l'œuvre littéraire. Enonciation, écrivain, société*[M].Paris：Dunod, 1993.

[10] MAINGUENEAU D.*Le Discours littéraire. Paratopie et scène d'énonciation*[M]. Paris：Armand Collin, 2004.

[11] PERRAULT C.*Contes ou histoires du temps passé. Avec des moralités*[M].Paris：Claude Barbin, 1697.

[12] RASTIER.François, *Arts et Sciences du texte*[M].Paris：PUF, 2001.

[13] TODOROV T.*Mikhaïl Bakhtine. Le principe dialogique* [M].Paris：Seuil, 1981.

作者简介：华淼，浙江越秀外国语学院西方语言学院讲师，瑞士洛桑大学文学院博士生。本论文得到中国国家留学基金资助。

浅析诗歌在法语教学中的功能

杨胜强

厦门大学外文学院

内容提要：诗歌是四大文学体裁（诗歌、小说、散文、戏剧）之一，是人类文明的重要组成部分。本文以法语诗歌为研究对象，通过分析法语诗歌的语音特征、语法特征、词法特征、文化内涵和审美特性，探讨法语诗歌在语言学习和人文教育方面能够起到的作用，呼吁教师重视诗歌的语言文化功能。

关键词：法语诗歌；语言学习；人文教育

Résumé

En tant qu'un des quatre genres littéraires, la poésie est un composant important de la civilisation humaine. Cet article consiste à, tout en analysant les caractères phonétique, grammatical, porphologique, culturel et esthétique de la poésie française, trouver l'importance de la poésie dans l'apprentissage linguistique et l'éducation humaine et à appeler l'attention des enseignants sur les fonctions linguistique et culturelle de la poésie au cours de l'apprentissage de la langue française.

Mots-clés : français poésie apprentissage linguistique éducation humaine

前言

"诗是语言的精粹" ❶，诗歌是语言学习过程中必不可少的一环。对中国人而言，缺少了诗歌，尤其是古代诗歌，语文课恐怕就不能被称为语文课了，同理，缺少了诗歌的法语课，是否也会显得不完整呢？ "诗不是锁在文、句之内，而是进入历史空间里的一种交谈" ❷，它的文、句不是单纯的语言形式，而是沉淀着丰富的历史文化信息，向人们展示目标语国家的文化空间。"诗歌

---

❶ [英] 华兹华斯，《〈抒情歌谣集〉序言》，曹葆华译，见《欧美古典作家论现实主义和浪漫主义（一）》，中国社会科学出版社，1980，第 267–268 页。

❷ 叶维廉，《中国诗学（增订版）》，人民文学出版社，2006，第 70 页。

是幻想和情感的白热化"（赫兹里特 1980：303），诗人通过各种手段，展开自己的内心世界，并唤起读者的内在体验，诗歌文本是人们研究文本美学，进行审美活动的重要依据。接下来，本文从语言学习和人文教育两个方面，论述诗歌对法语学习起到的积极作用。

一、语言学习

诗歌是语言的艺术，"诗歌对语言的要求最为讲究，……诗人要撷取和提炼自己的审美感受，以理想的想象体系来表现、创造出饱含审美的意蕴和意境，也就相应地要求凝练而富于表现力、具有节奏和韵律的语言"（王先霈，孙文宪 2014：71）同时"经过长期的创作实践和历史传承，形成了对诗歌在字数、句数、节奏、押韵、音调等方面的某些固定要求，……形成了严格的格律"（王先霈，孙文宪 2014：73），在格律的框架下，诗歌文本的句法结构也会呈现其固有的特征。诗歌语言的韵律特性和句法特性为法语学习提供了另类的文本样式，有助于扩大对法语语言的认知。

1. 语音学习

朗读是掌握准确语音语调的重要途径。诗歌，尤其是格律诗，因其特殊的语言组织形式，作为朗读材料非常适合。法语诗歌源自拉丁语诗歌，同中国古代诗歌一样，在自由体诗歌出现以前，也属格律诗。结构严谨的格律诗会呈现出类似音乐节拍的节奏，而"节奏之于诗是它的外形，也是它的生命，我们可以说没有诗是没有节奏的，没有节奏的便不是诗"（郭沫若 1979：229）。富有节奏的诗句便于学习发音和朗读，以下面诗句为例：

Le mal /dont j'ai souffert // s'est enfui /comme un rêve.

Je n'en puis /comparer // le lointain /souvenir

Qu'à ces brouillards / légers // que l'aurore/ soulève,

Et qu'avec/ la rosée // on voit/ s'évanouir. ❶

首先，这四句亚力山大体诗句（alexandrin）的顿挫（césure）都在 6、7 音节之间（文中划 // 的位置）。第一句顿挫处结束音节为 [ɛr]，二、三、四句顿挫处结束音为 [e]。作为朗读时的停顿，这两个有些相似的元音可形成一定程度的押韵，与诗句末尾的韵脚呼应，可以在朗读时产生韵律感。

其次，四处顿挫形成八个半句诗（hémistiche），每个半句诗又可增加一处

❶ 节选自 Alfret de Musset « La nuit d'octobre »。

停顿（文中划 / 的位置），这样四句诗的音节便可划分为：

Le mal /dont j'ai souffert // s'est enfui /comme un rêve.

    2   4   //   3   3

Je n'en puis /comparer // le lointain /souvenir.

    3   3   //   3   3

Qu'à ces brouillards /légers // que l'aurore/ soulève.

      4   2   //   4   2

Et qu'avec/ la rosée // on voit/ s'évanouir.

    3   3 // 2   4

可见，每句诗都含有三处停顿，法语停顿是以重音为基础，停顿处要读重音，或升调或降调。而且"重读、韵律、语调是语言韵律特征的重要组成部分，韵律特征是指在语言交流过程中，听者能感知到语流的轻重缓急变化，主要表现为重读、韵律结构和语调等，……韵律特征在听觉篇章理解过程中有很重要的作用，合适的重读能够促进对篇章内容的理解，不合适的重读则会阻碍对篇章内容的理解。"（彭聃龄 2012：350）因此，法语诗歌顿挫、韵脚和停顿的客观存在可以强化诗歌文本的韵律特征。而且，三处停顿将每句诗分为四部分，每一部分音节数都不超 5 个，这样就不会因小节太长而显得拖沓，造成朗读时气息不足。可以说，法语诗歌固有的节奏特点，可以使朗读和谐流畅，朗朗上口。

从音乐的视角看，如果将每小节的音节数看作音名，那么每个半句诗都含有两个音名，有些音名是和弦的组成部分：2 和 4 是构成小三和弦（246）中的根音和上方三度音；1 和 5 是构成大三和弦（135）中的根音和上方五度音。大三和弦和小三和弦都是协和和弦，协和和弦由协和音程构成，而协和音程是"听起来悦耳、融合的音程……音响协调丰满"（李重光 1990：74-83）。在这个维度上，也可证明诗歌在语音方面的谐和性。

再来看诗歌的节奏，如果把一个音节看作一拍，用四分音符代表一拍（一拍代表一个音节），把每句诗看作四个小节，由于每个小节都不超过 6 个音节，所以按 4/4 拍的节奏（每小节 4 个四分音符）朗读，会呈现极佳的节奏感，以第一句为例：

Le mal /dont j'ai souffert // s'est enfui /comme un rêve.

第一小节：le 占一个四分音符，mal 位于停顿处，可以适当增加发音时长，占三个四分音符。

第二小节：dont, j'ai, sou-, -ffert 各占一个四分音符。

第三小节：s'est 占一个四分音符，en 占一个四分音符，-fui 位于停顿处，可以适当增加发音时长，占两个四分音符。

第四小节：comme 占一个四分音符，un 占一个四分音符，rêve 位于诗句结尾，可以适当增加发音时长，占两个四分音符。

用 c^2 音作为参考，反映到高音谱表上是：

Le mal /dont j'ai sou-ffert / s'est en-fui / comme un rêve

以此类推，按照发音的习惯，其他三行诗的节奏如下：

Je n'en puis /com-pa-rer / le loin-tain /sou-ve-nir

Qu'à ces brou-illards / lé - gers / que l'au-ro-re / sou - lève

Et qu'avec[1] / la ro-sée / on voit / s'é-va-nou-ir

很清楚，四句诗可呈现出语速快慢相间、音响高低搭配的节奏感和韵律感。综上可见，法语诗歌的音乐性是不言而喻的。良好的音乐性，使诗歌可以作为很好的朗读材料，有利于初学者练习法语的节奏和发音特点，也可以使中高级学习者更好地体会法语语音之美和语言特色，同时可以使初学者和中高级学习者增加一些乐理知识，而音乐知识和水准是一个民族素质的重要体现。

2. 语法学习

无论口语还是笔语，语法都是学习中的重要一环。学习了语法规则之后，若要做到融会贯通，最佳途径莫过于阅读法文原版文学作品。从语言组织层面来讲，文本可以划分为散文体和诗歌体，散文体文本是每个法语学习者耳熟能详的材料，而诗歌文本却很少以语法学习材料的方式出现在学习者的视线中。语法掌握是否牢固在很大程度上决定了是否可以读懂诗歌的内容，反过来，阅读诗歌可以巩固所学的语法知识。作为诗歌爱好者，笔者对此深有体会，以上文引用过的诗句为例：

Le mal dont j'ai souffert s'est enfui comme un rêve.

Je n'en puis comparer le lointain souvenir

Qu'à ces brouillards légers que l'aurore soulève,

Et qu'avec la rosée on voit s'évanouir.

从句法方面看：四句诗包含两句话，第一句诗是一句话，后三句诗构成第二句。第一句话结构较为简单，第二句话较为复杂：句子主干以动词结构"comparer A（le lointain souvenir）à B（ces brouillards legers）"为内核，间接宾语 B（ces brouillards légers）后面跟有一个关系从句"que l'aurore soulève"，在这个结构上附着限定结构"ne …que"（je n'… qu'à…）。这些都比较容易判断，难点在最后一句诗，连词"et"连接一个由"que"引导的从句"qu'avec la rosée on voit s'évanouir."，如何确定该从句的性质，关系从句，宾语从句，还是状语从句？

解决这个问题的关键是句首的"et"。作为连词，其两边的成分具有相等的语法功能，形成并列关系而非偏正关系。因此，这个从句的性质就显而易见了，et 后面的介词短语"avec la rosée"，是由介词"avec"引导，不可能和"à ces brouillard"形成并列关系，即不可能成为动词结构"comparer A à B"的间接宾语，因此"qu' avec la rosée on voit s'évanouir"只能和"que l'aurore soulève"形成并列关系，也就是说该从句为关系从句。该从句结构为：以不定式结构"voir qch. faire"为主干，关系代词"que"（代替先行词"ces brouillards légers"）充当动词"voit"的直接宾语，同时也是动词不定式"s'évanouir"的主语（on voit ces brouillards s'évanouir），"avec la rosée"则充当这个从句的状语，之所以放在"on voir s'évanouir"之前，是为了押韵的需要（souvenirs'évanouir），这种前置法在法语诗歌格律中被称为"倒移（rejet）"，而且法语中状语的位置历来十分灵活，置于主语之前完全没有问题。还需要说明的是，两个从句"que l'aurore soulève"和"qu'avec la rosée on voit s'évanouir"以倒置形式做主句间接宾语"ces brouillards légers"的形容词性从句（ces brouillards légers que l'aurore soulève… Et qu'… on voit s'évanouir）。可见，简单几个诗句，如要准确理解意义，语法的作用不言而喻。

从词法方面看，第二句诗"Je n'en puis comparer le lointain souvenir"中，"en"的语法功能是什么？首先可以断定，在这个位置"en"不可能是介词，只可能是代词，"en"做代词可以代替直接宾语、间接宾语、补语和状语。"en"的位置位于"puis"之前，这是一种较为古老的用法。根据诗句的语义："我受过的苦像一场梦不见了。我唯有把这遥远的回忆看成，晨曦中飘荡而起的微微轻雾，在眼前伴随着朝露升腾消散。"第二句中的"回忆"必然指代对过去"受过的苦"的回忆，因此可以断定，"en"充当名词"souvenir"的名词性补语，与其补充说明的对象构成偏正结构，即"le lointain souvenir du mal dont j'ai souffert"。

限于篇幅，在此仅举一例。作为语言高度凝练的文学体裁，诗歌在相对短小的篇幅内，荟萃了形式多变、结构纷呈的句型。教学中适当引用一些诗歌作为语法学习的材料，可以使"枯燥"的语法增加一丝浪漫的诗意，提高学生的学习兴趣。

二、人文教育

语言是文化的载体，目标语国家的人文知识是外语学习的重要内容。《高等学校法语专业高年级法语教学大纲》规定的教学目的有两点："一方面对听、说、读、写、译各项技能提出更高的要求，尤其是培养综合运用语言的能力，另一方面注重扩充语言知识和社会文化知识，培养独立工作能力，使学生毕业后能胜任一般的翻译、教学和其他以法语为工具的工作，并为继续深造打下良好基础。"（王文融，肖瑞芬，束景哲，程依荣，丁雪英 1997：4）可见，到了高年级学习阶段，除了语言学习，必须注重学生的人文教育，培养提高他们对语言的感悟和对文本的审美能力以及学习和掌握法国乃至西方的文化知识。所以，文化和审美是这一阶段不可或缺的培养目标。"诗人表达思想感情不能像哲学家或者技巧不高明的诗人那样直接抒发情思本身，而要找到一种'客观对应物'，通过物体、情景、事件、掌故、引语等构成的意象体系来表达"（王先霈，孙文宪 2014：75）诗歌的意象是诗歌审美活动的依据，意象是民族文化在语言中的积淀，通过学习诗歌不仅可以提高学生的审美能力，还可以学习文化知识。

1. 文化知识

亚里士多德认为"模仿"是艺术的本质，文艺源自生活，诗歌作为最古老最重要的一种文学样式，必然符合文学创作活动的规律。诗歌需要借助韵律的语言和丰富的想象含蓄地表达思想情感，但是想象不能脱离现实的土壤，诗人需要找到"现实的对应物"作为想象的着力点，这些"现实的对应物"势必会深刻反映作者所属的民族文化特色。请看下面诗歌：

Ô Dieu, dont les bontés, de nos larmes touchées,

Ont aux vaines fureurs les armes arrachées,

Et rangé l'insolence aux pieds de la raison ;

Puisqu'à rien d'imparfait ta louange n'aspire,

Achève ton ouvrage au bien de cet empire,

Et nous rends l'embonpoint comme la guérison !

Nous sommes sous un roi si vaillant et si sage,

Et qui si dignement a fait l'apprentissage

De toutes les vertus propres à commander,

Qu'il semble que cet heur nous impose silence,

Et qu'assurés par lui de toute violence,

Nous n'ayons plus sujet de te rien demander.❶

······

这是马莱布献给法国国王亨利四世的赞美诗，创作于 1605 年。从字面上很容易看得出作者对国王的溢美之词 "si vaillant et si sage" "heur（古法语词等于 bonheur）" "dignement a fait" 等。诗歌表达的整体思想不难理解，但第二句 "Et rangé l'insolence aux pieds de la raison（让肆意妄为在理性脚下臣服）" 却显得有些突兀，"恣意妄为" "理性" 指代什么？为什么要"臣服"？回答这个问题，就要了解诗歌创作的历史背景。

1589 年，信仰新教的纳瓦尔国王亨利四世继承法国王位，开创了波旁王朝。他登基之时，法国国内的宗教战争（又称胡格诺战争，1562 年至 1598 年，法国新教派被称作胡格诺派，战争因此得名）已经进行了 27 年，社会分裂，

❶ 节选自《Malherbe Prière pour le roi Henri le Grand, allant en Limozin》.

民生凋敝，天主教阵营控制着巴黎，禁止亨利四世入主巴黎。亨利四世深思熟虑之后，于 1593 年 7 月回归天主教的信仰，1594 年 3 月进入巴黎；局势稳定后，于 1598 年 4 月 30 日颁布《南特敕令》❶，正式结束了长达 30 多年的宗教战争。"较之百年战争，胡格诺战争给法国造成的破坏可谓是有过之而无不及"（吕一民 2012：65），而在亨利四世的统治下，法国社会得以重建，经济得到复苏，他因此受到人民爱戴，被认为是"唯一一位至今仍真正生活在法国人民心中的法国国王"（米歇尔·卡尔莫纳 1998：72）。有了这些历史背景知识，就会明白"Et rangé l'insolence aux pieds de la raison（让肆意妄为在理性脚下臣服）"是在暗指亨利四世结束了宗教战争的历史事件。"理性"的对立面是"狂热"，宗教战争中各派以宗教信仰的名义进行杀戮，实为对上帝的大不敬，用"insolence"（恣意妄为，放肆）来形容算是十分公允的。"理性"实指亨利四世，因为正是他结束了不义的杀戮，让"恣意妄为"的各方势力重归"理性"。而且，17、18 世纪的法国，理性主义思潮泛滥，马莱布在此喊出"理性"的声音，可以证明理性主义思潮的来临具有深远的历史基础。同时，由于国王已皈依天主教，以"上帝"作为开篇，将国王的功绩和上帝的荣光结合起来，可以体现君权神授的正统思想和天主教的国教地位。从描述国王功绩到渴望和平，诗歌表达了诗人忧国忧民的情怀。

从上面实例可以看出，诗歌包含丰富的文化知识。在欣赏诗歌之美的同时，也能学习到大量目标语国家的文化知识。高校法语专业大都设有法国文化课，教师们不妨找出一些诗歌作为辅助材料，丰富文本体裁，增加学习兴趣。

2. 审美能力

"人文素质中的一个重要方面，就是学习美学知识，培养每个人的审美能力"（牛宏宝 2012：24）。马克思说蜜蜂只是按照本能来建造它的巢，但人却能够每时每刻都按照"美的尺度来建造"，可以说"审美活动是一种属人的活动"（牛宏宝 2012：16），而且"人类自诞生以来，没有一天停止过审美活动"（牛宏宝 2012：23）。对于审美目标，"每个人天生具有感受力"❷，这种感受力可以使人在审美活动中产生美感经验，而"美感经验是审美活动的唯一标识，是审美活动发生时产生的一种经验状态"，美感经验是心理活动的产物，是

---

❶ 《南特敕令》规定天主教为法国国教，胡格诺教徒拥有和天主教徒平等的权利。
❷ 同上，第 24 页。

"审美活动(包括艺术创造和艺术鉴赏)发生时所产生的一种独特的心醉神迷的瞬间经验状态。"(牛宏宝 2012:78)美感经验的形态包括"优美"和"崇高","戏剧感"和"悲剧感"及"丑"和"荒诞"。直观的审美对象,比如一幅画作,一尊雕像,一首乐曲,一段舞蹈,一枝花朵,总能给人的感觉器官以直观的感觉,激发人们的美感经验。对于诗歌这种由文字写就的抽象文本,也能使人产生美感经验,要归功于诗歌的文本特征和人类的思维特征。认知心理学认为人的思维包括两个基本单位:概念和表象。"表象(image)是人在头脑中出现的关于事物的形象,包括视觉表象、听觉表象和运动表象等。"(彭聃龄2012:284)"概念(concept)是具有共同属性的一类事物的总称,包括内涵(对事物特有属性的反应)和外延(具体的、具有概念所反映的特有属性的那些事物)两个方面,概念是用词来表达、巩固和记载的,概念的形成也是借助于词和句子来实现的。"(彭聃龄2012:289)概念和表象是互相联系互为条件的整体,表象为概念的形成奠定了感性的基础,从二者的互动关系,可以发现从文字到产生美感经验的流程。表象这个词法文中是"image",在文学领域,"image"的意义是"形象"或者"意象"。上文已经谈到,诗歌正是一种需要通过物体、情景、事件、掌故、引语等构成的意象体系来表达思想感情的文学形式。因此,当人看到诗歌文字(诗歌的意象),人的思维可以获取该文字表达的概念,概念的外延激发表象,根据类型形成相应的具体表象(运动表象、视觉表象、听觉表象),具体的表象给人以直观的感觉,直观的感觉则进一步形成美感体验,如图1所示:

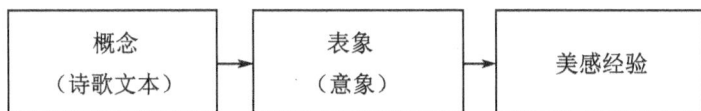

| 概念
(诗歌文本) | → | 表象
(意象) | → | 美感经验 |

图1 诗歌产生美感经验的过程

请看下面实例:

De leur col blanc courbant les lignes,

On voit dans les contes du Nord,

Sur le vieux Rhin, des femmes-cygnes

Nager en chantant près du bord,

Ou, suspendant à quelque branche

Le plumage qui les revêt,

Faire luire leur peau plus blanche

Que la neige de leur duvet.❶

......

诗歌描述的对象为"femme-cigne"。中国读者可能并不清楚这种文学形象的来龙去脉，但这并不影响人们的美感经验。这个复合词由女人（femme）和天鹅（cigne）构成，不管是在西方还是东方，天鹅都是优雅、美丽和忠贞的象征。因此"femme-cigne"所传递的概念会调动读者大脑里储备的相关表象，并进一步构建出一种模模糊糊类似天使、天鹅一样洁白的女性形象。接下来，诗人提到这种生物存在于北方的故事（contes du Nord），这为她们增添一层神话色彩。然后诗人提到了"莱茵河""森林""白羽"等视觉表象，"游泳""悬停"等动作表象，以及"唱歌"等听觉表象。这些表象综合起来，在读者的脑海中就会整合在一起，交织成画面感极强的具有强烈优美感的场景：她们生活在古老的莱茵河畔，身着洁白的羽衣，或于清波中沐浴，或于绿树间嬉戏，歌声缭绕，幻若仙境……使读者产生身临其境的美感经验。

诗歌不仅限于写景状物，它的主题极为丰富，有对哲学的探索、人生的感悟、对善的颂扬、对恶的鞭挞。相对于其他形式的文本，诗歌的篇幅有限，不可能用无限的笔墨描述一个意象。因此，从有限的文字出发去理解诗歌的思想情感、获取美感经验，可以锻炼思维，开发想象力，培养学生对语言文字的敏感度和审美能力，提升学生的综合素质。

三、结语

虽然柏拉图在《理想国》中对诗人下了逐客令，但这并没有阻碍诗歌在艺术史上占据的地位，诗歌不是天马行空的肆意创造，它始终以现实为依据。就诗歌和历史的关系，亚里士多德说："诗人的职责不在描述已发生的事，而在于描述可能发生的事，即按照或必然率或可能发生的事。历史学家与诗人的差别不在于一用散文，一用'韵文'；希罗多德的著作可以改写为'韵文'，但仍是一种历史，有没有韵律都一样；两者的差别在于一叙述已发生的事，一描述可能发生的事。因此，写诗这种活动比写历史更富于哲学意味，更被严肃地对待；因为诗所描述的事带有普遍性，历史则叙述个别的事。"（亚里多德2005：39）在科技日新月异，生活节奏日益加快的二十一世纪，诗歌这种需要静心细品的文学形式，似乎显得不合时宜，但谁也不能否定诗人在人类

❶ 节选自 Théophile Gautier 的 *Symphonie en blanc majeur.*

文明历程中所造就的艺术成就。作为七大艺术之一，诗歌从某种程度上代表了语言艺术的最高境界。它不仅为语言学习提供了可资利用的文本资源，也可以让学习者透过它一窥目标语国家的民族文化，更能让学习者提高对语言的敏感度和对文本的审美能力。在教学中，教师有必要选择一些诗歌作为教学材料，这对学习者语言能力的提高和人文素养的提升都能起到积极作用。正如德国美学家恩斯特·卡西尔所说："诗的语言包含着最强烈的情感因素和直觉因素。语言的形式符号不仅是语意，同时还是审美的形式符号，不仅在诗的语言中而且在日常语言中都不能排除这一审美因素。离开了它，我们的语言就会暗淡无光，就会丧失生命力。"（恩斯特·卡西尔 1988：169）

参考文献

[1] 米歇尔·卡尔莫纳. 黎塞留传 [M]. 曹松豪，等译. 北京：商务印书馆，1998.

[2] 恩斯特·卡西尔. 语言与神话 [M]. 丁晓，等译. 北京：三联书店，1988.

[3] 亚里士多德. 诗学 [M]. 罗念生，译. 上海：上海世纪出版社，2005.

[4] 华兹华斯. 抒情歌谣集序言 [M]. 曹葆华，译. 见欧美古典作家论现实主义和浪漫主义（一）[M]. 北京：中国社会科学出版社，1980.

[5] 赫兹里特. 泛论诗歌. 欧美古典作家论现实主义和浪漫主义（一）[M]. 袁可嘉，译. 北京：中国社会科学出版社，1980.

[6] 李重光. 基本乐理简明教程 [M]. 北京：人民音乐出版社，1990.

[7] 叶维廉. 中国诗学（增订版）[M]. 北京：人民文学出版社，2006.

[8] 王先霈，孙文宪. 文学理论导引 [M]. 北京：高等教育出版社，2014.

[9] 郭沫若. 论节奏. 文艺论集 [M]. 北京：人民文学出版社，1979.

[10] 毛意忠. 法语现代语法（修订版）[M]. 上海：上海译文出版社，2008.

[11] 王文融，肖瑞芬，束景哲，程依荣，丁雪英 [M]. 高等学校法语专业高年级法语教学大纲 [M]. 北京：外语教育与研究出版社，1997.

[12] 吕一民. 法国通史 [M]. 上海：上海社会科学院出版社，2012.

[13] 牛宏宝. 美学概论 [M]. 北京：中国人民大学出版社，2012.

[14] 彭聃龄. 普通心理学（第四版）[M]. 北京：北京师范大学出版社，2012.

作者简介：杨胜强，男，厦门大学外文学院助理教授，瑞士洛桑大学文学院在读博士生。

中世纪东西方文化交流

——阿拉伯文化与法国骑士抒情诗和中国词的起源

杨胜强

厦门大学外文学院

摘要：骑士抒情诗是法国中世纪以罗曼语为创作语言的诗歌，诞生于公元11世纪的法国南部，后逐渐扩展到法国北方，在12—13世纪达到顶峰，14世纪日渐式微。词产生于隋唐，发展、成熟于五代，至两宋达到顶峰。这两种相隔甚远的诗歌形式在其起源的过程中都受到了阿拉伯文化的影响。本论文从时代背景出发，探究阿拉伯文化以何种途径进入二者所在的文明圈并进而影响其诞生的历史过程；同时选取阿拉伯诗歌、骑士抒情诗和中国词的典型作品，通过分析三者在题材、格律等方面的相似性，说明中国词和骑士抒情诗在起源问题上所具有的阿拉伯文化因素。

关键词：阿拉伯文化；骑士抒情诗；词；诞生

[Resumé] La poésie lyrique des troubadours, forme poétique composée en langue romane au Moyen Age en France, naquit au XI siècle au Sud de la France, se répandit au Nord quelques décennies plus tard, s'ébanuit au XII et XIII siècle et déclina au IXV siècle. La poésie *ci*, apparut sous les Tang, se développa et se perfectionna sous les Cinq Dynasties, monta au sommet sous les Song. Bien que ces deux poésies soient séparées par une immense distance, l'influence de la culture arabe peut être remarquée au cours de leur naissance. Dans un premier temps, cette recherche, tout en précisant le contexte historique, consite à découvrir par quels moyens la culture arabe put entrer dans la sphère de civilisation de ces deux poésies et influencer leur naissance. Ensuite, afin de prouver l'exsistance des éléments de la culture arabe, cette recherche tient à trouver la similitude de thème et de versification entre la poésie des troubadours et la poésie du *ci* par une analyse comparative de quelques poèmes arabe, troubadouresque et de *ci*.

[mots-clés] culture arabe poésie lyrique des troubadours *ci* naissance

一、引言

骑士抒情诗（la poésie lyrique des troubadours），公元 11 世纪起源于法国南部，后扩展至法国北方及意大利，12—13 世纪达到顶峰，14 世纪式微。骑士抒情诗是一种使用中世纪法国方言创作的诗歌，诗歌的创作者被称为行吟诗人（troubadour），主要以歌颂典雅爱情（amour courtois）为主题。骑士抒情诗是一种配乐诗歌，行吟诗人大多是有文化的上流人士，懂得作诗、谱曲和演奏乐器。

词，产生于隋唐，发展、成熟于晚唐、五代，至两宋达到顶峰。词也是音乐与文学相结合的文学形式。词的体制特点是"依曲调为词调，依乐段分片，依'均'押韵，依曲拍为句，依唱腔用词。"（张宏生 2012：10）可见，词本质上是配合乐曲用于演唱的歌词，故此，在唐五代时期词被称作"曲子词" ❶。

这两种相隔万里，位于亚欧大陆两端的文学形式，似乎没有交集，但是从其诞生的过程来看，二者都与阿拉伯的音乐、诗歌艺术有着千丝万缕的关系。本论文旨在通过研究二者起源的历史过程，论证阿拉伯文化对二者起源的影响。

二、东西方文明交流的枢纽——阿拉伯

阿拉伯半岛是阿拉伯文明的摇篮，阿拉伯民族的文明源远流长，在伊斯兰教兴起之前，古代阿拉伯半岛诸民族就先后建立了数个王国。如半岛南部的马因王国（约公元前 1200—公元前 630 年），赛伯邑王国（约公元前 10 世纪—公元前 115 年），希木叶尔王国（公元前 115—公元 525 年）；半岛北部的奈伯特王国（公元前 5—6 世纪—公元 105 年），台德木尔王国（约公元 105—633 年），希拉王国（约公元 242—633 年），加萨尼王国（公元 529—640 年），肯德王国（公元 5 世纪中期—公元 540 年前后）等。这些阿拉伯先民建立的政权，虽未能统一整个阿拉伯地区，却在漫长的历史进程中对阿拉伯民族、语言、信仰的形成和发展起到了重要的孕育作用。

---

❶ 词的名称，曲子词外，有乐府（不同于乐府诗）、乐章、歌曲、倚声、琴趣、诗余、长短句等。

阿拉伯地处连接亚欧非三大洲的交通要道，善于航海的阿拉伯人，早在马因王国和赛伯邑王国时期，就驾船出海，从东方的印度、中国进口的香料、肉桂、樟脑等货物，先通过海路运抵阿拉伯南部港口，改走陆路，沿着"汉志商道"❶抵达叙利亚，进而进入欧洲。《古兰经》中就有关于商业活动中"短斤少两者"的经文："可叹啊！缺斤短两者。那些人，在他们称取人们的时候，则要求足称足量。在量给他们或称给他们时，则缺称短量……绝不可呀！"❷把谴责不法商人的话语作为"圣训"记录于《古兰经》中，足以说明商业活动对于阿拉伯人民的重要意义。

稳定和强大的政权对于保障贸易流通和文化交流是至关重要的，处于罗马帝国和波斯帝国之间的阿拉伯，时常成为大国角力的战场，波斯人曾一度占据也门，拜占庭帝国也曾联合埃塞俄比亚进攻麦加。频繁的外来入侵，激发了阿拉伯人的民族情绪，麦加阿拉伯人崛起后，以伊斯兰教为旗帜，团结各部阿拉伯人，建立了强大的政权，开始对外扩张。向东，灭掉波斯人建立的萨珊王朝，势力直达中亚及中国新疆地区。向北，挫败拜占庭帝国，占据两河流域、叙利亚地区和小亚细亚的部分地区。向西，占据埃及、北非，北渡直布罗陀海峡进入伊比利亚半岛，灭掉西哥特王国，并一度越过比利牛斯山，进入法兰克王国境内。最终，阿拉伯人建立了一个地跨亚欧非三大洲的帝国。

阿拉伯帝国的军事行动固然引人注目，它在文化领域的成就也是有目共睹，它一方面积极地吸收外来的文化成果，一方面不停地对外输出自己的文化。在吸收和输出的过程中，把东西方的文化联系了起来。

三、阿拉伯文化与法国骑士抒情诗

1. 西班牙的伊斯兰化

西班牙是一个具有悠久历史的国家。在西班牙境内，考古学家发现了数量可观的属于旧石器时代的阿布维利文化和阿舍利文化遗迹。公元前10世纪开始，来自中欧的凯尔特人迁徙至此，为半岛带来了先进的农业和铁器制

---

❶ 汉志是阿拉伯的地名，又名"西贾兹"，因阿拉伯半岛的西贾兹山脉而得名，根据阿拉伯语"الحجاز"音译而来，指阿拉伯半岛西部也门以北的红海沿岸地区。"汉志商道"，又名"香料之路"，因途径此地而得名，是海上丝绸之路的西段。
❷ 伊斯梅尔·马金鹏译，《古兰经》第83章《短斤少两者》，银川：宁夏人民出版社，2016，第473-474页。

造技术。在同一时期，腓尼基人也开始在半岛西岸殖民。公元前6世纪开始，希腊人又来到半岛地区殖民，将建立的殖民点称为伊比利亚，后来该名泛指整个半岛。公元前5世纪前后，北非的迦太基人（布匿人）入侵并统治了整个伊比利亚半岛，他们称半岛上的居民为西班牙人，后来罗马沿用这个名称至今。公元前218年，第二次布匿战争爆发，罗马人入侵伊比利亚半岛，经过近200年的征战，于公元前25年征服了整个西班牙地区，建立起奴隶制度。此后400余年，西班牙处在罗马人的统治之下。西罗马帝国崩溃之后，公元4世纪末开始，来自北方的西哥特人侵入伊比利亚半岛，建立起西哥特王国，西班牙进入中世纪。

西哥特人统治西班牙近三个世纪，始终未能成功建立一个强大的中央集权的君主国家。"国王、贵族和教会三大势力互相争斗，导致战争和战乱不断，加之民族矛盾深刻，国家始终未能实现统一。"（许昌财2009：138）在西哥特人统治的末期，西哥特王室与贵族之间的纷争加剧，局势动荡，民生凋敝，"在阿拉伯人进攻前的30年，西班牙处于最混乱、最黑暗的时代。西哥特王朝统治下的西班牙，政治腐败，社会动乱，农村贫困。城市大多遭到破坏，大城市变成小城市，小城市变为碉堡或村镇。有的城市已经消灭，其原因除了政治腐败，还有社会阶级层层隔离，层层封闭"。（纳忠1997：146）这种混乱的局面，为阿拉伯人的入侵提供了可乘之机。

公元710年7月，阿拉伯帝国倭马亚王朝（一译伍麦叶王朝，661—750年）派驻北非的总督穆萨·本·努赛尔派出军队横渡直布罗陀海峡，登陆伊比利亚半岛，开始了征服西班牙的军事行动。由于西哥特王国混乱的局面，阿拉伯军队进展颇为顺利，至713年，已攻占西班牙的大部分领土。719—721年阿拉伯军队继续北进，越过比利牛斯山，在高卢地区掀起了空前规模的军事行动，征伐纳尔榜、图卢兹、阿基坦、加斯科涅和普瓦图。732年，阿拉伯军队向北占领波尔多、普瓦提埃，逼近基督教圣地图尔城。10月，在图尔和普瓦提埃之间的平原地带，阿拉伯军队遭到法国墨洛温王朝宫相夏尔·马特率领的法兰克军队的顽强抵抗，伤亡惨重，指挥官阿布·拉赫曼·加菲战死。从此，阿拉伯军队北征的势头减弱下来。

阿拉伯人将西班牙称为安达卢西亚（Antalusia），并在其占领区内实行伊斯兰化和移民。不同于蒙古人"高过车轮者皆杀"和后金人"留头不留发，留发不留头"的野蛮政策，当时阿拉伯人的伊斯兰化政策较为文明：

阿拉伯人对占领区的居民并没有强迫他们皈依伊斯兰教，允许他们保留自己的信仰，对犹太人也是如此。但是，那些不愿意改宗的基督教徒和犹太人必须缴纳特别税。在这种情况下，许多基督教徒因生活所迫不得不皈依伊斯兰教。这些新伊斯兰教徒被称为穆拉迪人。按照伊斯兰教规，穆拉迪人享有的待遇与土生的伊斯兰教徒相同，他们主要集中在安达卢西亚东部地区。也有许多基督教徒不愿意皈依伊斯兰教，但他们同阿拉伯人混居，被称为穆扎拉维人。穆扎拉维人主要集中在托莱多、科尔多瓦、塞维利亚和梅里达等地。犹太人大部分集中在城市。（许昌财 2009：149）

这种宽松的民族、宗教政策，使得阿拉伯统治下的西班牙各民族总体和谐相处，为下一步孕育灿烂的文化打下了基础。

2. 西班牙穆斯林王朝的文艺盛况

公元 751 年，阿拉伯帝国发生王朝更替，阿布·阿拔斯成为哈里发，建立阿拔斯王朝（750—1258 年），定都巴格达，取代了倭马亚王朝。公元 756 年，倭马亚家族的后裔阿卜杜勒·拉赫曼·伊本·穆阿维叶在安达卢西亚科尔多瓦城宣布成立独立的王朝，史称后倭马亚王朝（756—1031 年），成为与阿拔斯王朝并立的阿拉伯国家。从此西班牙正式进入伊斯兰时期。

阿拔斯王朝和后倭马亚王朝统治时期，阿拉伯大规模对外扩张的行为基本停止。帝国局势日渐安定，"统治阶级迫切希望吸收先进文化，把波斯、印度、希腊、罗马的古代学术遗产译为阿拉伯语，以满足帝国各方面的需要。"（纳忠 1997：559）阿拔斯王朝初期即开始了长达两个多世纪（9—10 世纪）的翻译活动，将大量希腊、波斯、印度、古罗马的文献译为阿拉伯语，史称"百年翻译运动"。尤其第七代哈里发麦蒙，是一位文化修养极高的君主，他在首都巴格达建立"智慧宫"，设立翻译馆，主张宗教自由与思想自由的精神，具有兼容并包的气魄，从东西各国选聘具有不同信仰的学者到翻译馆工作。麦蒙本人每周三早晨都要到智慧宫参加学术讨论，直至深夜。在这种氛围之下，阿拉伯帝国的文化发展程度远远高过当时的欧洲封建国家：

当欧洲几乎完全不知道希腊的思想和科学之际，这些著作的翻译工作，已经完成了。当赖世德（一译鲁世德）和麦蒙在钻研希腊和波斯的哲学的时候，与他们同时代的西方的查理大帝和他部下的伯爵们，还在那里边写边涂地练习拼写他们自己的姓名呢。（希提 1973：143）

与此同时，后倭马亚王朝统治下的西班牙也焕发出耀眼的文化之光，其君主大都爱好文艺。后倭马亚第九代君主哈克木二世（一译哈卡姆二世），是其中杰出的代表，他提倡文化，锐意革新，经常参加学术讨论会，在各个城市建立学校和图书馆。全西班牙有公共图书馆 60 余座，科尔多瓦图书馆极为宏大，仅目录一项，就有 44 册。科尔多瓦学校林立，有平民学校 27 所，并为学生提供衣食、书籍。科尔多瓦、托莱多、塞维利亚和格拉纳达等城市均设有大学，文化发达，学术繁荣的西班牙吸引欧洲各地学子前去留学，通过这些文化使者，阿拉伯文化从西班牙进入了基督教世界的腹地。

11 世纪初，西班牙基督徒掀起了从阿拉伯人手中收复失地的运动。1085年，托莱多城被莱昂王国阿方索六世率领基督徒从阿拉伯人手中收复，成为传播阿拉伯文化的重要中心。1130 年，雷蒙大主教（1126—1152 年在位）在莱索托建立了一所翻译学校，该校的翻译活动持续了近一个半世纪，期间欧洲各地的学者几乎都来这里求学或者工作过。他们把亚里士多德、柏拉图、欧几里得、托勒密、盖伦、希波克拉底等希腊作家的作品，连同花拉子密、白塔尼、伊本·西那、伊本·鲁世德所做的注释一起，译成了拉丁文。托莱多的基督教国家君主也十分重视翻译活动，阿方索十世的宫廷里"荟萃了不同民族、不同宗教信仰的行吟诗人、科学家、法学家和历史学家，他们把大量阿拉伯文、希伯来文、拉丁文的作品译成西班牙文。"纳忠在《阿拉伯通史》中对这场翻译运动做了高度的评价：

这一翻译运动给当时尚未走出中世纪的基督教欧洲带来了光明，重新燃起了西方对哲学和科学的兴趣，沟通了把经过东方文明加工过的希腊文明送回西方的渠道。它不仅仅是将包括埃及文明、巴比伦文明、波斯文明、印度文明和古希腊文明在内的，用阿拉伯文撰写的学术典籍译成拉丁文，而且还将阿拉伯人的创造，在学术和思想上的贡献，以及阿拉伯—伊斯兰文化，阿拉伯—伊斯兰文化方式、信仰和习俗介绍给了西方，为欧洲新时代的到来铺平了道路，做好了思想上的准备。（纳忠 1997：219）

3. 西班牙彩锦诗和俚谣

"阿拉伯是一个诗歌的民族。诗歌被认为是阿拉伯人的史册与文献。它像一面镜子，真实而生动地反映了阿拉伯民族的历史与社会现实。诗歌是阿拉伯文学，特别是阿拉伯古代文学的最主要表现形式。"（仲跻昆 2015：30）在仲跻昆编著的《阿拉伯古代文学史》中介绍的 150 余位古代阿拉伯文学家中，有 120 余位诗人，其中涉及安达卢西亚的 19 位文学家全部都是诗人。

阿拉伯人统治期间，阿拉伯诗歌在西班牙广为流传。安达卢西亚的诗人除了沿袭阿拉伯原有的 16 种格律，还创造了彩锦诗（muwashshah, mouachah，阿拉伯语为 موشحة，字面意思为饰有金箔和宝石的皮质饰带）和俚谣（zajal, zadjal, 阿拉伯语为 زجل）。传统的阿拉伯诗歌采用一韵到底的格律，整齐划一，颇似柱子，故被称为"柱形诗"。而彩锦诗格律富于变化，于是人们把它比喻为女人披在身上装饰有各种珠宝的饰带，因而得名。

彩锦诗和中国词的诞生颇为相似。公元 822 年，阿拉伯歌唱家齐尔雅卜（Ziryab）从巴格达来到科尔多瓦创办了音乐学校。歌词采用一韵到底的格律显得呆板、单调、不易于演唱。彩锦诗正是在这种情况下诞生的，彩锦诗实际上是一种歌词。

一首彩锦诗多由五"片"（bayt）组成，每片又由两部分组成：一部分重复同一韵尾，称为"锁"（qufl），一部分因"片"而异，称为"番"（dawr），全诗开始的"锁"称"头"（al-matla 或 al-madhhab），结尾的"锁"称"尾"（al-kharjah）。

俚谣几乎与彩锦诗同时诞生，格律与彩锦诗极为相似，一首俚谣由几段诗节组成，其中有反复出现的主韵，也有不断变化的副韵。彩锦诗和俚谣的主要区别不在于格律，而在于语言的使用：彩锦诗除了"尾"和个别词句使用方言，基本使用正规的阿拉伯语；俚谣基本使用方言，行文大都按照约定俗成的口语表达方式。"俚谣"实际是一种通俗易懂的民歌，在民间广为传唱。

下面这首彩锦诗，由西班牙阿拉伯研究专家埃米利奥·加西亚·戈麦斯（Emilio García Gómez）从阿拉伯语译为西班牙语，保留了彩锦诗的格律特征：

Lunas nuevas salen entre cielos de seda:	(a)(锁)(头)
guían a los hombres, aun cuando eje no tengan	(a)(锁)(头)
Sólo con los rubios se deleitan mis ojos:	(b)(番)
ramos son de plata que echan hojas de oro.	(b)(番)
Si besar pudiera de esas perlas el chorro!	(b)(番)
Y por qué mi amigo a besarme se niega	(a)(锁)
si es su boca dulce y la sed me atormenta?	(a)(锁)
Es, entre jazmines, su carillo amapola.	(c)(番)
Rayas de jaloque y de algalia la adornan	(c)(番)
Si también añado cornalina, no importa	(c)(番)
No obra bien si espanta su galán la gacela,	(a)(锁)
cuando de censores las hablillas acepta.	(a)(锁)

Con mi amigo Áhmad _hay, decid, quien compita?	(d)（番）
Único en belleza, de gacela es cual cría.	(d)（番）
Hiere su mirada todo aquel a quien mira.	(d)（番）
Cuántos corazones bien traspasa con flechas,	(a)（锁）
que empenacha su ojo con pestañas espesas?	(a)（锁）
Mientras del amigo yo encontrábame al lado	(e)（番）
y le ponderaba mi dolencia y maltrato,	(e)（番）
ya que él es el médico que pudiera curarlos,	(e)（番）
vió el espía que, sin que nos diéramos cuenta,	(a)（锁）
vínose a nostros, y le entró la verguenza.	(a)（锁）
Cuánta hermosa moza, que de amor desatina,	(f)（番）
ve sus labios rojos, que besar bien querría,	(f)（番）
y su lindo cuello, y a su madre los pinta:	(f)（番）
Mammà,'ay habibe! so l-ymmella saqrella,	(A)（锁）（尾）
el-quello albo e bokélla hamrella.❶	(A)（锁）（尾）

每一"片"中，前两句都用同一"锁"："-a"，其余三句的"番"在五"片"中并不统一，分别是"-o""-a""-a""-o""-a"。其中"尾"句由当时的安达卢西亚方言写成，译者保留了这种古西班牙语。彩锦诗产生于9世纪，兴盛于11—12世纪，仲跻昆讲道：

> 彩锦诗与传统古诗在题旨内容方面大同小异——以恋情、描状、赞颂、咏酒……为主旨，但在形式上却打破了传统古诗的格律。这无疑是一种解放和创新。这一诗体不仅在当时传到了东阿拉伯地区，人们争相仿作，而且对后世诗歌影响很大。（仲跻昆 2010：499）

彩锦诗和俚谣后来在西班牙发展为一种新的民歌"维良西科"（villancico），目前这种歌曲形式多用于基督教的颂歌。很多学者都认为，11世纪至13世纪晚期活跃于西班牙、法国南方及意大利北方的行吟诗人就是受到了彩锦诗和俚谣的影响，与阿拉伯诗有渊源关系。法国专家里夏尔·勒梅（Richard Lemay）讲道：

> 关于普罗旺斯抒情诗，或者说行吟诗人的诗歌，受到来自伊比利亚半岛文学潮流影响的观点并不新鲜。这种观点在16世纪的意大利就已经出现。1570年，意大利人巴尔比耶里（Barbieri）撰文称罗曼语诗人所采用的韵脚，

---

❶ 该诗取自网站：https://fr.wikipedia.org/wiki/Mouachah.

就是借鉴了阿拉伯诗歌。这一观点为后人开辟了许多研究方向。如果这些韵脚并不能仅仅看作属于阿拉伯诗歌，那么，可以肯定的是，行吟诗人笔下的诗节、副歌中韵脚的使用模式，在一定程度上源自安达卢西亚的"彩锦诗"和"俚谣"。（Richard Lemay）

骑士抒情诗源自安达卢西亚的彩锦诗和俚谣，有着深刻的历史背景。阿拉伯人虽然占领了绝大部分的西班牙领土，但在伊比利亚半岛北部、比利牛斯山南北，一直存在一些基督教小国，这些国家后来成为收复失地运动的主力军。政治上的对立并不能阻止民间的文化交流。安达卢西亚的彩锦诗和俚歌就通过这些国家的人民进入法国南方并催生了骑士抒情诗的诞生。

4. 骑士抒情诗的诞生

西班牙后倭马亚王朝后期，从穆罕默德二世（1109—1110年在位）被刺开始，此后二十年间，有十位国君登基，政变迭起，国家陷入混乱。1031年在科尔多瓦王宫，大臣们召开会议，决定废黜哈里发，宫廷中实权派和地方豪强各自为政，成立一系列独立王国，后倭马亚王朝灭亡。此时，西班牙北方的基督教国家，抓住时机，开始了收复失地运动。这些小国主要有阿斯图里亚斯王国、莱昂王国、纳瓦拉王国、纳瓦拉—阿拉贡王国、香槟王朝、阿拉贡王国和卡斯蒂利亚王国。

如果从1031年后倭马亚王朝灭亡算起，至1492年1月2日卡斯蒂利亚军队攻克格拉纳达城，在两个半世纪内，西班牙地区的许多民间艺人、诗人为了躲避战火，纷纷迁移到比利牛斯山北侧的法兰克王国境内，有的游走于城市乡村以表演为生，有的出入地方贵族的宫廷之中，将西班牙的诗歌艺术展现给法国各个阶层的人士。同时，作为两大宗教之间的战争，法国有不少骑士也南下加入西班牙基督教王国的队伍之中，参加收复失地运动。其中就有法国骑士抒情诗的鼻祖：阿基坦公爵纪尧姆九世（Guillaume IX, Duc d'Aquitaine）。

纪尧姆九世出生于1071年10月22日，死于1127年2月11日。通过军事手段和政治婚姻，至1098年，他的领地除阿基坦外，还拥有加斯科尼、普瓦蒂埃和图卢兹。他参加了第一次十字军东征，并在东方耶路撒冷、安纳托利（小亚细亚）等阿拉伯帝国的腹地待了一年多的时间。他的妹妹是西班牙阿拉贡王国的国王阿方索一世的妻子。1120—1123年，纪尧姆派军支援其妹夫阿方索一世，参加抗击西班牙南部阿拉伯阿尔摩拉维德王国的战争。

　　纪尧姆九世爱好诗歌，在阿基坦的宫廷中，有来自安达卢西亚的诗人和歌手，他本人也开始用当时法国南方方言奥克语（langue d'oc，法国中世纪罗曼语的一种方言）创作一些具有全新格律的诗歌。与以往歌颂宗教和战争英雄的诗歌不同，他创作的诗歌大多以女士、爱情和性爱为主题，被后人认为是歌颂"典雅爱情"（法语为 amour courtois，奥克语为 fin'amor）的先驱。这种新型诗歌问世后，很快走出阿基坦的宫廷，流传于法国南方各地，被行吟诗人（troubadour）争相模仿、充实和发展，风靡此后的两个多世纪。法国人将这种诗歌称为"la poésie lyrique des troubadour"直译为汉语是"行吟诗人的抒情诗"。由于行吟诗人多是"掌握写作技能的学者。通常来自贵族、有产者、教士以及骑士阶层"（Christelle Chaillou 2009：139–157），而且多以描写典雅爱情，即骑士如何俘获心仪贵妇人的爱情为主题，因此我国将这种诗歌定名为"骑士抒情诗"。纪尧姆九世被法国人认为是第一位行吟诗人，自 11 世纪起就被冠以"行吟诗人"的称号。他的领地在法国南方，与西班牙阿拉伯文化毗邻，其宫廷中有安达卢西亚诗人和歌手，他本人参加十字军东征到过阿拉伯帝国的腹地，也参与过西班牙的领土收复运动。凡此种种，可以推断，他非常熟悉阿拉伯文化。因此，他创作的诗歌极有可能受到安达卢西亚阿拉伯诗歌的影响，其中最有可能的就是彩锦诗和俚谣。下面是纪尧姆九世用奥克语创作的一首诗歌：

Farai chansoneta nueva,	（b）
Ans que vent ni gel ni plueva：	（b）
Ma dona m'assaya e-m prueva,	（b）
Quossi de qual guiza l'am；	（a）
E ja per plag que m'en mueva	（b）
No-m solvera de son liam.	（a）
Qu'ans mi rent a lieys e-m liure,	（c）
Qu'en sa carta-m pot escriure.	（c）
E no m'en tenguatz per yure,	（c）
S'ieu ma bona dompna am！	（a）
Quar senes lieys non puesc viure,	（c）
Tant ai pres de s'amor gran fam.	（a）
Per aquesta fri e tremble,	（d）
Quar de tam bon'amor l'am,	（a）

Qu'anc no cug qu'en nasques semble	（d）
En semblan del gran linh n'Adam.	（a）
Que plus es blanca qu'evori,	（e）
Per qu'ieu autra non azori：	（e）
Si-m breu non ai aiutori,	（e）
Cum ma bona dompna m'am,	（a）
Morrai, pel cap sanh Gregori,	（e）
Si no-m bayza en cambr'o sotz ram.	（a）
Qual pro-y auretz, dompna conja,	（f）
Si vostr'amors mi deslonja	（f）
Par que-us vulhatz metre monja!	（f）
E sapchatz, quar tan vos am,	（a）
Tem que la dolors me ponja,	（f）
Si no-m faitz dreg dels tortz q'ie-us clam.	（a）
Qual pro i auretz s'ieu m'enclostre	（g）
E no-m retenetz per vostre	（g）
Totz lo joys del mon es nostre,	（g）
Dompna, s'amduy nos amam.	（a）
Lay al mieu amic Daurostre,	（g）
Dic e man que chan e bram.❶	（a）

该诗歌的韵脚模式为：bbbaba, cccaca, dddada, eeeaea, fffafa, gggaga,

彩锦诗或俚谣的韵脚模式为：aabbb, aaccc, aaddd, aaeee, aafff, aa

两种诗歌的韵脚模式具有高度相似性，每个诗节都有两句诗重复统一韵脚，其他诗句的韵脚随诗节的不同而有所变化，"这种诗节格律的两分法（strophes métriquement biparties）是彩锦诗 / 俚谣和骑士抒情诗的共同特点。"（Cluzel Irérée 1961：174–158）

行吟诗人 "troubadour" 在奥克语中为 "trobador"，源自其动词形式 "trobar"，在现在法语中意为 "trouver"（发现、找到）。行吟诗人即掌握 "发现" 技巧的人，即 "能够灵巧地运用奥克语创作诗歌并为之配乐的人"（Christelle Chaillou 2009：139–157）。据夏尔·勒梅考证，"trobar" 的语义更接近现代法

---

❶ 诗歌取自网站：https：//fr.wikipedia.org/wiki/Guillaume_IX_d%27Aquitaine#M.C3.A9c. C3.A8ne_et_troubadour_lui-m.C3.AAme.

语的"inventer",意为"发明""创造",行吟诗人"trobador"是指:"能够使用乐器,比如源自阿拉伯的维埃勒琴(vielle)或拉巴巴琴(rebab)的诗人、歌手和音乐家。"❶ 可见,骑士抒情诗是一种配乐诗歌,本质上是一种歌词。笔者在上一节中已经提到,彩锦诗和俚谣都是配有乐曲用于演唱的歌词。骑士抒情诗在表演形式和诗歌格律方面与彩锦诗、俚谣存在很大的相似性。从其诞生的历史背景推断,骑士抒情诗的起源确系受到来自安达卢西亚阿拉伯风格的彩锦诗和俚谣的影响。

四、阿拉伯文化与中国词

1. 燕乐、曲子和词

词的起源一直是学术界充满争论的话题。比较公认的观点是,词诞生于隋唐之际,随着燕(宴)乐的诞生而出现的。燕乐是"魏晋以来中原音乐、南方音乐和西域音乐互相交融的基础上所创造的一种音乐,是与'雅乐'相区别的以'俗乐'为主流的娱乐性、艺术性音乐的总称,它与此前的周秦古乐系统和六朝清乐系统划出了较明晰的分界线,也与宋以后南、北曲的音乐系统相区别。"(曾昭岷,曹济平,王兆鹏,刘尊明 1999:6-7)作为一种新兴的娱乐形式,燕乐在唐代深受统治阶级的喜爱。作为一个有艺术才能,精通音乐的皇帝,唐玄宗对这种娱乐性的"俗乐"极为推崇,于开元二年(公元713年)下令设立教坊,创作和表演"俗乐",以区别礼教性与娱乐性的音乐:

开元二年春正月……上精晓音律,以太常礼乐之司,不应典倡优杂伎,乃更置左右教坊以教俗乐,命右骁卫将军范及为之使。又选乐工数百人,自教法曲于梨园,谓之"皇帝梨园弟子",又教宫中使习之。又选伎女,置宜春院,给赐其家……(司马光 1956:6694)

开元年间,教坊已经积累了一批曲式结构完整、调式旋律齐备的乐曲,即"曲子"。曲子的曲名被称为"曲牌"。"依声"于教坊曲子的歌词被称为"曲子词"。金文达在《中国古代音乐史》中谈到词牌和曲牌的关系时说道:

同一曲牌,也常常用以描写不同的内容。这在中国音乐中是非常普遍的现象,已经成为一种独特的传统表现手法。……曲子这一形式,是中唐以后和整个宋代的主要形式。它在唐代奠定文学上的一种新兴体裁,到了宋代就成为诗

---

❶ Richard Lemay,《A propos de l'origine arabe de l'art des troubadours》, in *Annales, Economie, Société, Civilisation*,1996,n° .5, p.990.

歌的主要形式即宋词，而在音乐上，也就是"词调"了。（金文达 1994：180）

唐代崔令钦编撰，成书于天宝年间的《教坊记》残本记载了大约二百首曲子。据任半塘研究，成为"词调"的有七十三种：

抛绣球、清平乐、贺圣朝、春光好、长命女、柳青娘、杨柳枝、柳含烟、浣溪沙、浪淘沙、纱窗恨、望梅花、望江南、摘得新、河渎神、醉花间、思帝乡、归国谣、感皇恩、定风波、木兰花、更漏长、菩萨蛮、临江仙、虞美人、献忠心、遐方怨、送征衣、扫市舞、凤归云、离别难、定西番、荷叶杯、感恩多、长相思、西江月、拜新月、上行杯、鹊踏枝、倾杯乐、谒金门、巫山一段云、望月婆罗门、玉树后庭花、麦秀两歧、相见欢、苏幕遮、黄钟乐、诉衷情、洞仙歌、喜秋天、三台、拓枝引、望远行、南歌子、鱼歌子（五代后为渔歌子）、风流子、生查子、山花子、竹枝子、天仙子、赤枣子、酒泉子、甘州子、破阵子、女冠子、赞普子、南乡子、拨棹子、何满子、水沽子、西溪子。❶

因此，词起源于教坊所作的曲子词。隋唐以来燕乐的出现对词的诞生具有决定性的影响。谈论词的起源，就不能不谈燕乐的来历。燕乐是在魏晋南北朝民族大融合的历史背景下，随着隋唐的统一而诞生的。对于这一过程，杨荫浏在《中国古代音乐史稿》中说道：

构成隋、唐时代《燕乐》的丰富内容，是各族人民所共同创造的新的民族风格和民族形式的音乐。在隋、唐燕乐中间，也吸收了一部分外来音乐。这种外来音乐，很多是先和边区少数民族音乐长期融合，然后流传到中原地区的。外来曲调，有的被用作素材，用当时流行的中国传统的作曲手法，进行了处理，成为大型乐曲；有的被配上汉文歌词；有的被加进中国各族自己原有的乐器和长期以来所已吸收，而且已经在中国发展了的外来乐器；有的曲调是经过了再创造，成为反映中国边区和内地各族人民生活的新的歌舞音乐作品。（刘荫浏 1981：214）

2. 胡乐入华与燕乐的诞生

在同"边区少数民族音乐长期融合"的"外来音乐"中，西域音乐即"胡乐"对燕乐的影响最大。根据《隋书·音乐志》《唐书·音乐志》记载的隋《七部乐》《九部乐》，唐《九部乐》《十部乐》，来自西域的胡乐占相当大的比重，如表1（刘荫浏 1981：214）所示：

---

❶ 统计自崔令钦编著，任半塘笺订，《教坊记笺订》，北京：中华书局，1962。

表1　隋《七部乐》《九部乐》与唐《九部乐》《十部乐》对照

时代	隋		唐	
	开皇初 (581后)	大业中 (506—618)	武德初 (618后)	贞观十六年 (642)
乐总名	七部乐	九部乐	九部乐	十部乐
分部	清商伎 国伎 龟兹伎 安国伎 天竺伎 高丽伎 文康伎	清商 西凉 龟兹 疏勒 康国 安国 天竺 高丽 礼毕	燕乐 清商 西凉 龟兹 疏勒 康国 安国 扶南 高丽 (礼毕)	燕乐 清商 西凉 高昌 龟兹 疏勒 康国 安国 扶南 高丽 (谯后)

　　可以看出，隋《七部乐》有安国伎、龟兹伎2部西域胡乐；隋《九部乐》中有龟兹、疏勒、康国、安国4部西域胡乐；唐《九部乐》中有西凉、龟兹、疏勒、康国、安国5部西域胡乐；唐《十部乐》中有西凉、高昌、龟兹、疏勒、康国、安国6部西域胡乐。可以说，从隋至唐，胡乐在中原地区的影响力呈现上升态势。这种影响力体现在乐曲和乐器两个方面。

　　就乐曲而言，在隋《九部乐》中，就出现了相当多的胡乐曲目，如表2（金文达 1994：194）所示：

表2　《九部乐》中出现的胡乐曲目汇总

时代	歌曲	解曲	舞曲
清　商	杨伴	—	明君、并契
西　凉	永世乐	万世丰	于阗佛曲
龟　兹	善善摩尼	婆伽儿	小天、疏勒盐
疏　勒	亢利死让	盐曲	远服
康　国	戢殿农和正	—	贺兰钵鼻始，末奚波地，农惠钵鼻始，前拔地惠地
安　国	附萨单时	居和祇	末奚
天　竺	沙石疆	—	天曲
高　丽	芝栖	—	歌芝栖
礼　毕	—	行曲单交路	散花

从表2还可以发现，来自西域西凉、龟兹、疏勒、康国、安国等地的胡曲曲名大都以音译的方式保留了其异域风味。

就乐器而言，唐玄宗时期，根据表演形式的不同，将音乐重新划分为《立部伎》八部（《安乐》《太平乐》《破阵乐》《庆善乐》《大定乐》《上元乐》《圣寿乐》《光圣乐》）和《坐部伎》六部（《谦乐》《长寿乐》《天授乐》《鸟歌万岁乐》《龙池乐》《小破阵乐》）。《立部伎》是室外表演的，《坐部伎》是室内表演的。二者都大量使用了西域地区少数民族的乐器。《旧唐书·音乐志》讲到《立部伎》时说："自《破阵乐》以下，皆擂大鼓，杂以龟兹之乐，声震百里，动荡山谷；唯《庆善乐》独用西凉乐，最为娴雅。"讲到《坐部伎》时说："自《长寿乐》已下，皆用龟兹乐。"许多乐器来自域外文化，如"筚篥、贝、箜篌、琵琶、五弦、拔、腰鼓、羯鼓、毛员鼓、都昙鼓、答蜡鼓、鸡娄鼓、铜鼓等，有些可能是少数民族乐器，有些可能是阿拉伯系和印度系的外来乐器。"（杨荫浏1981：220）

作为燕乐来源之一的西域诸国，比较重要的是康国和安国。康国（今乌兹别克斯坦撒马尔罕 Samarqand，据考证，"康"应该是粟特 – 波斯语 kand 的音译）和安国（今乌兹别克斯坦布哈拉 Bukhara）位于中亚的阿姆河和锡尔河流域流域，是著名的粟特人（Sogdiane 或 Sogdie, 波斯语为 سغد ）的故乡。粟特人是东伊朗人的一支，文化上属于波斯文明体系。在被阿拉伯帝国吞并之前，这一地区是萨珊波斯王朝的藩属。粟特人在中亚地区沙漠绿洲建立了一系列的小国，《北史·西域传》将这些小国称为"昭武九姓"。由于自然条件的限制，生活必需品有赖于与其他区的交换，因此粟特人有经商的传统。"他们的足迹东到中原汉地，北到蒙古草原和欧亚草原，南及印度，西到大食（阿拉伯）。"（刘迎胜2014：129）作为歌舞之乡的康国和安国，其带有波斯风格的音乐随着粟特人的商队逐渐东移，沿途经历疏勒、龟兹、西凉等西域诸国和河西走廊，在南北朝时期进入到中原腹地，并逐渐被统治阶级认可，经过吸收和改造，成为燕乐的来源之一。上文提到的《戢殿农和正》《贺兰钵鼻始》《末奚波地》《农惠钵鼻始》《前拔地惠地》《附萨单时》《盐曲》和《末奚》，应当是粟特语的音译。（刘迎胜2014：133）

3. 波斯音乐艺术对阿拉伯音乐艺术的影响

粟特地处中亚，属温带沙漠气候，环境的限制使"昭武九姓"都是一些面积不大的绿洲国家，人力物力有限，未能形成强盛的王朝，先后臣服于波斯帝国、马其顿亚历山大帝国，贵霜、突厥、萨珊波斯王朝。7世纪中叶，唐王朝灭东突厥，在粟特地区设立了许多州府，即羁縻州府。阿拉伯帝国兴起后，向东扩张，灭掉萨珊波斯帝国，吞并了中亚诸国，美国历史学家希提描述道：

> 在东方旋风般的出征，举着先知的旗帜越过乌浒水（阿姆河），指向外蒙古。……布哈拉、塔什干、撒马尔罕等中世纪时代的历史名城，都立约投降了穆斯林，伊斯兰教在中亚细亚的霸权，就这样坚固地建立起来，连中国人也不加阻止。（希提 1973：101）

从此，粟特地区被纳入了阿拉伯帝国的版图。这些事实说明，粟特地区是东西方文化交汇的一个重要节点。粟特地区及萨珊波斯被阿拉伯帝国纳入其版图的过程中，波斯的音乐艺术也吸引了阿拉伯人的注意。

倭马亚王朝时期，被誉为开创了阿拉伯音乐新时代的音乐家赛耳德·密斯哈吉（Ibn mishaj）就因为偶然听到在麦加工作的波斯工匠歌曲而对波斯音乐产生了浓厚的兴趣。后来他"赴波斯和叙利亚，吸取波斯人和希腊人的歌曲，然后扬弃一些与阿拉伯人的习性不相适应的部分；再用阿拉伯诗词，谱出阿拉伯歌曲，在麦加和麦地那传布开来。不少人跟随他学习唱歌、谱曲。密斯哈吉成为阿拉伯第一个音乐家，为后人开创了阿拉伯音乐的新时代。"（纳忠 1997：342）

阿拉伯帝国的统治者很重视音乐艺术，阿拔斯王朝前期，在拉希德—麦蒙时代开始的百年翻译运动中，阿拉伯学者们翻译了许多音乐书籍。阿拉伯人开始系统地研究波斯和印度的音乐，并从事歌曲的谱写和乐器的制造工作。音乐已经成为阿拉伯人的一门重要学科。纳忠说：

> 穆斯林音乐家，调和波斯、印度、希腊以及阿拉伯的旋律，创造出一种阿拉伯人的新歌曲，产生了大量的音乐家。……阿拉伯人的乐器，多采用或仿制波斯、希腊、奈伯特乃至印度的乐器，……引进其中与本民族习性相近的成分再加以改造。（纳忠 1997：343–345）

阿拉伯音乐是在大量吸收外来音乐元素的基础上发展起来的，其中波斯音乐的贡献不言而喻。这与中国燕乐的起源有着相似的历史背景。中国词和阿拉伯文化之间是否存在直接接触呢？

4. 中阿交流与词的发展

随着阿拉伯帝国势力的东扩和中亚地区的伊斯兰化，中国和阿拉伯的交流日益加深。倭马亚王朝（661—750）和阿拔斯王朝（750—1258）是阿拉伯帝国的鼎盛时期，政治稳定，文化繁盛。这个时间与中国的唐宋时代（618—1279）大致相当，也和词诞生和兴盛的时期吻合。两大文明之间的交流十分密切。唐代的广州城中就已经有专供阿拉伯人经商和居住的地区，称为"蕃坊"，设有"蕃长"，由中国政府从阿拉伯人中选出任命。到了宋代，来华的阿拉伯人数量更多而且"无论人数，或货物的价值，都大大超过别的国家。"（纳忠1997：398）公元8、9世纪间，在阿拔斯王朝的首都巴格达城中，有专门销售丝绸、瓷器的"中国市场"。9世纪中叶有个叫苏莱曼（Sulayman）的阿拉伯商人，将自己在东方的所见所闻记载下来，回国后编辑成书，出版于851年，称为《苏莱曼东游记》，后来一个名为艾布·才得·哈桑（Abu Zayd Hasan）的阿拉伯人对该书做了增补，里面这样描述中国的文字、雕刻和绘画等文化现象：

> 所有的中国人，不论穷的、富的、老的、幼的，都学习写字读书。
>
> 中国有许多石碑，高十英寸，上面刻着些阴文的字。
>
> 中国人所具有的手最为巧妙，能于作画，能于做细工，能于做一切工作；世界上没有别种的人能比他们做得更好。中国人能用他们的手，很灵巧地做成种种东西，绝没有别的人做得成。（苏莱曼，艾布·才得·哈桑2016：17–19）

虽然《苏莱曼东游记》中没有直接描述中国文学，但是，根据他记载的中国人"学习写字读书"、他们的手"最为巧妙，能于作画，能于做细工，能于做一切工作"，可以推断他一定是亲眼看见了中国人高超的文艺造诣。他的这种认识可能在来到中国之前已经形成。公元751年，唐王朝和阿拔斯王朝东征的军队在中亚怛罗斯（Talas，今哈萨克斯坦塔拉兹Taraz附近）地区发生冲突，爆发了一场战役。唐军战败，随军的杜环（唐代《通典》作者杜佑的族侄，唐德宗时曾任宰相）和许多官兵被阿拉伯军队俘虏，被押送至阿拉伯帝国后方。杜环在阿拉伯帝国核心地带生活了12年，公元762年搭乘商船回国。他根据经历写成《经行记》一书，全本已经散佚，杜佑的《通典》中引用了一些文字，总数约为1770字，介绍了许多阿拉伯的文化和风俗，比如"女子出门必拥蔽其面。无问贵贱，一日五时礼天。"更为重要的是，杜佑在阿拉伯世界看到不少中国人："金银匠、画匠、汉匠起作画者，京兆人樊淑、刘泚，织络者，河东人乐（阝睘）、吕礼。"❶可见，在当时阿拉伯帝国境内，生活着许

---

❶ [唐]杜佑，《通典·边防》，长沙：岳麓书院，1995，第713页。

多来自中国的艺人。中阿之间的交流绝不仅限于商货贸易，两国之间一定存在密切的文化和艺术交流。正如赛耳德·密斯哈吉因偶然听到波斯歌曲而投身于波斯音乐的研究之中，来自异域的艺术形式会在不自觉的状态下，给对方国度的艺术带来一些潜移默化的影响和启发，赋予对方一些自己民族的文化因素。这类文化因素，较为频繁地出现在宋代的词作中，周邦彦的《迎春乐（双调·第二）》❶就描述了词人经常出入胡姬表演场所的情景：

> 桃蹊柳曲闲踪迹。俱曾是、大堤客。解春衣、赏酒城南陌。频醉卧、胡姬侧。鬓点吴霜嗟早白。更谁念、玉溪消息。他日水云身，相望处、无南北。

欧阳修的《蕙香囊》❷描述了胡姬表演琵琶曲的情景：

> 身作琵琶，调全宫羽，佳人自然用意。宝檀槽在雪胸前，倚香脐、横枕琼臂。组带金钩，背垂红绶，纤指转弦韵细。愿伊只恁拨梁州，且多时、得在怀里。

中国词起源和发展的过程，正值阿拉伯和中国交流的高峰，物质文明交流中，一定不乏精神文明交流。中国词在发展的过程中，很有可能吸收了一些来自西域、阿拉伯的艺术养分。同样，阿拉伯音乐诗歌的发展也有可能吸收了一些来自中国的文化成分，正如穆罕默德所言："学问虽远在中国，亦当求之"。❸

五、结语

阿拉伯帝国兴起后，阿拉伯军队进入西班牙，灭掉西哥特王国，建立阿拉伯人的王朝，把大量的阿拉伯文学艺术带到西班牙，催生了兼有阿拉伯风格和安达卢西亚风格的彩锦诗和俚谣。之后，这种诗歌北传至法国境内，促成了骑士抒情诗的诞生。魏晋南北朝以来，西域地区带有波斯风格的音乐进入中原，与中国原有的音乐一起，推动了燕乐的诞生。唐玄宗开元年间，一种新的歌曲形式——曲子诞生了，与之配合的歌词曲子词，经过文人的不断实践，逐渐演变为新的诗歌形式——词。与此同时，阿拉伯帝国不断东扩，至天宝年间已经控制中亚，并接近唐王朝的西部边境。两大文明古国的交流变得更加密切。由于阿拉伯帝国的音乐是在广泛吸收波斯、希腊、印度

---

❶ 选自唐圭璋编纂，《全宋词》卷二（简体增订本），北京：中华书局，1999，第774页。
❷ 选自唐圭璋编纂，《全宋词》卷一（简体增订本），北京：中华书局，1999，第198页。
❸ 这段完整的话是："学问虽远在中国，你们当去寻求，不去寻求是错误的，不去寻求是干罪的！"出自1936年埃及出版的铜版《索哈哈圣训集》，1939年出版的版本把后两句去掉，变成："学问虽远在中国，你们当去寻求。"

等地音乐元素的基础上发展起来的，所以中国的燕乐系统和阿拉伯音乐具有一定的相似性。而且，中国词诞生发展的过程与中阿密切交流的时期大致吻合，中国词中也融合了一些阿拉伯—波斯文化因子。中国和西方的交流从丝绸之路开辟以来从未间断，交流的纽带就是横亘在亚欧大陆中部的西域诸族、波斯人和阿拉伯人。在物质文明交流之中，存在着千丝万缕的精神文明交流，骑士抒情诗和中国词就是最好的例证。阿拉伯文化在两者之间起到了穿针引线的作用，把中世纪看似互相隔绝的东西方文学世界联系了起来。

参考文献

[1] Cluzel Irérée.*Quelques réflexions à propos des origines de la poésie lyques des trouadours*. In：Cahiers de la civilisation médiévale, 4 année（n 14），avril-juin 1961

[2] Christelle Chaillou, *La poésie lyrique des troubadours. Musique, poésie, contexte*. In：Annales de Vendée, 2009

[3] Richard Lemay, *A propos de l'origine arabe de l'art des troubadours*, In：Annales, Economie, Société, Civilisation.21 année, N.5

[4] 司马光．资治通鉴（卷二一一）[M].北京：中华书局，1956.

[5] 崔令钦．教坊记笺订 [M].任半塘，笺订．北京：中华书局，1962.

[6] 希提．阿拉伯简史 [M].马坚，译．北京：商务印书馆，1973.

[7] 杨荫浏．中国古代音乐史稿 [M].北京：人民音乐出版社，1981.

[8] 金文达．中国古代音乐史 [M].北京：人民音乐出版社，1994.

[9] 杜佑．通典·边防 [M].长沙：岳麓书院，1995.

[10] 纳忠．阿拉伯通史 [M].北京：商务印书馆，1997.

[11] 唐圭璋．全宋词 [M].北京：中华书局，1999.

[12] 曾昭岷，曹济平，王兆鹏，刘尊明．全唐五代词 [M].北京：中华书局，1999.

[13] 许昌财．西班牙通史 [M].北京：世界知识出版社，2009.

[14] 仲跻昆．阿拉伯文学通史 [M].南京：译林出版社，2010.

[15] 张宏生．中国词小史 [M].沈阳：辽海出版社，2012.

[16] 邓乔杉．唐宋词艺术发展史 [M].芜湖：安徽师范大学出版社，2013.

[17] 刘迎胜．丝绸之路 [M].南京：江苏人民出版社，2014.

[18] 仲跻昆．阿拉伯古代文学史 [M].北京：昆仑出版社，2015.

[19] 古兰经 [M].伊斯梅尔·马金鹏，译．银川：宁夏人民出版社，2016.

[20] 苏莱曼，艾布·才得·哈桑.苏莱曼东游记 [M].刘半农，刘小蕙，
译.北京：华文出版社，2016.

作者简介：杨胜强，男，厦门大学外文学院助理教授，瑞士洛桑大学文学院在读博士生。

从写实走向塑形:
新修辞学视野下古罗马的画风转变研究

沈　澍　史忠义

厦门大学外文学院

摘要: 本文侧重分析古罗马庞贝遗址及其他相关墓葬、住宅中发现和保留下来的绘画作品,讨论古罗马绘画风格的发展与演变。通过古罗马学者及欧洲现当代历史学家、建筑学家、文学家和批评家对古罗马壁画的解读,研究古罗马壁画四种风格的特征及它们之间的联系,探寻古罗马绘画艺术从写实向塑形过渡的原因和古罗马绘画的内蕴。笔者希望在新修辞学的视野下,展现出古罗马文明与古希腊文明截然不同的一面,即一种基于性情(*ethos*)张扬主体性的文化建构。

关键词: 古罗马绘画;写实性;塑形性;性情;新修辞学

我们现在能够欣赏到的含有风景元素的古罗马壁画主要来自意大利南部那不勒斯附近的庞贝遗址和赫库兰尼姆遗址。公元 79 年维苏威火山爆发,将这两个城市掩埋,18 世纪的发掘才使得这两个城市重见天日。厚厚的火山灰和泥石流完整地保留下了这两座城市的结构布局,使后人能够对公元 1 世纪古罗马的城市空间及生活环境有一个清晰而直观的认识。城市屋内墙壁上原封不动保存下来的古罗马时期室内绘画装饰艺术,则为我们提供了一窥当时审美风气和社会文化的机会。尽管罗马在地中海区域的统治延续了好几个世纪,然而当人们谈及古罗马艺术,或站在古罗马的废墟前欣赏的时候,往往会将其视为古希腊文化与基督教文化之间的过渡阶段——罗马只是古希腊文化的替代者和继承者。既然罗马人已经继承了古希腊的神祇,为什么他们不把古希腊文化的剩余部分也都一板一眼地模仿过来呢?我们是否可以将古希腊文化与罗马文化宗教上的一些相似性泛化?罗马文化是否具有独创性和自身内在的协调性?本文试图在新修辞学的视野下分析被保存下来的古罗马壁画,结合古罗马学者及欧洲现当代历史学家、建筑学家、文学家和批评家对壁画的解读，从古罗马壁画四种风格的特征、它们之间的联系及绘画的内蕴三个方面讨论绘画风格的转变过程及其所反映出的以性情（*ethos*）❶为中心的古罗马思想和文化建构。

一、古罗马壁画的四种风格

从考古发掘的资料看，古代欧洲人在绘画艺术创作上经历过三种不同路线的摸索和尝试：希腊人在陶瓶上的创作展现了黑绘和红绘艺术；伊鲁特利亚人保存在墓穴和棺材内壁上的墓葬画展现了其文明的精髓；古罗马人在宅邸别墅墙壁上的风景、日常生活场景、静物和情色场面画再现了他们对自然、空间和社会的理解和感知。贺拉斯（公元前 65—前 8 年）在《诗艺》中论及了绘画，建筑学家维特鲁威（Vitruve，约公元前 90—约前 20 年）在公元前 1 世纪 20 年代完成一部《建筑十书》，含有室内装修的内容，老普林尼（23—79）卷帙浩繁的《自然史》的第 32 至 37 卷涉及矿物学、冶金学、化学工艺等方面的问题，叙述了怎样在绘画和雕刻中利用不同的材料，并且花了相当篇幅讲艺术发展的历史，首次涉及风景画的概念。19 世纪 80 年代，德国艺术史学家和考古学家毛（Auguste Mau，1840—1909），在《庞贝装饰壁画历史》（*Geschichte Der Dekorativen Wandmalerei in Pompeji*，1882）中，根据在庞贝遗址的发现，首次提出庞贝壁画四种风格的理论。该分类方法虽一直被后人沿用，但四种风格从一种向另一种过渡的原因却并未得到准确的解释；更确切地说，毛对风格的划分是按照时间顺序或画面描绘特点来确定的。1938 年，荷兰考古学家拜恩（Hendrik Gerard Beyen，1901—1965）在毛的基础上进一步把四种风格细化，将第二种风格区分为两个阶段：建筑构型阶段（phase architecturale）和装饰阶段（phase ornementale）❷。当代关于罗马绘画的理论著作并不多见，较为重要的几部有谢福德（Karl Schefold，1905—1999）的《庞贝绘画，论其意义的演变》（*La peinture pompéienne. essai sur l'évolution de sa signification*，1972）、罗歇·灵（Roger Ling）的《罗马绘画》（*Roman Painting*，

---

❶ 性情（*ethos*），古希腊概念，比利时布鲁塞尔哲学和修辞学教授米歇尔·梅耶把它与另外两个概念逻各斯（logos）和感情（pathos）组合在一起，形成自己研究艺术作品的方法论；梅耶同时用问题学哲学思想和历史性概念奠定和充实这种方法论。其中的性情（ethos）代表主体，逻各斯（logos）体现在情节、叙事、故事、准则、道理、法律、政治理念等之中，感情（pathos）即被感动之情，体现在受述方、对话方、接受方身上。它们之间的关系是辩证的。

❷ 拜恩（Hendrik Gerard Beyen）：《从第二到第四风格的庞贝墙面装饰》（*Die Pompejanische Wanddekoration Vom Zweiten Bis Zum Vierten Stil*），La Haye: Martinus Nijhoff, 1938.

1991）、克鲁瓦西耶（Jean-Michel Croisille）的《罗马绘画》（*La Peinture romaine*, 2005）以及梅耶勒施（Harald Mielsch）的《罗马壁画》（*Römische Wandmälerei*, 2001）。

庞贝绘画的第一种风格出现在共和国时期（公元前200—前90年）。这种风格旨在重现房屋建筑砖石墙壁的纹理结构，因此，也被称为镶嵌风格（style à incrustation）。工匠们先用粉饰灰泥在墙面上营造出浅浮雕般突起的石板纹路然后再涂上颜色，以模仿希腊化时期房屋外部的大理石墙面。维鲁特威在《建筑十书》中这样记载道："最初创作壁画的古人们首先模仿了大理石嵌板的（纹样）变化和布置，然后模仿了挑檐线和赭石色嵌板线脚的互不相同的设计"。

根据考古发现，第一种风格大多出现于房屋的正厅（Atrium）区域。我们认为在该区域的房屋内壁上模仿出房屋外部墙壁纹理的特征，其实是对罗马城市广场（Forum）风景的一种模仿。其原因是正厅最初在罗马住宅中，尤其是贵族的别墅中坐落于整个住宅的中央，充当公共区域的功能，相当于私人住宅中的公共广场。这是一个宽阔、明亮的空间，中庭中央的地面上有承雨池（Impluvium），委托人们在这里或正厅两翼的偏房里等待房屋主人的接见。接见的地点就在面对正厅的接待室（Tablinum）。我们可以把正厅看作是一个微缩版的城市广场，是公共场所在私人领域的延伸。在罗马共和国时期，富有的古罗马贵族在家中对其委托人之间的争执做出裁决，并处理其他私人或公共事务。作为公众人物的房屋主人需要用一种方法，明确公共场所与私人住宅之间的差异。于是，市民广场的风景被搬到了室内，墙上的大理石纹路生动地再现了市民广场上那些用大理石堆砌的建筑外观，其目的在于时刻提醒委托人们房屋主人在国家事务中的公众人物身份。正如比利时哲学家梅耶（Michel Meyer）在《罗马与欧洲艺术的诞生：绘画、文学、建筑和雕塑》（*Rome et la naissance de l'art européen: peinture, littérature, architecture et sculpture*, 2007）中所说："这种私密性与公共性的分离是罗马艺术的核心，因为性情（*ethos*），即对自我、身份、其在社会等级中位置的肯定是最重要的东西"。

庞贝绘画的第二种风格大约形成于共和国晚期的公元前90年代，并延续至公元前16年屋大维统治初期。它表现出一种与第一种风格截然不同的发展方向：仿制的大理石纹路消失；通过大量运用具有立体透视特征的装饰画，墙面被"打开"，透出虚构的、富有戏剧性的风景。在被拜恩细化并称为"建筑构型阶段"的第一阶段，我们可以看到的不再是以生硬的大理石为材质的墙壁，而是运用了透视、明暗和立体等手法精心绘制的建筑物外部场景。巨大的画面常被分为上、中、下三个部分，作为分割画面空间的建筑构件，例如，壁墩、立柱、柱头、三角楣、房檐、柱廊、大门等都被用鲜艳的颜色描绘得栩栩如生，具有强烈的对称性和写实感。画面中间部分像一扇打开的窗户，从中透出城市、宫殿、庙宇或园林的风景。在这一阶段，画面的戏剧性主要由画家所描绘的生动逼真的建筑物外部特征来体现。

　　一段过渡时期之后，庞贝绘画的第二种风格进入了第二阶段，即装饰阶段：墙面上的建筑元素逐渐减少，风景中开始出现人物，且神话场景在风景中占据的位置越来越重要。绘画风格变得更加具有装饰性和塑形性，更为突出的装饰作用使壁画的戏剧性开始缺乏真实感，画面中不时出现的面具元素时刻提醒着观众该场景的虚构性。19世纪考古学家在罗马埃斯奎林发现一幅与庞贝第二种风格同时期的、以希腊神话为主题的檐壁画《奥德赛的风景》（Paysage de l'*Odyssée*），该壁画高约1.52米，描绘了《奥德修记》中的八个场景。画家对画中人物形象的细节刻画入微，他们姿态各异、栩栩如生，甚至在主要人物旁边画家还用字母交代了人物的身份。这些人物在画家的透视性描绘下与人物、动物、花草树木、岩石和谐地融为一体，给人一种印象派风景画的错觉："虚构的乡间景色，其间有树木、质朴的建筑、几个沉思人像，偶尔包括一个冠以赫尔墨斯头像的方形石柱——常常被包含在装饰计划中……创造出一种结合了清凉地中海的海水浴温暖静谧之空气的大气效果，其中深入一海湾的岬角在微微雾中闪闪发光。画中的距离远近只稍加暗示，船和岩石的形状也只是模糊地划定，但是这幅画开启了墙面，进入一个水晶般的诗歌梦境。"

　　在庞贝出土的这个时期最具特色的神话主题壁画来自神秘别墅（Villa des Mystères）的巨幅壁画《狄奥尼索斯秘仪》。这幅壁画的场景由室外转向了室内，第二种风格横向三分的画面结构被保持下来。在绘制精细的底座之上，画家绘制了被罗马元老院所禁止的狄奥尼索斯秘密仪式的祭祀场景。画面背景成深红色，曾经逼真写实的建筑元素被大大地简化，第一阶段中栩栩如生的圆柱抽象成为分割背景的黑色长条柱饰，退居成为人物的背景。历史上对画面内容的阐释争议颇多，现任教于巴黎索邦大学的艺术史和古罗马考古专家索隆（Gilles Sauron）并不赞成将位于画面正中的两个主要人物阐释为迪奥尼索斯与妻子阿里阿德涅。他在其著作《庞贝神秘别墅中的大幅壁画：一位狄奥尼索斯虔信者的回忆录》（*La grande fresque de la villa des mystères à Pom-*

péi: mémoires d'une dévote de Dionysos, 1998）中将二者阐释为酒神与其母塞墨勒，并同意匈牙利学者柯雷尼（Károly Kerényi）的看法，把中心画面两侧墙壁上的内容看作两组相互对称呼应的变化：左面墙壁中少年的变化象征着迪奥尼索斯神化的过程，右侧画面少女的变化象征着其母塞墨勒神化的过程。古罗马人通过这种谜一般的隐喻装饰手段，一方面显示出对"模糊真相"这一主题的偏爱及对德尔斐神谕传统的继承；另一方面，则在同一风景中同时表现凡人与神的形象，展示出人与神之间的相互影响和相互渗透，而这一点也正是罗马社会的显著特征之一。

与此同时，考古学家们在其他遗址中还发现了许多花园场景的壁画，在这里我们以《花园风景》为例。该壁画 1863 年在罗马普利马·波尔塔（Prima Porta）的莉维亚别墅（Maison de Livie）中发现，现藏于罗马国家博物馆。壁画明显受到东方风格的影响，几幅风格类似的作品在希腊化时期亚历山大港的大型公墓中被发现。画面呈对称构图，图中没有出现任何建筑物，取而代之的是由树木花草及鸟类所组成的室外花园景致。画面的前景有一道用精细的笔法所描绘的由竹制矮栅栏及从栅栏后透出的树木构成的屏障，而中景部分则出现一道白色大理石般材质的栏杆，一前一后两道分隔构成视觉上的纵深感。同时，在画面前景中所描绘的树木、果实和飞禽颜色鲜艳，姿态生动，细节丝丝入扣；而画面远景中的树木花草，颜色更显灰暗且轮廓逐渐模糊。画家用上述两种方法体现出画面风景的透视感。画面与现实相悖的一点是在不同地区、不同季节出现的各种树木共同呈现于同一风景中。这种塑形性不仅表达了罗马人对生活品质的追求，还体现了从海外各地引入物种的实力和财力。后者正好与房屋主人奥古斯都妻子莉维亚的身份相符合：帝国拥有者的权利和地位在风景中得以彰显。

在罗马共和国的末期与帝国初期的一段时间里，古罗马壁画完成了从戏剧性向神话性的彻底转变，形成了第三种风格（公元前 20 —公元 45 年）。庞贝壁画第三种风格的一大特征是具有立体感的透视画法被放弃：墙壁上用来分割画面的廊柱逐渐消失，第二种风格中出现的建筑构件造型被弱化，取而代之的是风格化后如画框般的线条或蜡烛架般的装饰。墙面的整体背景多呈现出统一的黑色或赭石色，而承接第二种风格的神话场景则占了墙壁的中心位置。但是与神秘别墅中《狄奥尼索斯秘仪》不同的是，神话场面在墙面上所占的比例越来越小。罗歇·灵认为以传说或神话为主题的壁画自第二种风格之后不再成为罗马壁画的一个重要组成部分。画面的塑形性、装饰性与写实性的平衡被打破，画面中出现的景色变得遥远而陌生，仿佛梦境一般。在这种充满神秘性和陌生感的风景中，罗马人从希腊神话中所汲取的、想要彰显、作为榜样的道德性取代了第二种风格中的戏剧性。❶这些风景中的神话场面不再作为一种信仰，而成为房屋主人想要传达的某种象征意义的举例说明。这些壁画因此具备了与戏剧相同的教化作用：正面的榜样，例如，奥德修斯、忒修斯、海格力斯和珀尔修斯成为罗马公民需要具备、捍卫和禁止抛弃的正义品质之象征；而伊俄、涅索斯作为负面的榜样，提醒着人们时刻保持警惕、明辨差异，并象征着对秩序的呼唤。第三种风格恰好出现于奥古斯都统治时期，统治者的道德性和罗马的英雄主义成为帝国一直所强调的品德，而绘画正是这一政治权利运作的场域。然而，随着奥古斯都继承者们越来越专制的统治，第三种风格的壁画也变得越来越富有装饰性、塑形性、几何化，甚至"巴洛克"化的倾向❷，有些画面中甚至出现了纯粹臆造的生物。例如，在皮格米人之家（或侏儒人之家 / Maison des Pygmées）发现的一系列壁画中，尽管画家使用了写实性的手法来表现风景，后者却变得更加原始、自然和陌生。

庞贝壁画的第四种风格出现于尼禄统治时期（公元45年）。这种被梅耶称为罗马绘画的"巴洛克"风格综合了前三种风格的特征，但整个画面构成的装饰性相较于第三种风格更为强烈，更加非现实化：镂空图案、圆雕饰图案、镀金装饰、蜡烛架造型、建筑构件、面具和臆造的生物同时出现在一面墙上，其中并没有必然的联系。尽管画面的透视感回归，具有立体感的装饰画重新出现在绘制而成的墙壁底座上方，然而墙面主要部分和天花板被廊柱、拱门或蜡烛架分割成大小不一的空间，失去了先前风格中的同一性和对称性。在被分割的主要空间中呈现的或者是第三种风格中的神话场景，或是透出第二种风格的城市风光，还有静物、人像和生活场景的描写。这些以写实手法表现的风景往往被画框框住，仿佛挂在墙上的画。这种内容的形式化和风格的复杂化营造出的奇幻景致拉开了与现实世界的距离。公元79年，维苏威火山的爆发不仅摧毁了庞贝古城，也使庞贝壁画发展的历程戛然而止。公元2世纪到15世纪随着宗教的发展，物质世界不再被认为是感官享受的源泉，而

---

❶ Meyer, Michel. *Rome et la naissance de l'art européen* : *peinture, littérature, architecture et sculpture* Paris, Arléa, 2007,p.182.

❷ 即用出人意料的不规则性、幻觉主义、装饰形式和各种混合型态的艺术来表达强烈的对比和幻想，呈现出一种充满动态活力的戏剧性风格。

是精神世界的真实反映，古典时期呈现自然和社会风光的画作开始消失。❶

二、庞贝壁画四种风格之间的关系

我们在本文的第一部分用较长的篇幅介绍了"风景"在庞贝壁画四种风格中的演变历程。然而，四种风格在庞贝发掘的许多别墅中共同存在，它们的应用并不必然存在后一种风格取代前一种风格的现象。某种风格的选用或几种风格的共同出现完全取决于房屋的功能。但是这种共存现象提出了从一种风格向另一种风格转变的问题。巴尔贝（Alix Barbet，1940）向我们揭示了绘画片段是如何在一个房间和一座住宅中相互衔接的❷。罗歇·灵在其著作中进一步肯定："在同一壁画中对主题的选择总是反映出房间的功能。与狄奥尼索斯和静物或食物相关题材的壁画位于餐厅，以维纳斯为中心或阐释爱情的神话题材壁画用来装饰卧房。接待厅被令人瞩目的英雄主题点缀则是一种普遍规则，而所谓的'私人'空间的墙壁上则上演着亲密生活的场景。"❸

诚然，风格的选择与房间的功能有着内在联系，但毫无疑问，这种联系并不是一以贯之和必然的，四种风格共处一室的情景只能出现在晚期。我们在介绍庞贝壁画四种风格演变历程中已经谈到了不同时期人们审美倾向的变化，下面需要用更集中更明确的言语来表述变化的原因。

当我们回过头来再观察庞贝壁画第一种风格和第二种风格前期特征的时候，发现其中流露出强烈的写实性。画家们首先在住宅入口的房间、接待室和中庭的内部墙面上模仿房屋外部大理石墙壁的花纹并通过虚构的窗棂透出楼宇、神庙等城市风光，将公共场所风景忠实地呈现于私人住宅内部，通过城市广场和住宅中庭相似的形状和风貌向被接待的委托人们强调住宅主人共和国公民和公众人物的身份，提醒他们不要忘记房屋所有者在行使他的政治权力，向有求于他的人提供帮助；在以后的"荣耀之路"（Cursus honorum）上，那些接受过他帮助的人们应该用实际行动支持住宅的主人。

从第二风格开始，古罗马壁画的塑形性元素逐渐增加。这一时期与共和国末期总的动荡趋势相吻合，人们对社会中无差异的恐惧延伸到了绘画层面。面具元素象征了差异，提醒人们整个场面的戏剧性，填补了过于写实的风景

❶ Turner, Jane. *The Dictionary of Art*, volume eighteen. London ：Macmillan Publishers Limited, 1996, p.701.

❷ Alix, Barbet. *La peinture murale romaine*: *les styles décoratifs pompéiens*, Paris: Picard, 1985, p.57.

❸ Ling, Roger .*Roman Painting*. Cambridge ：Cambridge UP, 1991, pp. 135-136.

带来错觉造成的缺位。后来塑形性进一步强化，假窗中的城市风光被墙壁上的神话场景和虚构的花园所取代。壁画的塑形性和写实性在第二种风格的后期达到平衡：画面中的神话主题体现了壁画的塑形性和修辞性，而细腻的风景描绘则体现出壁画的写实性，两种特征相互交织融为一体。研究人员还发现，与第二种风格写实特征相对应的是室内地板的马赛克纹理变得更为象征化、几何化，求得两种风格的平衡。

随着历史的加速运行，罗马社会的动荡更强烈。旧的身份被塑形性和隐喻所取代，一切都如奥维德 ❶ 在《变形记》(*Les métamorphoses*) 中所描绘的那样：故事中的角色在人、神、半神、半人之间不断切换，一切皆有可能。宙斯为了勾引欧罗巴可以变为一头公牛，而他为了欺骗妻子赫拉则又能将伊娥变为一头牝牛。新的问题进入了先前已经确立的答案范畴，与后者相混淆，要求人们给出新的回答。此时，绘画肩负起戏剧的功能，强调差异、强调神话的榜样作用，目的在于抵制真实生活中的混乱，提醒人们避免这种混淆的危险性。从第三种风格开始，画面塑形性与写实性的平衡被打破，古罗马壁画走上了一条越来越富有象征意义的道路，与之相伴随的是刚刚建立帝国的皇帝开始在各个场合强调罗马人的道德性（道德具有塑形作用）。那些更令人信赖的神话人物，如奥德修斯、海格力斯走到了画面的前台，作为正面榜样被用超越写实的手法所描绘。而第二种风格中的立体装饰画和逼真的建筑构件被更形式化、风格化的画框和蜡烛架所取代：壁画中所呈现的场景尽管是写实风格的，然而人物比例的缩小、景色的陌生化及臆造生物的出现则使整个画面越来越抽象、越来越具有象征含义。到了第四种风格，形式化的表现方法发挥到了极致。墙面和天花板被任意分割成大小不等的空间，其中充满了各种奇怪的生物；神话主题画中的风景也变得更加遥远和不真实，绘画所呈现的内容与现实世界的距离越来越远。

概而言之，古罗马壁画的特点一方面是四种风格共存，另一方面又能区分出一定的历史顺序。区分历史顺序的依据是，从艺术风格的演进角度视之，有一个风格逐渐演变的过程。这个演变过程的特点是，前一种风格逐渐变弱，而后一种风格逐渐凸显起来。演进的背后，有一个从更加写实向更加注重塑形的转化过程。

---

❶ 奥维德（Ovide），公元前43—公元约17年，生于罗马附近的苏尔莫，卒于黑海边的托弥。年轻时在罗马学习修辞，对诗歌充满兴趣。曾三次婚配，第三个妻子出身名门，使他有机会进入上层社会，结交皇家诗人，他是古罗马最具影响力的诗人之一，与贺拉斯、卡图卢斯和维吉尔齐名。代表作《变形记》《爱的艺术》和《爱情三论》。

正如梅耶所说："塑形主义（figurativisme）是任何历史的规律"。随着历史的发展，先前一直存在的东西不再呈现为它的本来面貌，而被隐喻和象征遮蔽起来。原有的身份于是成为了虚构和不真实的。随着画面中人物比例变得越来越小、场景越来越不真实，墙面上的风景与欣赏者的距离被拉大，现实性逐渐模糊消失。古罗马壁画彻底完成从写实性向塑形性过渡的原因在于：由共和国时期进入帝国时期的罗马社会，皇权的影响开始渗透到社会的每一个角落。至高无上的权利赋予罗马皇帝一种不真实的距离感；在被神化了的罗马皇帝之下，一切都显得那么遥远和渺小，人们不再需要其他神明或希腊英雄来作为榜样，高高在上的皇帝就是整个帝国性情（ethos）的象征。

三、古罗马绘画的独特性

从绘画的角度来看，古罗马艺术的成就在于古罗马人根据历史和社会演进的实际需求，运用古希腊艺术元素，以性情（ethos）为核心走出了一条从写实到塑形的独特发展道路。

在古希腊城邦，尤其是雅典，政治的民主制和社会的宗教性将公民之间的差异缩小而把固有一死的人与不死的神之间的差异放大。因此，古希腊城邦的神庙都远离尘世的喧嚣；希腊人的建筑、绘画和塑像都体现着几何学上的精准和完美，这一切都体现着逻各斯（logos）所代表的形而上的秩序世界与普通世界之间的不同。

与把人与神之间的距离作为主要差异的古希腊社会不同，古罗马社会的主要差异建立在人与人之间的距离上。公民在古罗马社会生来就是不平等的，平民（plébéien）、贵族（patricien）乃至帝王（empereur）的存在说明，古罗马社会中身份的概念不仅是历史性和社会性的，而且还是政治性的❶。在古罗马绘画的写实阶段，无论是贵族阶层还是独裁者，为了强调自己高人一等的社会地位，往往会用特定的风景来装饰自己的住宅。随着古罗马版图的逐渐扩大，越来越多的人获得了罗马公民的身份；越来越多的平民也借由战功进入社会上层。古罗马的贵族乃至罗马皇帝希望借用希腊神话中的故事情节或将

---

❶ 自从公元前509年罗马国王高傲者塔克文（Tarquin le Suberbe）一家因为儿子强暴了鲁克丽丝（Lucrèce）而被驱逐出罗马之后，罗马便进入了共和国时期。尽管国家执政者通过选举产生，但实际上却是几个大贵族家族与平民阶层之间斗争的产物。在这个时代，荣誉成为罗马人竞相追逐的目标，除了在战场上立下军功之外，怎样取悦大众、怎样用演说术和修辞术和平地击败对方成为贵族阶级阻碍平民阶层向社会上层流动的手段之一。

自己的形象置于某个神祇的荫蔽之下重新塑造主体的身份与地位❶。原先存在于希腊神话中的人与神的差异也随着历史的演进而被隐喻化为人与人的差异，通过绘画的手段向他者强调差异的形象，并提醒人们混淆这种差异所带来的严重后果。

罗马人从实用主义角度对古希腊艺术元素加以利用，这么做是为了在政治上宣传以彰显罗马社会所推崇的价值。罗马画家在创作过程中从对作品内容和主体的考虑出发，在不同时期的希腊艺术中选取视觉范式（paradigme visuel）作为再现的手段。正如德国考古学家霍尔舍（Tonio Hölscher，1940）所做的形象比喻：罗马人用希腊艺术的"单词"（vocabulaire）和"句法"（syntaxe）表达罗马艺术的"语义"（sémantique）❷。在梅耶看来，古罗马绘画正体现了性情—逻各斯—感情的辩证关系，即壁画主人（相当于演说家或作家）的性情（ethos）通过从写实走向塑形的四种绘画风格（相当于话语或逻各斯 logos）激发观众的情感（pathos）。

我们通过对古罗马壁画四种风格的分析，见证了它从对建筑物和城市风光写实性的描绘向塑形性的神话主题和风格化图案转变的过程。罗马艺术以性情为核心的基调前期和后期的蕴含不同，即前期的写实主义倾向以性情为核心，凸显的是身份和社会地位的重要性，后期转向塑形主义，凸显的是主体性和主体的任意性、抒发性、随意性、创造性。这种转变与四种风格共存的现实背后，折射出的是罗马社会特有的基于性情（ethos）的文化建构：在雅典，人人平等的民主是社会的根本，人与神的差异被安排到了尘嚣之外，来到了卫城之上的神庙和神秘的大自然中。罗马人在混合了伊鲁特里亚文明和希腊化文明之后，形成了特有的生活理念和文化、社交空间形态，希腊艺术中的各种元素被罗马人以一种"纯罗马"的目的借鉴过来，并以独特的修辞视角予以关照，服务于与希腊世界迥然不同的道德观和价值观。阶级和社会差异成为罗马社会政治生活的主要部分，这种改变促使罗马人运用希腊艺术的元素来表达罗马人性情中特有的塑形性，即政治建议、祖先或贵族阶层的卓越品格、彪炳的战绩或公民需要具备的美德。罗马人凭借其极强的适应能

❶ 例如凯撒（Jules César）身世显赫，父母皆出自罗马纯粹的贵族家庭，尤其是父亲一边的尤利乌斯家族（Les Julii）。据凯撒称，其家族祖先为尤利（Iule）—特洛伊王室成员埃涅阿斯（Énée）的儿子。据传，埃涅阿斯又为爱神维纳斯（Vénus）与安喀塞斯（Anchise）所生，因此凯撒就有了神族的血统。在"普利马·波尔塔的奥古斯都像"（Auguste de Prima Porta）中，凯撒的继承者屋大维（Octave）右脚边骑着海豚的爱神丘比特形象也暗喻着爱神维纳斯对这一家族的庇护。

❷ 见 Tonio Hölscher, *The language of Images in Roman Art*, Cambrigde University Press, 2004.

力和文化柔性，并根据不断加速运行的历史所带来的新情况，创造出其具有独特的协调性和内在一致性的古罗马艺术。

参考文献

[1] 贡布里希 . 艺术与人文科学，贡布里希文选 [M]. 范景中，译，杭州：浙江摄影出版社，1989.

[2] 伍德福德 . 古希腊罗马艺术 [M]. 钱乘旦，译 . 南京：译林出版社，2015.

[3] 维鲁特威 . 建筑十书 [M]. 高履泰，译 . 北京：知识产权出版社，2001.

[4] 修·昂纳约翰·弗莱明 . 世界艺术史 [M]. 吴介祯，译 . 海口：南方出版社，2002.

[5] Michel Meyer.*Rome et la naissance de l'art européen : peinture, littérature, architecture et sculpture*[M]. Paris, Arléa, 2007.

[6] Roger Ling.*Roman Painting*[M]. Cambridge : Cambridge UP, 1991.

[7] Jane Turner. *The Dictionary of Art,* volume eighteen[M]. London : Macmillan Publishers Limited, 1996.

[8] Alix Barbet.*La peinture murale romaine: les styles décoratifs pompéiens,* Paris: Picard, 1985.

作者简介：沈澍，男，陕西渭南人，厦门大学外文学院法语系助理教授，主要从事法国文学和艺术史研究；

史忠义，男，陕西渭南人，厦门大学讲座教授，中国社会科学院外国文学研究所研究员，博士生导师，主要从事中西比较诗学研究。

基金项目：厦门大学校长基金项目（0650 ZK1040）

"恶"中之"美"

——邵洵美《花一般的罪恶》与波德莱尔《恶之花》的比较研究

徐雯瑛　史忠义

西安外国语大学浙江越秀外国语学院

摘要：邵洵美在20世纪30年代的中国诗坛颇受关注，其仿照波德莱尔《恶之花》创作的诗集《花一般的罪恶》历来却颇受微词。总体而言，二者的两部作品，在对艺术世界的呈现中，颓废与自由并存；在对自由与美的呈现方式上，大胆地"雅人之不雅"；在对自我的探寻上，诗我合一、自由超脱。他们以全新的视角，在艺术创作中挖掘"恶"中之"美"，揭示了"丑"独特的审美意义。

关键词：波德莱尔；邵洵美；《恶之花》；《花一般的罪恶》；审丑

在法国及世界现代文学史上，波德莱尔都是首屈一指的诗人，他的《恶之花》享誉文坛，19世纪下半叶曾经引起全欧洲诗人的竞相摹仿。邵洵美是波德莱尔远在东方的一位崇拜者和摹仿者。1857年6月25日，《恶之花》初版问世；1928年，邵洵美出版诗集《花一般的罪恶》。

显而易见，《恶之花》与《花一般的罪恶》两部诗集名称颇为相似。相似的题目之下二者是否有其他关联，波德莱尔怎样影响了邵洵美的创作，两人在创作上的相似与差异点，将通过下文进行考察。

一、颓废与自由——艺术世界的呈现

西语词 esthétique 原本包含"审美"和"审丑"双重词义，但长期的创作实践中，创作者自动遗忘了"审丑"功能，只保留了"审美"一层意义，"丑"似乎成为文艺界难登大雅之堂的神秘元素。但与他人不同，波德莱尔在为《恶之花》订正版草拟的序言中提出"什么叫诗？什么是诗的目的？就是把善跟美区别开来，发掘恶中之美"。(波德莱尔 4987：3)

"恶中之美"的新视角乍一提出，便引起各方强烈的反响。这看似不可思议的理念，其实有着深厚的时代根基和个人因素。当时西方现代性弊病凸显，社会矛盾加剧；而幼年丧父的波德莱尔不拘形骸、穿梭于各个阶层之间，社会百态的体味使得他写出了一系列反现代性的作品，《恶之花》和《巴黎的忧郁》就是典型代表。他是资产阶级公认的"浪子"，而正是这个具有反抗、开拓精神的"浪子"，将自己的经历流泻于诗歌，成为现代性弊病最初的洞察者，为文学界打开了"审丑"的大门。虽然他的风格被认为具有"颓废"的消极色彩，却丝毫不影响其美感。《恶之花》（Les Fleurs du Mal）中的"恶"（Mal）字，法文原意不仅指"恶劣"与"罪恶"，也指"痛苦"与"疾病"。波德莱尔在诗歌的扉页，献给诗人戈蒂耶的献词中写：

谨以

最深的谦虚之情

将这些病态的花

呈献给

完美的诗人（B.delaive 1919：3）

"病态的花""完美的诗人"，正应了高尔基给波德莱尔的那句评价——"生活在邪恶中而热爱着善良"。❶《恶之花》一经出版，整个法国文坛便受到了极大的震荡，其轰动主要有两大原因，一是诗句尺度大，甚至被视为淫秽之作；二是颠覆传统美学，打破了美与善之间的壁垒。纵然诗歌中充溢着颓废、堕落的精神面貌，甚至充斥着淫秽、色情的萎靡气息，但这酣畅淋漓、随心所欲的表达却正是诗人追求自由的体现。波德莱尔说："美永远是怪异的"（"Le beau est toujors bisarre"）。❷因此，他笔下的怪异事物正是他眼中美的体现，随心所欲地按心灵书写，才是他的自由。正是这种不拘一格的气质，深深吸引了邵洵美。邵洵美在他的《自序》中也申明了波德莱尔影响他的原因：

我的诗的行程也真奇怪，从莎茀发现了他的崇拜者史文朋，从史文朋认识了先拉斐尔派的一群，又从他们那里接触到波特莱尔、凡尔仑。当时只求艳丽的字眼，新奇的词句，铿锵的音节，竟忽略了更重要的还有诗的意象。后来和徐志摩有了深交……（邵洵美 2012：3）

这里的莎茀、史文朋、波特莱尔、凡尔仑分别指古希腊女诗人莎茀（Sappho）、英国先拉斐尔派诗人史文朋（Algernon Charles Swinburne）、法国现代派

---

❶ 波德莱尔:《恶之花》，译本序第 7 页。
❷ Henri Lemaître, La *Poésie depuis Baudelaire*, Paris, Arnaud Colin, 1978，p.91.

诗人波德莱尔、法国象征主义诗人魏尔伦（Paul Verlaine）。这段披露心迹的文字说明，邵洵美《花一般的罪恶》正是对《恶之花》的摹仿。据邵绍红在《我的爸爸邵洵美》一书中记载，邵洵美 1924 年冬乘船离开上海，赴英留学。途径意大利的拿波里时，邵洵美在博物馆看到莎弗的雕像并深深为之神韵吸引，在研究莎弗的过程中，他相继接触到了史文朋、波德莱尔等人。他与徐志摩结识于 1925 年，在英国留学期间，他两度利用假期去法国游玩，1926 年 5 月 1 日启程回国。由此可以推断，他大致是在 1925 年前后开始接触波德莱尔的。虽然缺乏邵洵美接触波德莱尔作品的准确书目记载，但他对波德莱尔的《恶之花》应该相当熟悉。波德莱尔狂热大胆，邵洵美个性张扬，知音难觅，一拍即合。因此，邵洵美开始了"厚颜的摹仿"——从诗集名称到描写对象，甚至在语言和文学意象上也刻意追寻着波德莱尔的步调：

> 我们第一次被诗来感动，每每是为了一两行浅薄的哲学，或是缠绵的情话，或是肉欲的歌颂。第一次写诗便一定是一种厚颜的摹仿。再进一步是词藻的诱惑；再进一步是声调的沉醉。（邵洵美 2002：4）

邵洵美接受波德莱尔有很多历史原因。首先是 20 世纪初中国社会的变革潮流涌动。自 1919 年起，大量西方思想被引入中国，先进的知识分子在文化上大力倡导自由和解放，接受西方新的美学思想和自由诗歌。邵洵美就是在这样的社会大背景下出国深造并在欧洲接触到这些大诗人的作品。由于中西方在哲学、文化和思想传承方面的巨大差异，这些西方的作品对他造成了极大震撼。从个人气质和秉性而言，邵洵美本人风流倜傥，颇具才情，也很容易为这些艳丽、新奇的字句和音节折服，开始自己的诗歌旅程。邵洵美下面这首《颓加荡的爱》，既是他追求自由、个性、"唯美"的重要佐证，也为他赢得了"颓加荡的诗人"这一称号：

> 睡在天床的白云，
> 　伴着他的并不是他的恋人。
> 　许是快乐的怂恿吧，
> 他们竟也拥抱了紧紧亲吻。
> 　啊，和这朵交合了，
> 又去和那一朵缠绵地厮混。
> 　在这音韵的色彩里，
> 便如此吓消灭了他的灵魂。❶

---

❶ 邵洵美：《花一般的罪恶》，第 12 页。

"颓加荡"是个译音词，原文是 Decadent，有堕落颓废之义。中国颓废派诗人把它音译为"颓加荡"，突出其色情、放荡的特点。波德莱尔认为，"在每个人身上，每时每刻都同时存在着两种诉求。一个向着上帝，另一个指向撒旦。祈求于上帝，或者说灵性，是一种上升的欲望；祈求于撒旦，或者说兽性，是一种下沉的欢乐。"（帕斯科尔 2001：73）邵洵美追求的显然是后者。食、色，性也。邵洵美眼中，描写爱欲、男女是再正常不过的事情，是选择的自由。所以，在对自然景观的描写中，他用情欲的眼光洞察，采取拟人化的描写手法，幻化出欲望的色彩。与传统意义上安静、洁白的云朵相背离，邵洵美赋予它艳丽的色彩和炽热的情感——只因"快乐的怂恿"，便可以"缠绵地厮混""紧紧地亲吻"，而对白云传统形象的颠覆一反常态地刺激着读者的想象力。他的迷狂、骚乱、热情、颓废，在罪恶中寻找欢乐，在热情中饱藏苦闷，均是自身气质使然。

显而易见，邵洵美和波德莱尔在对艺术世界的呈现中，均以颓废之名，行自由之实。而所谓的颓废，是世人加在他们二人身上的标签。颓废，是与大众评判标准之下的积极相背离的一种生存状态，自身主动性弱；自由，却是不受限制和约束，完全自己做主，自身主动性强。颓废与自由看似是一对悖论，但在二人对艺术世界的呈现方面，就像灵与肉不可分离一样，是互为表里、相互依存的关系。波德莱尔力求以一种全新的方式展现世界美的多样性，渴望摆脱世俗眼光的制约，他认为，"丑恶经过艺术的表现化而为美，带有韵律和节奏的痛苦使精神充满了一种平静的快乐"。（波德杂尔 1987：85）邵洵美则是在探寻诗歌灵魂之美，将最真实的情绪流泻于笔端，以开辟现代诗歌的新境界，他认为，"'美'是没有界限的。并不是说耶稣的处女母亲可称'美'，而妖媚的莎乐美便不能称'美'；并不是说孙先生[1]可以以他以为'美'的称'美'，而不许我以为'美'的称'美'，我以我以为'美'的称'美'是走了错路。"（邵洵美 2012：47）

打破常规的"破"，自然迎来难上加难的"立"。在美学范畴中，同现实中切切实实可以用肉眼观察到的美相比较，艺术美的价值主要在于它的超越性和恒久性。因为现实中，不论美还是丑，他们的形态都太过于丰富，而人作为审美活动的主体，其主观性和创造性巨大，因而人们在艺术创造的时候会加入太多自己独特的理解和把握，差异由此而出。由于视角不同，不同个体对同一首诗、同一部诗集的理解和阐释相去甚远。正因为如此，《恶之花》

---

[1] 指孙梅僧，作者注，孙梅僧曾在第四期《苦茶》中对邵洵美的诗歌进行批评。

出版后，法国检察厅以"触犯公德和善良风俗"之名，传讯作者、出版者，并查封出版物，最终处以罚款并勒令从诗集中删掉6首诗歌；同样，处在中国现代文学发端期的1921年，新诗的创作尚引发很大的争论，更遑论像邵洵美这样大胆、露骨地摹仿波德莱尔创作的新诗了。因此，很多人简单地把邵洵美定义为"颓废"诗人，依据就是他那些所谓"火、肉、情、色"的诗句。事实上，如果无法走进作者，无法体会作者创作的心路历程，也只能得到"情色""肉欲""颓废""享乐"这些粗浅的感知，更不会明白那颗随心所欲、深入灵魂创作的心灵是何等的自由。

二、雅人之不雅——自由与美的呈现方式

邵洵美在文学评论集《火与肉》中，这样称赞偶像史文朋："《诗歌集》里边有几篇肉的成色的确太多了，但人之所以不及处，与他之所以不朽处，也正在这一点。因为只有他方能雅人之不雅"。(邵洵美 1928: 34)这句话针对具体作家具体现象的说法，容易让人误解，导向偏颇之处，但雅人之不雅作为一种艺术手法，还是值得探讨的。艺术家要化丑为美，就要通过饱含自身强烈审美情感和评价意象的塑造，或揭示现实的罪恶，或鞭挞这些丑陋的灵魂，使人们对此有深切的感悟，并在强烈的情感震荡与宣泄中，获得一种独特的审美满足与愉悦。波德莱尔和邵洵美又是通过什么样的方式，来"雅人之不雅"的呢？

波德莱尔认为，他自己有关于美的定义——"神秘、悔恨，也是美的特点"，"忧郁乃是美的出色伴侣"。❶在诗人眼中，此"美"非形式之美，而是内在精神之美。波德莱尔善于用内心最真实却隐秘的情感，独特而深刻地展示出生活中的忧郁苦恼、悲伤愁绪。这种别样的真实反而更能触动读者心弦，引起共鸣。19世纪，"世纪病"风行，精神上的压抑、生活上的焦虑、肉体上的沉沦，让知识分子在痛苦中挣扎徘徊。而《恶之花》就是当时社会状态的剪影，波德莱尔用全新的视角来阐释这样的世界：

> 我的猫在方砖地上寻找垫草
>
> 不停地摇着它那生疮的瘦身
>
> 老诗人的魂在落水管里升沉
>
> 像怕冷的幽灵似的发出哀号 (波德杂尔 1996: 165)

在世人眼中，"生疮的瘦身""魂魄""幽灵"毫无美感可言，它甚至会让人觉得恶心、恐惧，可诗人却以"忧郁"命题，将这些描写出来，并纳入《恶之

---

❶ 波德莱尔：《恶之花》，译本序第8页。

花》第一部分"忧郁与理想"。在这一部分，诗人的精神生活始终以忧郁为主题，并揭示出自己想摆脱忧郁的理想。德·斯达尔认为，"忧郁的诗歌是和哲学最为调和的诗歌。和人心的其他任何气质比起来，忧伤对人的性格和命运的影响要深刻得多""忧郁不再是一种主观感受，而是存在本身，是世界本身"。(史忠义 2008：296) 也就是说，此处波德莱尔所展示着的自由和自我就散发着忧郁气质，它是内心境界的诠释，而这种忧郁气质使得周身都散发着一种美感。同时，作者又将忧郁与理想并列，理想本该是炽热、激昂与兴奋的，但现实的残酷却让这样的理想以失败告终，忧郁依旧是生活的状态，持续蔓延，纵然忧郁的种种意象丑陋可怕，但它们美，就美在它们的真实。生疮的猫、黝黑深邃的落水管、若有似无的幽灵，这些丑陋意象都充满灵性。或许当时，波德莱尔眼前展现、脑海弥漫的场景比起诗歌来，有过之而无不及。生活的阴暗面赤裸裸地展现，拨动着波德莱尔内心最脆弱且敏感的神经，因此，他选择在揭露和批判中反抗。

波德莱尔和邵洵美对自由与美的呈现，绝不仅仅只是不拘一格地宣泄情感，他们将世人眼中"粗俗""露骨"的字眼巧妙组合，像对音符重新排序一样，生成美妙的乐章。法国雕刻大师罗丹说过，"一位伟大的艺术家，或作家，取得了这个丑或那个丑，能当时使它变形，只要用魔杖触一下，丑便化成美了——这是点金术，这是魔法"。(罗丹 2002：23–24) 罗丹这句话，既是对"丑"的剥离、对"美"的释放，也正好诠释了波德莱尔和邵洵美对美跨越性的认知。邵洵美《花一般的罪恶》诗歌第一节就是例证：

> 那树帐内草褥上的甘露，
>
> 正像新婚夜处女的蜜泪；
>
> 又如淫妇上下体的沸汗，
>
> 能使多少灵魂日夜迷醉。(邵洵美 2012：41)

多么露骨、大胆、直白的语言，邵洵美都毫不吝啬地泻于笔端，他只要求情感真挚，最能展示出自己心底的呐喊，将灵魂的自由与诗歌之美完美融合。可是，他带有贵族萎靡气息的诗歌，在当时战乱频仍、风雨飘摇的中国则显得极不和谐。他确实没有将"救世报国"列入到自己诗歌的发展轨迹中，他有自己独特的"唯美"追求，他沉醉在自我世界里，这也是他和一般诗人及读者存在隔膜的重要原因。

在"雅人之不雅"的问题上，梵第根（Paul Van Tieghem）为波德莱尔和邵洵美在自由与美的艺术呈现方式上做了最好的解释。梵第根认为，"诗歌中没有好题材与坏题材之分，只有好诗人与坏诗人之分。另外，一切都可成为主题，一切皆属于艺术，一切都有权入诗"。（Jean Bessiere1997）也就是说，波德莱尔和邵洵美在诗歌选材及内容表现方面只是另辟蹊径，与大众相比，并无对错之分、正误之别。而这，也恰恰是他们"雅人之不雅"的集中体现。当然，在具体的呈现方式上，波德莱尔以张扬的形式进行抨击，邵洵美则是纯粹的张扬和抒情，缺少批判色彩。

关于波德莱尔对艺术与美的呈现方式，史忠义在他的《中西比较诗学新探》中是这样说的："对内在世界、外部世界以及两者之对话和应和中的怪异性的象征性表达是《恶之花》的基本特征，波德莱尔张扬怪异与恶而抨击之。因此，波德莱尔的纯艺术不是为艺术而艺术，而是反其道而行之"。（史忠义2008：47）波德莱尔生活在 19 世纪中期，他见惯了街区的破败、空气的恶劣、资本家的盘剥及工人生活的悲惨，不断加剧的社会矛盾让波德莱尔倍感压抑，他毅然将这些场景写入诗歌，在对丑陋与肮脏的不断展现和揭露中表达对民众的同情和关怀。描写的目的是揭露、抨击、悲愤、同情，这些也正是波德莱尔社会责任心和正义感的体现，也是为什么《恶之花》备受读者喜爱的原因。

相反邵洵美虽然也有悲天悯人的情怀，但他的思想过多局限于自我的生活，他对艺术与美的呈现是在标新立异中张扬、大胆抒情。邵洵美与徐志摩并称为"诗坛双璧"，又因豪爽的性格成为 20 世纪享誉海上、尽人皆知的"文坛孟尝君"。他一生在诗人、大少爷、出版家三个角色中来回转换，潇洒无限，独树一帜，极具浪漫主义情怀。作为名门之后的他衣食无忧、求学私塾、留学国外，东西文化的碰撞形成了他敢于创新、不受约束、坚持自我的不羁个性，他对自由的追寻更是本性使然。所以，他敢于言他人之不敢言，敢于"雅人之不雅"，在对肉欲与渴望的直白描述中，他表现更多的是对情感的宣泄、压抑的释放、真实的强调、自由的歌颂。他不会在意公众的评判，只要诗歌达到了自己所追求的情感真实与释放，那么它就达到了"美"的标准，可以尽情地书写与歌颂。这应该是邵洵美与波德莱尔在艺术表现目的上较大的差异所在。

三、诗人与自我——对自我的探寻

波德莱尔是一位承前启后、开创新一代诗风的大诗人，同时又是一位新论迭出的诗论家。他提出诗人是 l'homme spirituel，史忠义认为，汉译"精

神的人"很难传达出西语中"spirituel"一词的原意。其实，西方人但凡使用
"spirituel"一词时，总是想说明，"他"不是一般的人，而是从事"精神活动"、
有着从事"精神活动"的非凡禀赋的人，换言之，即通神性的人。"Spiritual-
isme"即蕴涵着神性。波德莱尔没有说诗人是神，但说诗人是与神性相通的
人，这样的人才能创造诗的迷狂境界。(史忠义 2008：69) 波德莱尔将神性与
诗人联系起来，既体现了他通灵的一面，同时又展现了自己的历史使命感和
社会责任感。神，有着惩恶扬善、普度众生的使命，诗人既然通晓神性，也
便有了神赋予的部分使命。而诗人也从另一个层面为自己的诗歌披上神圣的
外衣，对自己诗歌的"怪异"做出了看似合理的解释。因为在波德莱尔的认
知中，凡是诗，都是怪异的，不同寻常的。那只有神性才能将这种怪异合理
化、正常化。因此，波德莱尔心目中的艺术家形象，特别是诗人形象，是一
个专注于开启人们精神的通灵者，他具有超越现实的魔幻能力，非凡的创造
力，诗其实就是言语与精神在它们魔幻般应和程序中的统一。另外，在波德
莱尔的意识里，他对自我与诗人身份的区分还是比较明显的。

　　诗人对诗歌的创造过程，其实就是对自我的探寻。樊第根认为，"诗有一
种独特的意义，在我们心中引起一种诗性状态。诗是十足的个性行为，因此，
它是无法描述、无法界定的……诗人通过诗产生种种灵魂状态、画面和直觉。
诗是唤醒情感的艺术，它反映整个内部世界。一首诗的个性程度、地方色彩、
现实性和独特性愈强，便愈接近诗的核心"。(史忠义 2008：298) 诗是诗人灵
魂的具象体现，可以替诗人完成许多现实无法达成的梦想，这可能也就是为
什么很多人想成为诗人的原因。邵洵美就是这样的典型。他是 20 世纪 20 至
30 年代著名的出版家，同时又兼具翻译家、诗人、文艺活动家、评论家等多
重身份，而他在自己的多重身份里面，最认可的还是诗人。他在自己的诗歌
《你以为我是什么人》中这样讲：

　　　　　　　你以为我是什么人？
　　　　　　是个浪子，是个财迷，是个书生，
　　　　　　是个想做官的，或是不怕死的英雄？
　　　　　　　你错了，你全错了，
　　　　　　我是个天生的诗人。(邵洵美 2012：151)

　　邵洵美的这首诗歌充分地展示了他桀骜不驯的个性、浪漫洒脱的情怀和
自由独立的追求。身为邵家长房长子的他，地位显赫、财力雄厚，有众多知
名学者做好友，自然将生活的关注点放在了精神世界。他在评论集《火与肉》

中，曾这样评论史文朋和波德莱尔的诗歌："他俩的诗都是在臭中求香，在假中求真，在恶中求善，在丑中求美。"(邵洵美 2006：56)而这正好贴合邵洵美大胆不羁的艺术追求，激发了邵洵美的创作灵感，于是便有了日后这个"天生的诗人"。但邵洵美对诗歌和生活的把握，较多地把世界、宇宙两性化，寻求着最淳朴的自然、最本真的感情，因此，他认知中的诗人，是自然本性传达的使者，是极具反叛与个性精神的浪子，是拥有浪漫情怀的知识分子。在他这里，对诗人和自我并没有明显的区分，二者之间似乎已达到庄周梦蝶的境界，水乳交融、合二为一。自我是为了成为诗人而生，诗人就是天生的自我，若要强行把二者区分开，那便是灵肉分离、不得其所。虽然波德莱尔说诗人是与神性相通的人，这样的人才能创造诗的迷狂境界。但邵洵美在诗人使命感上似乎没有波德莱尔那样的自觉，诗人的地位也没有波德莱尔那样高尚，这与中国文化中神学色彩一直比较淡有关。邵洵美终其一生，活得浪漫洒脱，以诗人身份，诗意地栖居在大地之上，这也是他关于诗人与自我这一问题探寻出的最佳回答。

波德莱尔虽然在诗歌创作层面上影响了邵洵美，但两人因为对诗人身份的认知不同，对自我的把握有异，因而在创作色彩上又有着较大差异。波德莱尔一生充斥着理想的破灭与现实的忧郁，穿插一生的三段爱情也是纠结苦闷，无一而终，这于诗人的痛苦只能是雪上加霜。正是痛苦和忧郁这些丑恶造就了波德莱尔，所以他人生的"花朵"是开在"恶"中的。不过，不论面对多少困难与痛苦，波德莱尔永远也没有放弃对美好的向往和追寻，纵然一生坎坷困窘、屡次追寻梦想而不能，但他对于理想的执着却流淌在诗句间，其"情诗绝唱"《秋歌》就是最好的佐证：

> 啊，短暂的人生！
> 坟墓正贪婪地虚位以待！
> 请让我头枕你的双膝，
> 一面追忆酷热难眠的夏日，
> 一面品味这晚秋的金光明媚！ ❶

很显然，波德莱尔在这里所要表达的并不是甘心求死，因为诗人是通神性的，是拥有超凡能力的，死亡在此寓意着诗人的升华，是他去新世界从事新探索的途径，所以，他的希望从未破灭，也永远不会破灭。而邵洵美就不

---

❶ Bodelaire, Les *Fleurs du mal*, édition établie par Jacques Dupont, Paris, Flammarion, 1991, 钱春绮译，第 129 页。

同了，因为他是"天生的诗人"，他在诗歌艺术的创作中，认为一切都可入诗，而音韵才是诗歌的灵魂，所以"声""色""唯美"自然成了他的狂热追求，这也正是其局限性所在。《花一般的罪恶》中，第44首诗歌可见一斑：

> 朋友，你一生有几次春光，
>
> 可像我天天在春中荡漾？
>
> 怕我只有一百天的麻醉，
>
> 我已是一百年春的帝王。（邵洵美 2012：44）

　　总而言之，邵洵美对波德莱尔的摹仿主要局限于艳丽的色彩和优美的声调两个方面；在美的认知中，两人均不会以世俗的眼光去评判"美"与"丑"，而是着重强调对"丑恶"的加工创造，以传达自己对世界的整体感知；在自由与美的追求方面，两人更是大胆探索，不拘一格。但因为成长环境与经历的差异，两位诗人气质迥异，风格相去甚远。虽然邵洵美自诩为"天生的诗人"，但这一称号用到波德莱尔身上似乎更合适，这虽然与个人诗才有关，更重要的是，波德莱尔的诗歌比邵洵美的诗歌具有更强烈的体验感和广博性。用董强的话说，"波德莱尔的诗歌，具有一种人与世界初次交锋时激发出的全部个人意识的强度，是个人在人生某个意想不到的时刻获得某种经验之后突然瞥见的自生至死的人生全貌，是个体在走出自己身体的躯壳而遇上世界的躯壳时灵魂的震颤与肌肤的战栗。波德莱尔诗歌世界的深度与广度，具有人在意识到自己在世界乃至宇宙中的位置时所能揣测到的全部智性与感性空间的深度与广度"。（皮舒瓦，齐格勒 2007：1）至于邵洵美的诗歌，他本人在给《诗二十五首》的自序中也意识到了自己诗歌的缺陷，"在这个时期里我出版了《花一般的罪恶》。听说徐志摩当时在我的背后对一位朋友说：'中国有个新诗人，是一百分的凡尔伦'。这句话要是他亲口对我说了，我决不会到了五年前方才明白我自己的错误……我五年前的诗，大都是雕琢的最精致的东西；除了给人眼睛及耳朵的满足，便只有字面上所露示的意义"。（邵洵美 2006：368）很显然，《恶之花》透露着社会的颓废与诗人的伤感和挣扎，让人透不过气来，而《花一般的罪恶》更多地渲染了肉欲与色情。波德莱尔与邵洵美诗才的差异与西方诗歌传统尚崇高、而中国诗歌传统尚真实和自然有关，如前所述，也与诗人的历史使命感和责任感相关，还与历史背景相关。

四、现代派是对现代性流弊的颠覆

　　史忠义在《现代性的辉煌和危机：走向新现代性》一书的第四部分提出，

西方的现代派、现代主义、先锋派一般都是反现代性的流弊的，并介绍了法国批评家安托瓦纳·贡巴尼翁（Antoine Compagnon）2005 年出版的著作 *les Antimodernes, de Joseph de Maistre à Roland Barthe*，认为这部著作的准确译法应该是《反现代性派：从约瑟夫·德·迈斯特到罗兰·巴特》。第四部分其中三节的标题分别是"波德莱尔，一位反现代性的诗人思想家""唯美主义是对现代性的拒绝"和"反抗诗学是对现代性的否定"。由此可见，波德莱尔及其《恶之花》既是反现代性流弊的，同时也具有现代性的色彩。《恶之花》可以理解为"恶之最强盛的开放"，是对当时这个时代的概括，于是成了西方现代派、现代主义的开山作品之一，引起全欧洲的竞相摹仿，诗人之所以能够做到如此高度地抨击现代性的流弊，与自己经历过那些颓废、堕落的个人生活和社会生活而后思想升华有关。

中国自鸦片战争之后，也逐渐遭受了现代性一些流弊的侵袭，所以当时的知识分子才能有革新之举，但中国当时的现代性流弊远不如西方严重，所以邵洵美《花一般的罪恶》也达不到《恶之花》那样的高度，诗才成就历史，诗才也受历史的局限。

参考文献

[1] 波德莱尔. 波德莱尔美学论文选 [M]. 郭宏安，译，北京：人民文学出版社，1987.

[2] 邵洵美. 花一般的罪恶 [M]. 上海：上海书店出版社，2012.

[3] 邵洵美. 一个人的谈话 [M]. 上海：上海书店出版社，2012.

[4] 邵洵美. 火与肉 [M]. 上海：金屋书店出版社，1928.

[5] 邵洵美. 史文朋，陈子善. 见洵美文存 [M]. 沈阳：辽宁教育出版社，2006.

[6] 史忠义. 中西比较诗学新探 [M]. 开封：河南大学出版社，2008.

[7] 帕斯卡尔·皮亚. 波德莱尔 [M]. 何家炜，译. 上海：上海人民出版社，2012.

[8] 罗丹. 罗丹艺术论 [M]. 傅雷，译. 桂林：广西师范大学出版社，2002.

[9] 皮舒瓦、齐格勒. 波德莱尔传 [M]. 董强，译. 上海：上海人民出版社，2007.

[10] Bodelaire. Les *Fleurs du mal*, édition établie par Jacques Dupont, Paris:-Flammarion, 1991, 钱春绮，译. 北京：人民文学出版社，1996.

[11] Henri Lemaître. La *Poésie depuis Baudelaire*[M]. Paris: Arnaud Colin,

1978.

[12] Jean Bessière（éd. et autres）. L'*Histoire des poétiques*[M].Paris:PUF, 1997，其中《诗学史（下）》，史忠义，译. 开封：河南大学出版社，2003.

作者简介：徐雯瑛，西安外国语大学硕士研究生。

史忠义，浙江越秀外国语学院外国语言文化研究院首席研究员、中国社会科学院外文所研究员。

波德莱尔在中国的接受和研究小结

文　雅

四川外国语大学

摘要：波德莱尔被公认为西方现代派诗歌先驱，象征主义文学的鼻祖，西方现代派思潮的领军人物。自1919年波德莱尔进入中国研究者的视野，中国学界对其作品的译介和诗学理论的研究就一直不曾间断。经历了最初的狂热引进、政治敏感时期的冷落与批判、20世纪70年代的缓慢回升及80年代以后的迅猛发展，进入新世纪的波氏研究在稳步前进中不时呈现出可圈可点的作品。2017年是波德莱尔逝世150周年，笔者梳理诗人在中国的接受和研究情况，一方面向这位伟大的法国诗人致敬，一方面也为今后波氏研究的深化提供参考。

关键词：波德莱尔；译介情况；影响与接受

The reception and research of Baudelaire in China

[Abstract]: Baudelaire was recognized as the pioneer of western modernist poetry, the originator of symbolism literature and the leading figure of Western modernity. Since Baudelaire entered the field of Chinese researchers in the 1919, the study and translation of his works has not been interrupted. After the initial introduction of fanaticism, the snub and critique of the politically sensitive period, the slow recovery of the 70 's and the rapid development after the 80 's, the study of Baudelaire in the new century has shown remarkable works in steady progress.2017 is the 150th anniversary of Baudelaire's death, the author takes this opportunity to comb the reception and research of the poet in China, and on the one hand pays tribute to the great French poet, on the one hand also provides the reference for the further development of Baudelaire's research in the future.

Key words: Baudelaire, translation, influence and reception

"波德莱尔处于荣耀的顶峰；（……）因为有了波德莱尔，法国诗歌终于冲破了国界，在全世界被阅读。他的诗歌被认为是真正的诗歌，是现代性本身；他的诗歌让无数人摹仿，也滋养了无数的头脑。"（Claude Pichois 1975：598）的确，波德莱尔的诗歌，不仅滋养着后来法国现代派的文学大师们（魏尔伦、兰波、瓦莱里……），也从诗歌创作实践和诗歌理论探索两方面影响着中国新诗的发展。从早期的鲁迅、李金发、闻一多、徐志摩、王独清、冯乃超、穆木天，到稍后的梁宗岱、戴望舒、卞之琳，再到冯至、艾青、穆旦，都曾先后直接或间接地从波德莱尔的诗歌中吸收过营养，创作出具有象征派诗歌特征的作品。如今，波德莱尔在世界诗歌史上的重要地位已成为不争的事实。2017 年是波德莱尔逝世 150 周年，笔者梳理诗人在中国的接受和研究情况，希望能为波氏研究的深入开展做一点资料准备的工作，为该领域今后的研究方向提供有用的参考。

一、波德莱尔研究状况分析

中国对波德莱尔的接受，经历了一个较为坎坷的过程，20 世纪 20 年代初期，刚刚被引入中国的波德莱尔以他与众不同的美学观，吸引了大批文人，受到了热情洋溢的译介。进入 40 年代，战后的中国文人在传统价值观的影响下，对波德莱尔的美学思想提出了质疑，对是否应该译介他的诗歌产生了怀疑，因此四五十年代，虽然波德莱尔的作品有了新译本，在工具书系列图书中也对波德莱尔作了定位和介绍，但总的来说，研究得还很不够，译介工作进行得也比较迟缓。而六七十年代则由于众所周知的政治原因，译介与研究工作基本处于停滞状态。80 年代改革开放以后，文学艺术的创作、诠释和批评渐渐获得了充分的自主空间，以波德莱尔为主题的翻译和研究得到了迅猛发展，翻译热潮与研究浪潮交相辉映。这段时期，评论者们或从波德莱尔的美学思想出发，或从比较视角出发，或引入外国的研究成果，交出了不少有见地、有意义的研究成果。

关于波德莱尔在中国的接受情况，目前国内有两篇文章具有重要的参考价值。第一篇是郭绍华女士的《1919—2000：波德莱尔在中国》（《绥化师专学报》2002/01）。这也是第一篇整理和梳理波德莱尔在中国的研究状况的学术文章。在 6 页的篇幅中，作者从第一篇提及波德莱尔的周作人的《小河》序开始，对各个时期出现的研究及译介波德莱尔的重要文章做了简要介绍和精当评论。文章提供了大量的文献信息，尤其是早期二三十年代的研究状况显得弥足珍贵。虽然文章也存在一些信息上的疏漏，但作者为此做出的扎实文献收集工作和她严谨的治学态度，非常值得肯定。该文也成为研究波氏接受的重要参考文献。

另一篇是刘波、尹丽发表于《四川外国语学院学报》2008 年第 2 期的重要文章《波德莱尔作品汉译回顾》。刘波先生是国内波德莱尔研究的专家，多次在中文权威、核心期刊发表过波德莱尔研究论文。他在该文中除了提供大量珍贵的信息，更以自己对波德莱尔的深入理解，通过对材料的精要分析，勾勒出波德莱尔在中国跌宕起伏的接受历史，也反映了中国文人复杂的接受心态。文末，根据自己的研究经验，刘波还提出了一些具有重大价值的波学研究命题及可供参考的研究方法，希望能将波德莱尔的阅读和研究引向更深、更宽广的境界。

本文对波德莱尔在中国的研究情况，拟分为两个时间段考察：第一个时间段为 1919—1979；第二个时间段为 1980—2016。这种划分的主要理据如下：第一，1919—1979 是波德莱尔接受的迂回发展期，从最初的狂热到后来的相对冷落，期间波氏研究呈现出缓慢进步的状态。而 1980 年以后，我们认为波氏研究进入了繁荣发展期，研究成果从量变到质变，取得了可喜成绩。第二个原因关涉资料收集方法的变迁。对于波德莱尔在中国的接受梳理，我们主要考察出现在各种刊物上面的关于这位法国诗人的研究文章。1980 年以前的资料，只能通过图书馆人工查找，而 1980 年以后的资料，则可以通过中国知网，进行比较准确的量化分析。

1. 1919—1979：迂回发展期

这一时期中国学界对波德莱尔的接受情况，《1919—2000：波德莱尔在中国》和《波德莱尔作品汉译回顾》两篇文章有较为详尽的勾勒，笔者在此不再赘述；但为了保持全文的整体性，仍需做一个简要回顾。波德莱尔第一次出现在中国学者视野里，是在 1919 年周作人发表于《新青年》题为《小河》的白话诗里。在该诗的短序中，周作人谈到自己的诗歌与"Baudelaire 提倡起来的散文诗略略相像"，认为波德莱尔对散文诗体有开创性功绩。李璜 1921 年发表在《少年中国》第 2 卷的《法兰西诗之格律及其解放》，主要论述法兰西诗歌格律的解放过程，它虽不是对波德莱尔的专题研究，但却生动地传递出这位法国诗人特别的性情："众人爱自然的美，他偏喜人工的美。众人以风和日暖为乐，他以暴风雷雨为快。众人好女子取其眉目身材，他好女子并不问眉目身材，随便一个肥丑妇人，只要大红大绿着一身，胭脂粉墨涂一脸。波德莱尔便称为极美。有人说波德莱尔有神经病，但是看他的诗都有至理。不过所歌咏的特别与众不同：风雨之夜、诗人之尸、苍蝇之声、肥丑之妇都常见于他的诗里。……令人读之称他为危险诗人（poète malsain）。"而国内第一篇全面介绍波德莱尔的文章是田汉 1921 年 11、12 月连载于《少年中国》第 3 卷第 4、5 期的《恶魔诗人波陀雷尔的百年祭》，该文从文学和美学的角度出发研究波德莱尔，时至今日，仍然具有重要的参考价值。作者选用"恶魔诗人"来形容波德莱尔，并在文章中阐释了他所理解的"恶魔"既是可爱的，也是创新的，传递出作者对诗人的理解和认同。同年同月，周作人在《晨报副刊》发表《三个文学家的纪念》一文，纪念福楼拜、陀思妥耶夫斯基和波德莱尔一百周年诞辰。他肯定他们的思想是"现代人的悲哀而真挚的思想的源泉"，认为波德莱尔是"颓废派"的鼻祖，并指出"颓废"一词所包含的现代意义，强调它是理解波德莱尔美学思想的重要切入点。1924 年，徐志摩翻译了《死尸》，发表于《语丝》周刊第 3 期，诗前附有 1200 字的长序，高度赞扬了波德莱尔独特的美学观，称《死尸》是诗集中"最恶亦最奇艳的一朵不朽的花"，并暗中抨击某些对波德莱尔持异议的文人。刘波先生认为："徐志摩对波德莱尔的激赏，不是来自缜密的条分缕析，而是其在趣味、性情、灵魂方面同波德莱尔的天然亲近"（刘波，尹丽 2006：63）。有趣的是，鲁迅因看不惯徐志摩文中那种"自视超群又自怨自艾的才子做派"，在当月的《语丝》第 5 期上发表了《音乐》一文，对徐志摩的神秘音乐态度进行了嘲讽和批评。

之后，有评论者撰文继续介绍这位独具特色的诗人，有的是对诗人生平及成就的整体介绍，有的关注他的爱情生活，也有评论者对波德莱尔的评价问题产生兴趣。总的说来，早期的中国文人在波德莱尔最初的引入阶段，能够从总体上把握这位法国诗人的精髓和特色，对其做出独到而不菲的评价，体现出他们对波德莱尔的深度理解和认同，这与他们自己的诗人或作家身份也有很大的关系。

在波德莱尔被引入中国学界的初期，几乎呈现出全盘肯定的面貌，中国读者深深被诗人独特犀利的诗风所吸引。然而，1937 年爆发的抗战，让这种兴旺势头猝然中断。抗战结束以后，对波德莱尔的译介工作开始复苏，但经历了残酷战争的人们却开始思考，翻译波德莱尔的作品，是否具有积极意义和正面价值。

这段时期，最值得关注的就是 1946—1947 年，在《文汇报》上围绕波德莱尔是否值得翻译所展开的激烈笔战。事情的起因是陈敬容翻译了波德莱尔的若干诗作，并于 1946 年 12 月 19 日在《文汇报》上发表随笔《波德莱尔与猫》一文，阐发自己对波德莱尔独特的诗歌美学的认同和赞赏，认为诗人是"生活的忠实的热爱者"。紧接着 28 日，左翼文学评论家林焕平在同一份报纸上撰文攻击陈敬容，陈作文回应，而李白凤、司马无忌随即也分别发表文章《从波特莱尔谈开去》和《从自作多情说开去》表明立场。双方争论的焦点在于波德莱尔诗歌的价值观是否值得提倡，翻译波德莱尔的作品是否适宜。除了主编唐弢为陈敬容稍加辩护，其他人均持反对态度，其中李白凤的反对立场尤为坚定，他认为译介波德莱尔的诗歌是"不健康而且有害的倾向"，会"诱导青年的思想走向颓废的路途上去"。这大概是波德莱尔的接受在中国最受争议的时期。

从 1949 年到 70 年代"文革"结束，中国的文学和思想备受压抑，波德莱尔的译介工作处于基本停滞状态。1957 年是《恶之花》出版一百周年，在如此艰难的环境下，有两篇关于波德莱尔的重要译文值得我们关注，一篇是苏联学者列维克所写、何如翻译、发表于《译文》上面的《波特莱尔和他的"恶之花"》；另一篇是由法国作家阿拉贡所著、沈宝基翻译的《比冰和铁更刺人心肠的快乐——〈恶之花〉百周年纪念》。这两篇译文呈现了国外研究视野下的波德莱尔评论，成为今后波德莱尔研究的重要资料。

2. 1980—2016：繁荣发展期

20 世纪 70 年代末，随着中国改革开放政策的实行，人们的思想逐渐解放，西方现代思潮再次引起学术界的研究兴趣，波德莱尔的译介工作也得益于这种大环境，得到迅猛发展。1979 年，刘自强在《外国文学研究》第 4 期发表的《波德莱尔的相应说》，可以算波氏研究的承上启下之作，具有特别的意义。之前的研究总体上着力于对波德莱尔的整体介绍，或介绍其人其癖，或综论他的美学思想，而这篇文章第一次将关注点集中在最能体现波德莱尔理论特点的应和论上，从研究方法和视角上看，具有创新性意义。

进入 80 年代以后，国内的学术期刊逐渐增多，笔者在中国期刊全文数据库，以"主题"为"波德莱尔"、时间段为"1980—2016"，在"哲学与人文科学"的目录下搜索，共得到 973 条结果。经过笔者的仔细筛选，仅保留波德莱尔为研究主体的篇目，得到有效结果 295 条。根据题材，分类统计见表 1：

表1 1980—2016年间中国期刊全文数据库中

以波德莱尔为研究主体的论文篇目汇总

论文类别	论文分类统计数			合计	总数
波德莱尔的作品及诗歌理论	作品	《恶之花》	62	68	193
		其他	6		
	诗论	综论	31	125	
		现代性	22		
		应和论	16		
		其他	56		
波德莱尔与中国	波德莱尔与中国作家	鲁迅	13	49	59
		戴望舒	7		
		李金发	7		
		其他作家	22		
	波德莱尔在中国的译介和影响		10		
波德莱尔与法国及外国作家	波德莱尔与法国作家		11	44	
	波德莱尔与外国作家		33		

（总数栏：296）

从统计结果看，我们注意到研究者对波德莱尔诗歌理论的关注远远高于其作品。这样的情况，一方面自然是因为波德莱尔独特、创新的诗歌理论和他的现代派美学观确实在文学史上独树一帜，非常引人注目，对于中国诗歌的发展也产生了重要影响，引发研究热潮乃是理所应当的事情。但从另一个角度看，我们似乎不得不承认，大多数研究者并没有真正进入波德莱尔的作品世界，扎实地以文本为基础，从作品的字里行间挖掘波德莱尔的独特魅力。

3. 关于波德莱尔的作品研究

在作品分析一栏中，可以很清楚地看到，研究者的目光主要还是停留在《恶之花》这部代表作上。2000年白睿在《法国研究》第1期上面发表《论〈港口〉诗画意境的营造》，才让《巴黎的忧郁》这部散文集的研究有了零的突破。直到2008年，我们才看到关于《现代生活的画家》的两篇研究文章出现。其中值得一提的是徐平发表于中文核心期刊《装饰》上面的文章，题目为《现代性：设计史研究的批判性视角——重读波德莱尔〈现代生活的画家〉》。笔者认为这篇论文在波氏研究领域具有开拓性意义，因为他打破了文学的界限，首次将波德莱尔的诗学与实用美学相结合进行探讨，拓宽了研究视野。作者对波德莱尔在《现代生活的画家》里面体现出的"现代性"给予高度评价，认为他的"现代性概念中所蕴含的开拓品质已经成为影响现代设计价值取向与历史进程的重要因素"。

中国学者主要从以下三个方面展开对《恶之花》这部作品的研究：对这部诗集风格及价值的整体介绍；对某首诗作的研究、赏析；对《恶之花》的题材研究。

早在 1984 年，廖星桥就在《外国文学欣赏》上发表了《波德莱尔和他的〈恶之花〉——法国现代派文学浅探之二》。15 年之后，该作者又在 1999 年的《外国文学研究》第 3 期上发表了《论〈恶之花〉的历史地位与意义》，具体阐释了波德莱尔广义而富有创造性的"象征"手法的内容：象征、想象、梦境、暗示、联想、思考、对比、语言、音乐性。他认为《恶之花》犹如一部创作手法的百科全书，我们在现代文学流派里看到的各种创作手法，几乎都可以从这部奇书中找到源头，所以他认为《恶之花》是第一部完整的现代派文学作品。该文比较准确地界定了《恶之花》在文学史上的地位。从整体角度研究这部诗集的论文，值得关注的还有郭宏安 1987 和 1989 年发表于《外国文学评论》上面的《〈恶之花〉：在浪漫主义的夕照中》《〈恶之花〉：穿越象征的森林》，以及 1989 年发表在《法国研究》上面的《〈恶之花〉：按本来面目描绘罪恶》。郭宏安先生翻译的《恶之花》全集，是该诗集最受欢迎的译本，相信郭先生对《恶之花》的深刻理解，得益于翻译过程中对文本的反复阅读，因此他在八十年代发表的这几篇论文，从创作技巧、艺术突破及历史价值等方面，全面而深入地对波德莱尔的这部代表作进行了探讨。

最早着力于诗歌文本解读和赏析的文章是杜青钢 1988 年发表于《法国研究》、同年被人大复印资料《外国文学研究》转载的《〈恶之花〉赏析》。作者细致地解读了《秋歌》和《异国芬芳》两首诗作的文本意义，并结合诗人的通感理论及作品中的音律特点，揭示了波德莱尔诗歌的独特魅力。除此之外，《腐尸》是《恶之花》中久负盛名的一首诗作，最能反映波德莱尔"从恶中发掘美"的诗歌理念，因而成为研究热点，有学者撰文研究它的诗歌创新手法，及其独特的美学意蕴。诗歌《致一位过路女子》以现代城市"邂逅"为题材，其中体现出来的现代性和矛盾性也让这首诗受到较多关注。《名作欣赏》曾于 2014 和 2015 年先后刊登两篇相关研究文章。王敏在《反观波德莱尔女性意识中的两重"矛盾性"——以〈致一位过路女子〉为例》一文中，着重考察了女性意识中同时孕育的善与恶、美与丑及它们的根源，同时剖析了诗人对美的瞬间感觉及微妙的情感变化。而在《本雅明式的焦虑：〈给一位交臂而过的妇女〉的意向阐释》一文中，作者段祥贵将考察重点放在这首诗启示的现代城市空间体验与审美的现代性，研究视角颇为新颖。

关于《恶之花》的题材研究，最值得关注的是刘波对诗集中《巴黎图画》一章的结构研究。他先后发表三篇系列文章 *La disposition cyclique des Tableaux parisiens——L'Architecture secrète des Tableaux parisiens*（《〈巴黎图画〉的回旋特征——〈巴黎图画〉的隐秘结构》），《法国研究》，2002/02；《一日之中的心灵历程——〈巴黎图画〉的隐秘结构（二）》，《法国研究》2003/01；《论〈巴黎图画〉的"隐秘结构"》《外国文学评论》，2003/02 通过描述和分析该章节中"白昼"与"黑夜"两个系列的回旋特征，深入地阐释了该作品基于美学和伦理独特的谋篇布局。此外，研究者们也尝试从不同的角度和题材考察《恶之花》这部诗集的创新意义，有人关注作品中某个意象的象征意义，有人关注作品的伦理或宗教意义，还有人关注诗集的翻译问题。

如上所述，对于波德莱尔的代表作《恶之花》，国内学者已经从各个角度进行了分析研究，无论是它的文学价值、诗学意义，还是创作风格、写作手法都得到了较多关注。但鉴于这部作品的丰富内涵，还有值得发掘的研究空间，尤其是在题材研究方面。同时我们也注意到，波德莱尔的其他作品受到了不应有的冷遇。只有零星几篇探讨《巴黎的忧郁》及散文诗体的文章，发表在级别不高的刊物上，内容也给人泛泛而谈的感觉，而其他散文作品，如《人工天堂》《我心赤裸》《火箭》等并未受到关注，在此方面还值得投入更加扎实的研究。最让人遗憾的是，在法国，波德莱尔甚至被认为是"19世纪最伟大的艺术批评家"（Henri Lemaitre1965：22），除了诗歌和散文诗作品，他还撰写了许多重要的美学评论，而早在1987年，郭宏安先生就翻译了其中大部分评论并结集出版，题为《波德莱尔的美学论文选》。这是非常重要而且优秀的译本，为我们了解波德莱尔的美学观提供了较为直接的资料。然而这样一部举足轻重的作品竟然没有一篇文章对其进行研究和讨论，实在令人惋惜。

数据显示，国内学者对波德莱尔的诗歌理论尤为关注，他们或从整体出发，综述诗人的美学思想，或具体地探讨某个具有代表意义的诗学问题，如应和论、现代性、审丑观念等。

在诗论研究中，综论一栏笔者列入的是对波德莱尔的艺术风格及成就进行整体介绍或综合论述的文章。其中有两篇重要文章发表于 1980 年，为繁荣时期的波氏研究拉开了序幕。一篇是《外国文学研究》3 月刊载的程抱一先生的《论波德莱尔》，另一篇是刊登在《山西师院学报》第 3 期的李健吾先生的《有关波德莱尔等人的评价问题——与〈辞海〉编委会商榷》。程先生认为波德莱尔是一位"在巴黎成长而学会以无畏的眼光来透视现实的诗人"。他诗歌中的现代性主要体现在诗歌的主题上，而决定这些主题的，正是他观看现实的眼光，以及对待诗歌的态度。在文中，程先生还考察了诗人思想之形成与时代不可分割的关系，以及"巴黎"在他诗歌中的体现。"现代性"代表着城市经验的"巴黎"，直到今天，仍然都是十分值得探讨的话题。程先生那时就已经把握到波德莱尔诗歌中的精髓，并结合诗歌文本进行深刻论述，使这篇文章成为波氏研究的重要参考资料。李健吾先生在文章中首先一字不漏地引用了《辞海》里对波德莱尔十年不变的评价："法国诗人。创作和世界观深受美国诗人爱伦·坡的影响。主要作品有诗集《恶之华》《散文诗集》等。诗中歌咏死亡，描写病态心理，充满悲观厌世情绪，反映资产阶级颓废生活所引起的精神危机。还写有文学和美学论文。他的创作对后来欧美资产阶级颓废文学影响很大。"李先生不满这段评价，从几个方面指出了其局限和偏颇之处。首先，他认为波德莱尔的创作和世界观并非受爱伦·坡的影响，并进行了详细举证、深入论述，指出诗人在接触到这位美国作家的时候，大部分诗作已完成，其创作和世界观已经相当稳定。其次，他认为不应该给波德莱尔打上颓废诗人的标签，诗人对资本主义社会的丑恶不是"迷恋"与"欣赏"，而是"诅咒"与"鞭挞"，他诗歌中感人的力量正好来自他的"真挚"。李先生非常中肯地指出："说实话，现代文学从他的头脑中酝酿出来。不了解波德莱尔的自甘下流的反抗意识，……就不了解现代文学对内、外世界的敏感。"他在文章最后呼吁："评价他吧。然而必须实事求是。"李健吾先生与程抱一先生一样，都能深刻理解波德莱尔诗歌中体现出来的现代性并为之辩护，留下见解独特、影响深远的文字。

在之后的三十多年，不断有论文以综述的方式，考察波德莱尔的"诗歌创新""象征主义美学""美学思想""艺术表现力""独特性""美学观念""审美意识""美学理论"❶ 等。这类文章的普遍特点是：题目选择过大过广，评论大多空乏重复，发表刊物级别不高。其中部分论文只能算是做表面功夫的应景之作。但笔者提出这个现象并不是为了批判它，研究者能够自觉地选择波德莱

---

❶ 这些词语皆为出现在文章题目中的表达。

尔为主题，并对其进行评述，虽然不够深入，但也是可贵的尝试，且已显示出兴趣，或有继续深入的可能。

《应和》一诗被看作波德莱尔美学思想的概括，"应和论"不仅丰富了波德莱尔的诗歌创作，更直接影响了他对文学艺术审美和伦理两方面的认识。在刘自强1979年撰文探讨"应和论"之后，这一诗歌理论得到了持续关注。其中研究最为深入、最具有代表性和参考价值的是刘波先生先后发表的两篇文章：《〈应和〉与"应和论"——论波德莱尔美学思想的基础》（《外国文学评论》，2004/03）和《波德莱尔"应和"思想的来源》（《四川外语学院学报》，2004/04）。关于诗人"应和"思想的来源，刘波指出，波德莱尔通过各种方式直接或间接地确认了傅立叶、斯威登堡、爱伦·坡对其"应和"思想的形成所起到的作用。但他认为，一种思想的形成绝不仅仅是外部袭得的，必然要有一种内在的经验作为其基础，而波德莱尔基于自身感觉状态的神秘体验，可以看成他艺术思想得以形成的经验基础，也是他接受"应和论"的内在依据，正因为如此，波德莱尔才会在自己的诗歌创作中，自觉地运用这种美学思想，同时也在自己的文艺评论中热烈地捍卫自己的理论。刘波非常精炼地总结了"应和论"的重要意义：波德莱尔"使古老的应和观念成为构建自己具有现代意识的美学思想体系基础，并从这个基础出发去探索一种全新的创作方法，在本体的高度上建立一种对文学艺术本质的全新认识，为文学艺术的现代转型开启了一个富有启发性的前景。"

"现代性"一直是近年来学界关注的热点，而波德莱尔诗歌中的"瞬间性""偶然性"及"新奇性"都体现了现代审美经验。因此在对波德莱尔的"现代性"研究的文章中，我们也发现更多具有代表性、质量较高的文章，如徐日君的《〈发达资本主义时代的抒情诗人〉及其他》（《理论界》，2007/12）、钟丽茜《波德莱尔诗歌中的"现代性意义危机"及其救赎方式》（《外国文学研究》，2005/02）、陈瑞红的《关于纨绔主义与审美现代性》（《国外文学》，2003/04）、龚觅的《深渊中的救赎——论审美现代性视野中的波德莱尔》（《国外文学》，2000/02）。这些文章见解独到、论述深入，从不同角度对波德莱尔的现代性审美经验进行了解读。钟丽茜认为，波德莱尔对"恶"的直面和浸淫，以及他对瞬间、偶然、碎片性体验的追求，使他的诗歌显示出一种意义危机，同时也给诗人本身带来精神危机。而诗人则是通过将古典美与现代性相结合，"借宁静、永恒的古典美弥合现代生活的震惊体验给人造成的心理裂痕"。龚觅则从历史、社会的角度出发，结合哲学思想，十分深入地解读了波德莱尔的审美现代性。他认为，现代人的精神悲剧不仅改变了他的生存意义，同时也改变了写作的意义。因为不可企及世界的意义，"诗人便将全部生命投注在艺术形式的构筑上，希求通过对破碎的世界的表达来抵抗生活中意义的毁灭"。

在关于波德莱尔诗论的"其他"一栏里，我们列入了从不同角度、不同主题、不同研究方法出发对诗人进行研究的各类文章。学者们有的探讨诗人的审丑思想、唯美思想、颓废思想、伦理道德、宗教情怀；有的关注诗人的时间美学、城市经验、神秘主义、波希米亚的生活方式及爱情观；有的考察诗人散文诗体的贡献、诗歌的音乐性、诗歌中的矛盾修辞、诗歌中的幽默性；有的对作品的主题及意象进行专门研究（无限、孤独芳香、深渊、赌徒、女人）；还有的从隐喻视角、艺术视角、接受视角、存在主义的视角考察波氏美学的特征。

其中有三篇文章探讨波氏与艺术的关系，表明了大家对波德莱尔更大的兴趣和更立体的关注。波德莱尔作为"艺术批评家"的身份也逐渐受到关注和还原。

从数量上看，这类文章占有较大比重，从质量上看，显示出参差不齐的特点，有发表在权威期刊视角独特、研究深入的文章，也有在级别不高的刊物上发表的哗众取宠、泛泛而谈的浅薄之作。但这部分的文章总体上给人一种波氏研究欣欣向荣的印象，也展现了学者们思路的不断开拓，美学话语的不断丰富，在广度和深度上有力地推动了方兴未艾的波氏研究。

（1）波德莱尔与中国。自比较文学作为学科确立并得到发展以来，从比较的角度考察文学受到越来越多研究者的青睐。从我们统计的结果也可以看出，"波德莱尔与中国"的主题研究已然成为明显的热点。

最受关注的是波德莱尔与中国作家的比较。研究者们从社会背景、诗歌理论、文本分析等角度展开分析和论述。涉及的中国作家除上表中列举的鲁迅、戴望舒、李金发之外，还有古代文人老子、荀子、韩愈、陶渊明、李贺等，以及现代诗人卞之琳、梁宗岱、海子、艾青、闻一多、穆木天、穆旦等。

20世纪80年代，研究者就已经开始关注波德莱尔对鲁迅的影响，以及两者气质的契合、异同。有文献显示，鲁迅在初期创作期间正在阅读波德莱尔的《巴黎的忧郁》。他还找来该散文集的日文版和德文版投入对它的翻译，虽日后译事未成，但研究者普遍认为通过这个时期的阅读，鲁迅对波德莱尔的作品产生了极强的共鸣（周怡 2002：67）。两位作家作品中运用的象征主义手法，字里行间体现出来精神的抑郁和心灵的苦闷，的确让研究者们看到他们之间的话语共鸣。

20世纪90年代伊始，作为中国象征派诗人的第一人、素有"东方波德莱尔"（陆文绪1991：39）之称的李金发进入研究者的比较视野。虽然直接从《恶之花》吸收养分并勤于实践的他因其作品晦涩、模仿痕迹较重，一直受到褒贬不一的评论，但不可否认的事实是，李金发已成为研究"波德莱尔在中国"这一主题无法回避的人物。殷俊通过细致的文本分析，提炼出在波德莱尔影响下，李金发作品中表现出来的"病态的美、忧郁的美、朦胧的美"（殷俊1996：108-117）。向天渊则着力探讨了两位诗人作品中死亡题材的差异性。通过挖掘"意象的不同、描绘重点的不同、表达意义的不同"，作者得出的结论是，如果说两者都对善保持着美好的向往，李金发作品中体现出来的对"恶"的反抗精神却远远不如波德莱尔深刻和彻底（向天渊1998：59-62）。

2000年以后，研究者的视野得到了明显开拓，他们在更多的中国诗人身上看到与波德莱尔的可比性。戴望舒便是其中一位。他曾经致力于翻译波德莱尔的诗歌，出版了《〈恶之花〉掇英》，他欣赏波德莱尔，并在诗歌创作中受其启发，这已是不争的事实。这类研究文章大多能较好地照顾到文本对照，让人觉得言之有物，论述得力。比如黄芳在文章中，通过两位诗人生活与创作经历、主题与结构、象征主义和表现形式三方面的考察，指出戴望舒在受到波德莱尔诗作影响的同时，也保留着自己浓厚的民族特色，并最终将西方象征主义的艺术手法和思想与中国古典诗词的传统及"天人合一"的精神有机地融为一体（黄芳2001：16-18）。

对于其他诗人或作家与波德莱尔的比较研究，有时稍显牵强，但这些新颖的选题，有趣的论述也为中国的波氏研究注入了新鲜血液。然而这一类文章虽然数目较多，但发表在核心或影响较大刊物上的却非常少。

列入"波德莱尔在中国的译介和影响"一栏的文章，主要从整体上考察波德莱尔对中国诗坛的影响。这类文章的作者大多能通过扎实的文献考据，用归纳和分析的方法考察波德莱尔在中国新诗发展中所产生的重要影响，也为新诗未来的发展指出了可行的道路。其中有较大参考价值的论文，除了上文提到的郭绍华的《1919—2000：波德莱尔在中国》和刘波、尹丽的《波德莱尔作品汉译回顾》，另有张松建的《"恶之华"的转生与变异——汪铭竹、陈敬容、王道乾对波德莱尔诗的接受与转化》（《中国现代文学研究丛刊》，2006/03）以及杨玉平的《波德莱尔与"前朦胧诗"写作》（《世界文学》，

2015/06）。杨玉平在文章中说道："波德莱尔在当代中国的一个巨大贡献，就是他催生了几位重要的诗人。北岛、多多、芒克、食指如果没有在决定性的年龄读了《恶之花》，也许不会有今天的成就。"笔者认为这个评论非常恰当地描述了波德莱尔对中国新诗的重要影响。

（2）波德莱尔与法国及外国作家。2000年以后，此类文章在数量上的增长反映了研究者考察视野的开拓和学问趣味的丰富：将波德莱尔与不同作家对比考察，让这位法国诗人的形象更加丰满、新鲜。进入研究者比较视野的法国作家包括福楼拜、雨果、萨特、乔治·桑、普鲁斯特、兰波、福柯；其他国别的作家有萨迪克赫达亚特（伊朗现代作家）、爱伦·坡、艾略特、本雅明、狄兰·托马斯、谷崎润一郎、康德、金斯伯格、海德格尔、莎士比亚、柏拉图、马克思等，另外还有几篇文章关注波德莱尔在俄国文学的接受，也引人注目。

在波德莱尔与法国诗人的比较研究中，刘波先生的三篇论文无论从题材选择还是研究方法层面看都颇具新意，论述也相当深入：《从"桑夫人"到"桑这个女人"——波德莱尔眼中的乔治·桑》（《国外文学》，2006/01）、《普鲁斯特论波德莱尔》（《外国文学评论》，2002/03）、《波德莱尔：雨果的模仿者》（《四川外国语学院学报》2002/05）。在第一篇文章里，刘波通过分析波德莱尔对乔治·桑前后截然矛盾的态度，揭示两人在艺术和思想观念方面的改变和分歧。波德莱尔是普鲁斯特非常热衷的诗人，刘波在文章中深入研究了普鲁斯特在《驳圣伯夫》一书中写下的关于波德莱尔的评论文字，并得出如下结论："普鲁斯特的艺术观和批评观，主要得益于他对波德莱尔诗歌作品的阅读。两人在批评方法上的相似，与其说是师徒传承，毋宁说是两个伟大作家在趣味和心智上的投契。与那种不温不火，不偏不倚的所谓公允批评相比，波德莱尔和普鲁斯特的这种基于审美体验的批评，更符合审美活动的实际，更能帮助人们领悟作家独特的艺术品质。"（刘波2002：28）

雨果曾赞誉波德莱尔"创造了一种新的战栗"，波德莱尔对雨果的态度既有倾慕也有保留，他有作品向他致敬，也有作品对他进行模仿，因此两者之间的比较也引起了较多关注。刘波认为，波德莱尔的确从雨果那里受到了某些影响和启发，但同时也保持了自己鲜明的个人特色，如他在摘要中所说："用抒情诗表现平凡琐碎事物中的诗意，并且对社会边缘人物的命运加以关注和思考，这是波德莱尔得益于雨果的影响和启发。但在对题材的提炼，对诗歌主导意蕴的挖掘和艺术效果的强化几方面，波德莱尔显示了其作为创造者

的最优秀品质。"（刘波 2002：3）

关于波德莱尔与外国作家的比较，一些文章角度虽然新颖，但研究还不够深入，而有的文章却显示出作者扎实的研究成果和创新的思维方式，不断开拓中国的波氏研究视野，其中值得关注的文章有：穆宏燕的《试析〈恶之花〉对〈盲枭〉的影响》（《国外文学》，1997/03）、孙善春的《马克思主义者本雅明的波德莱尔形象：——以〈波德莱尔笔下第二帝国的巴黎〉为例》（《现代哲学》，2004/04）、陈永国的《本雅明译波德莱尔译坡：思想在文学翻译中的旅行》（《外国文学研究》，2010/01）、李永毅的《艾略特与波德莱尔》（《外国文学评论》，2011/01）、初金一的《俄国现实主义文学视野中的波德莱尔》（《中国比较文学》，2011/02）、刘庆松的《死亡、美与反意识形态——坡与波德莱尔诗歌的比较》（《解放军外国语学院学报》，2011/03）、张亘的《波德莱尔与柏拉图美学》（《长江学术》，2015/02）、郑劲超的《法国语境下的现代性批判溯源：马克思和波德莱尔》（《现代哲学》，2016/01）等。

二、波德莱尔译著及研究著作的出版情况

关于《恶之花》这部诗集，2000 年以前就有戴望舒、杜国清、王了一、莫渝、钱春绮、郭宏安、苏凤哲、胡小跃、张秋红等人翻译并以专集形式出版，这其中最受欢迎的应属钱春绮先生和郭宏安先生的诗集全译本。它们也是被参考引用得较多的版本。直至今日，这两部译本也堪称经典译作。

2000 年以后新增了郑克鲁、程准、杨松河、文爱艺、刘楠祺、欧凡的版本。法语语言文学专家郑克鲁先生也选译了《恶之花》的部分诗歌，结集为《波德莱尔诗歌精选》于 2000 年出版，这本小册子主要面对青少年读者。2001 年，程准先生重译的《恶之花》收录在九州出版社发行的《世界禁书文库》中，同年，内蒙古大学出版社再版发行。接下来是 2003 年由译文出版社发行的杨松河译本，该译本态度严谨，注重形式美，但几年过去了，我们注意到，该译本受到读者认可的程度还是不及钱、郭译本。尤其是郭宏安先生的译本，由漓江出版社 1992 年出版后，时代文艺出版社（2001）、广西师范大学出版社（2002）、北京燕山出版社（2005）、中国书籍出版社（2006）、华夏出版社（2007）、上海人民出版社（2008）、上海译文出版社（2009、2011、2013）、安徽文艺出版社（2013）、北京工业大学出版社（2015）相继再版，其受欢迎程度可见一斑。

2007 年，四川人民出版社出版了由著名诗人文爱艺先生翻译的《恶之

花》全新译本，笔者认为非常值得关注。首先这部译作与以往译本不同的是译者添加了赏析部分。虽然很简短，往往是一两句话，但常常十分精当地点明了该诗的主旨，可以看出译者对波德莱尔的诗作有着较深的理解。有时诗人也对诗歌谈谈自己的简要感受，洋溢着灵动的诗情。译著读来酣畅淋漓，语言流畅，符合中国现代的表达方式，丝毫没有译作常常出现的水土不服的现象。但从翻译的角度看，如果我们与原文对照，可以看出译者更多的是照顾到读者的阅读感受和中文的表达习惯，因此似乎有时也以自己的诗人身份加入了一些创作或者作了一些取舍。在此仅举一例说明：《尚未满足》一诗中，有一句原文为 "uvre de quelque obi, le Faust de la savane,/ Sorcière au flanc d'ébène, enfant des noirs minuits"（Claude Pichois：28），钱春绮先生译为"某个俄比的作品，草原的浮士德博士，/ 两肋乌黑的魔女，阴暗的深夜的孩子"（波德莱尔 1991：61），文爱艺先生译为"草原的浮士德，黑色的魔术师，/ 你这午夜的黑暗的产物"（波德莱尔 2001：68）。我们可以明显发现，钱春绮先生更忠实于原文，而文爱艺先生的翻译更照顾译作的流畅。但总的来说，笔者认为文爱艺先生的译本是能够反映原作精髓、符合现代审美情趣的优秀译作。2009 年、2011 年、2013 年，吉林出版集团、作家出版社、安徽人民出版社相继再版了文爱艺先生的译本，说明这个版本是符合大众阅读习惯的译作。

另外值得一提的是，2006 年，河北教育音像出版社发行了《恶之花——波德莱尔经典诗歌配乐朗诵专集》，选录了由郭宏安和苏凤哲翻译的诗歌 19 首。虽然《朗诵专集》并不具有更大的学术价值，但笔者认为它能让读者以别样的方式接触、了解波德莱尔，拓宽了波氏作品的传播途径，也属创举。

对波德莱尔散文的翻译，最早译出且版本较多的当然是《巴黎的忧郁》。继邢鹏举先生 1930 年首次由英译本译出之后，石民、胡品清、亚丁、怀宇、胡小跃、钱春绮等都重译过。2000 年后新添了郭宏安、张晓玲、肖聿、李玉民的译本。其中亚丁先生的单行译本颇受欢迎，漓江出版社 1982 年、1986年、1992 年三次印刷发行，之后，三联书店 2004 年和 2015 年两次再版。怀宇先生 1992 年由百花文艺出版社出版的《波德莱尔散文选》分别于 2005 年、2007 年得到该出版社的再版，2011 年新星出版社也再版了怀宇先生的译本。该诗集不仅收录了《巴黎的忧郁》，还包括《葡萄酒与印度大麻》《人工天堂》和《真情实录》。此外，2000 年，中国广播电视出版社出版了肖聿翻译的《我心赤裸——波德莱尔散文随笔集》，译本首次让波德莱尔唯一的小说《拉·芳法萝》与中国读者见面。至此，波德莱尔的重要文学作品差不多都得到了翻译。2007年，张晓玲翻译的《私密日记》由湖南文艺出版社出版，集子中包括《我心赤裸》《可怜的比利时》《卫生·举止·方法·道德》《巴黎的忧郁》和《闪光的警句》。虽然内容上收录并无新鲜之处，但该译本也不失为精确优美的上乘译作。

关于波德莱尔的文艺批评，郭宏安先生早在1987年就有翻译并由人民文学出版社出版，题为《波德莱尔美学论文选》。2002年广西师范大学出版社再版了这部译作，重命名为《1846年的沙龙：波德莱尔美学论文选》。这部译本对我们了解波德莱尔的美学观有非常重要的意义。2005年，山东画报出版社出版了由毛燕燕和谢强翻译的《我看德拉克洛瓦》，这实际上也是波德莱尔批评文章的一部分，郭宏安先生早已译出。另外2007年，浙江文艺出版社也截取出郭宏安译本中的《现代生活的画家》这一部分单独成册出版。《现代生活的画家》是波德莱尔对同时代一位画家居伊的赞美之作，浙江文艺出版社的册子在国内首次配上了居伊的众多画作，让这部经典之作焕然一新，更增添了审美情趣。2009年至2013年期间，上海译文出版社将郭宏安译本中的内容进行分拆、重组，连续出版了多本排版精美的小册子，包括《美学珍玩》(2009、2013)、《浪漫派的艺术》(2009、2013)、《1845年的沙龙》(2011)、《哲学的艺术》(2011)、《给青年文人的忠告》(2012)、《对几位同代人的思考》(2012)，其中，《浪漫派的艺术》和《美学珍玩》得到再版。

如此频繁的再版，展现了波德莱尔作品历久弥新的生命力，同时也反应了波氏美学符合中国读者的期待视野，我们也注意到，波德莱尔极具现代眼光的批评文字得到越来越多的重视。

研究波德莱尔的著作，2000年以前仅三册，它们是《回忆波德莱尔》(戈蒂耶著，陈圣生译，辽宁人民出版社，1988；上海译文出版社2011年再版)，《发达资本主义时代的抒情诗人：论波德莱尔》(本雅明·瓦尔特著，张旭东、魏文生自英语译出，三联书店，1989)，《波德莱尔是怎样读书写作的》(李道新著，长江文艺出版社，1998)。本雅明的研究显然颇受关注，除2007年和2014年三联书店分别再版了《发达资本主义时代的抒情诗人：论波德莱尔》一书外，2005年江苏人民出版社出版了王才勇自德语翻译的《发达资本主义时代的抒情诗人：论波德莱尔》，2006年上海人民出版社出版了刘北城的重译本，题目更改为《巴黎，19世纪的首都》，2014年译林出版社出版了王涌翻译的《波德莱尔：发达资本主义时代的抒情诗人》，后两人依据版本有待核对。

　　2000 年以后出现的波德莱尔研究作品以翻译作品为主：罗顺江先生翻译了法国作家贝尔纳 – 亨利·莱维的作品《波德莱尔最后的日子》(海天出版社，2000)，萨特的重要作品《波德莱尔》也由施康强先生译出 (北京燕山出版社，2006)，波德莱尔研究专家克洛德·皮舒瓦的力作《波德莱尔传》由法语语言文化专家董强教授译出 (上海人民出版社，2007)。《波德莱尔传》是目前国内最为重要的波氏研究参考资料。除此之外，另有几本有关波德莱尔的重要研究著作得到翻译：雷蒙的《从波德莱尔到超现实主义》(邓丽丹译，河南大学出版社，2008)、帕斯卡尔·皮亚的《波德莱尔》(何家炜译，上海人民出版社，2012)、罗丝玛丽·罗伊德的《波德莱尔》(高焓译，北京大学出版社，2013)。这几部研究专著的翻译，很大程度上反应了波氏研究纵向发展的良好势态。

　　从国内学者之研究成果结集出版的情况看，1993 年，海南出版社出版了郭宏安撰写的《伊甸园中的一枚禁果：波德莱尔与〈恶之花〉》，论文集分为十个章节，题目分别为《逃出樊笼的一只"天鹅"》《在恶之花园中游历》《在"恶的意识"中凝神观照》《一个世纪病的新患者》《时代的一面"魔镜"》《应和论及其他》《在浪漫主义的夕照中》《穿越象征的森林》《按本来面目描绘罪恶》《"我将独自把奇异的剑术锻炼"》。郭宏安在书中提炼出关于波德莱尔的重要关键词：反叛、恶的意识、世纪病、现代性、应和论、象征主义、恶中之美、诗歌创作等，他用饱含激情的语言，辅以大量的诗歌文本，将波德莱尔坎坷的一生，独具特色的艺术魅力娓娓道来。虽然只是薄薄的一本册子，但却是国内第一部全面介绍波德莱尔诗歌艺术的作品了。上海译文出版社 2014 年再版了这部作品，更名为《论〈恶之花〉》，足见郭先生学术研究的前瞻性和对波德莱尔深刻而精准的认识，即便 21 年后的今天，这部作品仍然不失水准，是一部能够帮助广大读者走近波德莱尔的经典佳作。该书的再版，也反映出越来越多的国内读者期望了解、阅读这位伟大的现代诗人。

　　2006 年，郭先生又出版了《波德莱尔诗论及其他》(同济大学出版社)。但这还不是一本波德莱尔的研究专著，波氏研究文章仅占全书的一小部分内容。2013 年，刘波、尹丽教授出版了《波德莱尔十论》(中国社会科学出版社)，书中集合了两位教授多年来对波德莱尔美学的思考，其中大部分文章都已发表在国内重要的学术期刊上，这本书为致力于波氏研究的国内学者从研究方法、研究思路、研究角度等方面提供了非常好的参考版本，同时也提供了深度了解波德莱尔的一条路径。而 2016 年刘波教授出版了题为《波德莱尔：从城市经验到诗歌经验》的重要研究著作，该书被列为国家哲学社会科学成果文库，足见其学术分量，洋洋洒洒七百多页，是目前国内学者中规模最大的波德莱尔研究成果了。此外，袁兆文 2014 年出版了专著《〈恶之花〉及其现代性研究》(暨南大学出版社)，在书中，他精辟地总结道：《恶之花》是人类文明史上的奇葩，在意识上是审丑文艺的生发和扬厉，在创作上是象征方法的凝练和凸显，在思想上是现代主义的溃疡和痼疾，在文化上是自由情感的红杏出墙，在心理上是欲念根底的沉渣泛起，在人性上是精神提升的反面推力(袁兆文 2014：5)。该书主要将《恶之花》置于历史坐标，探讨作品中体现出来的现代性焦虑，其深度和创新程度值得学界关注。

三、结语

根据以上考察，我们注意到，在研究波德莱尔的论文方面，呈现出以下特点：①对波德莱尔作品的关注主要停留在《恶之花》和《巴黎的忧郁》上，对诗人其他作品有所忽略；②波德莱尔的批评家身份没有受到足够重视，关于他的美学研究的论文数量和深度都远远不够；③波德莱尔诗歌中的现代性以及他的应和理论受到了较多关注，我们也读到研究得比较深入的相关文章，但大多数探讨波德莱尔文艺观的论文多少显得有点随波逐流，泛泛而谈，并无太多具有新意和深度的观点和论述；④波德莱尔与其他作家的比较成为热点，虽然展现出研究者视野的开拓，角度的新颖，但是其论述力度和深度还有待加强。

笔者认为译文方面的成绩是令人满意的，波德莱尔的重要作品基本都被译为中文，不乏优秀的译本和版本。尤其是上海译文出版社出版的波德莱尔美学评论的系列小册子，排版精美，富有审美情趣，让读者有更多的机会，以更愉悦的方式欣赏到诗人的魅力。

在波德莱尔的研究著作方面，正如我们看到的，大多数的研究作品都是翻译国外学者的专著，刘波和袁兆文的研究专著问世，是国内波氏研究的重要突破。当然目前波德莱尔研究专著的数量，与波氏在世界文学史上享有的重要地位和波学在世界学术领域的重要性仍然很不对称。

总之，波德莱尔确实受到了中国研究者越来越多的关注，其受欢迎的程度从《恶之花》的再版盛况可见一斑。但研究成果仍然期待国内学者丰富。波德莱尔的文艺作品和他的美学思想都如同他在《霉运》一诗中所言，蕴含着"无数藏匿的珍宝"，需要我们用心去发掘；如果我们不能发现它们的价值，那就活该我们交"霉运"了。

表 2 表明，国内的波德莱尔研究 1980—1999 年在法国作家中排名第 6 位，2000—2016 年阶段上升为第 3 位，说明波氏研究在中国是充满希望的（表 2❶）。

表 2　对法国作家研究论文数量的分时间段汇总

排名	1	2	3	4	5	6
2000—2016	卢梭 598	雨果 256	波德莱尔 184	巴尔扎克 171	莫泊桑 111	福楼拜 97
1980—1999	雨果 215	巴尔扎克 161	卢梭 125	莫泊桑 95	福楼拜 47	波德莱尔 38

参考文献

[1] BOILEAU Olivier et TISSET Carole. *Les Fleurs du mal de Charles Baudelaire* [M]. Éditions Atlande, 2003.

[2] Claude Pichois. *Œuvres complètes de Baudelaire* [M]. t. I. Gallimard, 1975.

[3] Henri Lemaitre. *La poésie depuis Baudelaire*. Armand Colin [M],1965.

[4] JIN Siyan. *La métamorphose des images poétiques 1915-1932 des symbolistes français aux symbolistes chinois.*[M]. Edition cathay,1997.

[5] JAUSS Hans Robert. *Pour une esthétique de la réception*, Gallimard [M]. Paris, 1978.

[6] LEMAITRE Henri. *Du Romantisme au Symbolisme*[M].Pierre Bordas et fils,1982.

[7] LOI Michelle. *Roseau sur le mur Les poètes occidentalistes chinois 1919-1949* [M]. Gallimard,1971.

[8] PIA Pascal. *Baudelaire* [M], Éditions du Seuil,1952.

[9] SARTRE Jean-Paul. *Baudelaire* [M], Gallimard,1947.

[10] VALÉRY Paul. 《Situation de Baudelaire》. *Œuvres complètes de Baudelaire* [M]. tome I, édition Gallimard, 1957

[11] ZIMMERMANN M. Eléonore. *Poétiques de Baudelaire dans* Les Fleurs du Mal, *rythme, parfum, lueur*, Lettres modernes minard [M]. Paris-Caen, 1998.

---

❶ 该表为笔者在中国期刊全文数据库，分 "1980—1999" 和 "2000—2016" 两个时间段，在 "文史哲" 的目录下，搜索 "篇目" 含有法国几位著名作家的论文所得的结果，并按篇目多少排序而得。

[12] 波德莱尔（1）.恶之花 [M].文爱艺，译.成都：四川人民出版社，2007.

[13] 波德莱尔（2）.恶之花 [M].郭宏安，译.上海：上海译文出版社，2007.

[14] 波德莱尔（3）.恶之花·巴黎的忧郁 [M].钱春绮，译.北京：人民文学出版，1991.

[15] 波德莱尔（4）.现代生活的画家 [M].郭宏安，译.杭州：浙江文艺出版社，2007.

[16] 波德莱尔（5）.1846 年的沙龙——波德莱尔美学论文选 [M].郭宏安，译,桂林：广西师范大学出版社，2002.

[17] 陈太胜.象征主义与中国现代诗学 [M].北京：北京大学出版社，2005.

[18] 陈旭光.中西诗学的会通——20 世纪中国现代主义诗学的研究 [M].北京大学出版社，2002.

[19] 陈跃红.比较诗学导论 [M].北京：北京大学出版社，2005.

[20] 戈蒂耶.回忆波德莱尔 [M].北京：陈圣生，译.上海译文出版社，2001.

[21] 郭宏安.论《恶之花》[M].上海：上海译文出版社，2014.

[22] 黄芳.恶中之美——试比较《恶之花》与《雨巷》兼论戴望舒对波德莱尔的继承 [J].四川外语学院学报，2001，17(2)：16-18.

[23] 克洛德·皮舒瓦.波德莱尔传 [M].董强，译.上海：上海人民出版社，2007.

[24] 雷蒙.从波德莱尔到超现实主义 [M].邓丽丹，译.郑州：河南大学出版社，2008.

[25] 罗丝玛丽·罗伊德.波德莱尔 [M].高焓，译.北京：北京大学出版社，2013.

[26] 龙泉明.中国新诗的现代性 [M].武汉：武汉大学出版社，2005.

[27] 刘波（1）.普鲁斯特论波德莱尔 [J].外国文学评论，2002(3)：28.

[28] 刘波（2）.波德莱尔：雨果的模仿者 [J].四川外语学院学报，2002(5)：3.

[29] 刘波（3）.波德莱尔：从城市经验到诗歌经验 [M].北京大学出版社，2016.

[30] 刘波，尹丽（1）. 波德莱尔作品汉译回顾 [J]. 四川外语学院学报，2008（2）：62-69.

[31] 刘波，尹丽.（2）波德莱尔十论 .[M]. 北京：中国社会科学出版社，2013.

[32] 陆文繡 . 法国象征诗派对中国象征诗影响研究 [M]. 成都：四川大学出版社，1997.

[33] 帕斯卡尔·皮亚 . 波德莱尔 [M]. 上海：何家炜，译 . 上海人民出版社，2012.

[34] 让 – 保尔·萨特 . 波德莱尔 [M]. 施康强，译 . 北京：北京燕山出版社，2006.

[35] 瓦尔特·本雅明 . 巴黎，19 世纪的首都 [M]. 刘北城，译 . 上海：上海人民出版社，2006.

[36] 袁兆文 .《恶之花》及其现代性研究 [M]. 广州：暨南大学出版社，2014.

[37] 郭宏安 . 波德莱尔诗论及其他 [M]. 上海：济大学出版社，2006.

[38] 瓦尔特·本雅明 . 波德莱尔：发达资本主义时代的抒情诗人 [M]. 王涌，译 . 南京：译林出版社，2014.

[39] 瓦尔特·本雅明 . 发达资本主义时代的抒情诗人：论波德莱尔 [M]. 张旭东，魏文生，译 . 北京：生活·读书三联书店，2014.

[40] 吴晓东 . 象征主义与中国现代文学 [M]. 合肥：安徽教育出版社，2000.

[41] 向天渊 . 论波德莱尔与李金发诗歌中死亡主题的差异性 [J]. 外国文学研究，1995（4）：59-62.

[42] 殷俊 .《恶之花》的移植——试论波德莱尔对李金发诗歌创作的影响 [J]. 国外文学，1996（1）：17.

[43] 袁兆文 .《恶之花》及其现代性研究 [M]. 广州：暨南大学出版社，2014.

[44] 周怡 . 战士的苦闷与叛逆者的忧郁——《野草》与《巴黎的忧郁》比较 [J]. 鲁迅研究月刊，2002（12）：67-73.

作者简介： 文雅，女，四川外国语大学法语系教授，主要研究方向：法国文学，中法比较文学。

从目的论到化境:《伪币制造者》两段名译的比较分析

余　楠　史忠义

(浙江越秀外国语学院西方语言学院，外国语言文化研究院，浙江绍兴 312000)

摘要：20世纪70年代，德国翻译理论家汉斯·弗米尔把目的论引入翻译理论，表示译作的目的和翻译行为的目的。译者主体性目的主要体现在文本、翻译策略的选择上。《伪币制造者》是法国作家安德烈·纪德1925年的小说。十年后被卞之琳译成中文，1943年被盛澄华重译。《伪币制造者》两位中文译者的主体性具化为他们翻译行为中和各自译本中的具体目的。我们谨以第一部第二章为例，探寻两位译者语词选择、形式采用方面的具体目的。然而，目的论还需要向"化境"升华：他们的译文仍有升华的空间。

关键词：《伪币制造者》；卞之琳；盛澄华；译者主体性；目的；化境；升华

20世纪70年代，德国的汉斯·弗米尔❶把目的论引入翻译理论，表示译作的目的和翻译行为的目的。弗米尔认为译者可以基于译文目的和翻译任务选择不同的翻译方式。所以，目的论视野下的译者主体性主要体现在文本和翻译策略的选择上。但是，弗米尔目的论的应用往往局限在非文学翻译，那么文学翻译是否也有目的？弗米尔的答案是肯定的。文学翻译作为一种行为，具备目标、目的、功能和意图的属性。对于译者而言，其目标可能就是发表译文并保有版权从而由此营利；作者的目的也可能就是为了创作一部作品，即"为艺术而艺术"。(Hvermeer2004：227-238) 笔者以为，创作和翻译作品的共同目的是营造文学。我们将以《伪币制造者》的两段名译为例，来比较分析其中体现的译者主体性。

《伪币制造者》是法国作家安德烈·纪德（André Gide，1869—1951)1925年完成的小说，时年56岁的纪德已创作出《人间食粮》(1897)、《背德者》

---

❶ Hans J. Vermeer (1930-2010)，1984年与莱斯（Reiss）共同出版了《通用翻译理论基础》（*Grundlegung einer allgemeine Translationstheorie*）一书，奠定了他的目的论的基础。见杰里米·芒迪：《翻译学导论：理论与应用》，李德凤等译，北京：外语教学与研究出版社，2014，第三版，第117页。

(1902)、《浪子归来》(1907)、《窄门》(1909)、《梵蒂冈地窖》(1914)、《田园交响曲》(1919) 等重要作品,并于 1911 年创办了《新法兰西杂志》,是法国文坛举足轻重的人物。《伪币制造者》从构思选材直到成书一共花了六年时间;纪德将其称为自己的第一本小说❶。该书线索众多,既有私生子离家闯荡,也有少妇一失足成千古恨;既有青少年犯罪,也有老年落魄;既有文坛怪象,也有家庭矛盾,涵盖了 20 世纪上半叶法国社会多方面的风貌。

一、文本的选择

《伪币制造者》在新中国成立前曾两度被译成中文:卞之琳译的《赝币制造者》与盛澄华译的《伪币制造者》。卞之琳 (1910—2000)1933 年毕业于北京大学英文系,毕业后虽然短时间内担任过教职,但很快过起了以文学翻译为职业来维系文学创作的生活。他在 1936 年夏天受胡适主持的中华教育文化基金会编译委员会特邀翻译纪德的小说《伪币制造者》,"埋头两个月,每日 10小时突击翻译,到年底译出了全书二十多万字",并在同年底交稿。不幸的是,这个译本被编委会在抗日战争期间全部丢失了,只剩下在刊物上发表过的第一部第二章,现编入 1982 年由江西出版社出版的新版《卞之琳译文集》上卷。次年,卞之琳继续受编委会之邀,翻译了《赝币制造者写作日记》和《窄门》。卞译纪德并非只有被动受邀,他还主动翻译了《新的食粮》(1942) 和《浪子回家集》(1937)。❷卞很欣赏纪德的风格,认为他的作品有抒情诗的特点:

他的用字,他的意象,往往是平淡无奇,可是经过流动,就像小石子在溪水里非常生色,非常生动。❸

盛澄华 (1912—1970)1935 年毕业于清华大学外文系,大学期间就迷上了纪德的作品,毕业后前往法国进修,主要钻研的就是纪德的作品,期间也开始了纪德作品的翻译。1939 年底,他从法国留学归来,在陕西城固的西北联合大学任教,"每乘暑假,偷闲试译《伪币制造者》",用三个夏天和一个秋天译成了一部三十万字的长篇。(盛澄年 2012:225) 所以盛澄华的译本完成于1943 年左右,1945 年在重庆文化生活出版社出版,1983 年又由上海译文出版社重排出版,并不断再版,堪称经典译本。盛以为这部作品意义特殊:

---

❶ 纪德在《伪币制造者》的致辞中将此称为自己的第一本小说。*À Roger Martin du Gard je dédie mon premier roman en témoignage d'amitié profonde. André Gide, Les faux-monnayeurs*, Paris, Gallimard, 1927。

❷ 卞之琳:《卞之琳译文集》,合肥:安徽教育出版社,2000 年,第 2-4 页。

❸ 同上,第 655-656 页。

以篇幅论，这是纪德作品中最长的一本；以类型论，这是至今纪德笔下唯一的一部长篇小说；以写作时代论，这是纪德最成熟时期的产物。（盛澄年2012：63）

盛澄华翻译了纪德的《地粮》（1943）、《伪币制造者》（1945）和《日尼薇》（1945），发表专著《纪德研究》（1948），为纪德在中国的早期译介做出了重要贡献。

这两位译者生活在同一个时代，一位受邀翻译纪德的小说，一位主动选择翻译纪德的小说，一位是以翻译为生的诗人，一位是志愿研究纪德的学者，他们的译文将怎样体现两人的主体性呢？遗憾的是，卞之琳的译本除了第一部第二章其余的都已经在抗战期间遗失，我们无法就两个译本来做全面的比较，只能借这一章以小窥大。

二、翻译策略的选择

《伪币制造者》第一部第二章的原文只有14页，主要讲述了主人公之一裴奈尔❶离家出走及前后所发生的事情。

从整体上看，两篇译文都力图接近原文想要表达的意思，文字通顺优美，即使两篇译文中都存在一些不符合当今语言习惯的地方，但也不妨碍理解。两篇译文最明显的差异主要体现在句子结构上，比如这一章的第一句：

Monsieur Profitendieu était pressé de rentrer et trouvait que son collègue Molinier, qui l'accompagnait le long du boulevard Saint-Germain, marchait bien lentement.（Alve Gide1972：19）

普若费当度先生急于要回家，觉得同事莫立涅，跟着他一块儿沿圣谢尔曼林荫路走的，走得太慢。❷（卞之琳）

普罗费当第先生急于回家，而在圣日耳曼大街同行的他那位同事莫里尼哀却走得太慢。❸（盛澄华）

卞之琳的译文句式与原文句式更相近，对原文意思的翻译虽不完美却更全面，但读起来稍显烦琐。其中"要"是人们极易犯的"赘词"；"跟"与"陪"也有差距。相反，盛澄华的译文前半句更简洁，但原文中人物的主观感觉被略过，使普罗费当第觉得莫里尼哀走得慢的主观印象成了一个客观事实。笔

❶ 本论文中所涉及到的人物名称都是盛澄华译本中的译法。
❷ 卞之琳：《卞之琳译文集》，合肥：安徽教育出版社，2000年，第132页。
❸ 安德烈·纪德：《伪币制造者》，盛澄华译，上海：译文出版社，2015年，第9页。

者以为两位译者的选择体现了他们的主体性,盛舍弃了一些不影响总体理解的内容,从而更好地把握译文结构,使之更加通畅(从当时的视角看)。卞的做法则反映出他的翻译理念:用译诗的要求来译散文,特别在字词顺序上力求紧贴原文(卞之琳 2012: 3)。我们可以结合两者,将句子译为:

> 普罗费当第厄先生急于回家,觉得陪他沿圣日耳曼林荫大道散步的他的同仁莫立尼耶,走得太慢。

这样既不完全打乱原句的结构,也让译文更紧凑。我们还可以在接下来的文字中找到类似处理的两位译者佐证。例如,普罗费当第先生家的仆人再三考虑所说的这句话:

> Avant de s'en aller, Monsieur Bernard a laissé une lettre pour Monsieur dans le bureau.[1]

> 白尔纳先生临走时有一封信给先生留在书房里。[2] (卞之琳)

> 少爷离开以前在老爷的公事房中留下一封信。[3] (盛澄华)

两位译者都按照中文习惯把人称放到了句首,但除此之外卞之琳的译文基本保留了其他句子成分在原文中的位置,保持了谓语、直接宾语、目的状语、地点状语的顺序。而盛澄华的译文则将这四者打乱重新组合成地点状语、谓语、直接宾语的顺序,目的状语融入地点状语,单从顺序一点言之,更加符合中文表达的逻辑。从意思上看,"少爷"更符合中国当时的语境,也更符合说话者仆人的身份。但"公事房"一词的含义比较模糊,不如"书房"更贴切。从历史长河的角度视之,"少爷"一词不如"贝尔纳先生"的译法更具有持久性。"贝尔纳"相对于"白尔纳"更具西洋味和现代性。又如这个句子:

> Et tandis qu'elle se plaint, qu'elle accuse, qu'elle revendique, il essaye d'incliner cet esprit rétif vers des sentiments plus pieux.[4]

> 当她埋怨、归咎、追究的时候,他打算把她倔强的精神折向敬虔的心情。[5] (卞之琳)

> 当她一面哭诉,一面争理的时候,他设法想把这一种执拗的意气引向更虔敬的情感去。[6] (盛澄华)

---

[1] André Gide, *Les faux-monnayeurs*, Paris, Gallimard, 1972, p.23.
[2] 卞之琳:《卞之琳译文集》,合肥:安徽教育出版社,2000 年,第 136 页。
[3] 安德烈·纪德:《伪币制造者》,盛澄华译,上海:译文出版社,2015 年,第 12 页。
[4] André Gide, *Les faux-monnayeurs*, Paris, Gallimard, 1972, p.30.
[5] 卞之琳:《卞之琳译文集》,合肥:安徽教育出版社,2000 年,第 143 页。
[6] 安德烈·纪德:《伪币制造者》,盛澄华译,上海:译文出版社,2015 年,第 19 页。

卞之琳在翻译前半句中三个并列的动词时，同样采取了紧贴原文结构的做法，而盛澄华似乎是在理解的基础上进行了整理归纳。从以上这几个例子中我们不难领悟到两位译者的翻译策略，卞力求凸显法文的语言结构，因为他想全面忠于原文，不管是意思上还是形式上：

> "信"就是全面忠于原文；神寓于形，文学翻译只能相应，"似"不能"即是"；翻译就是"译"，不该是"创作"。（卞之琳 2012：8）

盛澄华没有阐述过自己的翻译理念，但在对纪德的研究中，他将理解放在首位：

> 在艺术上无标准的尺，也无标准的秤。对一个伟大的艺术家应予以理解，而非衡量。他的作品本身即是他自己的尺和秤。（盛澄华 2012：224）

盛澄华把理解的重要性转接到翻译上，在翻译过程中没有努力保留原文的句式结构，反而是在理解的基础上大胆阐释、改动。

这里我们联系 20 世纪 30 年代前后文坛对翻译的一些看法及后来学术界翻译观的一些演变来看，乃是颇为有益的一件事情。人们一般容易一概否定鲁迅先生提出的"硬译"观，认为这是显而易见的错误观念，也不恭维先生的译文。但是当我们知道鲁迅先生提出"硬译"观的背景乃是反对那个时代文坛在翻译文学作品时存在着极不严肃的行为，很多译者采用所谓的"意译"实则随意塞进自己的私货甚至大段大段地自己写起来时，方知先生用心良苦，宁肯挨骂也要树立起一种严谨的风气。于是先生的"硬译"可以理解为"校枉必须过正"。从这个视线看，卞之琳的观点和做法都无可指责，但论述不够深刻。反之，盛澄华的理论观点则有些随意："艺术上无标准的尺，也无标准的秤"有点放任自流；"作家的作品本身即是他自己的尺和秤"，那么每个译者也可以以自己的译文为准绳，自立门户，自行其是。当我们满以为 21 世纪肯定不会有人继续意译而实际上这种现象依然存在时，但却有些学者依然瞒天过海、读一两遍原文便径自"写作"起来时，一方面甚感吃惊，另一方面才体悟到类似盛澄华先生的翻译观很容易被后辈误解，在翻译实践中产生不好的影响。鉴于这些现象，以及大量不求甚解的肤浅理解现象，我们就会深感钱钟书先生的"化境"说和杨绛先生的"一句挨一句翻"是多么高明❶。"化境"是一种全面要求，"一句挨一句翻"主要针对的是随意性。在法语界，柳鸣九、罗新璋先生都在追求"化境"，郭宏安则继杨绛之后，多次强调"一句挨一句

---

❶ 钱钟书先生的"化境"翻译观是长期形成的，他从早年到晚年都一再思考翻译问题，参阅《林纾的翻译》等文章。杨绛先生关于翻译的思考，亦请参阅作者的多篇文章。

翻"。两者可谓殊途同归,它们追求的共同目标就是确保译文的可靠性。何谓"化境"? 笔者以为,在深刻理解原文境界的基础上,基本保持原文的形式顺序,用通顺流畅的中文,忠实地把原文表述出来,即是"化境"。这是一个更高的要求,需要长期的锻炼,才能达到这种高度。这种理解和实践兼顾了钱钟书先生的"化境"说和杨绛先生的"一句挨一句翻"的形式要求。

三、译者主体性的其他体现

鉴于文学作品的复杂性,任何一种翻译策略都无法在一次翻译活动中贯彻到底。在对个别句子的处理上,两位译者也会改变自己的翻译方法,译者主体性的这种灵活变动也体现了他们的目的。比如在第二段中描写莫里尼哀薪水的一段话:

… Monsieur Molinier n'avait pour tout bien que son traitement de président de chambre, traitement dérisoire et hors de proportion avec la haute position qu'il occupait avec une dignité d'autant plus grande qu'elle palliait sa médiocrité.❶

……**他的全部财产就只是庭长的俸给,一个可怜相的数目,完全不称他所占的高位——他是神气十足的,因为架子里填塞的是庸碌,尤其不得了。**❷
(卞之琳)

……而莫里尼哀先生则除了他那笔菲薄的法院院长俸给以外,一无所有。这俸给实在和他的高位不成比例,虽然他态度的尊严到足以掩藏他的低能而有余。❸(盛澄华)

以上两种译法所表达的意思有所不同,两位译者对原文理解的差异出在后半句,即最后的状语从句上。出于整个句子的复杂性,两位译者都有意地对它进行了拆解,卞甚至将状语从句与主句用破折号分开,单独成句,并且是三个分句,完全打碎了句子原来的结构。为了能够更好地表达原文的意思,卞在这里没有像上面两个例子那样力求在形式上紧贴原文。相比而言,盛澄华的译文更加紧凑,但为了使句子显得更有逻辑性却增添了一些原本不存在的意思,比如转折词"虽然"就是译者对原文的一种阐释。另外法语"d'autant plus"的意思也没有译出来。综合言之,前者的中文读起来不顺,并略有增译,后者既有增译也有漏译,中文读起来也不是很顺。我们可改译如下:

---

❶ André Gide, *Les faux-monnayeurs*, Paris, Gallimard, 1972, p.20.
❷ 卞之琳:《卞之琳译文集》,合肥:安徽教育出版社,2000年,第133页。
❸ 安德烈·纪德:《伪币制造者》,盛澄华译,上海:译文出版社,2015年,第9页。

莫里尼耶先生的全部财产只有庭长的俸禄，与其所居高位完全不相称的菲薄收入，他履职时那份尊严因为遮蔽了他的平庸而尤显庄重。

译者的主体性即他们的目的还带有时代的烙印。比如主人公的名字"Bernard"，卞将之译为白尔纳，盛将之译为裴奈尔，两者在试图接近法语发音的基础上都冠以中文姓氏"白"和"裴"，这在当时是比较常见的做法。我们所比较的这两篇译文都由白话文写成，但盛澄华的完整译本中有不少文言文，尤其是在信件中。例如：

Je vous supplie de l'accueillir aussi affectueusement que vous m'accueilleriez moi-même ; vous ne sauriez me donner une preuve d'amitié à laquelle je sois plus sensible. Pardonnez-moi de ne pas vous avoir écrit plus tôt pour vous redire toute la reconnaissance que je garde de votre dévouement et des soins que vous m'avez prodigués durant notre séjour en Suisse. Le souvenir de ce temps me réchauffe et m'aide à supporter la vie.❶

我恳求您对他亲切招待，一若对我；如蒙不弃，则三生有幸焉。在瑞士期间，诸承殷切照拂，实为铭感，未及早申谢忱，深盼见谅是幸。当时生活，每一忆及，仍不禁神往，今日唯一之生趣，亦即重温此旧梦耳。❷

盛澄华的译本中白话文和文言文共存，体现了他所生活时代的语言变革。白话文虽然正在取代文言文，但文言文并没有完全消失。从语言风格方面比较，盛文属于旧风格，但纪德的原文乃透着高雅的现代法语。从化境的角度视之，译文与原作并不吻合，风格差异中亦有追求高雅的初衷痕迹，因而可以改译如下：

我恳求您同样亲切地接待他，犹如接待我一样；如能体现这种友情，我将更加感动。请原谅我未能及早向您再次表述我的全部谢意，一起在瑞士逗留期间，承蒙殷切照拂，感念系之。这段记忆总给我暖意并帮助我承受生活的重压。

总而言之，两位译者从纪德的原文出发，翻出了两篇风格差异较大的译文，遣词造句重复率很低，即使其中有一些小瑕疵，也不失为翻译中的佳作。他们在翻译这部小说时都做出了自己的翻译选择，有明确或潜在的目的。卞之琳称自己这个时期的翻译是"为了练笔，为了遣怀，为了糊口"（卞

---

❶ André Gide, *Les faux-monnayeurs*, Paris, Gallimard, 1972：303.
❷ 安德烈·纪德 .《伪币制造者 [M]》，盛澄华，译，上海：译文出版社，2015 年，第 264-265 页。

之琳2000：4)。在诗歌创作的准备阶段，他用翻译来练笔，为自己的诗歌创造汲取养料，所以他的译文更加贴近原文，更加能体现原文句子结构的美感。盛澄华一生潜心研究纪德，自评是纪德"介绍者中最带韧性的一个"(盛澄华2012：223)。笔者以为，他通过翻译进一步理解和研究纪德，而这个理解的过程也体现在他的译文上；另外他将纪德介绍到中国，希望他能够被中国读者理解，因而会更多考虑读者的接受水平。概言之，从目的论的角度审视，译者的主体性即译者的各种目的客观体现在文学翻译中。这是非常浅显的道理。两位译者虽然目的不同，但他们的动机都相对理想化和单纯，有别于当下对物质和名利的普遍追逐，他们专注于营造文学。这是值得新时代译者学习和深思的。

参考文献

[1] 杰里米·芒迪. 翻译学导论：理论与应用 [M]. 李德凤，等，译. 北京：外语教学与研究出版社，2014.

[2] 卞之琳. 卞之琳译文集 [M]. 合肥：安徽教育出版社，2000.

[3] 盛澄华. 盛澄华谈纪德 [M]. 桂林：广西师范大学出版社，2012.

[4] 卞之琳. 卞之琳译文集 [M]. 合肥：安徽教育出版社，2000.

[5] 安德烈·纪德. 伪币制造者 [M]. 盛澄华，译. 上海：译文出版社，2015.

[6] André Gide.*Les faux-monnayeurs*[M]. Paris: Gallimard, 1927.

[7] André Gide. *Les faux-monnayeurs*[M].Paris: Gallimard, 1972.

[8] Lawrence Venuti .*The Translation Studies Reader*: 2nd edition（2004），London and New York: Routledge.

作者简介：余楠，女，浙江越秀外国语学院西方语言学院讲师，北京外国语大学博士研究生，研究方向为法语语言文学和中西比较诗学。

分析心理学视角下纳兰性德与哈代的悼亡诗比较

冯　晞　史忠义

浙江越秀外国语学院

摘要： 纳兰性德与托马斯·哈代作为中英著名的悼亡诗人，为后世留下了为数众多的感人诗篇。两人的悼亡风格迥异：纳兰的悼亡以悲怆和绝望为基调，哈代的情感则较为克制。本文借助瑞士分析心理学家维雷娜·卡斯特的"哀悼过程"模型，通过文本分析，将纳兰与哈代归入"哀悼过程"中的相应阶段，从而解释差异的由来；再结合两人的死亡观，更深层地理解这种差异的成因。

关键词： 分析心理学；纳兰性德；哈代；悼亡诗；死亡观

一、引言

纳兰性德[1]（1655—1685）是清初著名的词人。晚清官员兼词人况周颐在《蕙风词话》中将其誉为"国初第一词手"，王国维在《人间词话》中高度评价道："纳兰容若以自然之眼观物，以自然之舌言情，此由初入中原未染汉人风气，故能真切如此，北宋以来，一人而已"[2]。（王国维 2006：12）纳兰以写作

---

[1] 纳兰性德（1655—1685），叶赫那拉氏，字容若，号楞伽山人，满洲正黄旗人，清朝初年词人，原名纳兰成德，一度因避讳太子保成而改名纳兰性德。大学士明珠长子，其母为英亲王阿济格第五女爱新觉罗氏。纳兰性德自幼饱读诗书，文武兼修，17岁入国子监，被祭酒徐元文赏识。18岁考中举人，次年成为贡士。康熙十二年（1673年）因病错过殿试。康熙十五年（1676年）补殿试，考中第二甲第七名，赐进士出身。纳兰性德曾拜徐乾学为师。他于两年中主持编纂了一部儒学汇编——《通志堂经解》，深受康熙皇帝赏识，为今后发展奠定基础。纳兰性德于康熙二十四年五月三十日（1685年7月1日）溘然而逝，年仅三十岁。纳兰性德的词以"真"取胜，写景逼真传神，词风"清丽婉约，哀感顽艳，格高韵远，独具特色"。著有《通志堂集》、《侧帽集》、《饮水词》等。

[2] 况周颐（1859—1926），晚清官员、词人，字夔笙，一字揆孙，别号玉梅词人、玉梅词隐，晚号蕙风词隐，人称况古，况古人，室名兰云梦楼，西庐等。广西临桂（今桂林）人，原籍湖南宝庆。况周颐，咸丰九年（1859）九月初一日生。9岁补弟子员，11岁中秀才，18岁中拔贡，21岁以优贡生中光绪五年（1879）乡试举人。一生致力于词，凡五十年，尤精于词论。与王鹏运、朱孝臧、郑文焯合称"清末四大家"。著有《蕙风词》、《蕙风词话》。

悼亡词见长。他与发妻卢氏鸾凤和鸣，婚后三年，卢氏因难产英年早逝，他为此写下了至少 32 阕催人泪下的悼亡词——题目明标"悼亡"的有 6 阕，虽未标题而词情实是追忆亡妇、忆恋旧情的，有 26 阕（王国维 2008：12）。

托马斯·哈代（Thomas Hardy，1840—1928）是英国维多利亚时期的小说家和诗人。英国当代著名诗人菲利普·拉金（Philip Larkin, 1922—1985）称哈代为"20 世纪最伟大的诗人"。哈代与其妻艾玛相守 40 多载，初恋时曾疯狂地爱过她，但后来同床异梦，直至艾玛 1912 年 11 月突然病逝，诗人才再一次强烈地感受到对她的挚爱。1913 年 3 月，他重回俩人相识相恋的故地，写下了近百首哀悼亡妻的《艾玛组诗》(Poems of 1912—13)。

纳兰与哈代所处的时代相隔近两个世纪，两人分居文化迥异的国度，且其身份地位千差万别——纳兰是皇室贵胄，其父明珠位高权重，本人则深得康熙的恩宠；哈代则出身于没落的农村贵族，其父乃一砖瓦匠，哈代靠写作小说维生。然而，将两位诗人相提并论却有着一定的事实依据：首先，两位诗人均著有大量悼念亡妻的诗词；其次，他们的悼亡诗都情感真挚，语言平易质朴，悲痛之情真切感人。

除上述显形的相似处外，我们还可发现一些隐形的相似之处，如悼亡诗意在追念死者(在两人的诗作和词作中指亡妻)，是人类最基本的心理活动之一，因而具备相近的心理基础。由此决定了两位诗人的悼亡诗具有可比性。

本文旨在以分析心理学为视角，对纳兰与哈代的悼亡诗进行比较，以"哀悼过程"模型为依据，分析两者的心理基础，并试图寻找这种差异背后的文化原因。

二、"哀悼过程"模型简介

分析心理学也被称为荣格心理学或原型心理学，由瑞士精神医学家荣格（Carl Gustav Jung，1875—1961）创立。维雷娜·卡斯特（Verena Kast，1943）是苏黎世大学心理学教授，苏黎世荣格心理学研究所客座研究员，国际分析心理学协会和国际精神分析心理学协会主席，同时担任心理治疗师，并拥有个人诊所。

1982 年，卡斯特在其大学授课资格论文中提出了"哀悼过程"模型。她借鉴了库伯勒－罗丝模型（Kübler-Ross model），(李嘉渝 1995：4)以临床对梦境的分析作为切入点，指出了哀悼丧失、摆脱悲痛的心理途径。卡斯特将哀悼过程分为四个阶段——"不愿意承认的阶段"（die Phase des Nicht-

Wahrhaben-Wollens）**❶**、"情绪激动的阶段"（die Phase der aufbrechenden Emotionen）（维雷纳·卡斯特 2003：60）、"寻找和自身分离阶段"（die Phase des Suchens und Sich-Trennens）（维雷纳·卡斯特 2003：62）和"涉及新的自我—世界的阶段"（die Phase des Neuen Selbst- und Weltbezugs）（维雷纳·卡斯特 2003：68）。

卡斯特指出：

这个不愿意承认、目光呆滞、麻木不仁的阶段，通常都将其描述为重大丧失后的第一个阶段（维雷纳·卡斯特 2003：74）。

此时，哀悼者尚未接受故人已逝的事实，伴随震惊、休克的是情感麻痹。

此后，哀悼者进入"表述其悲伤和愤怒情结"（维雷纳·卡斯特 2003：28）的"情绪激动的阶段"。在此阶段中，哀悼、痛苦、愤怒、暴怒、恨、无能、空虚感和被抛弃感、内疚感等诸多情感集中爆发，其外在表现形式为哭泣和啜泣。

在"寻找和自身分离阶段"，哀悼者不断寻找逝者或失去的东西，相信已经找到了那个人或物，然后在没有找到时，就感到失望。卡斯特分析道：

一般说来，注意力集中于死者喜欢去的场所和喜好的活动什么的。也可能走得更远，哀悼者承接了死者的生活风格，尽管这种风格根本就不适合哀悼者。在这种情况下，不得不说，寻找可以看作是对旧习惯的一种拯救，对这种变化的一种对抗。但是另一方面，我也相信，这种寻找所具有的意义在于，总是可以同失去的人不断交往。想象中的发现可以使哀悼者趋之若鹜，正是因为他以为能找到什么，而不得不重新遭受这种丧失，不得不再一次地陷入情感的混沌状态（维雷纳·卡斯特 2003：32）。

她同时指出：

这种寻找好像往往表现为一种内心的对话。在这种内心的对话中，人们可以一再地找到配偶，还可以反复与他交谈（维雷纳·卡斯特 2003：69）……当然还要指出，也有可能抓住这种对话不放，一再重复这种对话而毫无进

---

❶ 库伯勒—罗丝模型，或者被更广泛地称为"悲伤的五个阶段"，是由瑞士裔美国心理学家伊利莎白·库伯勒—罗丝（Elisabeth Kübler-Ross, 1926—2004）在其著作《论死亡与濒临死亡》（*On Death and Dying*）中提出的理论。这五个阶段包括：1. 否认 /Denial："我感觉很好"，"这是不可能的" 2. 愤怒 /Anger："凭什么是我？这不公平！""谁来负责？" 3. 讨价还价 /Bargaining："多给我几年，让我做什么都行""把我的积蓄都拿走，只要……" 4. 沮丧 /Depression："我好难过，何必在乎其他事情呢？""我怀念我所爱的人，活着还有什么意思呢""我就快死了，这还有什么意义呢？" 5. 接受 /Acceptance："事情会变好的""我不能反抗，还是勇敢地接受吧"。

展——然后人们当然也不会同他的配偶告别，而是以一种极为神秘的方式同配偶保持联系，与此相关得出的结论是，在生活中不再可能有什么新的关系（维雷纳·卡斯特2003：70-71）。

她还发现：

不言而喻，在寻找和自我分离的这个阶段，还会一再出现绝望、抑郁或者无动于衷的阶段。在这些阶段哀悼者感觉他的生活与从前截然不同，也不再有任何意义，于是作为其出路便产生了死这个想法（维雷纳·卡斯特2003：71）。

在"涉及新的自我—世界的阶段"中，哀伤过程即将结束，哀悼者接受新的现实并将其整合入当下的生活中。卡斯特总结道：

如果寻找和分离进入这样一个阶段：在这个阶段它不再要求哀悼者的全部感觉和想象，这时涉及新的自我—世界的阶段可能就开始了。为此能提的是，死者现在已经成为一个"内在的形象"，而不管哀悼者将死者作为内在陪伴者的方式，也不管哀悼者感到先前在这种关系中存在的许多东西，现在已经变成了他自己的能力（维雷纳·卡斯特2003：74）……新的自我和新的世界其特征在于，现在就要承认这种丧失。承认适合死者的许多生存模式也"荒废"了，而代之以新的生存模式，但又没有直接忘记死者（维雷纳·卡斯特2003：75）。

笔者认为，卡斯特的"哀悼过程"模型有其现实的合理性，因为该模型的创建基于卡斯特多年的临床心理治疗经验，并且得到为数众多的具体案例的支持。卡斯特对四个阶段的归纳较为精准，对各阶段的相应表现的描述较为具体。卡斯特指出了哀悼与抑郁的关系，即抑郁为陷入僵局的哀悼（维雷纳·卡斯特2003：75），这一点是笔者采用该模型的最重要原因。众所周知，纳兰在亡妻逝世后，处于重度抑郁状态，最终导致其八年后辞世。该模型对抑郁的解释符合纳兰的实际情况。

然而，该模型的普世性却有待商榷。她在对第四阶段的描绘中，提到要实现将死者内化成自身的一部分，这需要较成熟的生死观作为支撑。生死观受文化的影响，卡斯特生活在基督教文化影响下的瑞士，其自身及其研究对象的生死观自然会受到基督教的影响，因而其模型是否完全适用东方文化影响下的人群，是一个有待考证的问题。

三、纳兰悼亡词两例及哀悼分析

婚后三年，纳兰的发妻卢氏因难产而死。以下两阕悼亡词写于不同的时间，凭此可探究词人写作的心理依据。

青衫湿遍·悼亡

青衫湿遍，凭伊慰我，忍便相忘？

半月前头扶病，剪刀声、犹在银缸。

忆生来、小胆怯空房。

到而今，独伴梨花影，冷冥冥、尽意凄凉。

愿指魂兮识路，教寻梦也回廊。

咫尺玉钩斜路，一般消受，蔓草残阳。

判把长眠滴醒，和清泪、搅入椒浆。

怕幽泉、还为我神伤。

道书生薄命宜将息，再休耽、怨粉愁香。

料得重圆密誓，难禁寸裂柔肠。

此词写于康熙十六年（1677）六月，其时卢氏已亡故半月。在词中，纳兰首先回忆了爱妻生前扶病的音容笑貌，通过今昔对比来抒写生离死别、天人永隔的痛楚。结合卡斯特的“哀悼过程”模型，我们判定，词人写作时当处于悼亡的第二阶段，即情绪激动阶段。词牌名“青衫湿遍”点出了词人悲伤情绪下的必然反应——哭泣。“清泪”“寸裂柔肠”等词形象地描绘出词人的痛苦。词人已度过悼亡的第一阶段，即不愿意承认辞世事实的阶段，其感情已走出完全麻痹状态，伴随着接受死亡事实的是不尽的追忆和哭泣。然而，词人尚未进入寻找的阶段，我们在这首词中并未发现寻找的痕迹。

以下是一首写于卢氏亡故后三个多月的悼亡词——《沁园春》。该词的写作缘于纳兰的一个梦，在梦中卢氏淡妆素服地现身，与词人深情道别。

沁园春

丁巳重阳前三日，梦亡妇淡妆素服，执手哽咽，语多不复能。但临别有云“衔恨愿为天上月，年年犹得向郎圆”。妇素未工诗，不知何以得此也。觉后感赋。

瞬息浮生，薄命如斯，低徊怎忘？

记绣榻闲时，并吹红雨；雕阑曲处，同倚斜阳。

梦好难留，诗残莫续，赢得更深哭一场。

遗容在，只灵飘一转，未许端详。

重寻碧落茫茫，料短发，朝来定有霜。

便人间天上，尘缘未断；春花秋叶，触绪还伤。

欲结绸缪，翻惊摇落，减尽苘衣昨日香。

真无奈，倩声声邻笛，谱出回肠。

从引子中，我们看到一个有意思的现象——梦。古今中外，人们均对梦怀有浓厚的兴趣。对梦的记载最早见于距今四千多年前古巴比伦的吉尔伽美什史诗（The Epic of Gilgamesh）（维雷娜·卡斯特 2008：7）。《圣经》中记载了几个著名的梦，古埃及人和古希腊人也都十分重视梦。在中国，先人从远古神话时代就已关注梦，相传黄帝手下有一名为伯奇的神兽，专职吞食噩梦。《列子·黄帝篇》中记载了黄帝梦游华胥国的传说。中国最早描写梦的诗歌是诗经中的《小雅·斯干》和《小雅·无羊》两篇。

伴随记梦的往往是对梦的诠释。中西方均有着源远流长的占（释）梦文化——中国传统的占梦偏于迷信，但同时也有心理分析的痕迹；在西方的古典时期，梦被看作是神灵的启示，到了近代，梦成为来自内心、连接潜意识（Unbewusstes）的桥梁。精神分析学派的创始人弗洛伊德（Sigmund Freud,1856—1939）提出"释梦，乃是通往理解心灵世界潜意识活动的康庄大道"（西格蒙德·弗洛依德 2016：562）（Die Traumdeutung aber ist die Via regia zur Kenntnis des Unbewußten im Seelenleben）。分析心理学的开创者荣格也认同这一点，他总结道："梦是不由自主的心灵活动之一，所具有的意识不多不少，刚好够清醒状态时复制。"（Der Traum ist ein Stück unwillkürlicher psychischer Tätigkeit, das gerade so viel Bewusstheit hat, um im Wachzustand reproduzierbar zu sein.）（荣格 2009：131）

梦在分析心理学中占据极为重要的地位。弗洛伊德和荣格都将梦和对梦的研究视为分析潜 / 无意识（Unbewusstes）和心理治疗的主要依据，然而两人就无意识的实质和结构却产生了极大的分歧：弗洛伊德主张的是个体无意识（das persönliche Unbewusste），认为人所有的行动都源于本我（Es）的性的冲动；荣格不认可性的冲动是所有心理问题的归因，他提出了集体无意识（das kollektive Unbewusste）这一重要概念。卡斯特基于析梦创立了"哀悼过程"模型。就离别为题材的梦与悲痛的关系，美国心理学家和神经学家埃尔斯特·哈尔特曼（Ernest Hartmann, 1934—2013）说明如下："有些病人的悲痛过程起始于经常梦见一些容易逃脱的自然灾害，而另一部分人则做以离别为主题的梦。

悲伤者经常梦见已故的人，他们的回忆都非常清晰。事实上，这类梦是能够帮助化解悲痛的。悲伤与恐惧两种情感总是相互伴随，同时还牵涉愤怒、罪责感和爱情等情感，梦首先传达给人这种体验。而悲痛的情绪并不是涉及幸存者的负罪感，这也不可能，而是涉及悲伤者意识到自己被遗落在中断的关系中。他们梦见的故人常常不是病入膏肓的，而是'年富力强'的，在梦中他们共同生活的回忆非常生动。其实，回忆这类梦可以起到帮助化解悲痛的作用（……）"（维雷娜·卡斯特 2008：41）依据上述理论，性德在梦中见到亡妻，并与其离别，其实是其潜意识对悲伤情绪的一种处理方式。尤其是素未工诗的亡妇吟出的那句诗，看似是缓解未亡人思念的愿望，实则是词人不愿意中断与亡妇的关系的心理表露。

纳兰于正文中所写的不外乎今昔对比下的亡妻之痛。从言语间可断定，词人此时仍处于情绪激动的第二阶段，沉溺于对爱妻的痛苦追忆而无法自拔。就寻找逝者而言，虽从下阕之首的"重寻"中可看出些许迹象，但只限于思想，并未贯彻到行动中去。

四、哈代悼亡诗两例及哀悼分析

哈代的《艾玛组诗》写于艾玛病逝之后。为追忆亡妻艾玛，哈代回到俩人初识的故地，共写下 18 首悼亡诗，收录于诗集《命运的讽刺》（*Satires of Circumstance*）中。❶

离去

为什么你那夜毫无暗示，

表明一等黎明到来之后，

你就要平静从容地起身离去，

从此结束你在此地的逗留？

你去之处我难追随，

即便如燕子有翅能飞，

要想再见你一眼也永不能够！

没有向我低声呼唤，

没有一个告别的字，

也没有表现说话的意愿，

❶ 托马斯·哈代．梦幻时刻——哈代抒情诗选．飞白，吴笛，译．北京：中国文联出版社，1992，第5页。

当我看见晨光在墙上凝滞，
你庄严的启程
正在当时发生，
一切都变了，而我却懵然无知。
为什么你总是引我走出门口，
恍惚间你的身影会突然现出——
在树枝笼罩的小径那头
黄昏时分你惯常喜爱之处；
直到夜晚潮气侵袭，
而大张着口的空虚
使我的凝望再也支持不住！
你原来住在西方，
从红岩来的女人，
你有天鹅般优美的颈项，
你骑马越过比尼山，不畏险峻，
你与我并辔挽缰，
你沉思着向我凝望，——
当生活正展示着它最美好的一瞬。
为什么我俩近来无话可谈？
为什么不想想那逝去的生活，
不趁你离去前，努力实现
昔日的复活？我们本可以说：
"趁此明媚春光
让我们同去寻访
我们昔日访过的每个场所。"
唉！一切无可挽回，
无可改变，逝者必逝。
我似乎自己已死，纵然直立，
只能加速我的沉没。你岂能知，
你去得这样匆匆
（无人预见，连我也不曾），

这已完全搅翻了我的心志！❶

本诗写于 1912 年 12 月，即艾玛亡故一个月时。起句诗人即发起了对艾玛毫无征兆死亡的责备，第三节又描摹了自己不时出门寻找的情景。不论是回忆中那份优雅，还是现实中两人无话可说的窘状，都已变得无比珍贵，因为逝者已逝，从此徒留诗人在悲痛中。依据"哀悼过程"模型，诗人主要处于第二个悼亡阶段。我们首先体会到诗人的愤怒——怪罪亡妻的"不辞而别"；其次是愧疚——对近来未能挽回与亡妻关系的深深内疚；最后当然还有无尽的痛楚。然而，诗人已逐渐过渡到第三阶段，当然只限于"寻找"——哈代出门去往艾玛常去之处，以期能找到她。

声音

我思念的女人，我听见你的声音，

一声声地把我呼唤，呼唤，

说你现在不再是与我疏远的模样，

又复是当初我们幸福的容颜。

真是你的声音吗？那么让我看看你，

站着，就像当年等我在镇边，

像你惯常那样站着：我熟悉的身姿，

与众不同的连衣裙，一身天蓝！

也许，这不过是微风朝我这边吹来，

懒洋洋地拂过湿润的草地，

而你已永远化为无知觉的空白，

无论远近，我再也听不到你？

我的周围落叶纷纷，

我迎向前，步履蹒跚。

透过荆棘丛渗过来稀薄的北风，

送来一个女人的呼唤。❷

这首诗也写于艾玛死后一个月。诗人以《声音》为题，意在表明与艾玛对话的意图。英国哈代研究家约翰逊（Trevor Johnson, 1929）认为，这首诗可分解为三个重要素材："闹鬼（haunting）""不受影响的过去（inviolate past）"

---

❶ 在后续版本中又加入了三首

❷ 飞白，吴笛译：《梦幻时刻——哈代抒情诗选》，北京，中国文联出版社，1992 年，第 107-109 页。

和"假曙光（false dawn）"。❶"闹鬼"是哈代悼亡诗中常见的素材，在此诗中，诗人出现幻听，误将北风吹拂的声音当作亡妻的呼唤。"不受影响的过去"是指俩人不可改变的过去（他们过去的情感生活是"同床异梦"）。"假曙光"则指当幻想破灭时，诗人只能接受天人永隔的悲惨现实。

从"哀悼过程"来看，诗人此时已处于第三阶段中的寻找阶段：作者试图循声找寻亡妻，又试图从回忆中寻找亡妻的情影。然而，这种寻找是徒劳的，诗人并未找到亡妻，因而尚不能实现与亡妻精神上的分离。

五、以《沁园春》和《声音》为例看纳兰与哈代悼亡诗的异同

以下从内容和情感两个层面比较纳兰的《沁园春》和哈代的《声音》，进而找出两者间的共同点和差异。

从内容上看，两诗主要有三处共同点，各点中却又存在些许差异。

首先，两诗有着相同的"闹鬼"素材，然而"闹鬼"的表现形式不同：卢氏现身于纳兰的梦中，可谓是中国式的托梦；哈代未见到艾玛现身，仿佛间听到的声音实则是幻觉。耐人寻味的是，两个鬼魂均有诗句，然其意图却又有所不同：卢氏所吟诗句意在表达守护纳兰之愿；艾玛所道之辞却为挽回两人的关系。当然，这体现了两位诗人希望与亡妻再续前缘的共同的强烈愿望，然有程度上的差异：相较而言，哈代与亡妻交流的愿望更为迫切。这应该是由哈代与艾玛曾经中断的关系所导致的。

其次，两位诗人的悼亡又以极为生动的追忆为前提。从"记绣榻闲时，并吹红雨；雕阑曲处，同倚斜阳"的描写中足见纳兰与卢氏之恩爱。"真是你的声音吗？那么让我看看你，站着，就像当年等我在镇边，像你惯常那样站着：我熟悉的身姿，与众不同的连衣裙，一身天蓝！"描摹了哈代对艾玛最美好的印象。

两人追忆的内容却各不相同：纳兰追念的是与卢氏共度的美好时光，即夫唱妇随式的琴瑟和鸣；哈代所忆的并非两人的共同经历，而是艾玛当初最美最纯真的模样。这也可从两位诗人的感情经历中找到答案：纳兰与卢氏始终情投意合，几乎不存在隔阂，对词人而言，发妻的早逝意味着美好生活的终结——纳兰所忆的与其说是亡妻，不如说是美满的婚姻生活；哈代与艾玛的关系，直至艾玛逝世仍未得到改善，亡妻的突然离世激发了诗人的悲痛和

---

❶ 飞白，吴笛译：《梦幻时刻——哈代抒情诗选》，北京，中国文联出版社，1992年，第113页。

内疚——对艾玛最初模样之追忆，实则是对尚未变坏的关系之缅怀，同时也表达出对未能珍惜这段关系的悔意。两位诗人的追忆基于不同的出发点，因而所忆的内容有所不同。

两位诗人的悼亡方式各有侧重。纳兰多借亡妻早逝感叹命运之不公，进而抒写孑然一身、无以名状的凄苦。开篇的"瞬息浮生，薄命如斯"即点出了词人对命运不公的感叹。词人以"梦好难留，诗残莫续，赢得更深哭一场。遗容在，只灵飙一转，未许端详"来表达对未能挽留亡妻之魂的遗憾与痛楚。词人通过对亡妻的追忆，不仅仅抒发其无尽之思念，通过今昔对比，还反衬出其丧妻之痛的浓郁。这种悲痛并未随悼亡而减轻，相反地，梦中的重逢更加重了梦醒时的伤痛，词人的抑郁日益淤积，反复的追忆使其陷入哀悼过程的死循环中。哈代的悼亡诗中虽也充斥着对亡妻的追忆和找寻，但并不像纳兰般将表达悲痛作为最高诉求。相反地，其理智已将诸多情状归为幻觉，逐渐接受了丧失这一事实。"也许，这不过是微风朝我这边吹来，懒洋洋地拂过湿润的草地，而你已永远化为无知觉的空白，无论远近，我再也听不到你？"——哈代认识到亡妻的声音不过是微风吹拂而过留下的声响，其悲痛也随之减轻。

从情感层面上看，虽然两位的诗中都流露出丧妻之痛，但两人的情感却又有所不同：纳兰词的苦痛更为深刻，绝望之感更为浓郁；相较而言，哈代诗的情感较为克制，未见痛彻心扉、泪眼婆娑之状。这从以下字句对比中可得到证明：纳兰的《沁园春》中用到了"哭""残""惊""无奈""回肠"等消极的字词，从中反映出纳兰的心境——极度痛苦和无奈；哈代的《声音》中未见极端化的字句，而是以极为平和的语气来抒情。从"呼唤""疏远""蹒跚""稀薄"等词语中，我们得以想见哈代对亡妻的思念与惆怅，但远未达到痛不欲生的地步。

六、从纳兰与哈代的死亡观看其悼亡诗差异的成因

综上所述，无论从内容还是从情感上看，纳兰与哈代的悼亡诗都有着很大的差异。两位诗人不同的人生际遇，尤其是婚姻生活差异是产生诗作情感和内容差异的主要原因。追本溯源，两人的死亡观施加了更为深刻的影响。

纳兰虽素喜佛教，更大程度上却是一位儒家士大夫，因而其死亡观也打上了儒家的烙印。

儒家对死亡一方面持回避态度。"未知生，焉知死？""未能事人，焉能事

鬼?"说的都是对生、对人际关系都尚未通晓、怎能明了死亡及死后的世界。当代哲学家邓晓芒认为,在对待死亡问题上,中国人跟基督徒完全相反。中国人把死亡当作在人世间有所作为的一种代价。(……)儒家要"恩泽于后世",后世也是现实的历史,没有什么彼岸的追求。[1]后者是一种积极的态度。

儒家对鬼神是不予探讨的,但我们有阴间的观念。此观念来源于中国古代的阴阳说和印度的佛教。邓晓芒提到"印度人对死亡不恐惧,但并不是'齐生死',恰好相反,他们向往死后的生活。但是在中国呢? 已经把这个淡化了。死有什么可向往的? 你不必怕死,但是也不必喜欢死嘛!就是把生死看淡点"。[2]齐生死是道家哲学的观念。

最后,他总结道:"三派共同的特点就是取消死亡在个人方面的意义。儒、道、佛都是忽视个人的。所以他们对待死亡的态度都采取一种无视个人的态度。要么把个人看成家族式的;要么就把死亡看成非个人的,大自然的;或者是虚无式的,'色'即是'空',生老病死都属于'空',取消个人对生死问题的执着。这是中国的死亡观。"[3]这里的"佛"兼指印度的佛教和进入中国文化后的佛教。

结合纳兰的两首悼亡词,我们得知,词人相信阴间或者彼岸的存在:《青衫湿遍·悼亡》中,"愿指魂兮识路"表明了诗人希望亡妻之魂回来探望他,"怕幽泉、还为我神伤。道书生薄命宜将息,再休耽、怨粉愁香"则幻想了亡妻之灵在阴间如何替他着想的情境。《沁园春》中所记之梦表明了纳兰对亡妻显灵的认同,"灵飙一转"即是明证。然而,他不知死后能否与亡妻之灵团聚,又不确定亡妻能否转世投胎成人,故不能从中得到任何心灵的慰藉。在邓晓芒看来,中国的死亡观是要取消个人对生死问题的执着,但词人显然达不到如此境界。词人在亡妻死后久久不能释怀,说明他对亡妻的死仍很在意,始终执着。这可从词人的儒家背景中找到答案——作为年轻的儒者,纳兰从未系统地思考过死亡,发妻之早逝却突然袭来,让他措手不及。纳兰本性多情、悲世悯己,悲痛是其最自然的应对死亡的方式,故而其诗歌中多用"愁""怨""悔"等消极字眼,表达的感情则极抑郁、痛楚。此外,他尚未形成足够成熟的道家生死观以应对亡妻之死,故而不懂得如何坦然去接受。纳兰的死亡观并不明晰,他感知到了死亡导致的天人永隔的残酷,从而本能地拒

[1] Trevor Johnson: *A critical introduction to the poems of Thomas Hardy*, Basingstoke & Hampshire, Macmillan,1991, p.226.

[2] 邓晓芒:《中西文化比较十一讲》,长沙,湖南教育出版社,2007年,第292页。

[3] 邓晓芒:《中西文化比较十一讲》,长沙,湖南教育出版社,2007年,第295页。

绝接受死亡。他执着于现世的情感，只能将这种残酷归咎为命运，万般无奈，找不到彼岸的救赎。而纳兰这种情况在文人和普通民众中比比皆是，说明邓晓芒关于儒家"取消个人对生死问题的执着"的观点并不具有完全的普遍意义。

哈代世界观的形成受英国国教的影响。他曾虔诚地信仰着耶稣，后逐渐对信仰产生了怀疑❶。哈代否认外界赋予他的悲观主义者身份，称自己为社会向善论者（meliorist）❷。尽管哈代在世界观上属于不可知论者❸，但在情感上仍然倾向于教会。故可推断哈代的死亡观受到基督教的深刻影响。

邓晓芒在阐述中世纪基督教的生死观时，提道："中世纪此岸和彼岸的两分来自古希腊罗马时期。新柏拉图主义一个很重要的创见，就是世界是两重的，一是现实世界，那是感性的；一是理念世界，那是彼岸的，是真实的世界；现实世界是彼岸世界的一个摹本。这种思想在基督教那里，就表现为重死亡，认为死亡才是真正的生命，我们此生的这样一种生活实际是来世生活的准备，不是真正的生活。人的灵魂要去的彼岸世界是一个正义的世界，我们现实世界是没有正义的，是一个不正义的世界。而死后，好人上天堂，恶人下地狱，在上帝的正义审判面前，一切都是公平的，所以彼岸世界的生活是比此岸世界更值得过的。"❹由此可见，传统的基督教并不抗拒死亡，而是期待死后升天。

邓晓芒继而介绍道："西方近代以来又有改变，就是说不再像基督教那样，完全把希望寄托在死后，而是把生和死合并起来看：生就是死，死就在生中。生是什么？生就是去死。生就是走在死亡的道路上，而且每时每刻死亡都可能来临。西方通过宗教改革已经把上帝从彼岸归于人心。上帝不再是死后才能见到的，上帝就在心中，所以彼岸世界、死亡变成了此生的一部分。新教徒往往有一种在生活中修道的思想，体现在完成上帝的使命，接近上帝，不一定要等到来世。所以上帝和彼岸成了人们生活中的良心。"❺哈代并不期盼死后的福报，相反，他的小说更多地体现出他对现世的关注与揭露，体现出

---

❶ 邓晓芒：《中西文化比较十一讲》，长沙，湖南教育出版社，2007年，第295页。

❷ George Wotton：*Thomas Hardy: Towards A Materialist Criticism*. London, Barnes & Noble Books-Imports, Div of Rowman & Littlefield Pubs., Inc, 1985. p.35f.

❸ Michael Millgate：*Thomas Hardy: a biography revisited*, Oxford,Oxford Univ. Press, 2004. p.379.

❹ Dale Kramer：*The Cambridge Companion to Thomas Hardy*. Cambridge：Cambridge University Press, 1999. p.55.

❺ 邓晓芒：《中西文化比较十一讲》，长沙，湖南教育出版社，2007年，第291页。

他对"良心"的追求。他对亡妻的悼亡亦可看作这种追求的体现。

从哈代的两首诗中，我们可感受到诗人的愤怒等诸多情绪，但未见其对人生绝望以致轻生的倾向。这足以说明，哈代对死亡已有了更多的理解。从哈代的诗中看不到他如传统基督徒般对彼岸的向往。"闹鬼"这一素材说明他对灵魂的存在有所希冀，但作为不可知论者，也有所怀疑——体现在他于《声音》中以北风吹拂所做的解释。社会向善论又使其能够战胜抑郁等消极情绪，实现对艾玛死亡的接受。

七、结语

通过引入分析心理学视角下的"哀悼过程"模型，本文旨在跨学科地进行中西比较文学的研究。从文化相对主义的观点出发，我们"承认并保护不同文化的存在，反对用自身的善恶标准去判断另一种文化"。❶ 基于不同渊源的东西方文化的异质性，彼此的沟通与理解相对困难，因为各自都无法摆脱自身的文化框架和思维习惯❷。在此前提下，如何处理不同文化的并存问题且避免冲撞，是一个极为重要的议题。乐黛云认为："比较文学的根本目的在于促进文化沟通，避免灾难性的文化冲突以致武装冲突，改进人类文化生态和人文环境。"❸

再看今日之世界，东西方的文化冲突依旧存在，相互间的误解和摩擦屡见不鲜。此现象的产生缘于彼此缺乏理解和沟通。值得注意的是，东西方的相互了解程度是极不对称的。以文中提及的两位诗人为例，在中华文化圈中，哈代的知名度不低，中国读者对哈代的不少作品甚至耳熟能详；而纳兰在英语文化圈中却鲜为人知。如何在西方推介中华文化或者中国文学，促进其传播与接受，进而促成中西方的文化交流，是值得我们深思的大问题。基于人类共同的心理机制——哀悼过程来理解中西方的同一文体——悼亡诗，是笔者对此问题进行的不成熟的探索，希望能够抛砖引玉，为中西方交流贡献自己的一份绵薄之力。

参考文献

[1] 王国维. 人间词话 [M]. 上海：上海古籍出版社，2008.

[2] 李嘉瑜. 试论纳兰性德的悼亡词 [J]. 承德民族师专学报，1995（4）：

---

❶ 邓晓芒：《中西文化比较十一讲》，长沙，湖南教育出版社，2007年，第291页。
❷ 乐黛云：《比较文学与比较文化十讲》，上海，复旦大学出版社，2004年，第23页。
❸ 同上，第38页。

13-19.

[3] 维雷纳·卡斯特 . 体验悲哀 [M]. 赖升禄，译 . 北京：生活·读书·新知三联书店，2003.

[4] 维雷娜·卡斯特 . 梦：潜意识的神秘语言 [M]. 王燕青，俞丹，译 . 北京：国际文化出版公司，2008.

[5] 西格蒙德·弗洛伊德 . 梦的解析 [M]. 方厚升，译 . 杭州：浙江出版联合集团，2016.

[6] 荣格 . 分析心理学与梦的诠释 [M]. 杨梦茹，译 . 上海：上海三联书店，2009.

[7] 托马斯·哈代 . 梦幻时刻——哈代抒情诗选 [M]. 飞白，吴笛，译 . 北京：中国文联出版社，1992.

[8] 邓晓芒 . 中西文化比较十一讲 [M]. 长沙：湖南教育出版社，2007.

[9] 乐黛云 . 比较文学与比较文化十讲 [M]. 上海：复旦大学出版社，2004.

[10] Trevor Johnson. *A critical introduction to the poems of Thomas Hardy*. Basingstoke & Hampshire: Macmillan,1991.

[11] George Wotton. *Thomas Hardy: Towards A Materialist Criticism*. London: Barnes & Noble Books-Imports, Div of Rowman & Littlefield Pubs., Inc, 1985.

[12] Michael Millgate. *Thomas Hardy: a biography revisited*. Oxford: Oxford Univ. Press, 2004.

[13] Dale Kramer. *The Cambridge Companion to Thomas Hardy*. Cambridge: Cambridge University Press, 1999.

作者简介：冯晞，博士，浙江越秀外国语学院西方语言学院德语系讲师。

论洛特雷阿蒙对希伯来和古希腊文化基质的反叛和张扬

向　征　史忠义

西安外国语大学西语学院　中国社会科学院外国文学研究所

内容提要：洛特雷阿蒙的散文诗《马尔多罗之歌》是一部有着严重暴力倾向的反人类寓言，一切反叛和摧毁都夸张到惊世骇俗的极端。对于非西方文化语境的读者而言，只有从西方文化的源头，即希伯来－基督教文化和古希腊文化入手，才能理解洛特雷阿蒙对"理性"的反叛，对"原欲"的张扬，以及这部散文诗中的侵犯、暴力、恐怖与恶。张扬"恶"的诗歌内容必然要求能够表达这种内容的诗语。后者与前者是不可分割的。把这种诗语割裂开来标举为诗歌语言的革命，失之偏颇。

关键词：洛特雷阿蒙；《马尔多罗之歌》；希伯来——基督教文化；古希腊文化；理性；原欲

基金项目：陕西省教育厅专项科研计划项目，"形而上的纨绔主义——从波德莱尔到兰波、洛特雷阿蒙的诗歌个体重建"(项目编号：15JK1607)。

一、引言

洛特雷阿蒙伯爵（Comte de Lautréamont），原名伊齐多尔·杜卡斯（Isidore Ducasse），1846 年生于乌拉圭蒙得维的亚。1859 年他 13 岁时被父亲送回法国，先后就读于塔布中学和波城中学修辞班。1870 年死于巴黎，死因不明。洛特雷阿蒙留给后世的作品只有散文诗《马尔多罗之歌》（*Les Chants de Maldoror*）、《论诗》（*Poésies* I et II），分别出版于 1869 年和 1870 年。上述作品初版后反应寥寥，似乎连同它们的作者一起走入了坟墓。1890 年，《马尔多罗之歌》的再版才使洛特雷阿蒙重新走进人们的眼帘。

一个多世纪以来，面对这位年仅 24 岁就离开人世的诗人及其作品的复杂性和极端性，批评界众说纷纭，莫衷一是。有人认为洛特雷阿蒙的作品充斥梦呓般的胡言乱语，只是一个不羁少年的信口雌黄，根本算不上文学作品；有人认为作者是哗众取宠、不怀好意的恶作剧制造者，说这部作品是一个骗局、一种滑稽现象。对于这类评论意见，洛特雷阿蒙在自己的诗句中就曾经预见过："古老的海洋，你的水是苦涩的，味道和批评界评论美术、科学和一切事物时分泌的胆汁一模一样。如果一个人有点天才，那他就被当作白痴。"❶20世纪初，超现实主义者则将洛特雷阿蒙奉为先驱。布勒东认为其作品超越了一切人类之所能，代表了现代诗歌的强大动力；阿拉贡则坦言，一旦开始阅读洛特雷阿蒙，所有诗歌语言都会显得乏味。❷此后法国文学家、批评家将洛特雷阿蒙研究推向高潮，一批举足轻重的论著问世。于连·格拉克（Julien Gracq）认为：洛特雷阿蒙是现代文学的"巨大脱轨器"（grand dérailleur）。《马尔多罗之歌》并非划破平静天空的一道闪电，而是颠覆近3个世纪错误文学概念的洪流。洛特雷阿蒙带给我们最大的却被忽视的是原材料的泥石流——建造"完整的人"的原材料。❸加斯东·巴什拉尔（Gaston Bachelard）在《洛特雷阿蒙》（1939，1956）中指出：洛特雷阿蒙写了一部非人的寓言，《马尔多罗之歌》让人类意识到自身存在动物性，并重新经历了在人们心中依然如此强烈狂躁的冲动。❹莫里斯·布朗肖（Maurice Blanchot）撰文《洛特雷阿蒙或者一种理智的希望》为1949年出版的《马尔多罗之歌》作序，作者认为：阅读《马尔多罗之歌》，是赞成一种疯狂的神志清晰。在古尔蒙（Remy de Gourmont）眼中，洛特雷阿蒙神志不清，但在今天的很多作家看来，洛特雷阿蒙最令人欣赏的地方却是他"敏锐的洞察力"。"理性"在洛特雷阿蒙的作品中是异常坚定的。如果我们在洛特雷阿蒙作品中看到一个失去理智的作家，或仅仅看到他内心的阴暗力量，我们认为这种力量应该如同最成熟的艺术一样，有创作的才能。❺朱莉娅·克里斯蒂娃（Julia Kristeva）的著作《诗歌语言的革命——19世纪末的先锋：洛特雷阿蒙和马拉美》认为，19世纪末，洛特雷阿蒙与马拉美一起，在语音、词汇、句法、逻辑关系，甚至"超验自我"（ego transcendantal）等方面，引发了一场真正的革命，令维系了两千

---

❶ [法]洛特雷阿蒙著，车槿山译：《洛特雷阿蒙作品全集》，上海东方出版社，2008年版，第39页。
❷ 同上，第17页。
❸ ARAGON, Louis, *Lautréamont et nous,* in *Les Lettres françaises*, 1er et 8 juin 1967. Réimprimés sous forme de livre en 1992. ARAGON, Louis, *Lautréamont et nous,* Pin-Balma, Sables, 1992, p.36.
❹ GRACQ, Julien, *Lautréamont toujours*, La Jeune Parque, 1947.
❺ BACHELARD, Gaston, *Lautréamont*, Paris, J. Corti, 1939 et 1956.

多年的主体及其话语在父权、宗教、资本主义政权危机中轰然倒塌。❶勒·克莱齐奥（J.-M.G. Le Clézio）在《马尔多罗之梦》（1980）一文中指出：在洛特雷阿蒙的作品中，无疑，梦与文学第一次融合为一体。美和华丽时而与笨拙碰撞，如何解释这种诗歌手法？但是，这恰恰是《马尔多罗之歌》的秘密所在，这部作品是人类最真挚、最灼热的话语。❷此外还有勒弗雷尔（Jean-Jacques Lefrère）的《洛特雷阿蒙的面孔》（1977），❸堪称关于洛特雷阿蒙的首部也是最重要的一部传记。上述著作一起，为我们揭开了笼罩着这位诗人的层层面纱。

洛特雷阿蒙在《马尔多罗之歌》开篇就将自己的作品定义为"阴森的、浸透毒汁的篇章"，并希望"大胆的、一时变得和这本读物一样凶猛的读者不迷失方向"（1，1，即第一支歌，第1节，下同）。通读全诗会发现，在作者笔下，一切反叛和摧残都夸张到惊世骇俗的地步。复仇和仇恨是这部散文诗的基调，诗人用近似黑色小说的手法，攻击和嘲笑上帝、人类、家庭、道德，甚至文学艺术本身。虽然六支歌表面看去犹如流动四溢的熔岩，其内容几近语言谵妄症病人的胡言乱语，但其题目已点出了作品根本的逻辑主线，因为可以将"Maldoror"解读为"mal d'aurore"的谐音，即"黎明之恶"，更确切地引申为"原初之恶"。我们中国读者应该如何理解"原初之恶"呢？"恶"没有构成中国文化的基质。中国文化基质包含"仁"及其衍生的"义""礼""智""信"，包含"中庸"，即人性的和谐和宇宙的和谐。中国文学没有书写"恶"的传统，而是强调"诗言志""文以载道""教以化之"等重大社会功用，强调政治与艺术的完美统一，并由此形成一个鲜明主张"有为而作""有补世用"（东汉时期王充提出"为世用"的文学观，王安石也提出了"且所谓文者，务为有补于世而已矣"的观点）的优良传统。中国文学对于西方文学译介的选择亦是遵从本土文化语境，遵从现实主义美学精神和时代要求，提倡"为人生"的现实主义文学理念和现实主义文学创作。因此，我们认为，必须从西方文化基质的源头——希伯来—基督教文化的"原欲"、希腊文化传统的"理性"入手，才能理解在历史长河中积淀形成的西方"文化－心理结构"，理解这种影响个人意志的相对稳定的社会存在，以及在这样特定的文化背景下，文学创作所受到

❶ BLANCHOT, Maurice, *Lautréamont ou l'espérance d'une tête*, *préface aux Chants de Maldoror*, Editions du Club Français du Livre, 1949.

❷ KRISTEVA, Julia, *La révolution du langage poétique. L'avant-garde à la fin du XIXe siècle*：*Lautréamont et Mallarmé*, éd. du Seuil, 1974.

❸ LE CLEZIO, J.-M.G., *Le rêve de Lautréamont*, in *La Revue Française*, n° 329, 330, 331, juin, juillet et août 1980.

的影响，才能真正理解《马尔多罗之歌》中的侵犯、暴力、恐怖与恶，以及洛特雷阿蒙对"理性"的反叛，对"原欲"的张扬，理解所谓洛氏为20世纪法国文学对传统观念、思维方式、价值取向、审美趣味和写作风格的彻底否定开辟了道路的定位是否恰当的问题。

二、反叛上帝——理性

在希伯来—基督教文化中，上帝不仅是宗教意义上的，而且是哲学意义和价值意义上的观念。犹太文明的崇高思想亦即崇尚神，这一思想的根基源自《旧约》。基督教神学所精心营构的彼岸世界是千百年来西方人至高无上的精神家园，代表的是西方传统理性主义孜孜以求的理想价值和终极关怀。另有一些学者认为，上帝是神化的人，是抽空了人血性的一种精神和理念存在，代表人的原欲的对立面——理性，希伯来文化和文学的源头更认为理性为上帝所独有。● 因此，上帝的力量无比强大和无所不在，一切价值都被置于看不见的上帝的统一性之中。上帝创造了世界，人类之所以降生到这个污浊的世界中来，是因为他们的祖先因"原罪"被驱逐出了乐园。因此，人要皈依永恒的上帝，只有通过不断地祈祷、忏悔、赎罪，才能给有限的感性生命以无限的价值和意义。生长在这种文化土壤中的西方文学，尤其是中世纪占统治地位的宗教文学集中体现了希伯来—基督教文化的宗教信条、宗教道德观、赎罪意识、禁欲意识。但是另一方面，基督教学说以其绝对尺度对社会伦理道德观的制约，对人性的束缚激发了人对自我的拷问，对生命意识和人性意蕴的深刻思考。文艺复兴时期，拉伯雷、莎士比亚等人文主义者力图将宗教世俗化，用人的感性欲求对抗宗教教规；18世纪的法国启蒙运动旨在唤醒人类，狄德罗临死前拒绝向上帝做任何忏悔，并声称不信圣父、圣灵；及至19世纪末，尼采宣称"上帝死了"，西方人普遍遵循的行为准则和价值尺度也崩溃了，上帝及其代表的理性受到意志、本能、欲望、冲动的挑战。一股强劲的反理性思潮从哲学领域、艺术领域乃至日常生活领域动摇了西方传统的思想观念、行为方式、价值取向、审美趣味。文学创作一大部分也由此走上了反叛理性之路。19世纪下半叶，洛特雷阿蒙的《马尔多罗之歌》以其独有的写作风格走向了反叛上帝、反对理性的极端。

西方的理性是一个非常复杂的思想概念。学术界通常认为笛卡尔是西方现代理性即17世纪理性主义和18世纪启蒙理性的标志性人物，他开辟了西

---

❶ LEFRERE, Jean-Jacques, *Le visage de Lautréamont*, Paris, Pierre Horay, 1977.

方文明史上的人的时代。他之前（确切地说，英国经验主义之前）的西方文明是神的时代。但学术界承认古希腊社会已经有了相当的理性思想，古希腊社会政治上的民主建设和科学领域的总结都是理性思想的体现。还有，近几十年来，人们的研究越来越揭示，西方的理性思想包含两重性。我们通常把理性理解为理智的思维，但逻各斯中心主义又是理性思想的精髓，内含着侵犯思想。例如，西方人认为十字军的贸易侵略和随后的军事侵略都属于理性行为；认为殖民化是符合理性思想的：既然我们在自己这儿不能发财了，那么到其他地方去寻找财源和发财机遇是自然而然的事情；既然你们发展不起来，我们帮助你们繁荣就是天经地义的事情。美国人把他们充当世界警察，动辄干涉别国事物，让自己的军舰自由地到世界各地巡视都视为理性行为。近年来，希伯来文化中的上帝即理性的思想也影响到了西方学术界，于是也有一些学者笼统地把古希腊文化一概视为理性文化，造成了相当的混乱（我们以为，在古希腊思想中占据主流地位的先验形而上学的宇宙观如毕达哥拉斯的"数本原论"、柏拉图的"理念论"和基督教创立之前实际存在的上帝创始说等，都不是理性思想）。我们在本文中按照一般肯定理性积极面的语义去分析洛特雷阿蒙的思想实质，并把洛特雷阿蒙笔下的上帝与基督教意义上的上帝相比较。

　　褒渎上帝的洛特雷阿蒙。雷米·德·古尔蒙（Remy de Gourmont）认为："如果精神病医生们读过这本书，他们会将作者归入受迫害狂之列，因为他只看到了他本人和上帝，而且上帝令他不安。❶"从第一支歌开始，读者便"闻到了书中的红色烟雾"，能够让魔鬼感到"难言的欣喜和持久的陶醉"，马尔多罗则"像昔日的撒旦一样受无与伦比的骄傲折磨，企图与上帝一争高低"（1，11）。在六支歌中，洛特雷阿蒙笔下万能的上帝变成了"天国的警察""狡猾的强盗""伟大的外来物体""可恶的密探""腐烂的君王""过路的乞丐""肥胖的蛤蟆""蝰蛇面孔"。"上帝的精神"变成了"淫荡的尖锐叹息"，这是对"永恒上帝的仇恨"。《马尔多罗之歌》中，上帝"含着咬牙切齿的微笑将丑陋赋予人性"，其实上帝才是丑恶的化身。在马尔多罗眼中，"一个由人粪和黄金制造的御座，那个自封的造物主端坐在上面，身披用医院中未洗的床单做成的裹尸布"（2，8）。在第三支歌的第5节中，上帝是一个放荡形骸、荒淫无耻的好色之徒。诗人借用一根头发的独白讲述了上帝到一所破败的修道院"和

---

❶ 蒋承勇：《从古希腊到18世纪西方文学中"人"的观念》，载《外国文学研究》，1999年第3期。这些认识与17世纪形成的西方现代理性思想是很不同的。

一个堕落的女人在猥亵、淫荡的拥抱中交配"。这是一个"患有老年幼稚病的造物主"，他"或者实施暴行，或者犯下重罪，引起溃疡，造成丑陋的景象。他大概还要以此来让人类长久地痛苦"。人类需要崇拜这样的造物主吗？《马尔多罗之歌》给出了答案："啊，造物主，如果你让我倾吐我的情感，我非常高兴。我将用一只有力而冷酷的手操纵辛辣的嘲讽，攻击你直到我生命的终点（2，3）。"马尔多罗自视比上帝更强大（2，10）。

反抗理性的洛特雷阿蒙。洛特雷阿蒙对理性的反抗与他对上帝的反抗是交织在一起的。从希伯来一基督教文化的角度来看，上帝的功能在于能给人们提供一种先验的本质规定和超验的价值标准。正是上帝的全知全能，才显示了人类的弱势；正是人们把自己的命运交给了上帝，所以才处处显得畏首畏尾、事事循规蹈矩。《旧约全书》中耶和华的"ruah"，可以意译成精神（esprit）。但是在《马尔多罗之歌》中，"上帝用如此仁爱创造的永恒精神（esprit）却如此病态"（1，13）。这种永恒的精神无处不在，把人类的"灵魂放在疯狂的边缘上"（2，2），"创建精神痛苦和肉体痛苦的军队包围我们"（2，3）。因此，反抗上帝的立约，反抗永恒的万能的造物主的绝对尺度，即反抗永恒精神对人类精神的桎梏，成为洛特雷阿蒙对上帝的终极控诉。

在《马尔多罗之歌》中，上帝"观察着你罪恶的生活中最琐碎的行为，他用顽强的敏锐织成的微妙罗网包围着你。当他转过身子时，别相信他，因为，他在看着你……当他闭上眼睛时，别相信他，因为，他还在看着你"（2，1）。在上帝理性的监控下，人类如同"一个中学的寄宿生，从早到晚，日日夜夜地被一个文明的贱民管制着，他不停地盯着他，使他的几年像几个世纪一样漫长"（1，12）。有评论结合洛特雷阿蒙的生平经历，认为作者13岁时被父亲送到塔布的一所中学寄宿就读是上述思想的根源之一。寄宿生活与在蒙得维的亚的童年生活相差甚远，独自离家并受到严格的管制，在他最渴望自由的时候却时时刻刻被压抑，这种孤独体验在内心产生了不可言状的仇恨。巴什拉尔就此提出了"文化情节"，❶他认为只有对学校中忧郁时光的追忆才能使我们懂得第一支歌第6节中的这个场景："眼泪往肚里咽，他畅饮杯中酒，这杯子颤抖得像是那学生的牙，他目光斜视着那个生来就要压迫他的人。"（1，6）但是，此处的"生来就要压迫他的人"难道不是上帝吗？人被神"管制"，被"不停地盯着"，被上帝的精神意志及其神性价值标准禁锢。这种禁锢是对生

---

❶ Remy de GOURMONT, *Le livre des masques*, Mercure de France, 1896. Texte repris comme préface aux *Œuvres complètes* du Comte de Lautréamont, Gallimard, 1970, p.324.

命的敌视，是对生命本身的厌恶，是忿忿然地渴望报复身体。当诗人拿起羽笔继续攻击上帝时，"关节就瘫痪了"，这是"来自上天的警告，天国的警察虔诚地履行了他们艰难的义务"。然而，对于并不曾被神恩或理性触动过的人来说，不服从是自发的即时的和决定性的表现，洛特雷阿蒙断言："我的主体性加上造物主，这对一个大脑来说太多了。"（5，3）诗人所反叛的希伯来—基督教文化对上帝的崇拜正是人对自身原始生命力和个体生命价值的一种压制，是人主体性的一种萎缩。

在对上帝无以复加的仇恨背后，我们看到了《马尔多罗之歌》中善与恶、罪恶与忏悔层层交错，相互交织。作者自问："哎，什么是善？什么是恶？它们是一回事儿，表明我们疯狂地采用最荒谬的办法来达到无限的热情和枉然？或者，它们是两件不同的事儿？……但愿善恶是一回事儿……否则，审判之日我会变成什么呢？"（1，6）面对善与恶的拷问，洛特雷阿蒙的赎罪意识似乎重新浮现，"感到悔恨渗透了心灵"。忏悔者做忏悔的那种体验是深陷于情感、恐惧、苦恼原状之中的无识别力的体验。文明与异化的二律背反很难用"善"与"恶"这类单纯的伦理术语来评价。在他心目中，"恶"是历史发展的动力借以表现出来的形式，每一种新的进步都必然表现为对某一神圣事物的亵渎，表现为对陈旧、日渐衰亡的但是习惯所崇奉的秩序的叛逆。

三、无比仇视人类

《马尔多罗之歌》通篇充斥着对人类的深仇大恨。"我看见面容丑陋、可怕的双眼深陷在阴沉的眼眶中的人们比岩石更坚硬，比铸铁更呆板，比鲨鱼更凶残，比青年更蛮横，比罪犯更疯狂，比骗子更背信弃义，比演员更异想天开，比教士更具有个性，胜过天地之间最不动声色、最冷漠无情的生灵……他们大概受地狱之鬼的怂恿，像一个邪恶的孩子反抗母亲那样向苍天举起粗壮的拳头，目光充满炽热、仇恨……"（1，5）"人类口是心非。所以，人类这些小猪崽……"（1，9）"人类这些活浪花单调地一个接一个死去。"（1，9）假如马尔多罗知道地狱离人近在咫尺，他就会万分高兴。（1，9）他甚至穷凶极恶地诅咒孩子："这个孩子在黑夜消失之前就不应存在。"（1，11）人们把他叫作"吸血鬼"，他从这个绰号上看到了"人类恶毒的确凿证据"。（1，11）他在挪威的弗罗群岛上，观看别人寻找陡峭裂缝中的海鸟窝……无论如何，他在那儿看到了一个明显的人类兽行的例证。（1，13）"愚蠢、痴呆的人类！……我的诗就是要用各种方法攻击人这只野兽和本不该创造出这条蛆虫的造物主。"（2，4）面对姑娘时，他可能会用一根针缝住姑娘的眼皮，使姑娘无法看到世界的景象，无法找到她的道路，会用一只铁臂抬起姑娘处女的身体，抓住姑娘的双腿把她抛向城墙，让姑娘的每一滴血溅向一个人的胸脯，以此恫吓人类（2，5），暴露出一幅蔫坏的面孔。他诱导孩子使用诡计去战胜人类（2，6）。他希望阴阳人永远地睡过去（2，7）。当一个具有高音歌喉的女人发出颤颤悠悠、富有旋律的音符时，他听到这种人体的和谐，眼中便充满潜伏的火苗，射出痛苦的光芒（2，8）。马尔多罗礼赞虱子具有圣贤风度，让人修筑了虱矿，希望它们给人类造成更多的痛苦。如果虱子覆盖地球如同砂砾覆盖海滩，那人类将会被歼灭，他为此而幸灾乐祸（2，9）。马尔多罗赞美数学，认为数学在宇宙之前就已经存在，在宇宙之后仍将保留，数学那些朴素的金字塔的延续时间将长于埃及金字塔，后者乃是愚蠢和奴隶修建的蚁窝。数学给了他与人类斗争的工具，使他看到人类身上虚伪的骄傲和谎言，更加感到人类的渺小和疯狂、人类身上的恶多于善（2，10）。于是他通过精巧的变形，在不同时期用征服和屠杀毁灭了地球上的各个国家，并在国民中挑起内战，他不是已经逐个或成群地踩死了整整几代人吗？（6）

马尔多罗同样仇视人类的基本价值，仇视人类的艺术活动和艺术品。他断定"人类仁慈"是一个空洞的字眼，在这个词典中是找不到的（2，4）。自从视觉让他认识了至高无上的真理，噩梦日日夜夜都来贪婪地吮吸他的咽喉，他在那个地狱般的时刻里痛苦不堪（2，8）。他感到善良只不过是响亮音节的组合，他在任何地方都没有找到（2，12）。他承认自己蔑视一切美德（2，15）。他认为斯芬克斯带来了巨大的焦虑和困惑（3，1），修辞格的使用给人留下了不可救药的疤痕（4，2），诗歌走错了路（4，2）。

四、马尔多罗也仇视大自然，仇视宇宙

《马尔多罗之歌》或通过直抒胸臆，或通过扭曲的描写，仇视大自然，仇视宇宙。"虚伪的大海"（1，5），"尽管海洋深不可测……"（1，9）"人类的宇宙大家庭是一个与最平庸的逻辑相符的空想国。另外，从你那丰产乳房的景色中流出忘恩负义这个概念……"（1，9）马尔多罗既渴望与大海物以类聚，又痛恨大海的强势："丑陋的海洋，展开你恐怖的波浪吧……你仿佛被一种我所不知的强烈悔恨压迫，从胸膛深处发出连绵的低沉呼啸，让人类感到如此恐惧……你和我的同类形成天地万物中最嘲弄人的反差，最滑稽的对比；我不能爱你，我恨你……告诉我是不是魔鬼的气息制造了风暴，把你的咸水掀到

云端。"（1，9）宇宙以及它那布满毫无表情、惹人恼火星辰的苍穹，也许不像他以前梦想的那样伟大（2，8）。他扭曲大自然与人类的关系，把太阳看成是人类的隐性仇敌（2，9）。在他眼里，星辰则像龙卷风般绝望地隐入一个可怕、永恒的宇宙之夜（2，10）。面对海难，他与受难者一起产生了对大自然强烈的复仇欲望（2，13）。"我凝视乡村、大海，我凝视太阳、苍穹，我用脚蹬着坚固的花岗岩，发出最后的喊叫来向死神和神圣的复仇挑战，然后像一块铺路石似地猛然扑向张着嘴的空间。"（2，15）他早晚要战胜宇宙大帝，取代他来统治整个宇宙（2，11）。

仇视人类，一定程度上也仇视大自然、仇视宇宙的思想，违背希腊文明的博爱思想，也与印度文明"梵我同一"的思想和华夏文明"天人合一"的思想背道而驰。印度《奥义书》主张"梵我同一"的宇宙观，即人的灵魂或本质"我"，只是宇宙的灵魂或本质"梵"在人世间的显现，两者同源同体。该学说的建立为婆罗门教的"解脱"理论制造了理论根据。即"梵"是无限美好的极乐福境，是人生追求的终极目标。"梵我同一"与"天人合一"不同。"天人合一"强调的是天人一体的思想，而"梵我同一"是说人是小宇宙，是大宇宙在人世间的体现。中国唐宋时期也有学者持这种观点。

五、张扬人性的原欲，公然打出恶的旗帜

作为西方文化的另一思想源头，希腊文化在探讨宇宙的形而上学本原之外，也探讨世界的感性本原，以及在自然与社会面前，群体的人或者个体的人表现出的主体精神、自由观念、身体意识，乃至纵欲主义，这些都体现了古希腊人在文明初期原始欲望的潜在冲动与表现。因此，从文化的层面上看古希腊神话、史诗、悲剧，众神和英雄们是无所顾忌、轻视道德的艺术家，他们在建构与毁灭、善事与恶事中感受着同样的欢乐和自负。泰坦神族的原始暴力，酒神式的疯狂并非蜕化、衰败的征兆，而是古希腊人为所欲为、恣肆放纵的行为模式，以及对个体生命价值的执着追求。奥林匹亚山上诸神为后世提供了一系列可怕景象：凶杀、强奸、通奸、阉割。英雄人物认为自己面对神是自由的，不屑亵渎神灵之罪，普罗米修斯按照自己的意志决定自己的行动，并敢于违抗天帝宙斯的意志；奥西里斯（Osiris）被自己的兄弟塞斯（Seth）杀死，俄狄浦斯弑父娶母。"原欲"并不像希伯来文学和文化那样被认为是"原恶"，而是人类本能的明确表述，蕴涵着人的生命力要求充分实现的心理驱动力。在文艺复兴时期"两希文化"的猛烈碰撞中，古希腊

文化的人本思想向基督教的神本思想发起进攻，成功地调整了极度扭曲的神与人的关系。原欲与理性、纵欲主义与禁欲主义、个体本位与群体本位、生物性与社会性之间的重重对立为尼采、弗洛伊德的本能和冲动等思想铺平了道路。

如上所述，我们在西方文学的源头找到了主人公马尔多罗强烈的狂躁和冲动及不可满足的凶暴秘密，可以解释洛特雷阿蒙创造的梦幻般非人化的原始力量。

洛特雷阿蒙张扬古希腊式暴力。在《马尔多罗之歌》中，极端事件与暴力场景比比皆是，正如诗人坦言：他的诗歌就是要用各种方法攻击人这只野兽和本不该创造出这条蛆虫的造物主。虐待狂马尔多罗的残暴突出体验痛苦的过程，使受迫害者处于无法摆脱的痛苦和磨难之中："当他亲吻一个孩子时，想的却是用剃刀割下那粉红的脸蛋"（1，3）；"应该让指甲长上两个星期。啊！多美妙，从床上粗暴地拉起一个嘴上无毛的孩子……趁他毫无防备，把长长的指甲突然插入他柔嫩的胸脯……接着，我们就舔伤口，饮鲜血"（1，6）；"我可能会在一个失去理智的时刻，抓住你的双臂，像洗衣拧水似的扭曲它们，让它们像两根枯树枝似的发出断裂的响声，然后使用暴力让你把它们吃下去……把我贪婪的手指插入你无辜的脑叶中"（2，5）。这些场景令人想起古希腊神话中，赫西俄德笔下的克罗诺斯（Cronos）亲手将乌拉诺斯（Ouranos）弄得肢体残缺；克洛诺斯吞食了自己的孩子；宙斯本人的胜利，也是诡计和暴力的结果。秩序借助于原始暴力，并靠它的推动获得了胜利。死神（Mort）、命运女神（Parques）、谷物女神（Kères）不顾一切犯下种种罪孽；这些泰坦神族纯肉体的暴力，或欺骗的"心理"暴力，正是人类"泰坦本性"的源头。在发生侵犯时，力成为一种美，力量的意志、复仇的意志将描写暴力变成"描绘残忍的乐趣"："当我举起匕首准备刺穿一个女人的乳房时，他挡住了我的手，于是我用钢铁的臂膀抓住他的头发，让他在空中打转，速度如此之快，以至于他的头发留在我的手上，而他的身体却被离心力抛出，撞上一棵橡树的树干。"（4，8）人的动物性体现为这种残忍的、根深蒂固的、纯粹出于个人意志的暴力。

礼赞非人化的原始力量。"人性"（humanité）这个词从古埃及找到了它的根源：人是把其相似物"非人化"（inhume）的动物，因为他们是相似物。埃及的诸神通过人与动物的混合性体现差异，再现人并象征他们的功能。这种动物形象的象征性在希腊神话中更为常见，古希腊人选择一个独特动物的形象来表达某种超自然力量的某些特征：攻击菲纽斯（Phineus）的美人鸟，表达狩猎女神的野猪，纳米恩（Némée）的狮子，莱恩（Lerne）的九头蛇，喷吐“无敌之火”的吐火女怪（Chimère），冥王哈德斯的三头龙尾的看门狗等。《马尔多罗之歌》中出现的185种动物，可以分为两类，一类是不具备攻击能力的动物，如乌鸦、鹈鹕、大象、鸬鹚、金龟子等；另一类多为形象丑陋、本性残忍的动物，如吸血蝙蝠、蚂蟥、虱子、蜘蛛、螃蟹、蛤蟆、蟒蛇、章鱼、獒狗、鹰、老虎、鲨鱼等。獠牙、角、爪子、吸盘、螯针、毒液是这些动物的主要侵犯手段：“虱子吃掉你们的脑浆、视膜、脊柱，全身都会被吃掉，犹如一滴水”（2，9）；“獒狗通过上下颌的运动咬死这个血迹斑斑的姑娘”（3，2）；“一只巨大的老蜘蛛便从一个位于屋角地面的洞口中慢慢地探出头来。……它用爪子掐住我的喉咙，用肚子吮吸我的鲜血”（5，7）。除此之外，洛特雷阿蒙赋予他的动物更具生命力的功能——与人交配：“我从人类的头发上揪出一只母虱。人们看见我和它连睡了三个晚上……几天以后，成千上万的怪物诞生在阳光下，聚集在质地坚密的纽结”，人与虱子繁殖的产物“将覆盖地球”“人类将被可怕的痛苦所折磨，将会被歼灭”（2，9）。人不光和虱子交配，还和母鲨交配，“他们在继续猖獗的暴风雨中，在闪电的光芒下，在冒泡的海浪做成的婚床上，被一道宛如摇篮的海底潜流卷走，翻滚着沉入不可知的海渊深处，在一次长久、贞洁、可怕的交配中结合在一起”（2，13）。

如果说在古埃及或古希腊神话中，面对危险的动物，假如该动物是某种有害实体的支撑，它就会被形象和话语的魔力战胜，而它的某些代表性物质就会成为礼仪上的祭品。洛特雷阿蒙笔下的动物极具攻击性，而且从未被战胜，其纯粹的凶暴、残忍的侵犯性行为建构了洛特雷阿蒙非人化的寓言。洛特雷阿蒙欲通过这种非人化的寓言说明什么呢？他已经给出了回答：“人类具有种种复杂的天性，他们懂得拓展这些天性的边界。”（4，7）我们可以将之理解为，动物性是人的被隐藏的天性，动物化的生命是主观冲动的丰富性和灵活性的标志，动物化的生命是人精神异化的不同形式，使人意识到自身存在着动物性。但是，作为超越动物的生物，人可以支配整个动物性。囊括恶，创造恶，这种可悲的特权归于人。

《马尔多罗之歌》公然不加掩饰地标榜恶。马尔多罗“发现自己是天生的恶棍”。“我却用我的才华描绘残酷的乐趣！”“歌手并不奢望他的咏叹调别出心裁；相反，他为人人都有主人公那高傲、恶毒的思想而感到庆幸。”（1，4）“为了在家庭中散播混乱，我和淫荡订立了契约。”（1，7）“我宁愿是母鲨鱼和公老虎的儿子，鲨鱼的饥饿掀起风暴，老虎的残忍举世公认。"(1，8) 马尔多罗自认为自己的残忍使他比地上的蝰蛇、蛤蟆、老虎和大象，比海里的鲸鱼、鲨鱼、丑陋的鳀鱼和北极的海豹更优越，自诩他的残忍是天赋的（1，10）。他把三个姑娘美妙、优雅的脖子放到铡刀下，切下三颗温柔地注视着他的人头，他显然整整一生都是刽子手，然后再把自己的头放在沉重的刀片下，引颈受戮（2，15）。

六、结语

如果说洛特雷阿蒙通过马尔多罗的形象揭示上帝和西方理性思想的某些弊端尚有一些合理之处，但《马尔多罗之歌》绞尽脑汁地用大量罕见的肮脏语词亵渎西方文明的圣灵，发泄对人类与人类的价值和艺术的仇恨之情，一定程度上也发泄对大自然和宇宙的仇恨情绪，张扬暴力、恐怖、复仇和形形色色的恶行，不啻恶的集大成者。20世纪法国的超现实主义运动曾经把洛特雷阿蒙奉为先驱，实乃草率之举。超现实主义反对当时的社会现实，试图超越社会现实，为20世纪法国文学对传统观念、思维方式、价值取向、审美趣味和写作风格的彻底否定开辟道路，但超现实主义并不仇视人类、仇视大自然和宇宙。而洛特雷阿蒙和马尔多罗可谓恶的化身。诚然，洛特雷阿蒙描写大自然、描写人性、描写上帝时，语词的选用确有超越现实之笔，这是很自然的，因为张扬"恶"的诗歌内容必然要求能够表达这种内容的诗语，要求造就"恶"的诗语，后者与前者是不可分割的，因此洛特雷阿蒙的诗语中处处散发着恶毒的情绪。文学艺术最根本的实质和目的是锻炼健康人性，一部恶之集大成之作只能激发和滋生恶的念头和行为，对社会和人类有百害而无一利，哪能被奉为诗歌语言革命的典范！西方学术界有些人盲目地把洛特雷阿蒙誉为天才，实际上，他很可能是一个13～24岁期间一直独立生活，没有长辈的疏导，在机械刻板的教育制度管束下，滋生叛逆情绪，逐渐养成目空一切、不知天高地厚的自大狂思想，闲暇之余，偏执狂般地把自己的小才气，把自己读来和学来的语词，毫无顾忌地自由散乱地冗长发挥，一味追求晦涩、无头绪、无条理，自以为深刻，实则肤浅，更侧重于发泄对社会和人类的恶劣情绪的年轻人。至于洛特雷阿蒙24岁那年神秘去世一事，可以有两种解释：洛特雷阿蒙的母亲在他2岁时去世，当时也是20多岁，虽然我们不知道洛特雷阿蒙及其母亲去世的确切原因，但是母亲遗传儿子的基因影响应该接近科学的解释。这是其一。大自然似乎不能容忍刚刚涉世的洛特雷阿蒙反对

一切非理性主义的悖逆行为和张狂之举。这种解释看似无科学根据，实则大
自然的平衡原则乃是一种不可抗力。这是其二。

参考文献

[1] 保罗·里克尔. 恶的象征 [M]. 公车，译. 上海：上海人民出版社，
    2005.

[2] 洛特雷阿蒙. 洛特雷阿蒙作品全集 [M]. 车槿山，译. 北京：东方出版
    社，2008.

[3] ARAGON, Louis, *Lautréamont et nous,* Pin-Balma, Sables, 1992.

[4] GRACQ, Julien, *Lautréamont toujours*, La Jeune Parque, 1947.

[5] BACHELARD, Gaston, *Lautréamont*, Paris, J.Corti, 1939 et 1956.

[6] BLANCHOT, Maurice, *Lautréamont et Sade*, Paris, éd. de Minuit, 1963.

[7] KRISTEVA, Julia, *La révolution du langage poétique. L'avant-garde à la
    fin du XIXe siècle* : *Lautréamont et Mallarmé*, Paris, éd. du Seuil, 1974.

[8] LE CLEZIO, J.-M.G., *Le rêve de Lautréamont*, in *La Revue Française*,
    n° 329, 330, 331, juin, juillet et août 1980.

[9] LEFRERE, Jean-Jacques, *Le visage de Lautréamont*, Paris, Pierre Horay,
    1977.

[10] LAUTREAMONT, *Œuvres complètes*, Paris, Gallimard, 1970.

[11] 安德列·巴利诺. 顾嘉琛杜小真，译.《巴什拉传》，上海东方出版
     中心，2000.

[12] 鲁京明史忠义，《关于西方文化基质的多元表述——兼及中国文化
     的多元表述》，收入米歇尔·梅耶著，史忠义晓祥译《差异排斥历
     史》，北京知识产权出版社，2015 年.

作者简介：向征，西安外国语大学西语学院副教授，法国里昂高等师范
学院 2012 年文学博士，主要研究方向为法国文学。

略论米歇尔·图尼埃的新寓言性

向　征　史忠义

西安外国语大学西语学院　中国社会科学院外国文学研究所

摘要：这篇论文从哲学家德勒兹对图尼埃的解读高起点地提出问题，然后通过以拉·封丹为代表的传统寓言与以图尼埃为代表的新寓言从文体、诗语、内容及社会历史视角的比较，辅以对图尼埃若干文本的解读，界定出新寓言与传统寓言的共性和差异性，确定了新寓言的基本特征。接着围绕图尼埃的人类学视野，细读他的若干代表作和批评文本，揭示了新寓言讽刺批评20世纪社会、历史、军事、经济、道德、人性等多方面的价值观，展示了新寓言的丰富内涵。

关键词：图尼埃；新寓言；人类学视野；传统寓言；批判

基金项目：国家社科基金重大招标课题"经典法国文学史翻译工程"(项目编号：12&ZD171)；陕西省教育厅人文社科重点研究基地科研计划项目"法国现当代文学研究"(项目编号：14JZ037)。

一、引言

德勒兹❶在《意义的逻辑》《差异与重复》《什么是哲学》等著作中，就哲学与艺术的关系，尤其与文学的关系做了深刻思考。作为《礼拜五或太平洋上的灵薄狱》的读者，德勒兹的上述思考也指向米歇尔·图尼埃❷。他认为，"像这样一部用力量和生命写成的小说所表现的一切，哲学思考大可从

❶【法】安德列·巴利诺著，顾嘉琛杜小真译：《巴什拉传》，东方出版中心2000年版，第104页。

❷吉尔·德勒兹(Gilles Deleuze, 1925—1995)，法国当代哲学家、精神分析的理论家，著述颇丰，主要涉及哲学、文学、政治、精神分析、电影、绘画等方面。我们并不赞成用结构主义、后结构主义、现代派、后现代主义等语词界定一位哲学家。哲学家往往要丰富得多，他不仅仅考虑结构问题；他提出的一系列思想都是经过深思熟虑的，而"现代派"和"后现代主义"都是一种先锋派学说。另外，让·贝西埃等法国学者并不赞成把法国社会界定为后现代社会，因为"后现代"和"后殖民"的提法肯定了"现代性"和"殖民"的合理性，还因为现代性的弊病依然存在。

中有所采择有所撷取"（Deleuze，1969：354）❶。图尼埃的作品是对思想史和
哲学史的一种记录，其中哲学思想的表述，无论是清晰的陈述，还是间接的
隐喻，都试图回答哲学所关心的问题。他的作品因哲学内涵而有了超越一般
作品的深度和厚度。图尼埃是哲人作家还是作家哲人？在《圣灵风》中，他
写道："我当然想成为真正的小说家，写出的作品带有森林的气息，闻得到秋
天的蘑菇或者野兽湿漉漉的皮毛，但是，这些故事必须深含本体论的思考"
（Tournier1977：174）。图尼埃如何将哲思转化为小说？他的方法是借助神话
传说。图尼埃认为，"神话传说如同多层建筑物，每层结构相同，但是抽象性
逐级增加"（Tournier，1977：183）。图尼埃的作品也是"按读者的年龄层次来
标记"［图尼埃2002（01）：176］。我们认为，短篇小说集，如《大松鸡》《皮埃
尔或夜的秘密》犹如这些多层建筑的底层，作品愈写愈短，很多批评家都以
为他在为儿童写作，但是，图尼埃认为，如果儿童也能看懂他的作品，那自
己就成功了［柳鸣九1990（01）：215］。《礼拜五或太平洋上的灵薄狱》《桤木王》
《流星》《金滴》等作品，则是图尼埃所谓的上层建筑，是对西方文明与人类生
存状况的深刻反思。

二、"新寓言"之"新"

在中国，图尼埃与莫迪亚诺、勒克雷奇奥等作家被称作"新寓言派"［柳
鸣九1990（01）：219］。"新寓言派"与拉·封丹为代表的传统寓言作家创作上
有哪些相似之处？"新"何以体现？

寓言这一文学形式在世界文学史上占有重要地位，在华夏文明和西方文
明的产生年代早于戏剧、小说。在人类早期，文字还没有出现的阶段，文学
创作与传播主要依赖于口头形式，而寓言作为最早出现的文学形式之一，主
要也是人民的口头创作。伊索是西方文学界公认的寓言创作鼻祖。17世纪
拉·封丹的寓言作品堪称该文学形式的最高成就。

我们认为，以拉·封丹为代表的传统寓言与图尼埃的"新寓言"之间有
如下共同点：首先，二者均成功地继承和借鉴了前人的作品。拉·封丹寓言
诗的题材大半取自伊索寓言、古希腊罗马文化，如贺拉斯、希波克拉底（Hip-

❶ Voir Gilles Deleuze, *Logique du sens*, Les Éditions de Minuit（coll. *Critique*），Paris, 1969, 392 p；*Phantasme et littérature moderne*, II -*Michel Tournier et le monde sans autrui*, pp.350-372, *Différence et répétition*, Presses Universitaires de France, Paris, 1968, 409 p；*Qu'est-ce que la philosophie ?*, en collaboration avec Félix Guattari, Les Éditions de Minuit（coll.*Critique*），Paris, 1991, 206 p.

pocrate）、奥鲁斯·盖留斯（Aulu-Gelle）、提图斯–李维乌斯（Tite-Live）、古印度故事集《五卷书》（Pañchaantra）等前人的创作。他集寓言诗之大成，创作了约 250 篇寓言作品。

图尼埃的创作亦从神话故事、《圣经》以及前人的作品中汲取灵感。他的代表作《礼拜五或太平洋上的灵薄狱》改写了笛福的《鲁滨孙漂流记》，并融入了深厚的哲学思考，当年即获得法兰西学院小说大奖。小说《桤木王》1970 年问世，与歌德 1782 年的一部叙事诗同名，启灵于德国神话传说桤木王，获得龚古尔奖。1978 年问世的童话及短篇故事集《大松鸡》更是囊括了《福音书》的寓言故事与贝洛（Perrault）的童话故事。图尼埃认为，童话故事的秘密在于其中充满了原型人物，他们来自宏大的神话故事，后者将魔力赋予了大众化的小故事（Tournier1981：40）。

图尼埃常常通过引用、明显或隐含的暗示、重写，甚至评论等形式将《圣经》融入作品，互文的阅读效果跃然纸上。正如作者在《桤木王》❶中所说，《圣经》给人类带来自己哀叹的回声（p.114）。《礼拜五或太平洋上的灵薄狱》大量引用《创世纪》《传道书》等内容，如同一幅语录彩图的拼接，在复读《圣经》的同时，将之与个人创作融合，凸显、浓缩、转移、深化，甚至质疑《圣经》故事的思想。同时，《圣经》中的人物形象与图尼埃笔下的人物形象相互映衬、难以分辨：该隐和亚伯在《礼拜五或太平洋上的灵薄狱》和《桤木王》❷中；亚当和夏娃在《桤木王》❸中;《流星》中，圣布里吉特修道院，Béatrice 与 Gotama 姐妹对语言源头的思考，以及对创世过程的描述❹等。再现永远不是简单的模仿，而是继承者中才赋最佳者对前驱巨擘实施的竞争性误释。模仿对于图尼埃意义如同创作，"我借取素材，但把它们化为我自己的。凭借微弱的本领，我使神话复活了……超越作者：这才是故事的本义"（图尼埃访谈录，169）。

其次，二者的创作目的皆为道出哲理寓意，讽喻社会。拉·封丹从现实题材和事件中汲取素材，纵观天下，通过真实或虚构的近 500 个人物或动物形象，褒扬劳动者阶层的诚实、勤奋，抨击权贵阶层的欺诈贪婪、伤风败诉、骄奢淫逸。他的作品犹如一部 17 世纪的《人间喜剧》。

---

❶ 译文见王道乾，当代外国文学，1995(03)：165-176。
❷ 引文见许钧译《桤木王》，上海：上海译文出版社，2000，下同。
❸ Tournier, *Vendredi ou les limbes du Pacifique*, Paris, Gallimard, 1972, p.176; Tournier, *Le Roi des Aulnes*, Paris, Gallimard, 1970, pp.50-51, 64, 371.
❹ Tournier, *Le Roi des Aulnes*, p.29-32.

图尼埃生活在 20 世纪，我们的世界比以往任何时候都更受某种加速运行的历史的影响。它提出了越来越多的问题，比以往任何时候都更复杂。斯宾格勒和汤因比将第一次世界大战视作欧洲文明即将终结的预告，第二次世界大战无疑加速了终结的脚步，即使"三十年黄金时期"短暂的重建阶段也无法掩盖社会的悲哀，欧洲又重新面对就业崩溃、金融危机和能源危机，面对公共资金和私人基金的巨额亏空等现象（梅耶 2015：157）。图尼埃借助寓言，不仅要说出人类生活的普遍实质，而且要在"最自然、最堕落的官能性质上说出个人自传式的历史性"❶。通过寓言，图尼埃把个体意识和潜意识的结构投射到普遍和历史中去，把握自身的体验，把握广阔的真实图景，并持续不断地破解存在的意义之谜，最终在一个虚构的结构里重建人的自我形象，恢复异质、被隔绝的事物之间的联系。

图尼埃的"新寓言"与拉·封丹为代表的传统寓言之间更存在以下不同点：

首先，拉·封丹把寓言诗歌化。他在遵循古典主义诗学基本原则的同时，打破了旧诗格律，用自由诗体来写寓言诗，创造出多种韵律，加强了凝练的诗歌语言的叙述功能。图尼埃作品的主要形式为小说及童话和故事。有学者指出"新寓言派"在艺术方法上的特点是他们的大多数作品都属于传统的古典风格，但有的作品也是非常现代派的，勒·克莱齐奥的《诉讼笔录》就是这样一个典型。无论属于哪种风格，新寓言派作家都显示了高超的艺术水平，以完美的艺术形式蕴含隽永的意味，成为当代具有经典意义的文学现象 [柳鸣九 1998（01）：149]。我们认为，当代文学的言语没有明显的变化，但是人们对文学的思维方式不同了，建构作品的方式也发生了变化。如果把当代文学分为两大块，一块是继承创新传统，尤其是 20 世纪二三十年代和五十至七十年代先锋派创新传统的革新板块，另一块是摆脱了这种传统的板块❷，图尼埃的创作应归于第二板块。图尼埃关注的问题不再是小说再现对象的问题，而是人类行为、人类形象化的根源问题，即展示人学视野❸。在图尼埃的作品中人类处境的形象化呈现为象征类再现，即个人与自己、个人与他人、个人

---

❶ Tournier, *Les Météores*, 1975, p.55-66.

❷ 本雅明著，《文集》第一卷，张旭东译，中译本序《发达资本主义时代的抒情诗人》，北京：生活·读书·新知三联书店，2005，第 26 页。

❸ 史忠义向征：简析问题学哲学及梅耶和贝西埃的文艺思想，江西社会科学，2016（08）：80。参阅 Jean Bessière, *Inactualité et originalité de la littérature française contemporaine*, Champion, Unichamp Essentiel, 2014。

与社会、人类与广义世界等这些关系的再现。《礼拜五或太平洋上的灵薄狱》《桤木王》《流星》《金滴》无一不是建立在人类学视野上的思考。

其次，拉·封丹传统寓言故事篇幅简短，形象塑造简洁，没有过多的情节。故事多由对话组成，主人翁多为动物。拉·封丹以类似"旁白"的口吻，直接点明故事所包含的寓意，令读者从中了然其中的道理箴言、劝诫教条。

图尼埃的作品不是传统定义所设定的鉴定（l'identification）小说或互动（l'interaction）小说，而是意向性的辨认小说❶。图尼埃作品永远呈开放状态，从中诞生出一种元再现（une métareprésentation）❷，即以小说提供的再现资料为依托，以读者的知识及读者自己关于小说及其作者的推论（决定遮蔽能够主导小说之人是元再现建构的一种决定）、关于读者本身的推论为依托的一种再现和思考。小说及其阅读令读者置身一个扩大的背景中，这种扩大的背景显示了下属若干层面原因（surdétermination）的缺失，但是可以解读为许多人类身份和许多人类情形的汇集。有学者认为，评论界对图尼埃作品做了过多哲学阐释，其实是落入了作者精心设置的意义陷阱❸[Besa1995(03)：127]。然而，这正是图尼埃期待的阅读效果，让读者置身精心布局的"陷阱"中，期望读者的多层次寓意解读，如《阿芒迪娜或两个花园》。图尼埃认为这是他最好的作品之一，其寓意可做多种解读，小女孩爬梯子看墙外的情节，社会学家认为是妇女解放，心理学家认为表现了性的压抑与对墙外的性关注，哲学家以为是超越的象征。

3. 图尼埃的人类学视野

当代文学的语境没有参照系，那是因为当代社会没有参照系。当代社会是一个信息流的社会，这个社会的一切都是变化和流动不居的。广而言之，当代文学就是对当代社会的模仿，是当代社会的缩影。生存在当代社会的人就是讲故事者，他的生活包围在他自己的故事和别人的故事中，他通过故事看待周围发生的一切，图尼埃就是这样一位讲故事者。他的故事是一种《公开日记》(Journal extime) ❹。与一般的私人日记 (Journal intime) 相比，公开日

---

❶ 贝西埃著，史忠义译，《当代小说或世界的问题性》，北京大学出版社，2012，第159页。

❷ 同上，第1页。

❸ 关于这一点，参阅丹·斯佩白（Dan Sperber）：《思想的感染》(La Contagion des idées)，巴黎，奥迪勒·雅各布出版社，1996。

❹ Carles Besa, « Dans les marges du texte : l'annotation des Météores de Michel Tournier », Études françaises, vol.31, n° 3, 1995, p.127-140.

记的关注对象并非写日记的人的内心，而是他的外部世界。图尼埃安静地观察自然的变化，记录记忆、情感、泪水与欢乐中的点点滴滴。在《公众日记》的前言中，图尼埃指出日记体裁的"私密"与"公开"的鲜明差别。他认为，私人日记记录"个人内心隐秘的苦痛"，因此，多为忏悔，而"公开日记"，则是发现与征服的离心运动，由此产生外部写作（écriture du dehors），将作者引入身处的外部世界：或是草长莺飞、房屋修葺、会客交谈、邻居旅行❶，或是主体隐失、同一性断裂、终极真理消解、等级秩序被颠覆的世界。我们认为，图尼埃作品中令人更震撼的是后一种情况。当精神、真理、崇高、正义等超越的价值已被欲望的洪流冲蚀，当"欧洲人性"（*Enropaischen Mensch entums*）陷入危机时，当胡塞尔的警告再次响彻西方："欧洲诸民族病了"（胡塞尔1988：137），图尼埃开始了对人类行为和人类处境的深刻反思，叩问个人与自己、与其他人、与世界的关系，三个面向层层嵌套，相互交织，构成图尼埃作品的人类学视野。

在《礼拜五或太平洋上的灵薄狱》❷中，从海难中死里逃生的鲁滨孙"被流放在了（社会）这一集体之外"（p.45）。一个男人生活在他的荒岛上，没有他人，随之而来的问题便是，他者在世界结构中消失不见会发生什么情况？没有他者的世界是否无异于地狱边缘的灵薄狱？

"整个岛上渺无人烟"（p.16），这令鲁滨孙在荒岛的第二天就深感"经历了最初的一种变化"，他"更为沉重，更为忧愁——因为他彻底地认识并估量了现在的孤独，这种孤独或许将长久地成为他的命运"（p.18）。失去了衣物的遮挡，鲁滨孙赤身裸体，失去了"几千年的文明浸透着的人性"（p.31）；失去了时间参照，"自从弗吉尼亚失事以来，已经过去了多少日子、多少星期、多少月、多少年？"（p.33），"我失去了我的时间，我失去了我自己。岛上的一切问题都可以归纳为时间这一概念"（p.64）；失去了同伴，鲁滨孙的社会性再次丢失，他"沉沦于一个无依无靠的精神深渊中，孤零零的，赤裸裸的，无法自拔；在这启示录一般的世界末日景象之中，与他为伴的一切社会因素，只剩下在一艘破船甲板上两具正在腐臭的尸体"（p.31），"他的成群结队的兄弟，原先不为他所知地在人类社会中扶持着他，而现在，他们突然离他而去，他感到自身一人再无力量在自己的两腿之上支撑起身体"（p.39）。作为自然

❶ M.Tournier, *Journal extime*（2002）, éditions revue par l'auteur, Gallimard, coll.« Folio », 2004.
❷ 同上，第11-12页。

人和社会的人，鲁滨孙剩下的只有语言，人与动物的根本区别，却也面对失去它的危险，"语言以某种基本的方式揭示着这一居住者人群的世界，在这个世界中，他人如同一个灯塔……灯塔在我的领域中消失了"（p.57）。他意识到，要想"朝着精神世界的回归"，必须的途径便是"写字"（p.47）。于是，便有了"航海日记"，图尼埃真正的哲学思考尽显其中：美德与罪孽（p.54）、孤独状态对一个文明人心灵的侵蚀作用（p.86）、我的世界的主要支配因素他人（p.56）、客体与主体（p.103）、善与恶（p.117），直至存在的根本意义（p.136）。

然而，在《桤木王》中，图尼埃却以另一种方式表达了个人与自己、与他人、与社会的关系。如果说鲁滨孙是"被放逐"在荒岛之上，阿贝尔·迪弗热选择"自我放逐"。从1938年初到1945年3月，在阿贝尔所有经历中，他人的在场是始终存在的社会因素，但却以"不合时宜"的方式在场。正如图尼埃在《礼拜五》中指出："他人的在场——以及他人在一切理论中不被觉察的引入——是在认知者和被认知者之间关系中造成混乱和迷惘的一个重要原因。这并不是说，他人在这一关系中不应扮演一个卓越的角色，而是说，它只应适时、公开地进行，而不应以不切时宜的方式，或偷偷摸摸的方式"（p.100）。面对周遭世界，阿贝尔期望逃离，"逃脱这家汽车库，摆脱那使我滞留于此，或从某种意义上说，使我难以自拔的种种平庸的忧虑"（p.3），"让一个我只能期望从中得到不幸的社会把我忘掉"（p.73）。从中学起，阿贝尔就开始"一点一滴地为自己建立起一种边缘的文化，构筑成一座个人的万神殿"（p.10）；那时的阿贝尔内心就住着另一个自己，"一个永远无法抚慰的幽灵，他被众人的敌意，更被一人的友情击倒"（p.24），如同他的右手和左手，"右手，它可爱、合群、善于交际，表现了我在社会公众面前装出的那种披着伪装的个性""左手，被天才的种种左手所扭曲，充满了闪电和呼喊"（p.34）。迪弗热面对世间万物令人可怖的敌意，"必须用一身毫无人类缺陷的机器人的铁甲去对抗（p.90）"，面对社会规约——法律，"这一夹杂着愚蠢、仇恨和无耻的怯懦的大杂烩令人不堪重负，欲愤慨而不能"（p.148）。

战时的迪弗热"对外部事件基本上漠不关心"（p.370），这就是他经历二战的方式。他深信自己有"特殊使命"，与他所谓的"征兆"有关，因此这场"怪诞的战争"，正是"他的事，他个人的事"，其结局是"征兆和肉体的结合"（p.156）。迪弗热"对战友们沉默寡言，不易接触，而且对他们的日常忧虑无动于衷"，但是"信鸽构成了他生命中的一个温暖、多情的部分"（p.160）。在战俘营，被迫赤身裸体对其他战俘而言是侮辱，他却认为是"具有涤罪仪式的价值"，甚至是"一种优越感"（p.180）；失却家庭或家乡的环境，有人陷入了迷惘和迟钝状态，对他而言，恰恰相反，"这是一种解放，使他们最为迫切的愿望得到了全面表达"（p.185）。在罗明腾自然区，在原始森林中，社会因素对一个人的作用似乎降到了最低点，迪弗热甚至觉得战俘生活对他是一种机遇，让他得以成为"男根崇拜学和粪便学专家"（p.238）。在卡腾堡，他认为"在自己使命的道路上前进"（p.279）。此时的迪弗热如同桤木王，"深陷沼泽，由一层厚厚的泥沙保护着，不受任何侵害，无论是人类的侵害，还是时间的侵蚀"（p.372）。

战事临近结束时，迪弗热重新开始了 E.S.，即《左手写下的文字》，如同"航海日记"，图尼埃的哲学思考直抵迪弗热内心，深刻思考他与自己，与社会、与战争的关系。战争改变了迪弗热，在法国，他"不容忍人，动辄发怒，总是骂骂咧咧，怒气冲冲"；在德国，他"经常面临着一种富有意义的现实，它几乎总是明朗、可辨的，如果它变得难以理解，那肯定是在深入发展，获得表面看似丧失的丰富意义"；在德国，"物质是如此精细而又严肃，即使它想猛烈地撞击着我，我也无暇、无力量生气"（p.288）；在德国，他看到因战争而变得"赤裸裸、软弱无力、疲惫不堪、一贫如洗"的这个国家在崩塌，"更为深切地触动着"迪弗热。

小说《流星》❶ 可以看作是两部平行的小说，一部关于亚历山大·苏林（Alexandre Surin），一部关于孪生兄弟让·保尔（Jean–Paul）。关于亚历山大的小说由两个故事组成，一个围绕同性爱展开，另一个有关"oms❷"，即 ordures ménagères，生活垃圾。图尼埃通过一系列二元对立：差异性与同一性、圣洁与渎圣、异性爱与同性爱、生产与消费，对人类处境进行了深刻思考，叩问西方社会的人性危机与生态危机。

20 世纪 60 年代以前，身体是不易以公开方式表述的问题，那时它部分地隐蔽起来，而它的享受尽管同样的真实，却处于更隐秘的状态。当身体变得可以表述、展示、自我表达以及成为没有羞耻之欢快的对象时，性革命和广义上的身体崇拜在社会上传播开来（梅耶 2015：27）。图尼埃在多篇批评中对上述问题，以及由此引发的滥用避孕药、堕胎、离婚、第三世界国家人口激增等社会问题进行了深刻思考❸。在《小散文》中，图尼埃指出，同性爱，

❶　引文见余中先译《礼拜五或太平洋上的虚无缥缈境》，合肥：安徽文艺出版社，1996。
❷　引文见 Les Météores, Paris, Gallimard, 1975。
❸　在《流星》中，亚历山大将生活垃圾缩写为"oms"，他自己则是"dandy-des-gadoues"，垃圾王子。

与生殖无关，是更单纯的性爱，异性爱必须借助避孕药和堕胎这些危险、犯罪手段才能摆脱生殖目的 ❶。在《桤木王》中，图尼埃认为婚姻是陷阱："他跟别人一起套上了传宗接代的沉重大车，被迫为人口的大腹泻做出自己的贡献。如今，人类正因此疾而慢慢死去"（p.110）。小说《流星》中亚历山大的故事表达相同的观点：异性性行为与生殖联系在一起，异性爱的目的为繁衍后代，同性爱则是单纯的性爱，充满乐趣却无目的性。

我们认为，在《流星》中异性爱与同性爱的矛盾与图尼埃对西方宗教的批评一脉相承，并且指向了差异性与同一性的问题。图尼埃对于该问题的思考也出现在《桤木王》中。迪弗热对《创世纪》的一个环节产生了疑问，认为《创世纪》令人崇敬的经文存在着明显的矛盾：上帝就照着自己的形象造人，乃是照着他的形象造男造女。上帝就赐福给他们，又对他们说：'要生养众多，遍满地面，治理这地'……"文中由单数突然转为复数，确实难以理解，何况女人是取亚当的肋骨造出来的，而且也是后来的事……相反，若我援引的那个句子中保持单数，那一切便就明白易解了。上帝就照着自己的形象造人，即同时为男女两性。上帝对他说："生长吧，繁衍吧"（p.17）。我们认为，对上帝创造的"人"的质疑，是对于上帝创立的道德规约的质疑。宗教并非诞生于许诺灵魂不灭的用心，也不诞生于保证某种完美自然秩序的意愿，它源自保证差异、维护建立在某种强度身份基础之上的群体内部的各种差异的用心。这是宗教在突出生与死、男人与女人的差异时，所承担的道德角色。差异者因此变成神圣的并被神圣化（梅耶2015：50）。因此，我们认为，异性爱与同性爱、差异性与同一性，就与圣洁与渎圣联系在一起，前者是神圣的，后者是渎圣的，肮脏的。

图尼埃在《流星》中探讨的另一个问题为生产与消费的矛盾在西方社会引发的生态危机。他认为，从一个城市丢弃的垃圾数量和种类看出这是一个什么样的城市：人口数量、经济水平、工作、饮食习惯，所有的一切都在垃圾中，甚至每个居民最隐私的秘密也在那里。我们可以给每个城市一副如实反映城市面貌的"垃圾肖像"❷。亚历山大有关生活垃圾的故事也据此展开。他在城市文明的产物生活垃圾中看到"城市的象征"（p.93）。生活垃圾是社会

---

❶ Voir «Les folles amours » (*Petites Proses*, Paris, Gallimard, 1986, p.119) ,«L'image érotique » (*Petites Proses*, p.151). Voir les articles de la presse tels «Je suis un métèque de la littérature », *Le Monde*, 28 mars 1975 ; «En finir avec la famine et l'avortement », *Nouvel Observateur,* 12-18 septembre 1986, *Le Magazine Littéraire*, n° 226, 1986, p.13.

❷ *Ibid.*, *Petites Proses*, p.152.

生产—消费环节必然的产物。面对生活垃圾的威胁，罗安纳市议员梦想一个"不再扔垃圾的社会，所有东西都可以长期使用，社会的两大功能生产和消费得以实现，却不产生垃圾"（p.97）。依西－雷莫里诺市（Issy-les-Moulineaux）的做法则是建造垃圾焚烧厂。亚历山大接管了生活垃圾处理厂之后，就变成了"垃圾王子"。焚烧还是填埋也是他思考的环境两难问题。亚历山大认为，焚烧厂如同异性爱社会的产物（p.121），其本身也是生产－消费的必不可少环节之一，将该环节产出的垃圾焚烧，让无用的东西变得有用，排除了任何非生产性的耗费。但是"这是一种被粉碎的文明，（文明）被还原为最初的物质，它们间的关系，和人类的关系支离破碎（p.204）"。亚历山大处理垃圾的办法是填埋。他认为，"垃圾场并不像人们想象的那么恶臭，它如同一本让人费解的魔法书（p.84）"。填埋厂"是日常生活的贮存站，由无用的东西组成"（p.204），不以产出为目的，对于同性爱者有一种特别的吸引力。于是，图尼埃指出："一个社会扔掉的东西决定了这个社会是什么——这是一个绝对真理——同性爱和生活垃圾（p.204）。"

我们认为，图尼埃上述思考一方面指向西方生态危机的宗教根源，另一方面指出实证主义科学观对西方人性危机的影响。

首先，基督教关于人与自然关系的思想所受到的批评大致集中在三个方面：一是《圣经》直接教导人对自然的征服；二是在基督教传统中，自然是上帝的造物，因而不具有任何神性，所以人对自然的剥夺不受道德的约束；三是历来的基督教神学关心的是人的救赎，而忽视自然的价值❶。以亚历山大为代表的一代人及其后代，自认为拥有使用和享受自然物的权利，替上帝主宰和管理自然界，破坏生态环境，大量开垦耕地、水资源、地下矿产资源，破坏土地生态，过度利用土地、利用水资源，过度开采矿产资源。工业废气、废水与废渣的大量排放造成酸雨、氧层破坏、温室效应、土地沙漠化等环境问题日趋严重。

其次，现代人迷惑于实证科学所造就的繁荣。只见事实的科学造就了只见事实的人。实证科学在原则上排斥了一个对人而言命运攸关的根本问题，即探究整个人生有无意义。恰恰是物质文明高速发展，导致这个时代的个体深感孤独、忧郁、无聊、焦虑、恐惧。性的苦闷、生的烦恼、存在的无目的

---

❶《背影》（*Vues de dos*）为图尼埃的摄影集。每张照片背面都有相关评述文字。引自《Paris vu de dos》的文字。见 Édouard Boubat, *Vues de dos*, Texte de Michel Tournier, Paris, Gallimard, 1981。

迫使深陷其中的每个人叩问历史的发展，叩问文明每前进一步需要付出的代价。图尼埃的这一思考与胡塞尔一脉相承。胡塞尔认为，正由于客观主义有可能导致不可知论以及实证科学观导致了欧洲理性科学和人性的危机，因而引起了一场全新、深刻的伟大变革："从科学的客观主义，近代的、甚至数千年以来的所有客观主义，向超验主观主义的转变"，即向超验现象学的转变。这种哲学认为，现存生活世界的存在意义是主体的构造，是前科学的生活成果；只有彻底地追问这种"主体性"，才能理解客观真理和弄清世界最终的存在意义 [1][牛正兰 1997(04)：5]。

图尼埃引发我们思考的另一个问题是：我们的社会是在进步还是衰退？从启蒙时代起，人们习惯于以为历史中有某种进步，以为某种更好的前景一代一代得到落实。人们相信 1815—1914 年这一个世纪就是这样的。但是，20 世纪屠杀了欧洲的两次世界大战在野蛮方面达到了登峰造极的程度。第二次世界大战后，欧洲重建的乐观主义使人们再次忘记历史的衰退观，这种乐观主义强化了历史以人类的持续进步为特征的思想（梅耶 2015：181）。《流星》中，图尼埃借亚历山大之口道出 "dénaître"（回到母体，去生存）的概念，亚历山大因被生出来而悲伤，这是一种对母体的怀念。"我曾常常想，每个男人，每个女人，在夜晚来临的时候，感到生存之疲惫（*exister sistere ex*, être assis dehors），出生之疲惫，为了补偿白日的喧嚣，在穿堂风中忙碌，进行反向的出生（naître à l'envers），即回到母体（dénaître）。家里，有一个假妈妈，妈妈的替代品，就是床。关了灯，静静的，赤裸地躺在被窝里，就像胎儿。我睡了，我不为任何人存在，因为，我根本没有出生"（p.247）。在《圣灵风》中，图尼埃描述人三次与母体分离，出生—断奶—分床（Tournier1977：24–25），这样的节奏如同把历史切割为古代、中世纪、文艺复兴、现代和当代的做法，似乎突出乐意进步或无论如何以种种进步为特色的某种历史观，图尼埃的思考是反向的，重回母体如同历史的倒退、衰退、终结、循环等现象。

4. 结语

神话对于成年人如同童话对于儿童，其中承载的寓意是人类的可贵财富。图尼埃的"新寓言"创作，不论是作为儿童读物，还是成年人读物，无疑都是成功的。他的故事记录过去，因为过去具有一种值得注意的生存和价值，也

---

[1] 参阅何怀宏编，生态伦理—精神资源与哲基础 [M]，保定：河北大学出版社，2002，150。

同时记录着在个人的建筑中出现的新裂缝。他的作品面向未来，因为他令当代人在更深刻的意义上思考人类境遇，使我们活得比在现时的动荡纷纭之中更加认真、聪明，更加得到感官的享受。写作等于根据关系游戏，不断地重新把个人或共同体的言语语境化，不断地达到某种落点和新的开端。图尼埃正是在这样的游戏中写作，在写作中游戏。

参考文献

[1] 勒内·韦勒克. 文学理论 [M]. 刘象愚，等译. 北京：生活·读书·新知三联书店，1984.

[2] 玛丽亚娜佩约辑录. 米歇尔·图尼埃访谈录 [J]. 蔡宏宁，译. 当代外国文学，2002（1）：176.

[3] 米歇尔·梅耶. 何谓历史？——进步或衰退 [M]. 史忠义，译. 北京：知识产权出版社，2015.

[4] 柳鸣九，著. 色彩缤纷的睿智——"新寓言"派作家图尔尼埃及其短篇小说 [J]. 当代外国文学，1998（1）：148-153.

[5] M. Tournier. *Le vol du vampire*[M].Paris: Mercure de France, 1981.

[6] M. Tournier.*Les Météores*[M].Paris: Gallimard, 1975.

[7] 胡塞尔. 现象学与哲学的危机 [M]. 吕祥，译. 北京：国际文化出版公司，1988.

[8] M. Tournier. *Journal extime* [M]. Paris: Gallimard, 2004.

[9] M. Tournier. *Petites Proses* [M]. Paris: Gallimard, 1986.

[10] 德勒兹. 米歇尔·图尼埃与没有他人的世界 [J]. 王道乾，译. 当代外国文学，1995（3）：165-176.

[11] M. Tournier. *Vendredi ou les limbes du Pacifique*[M]. Paris: Gallimard, 1972.

[12] M. Tournier.*Le Roi des Aulnes* [M]. Paris: Gallimard, 1970.

[13] 本雅明. 发达资本主义时代的抒情诗人 [M]. 张旭东，译. 北京：生活·读书·新知三联书店，2005.

[14] 史忠义，向征. 简析问题学哲学及梅耶和贝西埃的文艺思想 [J]. 江西社会科学，2016（8）：77-83.

[15] J. Bessière. Inactualité et originalité de la littérature française contemporaine [M]. Paris: Champion-Unichamp-Essentiel, 2014.

[16] 贝西埃. 当代小说或世界的问题性 [M]. 史忠义，译. 北京：北京大学出版社，2012.

[17] C. Besa. Dans les marges du texte : l'annotation des *Météores* de Michel Tournier [J].*Études françaises*, 1995(3)：127-140.

[18] 图尼埃．礼拜五或太平洋上的虚无缥缈境 [M].余中先，译．合肥：安徽文艺出版社，1996.

[19] 图尼埃．桤木王 [M].许钧，译．上海：上海译文出版社，2000.

[20] M. Tournier. *Les Météores* [M]. Paris：Gallimard, 1975.

[21] M. Tournier.*Petites Proses* [M]. Paris：Gallimard, 1986.

[22] M. Tournier.Je suis un métèque de la littérature [J].*Le Monde*, 28 mars 1975.

[23] M. Tournier. En finir avec la famine et l'avortement [J].*Nouvel Observateur*, 12-18 septembre.

[24] É. Boubat. *Vues de dos* [M]. Texte de Michel Tournier, Paris: Gallimard, 1981.

[25] 何怀宏．生态伦理—精神资源与哲基础 [M].保定：河北大学出版社，2002.

[26] 牛正兰，李朝东．实证主义科学观与欧洲人性的危机—— 胡塞尔现象学意义探析 [J].西北师大学报，1997(4)：1-5.

作者简介：向征，女，1978 年生，西安外国语大学法语学院讲师，法国里昂高等师范学院 2012 年文学博士，主要研究方向为法国文学。

文学话语形态视域下对《变》与《世事如烟》的创作相似性解读

周　权

西安外国语大学

摘要：20世纪80至90年代，随着改革开放的潮流，法国"新小说派"逐渐被引入中国，随后该文学流派很快启发了中国的"先锋派"作家。本文选取"新小说派"代表作家布托尔的《变》和"先锋派"代表作家余华的《世事如烟》，从文艺学研究新视域——"文学话语形态"视角分析这两部小说的相似之处，从而为欣赏和对比这两部作品提供全新的思路。

关键词：文学话语形态；《变》；《世事如烟》；米歇尔·布托尔；余华

Resume: In the 80–90 years of twentieth Century, with the trend of reform and opening up in China, the "new novel school" in France was gradually introduced to China, and it soon inspired many Chinese "avant-garde" writers. This article selects the french famous "new novel school" writer, Michel Butor's *La Modification* and the "avant-garde" writer Yu Hua's works *Words like mist*, to analyze the similarities between these two works by means of the literary language modality theory, in order to provide a new perspective for appreciating and comparing *La modification* and *Word like mist*.

Key words: literary language modality; *La modification*; *World like mist*; Michel Butor; Yu Hua

　　《变》（*La modification*）是法国新小说派代表作家、曾被萨特誉为"20世纪最有希望的伟大小说家"之一的米歇尔·布托尔（Michel Butor）1957年发表的一部小说，该书曾荣获当年的勒诺多（Renaudot）文学奖。《世事如烟》则是曾获法兰西文学艺术骑士勋章的著名作家余华20世纪90年代末创作的一部短篇小说。乍一看，两部不在同一时代的作品似乎没有可比性，但倘若考察两部作品的作者余华和布托尔所属的文学流派"先锋派"和"新小说派"的

335

渊源，我们会发现两部作品存在创作背景的结缘及内容和手法的相似之处。当时，中国的"雅文学"在经历了 20 世纪 80 年代中期的改革开放后，受商品经济的冲击逐渐被排挤到社会的边缘地位。与此同时，法国的新小说在中国被大量译介，这些译介作品的传播势头正盛，加上新小说派的"四员大将"之一克洛德·西蒙（Claude Simon）1985 年获得了诺贝尔文学奖，这一切都启发了国内当时的先锋作家在叙述机制和作品形式等诸多文艺创作手法方面的创新。顺着这条线索，结合文艺学研究的新视域——唐代兴教授的"文学话语形态"理论，我们可以发现《世事如烟》与《变》的诸多相似之处：音乐特色；心理时间；"物"与"符号"；解构意识。

一、"文学话语形态"之价值所在

同样的文学作品在不同的时代和阶段会产生不同的诠释效果，不同的读者也会对其进行不同的文学诠释。四川师范大学教授唐代兴的"文学话语形态"理论正是伴随着新时期"对人类文学内在审美规律的存在性检讨和生态学探索"的新潮流顺势而生（唐代兴 2001：43-52），它涉及时空观、修辞、审美意识、书写规范、文本布局等诸多方面，这些元素在作者的指挥下有序地在文章内部的脉络中运行，彼此相互牵制，在并存运行的同时又能保持自己的内在逻辑，最后形成文学形态语义场的整体生存状态，从而推动历史上文学话语行为滚动轴的不断前进。

"文学话语形态"一词首先包含两个概念：一是"文学话语"，文学话语区别于其他话语类型（日常话语、科学话语……），它之所以具有特殊性，是因为文学话语具有"陌生化"的特质。其次是"形态"。"形态"是指事物在特定条件下所存在的状态，表现的形式及展现出的样貌。形态是事物经由人脑思维方式的运作后得出的结果，虽具有主观性，但也能反映客观。与其他诸如物质形态、社会形态等形态概念一样，文学也有文学形态。

北京大学教授时胜勋认为，"文学话语形态"理论的建构结合了修辞学、审美意识形态、生存哲学等多个领域（时胜勋 2015：99）。这一点也与西方后结构主义代表、哲学家和美学家德勒兹（Gilles Louis Réné Deleuse）的"块茎"理论达成了契合。德勒兹的"块茎"理论正是强调"多元"，强调持续不断的运动、不断地链接和重新排列组合。而文学话语形态理论也向我们展现着从一元到多元的动态变动过程，将审美视角从平面扩展到立体，其多元性原则的要旨正是要实现"联系性"和"异质性"，实现内容与形式、内部与外部多维立体的研究。

二、相似之一：从"文本模型"看作品的"音乐"特色

唐代兴在《书写模型：文学话语行为模式的构成中》提道，"图样的规范性"是规范的书写模型不可或缺的一部分。换句话说，"规范的书写模型"应当包含"文本图样"，而有序的"文本图样"从古至今也一直是文学话语书写意识中的基本规范。"文本图样"或曰"文本模型"即文学话语体式模式。为了获取一个完整的文本模型，作者应当具备"结构意识"，即依据话语行为叙述对文本进行架构的意识。文本的架构意识产生于由语词思维活动开启文学话语行为的过程，因此要求作者在书写时对文本进行合理布局，对内容进行有序组织和安排。从这个角度讲，《变》和《世事如烟》对文本图样的规范性就表现在对句子和段落进行似"音乐韵律"般的布局，以及作者为了支撑一个饱满的音乐性架构而采用的与"音乐韵律"相关的意象或词汇场。

布托尔认为，在写作中，对艺术的不同门类，尤其是与音乐的相互借鉴是非常有必要的。他说过，新小说与以往小说的不同就在于前者不再将语言单纯地应用为一种表达的工具，而是更加看重语言的形式，音乐性就是语言形式在文本中发挥作用的生动表现，它可以是多重意义上的"音乐性"，既可以是整体的音乐框架，也可以是为了支撑这个框架而填充的音乐材料。在他看来，不同门类的艺术可以互通灵魂："音乐和小说可以相互借鉴"[3]454，"音乐的结构可以在小说中加以运用"[3]454。音乐与小说的这种互鉴被具体应用于小说结构的安排之中，旨在促进读者的阅读感知，达到视觉冲击和心灵震撼的效果，进而实现引人入胜的艺术风采。

《变》中布托尔对"音乐韵律"的发挥主要表现在作者对"重复"手法的使用：①意象"书"的重复。主人公台尔蒙（Delmon）上车前，曾在里昂车站的大厅里买了一本书。上车后，他一直将书放在手边但并未翻阅，他甚至不知道书名是什么。当火车抵达罗马的特尔米尼（Termini）车站时，他拎起皮箱，手持那本书，离开车厢。下车后，他准备撰写一部能够展现自己此次旅途中精神变化和心理活动的书，而他意图撰写的这本"书"与他一直未曾阅读的"书"并非同一本书。但这并不重要，作者只是想借"书"这一意象让读者感知艺术的生命和人生的艺术；②话语的重复："××车站过去了"在文中反复出现，这样一个看似每一个旅行者在火车上都会听到的声音其实是对主人公心境的提醒，提醒他虽然车内的他一直"不变"，但是车外的物、事、人

却一直在"变"；③类似诗歌的段落布局。《变》的很多文本片段，都会给读者以均匀、排列整齐、句子未完便隔行另起的感觉，这不正与诗歌的布局相类似吗？❶ 我们发现布托尔的"诗画"技能不仅表现在"重复"的技巧方面，更体现在组合和拼贴方面，这些都得益于他对艺术不同门类尤其是绘画领域的精通。句式的均匀分布就属于组合的范畴，句子未完成便隔行另起是拼贴的另类阐释。

余华作品中的"音乐特色"不仅体现在他对形式的把握，还表现在他对语言的掌握。在《音乐影响了我的写作》中，他曾写道："音乐一下子让我感受到了爱的力量"[4]6。在《世事如烟》中，"音乐特色"还表现在语言的简洁、节制和张力。不同于布托尔的长句，余华在作品中多用短句，有些句子甚至还单独成段。这样做一来是为了贴近小镇人物的说话方式，还原他们的文化水平；二来也是为了使平面的语言变成跳跃的音符，使文章的感情凝练回环，使语言的气势突显出来。同时他还善用排比句，增强句式的节奏感，这不仅体现在段落内部句子之间的排比，更体现在段落与段落之间的排比。无论哪种形式的排比，都会给读者带来节奏和谐、感情洋溢的阅读感受。不仅如此，诸多关于"声音"的词汇场也为他笔下的"音乐"风格增添了色彩。"梦语"[5]102"鸟的鸣叫"[5]102"刷刷的声音"[5]103"弦乐之声"[5]103"一串滴滴答答的响声"[5]103 等诸如此类与"音乐"相关的词汇场在《世事如烟》中更是不胜枚举，这些都是余华用"音乐特色"布局小说的有力证明。

三、相似之二：从"生存时空形态"看作家对"心理时间"的着力发挥

从"生存时空形态"的角度，唐代兴向读者揭示，文学形态就是生存化的审美时空形态。不言而喻，"时间"是整个"生存时空形态"中必不可少的一部分，它是文学话语行为产生与发展的基本前提。时间之所以能够成为分析文学话语形态的重要突破口，是因为时代化的人类文学不仅需要依靠想象来编写，更需要借助回忆实现对生存历史的积淀，而回忆首先涉及的就是时间，时间的流动构成了回忆的基本前提。文学话语行为的时间倾向首先表现为一种视角性，这种视角性融合了作者的时间意识，具体体现为他对时间的任意摆布。因此作家可以从心理观照和审美的角度向读者展现他与命运之间

---

❶ 因篇幅过长，此处不再引用原文。详见布托尔，桂裕芳 . 变 [M]. 外国文学出版社，1983：125, 230。

的时间和情感距离，使作品内容的时间外观雕刻情感、思维、心灵和意志的烙印。从这个角度讲，《世事如烟》和《变》在文学话语形态的生存时空形态方面的探索尤其表现在对人物心理时间和精神世界的刻画和描写，而"精神世界"是心理空间的概念之一，说明作者也发挥了心理空间。

布托尔认为，如果严格按照时间顺序进行叙写，在通篇故事中想要形成时间参照则很难成立。不管是参照有交叉背景的人物事件，还是过往的回忆，或是找寻参照的内在性，这些都不会成立。而若是采用一个较为复杂的时间结构，人们就会立刻找到对这种"弊端"的解除办法。很明显，布托尔对传统的线性时间叙事并不认同，认为一味的"时间对位"无法达成主体精神对回忆或是其他假设的时间观念的借鉴。只有充分发挥心理时间，展现主体精神性，才能构思充满各种可能性的文本世界。于是在《变》中我们看到，叙事时序经常在变换，时而倒叙，时而插叙，时而又是补叙，这些都是由作者叙述"心理时间"的变换导致。在整部作品中，主人公台尔蒙将多次的回忆融进短暂的二十二小时旅行中，这些回忆没有规律性可言，它们有的发生在几天前，有的发生在一个月前，甚至是一两年前，再遥远的可以追溯到三年前或二十年前。若将下次对返程的设想也统计在内，现实中短短二十二小时的火车旅行，主人公虚构的旅行已经达到九次：时而现在，时而过去，时而将来，时而又跳跃到梦境，作家的叙事时间既可以近在咫尺，也可以遥不可及……因此，叙事的动力在时间的反顺序性中运转，造成现实生活的"有序"时间和文本叙事的"乱序"时间交错重叠，使小说意外又奇特地形成了布托尔所说的"心理上的深度"。

新小说派对心理时间的论述启发了先锋作家。对于先锋作家而言，因为"时间的意义在于它随时都可以重新结构世界，也就是说世界在时间的每一次重新结构之后，都将出现新的姿态"[6]174，所以读者能够在先锋派小说的文本世界中读出先锋作家对新小说派所持有复杂时间观念的接受。以余华的《世事如烟》为例，小说中人物4、7、2、3、司机等人的经历经常被置于同一时间平面来叙述。换言之，现实世界中由过去到现在，由现在到将来的时间方向被余华完全放置在同一时间维度。客观时间已经脱离了正常的轨道，随着心理时间的波动主观性地向前推移。另外，作品中出现的时间词语"半个月以后的一个夜晚""在司机死后的一个星期""每月十五"不按照正常的时间顺序出现，这些都印证了余华对已知时间进行的未知处理和任意操控，它完全由作者的主体意识和个体精神决定。线性时间在余华的笔下被切割得面目全非，让原本就晦暗的小镇变得更加扑朔迷离。这样一种被重组的时间显露了现实时间相对虚假的一面，也就是热奈特（Gérard Genette）所说的"伪时间"，即小说中的叙事时间是作者主观心理上对现实时间的发挥。它实则是受形而上学精神世界的控制，是作者追求"精神真实"的"心理体验"，因而展现出了记忆、遗忘和想象的强大力量。

四、相似之三：从"审美修辞模型"看作家对"物"或"符号"的关注

文学话语形态的另一个分支——文学话语行为的审美思维修辞模型，是文学话语行为生存修辞模型的"内隐模型"，主要包含文学话语思维的主题（话题）修辞、材料修辞和功能修辞等几个方面，简单讲就是一个"动机—行为—效果"的审美修辞过程。主题修辞要求文学话语行为的思维方式首先必须围绕某一主题展开；功能修辞即表达者预期达到的效果和目的，它包括观念、思想等目标功能的修辞；材料修辞是与前两者（主题修辞、功能修辞）相关的对内容、材料、信息的选取、处置和安排。从以上"动机—行为—效果"的维度出发，基于对《世事如烟》和《变》的对比研究，我们发现在两部小说中，都存在着"展现客观世界（动机）—"物"或"符号"的突显（行为）—恢复世界的本真面貌（效果）"这一审美修辞模型。在这一过程中，贯穿中心的，也是最为关键的书写行为就是对"物质性的符号与代码"的书写。

在对待人与物的关系方面，"新小说"派指责文学一贯的以人易物，他们反对将客观存在的物强行被推翻而去充当主观意图的工具，毁坏了物的独立客观存在。在新小说最早的中国研究者柳鸣九先生与布托尔的访谈中，布托尔说："我以前的小说，也像罗伯·格里耶一样，有对'物'的具体、客观的描写。" [3]454

布托尔对"物"的突显还要得益于他对"图像主义"的灵活把控。继承和发扬了马拉美和阿波利奈尔的"诗画"理念，布托尔将早年间所学的绘画功能融于诗歌创作之中，将绘画和文学两种文艺手段交叉应用。在《变》中，我们看到作者对眼前事物的描述是如此具备画面感："在暖气铁皮上，菱形格子晃动着，相互脱开，格与格之间的沟槽仿佛是通向酸性火焰的隙缝。菱形格子弯曲着，尖端愈来愈细，然后便是黑乎乎的一片，其中有跳动着的糕点屑、污垢、泥渍、被踩碎的食物以及在座椅下面颤动的碎纸的纸边" [7]157。这些对意象的描写是如此逼真以至于读者会感觉这不是一种描写而是一种真实的画

面呈现。文中这种如此细致仿佛是电影特写镜头下的意象描绘比比皆是。

《变》中主人公的内心在妻子与情人之间的不断挣扎就是借助客观意象得以表现，即借助物质性的符号——"画作"得以阐发。在这一过程中，人物退居幕后，物体则被提到了幕前。主人公以画作象征自己在罗马（过去）与巴黎（现实）的两种不同生活经历，画作的内容主要展现了罗马的景观，它同时象征着主人公戏剧般的生活片段：古代罗马五彩斑斓的辉煌画卷代表着他对情人塞西尔（Cécile）的爱恋。因为塞西尔身处罗马，她的光环源于罗马的古典文化意象和历史遗迹的魅力。而他对妻子亨利埃特（Henriette）感觉则可比作现代罗马的画卷，意味着光芒的消逝和黯淡。可见，罗马这一圣地对台尔蒙来说是多么重要！画作似乎成了一种符号，是人物心境的代言词。

余华曾在《内心之死》中专门阐发了自己对罗伯-格里耶（Alain Robe-Grillet）《嫉妒》（La Jalousie，《百叶窗》《嫉妒》的译法不符合新小说派的写作理念）中独特的"物化描写"的看法，他也曾多次在公开场合中表明自己对格里耶的关注，可见新小说派的创作思想尤其是"物化描写"和"平面化叙事"（人物如同木偶，叙事人态度十分冷漠）对余华的创作着实产生了一定的影响。在《世事如烟》，甚至是余华的大部分作品中，人物已不再是有血有肉的身体，甚至他们的灵魂和内涵也被掏空，主体也不过是充当余华笔下叙事编码网络的符号而已。他们失去了应有的立体和饱满，变得徒有虚名。余华曾公开承认，他写作的重点并不在于对人物性格的刻画，这也不是他的兴趣所在："事实上我不仅对职业缺乏兴趣，就是对那种竭力塑造人物性格的做法也感到不可思议和难以理解……我并不认为人物在作品中享有的地位，比河流、阳光、树叶、街道和房屋来得重要。"[6]175

对余华来说，世界的命运和张力不仅反映在人与物之间，也反映在物与物之间。在《世事如烟》中，余华不仅将人物的文化身份剥夺了，还将他们的姓名取缔。众所周知，姓名不仅是个人身份的证明，也是个体存在的证据；姓名虽只是一个符号，但却是社会文化对他（她）的肯定。阅读《世事如烟》的读者都会有一个共同的感受，就是作者似乎在刻意隐藏人物的真实姓名。小部分人物以职业身份的方式呈现，如算命先生、接生婆、司机、盲人等，还有一些人物则一律被作者用数字（2、3、4、6、7）来定义。故事中虽不乏情节和冲突，但是人物之间似乎缺乏内在联系。他们缺乏对好与坏的道德观、价值观的评判标准，他们的性格和年龄我们更是无法得知。"人物"俨然在余华的作品中变成了一堆抽象的代码，以形而上的生活姿态，神秘地演绎着人类荒谬、无法预测和非逻辑的人生状态。余华对"物"和"符号"的关注也代表了先锋派作品中展现的后现代主义思潮痕迹：人与符号的互换，人物变成的了符号的傀儡，人从主体退化为符号。

五、相似之四：从"书写模型"看作家的"解构意识"

唐代兴认为文学形态也是一种审美化的人类书写形态。在这一书写过程中，人以合自己情趣的方式观察世界，将世界分割成"序"与"非序"。"非序"一经作者的安排就变成了"序"与"逻辑"。文学话语书写意识实际上就是一种对时空对象进行重新安排的神圣意识。在《变》与《世事如烟》中，布托尔和余华就是通过自己的"解构"意识将作品中的时空顺序打乱，并进行重新编排，让作者以"合我意"的神圣书写意识重新勾勒出作品的内在逻辑。

在《变》中，时间的连续性被打乱，只好零散破碎地存在，而空间的统一性也被切断，失去了应有的向度和中心，被作者随意拼凑并作一团。这种时空错乱的文体结构也构成了布托尔专属的"拼贴"效果：他先将时间切割成一个个的碎片，随后又将这些碎片进行空间化处理，使它们自动结合为一个个封闭的个体，进而再以不同的方式将这些碎片化的个体进行重新排列组合，加以并置，共时地呈现在读者面前。因此，读者阅读的是一个零散、无序、模糊、不确定的文本世界，这也正符合德里达解构主义的要旨。为了更清晰地展现布托尔在书写方面的解构意识，如表1所示：

表1 《变》中主人公台尔蒙的十次旅行

巴黎—罗马第一次：	当下的旅行
罗马—巴黎第二次：	上周。办完公事后回巴黎
巴黎—罗马第三次：	两年前。和塞西尔初次相遇
巴黎—罗马第四次：	三年前冬天。和妻子去罗马旅行（"不吉利的旅行"）
罗马—巴黎第五次：	一年前。第一次和塞西尔一块来巴黎
罗马—巴黎第六次：	三年前。和妻子从罗马回巴黎（第四次的回程）
巴黎—罗马第七次：	一年前。第五次的回程
巴黎—罗马第八次：	上周。因公事去罗马（第二次为此次的回程）
巴黎—罗马第九次：	初婚。春天。和妻子度蜜月去罗马
罗马—巴黎第十次：	想象此次去罗马的回程

另外，我们提到的余华按照自己的心理时间，利用并置、错位等方式，对故事情节的叙事时间进行重组，也是他"解构"意识的一种，这里就不再赘述。除此之外，余华将虚拟与现实相掺杂也是他"解构"的表现方式。《世事如烟》充满了"梦"和"梦呓"般的叙事，给人萦雾缭绕的感觉。"梦"是如此重要，以至于几乎小说每一章节的开篇叙事都与"梦"相关；与"梦"相关的词汇场如"梦"[5]103"醒来"[5]103"躺在床上"[5]103等频繁出现在每一个章节的开始。"梦"是"虚"，将虚嵌入现实之中，是作家"解构"的高明之处。

此外，余华还在《世事如烟》将以下几个故事情节打乱、分散排开：司机躲避车祸，随后在婚礼上因不堪受辱而自杀；灰衣女人从司机车祸中死里逃生又突然死亡；少女4每晚呓语不止最后又沉江自尽；算命先生为延年益寿而克子；六十岁的老妇3与孙子同床后怀孕，随后又离家出走；7的久病不愈及用子换鸡的荒唐行为等，这些都间接证明了作者一反常规，以"解构"表现当时那个时代的荒诞。

可以看出，余华在《世事如烟》中以非逻辑的书写方法安排文本，正常的时序和因果链条被彻底打乱，虚假与真实相混杂，整部作品的情节错列并置，故事有机性和完整性也被刻意拆解，一反传统的小说叙事习惯，导致《世事如烟》的文本结构呈现松散无序的碎片式状态。小说中的故事情节零散而共振，将人物悲惨的人生经历及种种非理性的行为统统指向难以捉摸的宿命论，从而暗示引导进一步怀疑世界表象的有序性和真实性，这也是余华"解构"的要旨。

六、结语

文学话语形态是一个新兴的文艺学研究视角，它的优势就在于对作品进行多元、立体的解读，从而弥补单一片面的"文本话语形态"，同时上升至人类学、文学的审美和生态美学层面。利用文学话语形态理论的几个分支对《变》和《世事如烟》的创作相似性进行分析和解读，我们发现两部作品在"音乐特色""心理时间"、对"物"和"符号"的理解、"解构意识"这四个方面存在相似性，并且高度契合。结合余华多次在个人自述中表达的对新小说派代表作家罗伯-格里耶文学创作艺术的欣赏，我们更加相信对以上两部作品对比后得出的四个相似点的论证结果成立。更明确的支撑论据即余华先生本人对新小说派尤其是布托尔的创作理念的赞同还有待作家本人的确认，这也有待笔者接下来的进一步深化研究。

参考文献

[1] 唐代兴 . 文学话语形态：文艺学研究的新视域 [J]. 西南民族学院学报（哲学社会科学版），2001（12）：43-52.

[2] 时胜勋 . 中国艺术话语 [M]. 北京：中央编译出版社，2015：99.

[3] 户思社，孟长勇 . 法国现当代文学：从波德莱尔到杜拉斯 [M]. 北京：北京师范大学出版社，2015.

[4] 余华 . 音乐影响我的写作 [M]. 北京：作家出版社，2008.

[5] 余华 . 世事如烟 [M]. 北京：作家出版社，2012.

[6] 余华 . 没有一条道路是重复的（余华作品系列）[M]. 上海：上海文艺出版社，2005.

[7] 布托尔 . 变 [M]. 桂裕芳，译 . 北京：外国文学出版社，1983.

[8] 朱立元 . 当代西方文艺理论（增补版）[M]. 上海：华东师范大学出版社，2005.

[9] 马新国 . 西方文论史 [M]. 北京：高等教育出版社，2008.

[10] 普罗普 . 故事形态学 [M]. 贾放，译 . 北京：中华书局，2006.

[11] 时胜勋 . 中国艺术话语 [M]. 北京：中央编译出版社，2015：99.

[12] 彭富春 . 身体美学的基本问题 [J]. 中州学刊，2005(3)：241.

[13] 热奈特 . 热奈特论文集 [M]. 史忠义，译 . 天津：百花文艺出版社，2001.

[14] 余华，洪治纲 .《内心之死》（随笔集）[J]. 当代作家评论，2000 (3)：11-12.

[15] 孔范今，吴义勤，王金胜，等 . 中国新时期文学研究资料汇编：余华研究资料 [M]. 济南：山东文艺出版社，2006.

[16] 宋学智，许钧 . 法国"新小说"与中国当代先锋文学 [J]. 外语与外语教学，2005(3)：41-44.

[17] 余华 . 世事如烟 . 第 2 版 [M]. 北京：作家出版社，2012.

[18] Butor M . *La modification* [M]. Minuit, 1980.

[19] Deguise P.《 Michel Butor et le "nouveau roman"》[J]. *The French Review*, 1961, 35(2)：155-162.

[20] Jin J.*Histoire et fiction: une étude comparative des œuvres de Claude Simon et de Yu Hua* [D]. Paris 3, 2010.

[21] Jongeneel E.《 Michel Butor et le pacte romanesque: écriture et lecture

dans L'emploi du temps 》, *Degrés*, Description de San Marco et Inter-
valle [M]. José Corti Editions, 1988.

[22] Struebig P A. *La structure mythique de La Modification de Michel Butor*
[M]. Peter Lang Publishing, 1994.

作者简介: 周权, 女, 西安外国语大学西语学院与巴黎第八大学联合培
养的博士生, 主要研究方向: 法国文学和中法比较文学。

索福克勒斯《安提戈涅》中的身体意象论析

沈　澍

厦门大学外文学院

内容提要：安提戈涅与克瑞翁的冲突是自黑格尔以降众多文本阐释的聚焦点，然而却对作为冲突产生原因的波吕尼刻斯死去的身体关注不足。本文结合古希腊原文及不同译本，通过对《安提戈涅》中身体意象的梳理揭示出剧作家索福克勒斯时代的古希腊人对"身体"神圣性的重视及"身体"意象背后所蕴含的宗教和道德内涵。

关键词：《安提戈涅》；"身体"意象；神圣性；宗教；伦理

课题编号：浙江越秀外国语学院外国语言和文化研究院 2017A 字招标课题。

弑父娶母的俄狄浦斯在被逐出忒拜城之后，城邦的统治权落在了他的两个儿子波吕尼刻斯和厄忒奥克勒斯手中。二者约定轮流统治忒拜城一年的时间。但是在结束了一年的统治之后，厄忒奥克勒斯却拒绝让出王位。走投无路的波吕尼刻斯于是向忒拜城的宿敌阿戈斯求援，并带领着阿戈斯的六名将领与军队一道包围了忒拜城。最终，厄特奥克勒斯和波吕尼刻斯"在同一天死在了对方的手中"。阿戈斯的军队撤退之后，两位兄弟的舅父克瑞翁成了忒拜城新的统治者。他决定授予厄特奥克勒斯城邦英雄的称号，并为他举办隆重的葬礼；而对待波吕尼刻斯，克瑞翁却宣布：既不允许为他举办葬礼，也不允许人们为他哭泣。厄忒奥克勒斯和波吕尼刻斯的妹妹安提戈涅（也是俄狄浦斯乱伦行为的后果之一）则主张为哥哥波吕尼刻斯举行宗教葬礼。这就是古希腊剧作家索福克勒斯的悲剧《安提戈涅》的主人公安提戈涅与克瑞翁争执的焦点：是否该依照宗教习俗安葬波吕尼刻斯死去的身体。

在文学批评史上，结合《安提戈涅》文本展开讨论的人不胜枚举：黑格尔从伦理学的角度认为安提戈涅与克瑞翁的冲突是家庭伦理与国家伦理之间的冲突，二者均是普遍伦理力量外化为客观存在时的表现（张振华 2007：1–6，13）。拉康则从精神分析角度解读《安提戈涅》，用"欲望"代替黑格尔的"普遍伦理"，认为安提戈涅在"死亡驱力"的推动下捍卫埋葬波吕尼刻斯的神圣权力而与克瑞翁进行对抗的目的是"履行自己的目的、拥抱完满，实现自己的死亡欲望"（肖琼 2009：291-301）。伊格尔顿把安提戈涅视为一个"替罪羊"式的人物：她既是俄狄浦斯乱伦之罪的结果，又是城邦法律的违反者；她的死既为城邦洗清罪恶和污染源，又能作为奉献给神灵的祭品（肖琼 2009：291—301）。伊格尔顿的阐释显然是最"革命"、最彻底的，完全否定了安提戈涅主张中的人道主义精神。齐泽克则从安提戈涅的不幸中看到了克瑞翁表面维护城邦正义，实则为了满足权力施虐性快感的虚伪和安提戈涅歇斯底里行为中表现出的革命性（韩振江 2014：121-127）。朱迪斯·巴特勒认为安提戈涅作为乱伦的结果，从开始就被父权制排斥在由亲属关系所组成的象征界之外无法被认同，因此她并不惧怕权力，也不屈从于权力；这种被权力生产出来的主体的剩余作为某种"异类"成为权力之反抗力量的主要来源（王楠 2014：148-153）。从上述对《安提戈涅》批评史的梳理中，我们可以看出安提戈涅与克瑞翁之间的冲突成为自黑格尔以降众多文本阐释的聚焦点。然而，作为二者冲突焦点和根源的波吕尼刻斯的身体却从观众和文学评论家的视野中消失、克瑞翁对"身体"神圣性的僭越被忽视。在回归《安提戈涅》的古希腊文本以及比照不同译本的过程中，笔者发现索福克勒斯在剧中使用丰富的"身体"意象之目的在于呼吁人们重视"身体"的神圣性。本文希望通过对索福克勒斯笔下不同人物眼中"身体"意象的分析，揭示出剧中"身体"意象的宗教和伦理内涵。

一、安提戈涅眼中的"身体"

作为波吕尼刻斯的亲妹妹，死去的哥哥在安提戈涅的眼中绝不仅仅是一具冷冰冰的"尸体"。她与"身体"有关的一言一行都透露着对战争的控诉以及她与波吕尼刻斯之间深厚的兄妹情谊。

在戏剧开篇与伊斯墨涅的对话中，安提戈涅一上来就表达了自己对克瑞翁颁布的歧视性命令的不满。她首先提及厄忒奥克勒斯死后受到的优待，之后就开始向妹妹伊斯墨涅抱怨波吕尼刻斯受到的不公正待遇："我还听说克瑞翁已向全体市民宣布：不许人埋葬或哀悼那不幸的死者波吕尼刻斯。"（索福克勒斯 2004：297）这是促使安提戈涅挑战城邦法律的最初动机。她还询问妹妹"愿不愿意帮助我（安提戈涅）用这只手把尸首抬起来？（索福克勒斯 2004：298）在这里，"尸体"（νεκρός）的概念第一次出现在这部剧作中，用来形容

"惨死的"（ἀθλίως θανόντα）波吕尼刻斯的尸体。安提戈涅这么做的目的在于表达了她对战争的厌恶之情并提醒伊斯墨涅和观众们，她哥哥的死源自一场兄弟相残的悲惨结局。

与此同时，从安提戈涅话语中流露出的兄妹之情也充满了"身体"的意象。如戏剧的第 80-81 行，安提戈涅对妹妹说：

ἐγὼ δὲ δὴ τάφον χώσουσ' ἀδελφῷ φιλτάτῳ πορεύσομαι.

保罗·马松（Paul Mazon）版译文为（Sophcle2006：9）：

je vais, moi, de ce pas, sur le frère que j'aime verser la terre d'un tombeau.

理查德·哲布爵士（Sir Richard Jebb）版译文为（Sophcle1979：11）：

I will go now to heap a tomb over the brother I love.

罗念生版译文为（索福克勒斯 2004：299）：

"我现在要去为我最亲爱的哥哥起个坟墓。"

古希腊语的"兄弟"（ἀδελφός）由系词"ἀ-"与子宫"δελφός"组成，它最初的含义是"生于同一个娘胎"（issu du même sein），这种身体的意象在英译和法译中得到了完整保留。英译中的"brother"和法译中的"frère"分别来自盎格鲁·撒克逊语"brōþor"和拉丁语"frāter"。语言学家推测二者共同的印欧语词源为"*bʰréh₂tēr"（被孕育在同一子宫的人），其中的"*bʰer-"词根意即英语中的"bear"和法语中的"porter"（孕育）。同样，在第 511 行，克瑞翁当面质问安提戈涅难道不因与城邦作对、掩埋波吕尼刻斯而感到羞耻的时候，后者又一次强调了自己与哥哥骨肉相连的血脉关系："尊敬一个同母弟兄（ὁμοσπλάγχνους），并没有什么可耻。"（索福克勒斯 2004：309）"ὁμοσπλάγχνους"中的"ὁμο-"意即"同一个、相同的"；"σπλάγχνον"与"δελφός"一样，寓意"母亲的腹腔（子宫）"。与马松依然使用"frère"来翻译"ὁμοσπλάγχνους"不同，哲布用"your own flesh and blood"来代替"brother"，以凸显原文中的"身体"隐喻 **❶**。

安提戈涅的话使克瑞翁不得不面对一个活生生的事实，即她与波吕尼刻

---

❶ 相较之下，这种身体意象却因语系的不同而在中文翻译中略有出入，在这里需要做进一步的解释：《说文解字》中对"兄"的解释为"长也，从儿从口"；《通论》对其解释为"口儿为兄。儿者，人在下，以兄教其下也"；《六书精蕴》的解释为"从人从口，以弟未有知而诲之"。汉语中的"弟"字源自用绳索捆束木桩而出现的一圈圈的"次第"。《尔雅·释亲》有云："男子先生为兄，后生为弟"。从上述四处解释我们可以看出汉语与印欧语系在解释"兄弟"概念是都强调兄弟同胞的身体意象；不同之处在于，汉语中的"兄弟"一词包含还以下两种含义：一是强调年龄的长幼；二是强调为兄人生阅历的丰富性以及对为弟者的教化责任。

斯乃至厄忒奥克勒斯都来自同一个母亲的身体、流淌着同样的血液——包括她在内的俄狄浦斯的四个子女是平等的。况且，在《俄狄浦斯在克罗诺斯》里，她的两个哥哥都被俄狄浦斯诅咒、注定死在对方的手上❶。因此，无论是出于家庭还是公平的考虑，安提戈涅埋葬受到不同待遇的波吕尼刻斯的尸体就具有确实的合法性。索福克勒斯使用被当权者视为异类的安提戈涅作为戏剧的标题和主角，意在对雅典那些无视亲缘伦理、质疑传统的人提出警告，并向观众强调建立在身体伦理和血缘关系基础之上的家庭是人类首要的共同体，是自然而神圣的。

二、克瑞翁眼中的"身体"

与安提戈涅截然相反，在克瑞翁的眼中城邦叛徒的尸体就应该一文不值、成为被唾弃和贬低的对象。

作为城邦这艘大船的新领航者（索福克勒斯 2004：300），克瑞翁自认为是一个理智的城邦治理者。他看到了拉伊俄斯一家给忒拜城所带来的灾祸及无差异化带来的种种恶果，例如，俄狄浦斯弑父娶母的行为、俄狄浦斯与他四个孩子的关系等。于是他决心在旧的家庭关系之上重新建立起新的差异，以便区分善与恶、朋友与敌人、城邦的守卫者与叛徒从而确保不使刚刚经历战争创伤的忒拜城再次处于动荡之中。因此，自登上舞台那一刻，他就树立自己的权威并表明自己的态度：波吕尼刻斯是流亡者和城邦的敌人；在他的政令之下，"坏人不会比正直的人受人尊敬。"（索福克勒斯 2004：301）但是克瑞翁也许没有意识到，他的决定已经犯下了渎神的罪名。

在开篇与伊斯墨涅的对话中，安提戈涅就已经开始控诉克瑞翁过分的决定（第 29—30 行）：

ἐὰν δ' ἄκλαυτον, ἄταφον, οἰωνοῖς γλυκὺν θησαυρὸν εἰσορῶσι πρὸς χάριν βορᾶς.

马松版译文为（Sophcle 2006：5）：

on le laissera là, sans larmes ni sépulture, proie magnifique offerte aux oiseaux affamés en quête de gibier.

哲布版译文为（SophcleP979：11）：

leave him unwept, unentombed, for the birds a pleasing store as they look to satisfy their hunger.

---

❶　索福克勒斯：《俄狄浦斯在克罗诺斯》，第四场。

罗念生版译文为（索福克勒斯 2004：297）：

"使他得不到眼泪和坟墓；他的尸体被猛禽望见的时候，会是块多么美妙的贮藏品，吃起来多么痛快啊！"

通过对比，我们可以看出"没有眼泪"（ἄκλαυτον）、"没有坟冢"（ἄταφον）的画面在三种译文中都得到了很好再现。同时，波吕尼刻斯的尸体对那些饥饿难耐、期待着大快朵颐"猎物"（βορᾶς）的猛禽们来说是块"极好的宝藏"（γλυκὺν θησαυρὸν），这一点在三种译文中的表现却不尽相同。马松使用了被动式：波吕尼刻斯的尸体作为"美妙的战利品"（proie magnifique）"被赠送"（offerte）给那些苦苦寻觅"猎物"（gibier）的饥饿的猛禽们；哲布的译文中，波吕尼刻斯的尸体对于那些正在期望满足饥饿感的猛禽们来说是一块"美妙的贮藏品"（pleasing store）；而罗念生的译文使用了与哲布相似的处理方式，只不过强调了原文中的动词"望见"（εἰσορῶσι）和猛禽们享用波吕尼刻斯尸体时的"快感"（χάριν）。克瑞翁颁布这一政令的目的在于用波吕尼刻斯身体悲惨的遭遇来恐吓城邦的民众，使他们亲眼鉴证身体的破碎和消亡，从而激发他们的恐惧并强化他们对人类必死性的认识；使他们不再对神明抱有幻想，从而乖乖听命于城邦新的统治者。

通过对克瑞翁政令的分析，我们认为克瑞翁的渎神行为体现在以下四个方面：首先，在古希腊社会中，人和神是同形同性的（anthropomorphisme），"当人处于风华正茂的青春年代时，人体仿佛就是神的一种形象，一种反映"（让 – 皮埃尔·韦尔南 2001：358）。在人死后，以虔敬的方式"安葬"（τάφῶ）和"哀悼"（κωκύω）处理逝者的遗体也是古希腊宗教仪式的一部分。例如，在《伊利亚特》的最后一卷中，荷马就详尽地描绘了特洛伊国王普利亚摩斯（Priam）是如何不惧危险，只身前往希腊人的军营与阿喀琉斯（Achille）交涉，只为取回并按照宗教礼仪安葬儿子赫克托尔（Hector）的尸首（荷马 2004：601）。依照古希腊的传统，得不到埋葬的死者不仅无法渡过冥河，甚至连与神明同形的身体都被贬低成为飞禽走兽的食物，这对天上和地下的神明都是大大的不敬。因此，克瑞翁暴露波吕尼刻斯尸体的命令必然会引起众神的厌恶。其次，克瑞翁的过失还在于混淆了"以应有的丧礼埋葬（死者）"（κτερίζω，第 204 行）和"用埋葬对某人表示尊敬"（τιμάω，第 514 行）二者之间的区别。"κτερίζω"是对神明尽一种"义务"，而"τιμάω"意在"荣耀一位死者"。克瑞翁没有意识到二者之间隐喻性的区别，把原本应该给予"不死者"（immortel）的荣光当作是给予"死者"（mortel）的荣耀，所以才拒绝安葬波吕尼刻斯。他的儿子海蒙也向他提醒了这一点，说他"践踏了众神的权力"（索福克勒斯2004：315）；安提戈涅也说埋葬死者是"天神制定的永恒不变的不成文律条，它的存在不限于今日和昨日，而是永久的，也没有人知道它是什么时候出现的。"（索福克勒斯2001：308）但是海蒙和安提戈涅的话并未迫使克瑞翁改变主意。这就是克瑞翁的第三点过失，即他的"性格"（*ethos*）过失。索福克勒斯笔下"出身高贵"的英雄人物都具有一个共同的特点，那就是"坚定不移"或者是"泯顽不化"的性格——克瑞翁说过："要我让步自然是为难。"（索福克勒斯2004：324）但是这种刚强的个性往往使他们的决定或行动付出沉重的代价。克瑞翁过失的最后一点在于他已经向忒拜城（的人民）"宣布了"（ἐκκεκήρυκται，第203行）禁止埋葬死者身体的命令。因此，这就成了不可撤销的事实，再无后退的可能。克瑞翁希望通过惩罚波吕尼刻斯引起城邦民众对叛徒的厌恶，并树立起自己至高无上的权威。但是自那一刻起，他的"肆心"（hybris）就开始超出众神忍耐的极限并践踏城邦的民主（démocratie）。在索福克勒斯一步步的铺垫下，一个一心想树立权威的克瑞翁最终遭遇了妻儿双亡的惨剧。

三、其他人物眼中的"身体"

除了在是否埋葬城邦的敌人这个问题上针锋相对的安提戈涅和克瑞翁，索福克勒斯还通过剧中的其他人物表达自己对"身体"神圣性的重视，其中提到波吕尼克斯尸体最多的是卫兵。古希腊悲剧中，人的尸体是被禁止出现在舞台上的，因此索福克勒斯便借卫兵之口描述波吕尼刻斯"身体"的遭遇（第255行）：

ὁ μὲν γὰρ ἠφάνιστο, τυμβήρης μὲν οὔ,

马松版的译文为（Sphocle2006：23）：

Le corps ne se voyait plus; non qu'il fût enterré,

哲布版的译文为（Sphocle1979：29）：

The dead man was veiled from us – not shut within a tomb,

罗念生版的译文为（索福克勒斯2004：303）：

"尸体已经盖上了，不是埋下了，"

遗憾的是，三个不同版本的译文都未能准确地表达出古希腊原文中索福克勒斯想要传递出的"身体"意象。卫兵选择单独使用阳性定冠词"ὁ"来指代波吕尼刻斯的尸体，意在表达后者死后受到的不可描述的虐待。一个人有

他的名字，一个尸体有他的名字，世上的万事万物都有它们的名字。但是一
具本体被彻底摧毁、价值被削减得一无所有的尸体是难以名状的。不仅如此，
索福克勒斯还用了一系列的修饰语（épithète）来形容波吕尼刻斯尸体腐烂和
被毁坏的惨状：他（卫兵）亲眼看见安提戈涅在埋葬那"不许埋葬"（ἀπεῖπας）
的尸首（第405—410行）；他和同伴拂去"正在腐烂的尸体"（μυδῶν σῶμα）
上的沙子。他还讲道：安提戈涅一看到波吕尼刻斯那"裸露的尸体"（ψιλὸν
νέκυν），就放声大哭，并诅咒那些拂去沙子的人（第426行）。索福克勒斯用
生动而残酷的语言展现了波吕尼刻斯尸体的命运，意在从侧面表明对尸体履
行丧葬仪式的必要性。对活人而言，未被掩埋的尸体之所以可怕，正在于它
所呈现出的强有力的感官证据以最生动的方式证实了人类的必死性（阿伦斯
多夫 2013：98）。通过使"尸体"神圣化的丧葬仪式，人们既避免了目睹肉体
具体、生动的死亡过程，又不用直面人类必死性的恐惧。

剧中另一位强调"身体"神圣性的人物是忒瑞西阿斯，身为忒拜城先知
的他一上台就警告克瑞翁渎神的行为已经使他"行走在命运的刀尖上"（第
996行）。忒瑞西阿斯通过失败的占卜，预感到克瑞翁错误的决断给城邦带来
了不幸：因为祭坛和灶台里都被恶犬和猛禽们塞满了从可怜的俄狄浦斯儿子
身上扯下的"食物"（βορᾶς，第1017行）。在戏剧开头歌队的第一合唱歌里，
人被歌颂为自然的主宰："奇异的事物虽然多，却没有一件比人更奇异……
什么事他都有办法，对未来的事也样样有办法，甚至难以医治的疾病他都能
设法避免，只有无法免于死亡。"（索福克勒斯 2004：305）——死亡是人类与
神之间最基本的差别。而现在，与神同形的人类身体则被贬低为飞禽走兽的
食物，这难道不是对神明的亵渎么？接着，忒瑞西阿斯又向克瑞翁指出他
渎神的举动所带来的严重后果（第1022行）：在吞食了"被杀的人身上的血
肉"（ἀνδροφθόρου αἵματος λίπος.）之后，鸟儿也不再发出象征着吉祥征兆的叫
声了。

最后，忒瑞西阿斯向克瑞翁一针见血地指出他触怒众神的真正原因：其
一是他"第二次杀死"（ἐπικτανεῖν）了那个"已死之人"（τὸν θανόντ'，第1030
行）。不第二次杀死一个人是因为古希腊人认为人在死后并没有真正的消失，
而是以另一种方式在阴间继续生活；因此要把尸体埋在土中以确保他在阴间
还能拥有完整的身体。其二是他不仅使用卑鄙的方法，将一个属于"人间"
（"上界"，ἄνω）、"灵魂"（ψυχήν）还活着的人，即安提戈涅禁闭在地下墓穴中，
还把属于"阴间"（"下界神明"，τῶν κάτωθεν θεῶν，第1068—1071行）的波吕

尼克斯的尸体"νέκυν"留在人间，剥夺了他的葬礼和坟墓。在战胜了以父亲克洛诺斯为首的提坦神后，世界被宙斯三兄弟所统治——波塞冬掌管海洋、宙斯掌管人世与天空、哈迪斯掌管大地，有关死者的事凡人不能干涉，奥林匹斯山的众神也不能过问。克瑞翁在"人间"和"阴间"制造混乱的行为打破了宇宙间的神圣秩序，让死去的波吕尼克斯肉身在人世间流浪、无法在另一个世界继续生活，这种举动践踏了"身体"的神圣性，因此将受到毁灭之神和冥王的报复。

四、结语

在安提戈涅的眼中，哥哥的"身体"不仅代表了对战争的控诉，还每时每刻都体现着他们兄妹二人之间的血脉关系。这种天然的伦理关系决定了"身体"是神圣不容亵渎的。而在克瑞翁的眼里，贬低波吕尼刻斯的"身体"、赤裸裸地展示人类的"必死性"是他树立威权的手段。他固执己见践踏"身体"的神圣性并公然挑战众神的权威，最后遭到了应有的惩罚。除此之外，索福克勒斯也借卫兵之口，通过对波吕尼刻斯尸体所遭待遇生动而残酷的描写，从侧面强调了对尸体履行丧葬仪式的必要性。剧作家还通过先知忒瑞西阿斯向克瑞翁和观众表明维护身体的完整和维护人间与阴间的神圣秩序是确保"身体"神圣性的两个重要手段。结合古希腊原文及不同译本对《安提戈涅》中"身体"意象的分析，使得我们摆脱了过去分析中片面强调戏剧主角冲突的局限性，将注意力重新转向引发冲突的根源——波吕尼克斯死去的"身体"。在索福克勒斯强调"身体"的神圣性背后，我们看到的是公元前五世纪雅典民主危机之前人们对"人神同形同性"宗教的虔诚和对传统道德伦理的重视。

参考文献

[1] 张振华.试论黑格尔〈安提戈涅〉解释[J].同济大学学报（社会科学版），2007，18(4)：1-6，13.

[2] 肖琼.谁是悲剧英雄？——《安提戈涅》的三种经典解读[J].马克思主义美学研究，2009，12(2)：291-301.

[3] 韩振江.安提戈涅：赤裸生命的抵抗——论齐泽克对《安提戈涅》的意识形态阐释[J].马克思主义与现实，2014(1)：121-129.

[4] 王楠.性别与伦理间的安提戈涅：黑格尔之后[J].外国文学研究，2014(3)：148-153.

[5] 索福克勒斯. 安提戈涅. 罗念生全集 (第二卷), [M]. 上海：上海人民出版社，2004.

[6] 让 - 皮埃尔·韦尔南. 神话与政治之间 [M]. 余中先，译，北京：生活·读书·新知三联书店，2001.

[7] 荷马. 伊利亚特. 罗念生全集 (第五卷) [M]. 上海：上海人民出版社，2004.

[8] 阿伦斯多夫. 希腊肃剧与政治哲学——索福克勒斯忒拜剧作中的理性主义与宗教 [M]. 袁莉，等译. 北京：华夏出版社，2013.

[9] Sophocle. *Antigone*[M].traduit par Paul Mazon, Paris : Les Belles Lettres, 2006.

[10] Sophocle. *Antigone*[M]. translated by Richard C. Jebb, Cambridge: Cambridge University Press, 1979.

作者简介：沈澍，男，厦门大学外文学院助理教授，法国利摩日大学文学博士。主要研究方向：法国文学与古希腊的比较研究。

对《诗学》的再叩问

——问题学新修辞学对亚里士多德戏剧理论的超越

沈　澍　史忠义

厦门大学外文学院　浙江越秀外国语学院外国语言文化研究院

摘要： 公元前4世纪，当戏剧在古希腊城邦逐渐走向没落时，亚里士多德挺身而出用《诗学》为戏剧在哲学和城邦政治前辩护，开创了西方戏剧理论的学术原点。两千多年后的今天，我们以布鲁塞尔新修辞学派的奠基人米歇尔·梅耶的问题学哲学为指导，重读并叩问亚氏的诗学理论，旨在从戏剧的起源、本质、创作技艺和功用等方面入手，探讨梅耶如何从差异的角度重新定义戏剧的起源及与其他文学体裁之间的关系，重构戏剧的创作和审美实践，超越经典，提出新的问题学戏剧思想及文学研究方法论。

关键词： 亚里士多德；戏剧理论；问题学；新修辞学；历史性

Re-questioning the Poetics: the transcendence of Aristotelian dramatic theory by the new problematological philosophy of rhetoric

Abstract: In the 4th century BC, when the drama gradually declined in the ancient Greek city-states, Aristotle came forward to use *Poetics* to defend the drama in front of philosophy and city-state politics, and to create the academic origin of Western drama theory. Today, more than two thousand years later, guided by the philosophy of the problematology of Michel Meyer, founder of the Brussels school of rhetoric, we reread and interrogate Aristotle's poetic theory. Aiming at the origin, essence, creative techniques and functions of drama, this paper explores how Meyer redefines the origin of drama and its relationship with other literary genres from the perspective of "difference", reconstructs the creative and aesthetic practice of drama, transcends the classics and proposes new problematological drama theory and literary research methodology.

Key words: Aristotle; drama theory; problematology; new rhetoric; historicity

科研项目：本文系福建省社会科学基金青年项目"米歇尔·梅耶的戏剧理论研究"[项目编号: FJ2017C059] 中期成果

一、问题的提出

公元前5世纪末，随着雅典军队在伯罗奔尼撒战争中的失势，它的民主制度受到了质疑，悲剧的危机也接踵而至。公元前4世纪，随着古希腊社会从诗的时代进入哲学的时代，哲学开始为诗立法，"诗必须在真理、道德与城邦政治面前为自己辩护"（周宁 2003：160）。柏拉图毫不客气地对戏剧做出抨击，认为：①诗的摹仿是一种低劣的摹仿，并不曾抓住真理（柏拉图 1963：76，79）；②诗人的创作凭借的是诗神所赋予的灵感而并非后天习得的专业知识和摹仿技艺；③诗人们在其作品中放纵情感，用快乐和痛苦等欲念腐蚀人心。基于上述弊端，柏拉图认为诗人的创作必须以城邦与道德为尺度接受监督和审查，"除了颂神的和赞美好人的诗歌以外，不准一切诗歌闯入国境"（87）。

亚里士多德并不赞同老师柏拉图对戏剧所做出的尖锐而系统的批驳。他通过自己的著作《诗学》就老师的责难和质疑从肯定摹仿的真实性、诗作灵感和技艺的统一性及悲剧对人类心智和城邦政治的积极影响三方面为戏剧进行辩护（亚里士多德 27，81）。亚里士多德围绕戏剧本质、戏剧创作和戏剧功能建立起来的诗学体系对后世产生了深远影响，法国古典主义戏剧所提倡的"三一律"便是最好的例证（布瓦洛 1959：33）。然而随着浪漫主义在欧洲的兴起，以亚里士多德为旗号的古典主义戏剧法则的传统逐渐被抛弃，古典主义者所强调的摹仿被自由地理解所取代（周宁 2003：148）。20世纪初，布莱希特认为戏剧必须以辩证唯物主义和历史唯物主义的思想认识和反映生活，他主张用建立在"间离效果"基础上的"史诗剧"来打破摹仿说所制造的"幻觉"，激起观众心中的批判态度。

人们对戏剧的认识在叩问中不断发展。在问世后的两千三百多年里，历代剧作家和戏剧理论家都在特定的文化背景下回到《诗学》这一戏剧创作和理论思辨的"原点"，对其张扬的观点进行反复叩问与自我表达。正如问题学哲学的创始人、比利时新修辞学当代的集大成者、布鲁塞尔自由大学教授米歇尔·梅耶（Michel Meyer）所言："叩问构成智识活动不可超越的根基。"（史忠义 48）那么，西方戏剧是如何诞生的？它的本质是什么？相对于其他文学体裁，它处于何种地位？悲剧如何使人感到恐惧而喜剧如何使人发笑？戏剧在这个变动不居的世界中究竟承担何种任务？我们将循着由米歇尔·梅耶开创的问题学哲学所提供的思考路径，也回到西方戏剧理论的原点，再次叩问上述这些原初问题，力求揭示在人类与社会中心不断加深的、与道德和价值相关的问题性以及与其紧密相连的理性精神。

叩问 1：何为西方戏剧的起源？

除了列举戏剧的"首创者"并简要指出悲剧起源于酒神颂歌队领队的即兴口诵，喜剧来自生殖崇拜活动中歌队领队的即兴口占，《诗学》中并未对戏剧的起源做详细说明（亚里士多德 42，48）。有学者沿着戏剧是对酒神仪式的摹仿这一路径，考察神话—仪式—戏剧之间的缘生纽带。他们首先从古希腊语的"trag-oedia"入手将悲剧解读为"公山羊之歌"，进而将公山羊的形象与古希腊神话中酒神狄奥尼索斯的随从、半人半兽的森林之神萨提尔联系起来，建立戏剧与狄奥尼索斯崇拜之间的关系。但是，法国的希腊学家雅克琳·德·罗米伊指出该假设存在的问题，认为：①萨提尔从未明确地与公山羊关联起来；②如果因为萨提尔和公山羊都具有性格淫荡这一共性，酒神颂扬仪式就只能作为古希腊戏剧中的萨提尔剧的起源，而非格调庄严的悲剧之起源（罗米伊 2017：7–8）。为了弄清神话、仪式、山羊和戏剧之间的关系，就必须回到古希腊戏剧诞生的具体情境，从历史发生学的角度重新审视西方戏剧的起源。

英国人类学家詹姆斯·弗雷泽在《金枝》中描写了一些"原始"社会中季节更替时"杀死神王"的献祭仪式。他认为"杀死神王"行为的目的在于在王者身体出现衰弱征兆之前，将神的生命转移给强壮的继承者，从而避免受到宿主身体衰退迹象的玷污和腐化（弗雷泽 1998：393–417）。从问题学的角度视之，这种行为中存在着群体与个体、同一性与差异之间的辩证关系：群体为了界定自己的身份（同一性）及其边界，就必须在其内部"萃取"出一个凌驾于它之上、象征它、涵盖它的个体即部落的首领或者国王。他既赋予群体以身份和认同感，同时又使作为同质实体（entité homogène）的群体存在合法化。与此同时，权力（即部落首领或国王）身上的独特性反过来又与群体的同一性相背离。它代表了出格、僭越，是对群体同一性的威胁。因此，它又作为某种差异而被群体所排斥。随着历史的加速运行，当群体意识到其统一不能通过别的手段而只能通过消除差异方式的时候，就必须把权力拿来献祭。

但是权力不会坐以待毙。它必须寻找某种象征性的、用来转移情感的替代品，以保证自身能够生存下去。这种替代品必然也是有别于群体统一性的某种差异，如囚犯、奴隶、战俘、动物、女人、婴儿等。因此"悲剧"（tragédie）一词中的"tragos"（bouc 公山羊）和"替罪羊"（bouc émissaire）之间的联系就在于人与动物之间的差异使得羊（或隼、鹿、牛等权利的象征物）理所当然地成为代替"合法"国王位置的牺牲品。通过献祭仪式，人们目睹了"不合法的"差异消失的过程，群体的同一性再次得到强化，权力也延续了其合法、不可触碰的特性，而祭品则通过仪式再次确认了权力的神圣性。

在一个具有明显阶级划分的社会里，差异是显而易见的，权力很容易找到作为"替罪羊"的差异来再现自我牺牲的过程。然而，随着历史的加速运行，当一个社会的阶级变得越来越扁平化，人与神、人与人之间的界线愈发显得模糊的时候，献祭仪式中的"替罪羊"便被抽象为戏剧中的主人公，他们象征着有违群体同一性、被群体所排斥的差异。

西方戏剧诞生于古希腊历史加速运行的时期：从梭伦改革到雅典赢得希波战争胜利，再到它在伯罗奔尼撒战争中的彻底失败，雅典在百余年间经历了新旧事物相互碰撞所带来的各种内生性的危机。随着生产力的发展与民主制度的产生，平民的地位不断上升，另一部分以诸神为代表的旧贵族阶级的地位则在不断下降。人与神之间的差异在逐渐消失、存在着相互替代的可能。根本性的差异（如人与神、生与死、男与女、父母与子女之间的差异）都被打破并陷入混沌和尼采所谓"酒神式的"无差异化之中 ❶，一切原本已经存在的基础价值观也因其身上的问题性成为自身的隐喻即古希腊悲剧中常见的神谕、谜题和先知的预言。人们可以不顾及是非和真假，随心所欲地对隐喻进行阐释和解读，为自己的行动进行辩护。每个人都觉得自己拥有真理、都觉得神祇站在自己的一边。有些个体甚至做出了出格的、只有神祇才有资格做出的行为，即古希腊人所谓的"无度"或"肆心"（hybris）。个体的差异对群体的同一性造成了威胁，因此，必须被消灭或被排除在群体之外。古希腊的悲剧

❶ 在古希腊神话中，酒神狄奥尼索斯不仅是混乱之神、醉酒之神，还是无差异的代表和源头：他是天神宙斯与凡间女子塞墨勒的儿子，经历了死亡和重生，在游历了亚非之后又以异域神祇的身份回到希腊，他是"希腊诸神中永远的他者、永远的异类"（让-皮埃尔·韦尔南，马向民译：《宇宙、诸神与人》，上海：文汇出版社，2017年，第171页）。尼采说酒神是"情绪的放纵"的象征，因为在酒神祭祀仪式中，"人们打破一切禁忌，狂饮滥醉，放纵性欲……为了追求一种解除个体化束缚、复归原始自然的体验"（尼采，周国平译：《悲剧的诞生》，北京：生活·读书·新知三联书店，1986年，第2页）。

便在这种人与神差异的混淆及群体对个体的排斥之中诞生。例如，俄狄浦斯只从德尔斐的神谕中看到自己会弑父娶母。他出走科林斯、杀死亲生父亲拉伊俄斯，迎娶自己的亲生母亲的行为混淆了群体中最根本的伦理差异，导致忒拜城瘟疫横行、群体的同一性受到了威胁。戏剧末尾先知忒瑞西阿斯揭示隐喻的真正含义，自戕双目的俄狄浦斯被流放既象征着如实地理解隐喻、对虚假的同一性进行去字面意义（délittéralisation），又象征着群体排斥差异、重建同一性。随着隐藏在同一性下的问题被重新赋予新的回答，一切恢复了正常的秩序。

沿着相反的路径，我们可以演绎出古希腊喜剧的起源。如果说在历史加速运行的情况下，个体将群体根本性价值观当作隐喻，随心所欲地解读导致悲剧的诞生，那么个体没有察觉到历史的加速运行在群体同一性身上所留下的痕迹，死抠旧的同一性的字面意义（littéralité）则导致了喜剧的诞生。在阿里斯托芬的《马蜂》中，具有审判癖的老陪审员菲洛克里昂把两只狗当作诉讼对象进行虚构的审判。个体（菲洛克里昂）无视同一性（被告身份）在历史作用下所发生的改变，紧紧抓住旧回答或已经无效的同一性的字面意义不放（诉讼案件），喜剧便应运而生。

叩问 2：何为西方戏剧的本质？

在西方文艺理论史上，亚里士多德也是首位系统论述修辞术的学者。既然诗学和修辞学均属指导创作活动的制作型知识范畴，那么我们一定能够在《诗学》中找到修辞学的痕迹。米歇尔·梅耶从亚里士多德对悲剧的定义，即"（悲剧是）对一个严肃、完整、有一定长度的行动的摹仿，它的媒介是经过'装饰'的语言，以不同的形式分别被用于剧的不同部分，它的摹仿方式是借助人物的行动，而不是叙述，通过引发怜悯和恐惧使这些情感得到疏泄"（亚里士多德 63）中察觉到了其中包含的修辞学元素。在他的眼中，亚氏的悲剧定义"建立在三种要素即性情（ethos）、情感（pathos）和逻各斯（logos）的基础之上"（Meyer 26），而这三个要素也是修辞学的根基。

传统修辞学认为，"性情"表达说话者的情态和他所支持的价值观，代表着说话者的"自我"；"情感"表达对话方或受众的感动之情，代表"他者"；而"逻各斯"表达论辩的论据、行为的逻辑和言语的风格，代表建立说话者与对话方或受众之间联系的中介，即我们所处的这个艺术世界，或曰整部艺术作品。梅耶的解释更进一步，"自我""他者"联系二者的"艺术世界"这种建立在亚氏修辞学基础之上的三分法返回到了人性最根本和最深刻的问题，即"我们是谁？世界是什么构成的（我们能否谈论它）？如何在社会里与其他人一起行动?"（《布鲁塞尔修辞学派》33）

问题学新修辞学认为"性情"在代表"自我"的同时也代表着某种共通的人性。它在使说话者和听众接近的同时也让所有人都具备回答涉及每个个体重大问题的能力。"情感"在代表"他者"的同时也代表着那些引发人们欲望或恐惧、直接或间接触动人心的问题。这些问题与人类社会存在的各种重要差异有关。找到使观众敏感的问题就等于触发了听众的感动之情。"逻各斯"代表的"艺术世界"不仅表达问题学差异即问题与回答之间的差异，还操纵各种问题之间与各种回答之间以及前者与后者之间的差异。"逻各斯"中交织着各种问题与回答：表达一个问题其实是对先前另一个问题的回答。它既可以是问题学性质的（problématologique）回答，也可以是解决性的（apocritique）回答，因为一个对某些人来说已经解决的东西对另外一些人来说则可能成为一个问题。于是在"逻各斯"中就出现了"性情"和"情感"的分离及前者与后者的分离；一切皆为问题，即使从表面上看它毫无问题性可言（史忠义，向征 2017：48）。

因此，"性情 - 情感逻各斯"这一建构亚里士多德修辞学的三重耦合，被梅耶重新定义为"就某个（通过"逻各斯"给出的）特定问题对个体（"性情"和"情感"）之间距离或差异的协商"（《布鲁塞尔修辞学派》32）。戏剧的"性情"与戏剧人物的性格和情态有关。悲剧主人公都是出身高贵的英雄、国王或出身高贵的男女。他们"在一定程度上比其他人优越，但无法超越所处的自然环境，即'具有权威、激情和远比我们更强的表达力量，但所作所为既要服从社会评判，也要服从于自然规律'"（张喜久 2008：255）。而喜剧的主人公大多是出身低贱，他们是我们日常生活中经常能接触到的普通人。

戏剧的"逻各斯"描述"可能发生的事，即根据可然或必然的原则可能发生的事"（亚里士多德 81）。这种"逻各斯"具有摹仿性，再现了历史加速运行时正在发生的事和正在行动的人，借此让受众感知到什么才是错误的、会被群体同一性所排斥的差异。诗人使用"带格律的话语"（即诗体）这一不同于日常生活中人们说话的方式书写悲剧，是因为"这种形式的言语比其他形式都能更好地表达悲剧英雄灵魂或身份——总而言之即他们行动的高贵"（Meyer 29）。它更符合悲剧"性情"所要求的、间离悲剧主人公与一般人之间距离的要求。而日常生活中所使用的语言（即散文体）更加适合喜剧"性情"的要求，因为喜剧的主人公是我们的同类，与我们有着相似甚至相同的生活境遇。因此，这样的言语形式更有助于拉近他们与一般人之间的距离。

由戏剧所呈现的个体对同一性和差异的误读在受众那里引发"情感"上的回应，它是受众对戏剧中的行动者所提出的问题所做出的解决性回答。在喜剧中，对"性情"所犯下无度行为的回答是笑，受众们嘲笑那些对历史和现实反应迟钝的人们落入了差异所设下的圈套。在悲剧中，这种回答被亚里士多德称作怜悯和恐惧。剧情的突转使悲剧主人公从神坛上跌落，引发了观众们的恐惧；真相的揭露将高高在上的主人公拉回到和凡人同样的水平引起观众们的怜悯，由此便解决了悲剧主人公由于命运或过失犯下的无度行为所造成的问题。

"性情""情感"和"逻格斯"以特定的方式耦合构成了戏剧的本质特征，遵循着梅耶这种三位一体的新修辞观，我们可以重构亚里士多德所划分的戏剧与其他文学艺术形式之间的关系。

根据亚氏对悲剧、史诗和历史之间的划分，唯有"逻格斯"能够区别悲剧和史诗（亚里士多德 168–169）。梅耶赞同亚里士多德的这一观点，但认为这种不同并非体现在"逻各斯"言语形式的差异方面，而建立在言语表述对象问题性的差异之上：在史诗中，各种价值占据主导地位。言语所描绘的是某种世界的状态和与之相符的社会秩序，是"对已经发生且不再形成问题的事件的叙述"（《修辞学原理》203）。相反，戏剧的问题性更突出，它通过用面对面对话或对抗的方式将相异性和冲突性即自我与他人的距离、新旧之间的混淆及其效果舞台化，使观众在剧院内重新寻找和区分哪些是好的差异，哪些是导致人们失败、令人感到害怕的差异。相对于史诗，戏剧更强化"情感"维度的效果。因此，"逻各斯"中问题性的差异是区分史诗和戏剧这两种古希腊文学体裁的关键。梅耶把史诗和戏剧内部问题性的变异规律称为"引申义与忠实义的互补规律"（loi de complémentarité du figuré et du littéral），我们在此简述如下：

——问题被忠实表达的程度越高，该文本明确展示解决办法构成的机会便越大。问题学差异通过字面忠实义体现，反馈到被说话者与听众分享的共同世界；

——问题被忠实表达的程度越低，文本形式承担表达神秘性（énigmani-cité）的负担便越重，表达这种神秘性的修辞格和修辞形象就越多；

——在文学作品中，问题性的梯度围绕"性情—情感—逻各斯"之间的关系展开。在每种体裁里，修辞的形象性和写实性皆为问题学差异的表达。

梅耶从引申义和忠实义的对比角度，重新定义了戏剧与其他文学形式之间的关系（《修辞学原理204》）（表1）：

表1　梅耶所定义的戏剧与其他文学形式间的关系

主题	性情 ethos	逻各斯 logos	情感 pathos
引申性 figurative	《伊利亚特》（与英雄们的性情有关）	《奥德赛》（史诗）	埃斯库罗斯、索福克勒斯和欧里庇得斯的悲剧
写实性 réaliste	柏拉图的辩证性和哲学论辩的散文体虚构	希罗多德（以及后来修昔底德）的历史著作	阿里斯托芬的喜剧

从调动"情感"的角度视之，由各种隐喻和形象性的言语编织而成的文本属于悲剧；相反，言语更加贴近观众们经历的各种情景、凸显现实世界中的一事一物的文本，无论它是否会引人发笑，都属于喜剧范畴。从"逻各斯"的属性来看，以《奥德赛》为代表的史诗和历史都反映着世界的秩序，前者基本采用引申义，后者基本上写实。从"性情"角度视之，两种体裁张扬的都是"自我"的视点和问题，《伊利亚特》的引申性言语使用各种隐喻，更能够体现出英雄人物与普通人的差距。而柏拉图的写实性言语更准确地反映叙述者的观点，它建构在理智之上，更忠实地接触那些构成共同世界的基本参照物。

叩问3：悲剧何以使人感到恐惧？喜剧又何以使人发笑？

在亚里士多德围绕如何进行戏剧创作以使其在观众那里达到预期效果的剧作法体系中，包含了"突转""苦难""发现""结"和"解"等元素的情节被亚里士多德视为"戏剧的目的、根本和灵魂"。本节将遵循剧情展开的先后次序，尝试从历史性（historicité）的角度来回答戏剧何以打动观众的问题。

首先，根据亚里士多德的定义，"结"由剧外事件和部分剧内事件一起组成，位于戏剧最初始的部分，并止于戏剧人物境遇即将发生转变的那一刻。布瓦洛认为，在创作戏剧时要把"结"写的"难解难分，把主题重重封囊，然后再说明彰显，将秘密突然揭破，使一切顿改旧观，一切都出人意料，这样才能使观众热烈地惊奇叫好"（布洛瓦34）。而梅耶则认为被包裹在"结"之中难解难分的并非戏剧的主题，而是失效的旧回答。加速运行的历史使群体内部的同一性发生了断裂。社会的根本性价值观和参考系被纷纷质疑,人们无法分辨出哪些回答有效、哪些是徒有其表。"结"代表这种问题与回答的混淆,剧情在这种混淆之中展开。过分的隐喻让人不再按照字面意义理解旧的回答。野心家、残忍的人、嫉妒者、尖酸刻薄的人不再受到任何字面意义上的善恶的束缚。鉴于由字面意义构筑的围栏和禁忌已经消失,加速运行的历史便被这些人用来满足自己的激情或为自身谋取利益。因此,欧里庇得斯笔下的阿伽门农和美狄亚便能够从隐喻的角度依照自己的目的或喜好来阐释那些由字面意义保护着的、本不应被僭越的基本价值观,如对生命和亲缘关系的尊重。

随着主流的价值观被戏剧主人公践踏,原本不容置疑的东西被搞得问题重重:"亲爱的人互相疏远,朋友变为陌路,兄弟化成仇雠;城市里面有暴动,国家发生内乱,宫廷之内潜藏着逆谋;父不父,子不子,纲常伦纪完全破灭。……有他(爱德伽)这样逆亲犯上的儿子,也有像我们王上(李尔王)一样不慈不爱的父亲"(莎士比亚 1994:441—442)。加速历史所带来的过度隐喻化与字面意义上奠基性的社会价值观相互碰撞,产生被亚里士多德定义为"苦难"的那些"毁灭性的或包含痛苦的行动"。(亚里士多德 89—90,106)

当原本处于顺达之境的主人公瞬间转入败逆之境时,戏剧便进入一个被称为"解"的新阶段,它"始于变化的开始,止于剧终"(131)。亚里士多德将情节发展突然的转向称为"突转"。"突转"意味着对戏剧主人公和观众双重期待的背离,它促使观众对戏剧中所发生的事件进行思考:失效的旧回答随着历史的演进变成了充满问题性的、对其自身的隐喻(如俄狄浦斯的身世之谜)。随着问题性增大到某个临界值,旧回答犹如堤坝一般瞬间崩塌,使戏剧主人公暴露在新旧回答的冲突中,真实存在的差异从隐喻之中显现出来。到达临界值的那一刻便是情节发生突转之时。

在受亚里士多德青睐的复杂情节中,"突转"和代表戏剧人物从不知到知转变的"发现"如影随形,并且最佳的发现往往与突转同时发生(89)。"发现"揭露已经失效的旧回答身上的隐喻性,使人们(包括剧中人物和观众)对剧中人物彼此间的关系或某种事件端倪突然明了。从结构层面来看,"发现"按照新的因果逻辑重新编排了戏剧人物的历史,呈现出作者对世界的一种解释,象征着新秩序的创立或某种根本性秩序的回归。它是剧作家针对剧中具有问题性的无度行为所提出的解决方案——在悲剧的末尾往往会出现一名头脑清醒、重建秩序的"反对者"。他会向所有人,尤其是悲剧主人公宣布字面意义上的不可侵犯。在与"反对者"的对抗中,不恰当的隐喻在那些沉湎于其中的人（如俄狄浦斯）或对其作出过度解读的人（如克瑞翁）面前瓦解，悲剧主人公被重新拉回到一个忠实于价值字面意义、被群体所认可的真实社会中。过度隐喻性破裂的那一刻同样也是悲剧性爆发的一刻。揭露被隐喻所遮蔽的差异往往伴随着主人公付出生命的代价。由此，如表2，我们可以将悲剧情节的各要素重新定义为：

表2　悲剧情节各要素的重新定义

结	因不断加深的隐喻性所产生的问题与回答的混淆
苦难	过度的隐喻与字面意义的相互碰撞
解	惩罚无度者和重建秩序
突转	用字面意义如实地破除过度隐喻的神秘性
发现	无度者意识到他们所相信和希望的东西事实上都充满了各种隐喻

除情节之外，人物性格的刻画在《诗学》中位列戏剧六大要素中的第二位。那么悲剧中"比今天的人更好的人"何以成为亚里士多德心目中能够打动人心的标准主人公形象？

首先，亚里士多德在设定标准悲剧人物形象时以与群体同一性背道而驰的差异为参照物。他们应该是"声名显赫、生活顺达、出身高贵的著名人物"。但古希腊神话中不死的神尚有七情六欲，必死的凡人又怎能完美无缺？因此，悲剧人物的性格应该"既不具有十分的美德，也不是十分的公正"（97）。在这样的身份和性格配合下，悲剧的主人公才显得与众不同。正如我们在叩问戏剧起源时所强调的：在群体的眼中，任何差异都必须付出代价。只有当克瑞翁从高高在上的王位上跌落时，群体所重视的同一性才能被重新恢复。悲剧主人公身上脆弱性重新在他们身上显现出来，在"凡人"中制造出"某种暂时的认同，将他的不幸变成某种共同和普遍的事物"（Meyer 25）。

其次，在精心设计的悲剧情节中，主人公从顺达之境转入败逆之境并遭受苦难"不是因为本身的罪恶或邪恶，而是因为犯了某种后果严重的错误"（亚里士多德 97-98）。从历史性角度来看，当旧的同一性被历史逐渐消磨，被群体所认同的正确差异就会变得支离破碎，社会则陷入由同一性无差异化所产生的一片混沌之中。人们以为自己在做一件正确的事，但其实却恰恰相反：忒修斯因妻子费德拉的遗书而诅咒儿子希波吕托斯，却不知背后作祟的是爱神阿芙罗狄忒的嫉妒和费德拉的诬陷；阿伽门农为了使希腊舰队启航，遵从了先知的预言，将长女伊菲革涅亚作为祭品献给狩猎女神阿尔忒弥斯以平息她的愤怒。每个人都认为自己掌握着正确的回答，不肯屈从于他人的意见，直至发生正面的冲突：安提戈涅将克瑞翁颁布的禁止埋葬波吕尼刻斯的命令隐喻为与自然法相抵触的城邦法；而克瑞翁则将自己颁布的禁令隐喻为对一切背叛和犯罪行为的惩罚。禁令的字面意义已经无法抵挡历史的加速运行，戏剧人物间的冲突也就应运而生。正如黑格尔所说：安提戈涅和克瑞翁之间的冲突并非善与恶之间的冲突，而是两种片面合理性之间的冲突。两位主人公都认为自己掌握着真理，一直将冲突推向顶峰。因此，悲剧人物的真正错误在于把一切都以隐喻的方式对待而没有意识到其中的差异，于是就忽视了同一性表象之下的问题。主人公自身对同一性身上过度的隐喻性和形象性进行过度阐释是导致悲剧主人公付出沉重代价、引发观众恐惧的原因。

喜剧又如何使人发笑？同样根据历史性的概念：一些陈旧的回答随着历史的加速运行被逐渐隐喻化，把各种差异隐藏其间，使同一性具有了象征意义。当有人说"美狄亚是一条毒蛇"时，他就抹去了人与动物之间字面意义上的差异，提出"美狄亚究竟是不是人"的问题。美狄亚和毒蛇之间的共同点即恶毒成为这一问题的新解决方案。与悲剧相反，喜剧中加速运行的历史已经使群体接受了新的回答，但还有一些人坚持从字面忠实义的角度理解已经象征化了的同一性。喜剧的突转体现在各种文字游戏、张冠李戴和各种各样的身份混淆（主仆之间、男女之间）之上。它们所带来的苦难落在了这些"历史的迟到者"身上，令那些已经经历历史、超越其所造成的问题性而置身事外的观众们感到可笑和幼稚。例如，一扇被擦得十分干净的玻璃门可以欺骗一个撞上它的那个人，却骗不过其他旁观者。在喜剧末尾，主人公追上了历史的脚步，终于发现了群体已经建构起的新同一性，秩序在主人公不需付出生命代价的情况下得到回归。与亚里士多德认为"喜剧倾向于表现比今天差的人"（39）不同，梅耶认为喜剧主人公其实是我们的同类人，他们有着和我们相同的生活环境和说话方式。他们与观众唯一的区别在于没有意识到同一性发生的变化，顽固地将自己围于旧回答的字面意义和一些不再通行的、对群体已经无关紧要的价值观之上。因此，他们才具备某些"比今天差的人"的特点，如愚蠢、无知、幼稚、怪癖或被夸大的普遍性缺点。在情节展开的过程中，对差异的不同感知创造出喜剧人物和观众之间的距离。因此，与现实的错位是滑稽性产生的根源。

叩问 4：何为戏剧的目的和功用？

为了回应哲学家们对戏剧功用的质疑（柏拉图 163：88），亚里士多德在《诗学》中指出戏剧，尤其是悲剧借助摹仿所带来的恐惧和怜悯激发观众的快感，释放其人格之中过强情绪，以达到适度和理性的状态。这种状态不仅有益于个体，也有益于城邦。但问题也随之产生，即恐惧和怜悯这两种令人痛苦的情绪如何才能通过被亚里士多德称为"卡塔西斯"（catharsis）的转化成为令人愉悦的快感？

自文艺复兴以来，西方学者们对"卡塔西斯"的解释大致分为"宣泄说"和"净化说"两类（亚里士多德 8-9）。持"宣泄说"的学者认为"卡塔西斯"的作用在于使郁积于人们心中的怜悯和恐惧宣泄出来，以避免引起不好的结果。而悲剧恰好提供了一个无害的、公众乐于接受的、能够调节生理和心态的途径，使人们把怜悯和恐惧疏导出去，以保持心态的健康（亚里士多德 227-228）。持"净化说"的学者认为作为宗教术语，"卡塔西斯"具有净化心灵、升华精神的功效（朱光潜 1987：468）。王柯平将悲剧引起的情感宣泄整合进了净化过程之中，指出悲剧所激起的恐惧和怜悯顺势促发了观众内在情感的宣泄；而凭借这种宣泄，观众获得了心理解脱或审美满足；同时观众还可能在悲剧英雄行动的感召下，涤除思想与欲求中的杂质，获得道德上的净化或升华（王柯平 2012：62-63）。有学者则认为"宣泄说"和"净化说"均缺乏足够的说服力。罗念生从亚里士多德伦理学的核心思想"中庸之道"出发，认为由于悲剧中的恐惧和怜悯都是剧作家由理性手段激发而出，因此都比较适度。观众通过每次观剧，锻炼自己控制情感的能力，使他发生的恰如其分。因此，他认为"卡塔西斯"意为"陶冶"，以凸显戏剧对社会道德的良好影响（亚里士多德 10-12）。另有一派学者认为"卡塔西斯"并非发生在戏剧之外、作用于观众的心理，而应该由戏剧情节所带动发生在剧中的主人公身上。美国古典学家埃尔斯认为亚里士多德在《诗学》中所提及的"苦难"主要发生在近亲之间。古希腊人眼中杀死至亲的行为是难以辩解的罪过，它涉及以原始宗教为背景的"血污"（blood pollution）观念。为了弥补自己的过失，当事者必须接受某种形式的惩罚和必要的净洗，甚至受到神的惩罚。于是，"卡塔西斯"便被赋予了"洗涤"的含义，它所涤除的对象并非观众思想和欲求中的杂质，而是戏剧中引发恐惧和怜悯的事件（周宁 2003：206）。

在对戏剧本质进行的叩问中我们指出：喜剧引发的笑和悲剧引发的恐惧

和怜悯是观众就戏剧行动者误读同一性和差异所提出问题的情感性回应。这是一种对"他者"即相异性做出的反应，属于问题学新修辞学体系中"情感"（pathos）的范畴。梅耶认为这种回应的功能既非"宣泄"又非"净化"，亦非"陶冶"和"洗涤"，而是一种"解决"（resolution）。它与问题学差异的历史性息息相关。"差异性是历史唯一的先验性规律，它以不同的方式作用于社会、政治或经济，它们各自实践着独特的加速节奏"（《差异排斥历史》117）。当历史开始加速运行、问题性不断增强时，兼具隐喻性和字面意义根本性差异就提出了一个重大问题：如果隐喻中既存在问题又存在解决问题的办法，那么该怎样将问题从回答的范围中排斥出去？怎样才能避免问题与回答之间的混淆？

古希腊人是西方历史上最先经历这种问题与回答相混淆的一群人。公元前5世纪之前的古希腊是一个由神话即秘索斯（muthos）主宰的社会，群体的同一性和基本价值观建立在人与神之间基于生死、男女、亲缘关系的差异之上。然而，随着人对世界的了解不断深入，二者间的冲突也不断加深。自公元前5世纪起，上述奠基性的差异有被赶下神坛的趋势，凶杀和乱伦这些只有诸神能够实践的行为在人类社会愈演愈烈。对诸神的迷信逐渐瓦解，一些人抓住隐藏在既有回答之中的问题性，趁机混淆那些构筑群体同一性的差异。因此，群体为了维持其身份，就必须对哪些是好的、对群体来说是有利的差异做出解答。涂尔干在《宗教生活的基本形式》中区分了积极（positif）仪式和消极（négatif）仪式（涂尔干第三章）。积极仪式的目的在于歌颂正确的差异并将其神圣化、纳入群体的同一性之中；消极仪式的目的在于和那些令人感到恐惧或具有欺骗性的东西保持距离，将有害的差异排除在群体之外。在一个神与人之间的界线逐渐模糊的社会里，脱胎于宗教仪式的戏剧便承担起揭露和排斥群体内部有害差异的任务。它通过摹仿冲突和对话呈现差异以及困扰着戏剧人物的真正问题，使他们注意到个体不区分或无法区分正确回答时引发的后果，并在戏剧的末尾使被混淆的基本价值观回归或重建对立双方之间的差异，从而打消人们对无差异化的顾虑。

悲剧为观众们呈现了无法区分根本性差异的行为所导致的无序和混乱，而喜剧为观众们呈现的则是无视次要差异人的可笑行为。隐喻与字面意义在戏剧的场域中相互碰撞，目的在于通过对行动的摹仿创造一个问题性和非问题性有可能发生混淆的世界，并在其中充分地释放二者的差异。这些差异可能会在加速的历史进程中被人遗忘。戏剧将这种遗忘的行为、内容和后果

——再现于观众的面前，把引起混淆的原因用具体情节加以例证。人们在观看的过程中思考和叩问剧中呈现的隐喻性的实质。在观看悲剧时，人们感到恐惧是因为他们意识到对隐喻进行危险的重新阐释在历史上都可能发生。在观看喜剧时，缺少对历史性的把控能力体现了喜剧人物作为"他者"与以观众为代表的群体之间的差异。笑是群体对差异的排斥，当有人因为不理解现实而显得滑稽或落入圈套时，笑重新塑造了距离、并拒斥那些令人感到滑稽的尴尬境遇。

此外，戏剧虚构的情节由于是对真实的摹仿，因此其本身就是一种差异。当面指出既有回答身上的问题性并不那么容易让人接受，但是如果通过戏剧这种修辞的方式再现出来，人们便会意识到这些问题。它使观众面对危险时能够置身事外，既产生某种"超然世外"的优越感，又不至于对这些问题抱有敌对情绪，还能从行动中抽离出来进行思考，通过安全的方式观察他人并审视自身。客观存在的舞台在角色和观众之间制造出的距离给后者带来了一种"无伤的快感"（林国源2000：67）。正如朱光潜所说："如果处在某种距离之外，或是受到了某些缓和，危险和痛苦也可以变成愉快的。"（朱光潜：1987：231）

差异对于戏剧的行动者来说是悲剧，而对于戏剧的旁观者来说则是喜剧。作为一种典型的表达历史加速运行的艺术形式，戏剧展现了差异受到混淆时所爆发的问题性。恐惧、怜悯和笑等情感性回应是对这些问题性的回答。剧作家将作为思想和社会推动力的问题性用表演的方式在舞台上呈现出来，迫使观众进行思考。舞台和表演在角色和观众之间建立起某种距离，使观众可以安心地将自己代入某个戏剧人物而不必因此受到他所见事件的牵连。戏剧所要达到的目的和社会功用正是通过揭露"他者"身上的问题，使"自我"具备做出更加理性回答的能力。

二、结语

通过对戏剧的起源、本质、创作技艺和目的功用的再叩问，我们发现以问题学、新修辞理论和历史性视野三位一体为指导思想和方法论的问题哲学能够给上述叩问以新的回答。其焦点汇聚在"差异"之上。它不仅解答了戏剧的起源之谜，还通过其历史性将悲剧和喜剧两种不同的戏剧体裁联结在一起。戏剧人物的辩证法诞生于新旧事物的交锋之中，基本价值受到威胁导致悲剧英雄的沉沦，次要价值受到挑战引发人们对喜剧人物的嘲笑。每当历史处于转折或断裂之时，戏剧都通过彰显容易被人遗忘或排斥的问题学差异，保持其对制造混乱的无差异化的警惕，并为那些人们还不能或者已无力回答的重大问题提出新的回答。在更广阔的文学场中，"性情—情感—逻各斯"的不同耦合方式被问题学哲学视为就某个特定问题个体之间对距离或差异的协商。史诗、戏剧、历史等不同的文学体裁在"引申义和忠实义的互补规律"作用下以不同方式表达问题学的差异化过程。

米歇尔·梅耶所倡导的问题学研究关注的是问题与回答之间的紧张关系。这种关系在文学中体现为忠实性与形象性、显性与隐性、远离与切近、虚构与真实、稳定与错乱的辩证法。问题学方法论是分析和理解这种多层次辩证法意义的有效途径。它通过梳理那些在回答问题的过程中被排斥或遗忘的内容来发现其中隐含的深意。因此，对于当下的文学批评来说，问题学能够带来如下启示：

①意义可以通过仔细分析每篇文本中所包含的显性或（和）隐性问题而得出；

②阐释的路径就是向构成文本的命题或（和）见解的隐喻提出恰当问题的过程；

③问题学可以被用来分析被隐喻化的同一性内部固有的差异，尤其当这些同一性被作为隐喻链条积极地与情节和叙述进行互动的时候；

④问题学也可以被运用到精神分析当中。在分析身份的形成、排斥行为和身体症候方面，一切都可以被归为问题—回答、显性—隐性、字面—隐喻等问题学差异。

以上这些就是在文学阐释时，问题学为何和何以能够成为一种强有力的思考方式的原因。

参考文献

[1] 亚里士多德. 诗学 [M]. 陈中梅，译. 北京：商务印书馆，1996.

[2] 亚里斯多德.《诗学》《修辞学》佚名《喜剧论纲》，《罗念生全集》（第一卷）[M]. 罗念生，译. 上海：世纪出版集团上海人民出版社，2007.

[3] 布瓦洛. 诗的艺术 [M]. 任典，译。北京：人民文学出版社，1959.

[4] 爱弥尔·涂尔干. 宗教生活的基本形式（第1卷）[M]. 渠东汲喆，译。上海：上海人民出版社，1999.

[5] 林国源. 古希腊剧场美学 [M]. 台北：台湾书林出版有限公司，2000.

[6] 米歇尔·梅耶.布鲁塞尔修辞学派：从新修辞学到问题学 [J].史忠义,译.当代修辞学,2013,4：29-45.

[7] 米歇尔·梅耶.差异排斥历史 [M].史忠义,晓祥,译.北京：知识产权出版社,2015.

[8] 米歇尔·梅耶.修辞学原理：论据化的一种一般理论 [M].向征,史忠义,译.北京：中国社会科学出版社,2016.

[9] Le comique et le tragique, penser le théâtre et son histoire. Paris:PUF, 2003.

[10] 柏拉图《柏拉图文艺对话集》,《理想国》卷十 [M].朱光潜,译.北京：人民文学出版社,1963.

[11] 史忠义,向征.略论米歇尔·梅耶双重三位一体的修辞观 [J].当代修辞学,2017,2：47-52.

[12] 史忠义.叩问是思想最根本的基础——米歇尔·梅耶问题学哲学基础上的新修辞学 [J].当代修辞学,2013,4：46-51.

[13] 王柯平.悲剧净化说的渊源与反思 [J].哲学研究,2012,5：62-70.

[14] 张喜久.英雄的神话：弗莱的悲剧观 [J].社会科学战线,2008 4：254-257.

[15] 周宁主.西方戏剧理论史 (上册)[M].厦门：厦门大学出版社,2003.

[16] 朱光潜.《悲剧心理学》《朱光潜全集》第二 [M].合肥：安徽教育出版社,1987.

[17] 朱光潜.西方美学史 .北京：人民文学出版社,2002.

[18] 莎士比亚.莎士比亚全集 (五)[M].朱生豪,等译.北京：人民文学出版社,1994.

[19] 詹·乔·弗雷泽.金枝 [M].徐育新,等译.北京：大众文艺出版社,1998.

[20] 雅克琳·德·罗米伊.古希腊悲剧研究 [M].高建红,译.上海：华东师范大学出版社,2017.

作者简介：沈澍,博士,厦门大学外文学院助理教授,主要从事古希腊和法国戏剧研究。

史忠义,博士,中国社会科学院外国文学研究所研究员、博士生导师、中国外国文学学会法语文学研究分会会长,主要从事比较文学、中西比较诗学研究。

《青春的三段回忆》电影语言中的"新浪潮"元素与影视修辞学的建立

费群蝶　史忠义

浙江越秀外国语学院西方语言学院，外国语言文化研究院

摘要：电影语言包括天然语言和非天然语言。对电影语言的分析使电影作者的创作意图更加清晰，也使电影的审美价值和意识形态得到更好理解和传播。当代电影的制作数量、质量、愈来愈丰富的资源和技巧都在呼唤"影视修辞学"的建立。影视修辞学应该包括 ethos（性情）、logos（逻各斯）和 pathos（感动之情）互动互涉互融的三大领域。本文选取法国新一代导演阿诺·德斯普里钦在 2015 年的大作《青春的三段回忆》，从"影视修辞学"的视域，研究电影天然语言中的言语形式、话语风格和非天然语言中的情节叙事、拍摄手法，探析法国电影新浪潮的"真实性、实在性、个性化、主体化"元素在影片中的痕迹，阐述新浪潮运动给后来的法国新电影带来的影响。

关键词：电影语言；审美价值；影视修辞学；ethos（性情）；logos（逻各斯）；pathos（感动）；新浪潮；影响

现代学术视电影为诗、书、礼、乐、绘画和舞蹈之后的第七艺术。前边的"六艺"是一种笼统的说法，并没有绝对的规定。我们可以把"书"理解为包括书法在内的文学艺术。从艺术史的发展谱系来看，"礼仪"在历史上拥有非常重要的地位，其响当当的艺术地位毋庸置疑。我们当然不能忘记建筑，建筑作为艺术的历史应该与人类的诞生并存，只是不同历史时期有不同的审美价值和评价标准罢了。现当代社会的艺术门类越来越多，细分起来不下几十种，甚至上百种都有。所以"六艺"的说法姑妄听之。

作为第七艺术的摇篮，法国电影以其独有的优雅姿态走过了一个多世纪，向人们展示了用电影讲述时代的魅力。从这一层面来看，电影称得上是一门语言。电影语言包括天然语言和非天然语言。如果说天然语言指的是影片中的言语表现，包括人物独白、对白及旁白等形式，那么非天然语言指的就是

影片的情节叙事、拍摄手法、音乐、布景等元素。人物的面部表情和肢体形态的属性比较模糊，有些人把它们视为非天然语言，但笔者以为它们更应该属于天然语言，因为它们与语言的关系更为密切，故人们常有"此地无声胜有声"的说法；有些演员更会靠眼神"说话"，有的影视界新手的面部则比较"僵硬"等。导演借助天然语言和非天然语言这两个部分，用其个性化的手法向人们传达种种社会风貌、意识形态和审美价值。

1954 年 1 月，弗朗索瓦·特吕弗（François TRUFFAUT）在法国杂志《电影手册》（*Les cahiers du Cinéma*）发表《论法国电影的某种倾向》（*Une certaine tendance du cinéma français*）一文，提出了"作者电影"的理论，在法国影坛埋下了新浪潮运动的种子。1958—1964 年，电影的"新浪潮"运动打破了法国传统电影鸿篇巨制的僵局。受意大利新现实主义和萨特存在主义美学观的影响，以特吕弗为代表的一批法国青年导演在这一时期的法国影坛上彰显个性、大放异彩。一方面，他们摒弃墨守成规的宏大叙事风格，关注平民百姓的真实生活体验，借用让 - 吕克·戈达尔（Jean-Luc GODARD）导演的话说就是："'新浪潮'的真诚之处在于它很好地表现了它所熟悉的事物，而不是蹩脚地表现了它不了解的事物。"另一方面，他们将存在主义的精髓——"个体自由"与"现实主义"相结合，在电影作品中融入了"主观现实主义"的视点。"新浪潮"时期的电影语言因此具有了真实、现实（哲学上又称为"实在"）、个性化和主体化的特点。

《青春的三段回忆》（*Trois souvenirs de ma jeunesse*，国内已有中法双字幕原声版，影评界将其译为《青春的三段回忆》，以下简称《青春》）是由法国新生代导演阿诺·德斯普里钦（Arnaud DESPLECHIN）执导和编剧的情节剧影片，2015 年 5 月开始在法国上映。影片采用经典的三段式叙事方式讲述了法国人类学家保尔回忆中从童年到青年的生活体验和心路历程。影片将现实主义的叙事风格与优雅缠绵的法式情怀融合在一起，深受法国影界的关注，并获得了 2015 年"最美法国电影"奖、第 41 届恺撒奖的 11 项提名和最佳导演奖、第 68 届戛纳电影节"导演双周单元"SACD 奖。尽管"新浪潮"运动已经过去了半个世纪，但深受特吕弗影响的导演阿诺·德斯普里钦对法国电影新浪潮依然有着深刻的理解和独特的情怀，也许在他自编自导的这部影片中，我们能从电影的天然语言和非天然语言中找到"新浪潮"的代表元素：真实、现实、个性化和主体化。

一、天然语言

众所周知，"新浪潮"电影具有导演强烈的个人色彩。这一特点首先从影片的言语表现形式可见一斑。人物旁白、独白、对白，口头交际、口语的书面表达、书面语，种种常见的言语表达形式在《青春》中被赋予了影片作者包括编剧、演员尤其是导演个人的主体意识。人物旁白和独白在影片中的时长虽不及对白，但却在推动剧情方面起到了关键作用。大量的旁白在回忆中不时出现，仿佛作者（编剧、导演、有时则是影片中主要人物的画外音）站在上帝的"全知"视角见证这一切。而影片的人物独白次数之多更是少见，尤其是青年时期男女主人公缠绵悲怆的爱情故事中，作者用口述书信这一独特的言语形式，试图让人们真切地感受到一对恋人互诉衷肠时的内心澎湃。这两种形式都有深厚的西方渊源，前者来自巴尔扎克式的"全知"型叙述者，后者源自西方多国古典主义之后的"内心独白"形式。

其次，在导演德斯普里钦的影片中，人物的言语风格带有明显的个人色彩。词汇语级是话语分析的关键要素，对其所做的分析有着特殊意义。因为，词汇语级常常和人物个性、交际语境和社会背景相关。法语的词汇语级由高到低大体上可分为高雅语、通用语、通俗语、民间语和粗俗语。其中，通俗语、民间语和粗俗语属于较低语级，是人们在街头巷尾的平常生活中最常用的语言。

在这部关于 20 世纪 80 年代青春生活的影片中，青少年身上放荡不羁和自由洒脱的个性在低语级词汇中得到了充分体现，青少年男女更是用直白到近乎粗暴的方式对待家人、朋友，甚至老师，肆意表达情感、快意恩仇。比如，11 岁的保尔对患有精神病的母亲大喊 "fous le camp"（通俗语，意为"走开"），年幼的弟弟伊万边踢打同学的自行车边骂 "saloperie"（民间语，意为"劣货"）。再比如，青年保尔和同龄人在他们的交际中频繁使用诸如 "putain"（粗俗语，意为"婊子"），"draguer"（通俗语，意为"勾引"），"type"（民间语，意为"情夫、男人"），"je m'emmerde"（粗俗语，意为"我烦死了"），"merde"（粗俗语，意为"大便"，也可作呼语，意为"他妈的"，表示生气、蔑视、惊奇等），"mec"（行话，民间语，意为"男人"），"rigoler"（通俗语，意为"嬉笑、玩耍"），"cul"（民间语，意为"屁股"），"quelle tannée"（民间语，意为"真欠揍"），"matos"（通俗语，意为"家伙"，影片中指屁股），"filer"（民间语，意为"给、递给"），"se tirer"（民间语，意为"走掉，走开"），"se casser"（民间语，意为"走开"），"gosse"（通俗语，意为"小孩子"），"foutre"（民间语，意为"干，做"），"connard,connasse"（粗俗语，意为"傻瓜"），"pute"（粗俗语，意为"妓女"），"salaud"（民间语，意为"卑鄙小人、下流胚"）之类的低语级词汇。

将通俗语、民间语、粗俗语如此轻易地脱口而出，在影片中的青少年群体里已经是一种约定俗成的习惯，就像见面说"salut"（你好）一样随意，这契合了新浪潮电影的真实性和现实性特色，真实地反映了20世纪80年代的法国现实社会的百姓生活，也反映了荒谬、冷漠、麻木的法国年轻人形象。需要特别说明的是，这种语言风貌是一种真实的社会风貌，同时也是域外读者和语言学习者理解法国社会和学习活的法语的一大困难。我们的学院型大学毕业生看不懂法国的当代电影，读不懂当代的出版物，听不懂街头的对话。我们学到的语言几乎全是古典主义的书本语言。于是法国教育界向外国留学生和外国学生教授这些不登大雅之堂的语言，让外国人懂得法语的社会现实，显示了重现实和重实用的一面。这曾经使20世纪七八十年代的中国学人深感震惊，因为这种态度与我们国内当代的"内外有别""不暴露阴暗面"的做法大相径庭。

当然，任何一种社会生活中都不可能只有简单粗暴这一种表达思想和情感的方式。在影片的许多场景中，如温情的家人之间、甜蜜的恋人之间、和谐的师生之间、友好的朋友之间、严肃却民主的审讯期间、政治启蒙的谈话期间，人们听到的则是通用语甚至高雅语。这丝毫不会影响上文所述的真实性和现实性，而恰恰是人情因时因地因人而变这一人性本质的真实体现，且很好地诠释了新浪潮电影的个性化和主体性。

二、非天然语言

"新浪潮"电影之所以被称为"作者电影"，就是因为其不拘泥于传统俗套，敢于叛逆，敢于革新，几乎每一部都包含其作者（导演和编剧）浓厚的个人特色。作为导演和编剧的阿诺·德斯普里钦深谙此中奥妙，除了言语风格在个体、群体之间看似随意实则用心的切换，影片在情节叙事、拍摄手法上面也煞费一番苦功，成功地用自己的方式在一群小人物的身上讲出了大道理。

(一) 情节叙事

1. 三段式叙事方法与导演个人统摄的鲜明对比和混淆

受萨特存在主义美学观的影响,"'新浪潮'电影拥有导演的中心统摄与随意简单的拍摄方式相结合的艺术特征"。(黄琳 2002:66)在《青春》的叙事方法中,导演的中心统摄意识得到了充分体现。

影片采用三段式叙事,穿插标题字幕和旁白解说来推动剧情,分别讲述了中年保尔回忆中的童年、少年和青年时代的几个节段。值得注意的是,三段回忆的时长很不均衡。在长达 120 分钟的片长里,童年的回忆只占了不到 8 分钟,少年的回忆也只占了 19 分钟,而青年的回忆却占有 80 分钟,甚至在影片即将结束时,画面又从中年时期的保尔重新切回到青年保尔,并以保尔和恋人埃斯特之间的对话收尾。笔者认为,这样的布局绝非偶然,而是阿诺·德斯普里钦在主人公童年和少年经历的短暂铺垫之后,对其青年时期的有意渲染。原因有三:其一,从逻辑上来讲,人对越接近当下的经历回忆越清晰,因此也描述得越具体和透彻;其二,从层次上看,从少年时期之轻薄到青年时期之厚重的过渡看似随意,实则表现了人生阅历逐渐积累丰富的过程,也是人成长感悟逐渐深刻的结果;其三,从情感角度看,青年时期的爱情持续了整整六年,恋人的摇摆不定、朋友的背叛给保尔留下了沉痛的烙印,也是他始终耿耿于怀的一段回忆。如此一来,导演既顺应了记忆和成长的生理规律,又突出刻画了人物的心灵成长,以个人统摄的视角实现了叙事真实性和个性化的统一。

2. 情节推进:自由选择的结果

"存在主义的核心是自由,即人在选择自己的行动时是绝对自由的。面对各种环境,采取何种行动,如何采取行动,都可以做出自由选择。"(赵文靖 2008:149)从这个意义观照,我们或许可以说,情节的推进和人物故事的发展是个体自由选择的结果。细看整部《青春》电影,不难发现,主人公保尔和影片中其他人物的命运走向很好地印证了这一点。

比如,童年时期,面对没有自主意识的精神病母亲,主人公保尔有着深深的自卑感和厌恶感,因而选择以激烈的方式对待母亲,并最终无法忍受家庭现状而选择了离家出走,这种近乎残忍的自私行为在伤害母亲的同时也给童年的保尔留下了挥之不去的阴影,亦间接影响了弟弟和妹妹,促使弟弟伊万养成了叛逆的个性，给妹妹戴尔芬带去了自卑和社交障碍。少年时期，16岁的保尔在明斯克接受政治启蒙之后，毫不犹豫地选择放弃自己的身份，仿佛迫切地想与过去不幸的自己告别，重获新生。然而，这个选择反而在其事业有成后为他的身份确认带来了麻烦。青年时期，面对自己心仪的女孩埃斯特，保尔选择潜心观察两年之后才开始追她，得到女孩的身心之后又选择逃避和退缩，想让自己在爱情里保持超脱状态，但实际上，他在这份爱情里受到的折磨并不比女孩少。如果保尔选择结束远距离恋爱，早日回到女孩身边，也许女孩就不会因此而害怕、孤单、寂寞甚至提出分手，二人的爱情就能长久下去，可惜他最终选择了远走他乡的流浪生活，回首时只留下了深深的遗憾。

又如，保尔11岁时母亲去世，父亲选择了终日郁郁寡欢悼念亡妻，宁愿一人担负抚养三个孩子的重责，也始终不肯选择另娶他人的生活道路，这使得孩子们从小生活在悲伤抑郁的家庭环境当中，养成了冷漠、无情、古怪的性格。再如，保尔的表弟鲍勃因不满父母亲的管束而选择离家出走，趁保尔外出求学期间住到了保尔的家里，甚至引诱了埃斯特，于是搞糟了表兄弟之间的关系，也间接导致了保尔和埃斯特恋人关系的结束。

以上种种因果循环似乎都在阐述萨特存在主义美学的一个观点："人永远要为自己的自由而压缩、破坏他人的自由，人就是他人的地狱，人的地狱就是他人。"（赵文靖2008：150）这就是新浪潮电影反映的一个主旨：环境是荒谬的，人生是痛苦的，而二者的结合就是人自由选择的产物。这种存在观是存在主义的核心观念之一，反映了资本主义环境下普遍的存在现实，透露着消极和无奈的情绪。而追求人的全面发展的自由观是一种积极向上的自由观。

(二)拍摄手法：带有纪录片味道的回忆录

影片《青春》以回忆录的形式展开，同时也具有新浪潮电影中纪录片的味道。丰富多变的场景调度和大量的写实镜头透射出无处不在的真实性，对点明历史背景的事件（柏林墙倒塌、苏联解体）的特写更是将人们带到了那段冷战时代落幕的岁月。为了着意刻画人物内心的飘忽不定，影片的拍摄采用了新浪潮电影标志性的跳接手法，时空的跳接、情节的跳接、画面的跳接大大增加了影片的吸引力，四处分隔银幕、十二处圆形镜框、七处直视镜头，还有许多长镜头和景深镜头的处理看似不经意，却是作者用来倾诉心声的另一种有力语言，大大增加了影片的感染力。

1954 年以来，在《电影手册》的"作者电影"思想的引导下，法国电影在面对好莱坞商业片的强烈冲击和传统电影类型的僵化渗透时，寻找到了适合自己的发展之路。如今，20 世纪 50 至 60 年代的新浪潮导演们已几乎悉数退出了电影舞台。然而，支撑法国电影新浪潮运动的核心思想——主体现实主义不会湮灭。除了《青春》，一大批法国新电影作品踩着"作者电影"的步调，向人们讲述那个动荡、不安、迷惘又自由的年代，足见主体"性情"的巨大影响。

这种影响在中国著名导演张艺谋、冯小刚及第六代影视导演的众多作品中都有长足的体现，可以说，艺术的主体性是艺术的生命力和共性。当代电影的制作数量、质量和愈来愈丰富的资源和技巧都在呼唤"影视修辞学"的建立。影视修辞学应该包括 ethos（性情）、logos（逻各斯）和 pathos（感动之情）互动互涉互融的三大领域。

比利时当代著名哲学家兼修辞学家米歇尔·梅耶重新挖掘了古希腊的三个概念，即性情（ethos，代表主体，它是 passions 的化身）、逻各斯（logos，体现在言语、情节、叙事、故事、准则、道理、法律、政治理念等之中）和感情（pathos，被感动之情，体现在受述方、对话方、接受方身上，体现在 émotions 方面）概念，视它们为修辞学的支柱概念，孜孜不倦地挖掘、分析和阐释三者之间的关系和换位关系，体现了修辞学的辩证法。

梅耶的学术思想主要包括问题学哲学、新修辞思想和历史性视野三大板块。他在哲学研究中一定含有他的修辞思想和历史性视野，同样他的修辞学研究一定以问题学哲学和历史性视野为根基。❶我们可以以梅耶三位一体的新修辞思想为内涵建立影视修辞学，也以问题学哲学和历史性概念为影视修辞学的哲学根基。这样就建立起一套很科学的影视作品分析的方法论。

本文关于《青春》影片的分析已经浓缩了这样一种影视修辞学的视野。这里再略做解释。概言之，编剧的个性话语、导演的统摄一切，演员的独特理解都强烈地表达着主体的性情，而影视作品中的人物对话全都蕴含着感动之情，即新修辞学的第三个要素。影视作品的全部制作过程和制作结果，体现着影视作品的逻各斯，非天然语言则是逻各斯的突出手段。在音乐修辞学中，"旋律"是一个特别重要的概念，旋律兼具性情、逻各斯和感动之情的属

---

❶ 参阅史忠义《略论梅耶双重三位一体的修辞学思想》，见《当代修辞学》杂志 2017 年第 2 期。

性，旋律一起，人们立即兴奋起来，拥有了乐曲试图表述的一切及其效果。在影视修辞学中，"画面"是同样性质的重要概念。电影的性情、逻各斯和感动之情融于画面之中。好的画面表达了精致的性情、逻各斯和感动之情。粗糙的画面表达了劣质的性情、逻各斯和感动之情。

参考文献

[1] 舒洁."存在"与"毁灭"的双重困境——试论法国"新浪潮"电影 [J]. 群文天地，2011(3)：53.

[2] 李洋. 新浪潮与法国新电影 [J]. 文艺争鸣，2010(11)：34-39.

[3] [美] 理查德·纽伯特著，陈清洋、单万里译：重读法国电影新浪潮——《法国新浪潮电影史》导言 [J]. 电影新作，2011(2)：10-16.

[4] 赵文靖. 存在主义美学的诗意与亏欠 [J]. 天府新论，2008(3)：148-150.

[5] 冯学民，王珍试. 论电影语言与语境 [J]. 电影文学，2007，441 (12)：8-9.

[6] 黄琳. 影视艺术——理论. 简史. 流派 [M]. 重庆：重庆大学出版社，2002.

[7] 史忠义，何征.《略论梅耶双重三位一体的修辞学思想 [J]. 当代修辞学杂志，2017(2)：47-52.

作者简介：费群蝶，浙江越秀外国语学院法语系，讲师，主要研究方向是法国现当代文学艺术和影视艺术、语言艺术。

语言学和语用学

元认知理论对法语写作实践教学的启示

曾　珠　史忠义　孟丽娜

西安交通大学外国语学院

内容提要： 本文首先介绍了我国外语教学领域有关元认知理论应用于外语学习的研究状况，并论述了元认知理论在外语写作中的作用及影响因素。在此基础上，文章从法语本科写作教学现状出发，以西安交通大学法语本科专业二年级写作实践课程为例，设计基于元认知培训的较为详细的写作教学案例。

关键词： 元认知；法语写作实践；写作教学设计

一、引言

自从美国社会认知发展心理学创立者、斯坦福大学教授约翰·弗拉维尔（John Flavell）1976 年在对儿童思维过程研究的基础上提出了"元认知"（meta-cognition）这一概念后，越来越多的研究开始将该理论应用于语言学及教学领域。我国外语教学领域对元认知及元认知策略的研究起步较晚，但自 20 世纪 90 年代起，我国外语界已开始关注外语学习的各个方面，并把元认知理论与我国国情校情及学生情况联系起来，例如，南京大学外语学院文秋芳率先谈到元认知策略对英语学习方法系统的调控作用（1996）[1]，西北师范大学武和平从元认知知识及元认知策略讨论了元认知研究在外语学习中的意义（2000）[2]，杨小虎研究了元认知与中国大学生英语阅读的关系（2002）[3]，杨坚定从实证研究角度讨论了听力教学中的元认知策略培训（2003）[4]，中国人

---

[1] 文秋芳：《英语学习策略论》，上海外语教育出版社，1996。这是我国第一部有关英语学习策略的专著。

[2] 武和平：《元认知及其与外语学习的关系》《国外外语教学》，2000。

[3] 杨小虎：《元认知与中国大学生英语阅读理解相关研究》《外语教学与研究》，2002，第 3 期。

[4] 杨坚定．《听力教学中的元认知策略培训》《外语教学》，2003，第 4 期。

民大学外语学院吴红云对大学英语写作中的元认知体验现象进行了实证研究
(2006)❶。具体到外语写作技能研究方面，国内目前相关研究主要集中在英语
写作元认知理论构成、特点及影响因素（吴红云❷等2004，姜英杰❸等2005），
写作元认知知识、策略与写作的关系（路文军❹2006，阮周林❺2011），针对不
同层次学习者如英语专业本科生、非英语专业硕士生的写作元认知水平调查
及分析（路文军❻2014，陆红等❼2007，韩松❽2008），ESL学生英文写作元认
知综述（姜英杰等❾2003）等。从研究成果的总体情况来看，目前外语写作元
认知研究论文的数量较少，且关注对象以英语学习者为主，尚未出现英语外
的其他语种的写作研究。另外，研究侧重于调查元认知和元认知策略在英语
写作中的作用，对把元认知培训引入课堂教学，具体提出如何改善写作课堂
教学设计的研究则鲜有涉及。本文从法语本科写作教学现状出发，探讨元认
知在外语写作中的作用及影响因素，并以法语本科专业二年级写作实践课程
为例，设计基于元认知培训的写作教学案例。

二、元认知对外语写作的作用

弗拉维尔在提出元认知概念时将其表述为："个人关于自己的认知过程及
结果或其他相关事情的知识"以及"为完成某一具体目标或任务，依据认知
对象对认知过程进行主动检测及连续调节和协调"。后来这一概念得到他本人
及其他学者的补充，同时众多研究者对元认知构成成分进行了理论探讨（如
布朗/Brown、纳尔逊/Nelson、凯茜/Cathy等）。我国学者张庆林（1997）❿提
出元认知的三个构成成分：元认知知识、元认知体验及元认知监控。姜英杰

---

❶ 吴红云.《大学英语写作中元认知体验现象实证研究》《外语与外语教学》，2006，第3
期。吴红云同时期还发表了《教学活动条件下大学生英语写作元认知的特点》一文，
见《心理发展与教育》，2006，第2期。

❷ 吴红云《二语写作元认知构成的因子分析》，载《外语教学与研究》，2004，第3期。《二
语写作元认知理论的结构方程模型研究》《现代外语》，2004，第4期。

❸ 姜英杰.《英文短文写作元认知、动机性因素与作文成绩之间关系的研究》，载《心理
学探新》，2005，第4期。《非英语专业大学生短文写作元认知发展的一般特点》，见《心
理发展与教育》，2005，第2期。

❹ 路文军.《元认知策略与英语写作的关系》，载《外语与外语教学》，2006，第9期。

❺ 阮周林.《二语写作元认知知识与写作思维能力培养》，载《中国外语》，2011，第3期。

❻ 路文军.《英语写作教学中元认知策略培训的实证研究》，载《外国语言文学》，2014，
第1期。

❼ 陆红.《非英语专业硕士生写作元认知水平调查与分析》，载《教学研究》，2007，第4期。

❽ 韩松.《元认知在非英语专业研究生英语写作中作用的实证研究》，载《外语教学研究》，
2008，第10期。

❾ 姜英杰等.《ESL学生英文写作元认知研究综述》，载《心理科学》，2003，第2期。

❿ 张庆林主编:《元认知发展与主体教育》，西南师大出版社，1997年8月。

(2007) ❶ 整合上述观点，认为元认知构成结构如图 1 所示：

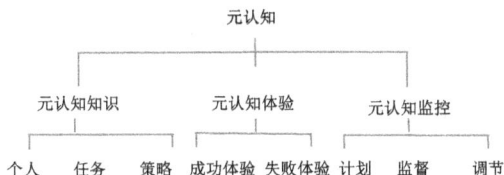

图 1　元认知构成示意图

　　体现在外语写作中，元认知知识的三个变量分别针对学习者本身：个人变量指对自我写作能力、写作方面的优缺点及形成原因的了解。任务变量指对认知任务或目标中涉及的各种相关信息的认知，如对优秀作文的标准及特点、文体、作文目标等的了解情况。策略变量则指承担该任务时的策略知识，如提纲策略，知道它的使用方法和条件是什么（姜英杰，2007）。元认知体验则对目标的确立，个人及策略变量的调整产生关联。元认知监控则指学习者为取得写作进步，不断进行自觉的计划、监督、检查、评价、反馈、控制和调节的过程（董奇 ❷ 等，1996）。迪瓦恩（Devine, 1993）的研究表明 ❸，学习者元认知模型与实际写作成绩有潜在联系。元认知水平有限的学习者在个人、任务及策略知识上缺乏知道感，也无法对写作中的进步进行监控，无法从中获得成就感，影响写作积极性。卡斯帕（Kasper, 1997）的研究表明 ❹，写作元认知知识的三个变量与写作成绩显著相关。个人变量及任务变量得分高者能充分意识到自己的写作表现，对写作优点及不足持正面看法，并将文章的交际性，如流畅、清楚、可读，视为评价的重要标准。我国学者路文军、吴红云、陆红、韩松则从实证研究的角度出发，针对不同层次英语学习者的元认知水平、元认知体验、元认知策略等展开调查 ❺，结论显示：①元认知水平，包括元认知策略及元认知体验与外语写作成绩呈正相关；②写作成绩高分与低分学习者的写作差异体现在，元认知策略水平高的学习者对自身水平、写

❶ 姜英杰：《元认知的理论与实证研究》，东北师范大学出版社，2007 年 5 月。
❷ 董奇：《中小学生自我监控学习策略的作用、发展与影响因素》，载《教育科学研究》，2005，第 5 期。
❸ 迪瓦恩（Devine）：转引自阮周林《二语写作元认知知识与写作思维能力培养》，载《中国外语》，2011，第 3 期。
❹ 卡斯帕（Kasper）：转引自唐芳《国内外英语写作元认知研究综述》，载《外语界》，2005，第 5 期。
❺ 这里指的是路文军的论文《英语写作教学中元认知策略培训的实证研究》(2014)、吴红云的论文《大学英语写作中元认知体验现象实证研究》(2006)、陆红的论文《非英语专业硕士生写作元认知水平调查与分析》(2007) 和韩松的论文《元认知在非英语专业研究生英语写作中作用的实证研究》(2008)。

作任务、写作策略都有清楚的了解，同时自我计划、管理、监控、调节能力较强。写作过程中他们通常会花费时间根据不同写作任务构思、拟列提纲及观点、反复调整，寻找最佳结构，准确地修改策略，并在平时有意识进行语言知识积累，展开自我写作训练，达到对写作进步的监控；③元认知体验影响写作成绩。积极元认知体验伴随肯定性自我评估，积极元认知体验越丰富，越发刺激学习者的写作信心，降低写作焦虑，培养写作兴趣。上述实证研究补充了弗拉维尔、迪瓦恩和卡斯帕的观点，证实元认知与写作成绩的相关性显著存在。

上述研究对外语写作教学的启示在于，教师应将写作教学视为一个循环往复穿插进行的交互过程，而非单一的线性过程。教学中教师应当有意识地培养学习者的元认知水平，调整教学策略，使得学习者真正发挥自主学习能力，摆脱教师主导的教学模式，将学习者真正置于中心地位，让学习者实现对自己学习进程的控制和调节，激发学习兴趣。具体则表现在，教学设计时教师应引入元认知培训，在写作前有意识设计各种教学手段增强学生对自我水平、写作任务的关注和分析，帮助其进一步了解自己现有的写作能力和水平，同时明确写作任务的要求。在写作时，帮助其意识到制定计划、确定观点、拟定提纲的重要性，在写作后能够实现自我修改和调整。教师通过师生、生生反馈让学习者意识到写作的交际性，即真实读者的存在，进行反复多稿多改的过程。同时，在评阅时注意调动学习者的积极元认知体验，鼓励学习者个人采取笔记或周记的形式记录自己的优点，教师可以记录学习者的闪光句，及时发现他们的进步，同时采取学习者熟悉的、有趣味性的作文题目，给予充分的作文时间，增加讨论修改的次数及可能性，从而减轻学习者的写作焦虑，避免低水平写作者产生习得性无力感（learned helplessness）。

三、我国法语写作教学及研究现状

外语写作教学法经历了半个世纪的发展，从 20 世纪 60 年代的传统结果教学法，70 年代的过程教学法，80 年代的体裁教学法，80 年代中期的内容教学法，以及 80 年代起出现的任务教学法，各类教学法各有侧重，也各有适用条件和对象。结果教学法将教学视为线性过程，过程教学法则强调多稿多改的写作过程及评阅阶段的师生交互，体裁教学法注重范文体裁的特征分析模仿，内容教学法以专题内容为教学主线，帮助学生在写作过程中拓展和深入专门知识领域，任务型教学法则强调语言学习的社会性与互动性（徐昉 ●，2011）。各类教学法反映了人们对语言及学习思考过程的发展，同时也反映了教与学、师与生关系的转变。与此同时，我国英语教学界已经出现大量从各个角度研究外语写作教学的研究，从写作教学内容探讨延展至认知心理学层面的探讨，其中不乏针对特定对象的实证研究。反观我国法语写作教学，还处在以结果为导向的教学阶段。相关研究集中体现在从篇章或句法看写作教学，写作中母语或英语的迁移现象等。研究内容分散且数量稀少，鲜有对法语写作教学方法的具体探讨及反思，研究角度多为零散且印象之谈，缺乏实证研究。这也体现出法语写作虽然作为语言习得中的重要技能，却并未得到相应的重视。

四、法语写作实践教学设计

根据上述研究成果，笔者以西安交通大学法语专业本科二年级写作实践教学为对象，试将元认知培训引入课堂，并结合过程教学法，设计基于培养学生自主学习能力的写作教学案例。

1. 教学对象

教学对象为本校法语专业本科二年级学生，人数 20 人。教学时间为二年级上，即第三学期。在开展写作教学前，该班已学习过超过 320 学时的法语基础知识。根据《欧洲语言共同参考框架》的界定，该班语言水平介于 A2、B1 阶段，即初、中级学习者水平。

2. 写作任务界定

根据本校写作实践课大纲及课程要求，本学期写作实践为"法语专业实践课，主要目的在于帮助学生掌握并熟练运用所学法语写作的基本知识和技巧"，并为该实践课程的初始阶段，且"在不同的阶段进行不同内容和要求的写作实践。具体形式为第四学期撰写一篇字数为 500 字左右的综述；第五学期撰写一篇字数为 800 字左右的文章，第七学期撰写一篇字数 1000 字左右的文章。"由此可见，本学期写作实践为培养学习者写作能力的探索阶段，能够为第四学期写作任务打下基础。但课程任务及性质界定仍属于简单且并不明朗的状态，对于学习者在此阶段应达到的具体能力要求并未作明确规定。因

● 徐昉：《英语写作教学法的多视角理论回顾与思考》，载《外语界》，2011，第 2 期。

此，笔者参考了《欧洲语言共同参考框架》，对于 A2、B1 阶段的写作能力评估要求如下："我能写简短的便条、留言，简单的私人信件；能就自己熟悉或个人感兴趣的主题写出逻辑连贯的简短文章。会写私人信件，叙述自己的经历和感受。"同时结合写作元认知研究成果，教师应考虑提供给学习者"熟悉的、有趣的"题目，笔者结合学习者所学内容，将作文题目定位为"私人信件、熟悉的话题、有趣味性，允许学习者对自己的经历和感受进行讲述及描述"。题目如下：

Vous écrivez une lettre à vos camarades, dans le journal de votre école. Vous évoquez un événement particulier qui vous a particulièrement touché (e), ému (e), plu ou déplu, concernant la vie de l'établissement, de votre rue, de votre quartier ou de votre ville. N'oubliez pas de dater et de signer votre lettre. (100 mots)

3. 教学设计框架

由于本校写作实践课程课时仅 8 课时，这就意味着教师需要将实践环节贯彻至整学期训练中，不受课时数量约束。学生发挥较强的主动性，而教师起指导、反馈的作用。在元认知理念基础上，结合巴班斯基（Юрий Константинович Бабанский）教学过程最优化理论，笔者根据写作的前、中、后三个过程从教与学两方面进行了设计（表 1）：

表 1 法语写作实践课程教学设计

建立元认知环境	整体阶段	基本阶段	对应教学成分	相应教学行为	学习者任务
1	写作前	第一阶段	教学目的、激发动机	前测：发放问卷调查，了解学习者的元认知水平（个人、任务、策略变量）、元认知体验（完成感、努力感等）及元认知监控（如何根据写作情况实施策略）情况，从而具体化教学目的和任务	分析自身情况及对写作任务、作文标准、语言策略知识的了解情况；评价自己在面对写作成功或失败时的情绪体验；反思自己在写作过程中采取的策略

建立元认知环境	整体阶段	基本阶段	对应教学成分	相应教学行为	学习者任务
1		第二阶段	教学内容	根据学习者特点及水平，具体化教学内容。本学期写作任务为：给同学或好友致一封信，告诉对方在自己周围（如班级、校园、城市等）发生的有趣事情。本学期末完成三篇作文，作文主题不变，每一次作文需要经历个人修改、同伴讨论互评及教师点评三个过程	回顾知识储备，评估自己的知识，如"关于……我已知的是……关于……我想学习的是……"；并制定计划（时间估计、材料组织、完成进程安排。学习者根据教师发放的写作任务测评表，记录反思过程
		第三阶段	教学手段、形式、方法	教师整理元认知调查结果，告诉学生元认知策略在写作中的作用，提醒学习者总结、反思写作过程，并强调写作是表达与交流思想的重要工具。教师总结记叙、描述文体的特点，让学生以小组为单位，对所给范文进行分析、评价	在教师引导下了解写作任务的文体特点，讨论范文的整体结构、风格及写作特点，并评价该作文，从而对好作文的评价标准产生一定认识
2	写作中	第四阶段	操作活动	将班级分为小组，每组混合编入不同程度水平学习者	学习者就给定题目选题，开展写作
		第五阶段	控制调节	调整控制教学过程：教师不定期与小组成员见面，了解写作进度、遇到的困难，提供必要的帮助。从写作的选题、自我监控、写作策略、小组合作情况、是否认真完成写作任务测评表等几方面掌握学习者写作情况	每一次作文完成后学生要首先完成自我修改初稿。第二稿提交至小组讨论会，就选题、文章结构、表达内容及思想进行同伴互评。小组讨论会需要做好会议记录，同时同伴互评需要记录详细评语，划出修改部分

建立元认知环境	整体阶段	基本阶段	对应教学成分	相应教学行为	学习者任务
3	写作后	第六阶段	自我评价	指导学生对写作活动进行回顾，收集思维过程和情绪、情感体验资料，然后分类，识别所用思维策略，最后进行评价，识别对将来有使用价值的策略，并寻求可能的替代性策略，做好策略储备	学习者根据同伴互评结果，对作文进行第三次修改。记录写作任务测评表，对写作策略进行反思，并根据提供的写作评价表，对写作情况进行自我评价。同时，学习者被要求提供一份反思总结，就修改过程进行记录，如写作策略的变化及原因，有待改进的地方等
4	写作后	第七阶段	教师评价	教师收集学习者以小组为单位提交的写作实践作业。每份实践作业包括一份自改稿，一份同伴互评稿，最终修订稿，小组会议记录及评语、个人写作任务测评表及反思总结。根据上述内容，教师对写作内容、小组合作情况评阅并给出修改意见	学习者根据教师修改意见，思考并反思可能的替代策略，改进上次作文中的不足。经过一稿多改循环往复的过程，提高元认知认识水平，明确写作的交际环境及意图，能够从整体评价作文优劣，并对自我写作能力及不足展开针对性训练，积极寻求可替代性策略

4. 教学设计实施步骤

教学阶段的三个组成部分并非彼此孤立，而是相互促进。教学前，教师的准备工作包括对学习者水平、特点的认知和了解。教师可以通过问卷调查、测试等方法对学习者所处水平以及对自身、写作任务的了解状况进行评测，从而具体化写作教学任务、目的及内容，激发学习者动机，进而选择相应的教学方法。教学中，教师对学生写作行为进行指导、监控，确保写作过程遵照教学设计要求；教学后，根据学生写作自查情况、同伴修改情况及学生个人记录的写作前、中、后反思表及自我评价资料，全面检验作文完成情况及质量，检查学生是否对写作过程开展有效反思并改进方法，以及是否通过同伴修改提高对写作任务、语言表达方法及如何评价作文的认识水平。同时，除横向检查外，教师还将在学期末对三次作文进行纵向比较，全面检验学生进步情况及小组合作学习成果。下面笔者将具体说明操作情况：

A. 教学及写作前

笔者采用了姜英杰（2007）设计的针对非英语专业大学生英文写作认知问卷，并对其进行适度调整，对西安交通大学法语系31班20名本科生展开了调查。问卷包含元认知的三个维度：元认知知识、元认知体验、元认知监控。发放问卷20份，有效问卷18份，调查结果如下：

元认知知识水平

①个人变量：所有同学对自身写作情况优缺点不清楚，无法举出实例说明自己的长处与不足，也不了解原因何在；70%的同学对写作的文体类型、时态运用、句型、单复数的运用了解较为清楚；30%的同学不清楚自己是否能够正确使用时态、单复数及句型；相反，大部分同学有清晰的作文评价标准，认为好作文一定以表达思想为主，但不认同存在语法错误和拼写错误问题就一定是坏文章。②任务变量：60%以上的同学对写作报有期待，并认为好的体验会帮助自己下一次写作，内在动因取决于写作的效果，但是即便不成功也愿意付出努力改善，不受情绪的影响。这说明大家意识到差距，有充分的自我效能。③策略变量：大部分同学在写作中会灵活调整写作策略，如关注写作要支配的时间，调整紧张、焦虑等情绪，及时调整写作行为。

问卷旨在让教师不仅了解学生对写作的认知情况，更是为学习者本人提供了参照。经分析，该班在大一学年未曾开展过写作训练，从而无法判断自身写作情况。而写作技能是语言产出的重要阶段，写作零经验导致学习者处于无法界定自己是否掌握语法句法内容，也无法确定使用怎样的语言策略改进写作水平的状态。绝大部分学习者具备较高的元认知体验水平，对写作任务有积极态度。问卷给教师的启示在于，教师可以针对学习者薄弱部分调整教学设计重点。因而，本学期写作实践课重点在于，通过一定量的写作练习，让学习者明确优秀作文的标准、自身的写作情况，以及明确在一篇记叙、描述文体写作中应如何正确使用时态、组织篇章，为未来高年级的写作任务奠定基础。

B. 教学及写作中

教师根据学习者元认知水平调查问卷结果并对学习者本阶段学习特点进行分析，确定教学目标。由于学习者在个人变量部分得分较低，教师将在教学设计及具体授课环节中重点发挥引导和监督的作用，目的是启发学生认识元认知策略在写作中的作用，提醒学习者以书面形式对写作过程进行总结、反思，并强调写作目的是表达与交流思想。在首堂实践课中，教师总结记叙、描述文体的特点，让学生以小组为单位，对所给范文体例进行分析、评价，最后辅以练习让学生熟悉相关文体的写作方式，然后明确本学期写作任务及要求。教师根据学习者水平，将不同水平学习者混编为一组，3人为一组，每组有一名组长负责小组讨论、评价的统筹工作。学生被要求在写作中完成两项工作：

第一，教师提供的写作反思表（要求学习者进行每次写作任务时记录并随写作稿一起提交，包括写作前对写作任务的认识，调动已有的知识体系；写作中对遇到的困难、解决问题的策略进行的记录；写作后的自我评价及改进建议。）

第二，写作必须完成三个步骤：完成初稿；对初稿自我检查提交至小组审阅；根据同伴修改意见，再次修改并形成终稿，连同会议记录一起提交给教师。教师的指导作用体现在，在此环节中，教师不定期与小组成员见面，了解写作进度、遇到的困难，提供必要的帮助。从写作的选题、自我监控、写作策略、小组合作情况、是否认真完成写作任务测评表等几方面掌握学习者写作情况。

C. 教学后及写作后

指导教师收集学习者以小组为单位提交的写作实践作业，其中包括一份自改稿，一份同伴互评稿，最终修订稿，小组会议记录及评语、个人写作任务测评表及反思总结。根据上述内容，教师对写作内容、小组合作情况评阅并给出修改意见。教师的指导重点在于引领学生对写作活动进行回顾，整理整个写作思维过程，分析情绪、情感体验资料，对解决问题所使用的策略进行识别归类，最后进行评价。评价分为两个维度：元认知水平情况及写作任务的具体实施完成情况。为激励学习者有更积极的元认知体验，避免学习者产生习得性无力，教师鼓励学生发现并记录同伴写作的闪光点，并对整体写作情况评价时采用较为正向的评语激励。学习者在接受到教师反馈后，需要对写作稿再次调整，同时反思、调整下次写作任务策略。

5. 教学效果评价

由于写作实践课程的特殊性质，教师采用轻教学、重实践加辅导的形式。整个教学过程关注学习者元认知水平的提高，让学习者加强对自我学习行为的监控和调整。写作任务伴随师生互动、生生互动的过程，同时每一稿必须经历自我修改、同伴修改及教师评价，以及学习者再修改的一稿多改的形式。在不断修改过程中，学习者不断形成对"好的作文"标准的认识，明确好的作文应首先满足交际意图的需要，因而在表达时摒弃生硬、造作和不熟悉的写作方式，尝试使用不同表达方式传递交际意图。在元认知监控水平方面，学习者普遍反映，写作任务元认知记录表帮助他们认识到自己在每次进行写作任务时需要对其进行任务"预设"，宏观布局写作步骤，在写作中对词汇、句型的使用、篇章的内在逻辑加强监控，同时写作后根据反思表的提示内容学会对自己及他人作文开展有的放矢的评价。对于教师而言，将元认知理论引入课堂，能够实现以学习者为中心，发挥学习者自我能动性这一要求。从写作任务完成情况来看，教学目标涉及的以下几个维度均已达成：

①写作任务的文体风格。学习者能够给熟悉的朋友写一封至少200字的信件（掌握书信体的格式），能够描述在自身周围发生的事件，掌握并正确运用记叙、描述等文本类型所要求的时态（以复合过去时及未完成过去时为主），以及语言风格（恰当使用俗语、标准语和简洁明快的句式）。

②写作行为监控。学习者能够从写作前、中、后三阶段预设写作步骤及寻找解决问题的有效策略和替换策略。

③作文质量评价。学习者能够从交际意图框架评价自己及同伴的稿件（评价标准为：文章清晰易读、语法正确，能够让对方明白交际意图——记叙及描述发生在自己周围的一件事，无难以理解的句式，行文时考虑读者需求并尽可能丰富表达方式，作文有哪些闪光点及不足）。

④以学习者为中心。教师在整个写作过程中的作用在于辅导与监督，学习者充分担任自我任务的制定者及任务完成的检验者这一角色，充分发挥了学习者主观能动性。

五、结语

元认知理论自从引入外语教学界后引起极大关注。笔者尝试将该理论引入课堂教学，从实践效果来看该理论应用有其积极意义。但其应用难点在于，教师必须对元认知理论有较为深入的理解，必要时需要了解更多认知心理学知识为课堂教学辅导提供支撑，让学习者充分理解教学设计的意图，并在写作中真正感受到进步和提高，否则就会给学习者造成"流于形式"的印象。因此需要教师付出精力对学习者个人及整体学习情况开展有效监控并及时做出反馈，帮助学习者循序渐进获得元认识水平的提高。其次，由于时间有限，笔者未在课程结束后对学习者未来的写作表现做持续观察和调研，但这可以为以后的研究提供方向，从实证角度测验元认知理论应用于外语课堂的有效性。

参考文献

[1] 武和平 . 元认知及其与外语学习的关系 [J]. 国外外语教学，2000.

[2] 吴红云 . 大学英语写作中元认知体验现象实证研究 [J]. 外语与外语教学，2006(3).

[3] 吴红云 . 二语写作元认知构成的因子分析 [J]. 外语教学与研究，2004(3).

[4] 吴红云 . 二语写作元认知理论的结构方程模型研究 [J]. 现代外语，2004(4).

[5] 姜英杰 . 英文短文写作元认知、动机性因素与作文成绩之间关系的研究 [J]. 心理学探新，2005(4).

[6] 姜英杰 . 非英语专业大学生短文写作元认知发展的一般特点 [J]. 心理发展与教育，2005(2).

[7] 路文军 . 元认知策略与英语写作的关系 [J]. 外语与外语教学，2006(9).

[8] 阮周林 . 二语写作元认知知识与写作思维能力培养 [J]. 中国外语，2011(3).

[9] 路文军 . 英语写作教学中元认知策略培训的实证研究 [J]. 外国语言文学，2014(1).

[10] 陆红 . 非英语专业硕士生写作元认知水平调查与分析 [J]. 教学研究，2007(4).

[11] 韩松 . 元认知在非英语专业研究生英语写作中作用的实证研究 [J]. 外语教学研究，2008(10).

[12] 姜英杰等，ESL 学生英文写作元认知研究综述 [J]. 心理科学，2003(2).

[13] 董奇 . 中小学生自我监控学习策略的作用、发展与影响因素 [J]. 教育科学研究，2005(5).

[14] 唐芳 . 国内外英语写作元认知研究综述 [J]. 外语界，2005(5).

[15] 徐昉 . 英语写作教学法的多视角理论回顾与思考 [J]. 外语界，2011 (2) .

[16] 张庆林.元认知发展与主体教育 [M]. 西南师大出版社，1997.

[17] 姜英杰.元认知的理论与实证研究 [M]. 东北师范大学出版社，2007.

[18] 杨小虎.元认知与中国大学生英语阅读理解相关研究 [J]. 外语教学与研究，2002（3）.

[19] 杨坚定 . 听力教学中的元认知策略培训 [J]. 外语教学，2003（4）.

作者简介：曾珠，女，汉，讲师，1983 年 8 月，西安交通大学外国语学院教师。研究方向：翻译理论与实践 / 教学法。

孟丽娜，女，汉，讲师，1984 年 1 月，西安交通大学外国语学院教师。研究方向：翻译理论与实践 / 教学法。

其他

多元媒体时代下中外城市建设与古迹保护路径之选择

张一江

浙江越秀外国语学院

摘要：本文对中国、西班牙和意大利等国人均、地均拥有世界遗产数量等数据进行分析对比。以万达集团买卖马德里地标性建筑——西班牙大厦为例，阐述了中西方文物古迹保护理念及措施。结合国内媒体对文物保护的各类报道，强调了当前开展古迹保护工作时多元媒体的重要性，并提出一些城市建设与古迹保护均衡发展的建议。

Abstract: This paper compares the number of per capita possession of World Heritage sites in countries such as China, Spain and Italy, etc., and makes an analysis of it. Taking the Wanda Group buying and selling the landmark building of Madrid, Edificio España, as an example, the author expounds the concept and measures of cultural relics protection in China and the west nations. Combined with the various reports on the protection of cultural relics from domestic media, this paper attaches great importance to poly media which plays a pivotal role in preservation of historic sites. Finally, suggestions for balanced development of urban construction and Historic Sites Protection are put forward.

关键词：多元媒体；城市建设；古迹保护

基金项目：2012 年浙江省社会科学界联合会项目《城市建设与古迹保护之路径选择的国际比较研究》(2012N113) 研究成果。

一、序言

如何在正确保护城市历史文化遗产的同时，进行市政设施改善、提高居民生活质量已成为现代城市科学规划城市建设与发展的重要议题。世界各国尤其是欧洲国家选择了一条城市建设与古迹保护均衡发展的道路，在这进程中报刊、广播、电视等传统媒体一直扮演着极为重要的社会舆论监督角色，而以移动数字传播为特点的新兴网络及社交媒体也积极参与营造一种全民保护与和谐发展的氛围。

与之迥然不同的是，我国城市建设与古迹保护两者间却出现了众多不协调的现象。当今绝大多数国内城市的发展一味求建高楼大厦，大拆大建的"造城"破坏甚至毁灭了众多古建筑及近代建筑，政府企业片面追逐房地产带来的财政收入及高额利润，经济开发活动占用土地过多严重缩小了古城古迹保护发展空间。与欧洲相比，我国媒体对古迹保护工作普遍重视程度不够，甚至与强势的地方政府及房企大鳄相比明显丧失主导古迹保护的话语权。由于古城古迹的不可复制与不可再生的双重特点，加强改善城市建设与古迹保护的协调发展，刻不容缓，势在必行，扩大多元媒体在城市建设与古迹保护中的影响力至关重要。

二、中西方国家世界遗产数量比较

21 世纪初笔者因留学工作曾走遍伊比利亚半岛各国大多数省份 ❶，对中、西、葡三国城市建设与古迹保护的路径选择颇有感触。笔者认为衡量一国古迹保护工作的重要指标之一是申请获批的世界遗产数量。我国 2013 年因云南红河哈尼梯田文化景观申报成功而一举超越西班牙，当前世界遗产数量名列全球第二，仅次于意大利。据 2016 年 7 月第 40 届世界遗产委员会大会的最新统计，《世界遗产名录》收录的全球遗产总数已达 1052 项，其中包括 814 项世界文化遗产（含文化景观遗产），203 项自然遗产，35 项文化与自然双重遗产，分布在 165 个国家（表 1）。

表 1　2016 年各国世界遗产数量概况（TOP10）[以 2016 年人口统计截止日为准（2016.10.26）]

国家	遗产数量 （文化 + 自然 + 双重）	人均遗产数量 （项 / 百万人）	地均遗产数量 （项 / 万 km²）
意大利	51(47+4+0)	0.843	1.694
中国	50(35+11+4)	0.036	0.052
西班牙	45(40+3+2)	0.941	0.889
法国	42(38+3+1)	0.627	0.761
德国	41(38+3+0)	0.514	1.148

❶ 地理意义上的伊比利亚半岛通常包括西班牙、葡萄牙及安道尔三国。

国家	遗产数量 （文化＋自然＋双重）	人均遗产数量 （项／百万人）	地均遗产数量 （项／万 km²）
印度	35（27+7+1）	0.027	0.117
墨西哥	34（28+6+0）	0.269	0.177
英国	30（25+4+1）	0.462	1.235
俄罗斯	26（16+10+0）	0.178	0.015
美国	23（10+12+1）	0.071	0.024

数据来源：世界遗产数量、各国面积及人口资料整理分别依据。

联合国教科文组织网站 http://whc.unesco.org/zh/list/。

中国在线 http://www.cn1n.com/world/wst/20160528/627124791.htm。

联合国经济和社会事务部人口司统计中心网站 http://www.un.org/zh/databases/。

如上表所示，我国人均、地均世界遗产数量分别为 0.036 项／百万人、0.052 项／万 km²，这两项指标远远落后于西班牙（0.941 项／百万人）、意大利（1.694 项／万 km²）。此外，我国文化遗产数量（35 项）也落后于意大利（47 项）、西班牙（40 项）、法国及德国（各为 38 项），仅排世界第 5。虽然过去 20 年中国是唯一每年都有申遗成功项目的国家，2021 年 7 月又将申请青海可可西里自然保护区为世界自然遗产、鼓浪屿为世界文化遗产，成为与意大利并列拥有世界遗产最多的国家 ❶。但上述数据在某种程度上说明中国虽然是个文明古国但远远称不上文物保护强国。

三、中西方国家古迹保护途径差异原因

古城古迹是古代人民智慧的结晶和实践活动的产物，承载着丰富的历史、艺术、科学蕴含，是人类历史的见证，是宝贵的物质文化遗产。随着开发建设和城市化的深入，以及人民生活水平的提高，古建筑不断遭到破坏，抢救和保护古建筑刻不容缓。通过调查和分析，与欧洲相比，目前中国古迹保护不力有多重原因，而现阶段我国古建筑毁坏或消失的主要原因有以下几方面。

第一，东方与西方古建筑的材质特点不同：中国选取砖瓦、木头等作为主要建筑材料，而欧洲各国则通常以砖瓦、石头等坚固材料为主，更不易遭

---

❶《环球时报》2017.06.07 王伟《中国世遗数或第一过去 20 年保持每年都有申遗成功》.

受地震、洪灾等自然灾难及火灾等隐患冲击，无疑也更能抵御住岁月的"侵蚀"。如西班牙塞哥维亚（Segovia）古罗马引水渠、梅里达（Merida）古罗马剧院及竞技场均是保存完好的罗马时代建筑遗迹。而在广袤的中国大地上能看到的明清前建筑已经不多，除了材质因素，更多的是自然损坏及人为造成的。在西班牙，尤其是马德里、巴塞罗那市中心一带的房产大多有 100—150 年的历史，因规划合理、式样美观、结构牢固而闻名。旧城区居民集中、游客众多、商业店铺密集，其房屋价值较高，是投资者最青睐的不动产投资区域之一，而在中国同样年限的古建筑可能早就崩塌成危房或消失在大规模拆迁改造中。

第二，古希腊及古罗马帝国所创造的辉煌历史是欧洲各国文明的共同基石，近两千年来基督教、天主教等宗教势力实际上扮演着类似"古城古迹保护之喉舌"的媒体角色。基于共同的文化源头，欧洲各国间的战争没有对古城古迹造成巨大破坏。而中国改朝换代后的新统治者则热衷于大肆破坏前朝的各类遗产。被誉为"十三朝古都"的西安，唐朝时最繁华，人口逾百万，是当时世界第一大都市。历经战乱使得整个长安毁于一旦，后来虽不断重建，但昔日之雄伟壮观已难以恢复。

第三，鸦片战争后中国近百年的屈辱史不仅让广大国民一直生活在水深火热中，也造就了几代人因长期落后而形成的追赶心态。新中国成立后意识形态的改变及随之而来的改革开放式发展，使有人忘记了历史上中国也曾辉煌过，将古城古迹视为落后的象征，恨不得要立刻与之划清界限。因此，各地政府在大力推进新城建设时往往将古城古迹视作发展的绊脚石，希望城市从外观上向发达国家靠近。城市建设中，地方决策层都认为旧城"太落后了""太破旧了"，非拆不可。实际上，中国有着非常优秀的城市化传统。国外人士毫不掩饰对旧北京的赞誉："北京可能是地球上最伟大的人类作品。"❶北京就像是蕴含着"千年的砖万年的土"的信息密码，期待后人发现更多的历史人文信息。

新中国成立后城市建设方面一个失误在于过分看重苏联专家的意见而否决了"梁陈方案"。1950 年梁思成、陈占祥提交了一份关于中央人民政府行政中心位置的建议，提出在北京古城之外建设中央行政区，以方便形成多中心的城市结构。遗憾的是该建议未获采纳，大量行政机构设置在旧城内建设。为建造快速道路及地铁，古老的城墙和城门楼被拆解，北京因此失去了

---

❶《Design of Cities / 城市设计》Edmund N. Bacon（埃德蒙·培根）Penguin Books 1976.05.

一个古老城市与现代城市和睦并存的机会。由于首都的负面示范，全国各地仿照北京开始拆城墙造新城，短短十几年内就把前人留下的最典型的古迹象征——旧城墙毁灭得一干二净，以至于当下在中国很难找到一座仍被古城墙围绕的城市。

笔者所熟知的西班牙阿维拉（Avila）、卢戈（Lugo）及葡萄牙奥比都斯（Obidos）等城市均把两千年前的古罗马城墙完好无损地保存了下来。西班牙千年古都托莱多（Toledo）的城镇布局、街道及其房屋反映出了不同民族的文化背景。摩尔人、基督教徒及犹太人的建筑风格相互交融，使之成为西方多种传统风格相融的城市典范。这些城市历史上的决策者们明智地将新城完全独立于老城发展，除了基本的修缮和修建完备的配套设施，尽可能地保留了古城原貌，堪称古城保护和开发的经典范例，而在欧洲国家这绝对不是将"恒久与常新相结合"的个案。

第四，最为关键的一点是中西方对待古迹保护的文化理念截然不同，"保护比发展更重要"的理念始终存在于欧洲国家民众心中，而我国秉承的则是"发展压倒一切"的观念。西班牙政府高度重视古迹维护，有着全世界先进的文物修复技术，具备一套健全的政府保护机制，西班牙人在日常生活中积极参与文化古迹保护活动。大连万达集团曾于2014年6月收购了马德里地标性建筑——西班牙大厦，出于安全考量万达提出完全拆毁大厦、一砖一瓦重建的方案，知情后的马德里市民纷纷在Facebook、Twitter等社交媒体上质疑万达这一改造举动，更有甚者上街示威游行，而该国媒体也一面倒地支持维系大厦历史现状。马德里政府更是多次阻挠该改造方案，哪怕在经济不景气的情况下也不惜放弃万达后续的巨额投资。

万达集团经历3年的"拉锯战"后，最终决定在2017年6月亏损2亿元将西班牙大厦重新出售。这一波折充分展现出西班牙人高度的城市文化保护意识。而我国大多数媒体在报道时却普遍站在同情万达的立场上，类似"久拖心凉了，万达集团一只脚已跨出西班牙？""王健林亏2亿卖掉西班牙大厦""王健林怒斥马德里政府：像对待狗一样对待我"的新闻标题比比皆是。但在笔者看来却是马德里人民对其历史文化的尊重，也是多元媒体时代城市建设与古迹保护两者间均衡发展的最好诠释。

我国在城市建设过程中的文化保护和马德里政府的做法，相距甚远。众所周知这些年来我国在城市建设过程中被拆除、摧毁、推倒的历史建筑及古迹，已经不胜枚举。特别是那些历史悠久而各类现代建筑又比比皆是的城市，传统文化和历史遭到更为严重的破坏。而这一切，又都是在某些地方政府的直接主导下发生的。也就是说，地方政府为了政绩，已成为割断历史、损害文化传承的"罪魁祸首"。

众所周知，马德里是一个历史悠久的城市，文化古迹很多。但是马德里政府却对一个实际上只有60多年历史的西班牙大厦的改造坚持保护意见，可见其政府对文化保护是何等重视，对历史传承又是何等的看重。这方面，难道不值得中国地方政府学习吗？难道不应该唤起对历史文化的敬畏之心吗？

倘若万达集团能从西班牙购楼的"折戟沉沙"中吸取"教训"，从而改变在中国房地产开发中的"野蛮"做法，更加尊重项目投资地的历史传承，自觉担当起古城古迹守护者的角色，那2亿元的学费交得真可谓"物超所值"。遗憾的是目前尚未看到万达有任何改善其商业项目建设方式以便更好地保护城市文化的迹象。

四、多元媒体发展下国内古迹保护工作新动态

中国当前面临着巨大的社会变革，高铁、电商及手机支付等创新技术已居于世界领先地位，新华社、人民日报、央视等传统媒体伴随着中国"一带一路"等政策的推广及经济、政治及军事等能力的提升在世界上的影响越来越大。与此同时，中国社交媒体的创新能力、影响能力丝毫不亚于那些发达国家，直播网络平台、微博、微信、支付宝等多元媒体让国人生活变得多姿多彩。相较于西方国家恐怖主义的盛行、维护社会治安的不得力，中国无疑是一个全世界安全性最佳国度，在华的外国人对此感触最深。但同时对于中国现存的古城古迹来说，这个"安全性"却又是世界各国最低之一的。

我国地方政府在城市建设规划、文化保护等方面，缺乏传承性、科学性、全局性、长远性，更多情况下都是依据眼前和局部利益的需要行事，依据官员个人的利益出发，结果，拆了建，建了拆，换一任领导，就推倒重来的现象十分普遍。而出现这种现象的根源，在于缺乏监督。应当加强社会监督力度，尤其充分利用多元媒体对古城古迹保护进行有效的监督及宣传。

2017年5月15日，历史学者、作家张宏杰发微博质疑，安徽凤阳明代中都城东华门遗址修复工程是在毁灭文物，不但用新砖替换旧砖，甚至存在倒卖古砖的情况。在以微博、微信为代表的新兴媒体中引起热议。凤阳县委15日、16日两次回应，否认了相关质疑，认为"一切符合程序"。17日下午，安徽省文化厅在其官网发布通报，省文物局协同国家文物局专家组、凤阳县

文广新局进行了现场调查，该工程存在施工操作不够规范、施工管理不够严格、监理不够到位等问题，已下达停工通知。**❶**

5月15日15时—18日17时，依据人民网舆情监测室的不完整统计，有关明中都遗址"毁旧建新"的新闻1473条，报刊文章64篇，论坛帖文65篇，微信1350篇。如图1所示，在各类媒体中，以微信为代表的新兴媒体占了半壁江山。而张宏杰的原微博已有18000多次转发和超过27000个点赞。从网民关注度可看出国民对文物保护的热度不断上升，却对官方公信力的信任不断下降，而事态的最终发展也证明群众的关注与质疑在很大程度上推动了相关部门对该事件的处理工作。

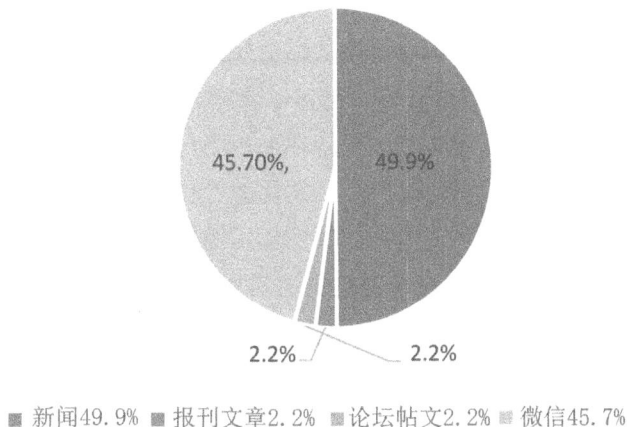

■ 新闻49.9% ■ 报刊文章2.2% ■ 论坛帖文2.2% ■ 微信45.7%

图1　明中都遗址"毁旧建新"各类媒体报道比例

五、结语

能否以此次引发公众聚焦的"文物修复"事件作为契机半官方地建立全国性的文物保护网络平台，让广大网民积极参与互动监督，对各地毁坏文物的各种行为进行曝光，借助微信等新兴媒体公布各类省级或地级"毁古排行榜"，对破坏文物的相关人士追究司法责任并处以刑罚，与西葡等国相比，中国的处罚力度不足，值得大家深入思考。

能否给予民间自发组织的文保志愿者更多的重视，比如允许其开展众筹活动，募集一定数量的保护基金，在开展文物数量及地址统计时民间组织有权依法划定虚拟的"保护古迹警戒线"，并像共享单车般安装定位系统实时监

---

❶《都市快报》(杭州)2017.05.18《学者质疑明代遗址修成假文物后续安徽省文物局：电钻别除残砖确属野蛮施工》。

控，把文物保护活动纳入共享经济。此外，也有必要将建立半官方性的地方历史遗产委员会提到政府工作日程中。

能否借助地图软件建设中国古城古迹保护地图平台，将我国古城古迹按现存数量、等级重要性及保护状况分门别类般设置成"红""黄""绿"灯，每一季发布一次，对亮度变化较大的城市给予及时的舆论跟踪报道。多元媒体也应充分鼓励文物保护界塑造更多的像纪录片《我在故宫修文物》中文物医生的形象，以其精湛技艺和代代相承的匠人精神，让普通大众更加关注文物保护这一话题。

能否借鉴西班牙政府在古城古迹处建立国营古堡连锁酒店（Parador）❶ 的做法，将文化古迹与文物修复充分结合起来，通过对历史建筑合理的开发利用，借助酒店经营收入来解决文物保护资金短缺的问题，更重要的是让游客在入住酒店时感受历史时光的流逝，与百年老建筑进行心灵的对话。

总之，我国应当学习借鉴欧洲国家在城市建设与古迹保护间均衡发展的经验，全体国民能充分认识到保护历史文化遗产是一个城市可持续发展的灵魂。更多民众能够借助多元媒体时代下信息传播的优势参与其中，涌现出更多类似同济大学阮仪三教授这样保护平遥古城、周庄古镇的文化遗产功臣，从而让城市决策者主动或被动地接纳保护意见，延续华夏文化，造福子孙后代。

参考文献

[1] 李孝聪 . 中国城市的历史空间 [M]. 北京：北京大学出版社，2015.

[2] 安东尼·滕 . 世界伟大城市的保护——历史大都会的毁灭与重建 [M]. 郝笑丛，译 . 北京：清华大学出版社，2014.

[3] 孙一民 . 城市面貌的"同"与"不同" [J]. T+ 城市，2015（2-3）.

[4] 段霞 . 世界城市建设与发展方式转变 [M]. 北京：中国经济出版社，2011.

[5] 单霁翔 . 文化遗产保护与城市文化建设 [M]. 北京：中国建筑工业出版社，2009.

[6] 仇保兴 . 追求繁荣与舒适：中国典型城市规划、建设与管理的策略 [M]. 北京：中国建筑工业出版社，2007.

---

❶ Parador（中文通常意译为古堡酒店）是自 1928 年西班牙政府国家管理的连锁酒店，欧美游客通常将入住一晚古色古香的 Parador 视为体验西班牙历史文化的必修课。

[7] Javier Elguea, Razon y Desarrollo: El Crecimiento Economico, Las Instituciones y La Distribucion de La Riqueza Espiritual El Colegio de Mexico 2008.

作者简介：张一江，男，1973 年 3 月出生于浙江上虞。2002 年 6 月毕业于西班牙马德里自治大学，获硕士学位。现为浙江越秀外国语学院西方语言学院西班牙语系讲师，研究方向为西班牙语国家文化国情及区域经济。

安全是民航永恒的主题

王连英

摘要：航空安全是民航永恒的主题。建立和健全民航安全管理系统是十分必要的，是国内和国际民航事业关注的核心话题。

关键词：安全第一；安全管理系统

"保证安全第一，改善服务工作，争取飞行正常"。五十多年来周恩来总理的题词历久弥新，始终引领中国民航的发展。经过多年的积淀和传承，它已经成为中国民航发展的灵魂，是民航工作的指导思想。周恩来总理的题词科学地论述了安全、服务和正点之间的关系。毫无歧义地把安全放在了绝对第一的位置。

国际民航组织（International Civil Aviation Organization，简称 ICAO），是联合国负责国际民航事务的专门机构，其前身是根据 1919 年《巴黎公约》成立的"空中航行国际委员会（ICAN）"。国际民航组织的职责在于发展国际航行的原则和技术，促进国际航空运输的规划和发展。保证全世界国际民用航空安全和有秩序地发展；鼓励为和平用途的航空器的设计和操作技术；鼓励发展国际民用航空应用的航路、机场和航行设施；满足世界人民对安全、正常、有效和经济的航空运输的需要；防止因不合理的竞争而造成经济上的浪费；保证缔约各国的权利充分受到尊重，每一缔约国均有经营国际空运企业的公平的机会；避免缔约各国之间的差别待遇；促进国际航行的飞行安全；普遍促进国际民用航空在各方面的发展。《国际民用航空公约》的 18 个附件，每件都关涉民用航空的安全问题。近年来，随着国际形势和航空事业的发展，若干附件正在修订或新设中，包括客舱安全条约。

全球民航重大事故率平均为 1.44 架次 / 百万架次，随着航空运输量的增长，如果这一比率不降下来，事故的绝对次数也将上升到不可接受的程度。国际民航组织从 20 世纪 90 年代初开始实施安全监察规划，主要内容为各国在志愿的基础上接受国际民航组织对其航空当局安全规章的完善程度以及航空公司的运行安全水平进行评估。这一规划在第 32 届大会上发展成为强制性的"航空安全审计计划（Safety Audit Programme）"，要求所有的缔约国必须接受国际民航组织的安全评估。

安全问题不仅在航空器运行中存在，在航行领域的其他方面也存在，例如空中交通管制和机场运行等。为涵盖安全监察规划所未涉及的方面，国际民航组织还发起了"在航行域寻找安全缺陷（Programme for Identifying Safety Shortcomings in the Air Navigation Field）"计划。作为航空安全的理论研究，实施的项目有"人类因素（Human Factors）"和"防止有控飞行撞地（Prevention of Controlled Flight into Terrain）"。

随着民用航空技术的突飞猛进，在现实生活中，飞机已经成为越来越多的人首选的交通工具。"安全的民航"是社会公众的期望，安全既是民航持续正常运营的基础和前提，又关乎国家声誉和社会安定。任何重大事故的发生，所造成的经济、政治、社会重大负面影响都是难以挽回的。由此可见，在民航工作的指导方针中突出"安全第一"的地位尤为重要。

航空安全是民航永恒的主题。在民航安全方面，人们从最初重点关注航空器、空管及机场设备等硬件问题，逐步过渡到关注人为因素问题。随着人们对航空安全的研究和认识，人们开始关注系统和组织对安全的影响，在更高层次上提升民航安全运行水平，进一步减少不安全事件，乃至杜绝事故。安全管理系统成为国际和国内民航事业关注的核心议题。

随着航空运输总量的持续高速增长，以及国家和社会公众对航空安全越来越高的期望，我国民航面临着保持科学发展上水平持续安全的挑战。践行航空安全水平的不断提高，更好地规范运营人的行为，保障生产活动安全有序地进行，保证安全的长效机制，最终实现低成本、低代价的长久安全，建立和健全安全管理系统是十分重要的。

安全管理系统作为航空安全管理的重要手段和工具，它不是通常的技术性要求，而是功能性要求；它运用系统的方法管理安全，通过科学地制定政策、目标，清楚地界定安全责任，鼓励全员参与，实施风险管理、安全保证和安全促进，有效地配置资源，在满足规章和程序的基础上，渐近地持续地提高运行水平。

安全管理系统在把握安全事态、查找安全问题、堵塞安全漏洞、消除安全隐患上，从抓住危险源入手，而不是从危险源的后果推导有关控制安全风险的结论，关注点集中于过程而非结果，形成完整的保障航空安全的链条，以达到整体联动和整体协调。

安全管理系统强调危险源的确定、安全风险的控制和减缓，将安全风险永久置于组织控制之下，使航空组织安全管理活动和技能监控始终处于可把握、可利用的常态状况。

安全管理系统从全方位、多层面界定了运行企业的安全岗位责任、政府的安全监管责任、领导者的安全领导责任和员工的安全岗位责任，这样抓安全就能举全力、集众智，取得所有人员对自己工作和行为完全负责的成效。

航空安全是一个动态的发展过程，安全管理系统从制定安全政策、目标、程序到对风险的识别、探本寻源和有效控制，从对操作层面的具体分析、监控到对各子系统直至整个系统安全状况的整体评估，在进行闭环管理中既重视危及安全的问题发展演变的规律，又能考虑不同安全问题个体差异等多种因素发生、发展的具体表现，从而"对症下药"。

安全管理系统高度重视以组织文化填补组织政策、程序和过程的空隙，以有效沟通、履职培训和"组织学习"作为培训安全文化的重要载体，促进"安全""管理""系统"等功能要素更好地实现各自的目标。

安全管理，通常分为被动的安全管理和积极的安全管理，被动的安全管理，表现为发生问题后采取补救措施；而积极的安全管理则表现为主动地采取未雨绸缪的措施。安全管理系统就是一种积极的安全管理方法，它以风险控制为核心，将风险管理工作系统化，从事故征候或差错之前的危险源抓起，达到防微杜渐的目的。

安全是民航正常运行的生命线，客舱安全是飞行安全的重要组成部分，涉及航空器、飞行员、乘务员及乘客在特定环境下的安全管理。通过严格的规范流程，确保旅客在正常、非正常情况下得到最大程度的保护。其安全水平直接影响民航的整体安全水平。因此，我们不应孤立地看客舱安全，而应从整个民航安全体系的角度来看待客舱安全的重要性。

随着民航业的快速发展，旅客对客舱乘务员的要求越来越高，客舱乘务员的作用不再简单地局限于保护旅客人身安全，而是逐渐开始做一些服务性工作。如今，空中乘务员的主要职责是，在民航飞机上确保乘客旅途中的安全和舒适，如指导乘客使用机上安全设备、在紧急情况下组织乘客逃离飞机及为乘客供应餐饮服务等。也就是说，保证客舱安全和提供优质服务是客舱乘务员最重要的两项工作。两者之间，安全是基础、是前提，没有客舱安全，就不会存在客舱服务。国际民航组织的标准和中国民航的规章都有规定，客舱乘务员与机长、副驾驶一样，是机组必备成员。既然是必备，就不是从为旅客提供舒适服务这个角度来讲的，而是履行安全职责所必需的，是要在紧急时刻发挥关键作用所必需的。

因此，客舱乘务员应把安全职责作为第一职责，客舱服务一定要服从于客舱安全。

我国民航局长期以来对客舱安全都非常重视，并为其制订了严格的标准。民航局很早就在相关的规章中，对客舱乘务员要接受怎样的训练及训练强度有具体的要求。同时，民航局对从事客舱乘务员培训的机构也有相关资质要求，甚至具体到在什么场所用什么样的设备进行培训、培训哪些科目等。另外，民航局在每个地区管理局及监管局的飞标处都设有专门的客舱安全监察员岗位，以加强对客舱安全监管的力度。

然而，目前航空公司还存在着对客舱安全重视不够、客舱安全管理水平不高的问题，为了扭转这种局面，中国民航局有关负责人强调指出，我们首先要充分认识到客舱安全的重要性，明确客舱乘务员的定位，清楚配置乘务员的核心目的是确保客舱安全。航空公司应慎重使用外部审评机构进行服务质量评审，并重新梳理客舱服务程序和标准，凡是与安全相冲突的程序和标准，均应删减、调整，消除客舱服务中存在的安全隐患。

其次，要重视客舱乘务员的疲劳管理。航空公司的发展规模必须考虑与乘务员人力资源储备相契合，加强人员储备和培养，合理排班，防止疲劳飞行。为了给航空公司敲响警钟，民航局 2012 年下发的《关于加强客舱安全管理工作的意见》中规定：自 2013 年 8 月 1 日起，对前 12 个日历月所有持有效训练合格证的客舱乘务员平均年飞行时间超过 850 小时，以及存在计划排班时违反飞行时间、休息期、执勤期规定的航空公司，3 个月内局方将不再批准引进新飞机；对前 12 个日历月所有持有效训练合格证的客舱乘务员平均年飞行时间超过 950 小时的航空公司，局方将削减其航班总量，直至满足要求。这是局方第一次明确规定客舱乘务员的人力资源问题将作为航空公司引进新飞机时必须考量的标准之一。

加强对客舱乘务员的训练工作，也非常重要。航空公司应重视训练投入，提高训练水平，保证训练质量，确保新乘务员有充分的养成培训时间，不得压缩训练方面的裕度，确保整个客舱队伍的素质。

除此之外，航空公司还应重视客舱安全管理岗位，加强人员配备，明确客舱安全管理岗位资质要求。

接下来，民航局还将在监管上下功夫，进一步加强监管队伍建设，增强一线监管的工作力度，对航空公司加强监管。

这一系列措施如同一套"组合拳"。局方希望通过这套"组合拳"来加强客舱安全管理，对行业内"重服务、轻安全"的现象有效遏制，做到在发生重大不安全事件之前，真正预防在先，真正将安全关口前移。

民航安全是一个国家综合实力、国际地位、在国际上享受的支持度和民心、人民的总体素质、民航从业人员的总体水平、民航事业的软硬件实力及该国和平理念的综合体现。有些国家因设备老旧经济实力不足而事故率较高，有些国家因战争原因和长期的种族对立而造成一些替罪羊，有些国家虽然气大财粗，但颐指气使而树敌过多，也造成一些安全问题。每当出现安全事故时，我们都揪着心难以平复。

安全工作重于泰山，安全工作不能有短期行为、侥幸心理，不能满足于以高代价换取的一时安全。单纯追求安全周期，容易产生短期行为，使工作时紧时松，就会制约发展，带来无穷隐患。脱离安全求效益，等于水中月、镜中花。我们只有脚踏安全这块基石，用安全管理系统模式去堵百分之一的疏漏，千分之一的侥幸，万分之一的偶然。安全需要长远思考，不能急功近利，安全是民航永恒的主题。民航事业促进国家的整体发展和长治久安，国家的整体发展又促使民航安全更上一层楼。

作者简介：王连英，女，原中国国际航空公司培训部具有高级职称的教师，已病故。